越境する中国文学

新たな冒険を求めて

『越境する中国文学』編集委員会

東方書店

序に代えて

『越境する中国文学』と題する本書は、二〇一八年三月の藤井省三先生のご退職を記念して、その受業生によって企画されたものである。

藤井先生は、一九八八年から二〇一八年の三〇年間、東京大学中国語中国文学研究室で中国現代文学ゼミを開講され、数多の学生を育てられただけでなく、国内外多くの名門大学より招聘されて、長期、短期の講義を精力的に続けてこられた。研究に向かわれる先生の厳格なまでの姿勢は、その教えを受けるものにとって常に自らをただす鑑であったと同時に、研究を離れた際に見せられる、人間味溢れる気さくなお人柄は分野を越えて周囲の人々を魅了してきた。「好客（お客好き）」の先生は内外の研究者のみならず、門下生もよくご自宅に招いてくださり、今は亡き万里子夫人はいつも暖かく私たちを迎え、美味しい手料理でもてなしてくださった。忘れることのできない心温まる思い出である。

当代の著名作家、映画関係者らとも胸襟を開いての交流を続けてこられた先生は、そうした方々と共に学術の世界から一般の方に向けたシンポジウムまでも多数企画され、広く社会に対して中国の文学、また社会や文化への関心を喚起してこられたと言っても過言ではないだろう。

世紀の境目を跨いで、映画、ドラマ、そして今や世界的に著名な村上春樹の東アジア圏での受容といった新たな研究テーマを開拓し続けてこられたが、多忙な中にあっても長年研究してこられた魯迅その人のように、藤井先生は後進への指導と助力を惜しまれることはなく、本書へのあとがきも、ご快諾いただくことができた。本書成立の経緯と執筆者各人の背景、研究テーマについてはそちらをご覧いただきたい。

現在、同時代中国文学研究は、ますます多様化する人文社会研究の中で、次なる展開への模索期にあるように見える。だが東アジアに複雑に絡み合う過去の歴史や感情を解きほぐし、文化・芸術を通じて互いの理解を進めることは、この地域にこれからも暮らす私たち、そして若い世代の人々にとって今なお重要なことであろう。そのような思いに共感してくださる読者が、この論集から響きあう何かを感じていただければ幸甚である。

二〇一八年一月

『越境する中国文学』編集委員会

目次

越境する中国文学

新たな冒険を求めて

I

魯迅と同時代人

周作人とエフタリオーティス
――背景としてのテオクリトス牧歌とギリシア神話

根岸　宗一郎

周作人が西洋の文学理論を受容し、文学論を執筆したのは日本留学中の一九〇八年のことである。「文章の意義および其の使命を論じ、因りて中国近時論文の失におよぶ」（以下、「文章の意義」と略す）[1]と「哀弦篇」[2]の二篇である。周作人はT・W・ハント[3]やテーヌ[4]の理論を踏まえ、「文学」を「国民精神の託されたもの」と定義している。[5]一方、パンコースト[6]の論を踏まえ、「文学」の語る内容は「人情に属する」[7]ため古今東西における普遍性を有するとし、翻訳紹介により外国文学も中国人の精神を感化しうると主張している。周作人はまた「文章の意義」において、西洋文化の源泉であるギリシアの国民精神が偉大であり、ギリシア文化はルネサンスに復活してやがて西洋近代文化を生み出し、西洋近代文化は既に日本まで到達したが、中国にはまだ到達していないとする。

周作人は生涯にわたりギリシア文学の翻訳を続けたが、日本留学中に文学論を執筆した当時の周作人にとっては国民精神が託されたものが文学であり、ギリシア文学の翻訳紹介はギリシアの国民精神を紹介することであったと言える。特に「文章の意義」において、古代ギリシアの国家が滅びても、ギリシアの国民精神が生き続けたが故に、ギリシアは現代に至ってオスマン＝トルコから独立し、国家として復活することができたと述べている。当時の中国は列強諸国による植民地化の危機に瀕しており、中国と同様に古代からの歴史を持つギリシアが国家として復活したことに、周作人は強い関心を持っていたと言える。オスマン＝トルコから独立した現代ギリシアの国民精神が託された現代ギリシア文学作品の中において、周作人が唯一翻訳したのはエフタリオーティス（一八四九～一九二三）の作品である。日本留学中に入手した現代ギリシアの作家エフタリオーティスの作品を一九二一年までの一〇年余りの間に一〇作品を翻訳している。周作人がエフタリオーティスの作品に見出したギリシアの国民精神とはどのようなものであったのか。また、周作人はエフタリオーティスの翻訳を終えた一九二一年以降、多くのギリシア論を執筆する。ギリシア論を執筆するに至る過程においてエフタリオーティス作品の翻訳作業が果たした役割はどのようなものであったのか。本稿では、周作人のエフタリオーティス作品の翻訳作業を追いながら、検討していきたい。

一．エフタリオーティス

エフタリオーティスは、サッフォーの出身地としても有名なギリシアのレスボス島に生まれた。現代ギリシアの口語・文語を巡る国語問題については口語（ジモティキ）を支持した作家で、ホメロス『オデュッセイア』の口語訳も行っている。周作人は日本留学中の一九一〇年、エフタリオーティスの「サノス老人」[8]を翻訳している。周作人のギリシア文学の翻訳作品としては最初期のものである。この作品は『ギリシアの島々からの物語――現代ギリシアの農夫生活のスケッチ』[9]に収められており、周作人は日本留学中、一九一〇年以前にこの本を入手していた。副題にあるように現代ギリシアの島々で暮らす農夫など、庶民の生活を描いた作品である。この時期、周作人は築地にあった立教大学に通って古典ギリシア語を学習していた。また、既に一九〇九年に「古代ギリシアの小説」[10]を発表し、ロンゴス『ダフニスとクロエ』とルーキアーノス『本当の話』について紹介していた。一九一〇年にはへーローダースの擬曲も翻訳している[11]。兄の魯迅とともに『域外小説集』を発表した後、ギリシア文学の翻訳紹介に取り組み始めた時期である。周作人が入手したエフタリオーティスの『ギリシアの島々からの物語』は、イギリスの古典ギリシア文学の専門家W・H・D・ローズが翻訳した英語版である。「サノス老人」は非常に短い短編小説で、周作人は文言文を用いて約六百字の短編に翻訳している。そこで、「サノス老人」について見てみたい。あらすじは次の通り。

サノスの一生は愛によって司られていた。サノスは若いとき、愛する妻のマローと幸せに暮らしていたが、それは長くは続かなかった。妻マローは娘フロソーの出産で死んでしまったのだ。妻の死後、サノスは愛する妻を失った悲しみに耐えながら、妻が残した一人娘フロソーを愛し、フロソーのために生きた。次第にサノスの心の傷も癒え、フロソーが結婚したとき、サノスは喜びの涙を流した。

しかし、フロソーは娘を生んだ後、夫と娘を残して姿を消し、残された夫も絶望して気が狂ってしまう。こうして、サノスは生まれたばかりの孫娘マローと二人で暮らすことになった。サノスは既に年老いていたが、孫娘を愛し、彼女を育てるために一生懸命働くことで、心の傷に耐えていった。

ここで注意を引くのは、この作品が夫婦や親子の愛という人類共通のテーマを扱っており、非常に短い作品で、風景描写もないため、ギリシア的な特色といえる要素があまり見られない点である。周作人がエフタリオーティスの作品を次に翻訳するのは、中国に帰国した後の一九一四年、紹興においてである。翻訳したのは「秘密の愛」[12]と「同命」[13]の二作品で、「サノス老人」とともに『叒社叢刊』第二期に掲載された[14]。「秘密の愛」のあらすじは次の通りである。

医者である「私」が、ある村を訪れて往診したときの話を回想して語る。重い病の床に臥している若い娘が、思いを寄せる相手が自分を愛してくれるかどうか占う言葉を無意識に口走るのを「私」は聞く。「私」は娘の病が心の病であると知り、彼女の母親に、娘に恋人はいないかと尋ねるが、母親は娘の純潔を信じて否定する。三日後に娘は亡くなり、「私」は葬儀に参列する。娘の埋葬後、ついさっき参列していた若者が、片隅で泣き崩れているのを見て、娘と若者の間にあった秘密の恋に気づく。

次に、「同命」のあらすじは以下の通り。

医者である「私」は、ある村の新婚の若い夫婦を往診する。夫婦は別々の部屋で看病されており、夫は助かる見込みがあるものの妻は助かる見込みがなかった。夫が快方に向かう兆候が見えたとき、妻は別室で息を引き取った。妻の最期を看取った「私」が、妻が亡くなったことをしばらく夫には告げまいと心に決めて、夫の部屋に戻ると、夫も既に息絶えていた。夫婦は死もともにしたのであった。

以上、二作品のあらすじを見たが、「サノス老人」と同様、恋の感情や夫婦の愛という人類共通テーマを描いた非常に短い作品である。ギリシアの風景描写もないため、そのまま中国人の登場人物に置き換えることも可能な内容である。周作人は、三作品を合わせて『叒社叢刊』に発表した際の付記で「簡潔で深みがあり、ほとんど並ぶものがない」と評価した上で、「もとより世俗小説と異なるが、晋唐の雑伝と比べると、よく似ている」と述べている[15]。周作人はエフタリオーティスの三作品に、中国の古典文学の一形式との共通性を認めていたのである。また、周作人は先述のように「文章の意義」と「哀弦篇」において人情の普遍性により外国文学の理解が可能であると述べている。文学の普遍性について「哀弦篇」では具体的な例を挙げて述べている。オマール・ハイヤーム、アナクレオン、ホラティウス、ヘリックの詩は、愛や憎しみ、悔いや恐れ、嫉妬や願望という感情が人類皆同じである故に、そのおかげで中国人も理解できることの証左であるとする。さらに、ソフォクレス『オイディプス王』とシェイクスピア『リア王』を例として挙げ、これらの戯曲は親子の愛情を描いたものであるが故に普遍性を有するとしている。エフタリオーティスの三作品に描かれたテーマも男女間・親子間の愛という普遍性を持つものである。周作人は、エフタリオーティスの三作品を選択し翻訳する際には、人情の普遍性という点に重点を置いたのではないか。

二．白話文によるエフタリオーティスの翻訳開始

先述の三作品を翻訳した後、周作人がエフタリオーティスの作品を翻訳するのは、一九一八年、既に白話文による執筆を始めた後である。一九一八年九月一五日、『新青年』第五巻第三号に、「ヤンヌラおばさんの復讐の物語」[16]と「イアニスおじさんとロバ」[17]の二作品を発表する。以前翻訳した「サノス老人」に比べ、翻訳の底本とした英訳本で前者は約四倍、後者は約二倍半の長さがある。二作品とも『ギリシアの島々からの物語』に収められている。まず「ヤンヌラおばさんの復讐の物語」のあらすじは次の通り。

年をとった召使のヤンヌラおばさんが、自分によくなついた主人の幼い娘に話をせがまれて、自分の過去の経験

談を話して聞かせる。孤児であった彼女は、ヤギ飼いの老人ニコレスに養われていた。ニコレスのおかげでヨルゴスと結婚し、夫とニコレスと三人で幸せに暮らしていた。ところが、ある日、春の急な雷雨が来たとき、二人のトルコ人兵士が突然現れ、夫を殺してしまった。ヤンヌラは隙を見て二人のトルコ人兵士を殺して村を脱出し、遠いこの村に来たのであった。

この作品は、「サノス老人」など先述の三作品に比べ、英訳でも四倍近い長さがあり、ギリシアの風景描写が見られ、舞台がギリシアの村であることが印象付けられる。また、ヤンヌラおばさんのトルコ人兵士への復讐は、トルコの支配に屈しないギリシアの国民精神を象徴するものと解釈できる。エフタリオーティスが作品を執筆していた当時は、ギリシアはオスマン＝トルコから独立を勝ち取り、国家として復活してからまだ半世紀余りしかたっていなかった。周作人は、エフタリオーティスについてギリシアの「独立時代の人で、愛国精神に富む」と述べており、トルコの支配に屈しないギリシアの国民精神がこの作品に現れていると考えていた可能性がある。

次に「イアニスおじさんとロバ」について見てみたい。あらすじは次の通り。

貧しいが働き者のイアニスおじさんは、年老いてはいても、やはり働き者の大切なパートナーであるロバのグリッズルと、荷物運びの仕事に日々精を出していた。ある夏の日の真昼間、取り入れたブドウをロバの背に乗せて急な丘を登っていた。しかし、年をとって弱っていたロバのグリッズルは力尽きて倒れ、助け起こそうとしたイアニスおじさんもロバの下敷きになった。長い間仕事をともにしてきたイアニスおじさんとグリッズルはともに息絶えたのである。

ギリシアの夏の風物詩とも言えるブドウの取り入れ時期の庶民を描いている。英訳者ローズは『ギリシアの島々からの物語』に寄せた序文で次のように述べている。

運命も、カローン〔人の魂を冥界へ渡す霊――筆者注〕も、病への恐れもギリシア人を憂鬱にすることはできない。彼は必要に応じて働き、生きるための食料を手に入れる。[18]

ロバを引いて荷運びをし、その日暮らしを続けて一生を終えたイアニスおじさんの姿は、「必要に応じて働き、生きるための食料を手に入れる」ギリシア人像を髣髴とさせる。以前、文言で翻訳紹介した「サノス老人」「秘密の愛」「同命」に比べ、口語で翻訳紹介した「ヤンヌラおばさんの復讐の物語」と「イアニスおじさんとロバ」は、ギリシア固有の要素が多く見られると言えよう。

三.「神父ソーフロニオス」

周作人は、一九二一年六月から九月にかけて肋膜炎の治療のため西山で約三か月間療養生活を送る。この間、七月二六日から八月九日にかけてエフタリオーティス『ギリシアの島々からの物語』の作品を集中的に翻訳している。「初恋」[19]「クトザフェリス」[20]「イブラヒム」[21]「ファンゲリスと新年のケーキ」[22]「神父ソーフロニオス」[23]。さらに、八月一六日には英訳者ローズの序文「ギリシアの島々にて」[24]も翻訳している。この中で、長い付記が付けられた「神父ソーフロニオス」に注目したい。周作人は、一九二一年八月九日に「神父ソーフロニオス」を翻訳し、『東方雑誌』第一八巻第一七号（九月一〇日）に発表する。その冒頭では次のようにギリシアの島の夏の風景が美しく描かれている。

八月のことであった。ブドウは熟し、イチジクは蜂蜜のように甘い。オリーブは一番上の枝へ向かって黄色くなり始めていた。タイムとマジョラムの香りが丘を越えて広がり、息を吸い込むのがともかくうれしい。(25)

心地よい夏の夜を、島の人々はワインと歌と、自分の経験談を語って楽しんで過ごしている。若い「私」も仲間とともにソーフロニオス神父に頼んで、何か経験談を語ってもらおうとした。すると、ソーフロニオス神父は、意外にも目に涙を浮かべながら、世を去ったばかりの寡婦ダフヌラとの過去を語り始めた。

ソーフロニオスが若かったころのこと。村の夏祭りの日、ソーフロニオスは、大きなオリーブの木の下で美しい乙女ダフヌラの歌声に耳を傾けていた。ダフヌラが意中の人へ向けて歌っていた歌を、ソーフロニオスは自分に向けられたものと誤解する。しかし、ダフヌラの心を射止めていたのは、島の外から帰郷した、優れた容姿で資産家のレフテリスだった。ダフヌラはレフテリスと結婚することになり、村では一週間にわたる婚礼が始まる。そして、挙式を前にした新郎レフテリスが泉で身を清めるのを、ソーフロニオスはほかの村人たちとともに手伝っていた。そのとき、ソーフロニオスは打ち砕かれた心の中で、レフテリスに呪いをかけてしまう。

結婚の後、レフテリスは酒びたりになって事故で命を落とし、ダフヌラは一人寡婦として、残された小さな土地で暮らしていくことになった。ソーフロニオスはレフテリスを呪い殺してしまったという自責の念で、教会に入って神父となり、それから五〇年の歳月が流れたのだった。そして、ソーフロニオスは「私」に話を語った次の日、家のベッドの上で息を引き取るのだった。

周作人は付記の中で次のように述べている。

醜い小人（Punchinello）と舞姫の恋愛は、私たちはユーゴーやアンデルセンなどの著作の中で、ほぼしょっちゅうと言っていいほど目にする。しかし、この一篇にはギリシアの背景が加わっているところが、また一つ別の趣があるのである。[26]

作中では、先述のようなギリシアの島の情景描写に加え、ダフヌラの歌う歌はギリシアの民謡のようであり、島の村全体の一大行事として行われた、一週間にわたる結婚式の様子も生き生きと描写されている。さらには、古代ギリシアにおいて医術の神アスクレピオスの神殿に病人を寝かせて治療したのと同じような療法が当時も行われていた聖人の廟が背景に描き込まれている。かなわぬ恋の物語はどこの国の文学にも見られるが、ギリシアの風物の中で描かれている点を評価していることがわかる。

ところで、周作人はまた次のように述べている。

私はこの一篇を読むと、二千年前のテオクリトスを思わず連想してしまう。彼〔エフタリオーティス――筆者注〕の描く事物は、収穫祭の牧歌のようなところがある。神父の恋愛の甘く苦い味は、スズメバチになってアマリリスの岩穴に入って行きたいと願う牧人や、月に向かって呼びかける魔女（Pharmakeutria）によく似ている。ただし、同じ悲しみでも、そこまで強烈ではないが。[27]

周作人が類似を指摘しているテオクリトスの牧歌とは、収穫祭の歌は牧歌第一〇、蜂に変わりたいというのは牧歌第三、月に向かって呼びかけるというのは牧歌第二である。周作人はこの三作品をすべて翻訳している。そこで、次章ではこのテオクリトス牧歌について見てみたい。

四．周作人とテオクリトス牧歌

周作人が初めて発表した白話作品はテオクリトスの牧歌の翻訳であった。「古詩今訳」の題で一九一八年二月『新青年』第四巻第二号に掲載されたテオクリトス牧歌第一〇である。周作人は一九一七年九月一八日に翻訳し、同年一一月一四日に題記を執筆している。翻訳する際に基づいたのは、日本留学中に入手したアンドルー・ラングによる英訳本[28]である。この英訳本には、ラングによる長い解説文「テオクリトスとその時代[29]」が巻頭に収められ、また各歌の冒頭にもラングによる短い解説が付けられている。周作人は、北京大学での講義録をまとめた『欧洲文学史[30]』（一九一八）の中でテオクリトスについて、ラングの英訳本の解説を踏まえて論じている。そこで、『欧洲文学史』も参照しながら、牧歌第一〇について見てみたい。

この作品は、ミロンとバットスという二人の農夫の対話形式をとっている。バットスは、ある娘への思いが募って仕事が手につかない。ミロンに相談すると、娘への気持ちを歌にして歌ったらどうかと勧められる。バットスが作った歌を歌うとミロンはそれを誉め、今度は自分が古代の王の収穫の歌を披露する。収穫の歌の冒頭は次のように始まる。

母なる大地の女神よ、たくさんの果実、たくさんの穀物、田畑が実り、大豊作となりますように[31]。

この歌について、ラングは解説で次のように述べている。

これは明らかに農村の有名な一連の対句(Couplets)である。野原で歌われているのをテオクリトスが耳にしていたかもしれないものである。[32]

ミロンの披露した歌について、古代ギリシアの民間で歌われていた収穫の歌をテオクリトスが実際に耳にして書きとめた可能性を述べている。そして、周作人もラングの解説を踏まえて、『欧洲文学史』の中で次のように述べている。

第一〇は収穫の歌で、聞いたものを写し取ったもので、創作したものではないかもしれない。[33]

収穫の歌が民間で実際に歌われていたと考えられる点を、周作人が評価していたことがわかる。次に牧歌第二と第三について見てみたい。牧歌第二は、デルフィスに捨てられた乙女シマイタが、魔法で恋人の心を引き戻そうとし、月に向かって呪文を唱えるというものである。ラングは解説で次のように述べている。

彼〔テオクリトス――筆者注〕は目の前にある自然のほかに何も借りる必要はなかった。ギリシアの田舎の人々の間では〔今でも――筆者注〕考え方はほとんど変わっておらず、迷信の力がとても強いため、裏切られた少女たちは今も月に憐れみと助けを求めて祈りを歌うのである。今でもギリシアの月夜に唱えられるこの呪文に、テオクリトスはこの上さらに激しい思いを付け加えることはできなかった。[34]

周作人は『欧洲文学史』で次のように述べている。

シマイタがデルフィスに捨てられ、月に呼びかけることによりもとの恋人を呼び寄せようとするものである。文章は美しくリアルで、悲哀と諧謔が人の心に深く染み込み、忘れることができない。[35]

周作人はラングを踏まえて、乙女が月に向かって呼びかける姿の真実味を評価していると言える。一方、牧歌第三は、恋するアマリリスに冷たくされた主人公が、彼女が隠れた洞窟へ蜂になって飛んで入っていけたなら、と歌うものである。ラングは、牧歌第三をシチリア島の自然の風景を描いたものとし、次のように述べる。

テオクリトスの時代の農夫が、洗練された感情を色と音で飾られた言葉で表現したと推測するこの上ない根拠がある。なぜなら、現代ギリシアの羊飼いの歌はテオクリトスの記憶を留めているように響くからである。[36]

ラングはさらに現代の民謡の一節を引用して、テオクリトス牧歌第三の一節と比較し、詩句の類似を指摘している。周作人は『欧洲文学史』で次のように述べている。

第三はアマリリスを思う歌であり、現代に至るまでなお人口に膾炙している。[37]

周作人はまた、『欧洲文学史』でテオクリトス牧歌について、「現代の民謡に照らすと、内容が非常に似ている」[38]と述べている。日本留学中に執筆した「『黄華』序説」（一九一〇年一二月）ではさらに詳しく述べている。[39]

テオクリトスの田園詩は、その国の民の生活を記したもので、描かれた事物はすべて事実のようであり、農夫や牧人が歌っていたものと変わらないかもしれない。(40)

そして、ラングの解説文を踏まえ、テオクリトス牧歌第三の一節と現代ギリシア民謡の一節を比較して、詩句の類似を指摘している。ラングはまた「テオクリトスとその時代」の中で次のように述べている。

テオクリトスの天性の才能は、人間の生活に彩られている。彼は自分の知っている風景と人々について真実の、そしてたくさんの証言をしている。〔中略〕彼の〔描く——筆者注〕田舎の人々の習慣や情熱は変わっておらず、彼らの古い恋歌の木霊はいまだに松の木々の間や海岸の堤防に響いている。(41)

ラングは、テオクリトスの牧歌が実際のシチリアの風景・人々を描写したものとし、また、その風景は現代のシチリアに変わらずに残っているとしている。

ところで、民間で歌われていた歌について、周作人は日本留学中に発表した文学論「文章の意義」で既に次のように述べている。

民の声を託したものが、その感情を尽くすことができれば、新しい契機を開き、また古いものも保存できる。著作で言うならば、今急ぐべきはまた二つある。民の感情を記した民話（folk novel）とお伽噺（Märchen）である。これらは一国の民の生活のありかたを知ることができ、また不思議な物事の力は児童教育にとても役立つ。歌謡・俗曲は一見こまごましたつまらないもののようであるが、天の声が語られたものかもしれない。(42)

周作人は民間に伝わる話や歌謡を、国民精神の託されたものとしている。子安加余子が指摘するように[43]、周作人は民の声としての歌謡に文学の本質を見出しており、中国に帰国後、紹興で民間の歌謡を収集する作業を開始し、北京大学に赴任後は、劉半農らと歌謡研究会を組織し、雑誌『歌謡』を創刊、歌謡収集にさらに力を入れている。先述のように牧歌第三の蜂に変わってアマリリスの岩穴へ飛んでいく話は民間で広く知られているものである。また牧歌第二のように月に向かって恋の思いを歌うことは現在でも民間に流布していることである。周作人が、テオクリトス牧歌をギリシアの民間の歌謡をもとにして生まれた文学として、ギリシアの国民精神の託された文学と見なしていたことがわかる。そして、それ故に、古代の王の刈り入れ歌が直接引用されていると考えられる牧歌第一〇を、ギリシアの国民精神がよく現れたものとして、自己最初の白話文作品に選んだのではないか。また、エフタリオーティスの作品、特に「神父ソーフロニオス」については、テオクリトス牧歌に描かれているギリシアの民間信仰を背景として語られている点を評価していたと言えよう。

五.「イブラヒム」と「ギリシアの島々にて」

一九二一年一〇月、『小説月報』第一二巻第一〇号は、目次に「被損害民族的文学号」と掲げた、被圧迫民族文学の特集号となっている。周作人はこの号にエフタリオーティスの「イブラヒム」と英訳者ローズの序文「ギリシアの島々にて」を翻訳、掲載している。翻訳したのは西山療養中の同年八月一日である。「イブラヒム」のあらすじは、次の通り。

ギリシアがトルコの支配下にあった時代、ギリシア人の村長の息子エリアスは美貌で聡明、歌もうまい若者であった。トルコ人の酋長アガに歌のうまさを認められ、気に入られるが、エリアスは酋長アガの娘メレクに恋をする。エリアスは父母の反対を押し切り、イスラム教に改宗してイブラヒムと名を改め、メレクと結婚式を挙げる。しかし、一〇日にわたる婚礼が終わったとき、エリアスの父は死に、母もそれから数か月後に死ぬ。そして、母がかけた呪いにより、メレクは三か月たたないうちに死に、アガは狂い、エリアスは家も畑も手放して数年後に世を去った。

周作人は付記で次のように述べる。

彼〔エフタリオーティス――筆者注〕は愛国思想に富む作家だが、人情にも富み、ギリシアとトルコの人を同等に扱い、読者に作品中のそれぞれの登場人物に対し同じく同情を引き起こさせる。これが彼の長所と言えよう。(44)

被圧迫民族の特集号に掲載した作品ではあるが、「イブラヒム」は圧迫するトルコとそれに抵抗するギリシアという構図を伝えようとした作品と、単純に解釈することはできない。ギリシア人かトルコ人かを問わず、トルコとギリシアの支配関係のために犠牲になった人々が描かれている点から、トルコによるギリシア支配を批判するメッセージとすることは可能であろう。しかし、周作人が、エフタリオーティスはギリシア人とトルコ人の登場人物双方を同情的に描いている点を評価していることから、少なくとも周作人がこの作品を選択して翻訳した意図は別にあったと考えられる。エリアスが歌でメレクに恋を打ち明けて心を通じさせたことや、エリアスの母が呪いでエリアスとメレク、アガを破滅させるという、当時のギリシアの民衆文化・信仰の世界を背景に恋物語が展開している点に、周作人の関心があったのではないか。
ところで、周作人はこの作品に続けて、訳者ローズの序文を掲載している。そこで序文を見てみたい。周作人は、エフタリオーティス『ギリシアの島々からの物語』の訳者ローズの序文を、「ギリシアの島々にて[45]」の題で独立した作品として翻訳し、発表する。その付記では、「現代ギリシアの人情風土を簡潔で要領よく、そして趣深く述べているから[46]」翻訳発表したとして、さらに次のように述べている。

彼がこの文章を書いたのは一八九七年のことだが、ギリシアは今もほぼこのようであると信じてよい。なぜなら、二、三〇年の歳月は民族文化の変化において何ら影響はないからである。都市では多少今昔の違いが生まれるとしても[47]。

ローズの原文に注釈はないが、周作人は、ギリシア神話中の固有名詞やギリシアの風習などの語彙について詳細な注を付けている。ローズの序文は次のように始まっている。

ギリシア本土の野原には今もなおホメロスの時代の雰囲気が残っている。それは、旅行で訪れる人の少ないエーゲ海の島々も同じである。〔中略〕その人民の生活における思想も記憶できないほど昔が起源なのである[48]

そして、『オデュッセイア』のオデュッセウスと妻ペネロペイア、忠実な召使エウマイオスを髣髴とさせる暮らしぶりで、現代のギリシア人たちが暮らしていると述べる。また、ホメロスがトロイア戦争を歌ったように、現代ギリシアの吟遊詩人たちはギリシアのトルコに対する独立戦争を歌って回っているとし、第三段落でさらに次のように続ける。

連なる丘でパーンはまだ死んではいなかった。もしも彼がたまたま眠っていたなら、少なくともネーレーイス〔海の精――筆者注〕は目を覚ましている。(49)

そして、牧神パーンや大地の女神デーメーテールなどを祀っていた場所が、キリスト教の聖人を祀る廟に姿を変えて現在も残っていることを述べる。(50)第四段落では、運命の女神モイライや災いの目、死者を冥界へ連れて行く渡し守カローンに対する民間信仰が今も続いていることを、次のように述べる。

三人の運命の女神はまだ慈悲なき糸を紡いでいる。〔中略〕災いの目に対しては永遠に防備が必要である。もしもそれが自分に降ってこようものなら、必ず自分の胸に三回つばを吐く。(51)テオクリトスの時代にそうしたように。あなたが死ぬときは、カローンが凶悪な笑みを浮かべてあなたを連れ去りに来るのである。(52)

第五段落では、医術の神であるアスクレピオスの神殿に病人を寝せて治療する古代の療法が、現在でもキリスト教の教会で行われていることを述べている。以上のように、ローズは、ギリシア神話やテオクリトス牧歌に描かれている民間信仰が現代のギリシアでも庶民の暮らしの中でまだ生きていると述べているのである。周作人は付記においてて次のように述べている。

ギリシアは六世紀以降、度重なるスラブ民族の混入を経て、一五世紀には今度はトルコに併呑されている。

しかし、国民思想は依然としてギリシアのものであり、「ホメロスの時代の雰囲気が残っている」のである。[53]

これは、日本留学中に発表した「文章の意義」において文学を国民精神の託されたものとし、ギリシアは国家が滅びても国民精神が滅びなかったため、オスマン＝トルコから独立して国家として復活できたと述べているのと一致する。周作人はまた、「神父ソーフロニオス」付記の最後で「ギリシア民族の真の精神は、やはり先代の異教の現世主義にある[54]」と述べ、ローズの序文から次の言葉を引用している。

運命の女神もカローン（人の魂を冥界へ渡す霊）も病の恐怖も、ギリシア人を憂鬱にさせることはできない。彼は必要に応じて懸命に働き、食料を手に入れて生きるのである。[55]

周作人は、古代ギリシアの多神教の現世主義が、信仰がキリスト教に代わっても現在に至るまで続いているとし、これをギリシアの国民精神としているのである。

古代ギリシアの多神教の現世主義については、周作人が本格的にギリシアについて論じた初期のものである『欧洲文学史』で詳しく述べられている。『欧洲文学史』は周作人が北京大学で講義したヨーロッパ文学史の講義録であるが、第一巻「希臘」第一〇章「結論」において、ギリシア文化の特質として「現世主義」を挙げ次のように述べている。

ギリシア神話は内容が美に富み、他の民族の及ばないものである。〔中略〕ギリシアは美を尊び、人の体の美しさを神の属性とした。また現世を重んじ、そのため人生の悦楽もまた神の属性とした。天地の神々は飲食し起居することは人と変わらず、愛すること、憎むこと、争うこともまた人と変わらないとしている[56]。

周作人はさらにホメロス『オデュッセイア』から、オデュッセウスが冥界にいるアキレウスに会った際に、アキレウスが語った言葉、死者たちの王であるよりも、この世の貧乏人の奴隷であるほうがよい、という言葉を引用する。そして、次のように述べる。

けだしギリシア人は現世の幸福のみを人類の幸福とし、それ故に努力してこれを求め、励み、屈することがない。いわゆる人生の戦士の生活である[57]。

ローズの序文「ギリシアの島々にて」への付記においても周作人はこの見方を踏襲している。したがって、周作人がエフタリオーティス作品に見たギリシアの国民精神とは、エフタリオーティス作品の背景に存在し、ギリシア神話やテオクリトス牧歌に現れているギリシアの現世主義ということになろう。ところで、『欧洲文学史』における議論は古代のギリシア文化に関するものであり、論証もギリシア神話など古代の文献によっており、古代ギリシアに関する議論を現代ギリシアについて適用しうるかについては述べていない。周作人が翻訳したエフタリオーティスの作品とローズの序文において、テオクリトス牧歌やギリシア神話に見られる民間信仰が現代ギリシアに生き続けていること、さらには古代ギリシア文化の特質が現代も生き続けていることが明らかにされている。したがって、周作人にとってエフタリオーティスの翻訳作業は、古代ギリシア文化に関する議論を現代ギリシアについても適用しうることを確認する役割も果たしたと言えよう。

むすびに

周作人は、ローズの序文「ギリシアの島々にて」の付記でさらに次のように述べている。

ギリシア文化は古代諸文明の総合されたものであり、また現代諸文明の源である。〔中略〕中国では現在、文芸の根と芽は外国から来たものである。これは当然のことである。しかし、この古い国に種を植え、特殊な土の香りと空気を呼吸したならば、将来どのような花が咲くのか、実に注目されるべきことである。(58)

周作人は、中国の現代文学が、ギリシア文化を源泉とする西洋文学によって生み出されたとしている。そして、ギリシア文化の種が今後、中国の土壌でどのように成長していくかに深い関心を寄せているのである。日本留学中に「文章の意義」において、西洋文化の源泉であるギリシアの国民精神の偉大さを認め、中国がギリシア文化を受容すべきとした周作人は、ギリシア文学の翻訳紹介を生涯続けた。周作人にとってエフタリオーティス作品の翻訳紹介は、ギリシアの国民精神を直接中国に伝える作業の一環であったと言える。周作人は日本留学中に手にしたエフタリオーティスの小説集『ギリシアの島々からの物語』を、「サノス老人」のように普遍的で理解されやすい作品から翻訳を始めた。そして、白話文で執筆するようになってからは、「神父ソーフロニオス」のようにギリシアの特色が現れた作品を翻訳紹介していった。エフタリオーティス作品の翻訳は一九二一年が最後となるが、これ以降もエフタリオーティス作品の背景となっているギリシアの民間信仰に関連するテオクリトス牧歌やギリシア神話の翻訳紹介を続けていく。エフタリオーティスの作品の背景には、テオクリトス牧歌やギリシア神話につながるギリシアの民間信仰が存在し、そこにギリシアの国民精神が見られると周作人は考えていたと言える。

ところで、周作人は、ローズの序文を翻訳する際に、現代ギリシアの民間信仰と古代ギリシアの宗教の関係を論じたローソン『現代ギリシアのフォークロアと古代ギリシアの宗教』[59]を用いて詳細な注釈を付けている。そして、エフタリオーティスの作品とローズの序文の翻訳を終えた翌月、一九二一年九月に周作人はローソンの同書を踏まえて「新希臘与中国」[60]を執筆する。現代ギリシアを題名に掲げ、ギリシア文化の特質である現世主義について論じ、「熱烈に生を求める欲望」という要素を指摘するのである[61]。

また一九二四年以降は、民間信仰からギリシア神話等を解釈してギリシア文化の特質を論じるJ・E・ハリソン[62]の理論を紹介する文章を多く執筆する。周作人とハリソンの理論との関係については既に論じたので[63]重複は避けるが、ハリソンはギリシア神話の神々の美しさに象徴される、現世主義に基づく「美化の精神」をギリシア文化発展の原動力としており、この点に周作人は特に共感を示していた。そして、ギリシア文化を論じた「希臘閑話」[64]（一九二六）、「希臘神話二」[65]（一九二四）、「希臘之余光」[66]（一九四四）、「我的雑学之六」[67]（一九四四）、いずれにおいてもハリソンの論を踏まえて論じていく。エフタリオーティスの作品とローズの序文の翻訳作業という過程を経て、周作人は自身のギリシア像において重要な位置を占める、ギリシア文化の現世主義という要素に関する考察を深化させていったと言えよう。

【注】

（1）「論文章之意義暨其使命因及中国近時論文之失」『河南』第四・五期、一九〇八年五月・六月。
（2）「哀弦篇」『河南』第九期、一九〇八年一二月。
（3）Theodore Whitefield Hunt（1844-1930）, "*Literature, its principles and problems*"（1906）.

（4）Hippolyte Taine（1828-93）, "*History of English literature*"（translated by H. Van Laun）.

（5）大文章者，国民精神之所寄也。（「文章之意義」『周作人散文全集』第一巻、桂林・広西師範大学出版社、二〇〇九年、一一五頁）。

（6）Henry Spackman Pancoast（1858-1928）, "*An introduction to English literature*"（1901）.

（7）文章所言，大抵属于人情（「哀弦篇」前掲注（5）『周作人散文全集』第一巻、一三四頁）。

（8）"*Old Thanos*"（原題：*Ὁ γερο-Θάνος*）、周作人の訳題は「老泰諾思」。

（9）Argyris Ephtaliotis（Αργύρης Εφταλιώτης, 1849-1923）, "*Tales from the isles of Greece: being sketches of modern Greek peasant life*", translated by W. H. D. Rouse, J. M. Dent & Co. London, 1897.（原題：*Νησιώτικες ιστορίες*［島の物語］）。

（10）「古希臘之小説」『紹興公報』一九一〇年七月三一日。

（11）周作人「墨痕小識」、一九一四年夏作、未刊稿。鍾叔河編『周作人文類編』第八巻、鄭州・河南文芸出版社、一九九八年、所収。

（12）"*Secret love*"（原題：*Κρυφὴ ἀγάπη*）、周作人の訳題は「秘密之愛」。

（13）"*In their deaths they were not divided*"（原題：*Ἀνδρόγυνο γιὰ πάντα*）。周作人の訳題は「同命」。

（14）エフタリオーティスのこの三作品は、一九二一年に『域外小説集』（上海・上海群益書社）を増補・復刊したときに同書に収録された。

（15）简洁精深，鲜有伦比。〔中略〕固异于世俗说部，方之晋唐杂传，其或庶几尔。（「「新希臘小説」訳記三則」『叒社叢刊』第二期、一九一四年一二月。『周作人文類編』第八巻、二四九頁）。

（16）"*Aunt Yannoula*" 周作人の訳題は「楊奴拉媪復仇的故事」。『新青年』第五巻第三号、一九一八年九月。『点滴』北京・北京大学出版部、一九二〇年、所収。

（17）"*Uncle Yannis and his Donkey*"（原題：*Ὁ μπαρμπα - Γιάννης κι ὁ γάδαρός του*）、周作人の訳題は「楊尼思老爹和他驢子的故事」。『新青年』第五巻第三号、一九一八年九月、掲載。同上『点滴』所収。

（18）但是沒有運命，沒有哈隆，也沒有疾病的恐怖，能夠使希臘人憂鬱。他應著必要而作工，去得他生活的食料。（「在希臘諸島」『小説月報』第一二巻第一〇号、一九二一年一〇月）。ローズの原文は次の通り。"But fate, nor Charon, nor dread of disease can make the Greek melancholy. He works as much as he must, to gain food to live on."（"Tales from the isles of Greece" p.xiii).

（19）"*First love*"（原題：*Πρώτη ἀγάπη*）、周作人の訳題は「初恋」。七月二六日訳、八月二日・三日『晨報副刊』掲載。『現代小説訳叢』第一集、上海商務印書館、一九二二年五月、所収。

（20）"*Koutozaphiris*"（原題：*Ὁ Κουτοζαφείρης*）、周作人の訳題は「庫多沙非利斯」。七月三一日訳、八月一二日・一三日『晨報副刊』掲載。『現代小説訳叢』第一集所収。

（21）"*Ibrahim*" 周作人の訳題は「伊伯拉亨」。八月一日訳、一〇月一〇日『小説月報』第一二巻第一〇号掲載。『現代小説訳叢』第一集所収。

（22）"*Vangelis and his new year's cake*"（原題：*Ἡ βασιλόπιτα τοὺ Βαγγέλη*）、周作人の訳題は「凡該利斯和他的新年餅」。『晨報副刊』八月九日掲載。『現代小説訳叢』第一集所収。

（23）"*Pappa Sophronios*"（原題：*Ὁ παπα -Σωφρόνιος*）、周作人の訳題は「神父所孚羅紐斯」。八月九日訳、九月一〇日『東方雑誌』第一八巻第一七号掲載。『現代小説訳叢』第一集所収。

（24）William Henry Denham Rouse（1863-1950）"*In the Greek islands*" 八月一六日訳、一〇月一〇日『小説月報』第一二巻第一〇号掲載。

（25）這是八月裏：蒲陶已經熟了，無花果是蜜一般的甜，橄欖變成黃色，一直到頂枝。百裡香和鈴子香的香氣，飄滿山上，使人呼吸了很愉快。（前掲注（23）「神父所孚羅紐斯」）。
ローズ原文："It was the month of August. The grapes were ripe, the figs sweet as honey, and the olives had begun to turn yellow away up on the topmost twigs. Scent of thyme and marjoram was wafted over the hills, and made it a pure delight to breathe."（Argyris Ephtaliotis, "*Tales from the isles of Greece: being sketches of modern Greek peasant life*", translated by W. H. D. Rouse, J. M. Dent & Co. London, 1897. p.22).

（26）朱儒（Punchinello）與舞姬之愛，我們在于俄（Hugo）及安兌爾然（Andersen）等的著作裡，差不多看得很普通了，但這篇加上一個希臘的背景，又有別一種的情趣。（同上）。

（27）我們讀這一篇故事，不覺聯想到二千多年前的諦阿克利多思（Theokritos）。他的描寫物色，有如收穫祭的那篇牧歌；神父的戀愛的苦甜，很有些類似願化爲胡蜂進阿瑪呂利思（Amaryllis）的岩室去的牧人和對月呵禁的魔術女（Marphakeutria〔正しくは pharmakeutria——筆者注〕）但是一様的悲哀，卻沒有那様的熱烈了。（同上）。

（28）“*Theocritus, Bion and Moschus*”*, rendered into English prose with an introductory essay*, by Andrew Lang” London, Macmillan, 1889.

（29）‘Theocritus and his age’.（前掲注（28）所収）。

（30）『欧洲文学史』上海商務印書館、一九一八年一〇月。前年度の北京大学での講義録である。本稿では『欧洲文学史』（長沙・岳麓書社、一九八九年）に拠った。

（31）地母呵，多果子，多五穀：願田稲成熟，百果長的多呵。（「古詩今訳」『新青年』第四巻第二号、一九一八年二月）。
Demeter, rich in fruit, and rich in grain, may this corn be easy to win, and fruitful exceedingly!（前掲注（28）“*Theocritus, Bion and Moschus*”, p.56）.

（32）Milon replies with the song of Lityerses—a string, apparently, of popular rural couplets, such as Theocritus may have heard chanted in the fields.（前掲注（28）“*Theocritus, Bion and Moschus*”, p.53）.

（33）第十章刈禾人吟，则或迻录所闻，非出创作，亦未可知也。（前掲注（30）『欧洲文学史』、四四頁）。

（34）He had no need to borrow from anything but the nature before his eyes. Ideas change so little among the Greek country people, and the hold of superstition is so strong, that betrayed girls even now sing to the Moon their prayer for pity and help. Theocritus himself could have added little passion to this incantation, still chanted in the moonlit nights of Greece.（前掲注（28）“*Theocritus, Bion and Moschus*”, p.xvi）。

（35）Simaitha 见弃于 Delphis，因对月诃禁，招其故欢。文美而真，悲哀而诙诡，深入人心，令不能忘也。（前掲注（30）『欧洲文学史』、四五頁）。

（36）But we have the best reason to suppose that the peasants of Theocritus, time expressed refined sentiment in language adorned with colour and music, because the modern love-songs of Greek shepherds sound like memories of Theocritus.（前掲注（28）“*Theocritus, Bion and Moschus*”, p.xix-xx）.

（37）第三章怀 Amaryllis 之歌，至今犹不绝于人口。（前掲注（30）『欧洲文学史』、四四頁）。

（38）后世或疑非实，然证以现代民谣，文情颇多相似。（前掲注（30）『欧洲文学史』、四四頁）。

（39）『黄華』はハンガリーの作家ヨーカイ・モール（Jókai Mór, 1825-1904）の作品 "*Sárga rózsa*"（黄色いバラ）の翻訳。序文では、牧歌について解説し、テオクリトスについても詳しく述べている。

（40）谛氏田园诗，记其国人生活，事皆如实，农牧行歌，未可为异。（前掲注（5）『周作人散文全集』第一巻、二一一頁）。

（41）The genius of Theocritus was so steeped in the colours of human life, he bore such true and full witness as to the scenes and men he knew, that life (always essentially the same) becomes in turn a witness to his veracity.〔中略〕The habits and the passions of his countryfolk have not altered, the echoes of their old love-songs still sound among the pines, or by the sea-banks.（前掲注（28）"*Theocritus, Bion and Moschus*", p.xiii）。

（42）而民声所寄，得尽其情，既所以启新机，亦即以存古化。以言着作，则今之所急，又有二者，曰民情之记（Tolk-novel〔正しくは folk-novel——筆者注〕）与奇觚之谈（marchen〔正しくは Märchen——筆者注〕）是也。盖上者可以见一国民生之情状，而奇觚作用则关于童稚教育至多。谣歌俗曲，粗视之琐琐如细物然，而不知天籁所宣（前掲注（5）『周作人散文全集』第一巻、一一五頁）。

（43）周作人の民俗学における足跡については、子安加余子『近代中国における民俗学の系譜——国民・民衆・知識人』（御茶の水書房、二〇〇八年）に詳しい。

（44）他雖然是愛國思想的作家，但仍是富於人情，描寫希臘和土耳其人不分什麼輕重，令人對於篇中的人物，一樣的各自引起同情，這可以說是他的好處。（前掲注（21）「伊伯拉亨」）。

（45）"In the Greek islands" 周作人の訳題は「在希臘諸島」。前掲注（18）『小説月報』第一二巻第一〇号掲載。

（46）因爲他説新希臘的人情風土很是簡要有趣，可以獨立（同上）。

（47）他作這篇文章還在一八九七年，但我們可以相信希臘現在大略也是如此，因爲二三十年的時日，在民族文化的變化上是毫無影響的，雖然在都市上可以造成多少今昔的差異（同上）。

（48）在田野的希臘，至今仍有訶美洛思（Homeros）時代的風氣餘留著，而尤以游人少到的愛該亞（Aigaia）諸島爲然。〔中略〕便是那人民的生活思想，也起源於不可記憶的古昔。（同上）。
ローズ原文：There is something Homeric still lingering about rural Greece, and especially about those isles of the Aegean

where few travellers come.〔中略〕but the very life and thoughts of the people go back to an immemorial antiquity.（"*Tales from the isles of Greece*", p.xi).

（49）在山岡間滂(Pan) 是還沒有死；卽使他或者睡着了，總之神女是醒着的，(同上)。
ローズ原文：Out on the hills Pan is not yet dead; if he sleeps perchance, at least the Nereids are awake.（"*Tales from the isles of Greece*", p.xi).

（50）周作人は、「パーン」と「アギア」がギリシア語で「すべて」と「聖なる」を意味し、「聖処女（パーンアギア）」を祀る廟が、もともとは牧神「パーン」の廟であった名残であると注を付けている。滂在古代希臘神話裡，本是牧神；後來因爲他的名字與希臘語「一切」這一個字同音，所以改變作大神了。〔中略〕但是基督教代異教而興，異教的神卻並不死，只是改名換姓，仍受人的禮拜。舊日滂的神祠，改作「滂那吉亞」——一切聖——卽聖處女的廟，至今還是存在。（前揭注（18）「在希臘諸島」）。

（51）周作人は「災いの目」について注釈を付けている。そして、自分の胸に三回つばを吐くことにより、災いの目による災いを祓うことができることが、テオクリトス牧歌第六にも描かれていることを述べている。

（52）那三個運命女神仍舊紡他們的無情的線；〔中略〕惡眼也須永遠防備；他如落在你的上頭，不可疏忽，須三次唾在你的胸裡，如他們在諦阿克利多斯（Theokritos）的時代所做一般。你死的時候，這是哈隆（Charon），凶笑著來帶你去的。（前揭注（18）「在希臘諸島」）。
ローズ原文：The Three Fates still spin their pitiless thread;〔中略〕The evil eye is ever to be guarded against; if it fall upon you, fail not to spit thrice into your bosom, as they did in the days of Theocritus. And when you die, it is Charon who comes grim to fetch you.（"*Tales from the isles of Greece*", p.xii-xiii).

（53）希臘自六世紀以後，疊經斯拉夫民族的混入，十五世紀又受土耳其的併呑，但國民思想卻仍然是希臘的，「有訶美洛思時代的風氣餘留著」。（同上）。

（54）希臘民族的眞精神，還是在於先代的異教的現世主義（前揭注（23）「神父所孚羅紐斯」）。

（55）但沒有運命女神，沒有哈隆（Charon 渡人的魂靈到冥間之鬼），也沒有疾病的恐怖，能夠使希臘人憂鬱。他應著必要盡力的工作，去得食物以活命。（同上）。

（56）希腊神话，内容美富，为他民族所莫及。〔中略〕希腊尚美，以人体之美，归之于神。又重现世，故复以人生之乐归之。其言天地诸神，饮食起居，不殊于人，爱恨争斗，亦复无异。（前掲注（30）『欧洲文学史』、五六～五七頁）。

（57）盖希腊之民，唯以现世幸福为人类之的，故努力以求之，径行迅迈，而无挠屈，所谓人生战士之生活。（同上、五八頁）。

（58）希臘是古代諸文明的總匯，又是現代諸文明的來源；〔中略〕中國現在文藝的根芽，來自異域，這原是當然的；但種在這古國裡，吸收了特殊的土味與空氣，將來開出怎樣的花來，實在是很可注意的事。（前掲注（18）「在希臘諸島」）。

（59）John Cuthbert Lawson, *"Modern Greek folklore and ancient Greek religion, a study in survivals"*, the University Press, Cambridge, 1910.

（60）「新希臘与中国」『晨報副刊』九月二九日。

（61）「熱烈に生を求める欲望（熱烈的求生的欲望）」という表現とニーチェとの関連については、拙稿「周作人とニーチェ——J・E・ハリソン、H・エリスと『悲劇の誕生』をめぐって」（『慶應義塾大学日吉紀要 中国研究』第五号、二〇一二年三月）で論じた。

（62）Jane Ellen Harrison（1850-1928）.

（63）周作人のギリシア像とハリソンのギリシア研究との関連については、拙稿「周作人とJ・E・ハリソン——ギリシア神話とギリシア像を巡って」（『慶應義塾大学日吉紀要 中国研究』第七号、二〇一四年三月）で論じた。

（64）「希臘閑話」『新生』第一巻第二期、一二月二四日。

（65）「希臘神話二」『青年界』第五巻第五期、一九三四年五月。

（66）「希臘的余光」『芸文雑誌』第二巻第七・八期合刊、一九四四年八月。

（67）「我的雑学之六」『華北新報』一九四四年六月一一日。

「意境」と「越境」――「いかに書くか」をめぐる魯迅と聞一多

鄧　捷

はじめに　「血と肉」はいかに書くべきか――「三・一八」事件をめぐって

新月派の作家詩人らに対する魯迅の痛烈な批判はあまりにも有名であるが、一九二五年にアメリカ留学から帰国して新月派に参加した聞一多について、魯迅は生涯にわたって言及したことがない。聞一多も魯迅に対してその存命中には一切触れなかったが、魯迅逝去五日後の一九三六年一〇月二四日に清華大学で開かれた追悼会で初めて言及し、中国文学史上において魯迅に匹敵する人物は唐の韓愈だけだと指摘し、次のように評価した。

唐の韓愈と現代の魯迅はともに、文章だけでなく民族国家の遠い将来にも気を配ろうとしました。彼らは人に善行を勧めるのではなく、悪事を止めようと罵るのです。彼らの態度は文人の態度であり詩人の態度ではないと言えます。これもすなわち、詩人と文人の違いです(1)。

聞一多のいう「詩人」と「文人」について、従来では、「文人」は、積極的に社会に参加する憂国憂民の知識人であり、「詩人」は脱俗的で世間を超越し、自己表現の「詩」以外に万事に関心がない「士人」である、また、一九三六年時点の聞はすでに詩を書かなくなっていたので、魯迅の文人の態度により共鳴していたのであろう、といった見解が見られる。(2) しかしこのような理解は筆者には必ずしも妥当とは思えない。なぜなら、聞一多が最も精力的に詩を展開しようとした時、彼はほかでもなく「愛国」の「詩人」たらんとしていたのだから。

一九二六年三月一八日に、日米英仏など八カ国名義で突きつけられた最後通牒をほぼ全面受諾した段琪瑞政府に対して、強硬外交を請願しデモを行った学生ら民衆は、国務院前で衛兵隊の銃撃を受け、約五〇人の死者と多数の負傷者を出した。いわゆる「三・一八」事件である。この「民国以来もっとも暗黒なる日」(3)を前に、魯迅と聞一多がそれぞれ表現者として発した言葉は非常に興味深い対照をなしていた。

魯迅は青年たちの死への憤りに震えて、事件当日に執筆した「無花的薔薇之二」の中で、段琪瑞政府の虐殺を激しく非難しながら、「以上は、すべて空言である。筆で書いたものに、なんのかかわりがあろう。〔中略〕血は墨で書かれた戯言(たわごと)に掩いかくされることがないばかりではなく、墨で書かれた挽歌(ばんか)にも酔うことがない。威力もそれを抑えこむことはできぬ。なぜなら、それは、すでに騙(だま)すこともできず、打ち殺すこともできぬものだからである」(4)と、流血という明白で残忍な事実の前に自身の言葉の無力と空虚を悲嘆した。三月二五日執筆の「〝死地〟」では、「言語道断」(言葉に言い表しようがない・悲しみ憤るあまり言葉を失う、の意)という通常の中国語にない仏家の語を用いて非難、四月一日に執筆した「記念劉和珍君」の中でも、「四十数人の青年の血が私の周囲に満ちあふれ、苦しくて呼吸もできず、見ることも聞くこともできない。そんなところに言葉があり得ようか」「これ以上、私になんの言うべき言葉があろう。私は、衰亡する民族が黙して声なき理由を理解した。沈黙よ、沈黙よ！　沈黙のなかに爆発するか、それとも、沈黙のなかに滅亡するか」「ああ、私はもう言葉がない。ただ、これをもって劉和珍君を記念する」[5]と、殉難者のための記念文を書かずにいられない一方、惨事と流言の前に文字通り言葉を失う表現の窮地を繰り返し訴えた。

すでに指摘されている通り、魯迅文学において、「書く」か「書かない」か、また「いかに書くか」の葛藤は、表現者としての彼の生涯を貫く課題であった。「魯迅の心の中の矛盾と葛藤、および執筆時のこれらの矛盾に対する自覚的な処理は、どれも彼に同時代の他の作家らより〝いかに書くか〟の問題にさらなる関心をもたせた。〝書くことの難しさ〟と〝本音の難しさ〟に絶えず直面する過程の中で、魯迅は〝詩と真〟に関する一連の思考を展開し、その思考の過程と成果は、集中的に『野草』および同時期の一部のテキストに現れている」[6]。この時期、一年半前から書かれてきた『野草』の散文詩群が終盤にさしかかり、「立論」「墓碣文」などでは、いかに真実の意見を表現するか、「心を抉りて自ら食らい、本味を知らんと欲す。創痛酷烈にして、本味何ぞよく知らん……痛み定まりて後、徐ろにこれを食らう。然れども其の心已に古びたり、本味また何に由りてか知らん[7]……」といった激しい葛藤を見せている。「三・一八」事件に関して、魯迅はやがて矛盾と対立をなす言葉で、「死者と生者と未生者」を記念するために「淡淡的血痕中」の一篇を書き、「人類の蘇生もしくは絶滅」を願う「叛逆の猛士」のイメージを創造し、「野草」篇末第二章に据えた。

一方、魯迅より一八歳若く、事件当時二七歳の聞一多は、清華園の詩人ら、および徐志摩とともに、リズム、形式を重んじ、古典律詩をヒントとした新詩の「格律」を主張し、中国語の特質に基づき「音楽の美、絵画の美、建築の美」が詩に求められるべき「新格律詩」運動を『晨報副刊　詩鐫』（以後は『詩鐫』と略す）に展開しようとしていた。『詩鐫』は「三・一八」事件の直後に創刊された。聞一多はこの偶然に重要な意味を見出し、創刊号に「愛国和文芸――紀念三月十八」（一九二六年四月一日）を発表し、『詩鐫』と流血、すなわち文芸と愛国の密接な関係を論じ、自由、正義、理想を愛する熱血は天安門、鉄獅子胡同に流れるだけではなく、筆先にも紙にも流れてほしいと願い、さらに次のように殉難者を讃えた。「陸游は七〇の衰翁にして涙を竜牀に灑いで北征を請い、バイロンは戦場に死なんことを願った。バイロンの最も完全、最も偉大なる詩は、すなわちこの一死であった。我らは思う、この志士たち三月十八日の殉難は、ただに愛国というのみならず、かつ最も偉大なる詩である。我らもし殉難者の情熱の一部だに得れば、すなわち文芸上において大成功を得るであろうし、もし殉難者の情熱の全部を得れば、すなわち彼らの跡を追って、身を殺して仁を成すことができるであろう」。

死の意義に対するロマン主義的強調は、最初の詩集『紅燭』以来の「芸術のための芸術」の文学信念の延長であり、「「請願」といったことは、もうこれでとり止めることにしよう。〔中略〕死地はまぎれもなく、すでに前方にある。中国のためを思えば、覚醒した青年はかるがるしく死ぬようなことをしてはならない[8]」という魯迅の青年への現実的な呼びかけとは全く異なるものであるが、流血の現実さえも文芸（彼らにとってこれから展開する「新格律詩」運動）で引き受け、相応しい形式で表現しようとする使命感と自信が滲み出ている。実際、「三・一八」について聞一多は上述の評論以外にも、三月二五日に「唁詞——紀念三月十八日的惨劇」（『国魂週刊』第一〇期）、三月二七日に「天安門」（『晨報副刊』第一三七〇号）、四月一日に「欺負着了」（『詩鐫』創刊号）の三首の詩を発表していた。「天安門」と「欺負着了」はそれぞれ洋車夫（人力車夫）と、惨事で二人の息子を失った母の口調を借りて、政府の犯罪を告発した詩作であり、その共通した特徴は「北京土白」という方言を詩に取り入れたことにある。この新しい試みについて『詩鐫』同人の饒孟侃は、「北京土白」は洋車夫の語り口にぴったり合うもので、「天安門」の音節（リズム）も完璧な境地に達していると絶賛し、さらに「天安門」の押韻の仕方を詳しく解説して、それは外国の詩にも見られるもので、Feminine Rhyme（復韻）というものだと、批評している[9]。「土白」は鍛錬を経れば詩を〝作る〟ことができると、聞一多も「新格律詩」運動の理論を語る「詩的格律」において語っている。すなわち、聞一多は、前述した「愛国」と「文芸」の関係を強調する彼の主張通り、青年らの流血事件を斬新な詩の形式を用いて表現しようと試みていたのである。

「三・一八」をめぐる魯迅と聞一多の違いは、憂国憂民の中年作家と脱俗的青年詩人の違いを超えて、表現者として宿命的に用いなければならない言葉（漢語、現代中国語）と表現に対する姿勢の違いである。「血」という紛れもない真実を、文学者はいかに書くべきか、という問題に対する二人の姿勢は、作品とその表現形式、さらに長い歴史をもつ古典文学に対する現代文学の連続性あるいは断絶を考える際の、象徴的な対照をなしている。現代中国において、魯迅と聞一多はともに古今の文学に深い審美眼をもち、それぞれ文学史を執筆しようとした数少ない文学者である。[10] 漢語（文言文）表現の特質、その特質においてこそ花咲いた悠久なる古典の詩文や小説、それらと現代の口語表現・文学との関連について、二人とも深い知見をもっていた。一九二五年七月に魯迅は「論睜了眼看」において、中国人の「瞞」（ごまかし）と「騙」（だまし）の国民性を批判した上、伝統思想とそのやり口としての文芸を次のように批判した。

> 中国人は、これまで勇気をもって人生を正視しなかったため、ごまかしたりだましたりせざるを得ず、かくてごまかしとだましの文芸が生まれ、この文芸が、さらに中国人を、ごまかしとだましの泥沼深く陥れ、自分でもそれを感ぜぬまでになってしまった。世界は日々に変わっている、わが作家たちが、仮面をはぎ取り、真面目に、深く、大胆に、人生を観、かつその血と肉とを描き出すべき時はすでに到来した。斬新な文壇がつくられ、勇猛な猛将たちが輩出すべき時とはなった。
>
> 現在は、風向きが変わったらしく、どこにも、花鳥風月を詠ずる声は聞かれなくなった。代わって起こったのが鉄と血の讃歌である。しかし、欺瞞の心、欺瞞の口をもってするのなら、AとOを言おうと、YとZを言おうと、どれも虚偽である。〔中略〕憐れなるかな、彼は「愛国」なる権威の笠の下で、またもや眼をつむっ

てしまったのだ——いや初めからつむったままなのかもしれぬが。

あらゆる伝統思想とそのやり口をつき崩す猛将が現れぬ限り、中国には本当の新文芸が生まれるはずはない。[11]

「鉄と血の讃歌」「『愛国』なる笠」といった言葉は、まるでのちの聞一多らの「新格律詩」運動を予言して喝破したようなものであるが、しかし、聞一多は、晩年に彼自身が吐露したように、心の内に「爆発していない火山」（原文：没有爆发的火山）を抱えていた文学者で、留学予備校の清華学校、アメリカ留学時代を通じて、清華文学社を組織し、政治団体「大江会」の活動に参加するなど、文学と政治の両面において誠実に祖国の運命を憂う若者であった。一九二二年執筆の未発表手稿「律詩底研究」において、「定義」「源流」「構成」「音節」「効果」「特質」などに分けて古典律詩を全面的に考察し、それが「純粋なる中国芸術の代表」であり、「一首一首の律詩に中国式の人格がある」[12]と、敢えて反伝統の新詩の潮流に逆らって主張した。また、同年出版された「『冬夜』評論」では、芸術作品（詩）とその道具（文字、言葉）の間に埋めがたい溝があると認識した上で、詩人の仕事は、「道具を征服する困難さ」にあり、その道具がほかでもなく文字（言葉）だと、内容と形式を別に捉えず、内容に見合った形式、寧ろ形式こそ詩でなければならない、という前衛的な詩歌観を述べている。この詩歌観はイギリスの美術評論家クライブ・ベル（Clive Bell 一八八一～一九六四）に啓発されたもので、表現者が道具の妨げのために自己を完全に表現できないことは、ちょうど肉体が魂の妨げであることと同じだ、とも説明されている。この詩歌観は魯迅の「心を抉りて自ら食らい、本味を知らんと欲す」「本味何ぞよく知らん」の葛藤に通じあっていると言える。ただ、聞一多は外国の理論に寄りかかって楽観的であるが、魯迅の葛藤はその生の体験に由来しており、深刻である。

律詩は漢語という道具による表現の極まりであるため、新文学においても参考になると認識する聞一多は、郭沫若の詩集『女神』を批評した文章では、次のように述べた。

新詩は一直線に〝新しく〟なければならないと私は常に思っているが、しかし、それは中国固有の詩より新しいだけではなく、西洋固有の詩よりも新しくなければならない。言い換えれば、それは純粋な本土の詩である必要はないが、本土の色彩を留めなければならない。純粋な西洋の詩である必要はないが、できる限り西洋の詩の長所を吸収しなければならない。それは中国と西洋の芸術が結合して生まれた結晶でなければならない(13)。

中国伝統文化に対する聞一多の主張は、魯迅を含めた文学革命の唱導者のものとは違うだけではなく、文学革命を懐疑し反対する林琴南および『国故』『学衡』の人々とも違う、近代的感性と知性をもった文化的保守主義であると言える。合理的に見える彼の主張は、「新格律詩」運動に実を結んでいくのだが、『詩鐫』はわずか二カ月あまりで終わりを告げた。一九二七年、現実の中国を見つめはじめた聞一多は五千年の文化を戸惑いながら歌った——「おお、横暴な精神よ、おまえは私を征服した／おまえは私を征服した！ 絢爛なる虹よ／五千年もの長きにわたる記憶よ、動かないでおくれ／いま私は、おまえをしっかり抱きしめる術を知りたい〔後略〕」(「死水・一個観念」)。

中国の現実に生き、眼を開けて「血と肉」を見つめ、それをいかなる言葉と表現で書くか。また伝統文学との連続、とくに詩の場合、漢語の表現の特質はどう用いるか。これらの問題を総合的に考える時、魯迅と聞一多の主張の優劣を論じることはできない。むしろ現代中国文学において二人の主張が各々に合理性をもち、互いに補完する関係にあると考えるべきであろう。小論は以上のような見解をもとに、聞一多ら新詩人がたびたび強調した、古典詩を論じる時のキーワード「意境」という概念に着目して、「意境」の解体もしくは「越境」を志向した『野草』の言語表現の戦略と特徴を浮き彫りにしてみたい。

一. 中国文学の表現の特質

広大な多民族国家中国において、漢字は強い意味喚起力をもち、方言の差異を越えて内容を相手に伝達することを可能にする重要な手段であり、それを一定の様式に整えて知識階層の間に普遍化した書き言葉の文体が「文言文」(漢語)である。「孤立語である漢語において、文の中の一つ一つの語が他の語から相互に独立しており、語と語の順序によって文の意味が決定される。〔中略〕個々の単語は、基本的には意味の頂点を示すだけであり、ヨーロッパ系の言語に特徴的な人称や時制による屈折、また日本語のような膠着語に見られる助詞・助動詞等による意味の補充は、もちろん表記の面にはほとんど現れず、その場その場の状況に応じて判断するほかはない[14]」。漢語のこのような、「書(書きことば)は言(話しことば)を尽くさず、言は意(心に思うこと)を尽くさず」(『易』繋辞伝)という限界は、同時にその「芸術型の言語、詩の言語」という特質を決定するのである。魯枢元『超越語言――文学言語学芻議』は漢語の「詩性」の特質を八項目に分けて詳細に指摘している。

一、漢字は表意の象形文字であり、一個の漢字は一個の心理的イメージ、一種のパターン化した〝共通イメージ(原文:共相)〟である。二、漢字は主に視覚に働き、空間的に場を開く。語と語の関係は「多点透視(原文:散点透視)」で、並列的、連想的、通時的、暗喩的であり、抒情と象徴に長けている。三、漢字は絵から生まれ、主体(表現者)の客体(対象)に対する直感的、形象的、全体的な把握に基づいている。西洋の表音文字のように理性的分析と規定の上に成立するものではないため、漢語語彙は時には意味が明瞭ではない。漢語語彙はあくまでも全体的象徴であり、表現しようとするのは対象の確実な属性ではなく、多くは表現者の〝心理的形象〟である。四、漢語は厳密な文法論理に依拠した論証的言語ではなく、〝語彙〟を重んじ、直感的、網羅的、空間(場)的であり、描写と象徴に適し、詩の創作に利する言語である。五、〝関係性の構造〟を法則とする西洋言語と比較すれば、漢語は〝流動の塊の構築〟の言語である。六、〝言外の意〟は漢語の至高の追求であるが、この追求は言語の不確実さをもたらす一方、言語の暗示性を増強する。七、漢語は古くから現代まで呪力をもつ。八、漢字は表意文字ではあるが、音声においても情調を有する。[15]

漢語が「詩性」（あるいは文学性）の言語であるということは、多くの歴史的事実によって裏付けられている。古代中国では、漢語で書かれたあらゆる分野の経典的文章や名文は、ほとんど文学作品として読まれてきた。なぜなら、それらは日常言語や白話文と違って「文言文」という言語の「異化」処理を行ったテキストであり、繁多な技巧と潜在的な駢儷様式を内包するからである。[16] このような漢語の特徴が近代以後明白に意識されたのは母語文学が他言語に翻訳された時である。例えば、一九二二年に日本人小畑薫良によって英訳された『李白詩集』（*The Works of Li Po, The Chinese Poet*）について、聞一多は「英訳李太白詩」でその努力と翻訳の工夫を讃える一方、原詩と英訳の齟齬を多く指摘し、「〝美〟は触ってはいけない、手で触れるとたちまち壊れる」と嘆いた。さらに次のように中国語の特徴を指摘する。

中国の言葉、特に中国の詩の言葉は、リズムが非常に――最高限度までに洗練（原文：紧凑）された言葉である。「鶏声茅店月、人跡板橋霜」、このような句は形容詞、動詞さえ含まれず、無用の長物の前置詞、連読詞などはもう論外だ。このような詩意の美は、完全に「句型」によって表現されている。この種の詩を読むのは、あたかも月光の中で山水を見ているかのようである。すべては銀色の霧に包まれて、かすかな形だけで、鮮明な輪郭がない。眼では何か確実なものは見えないが、しかし想像では無数の景色が浮かび上がる。温飛卿はただ一字一字を並べただけで、文法の規則に従ってそれらをつなげたのではない。まるで後期印象派の画家のように、色を点々とキャンバスの上に並べれば、仕事は完成だ。画家は色と色が自ずから融合しこもごも照り映えるのに任せるが――詩人も字と字が自ずから融合しこもごも照り映えるのに任せるのである。[17]

このような中国の詩の言語特徴について聞一多がより理論的に述べたのは「詩的格律」である。詩の「格律」(form)は視覚と聴覚の両面に存在し、音節、平仄、押韻という聴覚上の問題のほか、中国の文学では、文字が象形文字であるため、視覚上の印象も重要である。文学は元来時間を占め、また空間を占める芸術だが、空間を占めているにもかかわらず視覚上の具体的なイメージを喚起しない西洋言語について、それが「遺憾な点」だと述べた。以上のような詩の言語の特徴を重視した古典詩論の概念の一つが「意境」である。「意境」という言葉は文学革命以後、聞一多を含め、多くの新詩人らも詩論の中で用いた。

二 新詩の「意境」説およびその変奏

「意境」とは何か。古今を問わず詩を論じる時に意識せずに多用されるこの語を『辞海』で確かめれば、それは「文芸作品の中で描かれた客観的状景と、表現するところの思想感情が融合し一致して形成された芸術的境地のこと」[18]。中国古典文学の批評家はよく意境の高低をもって作品の成敗を論じた。唐代の王昌齢は「詩格」の中で「物境」「情境」「意境」の三境説を提唱し、宋の釈普聞は「意は境中より宣出す」と述べ、厳羽は『滄浪詩話』「詩辨」で「羚羊角を掛け、跡の求む可き無し」の比喩を用いて、「空中の音、相中の色、水中の月、鏡中の象の如し。言は尽くる有るも、意は窮まり無し[19]」の意境を唱え、明の朱承爵は『存餘堂詩話』の中で、「作詩の妙は、全て意境の融徹に在り、声音の外に出れば、乃ち真味を得る」と述べた（古人の言う〝真味〟と魯迅「墓碣文」の中の「本味」との違いは注目に値する）。

意境説の完成は近代の王国維、樊志厚によるものであり、王の『人間詞話』は意境を「有我之境」と「無我之境」に分類し、前者は、例えば杜甫の「時に感じては花にも涙を濺ぎ、別れを恨んでは鳥にも心を驚かす」のように情感の表れが明白なものを指し、後者は情感を容易に表さず、陶淵明の「菊を採る東籬の下、悠然として南山を見る」がそれに当たる、としている。樊志厚『人間詞乙稿』「序」はさらに明瞭に次のようにまとめた。文学が内に自らを解き放ち、外に人を感動させるゆえんは、「意」と「境」の二つにある。最上のものは「意」と「境」は渾然とし、次なるものはそのどちらかが勝っている。どちらが欠けても文学とは言えない。「文学の工か工ならざるかは、亦た其の意境の有無と其の深浅を視るのみ」。

古典詩には、王国維のいう「無我之境」を追求するもの、つまり、景の表出によって意境を作り出すことに偏るものが多い。詩は「閑情雅趣」や「感時傷懐」（時に感じて懐を傷む）といった情緒を詠じるが、内心の感情、葛藤、人生への問いを歌い、人間や社会の苦難と罪を描くことが少ない。このような傾向は作者の冷淡によるというより、漢語（文言文）表現がもたらした限界だとも言える。

古典詩のこのような限界を見極めたからこそ、五四時期の胡適、陳独秀らは旧文学を徹底的に否定したのである。しかし、初期新詩の詩論は「意境」という概念を引き継いだ。宗白華「新詩略談」は「詩の定義は、一種の美しい言葉――リズムのある絵画的な言葉――をもって人の情緒の中の意境を書き表すものだと言っていい」[20]と述べ、また康白情は同年の「新詩的我見」では、「文学上において情緒の想像の意境を、音楽的に絵のように描写した作品が、詩である」[21]と述べた。聞一多も意境という概念を重んじた。一九二二年「『冬夜』評論」で、「『冬夜』の中の詞曲リズムの成分がこれほど多いこと、これは彼の長所であり、短所でもある。長所はリズムの成功、短所は意境の欠損である」[22]と述べている。

文言文（漢語）という暗喩的詩性言語に散文化した日常言語が取って代わり、イメージを重視する構造様式が分析的な現代文法によって解消される五四時期には、詩の変化は道具（言葉、詩語）のレベルだけに止まらず、詩意生成は根本的に一新されたはずである。新詩人が口にする「意境」は伝統詩学を踏まえながらも何か新たな「意境」を意味していたのであろうが、中国の芸術、美学に造詣の深い宗白華は一九四三年にも伝統中国の文芸の神髄「意境」について論じている。

彼〔芸術家——筆者注〕が表現しようとするのは主観的生命情調と客観的自然状景の融合と混淆（原文・互滲）であり、鳶が飛び魚躍る、活発玲瓏で、深邃な一つの霊境を作り出し、その霊境こそが芸術を構成し芸術たらしめる〝意境〟である。〔中略〕意境は〝情〟と〝景〟の結晶である。〔中略〕一つの芸術作品に情と景が交融する。〔中略〕景のすべてに情があり、情は象〈像〉を具えて景となり、このようにして独特な宇宙、斬新なイメージが生まれ、人類のために豊かな想像を増やし、世界に新たな境地を拓く。〔中略〕これが私のいう〝意境〟である。[23]

この議論にはこれまでの意境説と大きく異なる点はないが、王国維が用いた「情」と「景」のほか、「客観」と「主観」、「生命」と「自然」といった用語は現代詩の初期理論家としての新しい視点である。宗白華の「情景交融」の意境説は、新詩人らが共有したものと考えてもおかしくはない。「情景交融」は新詩を語る時にも欠かせないものであった。特に象徴詩理論が紹介される場合に、「情」と「景」という分け方、「交融」という境地は巧みに用いられた。日本で象徴詩に接して中国に紹介した穆木天は一九二六年「譚詩」で次のように述べた。

故郷の荒れ果てた丘を表現しなければならない。それは、その丘が美しいから。その丘が私たちと交響する（Correspondances）からこそ美しいのだ。故郷の荒れ果てた丘の波動が、我々の神経を揺り動かし、我々に新しい世界を啓示する。しかし、魂が丘と交響しない人々はその美しさを感じることができない。[24]

Correspondancesは「交感」とも訳され、ボードレールの『悪の華』の中の一首のタイトルであり、象徴詩理論を語るキーワードである。それはまた「万物照応」とも訳されるように、自然と人間との共感のほか、視覚や臭覚など人間の感覚器官相互の共感であり、また理性と感性との共感でもある。人はこの何重にもわたってめぐらされた共感の森の中で、自然の一部としての生を生きる。しかし、穆木天は主に詩の世界を主体（魂）と客体（自然）が交感する世界として捉え、詩が「内生命」の表現であるなど、主体の意識と信念を強調するが、「人々の神経に響くような、見えるようで見えない、感じるようで感じられない旋律の波、濃霧の中に聞こえるようで聞こえない遠い声、夕暮れの中を漂っているようでじっとしている淡い光、語りたがるが語りだせない心（原文：情肠）[25]」と、まるで「情」「景」が「交響」する、「羚羊角を掛け、跡の求む可き無し」のような「意境」を訴えた。

象徴詩を中国に紹介したもう一人は梁宗岱である。一九三四年「象徴主義」において次のように象徴詩論を展開する。

我々が理性と意思の権威を放棄し、我々が完全に事物そのものに託され、我々の**想像**が**物体**に注がれ、**宇宙と大地**が我々の**心**を通り過ぎ、一個の深い同情と交感が生まれ、**物我の間**に一つの脈拍が打たれ、一つのリズムが響く時、我々の前に現れるのはすでに一粒の砂、一輪の野花あるいは一切れの瓦の欠片ではなくなる、それは自由で活発な魂と我々の魂との偶然なる遭遇だ。二つの同じ運命が、一刹那に、互いに頷き、心が通い微

笑み合う。[26]〔ゴシックは筆者による。以下同様〕

彼はさらに象徴詩の特徴を「一つには融合あるいは無間、二つには含蓄あるいは無限」とし、「いわゆる融合は一首の詩の**情と景**、**意と象**が判別されることなく一つに融け合うということであり、含蓄はそれが私たちに暗示してくれる意義と興趣は豊かで意味深長だということである」[27]と、「情」と「景」の「融合」によって深い味わいが生じる、といういささか「古典的」な見解を述べた。

以上に見てきたように、穆木天と梁宗岱の理解を経由して紹介された象徴詩理論は、ある意味では「意境」「情景交融」「言外の意」といった古典的概念を彷彿とさせる詩論であった。旧来の陋習を打破し、旧詩をほぼ全面否定した文学革命の中で誕生した新詩は、伝統詩の審美的枠組みにあくまでも依拠して新詩理論を語らざるをえなかった実態の一端がここに明らかとなったのである。

もちろん、個々の詩人の実際の創作を見れば、彼らが何気なく用いる「意境」より、新詩の「新しさ」が、新しい言語、新しい形式にあるだけではなく、新しい経験様式と世界観にある、というのは言うまでもない。中国現代詩の発展を俯瞰すれば、「その突出した特徴は、主体が物象世界に溶け込むのではなく、主観的意志と体験を事物に投射させて、事物と主客分離の関係を結び、さらに主体の意志と信念を突出させることにある」[28]のである。詩体の解放とともに、自由を歌い、自我を批判する現代的主体も一緒に浮かび上がるのであった。詩の理論とは別に、古典的文学性、「意境」「情景交融」の詩情を相対化する、創作におけるその最たる例の一つは魯迅の『野草』であろう。

三 『野草』における「情」と「景」および魯迅の文学観

『野草』の第一篇「秋夜」は、「私」の家の裏庭にある景色の描写から始まる。塀の外にある二本の木は、「一本は棗で、もう一本あるのも棗である」。あやしくて高い、人間の世界から離れていきたがっているように、冷たい星の眼を瞬かせている夜空は、野生の草花にしきりに霜を降らせている。秋のあとには春が来るという薄紅色の花の夢や、春のあとにはやはり秋だという落葉の夢を知る棗の木は、すっかり葉を落とし、数本の枝が低く垂れて、実を打ち落とす竿で受けた表皮の傷をかばい、最もまっすぐな、最も長い数本の枝は黙々と鉄のように、まっすぐにあやしく高い空を突き刺す。そのため、空はちかちかとうさんくさい瞬きをし、落ち着かなくなり、棗を避け、月だけを残して、人間の世界から離れていきたがっているよう。だが、何も身につけていない幹は黙々と鉄のように、ひたすらあやしくて高い空を突き刺し、一心にその死命を制そうとする。

庭に立つ「私」の目の前に広がる光景は、棗の木、夜空、草花、落葉、星、月によって構成されている実景であるが、個々の景物は擬人化・象徴化されることによって、主観的意志をもった表象となり、緊張が漲る観念的世界を作り出している。ここまでの文章なら、すでに多く指摘されているように、『新青年』第四巻第一号に発表された沈尹黙の詩「月夜」に通じ合う。「寒風ひゅーひゅーと吹いている／月光がこうこうと照らしている／私は一本の高い木と並んで立っている／けれども寄りかかることなく」(「月夜」)。景と情が融け合って一致する伝統的表象にもかかわらず、「一本の棗」も「一本の木」も近代的「個」の人格と精神を表現している。景色に自我が融け込むのではなく、主体の意志と信念を景色に投影させて際立たせているところに、現代詩の精神の「新しさ」が立つ。

しかし、魯迅はこの現代的「情景交融」の詩情をもいっそう相対化させる。緊張感が最高潮に達し、「私」の感情があやしい空に突き刺す棗の木に激しく傾斜していく時に、「ホオーッとひと声あげて、夜行の悪鳥が飛んでいく」。「私」は不意に深夜の笑い声を聞きつけ、声が自分の口から出たものであることに気づく。「私もすぐにその笑い声に追い立てられて、自分の部屋に戻る」。

「悪鳥」が具体的には魯迅文学の文脈では、暗闇の中で眼を開き、人々に憎まれる「悪声」を発するふくろうであることは、すでに多くの研究が指摘している通りである。悪鳥の声に応じるような「私」の口から出た笑い声に目覚めさせられたかのように、これまでの「情景交融」の詩情が突然に断ち切られて、棗と悪鳥の行動に応じる激しい衝動を内にもつ「私」は、その衝動に脅かされ、追われて部屋に戻る。作品の後半では部屋のランプの「ほんもの」の「火」に飛びこむ小さな飛び虫のこと、すなわち「光明」が身を焦がし死に至らしめる「火」であることに、「私」は思い耽る。詩情の切断によって、空に突き刺す（戦う）棗の木、暗闇で声を発する悪鳥に共鳴する「私」の衝動は相対化され、いくつもの「私」を内面に抱える、さらなる複層的近代的人格が浮かび上がるのである。丸尾常喜が指摘しているように、「この作品で夜景とふくろうの声に呼応するように不気味な笑声を発する『私』の内部にひそむ激しい衝動がとらえられていること、それがそれに気づいた『私』をおびやかし、逃走させていること、すなわち『私』のなかにこの衝動へ激しく傾く動きがあり、同時にそれから離れようとする動きが存在すること、このことは『野草』を魯迅における「自己解剖」の試みと見る場合、きわめて重要な意味をもっている[29]」。

『野草』のこの始まりが「予言」している通り、その後に展開される世界は「情景交融」の詩情が禁欲的に遮断される。第二篇「影的告別」において、「私」の分身「影」は「天国」「地獄」「未来の黄金世界」ないし「おまえ」（「私」のもう一人の分身）にさえも安住せず、「地無きところ」、「暗黒」と「光明」の間をさまよい、ついに現在の地平、世界（つまり「境」）を否定し突き破ろうとする孤独な魂と化すのである。『野草』の世界は「明」と「暗」、

「生」と「死」、「過去」と「未来」、「希望」と「絶望」……といった観念的な対立によって引き裂かれて、そのいずれも否定する激しい「情」が狂うのである。

それでも魯迅は最も美しい景色を一篇に書いた。「好的故事」である。暗い夜に『初学記』（唐・徐堅らが編纂した類書）を読んでいるうちにつかの間の夢を見、夢の中で広がったのは、かつて小船で故郷の紹興地方の山陰道を通った時に見た景色である。紹興地方は古くから風光秀麗な水郷であり、『初学記』の記載によれば、「『輿地志』にいわく、山陰の南湖が村の城壁をとり巻き、白水と翠岩が互いに映発して、鏡の如く絵の如くである。故に王逸少は「山陰道を行く、鏡の中で遊んでいるようだ」と述べる」。山陰道の景色は古来、王羲之（逸少）のほか、李白、陸游、袁道宏ら歴代の文人が詩文で描いてきた。いわば歴史的文化的経典性をもつ景色は、「好的故事」では、「私」が見た夢の中の、さらに「水中」に映る青空のキャンバスに展開される。深紅の花と斑入りの紅い花とが水面に**浮かんで動き**、たちまち**砕け散り**、長く**伸びて**、勢いよく**奔る**赤い錦の帯となる。水面に映る茅ぶきの家、犬、塔、村娘、雲……みな**浮かんで動き**、花の帯が犬の中に**織りこまれ**、犬は白雲の中に**織りこまれ**、白雲が村の娘の中に**織りこまれ**……一瞬のうちに、それらはまた**縮まろう**とする。だが、斑入りの紅い花の影もすでに**砕け散り**、長く**伸びて**、塔、村娘、犬、茅ぶきの家、雲の中に**織りこまれて**いこうとする。

ゴシックで示したのは、「好的故事」の中で繰り返された動詞である。動詞の多用は動く船で見た景色の描写による一面もあるが、魯迅が描いた景色は、伝統的「意境」を喚起する静かで味わい深い景ではなく、絶えず動いて変化して一つの形に留まらない、一つの像が結べない、その美しさが永遠に捉えきれないような景色である。つまり、魯迅の描写は三つの点において特異である。一つは、夢の中で語られること。もう一つは「私」が夢の中で見た物語が「水中の青空のキャンバス」に（鏡像として）展開されたこと。三つ目は景色が絶えず揺れ動き、定まらないこと。この三つはともに主体（作者）と景との交わりを遮断するために設けられたテキスト上の複層的機能であると言えよう。魯迅にとってこの遮断があって初めてかろうじてかつての美しい記憶に辿りつけるのであろう。

それ故、暗闇にいる「私」はそれらを見つめようとした時に突然驚いて眼を開き（遮断がなくなって）、たちまち彩雲は**ぐちゃぐちゃになり**、**かき乱され**、物語の影は**引き裂かれ**、**きれぎれになる**。夢の中でも捉えきれなかった美しさは、現実の中でいっそう破滅的である。この物語を愛する「私」はそれを追いかけ、消えさせまいとして筆を取るが、砕けた影はどこにもない。多くの文人墨客によって描かれ、自身も確実に身をもって体験した「真」の美しさを、いかに筆で描くか、ということに苦しむ作者の姿が読み取れるのである。

張潔宇『独醒者与他的灯――魯迅「野草」細読与研究』は「好的故事」の中で頻繁に用いられた量詞「一篇」（〝織成一篇〟［一篇の物語を織りなして］、〝一篇好的故事〟［一篇の美しい物語］、〝将整篇的影子撕成片片了〟［物語の影は引き裂かれ、きれぎれになる］）が「一個」「一片」ではないこと、さらに結尾にある「筆を取る」の表現に注目し、作者の特殊な意図――「直接的に読者の連想を文章、文学作品などに近づけようとする」意図を読み取り、この一篇は「明確に文学創作の問題にかかわり、書くことと記憶、夢などとの関係の問題にかかわる」と指摘する。[30] これは的を射た指摘である。『野草』はこれまで魯迅の難解な哲学として読まれてきたが、魯迅の「文学観」「創作観」、すなわち何を書くか、いかに書くかに関する魯迅の探索として読むべきテキストでもある。

「文学観」「創作観」の視点から『野草』を読むと、第四篇「我的失恋」は重要な象徴的な意味をもつと考えられる。副題に「擬古的新戯詩」とあるように、「我的失恋」は後漢の張衡「四愁詩」のパロディである。それは『野草』の観念的哲学的世界に馴染まない異色の作品である。「いとしい人は山のなかに／訪ねて行きたいが山が高すぎ／ただうなだれて涙で服を濡らす／恋人が贈ってくれたのは蝶模様のハンカチ／お返しは何？ ふくろう／それきりぷいと知らん顔／いったいなぜ？ 私は胸がどっきり[31]」といった調子で四聯を反復し、最後に「それきりぷいと知らん顔／いったいなぜ？――えい勝手にしろ」で終わる、平俗な詞句と内容をもつ諧謔詩である。

張衡「四愁詩」は「我が思う所は太山にあり／往きて之に従わんと欲するも　梁父艱し／身を側めて東のかた望めば　涕翰を霑す／美人我に金錯刀を贈る／何を以てか之に報いん　英瓊瑶／路遠くして致すなく　倚りて逍遥す／何為れぞ憂いを懐きて　心煩労する」というふうに、細かな語句を変えるだけで四段を繰り返すもので、『楚辞』の系統を受け継いだ作品である。後漢当時はすでに通俗化された形式で、内容も民歌を思わせる恋の歌であるが、歴史上、「我が思う所」が「美人」もしくは「明君」のことであり、「明君」を思慕する、愚昧な王を諫めるなどと解釈されることが多い。「我が思う所」の所在は帝王が封禅の儀式を行う「太山」（泰山）、桂の香気がする、徳高い君王がいるとされる「桂林」といった格調の高い場所、あるいは長くて険阻な「隴坂」に隔てられた「漢陽」や雪が降りしきる「雁門」といった辺遠の地である。それに対して、「我的失恋」では「いとしい人」がいるのは、「山腰」（山の中腹）、「鬧市」（賑やかな街）、「河濱」（河のほとり）、「豪家」（お屋敷）といった、文化的コンテクストに裏打ちされる記号性、象徴性を一切帯びない場所である。記号性、象徴性の消失によって原詩「四愁詩」の経典性が打ち消されて、「いとしい人」の高潔さ、求め難さが解消されてしまうという効果が生じる。また、原詩では、互いの贈り物が「金錯刀」（つかの環に黄金をちりばめた刀）、「英瓊瑶」（美玉）、「琴琅玕」（宝玉で飾った琴）、「双玉盤」（対になった玉の平皿）のような、相応しく釣り合ったものであるが、「我的失恋」では、「いとしい人」が贈ってくれた「百蝶巾」（蝶模様のハンカチ）、「双燕図」（対の燕の絵）、「金錶索」（金の時計鎖）、「玫瑰花」（バラの花）は古今の文学においてともに経典的意味と美しさをもつ贈り物であるのに対して、「私」が返した「猫頭鷹」（ふくろう）、「氷糖壺盧」（お菓子）、「発汗薬」（熱冷まし）、「赤練蛇」（山かがし）は、贈物の文脈においては意味不明で美しくもないものである。これらの返礼品について、従来では、それらは実はみな魯迅が深く愛したものだと、テキスト外の情報に基づいて解釈されてきた[32]。しかし、テキスト内では、それは無意味な返礼として読むべきである。それによって初めて、経典的な古今の「恋愛」、あるいは「恋愛」の語り方、書き方に対する作者の嘲笑が生じるのである。

からかい、悪ふざけの背後に「我的失恋」が突き出したのは、やはり魯迅の「文学観」「創作観」に関する問題である。張潔宇の指摘は明快だ。「魯迅がここで顚倒させたのは古典主義文学の伝統的価値観念であり、彼は革命的な態度で文学の殿堂に祭られた経典価値、特に〝美〟〝優雅〟〝高貴〟〝ロマン〟〝神聖〟といった伝統価値を揶揄してからかった。これは文学芸術領域における〝すべてを評価し直す〟革命だと言ってもよい。旧い価値を顚倒させ、取って代わるのが新しく、現代的な、〝詩と真〟に関する観念である。すなわち、〝真〟をもって空虚な〝美〟に交代させ、〝真〟をもって〝詩〟を書き直し、現代生活と現代体験に血と肉をもって繫がる〝真実〟を現代意義上の文学の核心価値とするのである[33]」。

魯迅は『野草』諸篇の最後に書いた「題辞」の中で、自分の作品を「喬木」ではなく「野草」とたとえた。「生命の泥は地に捨てられ、喬木を育てず、ただ野草を生んだ。〔中略〕野草は根も浅く、花も葉も美しくない。しかし、露を吸い、水を吸い、古い死者の血と肉を吸い、それぞれおのれの生を奪い取る。〔中略〕私は私の野草を愛する。だが、野草で身を飾るこの地表を憎む[34]」。美しくなく、何も飾らないが、生命の泥に生まれ、地と肉を吸う「野草」は魯迅の文学観の象徴であろう、また『野草』詩群のテーマでもあった。「野草で身を飾るこの地表を憎む」野草でなければならない、「私はこの野草の死と腐朽の到来の速からんことを願う」――このジレンマは『野草』の中でいかに書かれるか。このような問題に対して、魯迅は「生命」をもって書く、彼の生命が創作活動と一つに織りなされている、といった解釈があるが[35]、それは「いかに書くか」という文字通りの問題に回答していない。魯迅はいかに書いたのか、『野草』の象徴世界はいかに構築されているのか、やはり「情景交融」から考えてみたい。

四．越境――二重否定の存在への探求

「情景交融」は言語学的に考えれば、実に厳密な言い方とは言えない。そもそも情と景は分けられるのか、情なき景あるいは景なき情が存在するのか。宗白華「中国芸術意境之誕生」[23]が「情景交融」の「意境」を説明する時に用いた例の一つが、人口に膾炙する元の馬致遠の「天浄沙小令」である。「枯藤老樹昏鴉／小橋流水人家／古道西風痩馬／夕陽西下――／斷腸人在天涯！」これは名詞の並列ばかりでほとんど翻訳不要な詩である。宗白華は「前四句は完全に景を書き、最後の句は情を書く。これで一篇は哀愁寂寞、宇宙荒寒、棖觸（感動）無辺の詩境と化す」と述べた。しかし、風景は目で捉えるものであるため、眼差しで切りとられた風景を情と切り離して論じることはできない。むしろ、この詩には、風景を捉える眼差しが二つあると認めるべきである。一つは「枯藤老樹昏鴉」という、「時が過ぎ去ること」を象徴する系列であり、もう一つは「小橋流水人家」という、「今を生きること」を象徴する系列である。二つの眼差しが交差した意味世界に「古道西風痩馬」の旅人「断腸人」が立ち現れるのである。

『野草』の世界も同様に分析できる。第二篇の「影的告別」を例に見てみよう。

「影的告別」は『野草』の中の最も難解な一篇である。天国、地獄および将来の黄金世界に気に入らぬものがいるから、「影」が白昼にいる「人」に別れを告げて、「地なきところ」と「明暗の境」を彷徨い、ついに一人で暗黒に消えてゆく。この作品にもまた二つの眼差しが認められる。一つは「光明」系のもので、「既成化した明白な真理・秩序」を象徴し、もう一つは「暗黒」系のもので、「不安・混沌・無秩序」を象徴している、と解釈できる。

言うまでもないが、魯迅は「光明」と「暗黒」を絶対的対立として捉えていない。魯迅の思考において、「光明」の反対には「暗黒」だけがあるのではなく「非光明」（光明ではないもの）が、「暗黒」の反対には「光明」だけ

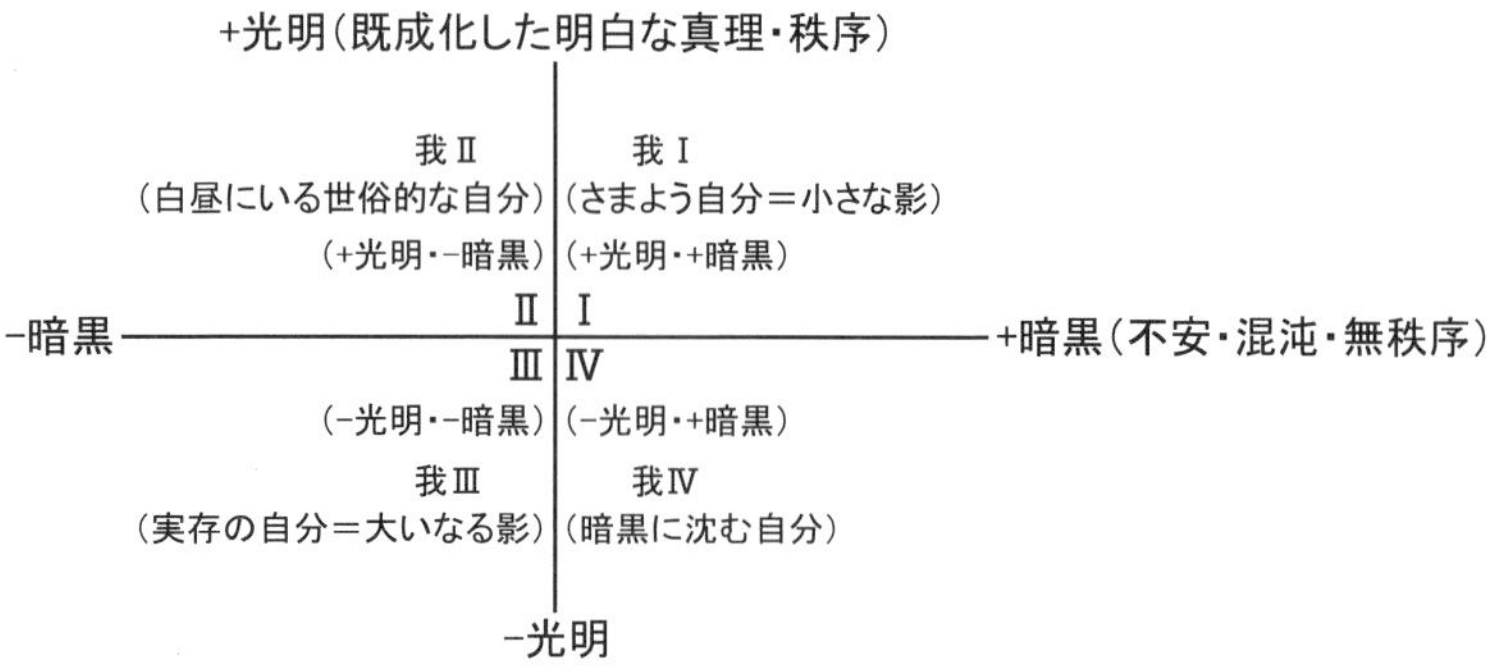

があるのではなく「非暗黒」（暗黒ではないもの）が据えられている、と考えるべきである。このような、「光明」と「暗黒」に対する捉え方をもって初めて「無地」（地なきところ）、「明暗之間」（明暗の境）といった特異な空間・時間が現れるのである。「影的告別」の作品世界を作り出すのは、「光明↕暗黒」という単眼の眼差しではなく、「光明×暗黒」というふうに、「光明か非光明か」、「暗黒か非暗黒か」という二つの眼差しの交差である。

「光明」と「暗黒」という二つの眼差しを交差させることによって、上の図のように作品世界（意味連関）の地平を拓くことができる。「＋光明・－光明」という縦の軸と「＋暗黒・－暗黒」という横の軸を交差させると、時計回りに、Ⅱ「＋光明・－暗黒」、Ⅰ「＋光明・＋暗黒」、Ⅳ「－光明・＋暗黒」、Ⅲ「－光明・－暗黒」の「四つの場所（コンテクスト）」を画定することになる。「影的告別」は「影」が「人」に告げる告別の辞であり、「我」が「你」「朋友」に呼びかける形をとっている。「人」と「影」、「我」と「你」「朋友」は作者の内面の矛盾と分裂を代表する存在と考えられる。これらの存在を四つの場所に従って画定すると、図のように、「我」の四つの分身に捉え分けることができる。

すなわち、「＋光明・－暗黒」というコンテクストに現れる「我Ⅱ」＝白昼にいる世俗的な自分、「＋光明・＋暗黒」というコンテクストに現れる「我Ⅰ」＝さまよう自分・小さな影、「－光明・＋暗黒」というコンテクストに現れる「我Ⅳ」＝暗黒に沈む自分。さらに、「－光明・－暗黒」というコンテクストに現れる「我Ⅲ」も存在する。光明でもなく暗黒でもない世界にあるこの存在は、文末の「おれだけが暗黒に沈められ、その世界はすっかりおれのものになる」という叙述が暗示したものであり、「大いなる影」と名付けてもよい。光明と暗黒をともに否定する「二重否定」によって叙述されるこの存在は、『野草』を考える時の重要なポイントである。

二重否定の場所Ⅲ「－光明・－暗黒」の特異性は以下のように理解できる。目下の叙述判断「光明であるか?」「暗黒であるか?」のいずれも否認する――これは、関連ある別の叙述判断によって拓かれる地平への連続的拡張を促すことを意味している。すなわち、場所Ⅲ「－光明・－暗黒」は、目下の選択的判断自体をリセットしてしまう根元的な問いの力を秘めている。故にそこに現れる「大いなる影」の「我Ⅲ」の存在は、失った時間を、そして大地を新たな地平へと回復・再構築していくために必要な存在（我の分身の一つ）である[36]。この存在は創造の可能性を秘めているものの、徹底した自己否定に貫かれている。それは魯迅の文学表現でなぞれば、『野草』の「題辞」にある「地底の火」のような存在である。「私は（中略）野草で身を飾るこの地表を憎む。地底の火は地中を駆けめぐり、突き上げる。溶岩がひとたび噴き上がれば、すべての野草を喬木もろともに焼き尽くすだろう。かくて腐るものもなくなるのだ。だが、私は（中略）大声で笑い、歌を歌うだろう[37]」。

「影的告別」の難解な論理は、作者が自分自身の中の様々な存在を潜り抜け、この二重否定の存在を探し求めようとする、困難を極めた精神の軌跡なのであろう。「影的告別」における「我」（影）の行動と選択の軌跡は次のように見ることができよう。

「我」は白昼の人から離れて（我Ⅱの否定）、明暗の境をさまよう影（我Ⅰ）となり、やがて明暗の境から遠くへ発ち（我Ⅰの否定）、暗黒に向かおうとする影（我Ⅳ）の否定的衝動の弾みで、ついに世界を再構成する可能性を秘めた創造者（我Ⅲ）の地を志向する（我Ⅳの否定）。

このように、作者の魯迅は「影的告別」では、自己を問い、自己を否定し、我Ⅱ↓我Ⅰ（↓我Ⅳ）↓我Ⅲへと自己を脱皮させた。これは魯迅の己れの実存への覚醒の過程であり、その先にある再生を志向する孤独な魂の精神的越境である。越境とは、創造の可能性を秘めたこの二重否定の存在への探求である。伝統的「意境」の世界は基本的に肯定的な叙述によって完結されるとすれば、魯迅は意味世界の底（地）に沈んだ（見えない、否定的な）ものを呼び覚ます作家だと言えよう。これこそが魯迅文学の根底を支える書き方であり、『野草』の象徴世界の構築の仕方である。「影」のほか、歩き続ける疲労困憊の旅人（過客）、曠野に立って顫（ふる）えだす裸の初老の女（「頽敗線的顫動」）なども『野草』の中の越境者の形象なのである。

むすびに

聞一多は新詩を発表する以前に、一篇の童話詩「一個小囚犯」（一九二〇年五月一五日）を創作している。その中で、「私」は四月の雨後の庭園で蝶々を追いかけて転ぶ。「全身泥まみれになって、手は花の刺に刺されて怪我し」、母親に家の中に閉じ込められて病気になり、半年後に許されて窓を開けて外を見ると、泣くような訴えるような歌声が聞こえてくる。「（前略）私を出して。あの錆びて腐った屑を、一気に削り取り／まだ明星が一つ、君の長くて暗い夜の底を永遠に照らす（後略）」「私」はこの歌が気に入って、辺りを探したが誰もいない。お母さんに「もしも、蝶々を捕まえたり、泥んこになったりせず、お利口に遊んで明るく歌を歌ってくれる子と一緒にいるとしても、僕を外に出してくれないの？」と聞くと、お母さんは「出してあげるわ。でもそんな子供はどこにもいないじゃない」と言う。これ以後「私」は毎日窓辺に佇んで、「歌を歌っているひと、僕たち一緒に遊ぼうよ」と大声で言う。(38)

あまり注目されない作品だが、これから詩を書こうとする聞一多が創作者として抱く真実の焦慮（いかに書くか、どのような形式で？）とのちの彼の詩の本質を表している。ある研究者は「一個小囚犯」を分析して次のように指摘する。「聞一多は彼の詩の中で、冷静さ、自制心、修飾へのこだわりといった一面から終始逃れられなかった。〔中略〕形式は、聞一多にとってはむしろ一種の先験的な本体であり、意志化された力であった。〔中略〕彼は理知においてある種の優雅で調和した貴族的な古典美を追求したが、感情と無意識においては、むしろ崇高な近代的風格にあこがれていた[39]」。

しかし、聞一多はずっと「自分は爆発していない火山である。火は痛いほど内に燃えているのに、私を固く閉じ込めている地殻を炸裂させ、光と熱とを放射する力（すなわち技巧）をずっともてずにいる[40]」という感覚をもっていた。詩の創作をやめたあと、長い年月、古典文学研究に沈潜したのち、昆明時代になって、亡国の危機、自身の窮乏と民族原始の生命力の発見とが、聞一多の呪縛を破壊する激情となる。彼を堅く閉じ込めていた地殻は、一九四五年昆明の学生が虐殺された「一二・一」事件の時ついに炸裂した。彼は魯迅の「三・一八」事件時の表現を用いて、それを「中華民国のもっとも暗黒なる日」と痛烈に批判した。この点について、日本の学者目加田誠は一九五五年「聞一多評伝」の中で次のように指摘する。「三・一八に於て、段祺瑞（トアンチールイ）政府のために暴虐にも射殺された学生を見て、聞氏は之を美しい詩だと云った。今や聞氏は已にその昔の聞一多では無かった。彼は已（すで）に生命をかけている。今や彼のこの態度を所謂進歩的文化人などと視て了うことは謬であろう、彼の内に燃えるものは遂に殻を破ってほとばしろうとする[41]」。あたかも魯迅の描いた越境者らのように、形式の衣裳を突き破った聞一多自身の解体と脱皮と、苦痛に満ちた新しい創造とを、我々はここに予感するが、約半年後の一九四六年七月一五日に聞一多は李公僕殉難経過報告会で最後の講演を行ったのちに凶弾に倒れた。

【注】

(1) 趙麗生「魯迅追悼会記」『清華副刊』第四五巻第一期、一九三六年。林青「清華文学研究会追悼魯迅記」『世界日報』一九三六年一〇月二一日、北平。

(2) 江錫銓「聞一多与魯迅文学伝統」『中国現代文学研究叢刊』一九九八年八月号。

(3) 魯迅「華蓋集続集・花無き薔薇の二」『魯迅全集』四、学習研究社、一九八四年、三〇一頁。

(4) 同上、三〇一頁。

(5) 魯迅「華蓋集続集・紀念劉和珍君」同上、三一一頁、三一三頁、三一六頁。

(6) 張潔宇「〝詩〟与〝真〟——『野草』与魯迅的現代文学〝写作観〟」『独醒者與他的灯——魯迅「野草」細読与研究』北京・北京大学出版社、二〇一三年、二一一頁。

(7) 魯迅「野草・墓碣文」、日本語訳は丸尾常喜『魯迅『野草』の研究』(汲古書院、一九九七年)に依拠する。以後、『野草』の引用は、すべて丸尾訳から。

(8) 魯迅「華蓋集続集・〝死地〟」前掲注(3)『魯迅全集』四、三〇四~三〇五頁。

(9) 饒孟侃「新詩話——(二)土白入詩」『晨報副刊 詩鐫』第八号、一九二六年五月二〇日。

(10) 魯迅は『漢文学史綱要』を書こうとしたが、冒頭だけで終わっていた。聞一多は清華学校在学中に本格的な律詩研究を行い、のちに詩経、楚辞、唐詩などの研究において斬新な学説を発表し、晩年には文学史についていくつもの構想をもっていたが、未完成である。

(11)「墳・眼を開けて見ることについて」『魯迅全集』一、学習研究社、一九八四年、三二一頁。

(12)「律詩底研究」『聞一多全集』一〇、武漢・湖北人民出版社、一九九三年、一五九頁。

(13)「『女神』之地方色彩」『聞一多全集』二、武漢・湖北人民出版社、一九九三年、一一八頁。

(14) 興膳宏編『中国文学を学ぶ人のために』世界思想社、一九九一年、七頁。

(15) 魯枢元『超越言語——文学言語学芻議』北京・中国社会科学出版社、一九九〇年、第八章第三節から抄訳。また、漢語と漢語文学の関係を系統的に論じたのは張衛中『母語的魔障——従中西言語的差異看中西文学的差異』(合肥・安徽大学出版社、一九九八年)、漢語と中国古典詩歌の言語問題について考察を行ったのは葛兆光『漢字的魔方』(瀋陽・遼寧教育出版社、一九九九年）であり、さらに、張衛東『論漢語的詩性』（北京・商務印書館、二〇一三年）は漢語の「詩性」について言語論、文学論の両面から中外の研究を俯瞰的に考察した論著である。
(16) 同上『論漢語的詩性』、九頁。
(17) 聞一多「英訳李太白詩」『聞一多全集』六、武漢・湖北人民出版社、一九九三年、六七～六八頁。原載は『北平晨報』副刊一九二六年六月三日。
(18) 『辞海』上海・上海辞書出版社、一九八九年版、二二九一頁。
(19) 横山伊勢男「滄浪詩話 抒情の復権」伊藤漱平編『中国の古典文学作品選読』東京大学出版会、一九八一年、二一〇頁。
(20) 宗白華「新詩略談」『少年中国』第一巻第八期、一九二〇年二月。楊匡漢・劉福春編『中国現代詩論』上編（花城出版社、一九九一年）から引用した。
(21) 康白情「新詩底我見」『少年中国』第一巻第九期、一九二〇年三月。同上『中国現代詩論』上編から引用。
(22) 聞一多「『冬夜』評論」前掲注(13)『聞一多全集』二、六六頁。
(23) 宗白華「中国芸術意境之誕生」『芸境』北京・北京大学出版社、一九八七年、一五一～一五三頁。原載は一九四三年三月『時与潮文芸』創刊号に掲載された。
(24) 穆木天「譚詩——寄沫若的一封信」『創造月刊』第一巻第一期、一九二六年三月。
(25) 同上。
(26) 梁宗岱「象徴主義」『文学季刊』第二期、一九三四年四月。
(27) 同上。
(28) 王光明『現代漢語的百年演変』石家荘・河北人民出版社、二〇〇三年、九七頁。
(29) 前掲注(7)『魯迅『野草』の研究』、五〇頁。
(30) 前掲注(6)『独醒者与他的灯』、一五四～一五五頁。
(31) 前掲注(7)『魯迅『野草』の研究』、八四頁。
(32) 許寿裳「魯迅先生的遊戯文章」『魯迅回憶録』(上)、北京・北京出版社、一九九九年、三五二頁。
(33) 前掲注(6)『独醒者与他的灯』、三三頁。

（34）前掲注（7）『魯迅『野草』の研究』、三九九〜四〇〇頁。
（35）前掲注（6）『独醒者与他的灯』、三三一〜三四頁。
（36）「影の告別」についての意味論的分析は、野村正路を中心とした「意味論研究会Ⅱ」において、筆者の発表がきっかけで、議論を重ねた結果に拠る。拙論「「影的告別」における魯迅の実存的思惟の図式考」（日本聞一多学会報『神話と詩』第一二号、二〇一四年三月）、野村正路『詩・川柳・俳句のテクスト分析』（和泉書院、二〇一四年）の第一章ではともに詳細な分析が行われている。
（37）前掲注（7）『魯迅『野草』の研究』、四〇〇頁。
（38）聞一多「真我集・一個小囚犯」『聞一多全集』一、武漢・湖北人民出版社、一九九三年。
（39）王富仁編『聞一多名作欣賞』北京・中国和平出版社、一九九三年、四五六〜四六七頁。
（40）聞一多「致臧克家」（一九四三年一一月二五日）『聞一多全集』一二、武漢・湖北人民出版社、一九九三年、三八一頁。
（41）目加田誠「聞一多評伝」『洛神の賦』講談社学術文庫、一九八九年、三〇五頁。

李叔同の出家と断食

大野　公賀

はじめに

弘一法師（一八八〇〜一九四二、俗名李叔同[1]、法名釈演音）は南山律宗中興の第一一代祖師[2]として知られ、没後半世紀以上が過ぎた現在もなお、中国内外の信者の崇敬を集めているが、その一九一八年の出家をめぐっては「二〇世紀中国思想史・文化史において王国維の自殺と並ぶ二大ミステリーの一つ」とされている[3]。弘一法師の出家が当時の人々にそれほど理解しがたく思えたのは、出家という行為の喚起するイメージと、それ以前の李叔同の華やかな活動との差があまりに大きかったからであろう[4]。

弘一法師の出家の要因については当時から様々に取りざたされてきたが、弘一法師自身は杭州の雑誌『越風』「西湖」特集増刊号（一九三七年五月）のために口述筆記した文章「私が西湖で出家した経緯」において、次のように述べている。まず出家の「遠因」は、李叔同が浙江省立第一師範学校[5]に奉職していた頃、同校で有名人の講演があり、同僚の夏丏尊と二人で抜け出して西湖でお茶を飲んでいたところ、夏丏尊が「我々のような人間は出家して和尚にでもなった方がいいのだろうなあ」と言い、李叔同はそれを面白いと感じたことにあるという。一方、「近因」は一九一六年の冬に神経衰弱症の改善のために行った断食にあるという。[6] これについては夏丏尊も、もし自分がいなければ李叔同は出家しなかったかもしれず、それは法師自身も認めるところだと記している。[7]

この断食について、李叔同は詳細な記録「断食日誌」（以下「日誌」と略記）を残している。[8] 弘一法師が断食を自らの出家の「近因」としていることからも明らかなように、この「日誌」は法師の出家について考察する上で重要な研究資料の一つである。しかし、それにもかかわらず、中国内外の弘一法師に関する研究のうち「日誌」の内容にまで言及した論述は極めて少数である。[9] その要因の一つとして指摘しうるのは、「日誌」には後の高僧弘一法師のイメージとは異なる、李叔同のあまりに人間的な姿、神経衰弱に苦悩し、仏教以外の宗教、特に日本の天理教に救いを求める姿が赤裸々に描かれている点である。

小論では「日誌」に沿って、李叔同の断食に対する期待と成果、また断食時の行動について論じ、それが二年後の出家へとつながっていく経緯について考察する。

一．断食の詳細

（一）断食の場所と日程

李叔同が断食に興味を抱いたのは、一九一六年の夏に夏丏尊が日本の雑誌で断食に関する記事を読み、その話を李叔同にしたのがきっかけである。[10] 夏丏尊によると、李叔同はこの話に大いに関心を示し、夏丏尊に雑誌を借りて実際に記事を読んでからは益々断食に魅了され、夏丏尊と二人して「機会があれば是非とも断食を試してみよう」と語り合っていたという[11]。夏丏尊が李叔同に見せた雑誌について、夏丏尊、李叔同ともに誌名を記していないが、それを推察するための手掛かりが李叔同の「日誌」に見られる。それは「日誌」の冒頭に記された「村井氏の説を抄録する」という言葉である。この「村井氏」とは、坂元ひろ子が指摘するように「病気療法のために、一九一五年と一六年に断食を敢行した村井弦斎[12]」である。村井弦斎は一九〇七年以降、執筆の場を実業之日本社の月刊誌『婦人世界』だけに限定しており、また一九一六年八月から同一一月まで同誌に断食に関する記事を連載していることから、李叔同の断食のきっかけとなった日本の雑誌とは『婦人世界』と考えられる[13]。なお、詳細は後述するが、李叔同は断食に関する弦斎の同誌連載をすべて参照していた可能性が高い。

『婦人世界』は「新旧調和の穏健な態度を持しつつ、婦人の自覚を促し、その独立的精神を養い、しかも実際的な婦人の育成」を意図して一九〇六年（明治三九）一月に実業之日本社から創刊された月刊誌であるが、同誌で中心的な役割を果たしたのが編集顧問に迎えられた村井弦斎である[14]。同誌はその名の示す通り女性を読者対象としていたが、それを夏丏尊が定期的に購読していたとしても不思議はない。当時、夏丏尊ら中国の近代的知識人にとって女性の解放は人間性に対する再認識の一環として、それまでの家庭制度や社会通念の革新にもつながる重要な問題と認識されていたからである[15]。

以下、この村井弦斎の連載と李叔同の「日誌」を照らし合わせつつ、李の断食の場所と日程について見ていく。当時、李叔同は「神経衰弱症」を患っており、断食でその症状が治せるかもしれないとの「一種の好奇心」から断食を決意したが、断食は寒い季節が適しているとの考えから実施時期は一一月（旧暦）とした。また、静寂な場所を求めて西泠印社の創設者の一人である葉品三（葉銘）に相談したところ、杭州西湖付近の虎跑定慧寺（通称虎跑寺）を勧められ、葉の手配で方丈の階下の部屋に住まわせてもらうこととした[16]。

当初、李叔同は表1のような日程で二三日間（うち本断食は一〇日間）の断食を行う予定であった。この日程では本断食の前後に各一週間程度の半断食期間を設け、粥や重湯で体を慣らすように計画されているが、これは村井弦斎のやり方に倣ったものである。李叔同の「日誌」は旧暦で記されているが、下記表には新暦も併記する。

しかし、実際には表2のように半断食期間、本断食期間ともに数日短縮され、計一八日（うち本断食は七日）であった。断食期間全体を通じて口にした食品も当初の予定とは異なっているが、これについては後述する。

表1【当初の予定】[17]（「旧」「新」はそれぞれ「旧暦」「新暦」を表す）

開始日	終了日	状況
旧一九一六年一二月一日（月） 新一九一六年一二月二五日		虎跑寺に入山 夕食から粥、梅干
旧同一二月二日（火） 新同一二月二六日	旧同一二月四日（木） 新同一二月二八日	半断食（粥、梅干） 【三日間】
旧同一二月五日（金） 新同一二月二九日	旧同一二月七日（日） 新同一二月三一日	半断食（重湯、梅干） 【三日間】
旧同一二月八日（月） 新一九一七年一月一日	旧同一二月一七日（水） 新一九一七年一月一〇日	本断食 【一〇日間】
旧同一二月一八日（木） 新同一月一一日	旧同一二月二〇日（土） 新同一月一三日	半断食（重湯、梅干） 【三日間】
旧同一二月二一日（日） 新同一月一四日	旧同一二月二四日（水） 新同一月一七日	半断食（粥、梅干、野菜） 【四日間】

旧同一二月二五日（木） 新同一月一八日		断食終了、学校に戻る
旧同一二月二八日（日） 新同一月二一日		上海に戻る

表2【実際の日程⒅】

開始日	終了日	状況
旧一九一六年一一月二二日（土） 新一九一六年一二月一六日		断食の実施を決意
旧同一一月三〇日（日） 新同一二月二四日		虎跑寺に入山 終日普通食
旧同一二月一日（月） 新同一二月二五日	旧同一二月五日（金） 新同一二月二九日	半断食 【五日間】
旧同一二月六日（土） 新同一二月三〇日	旧同一二月一二日（金） 新一九一七年一月五日	本断食 【七日間】
旧同一二月一三日（土） 新一九一七年一月六日	旧同一二月一八日（木） 新同一月一一日	半断食 【六日間】
旧同一二月一九日（金） 新同一月一二日		断食終了、下山

弘一法師は前述のように、断食には寒い時期が適しているとの考えから断食時期を一一月としたが、その理由については特に述べていない。村井弦斎の記事を見ると、二週間以上の断食の際の心得として「夏は暑気の為めに身

体が疲労」する上に「恢復力が弱く」なるので「夏を避けて、成るべく寒い時に行ふのが良策」と記されていることから、[19]李叔同はおそらくこれを参考にしたのであろう。なお、李叔同の記した一一月とは旧暦であり、寒い季節の中でも特にこの時期が選ばれた理由は新暦で考えるとわかりやすい。李叔同が断食を行った時期は学校の冬休み期間である。これは、夏丏尊の次の記述にも明らかである。

冬休みは一〇日しかないため〔中略〕彼〔李叔同――筆者注〕もいつも通り上海に戻ったのだろうと思っていた。休みが終わり学校に戻ると、彼の姿は見当たらず、二週間ほどしてようやく戻ってきた。聞くと、休みの間は上海に戻らず、虎跑寺で断食をしていたのだという。「なぜ言ってくれなかったのだ」と尋ねると、笑って「君は有言不実行だし、こういうことは前もって人に言うのはよくない。周りの人間が大騒ぎすると、事が起きやすいからね」と答えた。[20]

以上から、学校の冬休み期間は、李叔同が当初の日程を変更した理由の一つと考えられる。李叔同の「日誌」には、日程が変更されたもう一つの理由が記されている。それは「神のお告げ」である。上記の日程表（表2）のように、李叔同は旧暦一九一六年一一月二二日（新暦一九一六年一二月一六日）に断食の実施を決意しているが、それは「神々に祈りを捧げ、神より断食のお告げを授かった」からである。[21]また、本断食前に六日間行う予定であった半断食を五日間で終わらせたのも「神のお告げ」に拠る。[22]この「神」および当時の李叔同の信仰については後述する。

（二）村井弦斎の影響

前述の日程からも、李叔同が村井弦斎に影響を受けたことは明らかであるが、実際には相違点もいくつか指摘できる。本章ではまず、李叔同が断食に際して日程以外で弦斎から影響を受けたと思われる点について整理しておきたい。

李叔同の「日誌」冒頭には「村井氏の説を抄録する」として、村井弦斎夫人多嘉子の断食記録が次のように記されている。〔傍線は筆者による〕

最初の四日間は予備として半断食を行う。六月五日と六日は粥と梅干。七日と八日は重湯と梅干。六月九日から本断食に入る、安静。飲用水は一日五合、一回に一合を五、六回に分けて服用。二日目には飢餓感や胸やけがあり、舌に白苔を生ずる。三日目、四日目には肩と腕に痛み。四日目には腹部が全体に凝って硬くなる。疲労倦怠感により床に就く。朝は体も軽やかであったが、夜に悪化。五日目も同様であるが、つらさが少し軽減されたので床を離れ、散歩に出かける。六日目には症状が改善し、気分も爽快となる。白苔も消失し、胸やけも癒える。七日目は至極平穏。この日を以て断食を終わりとする。断食後の一日目は重湯を軽く二椀づつ三回。梅干の味がしない。断食後二日目は一日目と同じ。三日目は粥、梅干、胡瓜、実入りの吸物。四日目は粥、吸物、少量の刺身。五日目は粥、野菜、軽い魚。六日目は普通食、床を離れる。この両三日間、手足に浮腫み。[23]

村井弦斎著「妻の断食を監督するの記」（『婦人世界』第一一巻第一三期、一九一六年一一月）によると、多嘉子は一九一六年六月五日からの四日間の半断食の後、六月九日から一週間の本断食を行っている。上記の李叔同の抄録のうち、傍線を付加した箇所以外は、内容的にも弦斎のこの記事と一致する。李叔同は「日誌」に抄録した「村井氏の説」および多嘉子の断食記録の出典については明示していないが、以上から李叔同が「日誌」に抄録したのは弦斎のこの記事と思われる。

次に、上記の抄録のうち弦斎の記事と一致しない点（傍線を施した箇所）について見てみたい。まず断食後三日目の食事「胡瓜、実入り吸物」について、弦斎の記事では「胡瓜の実を入れた吸物」と記されている。これは李叔同、あるいは李叔同の「日誌」を抄写した陳鶴卿の単純な写し間違いであろう。[24]一方、上記のように多嘉子の本断食の四日目、五日目について、李叔同は「疲労倦怠感により床に就く。（中略）五日目も同様であるが、つらさが少し軽減されたので床を離れ、散歩に出かける」と抄録しているが、弦斎が記した多嘉子の断食記録にはこのような記述は存在しない。また、断食後の一日目につき李叔同の記述には「梅干の味がしない」とあるが、弦斎による多嘉子の同日の断食記録には「此時梅干の味を生れてから始めて知つた」と記されている。実は、この四日目、五日目の症状や、断食後の「梅干の味がしない」という記述は妻の多嘉子ではなく、弦斎自身の断食経験に拠るものである。弦斎は一九一五年一〇月に一週間の短期断食を行い、その様子を『婦人世界』第一一巻第九期（一九一六年八月）に掲載している。それによると、弦斎は断食四日目には「手や足が何となく倦怠く」なったため、午後には「臥戸を設けて、床の上に横に」なり、症状は「朝よりは昼頃が強く、昼よりは夕方が一層烈しく」なったが、五日目には「気分が良」くなったので「午後には一度庭へ出て散歩した」。また、一週間の断食を終えた八日目には「朝早く重湯を飯茶碗に二杯づつと梅干一個を喫しましたが、嘸美味しからうと思ふに引かへて、殆ど何の味もありませんでした」と記している。[25]

弦斎はこの短期断食の後、翌一九一六年には一月から二月にかけて三八日間の長期断食（うち本断食は四週間）を行い、この二回にわたる自分自身の断食記録に、妻や周囲の人間の断食体験、断食の心得などを加えて、『婦人世界』第一一巻第九期（一九一六年八月）から同第一四期（同年一二月）まで、秋季増刊号も含めて計六回にわたって連載した。[26]李叔同が「日誌」に抄録した村井多嘉子の断食記録は『婦人世界』第一一巻第一三期に掲載されたものであるが、夏丏尊が断食に関する日本の雑誌記事を李叔同に見せたのは一九一六年の夏のことである。弦斎が断食に関する記事を同年八月から『婦人世界』に連載していたことから、李叔同が最初に目にしたのはおそらく弦斎の断食記事が最初に掲載された同誌第一一巻第九期と思われる。また、李叔同の「日誌」には多嘉子の断食記録だけではなく、弦斎の一連の記事の参照と思われる箇所も多々見られることから、李叔同は夏丏尊に紹介されて以来、断食に関して弦斎が『婦人世界』に連載した記事すべてに目を通し、折に触れて情報を心に留め、書き記していたのであろう。

次に、李叔同が村井多嘉子の断食記録ではなく、弦斎の他の記事を参照したと思われる箇所につき、まとめておきたい。李叔同は多嘉子の断食記録に続けて「日誌」に次のように記している。

断食期には体の痛みから眠れぬ事や、下痢、くしゃみが出る事もある。用を足す折には床を離れぬ方がよい。予備断食は一週間程度とし、粥を三日、重湯を四日とする。断食後も一週間程かけ、重湯を三日、粥を四日とする。体重は一ヶ月半程で回復する。半断食時にはリチネ[27]を服用。

ここに記された断食期の体の痛みや不眠、下痢、くしゃみは弦斎が自らの経験として記したものである（『婦人世界』第一一巻第九期）。弦斎はまた、断食中は安静のために上厠せず便器を使用することを同誌同巻第一三期や一四期で勧めている。断食前後の半断食の日数と内容は、前述の李叔同の当初の予定と合致しているが、これは弦斎が記録した心臓病患者の断食例とほとんど同じである（同誌第一一巻第一三期）。また、断食後の体重の回復については、弦斎が自分自身および心臓病患者の経験として記した状況に一致する（同誌第一一巻第九、一三期）。

なお、リチネとはヒマシ油の略称であるが、下剤効果が認められており、当時は家庭常備薬の一つとして一般に用いられていた[28]。弦斎は「成るべく胃腸の中を空虚にし、且つ清潔にしておいて、身体の休養を致し度い」との考えから半断食時に下剤やリチネを使用したと述べ、読者にも緩下剤などを使用するように勧めている（同誌第一巻第一〇期、第一一期、第一四期）。李叔同も本断食に入る前の準備期三日目（薬油）、本断食後の一日目（瀉油）、五日目（瀉油）に服用している[29]。これもおそらく弦斎の説に従ったのであろう。

また「日誌」には、虎跑寺への携行品として「寝具、蚊帳、枕、米、梅干、歯ブラシ、歯磨、手ぬぐい、ハンカチ、便器、衣類、水を濾過するための布、リチネ、日記、筆記具、番茶、鏡[30]」と記されているが、これらの品々からも村井弦斎の影響がうかがわれる。李叔同は半断食期に重湯や粥と一緒に紫蘇の葉や梅干、番茶を口にしているが、本断食期には「梅茶」も飲用している。弦斎は本断食初日の胸やけや動悸、高熱を抑えるために「番茶を濃く煎じ出し、梅干を二つ加へ、所謂る梅干茶にして一合程」飲んだ結果、「胸の苦悶も薄らぎ、気分も楽になつた」と書いている[31]。李叔同も同様な効果を求めてのことであろう。

次に、携行品の一つ「水を濾過するための布」について述べたい。弦斎は断食期には毎日五合以上の水を飲むようにと記しているが、湯冷ましや蒸留水は「身体中の蛋白質を分解して却て有害」になるので絶対に飲用すべきではなく、断食期には「人体の栄養になるべき鉱物質があり、炭酸瓦斯があり、ラヂウムエマナチオン」のある「井戸から汲んだ生水、殊に汲みたての水」あるいは「水質良好なる山間の清水」が最良で、水道水はこれに次ぐと記している[32]。一方、李叔同は「日誌」の断食初日に、これから断食を行う人への注意点として「断食を始める前に湯冷ましをたくさん飲む練習をし、断食初期には冷たい生水を飲むようにして、逐次量を増やすこと」と記し、それは断食期に毎日冷水を五杯飲むのはかなりつらく、またお腹を壊す恐れもあるからだと述べている[33]。李叔同は飲用水の量、質ともに弦斎方式に忠実に倣おうとしたのであろう。また、本断食の後半三日間、李叔同は水や梅茶の他に、湯に塩を加えたものも飲用しているが[34]、これも弦斎の影響と思われる。弦斎は長期断食の三週目に疲労回復の目的で食塩水を飲用し、摂取した分量が僅少のため効果は断言できないと断った上で、食塩水が疲労感の減少に役立った可能性を示唆している[35]。

(二) 弦斎方式との相違点

李叔同の断食が弦斎方式にかなり忠実であったことは本章の前一節で見た通りである。しかし、李叔同の「日誌」には、弦斎とは異なる点が二つ挙げられている。第一は、本断食期間およびその前後に李叔同が口にした物である。李叔同は蓮根の澱粉や塩漬け卵、杏仁露、米菓子などの中国特有の食品以外にも、断食期間に弦斎が一切口にしていない果物や果汁を積極的に摂取している。李叔同は本断食の前後の半断食期には、弦斎同様に重湯や粥、梅干などを摂取しているが、その他に蜜柑や梨、林檎、バナナを食べ、蜜柑や梨の果汁を飲んでいる。また本断食中も、弦斎は生水や梅茶、温かい塩水など、カロリーのない水分しか口にしていないが、李叔同はこれらの他に蜜柑や梨の果汁も毎日摂取している。弦斎が一九一七年に出版した断食に関する専門書には病院での断食例として、本断食後の半断食期にバナナを摂取した例が記載されているが[36]、同書が出版されたのは李叔同の断食後のことであり、弦斎の『婦人世界』の連載には果物や果汁の摂取に関する記述は見られない。

弦斎と異なるもう一つの点は時間の過ごし方である。弦斎は心身の安静を保つために、断食中は「新聞も書籍も一切読まず、文通もせず、来客にも会はざる事」と述べている[37]。李叔同はそれに反して日光浴や散歩、仏像の模写、書道をし、来客に会い、手紙も出している。李叔同は如何なる理由で、このように弦斎とは異なる行動をとったのであろう。可能性として考えられるのは、弦斎がその連載一回目に紹介した「米国人シンクレーヤー」の断食実験である[38]。この「米国人シンクレーヤー」とは、米国食肉産業の実態を告発した小説『ジャングル』[39]で一躍名を馳せたアプトン・シンクレアのことである。シンクレアの断食については一九一〇年八月の『実業之日本』誌上に掲載された後、西川光次郎が一九一六年に出版した断食専門書でも取り上げられた[40]。また、この記事の全文が弦斎の断食専門書に収録されているが、それによるとシンクレアは断食後の半断食期に「橙（オレンヂ）の汁と無花果」で失われた体重を取り戻し、読者にも断食後「二日間は果物の汁のみにて生活」することを勧めている。シンクレアはまた断食期にも平常通り日光浴や散歩、読書、執筆などを行っている。[41] シンクレアは一九一〇年に雑誌"*Cosmopolitan Magazine*""*Contemporary Review*"に断食に関する論説を発表し、翌年には断食に関する専門書を刊行しているが、同書でもオレンジや無花果、バナナ、林檎、ナツメヤシなどの果物や果汁の摂取を勧め、断食中に日光浴や散歩、読書、執筆を楽しんだ様子を記している。[42] 以上のように李叔同が果物や果汁を摂取し、安静にこだわらなかったことから、李は断食に際して弦斎のみならずシンクレアあるいは西川光次郎の著述も参照した可能性が指摘される。

最後に、大正初期の断食ブームついて簡単に述べておきたい。西川や弦斎の断食専門書が上梓された「大正五年から六年」には「断食書が集中的に出版」され、「大げさに言えば大正健康法は断食療法から始まったといえるような様相」が展開された。西川と弦斎はともに断食に関する海外の著述を参考にしているが、なかでも彼らに大きな影響を与えたのがシンクレアである。明治末頃までは「ごく一部の宗教家、修験道などが精神的な求道行為として一時的に」行う、言わば「死のリスクを伴う」行為であった断食が人々の間で一種のブームとなるには、「マスコミに強い関連を持つ村井弦斎が自身の健康問題と絡めて断食の敷衍に大きな役割」を果たし、また西川光次郎の「慎重な断食実施への考え方及びそのプロセス、多くの文献的考察と断食経験者の実験談」が弦斎はじめ断食に関心を持つ人々の「実施的な知識を深めるために大いに役立った」[43]。シンクレアはまさにその原点とも言うべき存在であった。

（四）断食と神経衰弱

前述のように、李叔同が断食を試みたのは、当時患っていた神経衰弱症の改善を期待してのことである。実は、シンクレアや弦斎が断食に関心を抱いたのも、まさに同じ理由からであった。これは、西川光次郎が幼少時からの胃弱の改善を目的に断食に取り組んだのとは対照的である。[44]

シンクレアは『ジャングル』を執筆して以来、多忙とストレスから心身の不調に悩まされていたが、ある女性が八日間の断食で自らの坐骨神経痛やリュウマチ、慢性的胃腸病、神経衰弱、カタルなど、長年にわたる様々な病気や不調を完治させたと聞き、自らも断食を行った結果、健康を取り戻すことができたと記している。[45]これについて、自らも「脳病」を患っていた弦斎は、シンクレアは「或時一婦人が八日間の断食を以て強度のヒステリーを全治せしめた実例を聞き、又他の婦人が十数日間の断食を以てリウマチスを治した事を知り、其人も自分の病気を治す為めに断食を始めた」とだけ記している。[46]一方、胃腸はじめ身体上の不調に苦しんでいた西川光次郎は、この婦人は「十年以上も坐骨神経痛、リユマチで病臥して居た」が、「八日間断食したお陰で、全く此等の病気を退治」し、また断食によって息子やその友人の「神経性消化不良」を根治し、友人の「リユマチを治した」と記している。[47]同一婦人に関する、弦斎と西川の記述の相違からも、二人の断食に対する期待感の相違がうかがわれる。

村井弦斎は持病でもあった「脳病」の治癒を期待して断食を始めた訳であるが、その効果について次のように記している。

> 断食中は頭脳が明晰になつて、気分も爽快を覚え、此の分で押して行けば、断食後は一日増しに頭の心地が良くなるだらうと思はれました。然るに摂食後一二週間の後には、夜中熟眠し得る程度は平生に倍して来ます。〔中略〕それが過ぎると眠られる事は以前と変りませんが、何となく神経が疲労してものに堪へなくなります。万事が世間普通の神経衰弱患者と同じ容態になつて、異なる処は夜中安眠し得る事だけです。此の神経衰弱症は最も遅く且つ最も長く続いて、断食後一ヶ月半、即ち六七週間にして漸く復旧致しました。

此の一時的の神経衰弱が恢復するに従つて、いつの間にやら脳の働く力が以前よりも非常に増加して居りました。(48)

これは、弦斎が長期断食を開始して一、二週間後の感想であるが、六週間後には次のような感想を抱くようになる。

胸が透いて食欲が発すると同時に、気分が格別に快くなつて参りました。一刻は一刻よりも爽快に、身体も頭脳も今迄とは全く別のやうになつたやうです。〔中略〕

元来愉快といふ事は、多く多働的に来るものです。即ち恁ういふことがあるから愉快だとか、一念此に及ぶと愉快だとか、何か愉快の目的物があつてそれを意識するほど愉快を感ずるものです。然るに今の私は脳が極端まで疲労して少しも働きませんから何の思考力も無く、殆ど脳中無一物にして小児の状態に異なりません。その無一物の脳中から愉快といふものが自発的に滾滾と湧出するやうな感じが致しました。宛がら元気の好い小児が何の仔細も無く、独りで懌んでゐると同じやうです。

此日の挙動は全く小児的でありました。愉快の情が愈よ旺盛になつた時は、手も足もその衝動を受けて、何とか為て見なければ其儘安静に平臥してはゐられなくなりました。身体が自然に浮き出し踊りだして、何うしても落着いてゐられません。(49)

弦斎はこの「一種特別なる快感」について、「一旦死んだ人が何かの動機で蘇生したら、恁んな心持ではあるまいか」と分析し、「斯る特殊の感情は次第に消滅して平生の我に復しますけれども、その中の幾分は永く脳裡に存して、いつまでも忘れる事はありません」と述べている。(50)

その後も断食を終えるまで弦斎は「気分は何時も愉快で、人生は如何なる場合に不平や不足を感ずるのであろうと思ふ程」であったが、最後は「神経疲労」を覚えるようになる。弦斎によると、この「断食後の神経疲労」は「世間普通の神経衰弱」と似ているようで、実は両者の間には「画然たる区別」があるという。神経衰弱は「神経が過敏」になって「弾力」を失うため「些細な事に感じ易く、又興奮し易くなつて一旦興奮すると容易には鎮静」しない。しかし、「断食後の神経疲労」は「極度まで鋭敏」になった神経に「弾力」があるので、「感ずる事も速いし、鎮まる事も速い」。そのため、「神経衰弱」の時には「夜分興奮すると不眠症」になるが、「神経疲労」の時はよく眠れる上に、昼夜を問わず「少し脳を使ふと直ぐに疲れ」る。しかし、「疲れると直ぐに眠く」なり、その時に眠れば疲労は「忽ち恢復」するとのことであった[51]。

村井弦斎のこうした記述を、若い頃から慢性的な神経衰弱に苦しめられていた李叔同は一体どのような気持ちで読んだのであろう[52]。李叔同が断食に大いに期待していたであろうことは、その周到な準備や真剣な取り組みからも容易に想像がつく。李叔同の「日誌」を見ると、本断食前の半断食期には睡眠が浅くなり、本断食に入る前日の夜には「神経過敏が甚だ激しく」、ほとんど眠ることができず、本断食初日には「脳の力が次第に衰退し、目や手もおぼつかない」有様であった。それも次第におさまり、眩暈や気落ちの症状とその改善を繰り返した後、本断食五日目には「近頃では神経過敏が既に少しずつ癒えてきて」、夜も安眠できるようになった。その喜びのあまりか、李叔同は翌日の夜には「神の御恩に感謝し、必ずや帰依することを誓」っている[53]。これ以降の「日誌」には、「精神状態は甚だ良く、耳目聡明で頭脳も爽快」（本断食七日目）、「極めて愉快で満足」（本断食後二日目）、「甚だ愉快」（本断食後四日目）、「極めて愉快に感じる」（最終日）などの文字が並ぶ[54]。

後日、李叔同は夏丏尊に「断食の経過は順調で、少しも苦痛を覚えることはなく、むしろ心身は軽やかで、俗世を離れて仙人になりそうな心地であった」と語っている。李叔同はまた「人間が根本から完全に入れ替わった」ように感じ、老子の「能嬰児乎（能く嬰児たらんか）[55]」にちなんで「李嬰」と称してもいたという。[56]

二、出家以前の信仰

（一）「日誌」に記された天理教信仰

本章では、「日誌」に基づいて、断食当時の李叔同の信仰について述べたい。李叔同と仏教以外の宗教との関係については、これまで中国内外の研究で李叔同本人あるいは日本からの帰国の際に同行した日本人女性が天理教徒であったとされている。しかし、管見の限り、それらの著述のいずれにおいても根拠は明らかにされていない。「日誌」には天理教に関する用語が頻出しているが、それについて李叔同に関する最初期の年譜には「弘一法師は出家する以前、日本の天理教を信仰していたが、それは日本籍の夫人の影響を受けたようである。それ以前のことは不詳である。日本の学者、濱一衛の考証では、彼女は帰国後に天理教の信者になったという」と記されている。[57]後の研究者が李叔同あるいは李の第二夫人である日本人女性を天理教徒としたのは、この記述に拠る可能性が高い。しかし、ここで論拠とされている濱一衛の論文には、この女性について「後に天理教信者になつた（ママ）という」とあるのみで、その根拠は明示されていない。[58]中国戯劇の専門家であった濱は、李叔同が東京美術学校在学中に同窓の曽孝谷と立ち上げた新劇集団春柳社に詳しく、また北京留学時（一九三四～三六）には周作人の息子、豊一の友人として周宅に寄宿し、周作人や妻信子、その妹芳子らとも親しくしていたことから、[59]李叔同やその日本人妻と天理教の関係について何か聞き及んでいたのかもしれない。なお、濱は春柳社の欧陽予倩とも交流があったが、それは上記の論拠とされた論文が執筆されて以降のことである[60]。

また、濱と同じく春柳社に関する最初期の研究者である中村忠行も、李叔同について「やがて精神的な煩悶から基督教・天理教（日本の）と、思想的な遍歴を試み、遂には剃髪して仏門に帰し、南山律宗中興之祖と呼ばれるに至つた」と記している。基督教については、神田美土代町の「日本基督教青年会」内に設けられた「中国青年会」との関係から論じているが、天理教については何も説明していない[61]。この中村の論文は前述の濱の論文の三年後に執筆されていることから、これもまた濱の論述を参考にしたのではないかと思われる。

李叔同が断食当時、仏教以外の宗教を信仰していたことは「日誌」の記述から明らかである。ただ、それが具体的には如何なる宗教で、その信仰がいつ頃どのような経緯によって始まったのか、またその信仰の程度がどれほどであったかなど、詳細について現段階で断定することは難しい。しかし、「日誌」を見る限り、天理教に関すると思われる記述が多い。また前述のように、李叔同は本断食期に「神の御恩に感謝し、必ずや帰依することを誓う」と記しているが、それに続けて上海在住の日本人妻と思われる「福基」なる人物に手紙を書いていることから、李叔同の日本人妻は李の出家後に信者になったのではなく、むしろ李叔同が断食を行った一九一六年当時には二人して何らかの宗教を信仰しており、それが天理教であった可能性は否定できない。

以下、「日誌」から信仰に関連する箇所を挙げておきたい。前述のように、李叔同は断食の実施や、本断食前の半断食の日程変更について「神のお告げ」に従って決定を下している。また、旧暦一二月五日の「日誌」には「信仰上の理由から毎日、朝食時に神に生の白米を一粒お供えする」とあり、また翌日には「神人合一の教旨を読誦」したと記されている。本断食終了後の二日目（旧暦一二月一四日）から最終日（同一八日）までは毎日、天理教の三原典の一つである「みかぐらうた」に関する記述が見られる[62]。具体的には「『みかぐらうた序章』を暗記、読誦」（一四日）、「謹んで『みかぐらうた』を二頁書写、『みかぐらうた』の一、二、三下り目を暗記、読誦」（一五日）、

「山門の外に出て散歩をしながら「『みかぐらうた』を暗記、読誦。甚だ愉快」、「『みかぐらうた』を七頁書写、『みかぐらうた』の四、五下り目を暗記、読誦」（一六日）、「『みかぐらうた』を五頁書写、『みかぐらうた』の六下り目を暗記、読誦」（一七日）、「『みかぐらうた』の七下り目を暗記、読誦。謹んで『みかぐらうた』を八頁書写」（一八日）と記されている。[63]

「みかぐらうた」は天理教の重要な祭儀「かぐらづとめ」の地歌と「よろづよ八首」から成る序歌と、「一下りから一二下り」の数え歌で構成されており、[64]李叔同が日々暗記、読誦していたのは、この「みかぐらうた」の序歌から七下り目までのことと思われる。断食中の読物として、村井弦斎は「意味を考へる如きもの」ではなく「無意味に音読して語調の美妙なるものに限」るとして、「断食を実行する人には必ずお経を読む事を勧めます」と記し、[65]また「宗教の信者ならば神仏を礼拝し念誦するのは信念を鞏固にするの利益（ママ）」があるとも述べている。[66]李叔同はおそらく弦斎のこれらの記述に基づき、断食中の退屈を紛らわすための手段として、また宗教的な意味からも「みかぐらうた」を暗唱したのであろう。

また、李叔同は「日誌」の表紙に「ふしぎなふしん 御訓」と記しているが、この「ふしぎなふしん」という言葉も天理教の用語で、上述の「みかぐらうた」二下り目二ツ、八下り目二ツ、一二下り目二ツにも見られる。この「ふしん（普請）」とは「心ノ改造」を象徴する言葉で、天理教の「三原典」によく見られる。「心ノ改造」を「ふしん」ということについて、開祖中山みきの孫で初代真柱、初代官長を務めた中山新治郎は「欲塵ノ為ニ汚壊腐蝕セラレタル我等ノ心ヲ修復シテ智徳ノ光輝ヲ発セシメ神ノ住ミ給フベキ清浄ナル宮殿トスルガ故ナリ」と述べている。[67]「ふしぎなふしん」という言葉は、「みかぐらうた」と並んで天理教の「三原典」の一つである「おさしづ」にも見られる。一八九〇年（明治二三）六月一五日の「おさしづ」には「たすけふしぎふしん、真実の心を受け取るためのふしぎふしん」と記されているが、これは「たすけと言うのは不思議な心のふしんであり、その為の道具の理

〈末代続く救けの理〉を授ける為のためしの理であり、それぞれの真実の心を受け取るための不思議なふしんでもある」という意味である。文中の「たすけ」とは天理教用語で「人を助ける事」や「救済」を意味するが、同六月一七日の「おさしづ」に「ふしぎふしんをするなれど、誰に頼みは掛けん」とあるように、それを実現成就するのは人の力ではなく「不思議な神の働き」によるとされている。(68)

李叔同がいつから、どのような経緯で天理教を信仰するに至ったか、現時点では不明であるが、本節で論じたように断食当時はかなり熱心に信仰していたようである。李叔同の出家について考察する上で、断食当時の思想や信仰は重要な要素であり、また李叔同と日本との関係について理解を深めるためにも、李叔同と天理教については今後さらに調査を進めていきたい。なお、天理教は早くから中国で布教活動を行っており、李叔同が帰国した当時はすでに上海や故郷の天津に天理教の教会が設立されていたことから、(69)李叔同は日本留学当時ではなく帰国後に初めて天理教にふれた可能性も否定できない。

（二）日本籍夫人

前述のように、李叔同は日本からの帰国に際して日本人女性を同行し、上海に住まわせていたと言われている。その女性は李の留学当時の「下宿の娘」「裸体モデル」と諸説あるが、名前や出身地、職業、李叔同と知り合った経緯、また李叔同の出家後の行方など、現段階ではすべて未詳である。

「日誌」にはこの日本人女性と思われる名前（「福基」）が二回記されている。一度目は旧暦一二月一一日、本断食六日目である。第一節で述べたように、李叔同は「この夜、神の御恩に感謝し、必ずや帰依することを誓う。福基に手紙を出す」と記している。二度目は翌日、断食最終日である。この日の「日誌」には「寒くて起きられない。一一時に福基が人を寄越して綿入れを届けてきたので、それを羽織って起きる」と記されている。李叔同は前日の手紙で「福基」なる人物に寺の寒さを訴えたのであろうか。「日誌」には一一日、一二日の気温は四七度、四八度と記されている。摂氏に変換すると八・三度、八・九度であるが、断食中の身にはさぞやつらかったことであろう。これだけでは「福基」が如何なる人物か特定するのは難しいが、李叔同が寒さを訴えたにしても、訴えていないにしても、李叔同の身を案じて断食中の寺に綿入れを届けるような関係からみて、「福基」が上海在住の日本人妻である可能性は高い[70]。また、「福基」は中国語の発音（Fuji）から、「ふじ」という日本名への当て字ではないかと思われる。

本断食終了後の「日誌」には「福基」の名はなく、代わって「普慈」という名前が二回見られる。一度目は一二月一七日、二度目は断食の全過程が終了した一九日である。内容はいずれも「普慈に手紙を出す」であるが、二度目は寺を出てからなすべきことの一つとして「写真、食事代の支払い」の次に記されている[71]。「福基」は中国語音から「ふじ」という名前と推測されるが、日本語の発音で読むと「普慈」もまた「ふじ」である。断食後、李叔同が自らを「李嬰」「李欣叔同」「欣欣道人」などと改称したことから、夫人の名前への漢字の当て字を宗教的な印象の「普慈」へと変えても不思議はない。この日本人女性についても、天理教との関係も含めて、今後の考察課題としたい。

三　断食経験から出家へ

（一）馬一浮の果たした役割

前述のように、李叔同は一九一六年の断食が出家の「近因」であると述べている。前章で述べたように当初は天理教を信仰していたと思われる李叔同が、断食を境に出家に至るまでの経緯について本章で簡単にまとめておきたい。

まず、李叔同と仏教のつながりであるが、李叔同が幼少の頃に亡くなった父、李世珍（一八一三～八四、字は筱楼）は敬虔な仏教徒で、自宅にもよく僧侶が出入りしていたが、李叔同は断食のために虎跑寺で暮らして初めて僧侶の日常や寺院の内部を知り、こうした生活を好ましく、また羨ましく思うようになったという。寺を出た後、李叔同は『普賢行願品』『楞厳経』『大乗起信論』などの仏典を大量に購入し、自室に地蔵菩薩や観世音菩薩などの仏像を置いて線香を供えたと自ら記している(72)。

李叔同が仏教について最初に教えを請うたのは儒学者の馬一浮である(73)。李叔同と馬一浮の交際は一九〇二年から一九〇三年にかけて、李叔同が上海の南洋公学に在学していた時期が最初であるが、その後は中断し、約一〇年後に李叔同が浙江省立第一師範学校に勤めるようになって再開されたという。馬一浮は仏教にも造詣が深く、一九一四年には仏教学者らと杭州で「般若学会」を設立した。李叔同も夏丏尊や、学生の豊子愷、劉質平らとともに参加している(74)。

豊子愷と劉質平はいずれも李叔同の影響で芸術を志し、李叔同の出家後は芸術のみならず仏教でも李の教えを受け、李との交流は生涯にわたった。豊子愷は李叔同の出家の直前に李とともに馬一浮を訪問し、李叔同と馬一浮が仏教や哲学について語り合う姿を目にしている。豊子愷はまた、李叔同が仏教の勉強を始めたのは断食後であるが、李叔同自身から聞いた話として、それは馬一浮の指示によると記している(75)。李叔同から劉質平への書簡にも「馬一浮先生の薫陶を受けて以来、次第に悟るところがあります」と書かれている(76)。

李叔同は虎跑寺での断食を契機に僧侶の生活に関心を抱き、馬一浮という師を得て一気に仏教に傾倒していったのであろう。

実際の出家に際しても、馬一浮は重要な役割を果たしている。李叔同は断食の翌年、一九一七年の冬休みにも上海には戻らず、再び虎跑寺で年を越した。この時、同じく虎跑寺で年を越したのが馬一浮の友人の彭遜之である。馬一浮は虎跑寺について李叔同から聞き及んでいたため、彭遜之に静寂な場所を尋ねられた際に同寺を紹介した。彭遜之は元々仏教にそれほど強い関心があった訳ではなく、あくまでも静寂を求めて虎跑寺を訪れたのであったが、一九一八年一月八日に突発的に出家してしまう。夏丏尊は、李叔同はこの彭遜之の出家に感動して、自らも出家を決意したと記しているが、(77)李叔同はまさにその一週間後の一月一五日に仏教帰依式を受け、法名演音、字弘一となったのである。

（二）出家の時期とその背景

一九一八年一月に仏教帰依式を受けた当時、李叔同は同年の夏に入山し、一年ほどの修行の後、一九一九年に出家する予定であった。しかし、李叔同が実際に出家するのは一九一八年七月一三日のことであり、当初の予定よりも一年早い。それは何故だろうか。

同年五月下旬、李叔同は定期試験を早めに終わらせると虎跑寺に入った。(78)李叔同によると、寺に李を訪ねてきた夏丏尊は、李が既に頭を丸め、僧衣を身に着けているのを見て「寺に住んで、おまけに僧侶のような恰好をしておきながら、すぐには出家をしないなんて意味がないよ。やはり早く得度を受けた方がいい」と言い、李はそれを受けて出家を早めたという。(79)夏丏尊自身は、入山前の李叔同に「こんな風に居士でいるなんて中途半端だ。いっそのこと和尚になったらどうだ！」と言ったと記憶している。(80)二人の記述に、発言の時期や内容に多少の違いはあるものの、夏丏尊の発言が李叔同の出家を早める要因の一つであったことは確かなようである。

断食から間もない一九一七年一月の劉質平への書簡には「数年のうちに入山して仏の弟子になるつもりです（この一、二年のことかもしれませんが、それはまだわかりません。時期については、人の力で定めうることではありません）」と記されているが、[81]翌一九一八年三月九日の劉宛ての書簡には「近頃は寂寞の思いが募り、この世に嫌気を覚えるばかりです。早ければ今年の夏、遅くとも来年には入山し、得度して沙弥になります」とある。[82]この一年の間に李叔同の身に出家を急ぎたくなるような何かがあったのだろうか。あるいは、この年の二月、亡き母の命日に合わせて虎跑寺で三日間読経したことが、母思いの李叔同にとって何かのきっかけになったのかもしれない。

前述の夏丏尊の発言の他に、李叔同の出家が早まった要因と考えられることをもう一つ指摘できる。それは、管見の限りこれまで指摘されていないが、一九一六年から一八年まで日本で音楽を学んでいた劉質平への経済的援助との関係である。李叔同は劉質平宛ての一九一七年の書簡で、もし劉の実家からの送金が途絶えた場合は卒業まで自分が学費を用立てようと申し出ており、自分の月収や支出を細かに明示した上で毎月二〇元送金できるが、これはあくまでも二人の友誼に基づいて贈るのであって、貸すのではない、将来返す必要はなく、家族を含めて他の誰にも言ってはならない、この手紙を読んだ後は燃やしてしまうようにと述べている。その後、一九一八年旧暦三月二五日の書簡には、自分は修行にすべてを捧げてはいるが、決して劉のことを考えていない訳ではなく、劉が卒業までに必要な学費を借りる手立てを講じた旨が記されている。李叔同はこの書簡で、もしこのお金を借りることができたならば自分は再び入山するが、もし借りられなかった場合には劉が卒業するまで仕事を続けるとも述べている。[83]

前述のように、李叔同は一九一八年三月九日の段階では同年あるいは翌年の出家を考えていた。上述の三月二五日の書簡の内容と照らし合わせると、劉質平への経済的援助は李が出家の時期を猶予していた要因の一つであり、逆に言うならば、劉の学費のための資金が手に入り、仕事を続ける必要がなくなったが故に出家の時期を早めたとも考えられるのではないだろうか。なお、劉宛ての別の書簡には、昔ある人が日本に留学した際に経済的に援助したことがあるが、その人が今はある官立銀行の副社長になっているので、お金を用立ててくれるように頼んでみると記されていることから、この依頼が功を奏したのではないかと思われる。[84]

むすびに

以上、李叔同の「日誌」を中心に、李叔同自身が出家の「近因」に挙げていた断食について、その経緯や詳細、李叔同が断食に寄せていた期待などを見てきた。これにより、既に通説化してはいるものの、その典拠が不明であった李叔同の天理教信仰や神経衰弱、またこれまで指摘されることのなかった李叔同の出家時期と教え子、劉質平への経済的援助の関係について、少し明らかにできたのではないかと思う。しかし、これらについては、まだ不明な点も多く、李叔同が帰国の際に帯同したと言われる日本人女性のことも含めて、今後の課題としたい。

最後に、李叔同が断食に際してお手本とした村井弦斎との意外な接点について述べておきたい。李叔同が一九〇六年東京において、東京美術学校の同窓の曾孝谷らとともに中国で最初の新劇劇団である春柳社を創立したことはよく知られている。李叔同とともに春柳社の舞台に立った学生の一人に、東京美術学校の最初の中国人留学生である黄喃喃がいる。帰国後、黄は一九一〇年に上海で組織された新劇劇団、進化団の舞台興行に参加した。一方、李叔同は帰国後、浙江省立第一師範学校に奉職する以前、上海で同盟会会員が結成した文学社団、南社の社友として活躍し、また『太平洋報』や同画報副刊の編集に従事するなど、同盟会系の活動に積極的に参加した。黄もまた「常に積極的に革命を宣伝し、同盟会と深くかかわって」いた。同盟会の活動を通じて、李叔同と黄喃喃の交際は続いていたのであろう。李叔同は進化団の黄が演じる舞台のために、安素の名でイラストを描き『太平洋報』に掲載している。こうしたイラストの一つに『新新舞台 新劇侠女伝之印象』と題されたものがある（『太平洋報』一九一二年四月一七日）。この『侠女伝』とは『血蓑衣』の別名であるが、これは村井弦斎が一八九二年に『郵便報知新聞』に連載した小説『両美人』の翻案である[85]。

なお、『両美人』は一九〇六年、中国商務印書館編訳所によって中国語に翻訳され、『血蓑衣』（義俠小説）のタイトルで商務印書館説部叢書第五集第一〇編に収録されている。[86]同作品は李叔同の日本留学中の一九〇七年には浅草常磐座で『女天一坊』の名で演じられ「舞台でも大いに受け」、また翌年には京都明治座でも『両美人』の公演が行われている。これはあくまでも推測に過ぎないが、李叔同が『両美人』の中国語訳や日本での上演を通じて、断食に関心を抱く以前から村井弦斎の名を知っていた可能性は否定できない。そして、その弦斎が断食を行ったという事実により、李叔同の断食への関心がさらに高まったと考えることもできよう。

【注】

（1）小論では出家以前については李叔同、出家後については弘一法師と表記する。

（2）南山律宗は道宣（五九六～六六七）を祖とする宗派であるが、その戒律の厳しさから一時停頓していた。弘一法師はそれを復興させたことから中興の祖師とされる。

（3）陳星『李叔同西湖出家実証』杭州・杭州出版社、二〇〇八年、一五頁。

（4）李叔同の経歴については多くの書籍が出版されているが、比較的詳細なものとしては、林子青「弘一法師新譜」（弘一大師全集［修訂版］編輯委員会編『弘一大師全集』第一〇冊、福建人民出版社、二〇一〇年、一一一～一六二頁）、拙著『中華民国期の豊子愷　芸術と宗教の融合を求めて』（汲古書院、二〇一三）などが挙げられる。

（5）浙江省立第一師範学校は同省で最初の優級師範学校（一九〇八年設立）で、当初は浙江官立両級師範学堂と称していたが、一九一二年に浙江両級師範学校、翌年に浙江省立第一師範学校と改名した。李叔同は一九一二年の秋に図画音楽教員として同校に赴任した。

（6）弘一法師述・高勝進筆記「我在西湖出家的経過」『弘一大師全集』第八冊、一九六～一九八頁。同文は『越風』（一九三五年一一月～一九三七年一〇月、計二三期）の編集者黄萍蓀の依頼に応じて、当時厦門の南普陀寺に滞在していた弘一法師が同寺に寄宿していた厦門大学生高勝進に口述筆記させたものである。同文の『越風』掲載の経緯については前掲注（3）『李叔同西湖出家実証』（七～一五頁）に詳しい。

（7）夏丏尊「弘一法師之出家」『弘一大師全集』第一〇冊、一八六頁。

（8）「断食日誌（原題：断食日志）」は当初、李叔同自身の手で同僚の堵申甫に預けられたが、後に上海中医学院医史博物館で資料収集を担当していた朱孔陽の手に渡った。朱孔陽は同博物館での所蔵を希望したが叶わず、原本のその後は不明である。幸い、陳鶴卿が堵申甫から借り受けて抄写したものが残されており、一九四七年に雑誌『覚有情』第七巻第一一、一二期に掲載され、後に『弘一大師全集』（第八冊、一九三～一九六頁）に収録された。前掲注（3）『李叔同西湖出家実証』、一〇三～一〇四頁、一一六～一一七頁。なお、小論での引用、参照は『弘一大師全集』に拠る。

（9）「日誌」の内容について論じたものとしては、陳星（前掲注（3）『李叔同西湖出家実証』、一〇三～一一八頁）、坂元ひろ子『連鎖する中国近代の〝知〟』（研文出版、二〇〇九年、三〇八～三〇九頁）、弘一大師作／李汶娟・李莉娟彙編／李叔同故居紀念館監製『転身遇見仏 弘一大師修心録』（台北・橡実文化出版、二〇一四年）などが挙げられる。

（10）前掲注（6）「我在西湖出家的経過」『弘一大師全集』第八冊、一九七頁。

（11）前掲注（7）「弘一法師之出家」『弘一大師全集』第一〇冊、一八六頁。

（12）前掲注（9）『連鎖する中国近代の〝知〟』、三〇八頁、三三八頁。

（13）村井弦斎（一八六四～一九二七）は明治から大正にかけて活躍した文筆家で、その生涯については黒岩比佐子『「食道楽」の人 村井弦斎』（岩波書店、二〇〇四年）に詳しい。

（14）杉本苑子『明治の文芸誌 その軌跡を辿る』明治書院、一九九九年、一四七頁。

（15）当時、女性解放問題の旗手であった魯迅や周作人もまた『婦人世界』を定期的に購読していた。周作人の日記（一九一二年一〇月七日、一九一六年八月八日）には、東京の書店「サガミヤ」（相模屋）から『婦人世界』を取り寄せたと記されている（『魯迅博物館蔵 周作人日記（影印本）（上冊）』鄭州・大象出版社、一九九六年、四一八頁、六二六頁）。魯迅の日記（一九一六年一〇月二七日、一九一八年六月二七日）にも、実業之日本社に『婦人世界』を予約、購読料を送金などの記述が見られる（『魯迅全集 第一四巻』北京・人民文学出版社、一九八一年、二三七頁、三一八頁）。周作人の日記にある相模屋とは本郷真砂町にあった古書店で、魯迅も日本留学中からよく利用し、帰国後も書簡で注文していた（同上、一二〇頁）。なお、『魯迅全集 一七 日記一』（学習研究社、一九八五年、三二〇頁）の訳注には、『婦人世界』について「周作人の妻信子と周建人の妻芳子のために定期購読を申し込んだものと思われる」とあるが、夏丏尊が自分のために購読していたように、魯迅や周作人も自分のために購読、あるいは少なくとも目を通していた可能性も考慮すべきであろう。

（16）前掲注（6）「我在西湖出家的経過」『弘一大師全集』第八冊、一九七頁。

（17）前掲注（8）「断食日志」『弘一大師全集』第八冊、一九三頁。

（18）同上、一九三～一九六頁。

（19）村井弦斎「断食の実例と心得」『婦人世界』第一一巻第一四期、実業之日本社、一九一六年一二月、五六頁。

（20）前掲注（7）「弘一法師之出家」『弘一大師全集』第一〇冊、一八六頁。李叔同には天津に中国人の妻子がいたが、学校の休暇などには天津ではなく日本人妻の住む上海で生活していた。

（21）前掲注（8）「断食日志」『弘一大師全集』第八冊、一九三頁。

（22）同上、一九四頁。

（23）李叔同は、梅干や重湯、吸物、刺身などの単語は日本語で表記している。

（24）小論の「はじめに」で述べたように、現在一般に我々が目にしている李叔同「断食日誌」は李の直筆ではなく、陳鶴卿が抄写したものである。

（25）村井弦斎「断食の実験と其功能」『婦人世界』第一一巻第九期、実業之日本社、一九一六年八月、五九～六二頁。

（26）村井弦斎の断食に関する『婦人世界』の記事の題目は以下の通りである。第一一巻第九期「断食の実験と其功能」、同第一〇期「断食の実験と其功能（二）」、同第一一期「断食の実験と其功能（三）」、同第一二期「断食の実験と其功能（四）」、同第一三期「妻の断食を監督するの記」、同第一四期「断食の実例と心得」。なお、第一一巻第九期、同第一三期、第一四期の目次は題目と同じであるが、同第一〇期から第一二期では、目次はすべて「断食の実験と其効能（ママ）」となっている。

（27）李叔同は「日誌」の冒頭では「リチネ」と二回、カタカナで表記しているが、断食記録では「薬油」（一二月三日）、「瀉油」（一二月一三日、一七日）と記載している。

（28）一九二五年に上梓されて以来、二〇〇〇年（一六一七版）までの累積発行部数は優に一千万部を超える大ベストセラー（築田多吉『家庭に於ける実際的看護の秘訣』、通称『赤本』）でも、家庭に常備すべき「下剤及び浣腸薬」として「ヒマシ油

（リチネ油）」が紹介されている。山崎光夫『「赤本」の世界 民間療法のバイブル』文春新書二〇六、二〇〇一年、一七～一九頁、一八九～一九〇頁。

（29）前掲注（8）「断食日志」『弘一大師全集』第八冊、一九四～一九六頁。

（30）李叔同はここでも、リチネや梅干、歯磨、番茶などを日本語で表記している。

（31）前掲注（25）「断食の実験と其功能」、五七～五八頁。

（32）同上、五九頁。村上弦斎「断食の実験と其功能（二）」『婦人世界』第一一巻第一〇期、一九一六年九月、一九頁。前掲注（19）「断食の実例と心得」、五二頁。

（33）前掲注（8）「断食日志」『弘一大師全集』第八冊、一九四頁。

（34）同上、一九五頁。

（35）前掲注（32）「断食の実験と其功能（二）」、二五頁。

（36）村井弦斎『弦斎式断食療法 附床上運動法』実業之日本社、一九一七年、五五頁。

（37）前掲注（32）「断食の実験と其功能（二）」、一六頁。

（38）前掲注（25）「断食の実験と其功能」、五四頁。

（39）Sinclair, Upton, *The Jungle*, New York: Doubleday, 1906.（前田河廣一郎訳『ジャングル』叢文閣、一九二五年）。なお、同書はアメリカで粗悪な食品や医薬品を取り締まるための純正食品・医薬品法が成立する契機となったと言われている。

（40）西川光次郎『断食療法』北文館、一九一六年、一〇三～一一九頁。http://dl.ndl.go.jp/info:ndljp/pid/935049（二〇一七年三月一五日アクセス）。なお、この西川の著書については、村井弦斎『婦人世界』連載最終回（第一一巻第一四期）でも言及されている。

（41）前掲注（36）『弦斎式断食療法 附床上運動法』、二七六～二七九頁、二八三頁。なお、『実業之日本』に掲載されたシンクレアの記事はおそらく一九一〇年に"*Cosmopolitan Magazine*""*Contemporary Review*"に掲載されたシンクレアの断食に関する論述に拠るものと考えられる。

（42）Sinclair, Upton, *The Fasting Cure*, London: William Heinemann, 1911. https://archive.org/details/fastingcure00sinciala（二〇一七年三月一五日アクセス）。

(43) 熊木敏郎『今に活きる大正健康法 食養篇』雄山閣、二〇一五年、五六頁、七〇〜七一頁。
(44) 前掲注(40)『断食療法』、三頁。
(45) Sinclair, Upton, ibid., pp.23-34.
(46) 前掲注(25)「断食の実験と其功能」、五四頁。
(47) 前掲注(40)『断食療法』、九八頁。
(48) 前掲注(32)「断食の実験と其功能(二)」、一五頁。
(49) 村井弦斎「断食の実験と其功能(三)」『婦人世界』第一一巻第一一期、実業之日本社、一九一六年一月、二二〜二三頁。
なお、引用文のルビは原文のまま。
(50) 同上、二三頁。
(51) 村井弦斎「断食の実験と其功能(四)」『婦人世界』第一一巻第一二期、秋期増刊号、実業之日本社、一九一六年一〇月、一〇七頁。
(52) 李叔同が日本から上海の友人に宛てた書簡にも神経衰弱のことが記されているが(「致楊白民 二」『弘一大師全集』第八冊、二六九頁)、神経衰弱の症状は出家後も続き(「致夏丏尊 一九」、同上、三〇八頁)、李叔同は慢性的に苦しめられていたようである。
(53) ここで注意したいのは、李叔同が仏や仏教にではなく神に帰依すると書いている点である。これについては、当時の李叔同の信仰という点から後述したい。
(54) 前掲注(8)「断食日志」『弘一大師全集』第八冊、一九三〜一九六頁。
(55) 老子の『道徳経』第一〇章。なお、弘一法師(李叔同)の弟子の豊子愷が一九二七年に弘一法師による仏教帰依式を受けた際に授けられた法名は「嬰行」である。
(56) 前掲注(7)「弘一法師之出家」『弘一大師全集』第一〇冊、一八六頁。
(57) 林子青『弘一法師年譜』北京・宗教文化出版社、一九九五年、九四頁。
(58) 濱一衛「春柳社の黒奴籲天録について」『日本中国学会報』第五集、一九五三年三月、一二〇頁。
(59) 中里見敬「濱一衛の北平留学 周豊一の回想録による新事実」『九州大学附属図書館研究開発室年報二〇一四/二〇一五』、

二〇一五年八月、一～一〇頁。

(60) 中里見敬「濱文庫所蔵の欧陽予倩致濱一衛書簡について」『中国文学論集』第三九号、九州大学中国文学会、二〇一〇年一二月、一六三頁。

(61) 中村忠行「『春柳社』逸史稿（一） 欧陽予倩先生に捧ぐ」『天理大学学報』第八巻第二号、天理大学人文学会、一九五六年一二月、二〇頁。なお、引用文中の（ ）は中村による。

(62) 天理教は中山みきを教祖として一八三八年（天保九）に開教された。天理教は「親神『天理王命』による『世界一列』の救済」と「『陽気暮らし』の宗教的理想世界の実現」を提唱し、中山みき本人による「みかぐらうた」「おふでさき」と、中山みき、および飯降伊蔵の言葉から構成される「おさしづ」の三篇を原典としている。村上重良「解説」『みかぐらうた・おふでさき』平凡社、一九七七年、二六四～二七六頁。

(63) 前掲注（8）「断食日志」『弘一大師全集』第八冊、一九三～一九六頁。なお、原文では「みかぐらうた」は「神楽歌」「御神楽歌」、「下り目」は「下目」と記されている。

(64) 小野清一『みかぐらうた入門』天理教道友社、一九七八年。

(65) 前掲注（32）「断食の実験と其功能（二）」、一七～一八頁。

(66) 前掲注（19）「断食の実例と心得」、五一三頁。

(67) 中山新治郎『御神楽歌述義』濱田日報社印刷、一九〇六年、三〇～三一頁。

(68) 「おさしづは宝 刻限中心編・明治二十三年の七」http://osasidu.symphonic-net.com/dlp.html（二〇一七年三月三一日アクセス）。

(69) 『戦前・戦中の中国伝道 天理教の活動と上海伝道庁』天理大学おやさと研究所、二〇〇三年、八一～八三頁。『戦前・戦中の中国伝道（三） 青島、天津、北京、保定、杭州』天理大学おやさと研究所、二〇〇九年、四頁。

(70) 「福基」について前掲注（9）『転身遇見仏 弘一大師修心録』（二三頁）には「李叔同の側室」と記されている。

(71) 前掲注（3）『李叔同西湖出家実証』（一一六頁）には、この日撮影した李叔同の写真が収録されている。

(72) 前掲注（6）「我在西湖出家的経過」『弘一大師全集』第八冊、一九七頁。

(73) 馬一浮は由緒ある読書人家庭の出身で、一八九八年に紹興で魯迅や周作人らとともに科挙の県試を受け、首席を修めた。

翌年、上海に出て英語や仏語、独語、日本語などを学び、一九〇〇年には上海で馬君武や謝無量らと雑誌『翻訳世界』を創刊、欧米の学説などを紹介した。一九〇三年に米国に留学し、途中ドイツのベルリンに遊んだ折、マルクスの『資本論』を入手した。これが中国に持ち込まれた、最初のマルクスの著作とされている。一九〇四年から一九〇五年には日本に留学し、西洋哲学を研究した。一九一八年には　蔡元培の依頼により北京大学文科学長となるが、儒学に対する学校側との姿勢の相異から辞職した。滕復『一代儒宗――馬一浮伝』杭州・杭州出版社、二〇〇五年。

(74) 前掲注(3)『李叔同西湖出家実証』、一二六頁。

(75) 豊子愷「為青年説弘一法師」『豊子愷文集』文学巻二、杭州・浙江文芸出版社、浙江教育出版社、一九九六年、一五〇頁。豊子愷「陋巷」『豊子愷文集』文学巻一、杭州・浙江文芸出版社、浙江教育出版社、一九九六年、二〇二～二〇三頁。

(76) 「致劉質平　六」『弘一大師全集』第八冊、二七九頁。なお、同集では本書簡の執筆時期を一九一七年三月としているが、陳星は内容から見て正しくは一九一八年であろうと推測している（前掲注（3）『李叔同西湖出家実証』、一二八頁）。

(77) 前掲注（7）「弘一法師之出家」『弘一大師全集』第一〇冊、一八七頁。

(78) 李叔同は「五月末」とだけ記しているが、陳星は李叔同が友人の楊白民に出した書簡（「致楊白民　八」『弘一大師全集』第八冊、二七〇頁）から、李の入山は五月二三日（新暦七月一日）であろうと推測している。前掲注（3）『李叔同西湖出家実証』、一三九頁。

(79) 前掲注（6）「我在西湖出家的経過」『弘一大師全集』第八冊、一九七～一九八頁。

(80) 前掲注（7）「弘一法師之出家」『弘一大師全集』第一〇冊、一八七頁。

(81) 「致劉質平　五」『弘一大師全集』第八冊、二七九頁。

(82) 「致劉質平　一〇」同上、二八一頁。

(83) 「致劉質平　九」「致劉質平　一一」同上、二八〇～二八一頁。

(84) 「致劉質平　六」同上、二七九頁。執筆時期については注(76)を参照のこと。

(85) 陳凌虹「中国の新劇と京都――任天知・進化団と静間小次郎一派の明治座興行」『日本研究』第四四巻、二〇一一年一〇月、一八九～一九二頁。

(86) 樽本照雄『商務印書館研究論集』清末小説研究会、二〇〇六年、二二七頁。

芥川龍之介「支那趣味」の変容と解消
――「妓女」の描き方から考察する

陳　朝輝

はじめに

周知のように、芥川龍之介には直接ないし間接的に中国古典文学を取材し、創作した作品が多い。例えば初期の短編『仙人』（一九一五）、『酒虫』（一九一六）、『首が落ちた話』（一九一七）など、何れも『聊斎志異』からの翻案であり、『黄粱夢』（一九一七）も唐代の伝奇小説『枕中記』を参照して、書かれたものだと言われている。『英雄の器』（一九一七）、『尾生の信』（一九一九）、『杜子春』（一九二〇）、『奇遇』（一九二一）なども中国の漢代演義小説の類いを台本にしている。さらに『南京の基督』（一九二〇）、『母』（一九二一）、『馬の脚』（一九二五）、『湖南の扇』（一九二五）など後期作品群においても、その時代背景ないし舞台設定などが中国と関連するものが多く、芥川文学において、「中国的」要素が如何に大きな存在であるかは、もう説明は不要である。

ところで、この芥川文学における「中国的」要素の中身は果たして具体的にどのように構成され、またどのように活かされていたのだろうか。また、芥川の中国視線はその前期と後期において大きく違っているとの指摘もあるが、そうであるなら、この「中国的」要素に対する扱い方にも何等かの変化があったのではなかろうか。もしあったとしたら、それはまた何を意味するのだろうか。日本国内のみならず中国など海外にも数多くの芥川研究書籍が先行している一方、意外とこの辺りの問題に焦点を絞った議論はまだ少ないように思う。従って本稿では以下、主に芥川文学にしばしば登場する中国人「妓女」の意匠を利用して、芥川の中国認識問題を再検討してみたい。

一．まずは芥川龍之介の「女性観」およびその傾向について

年齢的に、明治二五年（一八九二）生まれの芥川は、ちょうど中学一年生の時に、日本近代史上最大の事件とも言える日露戦争を体験している。江戸っ子であっただけに、この日本社会全体に強烈な震撼を与えた事件、またこの事件によって躍動し始めた時代の大変動の前兆を、芥川は肌で感じていたであろう。事実一九〇五年五月末の日本海海戦の勝利を知った芥川は、当時の出雲艦長であった伊地知季珍に自筆の絵葉書を送っているので[1]、その熱心振りは想像できよう。しかし他方「芥川がもの心ついた頃に、下町は変化の兆を見せ始め[2]」ていたとは言え、小林秀雄も言っていたように、あの頃の東京には「まだ下町には江戸弁が鮮明に残つてゐた[3]」時期で、世の中はまさに新旧の時代変化の最中であった。言うまでもなく、このような社会状況は多感な少年であった芥川に——とりわけ彼の学校教育に大きな影響を与えただろう。事実、芥川は七歳から英語と漢文を同時に学習している（第二四巻、五七頁）。その後は東京帝国大学英文科へ進学しながらも、愛読書にはやはり中国古典文学作品が多いと自ら認めている。例えば『愛読書の印象』において、

子供の時の愛読書は「西遊記」が第一である。これ等は今日でも僕の愛読書である。比喩談としてこれほどの傑作は、西洋には一つもないであらうと思ふ。名高いバンヤンの「天路歴程」なども到底この「西遊記」の敵ではない。それから「水滸伝」も愛読書の一つである。これも今以て愛読してゐる。一時は「水滸伝」の中の一百八人の豪傑の名前を悉く暗記(あんき)してゐたことがある。その時分でも押川春浪氏の冒険小説や何かよりもこの「水滸伝」だの「西遊記」だのといふ方が遥かに僕に面白かつた。（第六巻、二九九頁）

このように東西文化の教養を同時に身に付けることが可能となったのは、やはりあの大転換の時代に育ったからこそ、実現が可能となったのではないかと思われる。しかし文化趣味的な一面だけを見ると、どうもやはり漢文学からきたものが、より芥川文学に影を落としていると言えよう。だからこそ、同じく上記の一節を引用した関口安義も「『西遊記』や『水滸伝』をはじめとする中国古典との出会いは、後年の芥川文学に色濃く投影すること」[4]になったと指摘している。なお、関口はさらに「許渾の『丁卯集』は、格調高い懐古の詩で知られている。それを取り上げ李義山（李商隠）や温飛卿（温庭筠）と比較し、さらに李白・杜甫以降天下に並ぶ者なしと称賛している」[5]事例を取り上げ、これは芥川が「漢詩への深い理解なくしては書けない内容」であり、「中国という対象は、彼の長い間のあこがれの的となっていた」[6]とも強調している。むろん、筆者もこれに共感するが、しかしこの「あこがれ」の中身が果たして何だったのかについては、関口があまり言及していないことに、少し物足りなさを感じる。或いは芥川のこの文化趣味的な傾向を、関口は明治大正時代の文化人によく見られる「支那趣味」の一種とも見なしたのだろうか。もしそうであるなら、筆者の考えとは少し違う。

一体上海ぢや一月いくらで暮せるだらう安ければ僕も一月位行つてゐたい金瓶梅を始め痴婆子伝、紅杏伝、牡丹奇縁、燈蕊奇僧伝、歓喜奇観などの淫書をよむとどうも支那人の開化した野蛮性が面白くなつて来る上海の本屋でああ云ふ淫書が沢山出てゐるらしいがもし上記の外のものがあつたら送つてくれ給へ金は大金でない限り送るから。（第一八巻、二四七〜二四八頁）

これは中学時代の同級生かつ親友でもあった西村貞吉から久しぶりの手紙を貰った後、芥川が書いた返信の中の一段落である。『金瓶梅』など中国の「淫書」にどれだけ興味を持っていたかはこれでよく分かる。実はこれだけではない。ほぼ二年前のもう一通の手紙、今度は大学時代の同級生である石田幹之助に「石印の一番やすい金瓶梅を買つて来てくれ給へ」（第一八巻、五九頁）とも芥川は頼んでいた。中国古典文学に登場する欲望と抑圧に翻弄される女性像に、芥川は異常とも言えるほどの関心を持っていたことが、これで確認できる。しかも調べてみると芥川にはこの二通だけではない。例えば「骨董羹（削除分）」においても、以下のような漢籍のリストを挙げている。

金瓶梅、肉蒲団は問はず、予が知れる支那小説中、誨淫の譏あるものを列挙すれば、杏花天、燈蕊奇僧伝、痴婆子伝、牡丹奇縁、如意君伝、桃花庵、品花宝鑑、意外縁、殺子報、花影奇情伝、醒世第一奇書、歓喜奇観、春風得意奇縁、鴛鴦夢、野叟曝言、淌牌黒幕等なるべし。聞く、夙に舶載せられしものは、既に日本語の翻案ありと。又聞く、近年この種の翻案を密に剞劂に附せしものありと。若し這般の和訳艶情小説を一読過せんと欲するものは、請ふ、当代の照魔鏡たる検閲官諸氏の門を叩いて恭しくその蔵する所の発売禁止本を借用せよ。

（第六巻、二一八〜二一九頁）

ここに挙げられている二〇冊弱の書籍は、むろん、何れも所謂「淫書」の代表作である。この辺の題材に芥川がどれだけの興味を持っていたかは、これで再確認できよう。そしてこれらの書籍の影響があったからであろうか、芥川はフィクションの世界の女性に特別な関心を持っていたようだ。これと対照的に、現実の女性にあまり良い印象を持っていなかったとも見受けられる。例えば「私の好きなロマンス中の女性」において、「一、ロマンスの中の女性は善悪共皆好む候。二、あゝ云ふ女性は到底この世の中にゐないからに候」（第六巻、五四頁）と書いているし、「僕の好きな女」においても「あまり実際的でない女が好きですが、——さう云ふより実際的でない方面にも理解のある女と云つた方が好い。実際的でない女と云ふものは殆ないやうですからね。少くとも大抵の女は皆実際的らしいぢやありませんか」（第七巻、二八頁）と述べている。明らかに現実性を持つ女性に消極的である。しかもそれが仮に海辺の水着の女性であったとしても、「海水着を着て鎌倉辺の海へはいつてゐるあの形だけは一向感服しません」（第三巻、二四八頁）と冷たく言い切るくらいだ。もっとも「要するに莫迦な女は嫌ひです。殊に利巧だと心得てゐる莫迦な女は手がつけられません」（第三巻、二八〇頁）と言明している芥川は、前述のように現実の女性には相当関心が薄かったようだ。芥川のこの女性観ないし女性をみる傾向というものを理解することが、筆者は非常に重要であると思う。何故なら、これを見落とせば、芥川が何故『金瓶梅』『痴婆子伝』『紅杏伝』『牡丹奇縁』『燈蕊奇僧伝』『歓喜奇観』などの「淫書」にそれだけ惹かれたのかという心の動きが捕らえにくくなるからだ。何より、この趣味傾向が、彼が後に描く中国人「妓女」の印象とも深く関係しており、筆者にとってはなおさら看過することができないのである。

さて、これらの「淫書」系列の書籍を通じて、芥川はどのような中国印象を持っていたのだろうか。またその印象が前後に変化があったとしたら、その変化はまた我々に何を読み取ってほしいのか。早速以下は主に芥川文学にしばしば登場する「妓女」という意匠を使って、芥川の中国認識問題を——とくにその流動的な一面を再現してみたい。

二．『南京の基督』と妓女の「宋金花」

長らく中国の「淫書」を面白がっていた芥川が、ついに自分の作品にも「淫書」の主役である「妓女」を登場させたのは、一九二〇年七月一日に発表した『南京の基督』である。周知のように、この短編の巻末に芥川は「谷崎に負うものが多い」と記しているが、具体的にどの部分をどのように負っているのかについては、全く触れていない。従って、この一言だけではあまりにも曖昧過ぎて「負うもの」を判断し兼ねる。推測が許されるなら、私は恐らく南京の町風景や妓女という意匠に対する想像の材料ではないかと思うが、何より肝心な「妓女」という主人公に対する描写は、両者において大いに異なっていることに留意が必要だ。例えば『南京の基督』に登場する妓女「宋金花」について、芥川は以下のように描いている。

少女は名を宋金花（そうきんくわ）と云つて、貧しい家計を助ける為に、夜々（よなく）その部屋に客を迎へる、当年十五歳の私窩子（しくわし）であった。秦淮（しんわい）に多い私窩子の中には、金花程の容貌の持ち主なら、何人でもゐるのに違ひなかつた。が、金花程気立ての優しい少女が、二人とこの土地にゐるかどうか、それは少なくとも疑問であつた。彼女は朋輩の売笑婦と違つて、嘘もつかなければ我儘も張らず、夜毎に愉快さうな微笑を浮べて、この陰鬱な部屋を訪れる、さまざまな客と戯れてゐた。さうして彼等の払つて行く金が、稀に約束の額より多かつた時は、たつた一人の父親を、一杯でも余計好きな酒に飽かせてやる事を楽しみにしてゐた。（第六巻、二三七頁）

「気だての優しい少女」、「嘘もつかなければ我儘も張らず」、卑しい商売を強いられながらも「愉快そうな微笑」

で客を迎えるとの描き方、これは娼婦と言うよりむしろ「良家の娘」ではないだろうか。もっとも宋金花が娼婦になったのは決して自分の金銭欲によるものではなく、飽くまでも生活の自立ができない父親のためであるとの設定自体、芥川の娼婦ないし妓女という存在に対する善意が溢れ漏れている。しかも妓女宋金花の精神は神と繋がっており、むしろ一般人よりも余ほど高潔な一面を持っているとの設定にも、留意が必要だ。

天国にいらつしやる基督様。（中略）私の商売は、私一人を汚す外には、誰にも迷惑はかけて居りません。ですから私はこの儘死んでも、必天国に行かれると思つて居りました。けれども唯今の私は、御客にこの病を移さない限り、今までのやうな商売を致して参る事は出来ません。して見ればたとひ餓ゑ死をしても、――さうすればこの病も、癒るさうでございますが、――御客と一つ寝台に寝ないやうに、心がけねばなるまいと存じます。さもなければ私は、私どもの仕合せの為に、怨みもない他人を不仕合せに致す事になりますから。（第六巻、二四〇頁）

これは同じく娼婦である陳山茶という人物から「病気は御客から移つたのだから、早く誰かに移し返しておしまひなさいよ。さうすればきつと二三日中に、よくなつてしまふ」（第六巻、二三九頁）と意見された時の、宋金花の祈禱の言葉である。妓女という、通常自分こそ世間に強いられている立場にいると思いがちで、どちらかと言えばむしろ自分の不幸を他人に転嫁しようとする意識が芽生えやすい階層だが、しかし芥川に描かれた宋金花は凛として、絶対に自分の幸せのために「恨みもない他人」に自分の不幸を転嫁しようとしない。これは客奪いにも値段交渉にも長けている谷崎潤一郎の「秦淮の夜」の妓女たちとは雲泥の差である。繰り返しになるが、芥川は確かに『南京の基督』の巻末に「本編を草するにあたり、谷崎に負うものが多い」と記してはいるが、しかし筆者に言わせれば、この短編は谷崎の『秦淮の夜』より、やはり中国古典文学に「負うものが多い」のではないかと思う。周知のように、中国古典文学に登場する「妓女」は必ずしも肉体だけを売る「娼婦」ではない。日本でいう「遊女」「芸者」「芸妓」「舞妓」の性質を持ち合せ、美貌ないし技芸をもって客を喜ばせ、宴席のムードを盛り上げるという、時には重要な社交的な役割を担う場合もある。だからこそ歴史上、文人と妓女との間にしばしば艶聞が生じ、それが悲劇であれ喜劇であれ、そこから優れた文学作品が生まれてくる現象もよくある。後年、芥川が杭州を遊覧する時に、わざわざ中国古代の名妓蘇小小の墓まで足を運んでいることから、芥川の意識内にはやはりこのような中国妓女の印象があったのではないかと想像できる。もっとも『南京の基督』を書く段階では、芥川はまだ中国に行ったことがなく、その描写の過程で、疑いもなく彼のそれまで読んだ漢詩漢文から得た中国の伝統的な舞妓のイメージが先行していたと思われる。事実、後年芥川は特派員として南京の秦淮河岸を実際に見た時、「云はば今日の秦淮は、俗臭紛紛たる柳橋なり」（第八巻、二九三頁）、「家家の電燈の光、妓の人力車に駕せるを照す。宛然代地の河岸を行くが如し。されど一の姝麗を見ず。私に疑ふ、「秦淮画舫録」中の美人、幾人か懸け値のなきものある。もし夫「桃花扇伝奇」の香君に至つては、独り秦淮の妓家と云はず、四百余州を遍歴するも、恐らくは一人もあらざるべし」（第八巻、二九四頁）と嘆いていた。これは一種の反措定として、実際に中国をまだ見ていなかった段階で書き上げた『南京の基督』に登場させた舞妓の姿は、やはりそれまで芥川が中国古典文学作品から得た印象の幻影（イリュージョン）であったと宣言しているのも同然である。もっとも芥川だけではない、「たとえば鷗外や漱石の教養の根幹に存した漢文学は、既に日本化したそれであって、現実の中国とは殆んど無縁であった」(7)ので、妓女宋金花の意匠がまったく現実離れのものとなったのも、ある意味仕方がない。そして後年、芥川本人がやがて中国を訪れ、実際にそこにいる妓女たちの姿を見ると自分自身も気付くことになるが、それによって芥川本人が大いに不愉快になり、そして当時の中国人知識人にも不愉快を与えた『支那遊記』を書いたことは、既に広く知られている。

三、『支那游記』と上海の妓女たち

前出西村貞吉への書簡内容から、私たちは既に芥川は早くも一九一八年一一月の段階で、中国への旅行を考えていたことが確認できる。何故芥川がそれだけ中国へ行きたがっていたのかについても、恐らく青少年時代から中国古典文学作品への愛着があったからだろうとの推論を、その推論を支える資料と共に、少しばかりではあるが提示しておいた。よって、この推論は内在的な動因の分析としては恐らくそれほど間違ってはいないと思うが、しかし同時に、分析としてはいわゆる外在的な動因にも目を配る必要があると思う。例えば当時日本文壇全体の雰囲気がどうなっていたのか、など。具体的に例を取り上げて言えば、例えば一八七五年の二月から一八九八年の一月までの間に上海と横浜、天津と長崎の間に相次いで航路が開設されたことが、芥川の中国行きの意欲にどのように働いたのかは看過できないと思う。何故なら、この航路の開設によって、日本から記者、作家、学者などが総じて中国旅行を行い、森鷗外、夏目漱石、二葉亭四迷、正岡子規、田山花袋、永井荷風、与謝野鉄幹、正宗白鳥、志賀直哉、谷崎潤一郎、菊池寛、久米正雄、横光利一など、ほぼ日本近代文壇の重鎮たるメンバーの殆どが、訪中していたからだ。とりわけ中国から帰って来た後「秦淮の夜」を書き上げ、中国の江南地域の風物や世相――とくに妓女の姿を描いて話題を呼んでいた谷崎潤一郎の作品は、恐らく芥川をより激しく煽っただろう。だからこそ、急に廻って来た仕事にもかかわらず、即座に大阪毎日新聞社からの特派員としての訪中要請を了承し、一九二一年三月二八日から約四ヶ月間中国に滞在するのである。この間、芥川は南方の上海、杭州、蘇州、鎮江、揚州、南京、蕪湖、九江、廬山、漢口、長沙から北方の洛陽、北京、天津、奉天まで、中国古典文学作品によく登場する都会をほぼ一通り見廻れた。もちろん長らく中国の「淫書」に魅かれていた芥川は、上海到着後は健康状態が芳しくなかったため入院していたが、回復後、すぐに「妓女」たちの出入りする場所に、足を運んでいたようだ。

勿論売淫も盛です。青蓮閣なぞと云ふ茶館へ行けば、彼是薄暮に近い頃から、無数の売笑婦が集まつてゐます。これを野雉（イエチイ）と号しますが、ざつとどれも見た所は、二十歳以上とは思はれません。それが日本人なぞの姿を見ると、「アナタ、アナタ」と云ひながら、一度に周囲へ集まつて来ます。（第八巻、四二頁）

これが、芥川が上海に来た後実際に見た最初の中国人妓女の群像である。『南京の基督』に登場させた善良かつ控え目の、少女のような妓女宋金花と比べれば、そのイメージの差はあまりにも大き過ぎて、流石に芥川も相当ショックだっただろう。何より、これらの「野雉」と言われている妓女たちは、「〈アナタ〉の外にもかう云ふ連中は、〈サイゴ、サイゴ〉と云ふ事を云ひます。〈サイゴ〉とは何の意味かと思ふと、これは日本の軍人たちが、日露戦争に出征中、支那の女をつかまへては、近所の高粱の畑か何かへ、〈さあ行かう〉と云つたのが、濫觴だらうと云ふ事です。語源を聞けば落語のやうですが、何にせよ我我日本人には、餘り名誉のある話ではな」（第八巻、四二頁）かったので、中国人妓女に対するだけではなく、日本人同胞の不徳に対する怒りも含めて、芥川の中国第一印象は相当不愉快なものになったようだ。そこでかつて「あこがれ」の地であった中国に対する好感も、ここに来てはとうとう壊滅的になったと見受けられる。そもそもこの文章を「罪悪」と題していることに、芥川の心情の一部分が垣間見えよう。もしかしてこの時の芥川はただ単に『南京の基督』にあまりにも非現実的な主人公宋金花を登場させたことを自ら嗤っていただけではなく、宋金花の不幸を同情して、彼女に「翡翠の耳環」を与えたり、或いは彼女の「蒙（もう）を啓（ひら）いてやるべきであらうか。それとも黙つて永久に、昔の西洋の伝説のやうな夢を見させて置くべきだらうか……」（第六巻、二五三頁）と悩んだりしていた若い日本人旅行家を、あまりにも良心的に描いたことをも、少なからず悔やんでいただろう。

とにかく現実の中国を目の前にした芥川は、その初対面からイメージが相当マイナスの方向へ向かったようだ。そしてこの第一印象に影響され、今度は「野雉」ではなく本物の舞妓たちに出逢っても、例えば『支那遊記』の「南国の美人」の節に登場する梅逢春、愛春、時鴻、洛娥、天竺、秦楼、萍郷、花宝玉など、何れも才色兼備の芸者であったが、芥川の評価はおしなべて低調のままだった。そして当然の成り行きとして、作家芥川の中国妓女を見る目線も、もっぱら容貌、衣装、豪華なアクセサリーなど外見的な部分にだけ注目するようになり、決して妓女たちの内面世界へ移行しようとしなくなったのである。これは自ら造形した妓女宋金花に対する目線とは大きく違っている。例えば現地で林黛玉とも言われている妓女梅逢春について、芥川は「彼女は私の想像よりも、余程娼婦の型（タイプ）に近い、まるまると肥つた女である。顔も今では格段に、美しい器量とは思はれない。頬紅や黛（まゆずみ）を粧つてゐても、往年の麗色を思はせるのは、細い眼の中に漂つた、さすがにあでやかな光だけである」（第八巻、四八頁）と述べ、どちらかと言えば冷やかな表現をとっている。五〇代の梅逢春はともかくとして、日本人の女学生のような雰囲気を持つ愛春についても、「なりは白い織紋のある薄紫の衣裳（イイシャン）に、やはり何か模様の出た、青磁色の褲子（クウツ）だった。髪は日本の御下げのやうに、根もとを青い紐に括つたきり、長長と後に垂らしてゐる。額に劉海（リウハイ）（前髪）が下つてゐる所も、日本の少女と違はないらしい。その外胸には翡翠の蝶、耳には金と真珠との耳輪、手頸には金の腕時計が、いづれもきらきら光つてゐる」（第八巻、四六頁）と述べるに留まっており、もう一人「田園のにおいを帯びた」美人時鴻についても、「その腕時計だの、（左の胸の）金剛石（ダイヤモンド）の蝶だの、大粒の真珠の首飾りだの、右の手だけに二つ嵌めた宝石入りの指輪だの」（第八巻、四七頁）と、どの芸者に対しても、その描写はまったく彼女たちの目映い身なりに注目するばかりである。恐らくこのような豪奢な生活を送っている現実の中の中国人妓女の身から、芥川が読み取ったのは「堕落」と「罪悪」以外の何ものでもなかったのだろう。そしてそれまで長い間、

「あこがれ」的な存在であった中国に対するイメージもついに崩壊し始め、漢詩や古典小説などをもって築き上げてきた中国古来の伝統的な美を一身に負っているはずの、才色兼備の妓女像も、ここに来て幻滅に変わるのである。これにさらに日常生活の衛生習慣に大いに辟易したことも加わり、芥川が新聞社特派員として日本にいる知人・読者に伝えるのは、もっぱら台所の水流しに放尿するシェフや、乞食者、バラ売りおばさんなど大概厭悪感を呼ぶものばかりとなった。この失望感に伴い、自然にその言葉遣いも辛辣なものとなり、それによって巴金など中国知識人の反発を呼んだことは、既に広く知られている史実である。本来大の中国好きだったはずの作家芥川の在中国での印象も惨憺たるものとなった。後世からみれば誠に残念な結末となったが、ここでは中国人に対する芥川印象の好悪については、議論しないこととする。

四．失望から理解へ――『湖南の扇』と妓女

中国人に対する芥川印象の好悪はともかくとして、畢竟、「旅は見聞を広め、人を成長させる[8]」ものである。事実「中国旅行を体験した龍之介は、いやでも時の流れに直面せざるを得なかった[9]」し、実際に例えば「母」という「小説の舞台となる上海の旅館や蕪湖の槐や柳などの描写には、中国旅行の体験が生かされている[10]」のである。つまり中国旅行はまぎれもなく芥川の文学活動に影響をもたらしていたのだ。このことは例えば本稿の着目点である芥川の中国人妓女の描き方においても変化をもたらした。

「あの女」は円い風景の中にちよつと顔を横にしたまま、誰かの話を聞いてゐると見え、時々微笑を漏らし

てゐた。頤（あご）の四角い彼女の顔は唯目の大きいと言ふ以外に格別美しいとは思はれなかつた。が、彼女の前髪や薄い黄色の夏衣裳の川風に波を打つてゐるのは遠目にも綺麗に違ひなかつた。（第一三巻、一四二頁）

これは芥川が帰国後、晩年に書き上げた生前最後の短編小説集『湖南の扇』の一節である。妓女的な存在である玉蘭という人物についての描写で、前出『支那遊記』で登場する梅逢春、愛春、時鴻らのイメージと比べれば、作者芥川の姿勢と態度の変化は明白だ。実は玉蘭だけではない。もう一人の妓女含芳に対する描写にも似たような傾向がみられる。

彼女は水色の夏衣裳（なついしやう）の胸にメダルか何かをぶら下げた、如何にも子供らしい女だつた。僕の目は或はそれだけでも彼女に惹（ひ）かれたかも知れなかつた。が、彼女はその上に高い甲板を見上げたまま、紅の濃い口もとに微笑を浮かべ、誰かに合ひ図でもするやうに半開きの扇をかざしてゐた。（第一三巻、一三八頁）

これは芥川とみられる主人公の「わたし」が長沙の埠頭で迎えにくる友人を待っていた時に、岸辺の柳の下で発見した妓女含芳の姿である。その好意的な目線は『南京の基督』の宋金花を思い出させるほどである。いや、ある意味この含芳に対する描写は宋金花のそれを超えていたかも知れない。何故なら、『湖南の扇』の妓女たちに対する描写は、総じて登場人物の内面世界へ入ろうとする芥川の傾向が見られるからだ。つまり帰国後の芥川はしばらく経て中国現地での体験を理解ないし消化した後、再び中国の事件や人物を書くようになった時に、明らかに現実性を持つようになったのだ。例えば『湖南の扇』において妓女の含芳が同じく妓女で友人でもある玉蘭から元恋人の斬罪の話を持ち出された時、無意識のうちに二度も体を震わせた場面がある。以下はその一度目である。

僕はかう言ふ説明を聞いても、未だに顔を見せない玉蘭は勿論、彼女の友たちの含芳にも格別気の毒とは思はなかつた。けれども含芳の顔を見た時、理智的には彼女の心もちを可也（かなり）はつきりと了解した。彼女は耳輪を震はせながら、テエブルのかげになつた膝の上に手巾（ハンケチ）を結んだり解いたりしてゐた。（第一三巻、一五〇頁）

この内面世界の描き方は少なくとも『支那遊記』の中にはあまり見られない光景であった。二度目は友人の玉蘭が人血ビスケットを食べる時の場面である。

僕は体の震へるのを感じた。それは僕の膝を抑へた含芳の手の震へるのだつた。（第一三巻、一五三頁）

死と血に対する本能的な恐怖から体を震わせるという設定と描き方は、むろん妓女含芳の人間味をよりリアルに表現できている。繰り返し言うが、これは『支那遊記』を書いていた時の芥川には殆ど見られない姿勢と態度である。つまり『支那遊記』に結集した芥川の対中国印象は決して永久不変で頑固なものではなかった。中国到着当初こそ、伝統的な中国美に出会えなかった悔しさと日常生活において例えば衛生習慣などに大いに辟易したことから、芥川は確かに大いに中国に失望したが、しかし日本に帰った後、しばらく内省の時間を経た後、芥川の対中国目線と姿勢はまた大きく中国を訪れる前に回帰していたことが上記引用文で確認できる。何より『湖南の扇』において芥川は妓女たちの相互排斥や暗闘の場面にも目がいくようになったのだ。例えば以下の一節はその典型的な一例である。

するると突然林大嬌は持つてゐた巻煙草に含芳を指さし、嘲るやうに何か言ひ放つた。含芳は確かにはつとしたと見え、いきなり僕の膝を抑へるやうにした。しかしやつと微笑したと思ふと、すぐに又一こと言ひ返した。僕は勿論この芝居に、――或はこの芝居のかげになつた、存外深いらしい彼等の敵意に好奇心を感ぜずにはゐられなかつた。（第一三巻、一四八～一四九頁）

『南京の基督』にも勿論妓女宋金花と陳山茶の関係などが書かれてあるが、それはあまりにも単純な構造となっており、殆ど無視してもなんの支障も生じない程度のものである。しかし林大嬌と含芳の場合になると、その性格と分量が大いに違ってくる。林大嬌の行動は明らかに意図的に含芳を困らせようとしている設定で、妓女たちの内面生活ないしその身体と精神が如何に大きな苦痛に耐えているかという内面世界へ、作家芥川が入り込もうとしている姿勢が見られるからだ。それに、何より『上海游記』によく見られる芥川の妓女たちに対する嫌悪感ないし見下ろしている視線も、ここに来て殆ど見られなくなったのだ。例えば譚永年が妓女たちに少しも惜しむ気持ちを持たず、無理やり玉蘭に恋人の血の染みたビスケットを味わせるという悪戯な場面の描写は、明らかに読者の同情心を呼ぼうとしている。これは言うまでもなく芥川の中国理解が深まったことの現れであろう。少なくとも『湖南の扇』は相対的に、近代中国社会に実在していた妓女たちの生活状態を、より現実的に描けていると言えよう。もし『支那游記』の人物描写がまだ外観的な段階に留まっていたと言うなら、『湖南の扇』は言うまでもなく妓女たちの内面世界と精神世界へ入り込んでいたと言えよう。これは芥川の対中国視線に見える一つ大きな変化である。

もう一点、芥川が『湖南の扇』において妓女たちの生活環境の細部まで観察の目線を送っていることに、注意してほしい。例えば同作に妓館の鳥籠と栗鼠が三回も出てくる。

この部屋の天井の隅には針金細工の鳥籠が一つ、硝子窓（がらすまど）の側（そば）にぶら下げてあつた。その籠の中には栗鼠（りす）が二

四、全然何の音も立てずに止まり木を上つたり下つたりしてゐた。それは窓や戸口に下げた、赤い更紗の布と一しよに珍しい見ものに違ひなかった。しかし少くとも僕の目には気味の悪い見ものにも違ひなかった。（第一三巻、一四五～一四六頁）

そこへ闊達にはひつて来たのは細い金縁の眼鏡をかけた、血色の好い円顔の芸者だつた。彼女は白い夏衣裳にダイアモンドを幾つも輝かせてゐた。のみならずテニスか水泳かの選手らしい体も具へてゐた。僕はかう言ふ彼女の姿に美醜や好悪を感ずるよりも妙に痛切な矛盾を感じた。彼女は実際この部屋の空気と、――殊に鳥籠の中の栗鼠とは吊り合はない存在に違ひなかつた。（第一三巻、一四六頁）

彼女は外光に眺めるよりも幾分かは美しいのに違ひなかった。少くとも彼女の笑ふ度にエナメルのやうに歯の光るのは見事だつたのに違ひなかった。しかし僕はその歯並みにおのづから栗鼠を思ひ出した。栗鼠は今でも不相変、赤い更紗の布を下げた硝子窓に近い鳥籠の中に二匹とも滑らかに上下してゐた。（第一三巻、一五一～一五二頁）

ここの鳥籠は明らかに妓館の隠喩で、鳥籠の中の栗鼠は疑いもなく妓女たちの例えであろう。つまりこれは、妓女たちが栗鼠のように妓館の中で「上ったり下ったりして」お客さんに弄ばれているとの暗喩であると読み取っても支障がないものだ。そして恐らくは芥川本人であろう「わたし」が、それを見て「気味の悪い見もの」に接したような感じがするという。これは晩年の芥川はとうとう中国人妓女の「罪悪」とその酷使されている現実を理解できるようになったことの現れでもあろう。むろん、『金瓶梅』の愛読者であった彼はここに来てやっと『金瓶梅』の序文で笑笑生が何故「余嘗て曰く、金瓶梅を読んで憐憫の心を生ずる者は菩薩なり。畏懼の心を生ずる者は君子なり。歓喜の心を生ずる者は小人なり(11)」と強調していたのかを理解できたのであろう。前出のように、芥川はかつて「金瓶梅を始め痴婆子伝、紅杏伝、牡丹奇縁、燈蕊奇僧伝、歓喜奇観などの淫書をよむとどうも支那人の開化した野蛮性が面白くなつて来る」と自ら認めている。しかし文学作品の世界ではなく、現実の中であがいている妓女たちの悲惨さを目の当たりした芥川は、ここに来てようやく「趣味」として「淫書」を読むこと、またその「淫書」の中にあがいている「支那人の開化した野蛮性」を面白がることを捨て去ることができ、少なからずの「畏懼の心」「憐憫の心」を持てるようになったとも見受けられる。さらに一歩退いても、一読者としての芥川は仮に「菩薩」のレベルまで達していなくても、以前の「小人」のレベルに近い読み方と姿勢から脱し、『金瓶梅』の「君子」級の読者になったのではないかと思われる。しかも例えば玉蘭のような強い反抗意識を持つ女性を通じて、芥川は中国社会の最下層にいる妓女たちの生活の真相を、根本的に理解し、そこから単純な反抗心を超えるものも見つけたようだ。そもそも玉蘭が土匪黄六一の恋人であるとの設定自体、宋金花および上海の風俗場で出逢った妓女たちと大きく違っている。つまりここに来て芥川の妓女の意匠は、本質的に変化したとも言えよう。或いは譚永年が玉蘭に黄六一の血で染まったビスケットを食べさせる時、玉蘭が冷静な表情でビスケットを食べ、「わたしは喜んでわたしの愛する……黄老爺(くわうらうや)の血を味はひます」(第一三巻、一五三頁)と言わせたのも、芥川は既に彼女を一人の妓女ではなく、むしろ一人の革命家として描こうとしたからだと思われる。もちろん、小説の冒頭に芥川は湖南人の負けん気をわざわざ強調しているので、この描き方は唯それに対する呼応に過ぎないかも知れないが、しかし玉蘭の行動は明らかに譚永年のやり方に対する反抗であり、筆者としては、これはやはり単に「湖南人の負けん気」を強調したかったのではなく、それ以上の意思があったと思いたい。

何れにせよ、ここに来て芥川は従来の「妓女」とは薄命で可哀そうな存在との印象から抜け出し、むしろ凛として革命家的な女性像を見つけたのである。周知のように『湖南の扇』については、一時「あまりにも芸術的な話にしたてあげすぎている」とか、「政治に対する根源的に無関心[12]」とかの指摘があった。しかし今となっては、それは必ずしも正しい指摘ではないとの見方が、むしろ一般的になったと言えよう。事実芥川は中国で李人傑、鄭孝胥、章炳麟などの革命家と面会しているし、日中問題や中国の社会問題などにも大いに触れている。これは芥川がそもそも政治社会問題に関心があったから李、鄭、章に会いに行ったのか、それとも李、鄭、章の話に触発されて政治社会問題に関心を持つようになったのか、その因果関係を確立するのは非常に難しい作業だが、本稿が視点を置いている「妓女」という意匠に足場を置いて見ると、少なくともその描き方からは、芥川の中国認識が相当流動的であったことが分かる。そしてこの流動的な中国認識は恐らく芥川だけではなく、明治大正期の日本知識人に広く存在していた一傾向であったと、ここで敢えて補足しておきたい。そしてこの意識が日中双方の知識人の相互理解にどのような働きをしてきたかについては、また改めて議論したいと思っている。近年の日中関係を傍観していると、筆者の頭に浮かんでくるのは、「今も昔」といういいならわしのみである。

むすびに

飽くまでもフィクションの世界である中国古典文学が、翻案などの手法によって芥川の文学活動に大いに資していたということは、既に冒頭から述べてきた。しかし現実の中国が芥川の文学活動にどのように活かされ、またどのように活かされる可能性を有していたかについては、芥川が三五歳で自死してしまったが故、実質的な論証は非常に難しい課題となった。そもそも『湖南の扇』以外、晩年の芥川は中国を題材にした作品が少なく、――その意味では『湖南の扇』の存在意義が却って増すが、さらに踏み込んだ議論は、実証可能な資料に支えられる可能性は低い。よって、既に論じてきたように、初期の翻案小説および中期の『支那遊記』などと比べると、例えば一つ

「妓女」の書き方を採ってみても、芥川の中国題材の扱い方は晩年、相当現実的になっていたと言える。もちろん、これだけを言って終わりとすると、今までの先行研究にもしばしば見られる指摘でたいへん心細いが、敢えて筆者の推測も込めて言えば、芥川はこの現実性を伴う中国認識から「革命」を見出したのではないか、ということである。むろん、これは「文芸的な、余りに文芸的な」など、芥川と谷崎潤一郎との間に行われた一連の論争、また芥川と日本プロレタリア文学との関係を精査しないと答えられない問題であるので、本稿はこれ以上踏み込まず、「今後の課題」として改めて検討することにしたい。

【注】

(1)『芥川龍之介全集』第二四巻、岩波書店、一九九八年、六二頁、参照。なお、本稿における芥川作品の引用は特別な表記がない場合、すべて当該全集からの引用となる。以下は文中に巻数と頁数だけを表記することとする。
(2)進藤純孝『伝記 芥川龍之介』六興出版、一九七八年、二二頁。
(3)同上、二一頁。
(4)関口安義『特派員 芥川龍之介――中国でなにを視たのか』毎日新聞社、一九九七年、二一頁。
(5)同上、二三頁。
(6)同上、二〇頁。
(7)村松定孝・紅野敏郎・吉田熙生編『近代日本文学における中国像』有斐閣選書、一九七五年、一頁。
(8)前掲注(4)『特派員 芥川龍之介』、一七六頁。
(9)同上、一八八頁。
(10)同上、一七九頁。
(11)小野忍・千田九一訳『金瓶梅(一)』岩波文庫、一九七三年六月、一三頁。
(12)紅野敏郎「芥川龍之介――支那游記と湖南の扇」前掲注(7)『近代日本文学における中国像』、九五頁。

ある魯迅翻訳者の生涯——日本最初期の魯迅翻訳者鎌田政国について

藤澤太郎

はじめに

中国・近代を代表する作家魯迅については、極めて多くの研究が積みかさねられ相当に細かい部分まで明らかになっているが、それでもまだ少なからず不明な部分が存在する。

「日本への紹介」や「日本語への翻訳」という点でも、最初の紹介や翻訳についての事情は比較的よく知られているが、日本国内で発表された最初の翻訳の訳者は不明のままであり、それ以降の翻訳・紹介の事情についても存外わからない部分が多い。本稿でとりあげる鎌田政国も、魯迅作品の翻訳者として名前を挙げられる人はおそらくごく少数であろうし、その詳しい事情を知る人は皆無なのではないかと思う。これまでの研究でも、後述する井上隆明の論考以外ではほぼ言及されることがなかった。

鎌田は、本稿執筆前の段階の事情に合わせていえば「魯迅の作品を日本国内で三番目に翻訳した人物」ということになる。「不朽の筆が不朽の人を伝えるように一番目の事績は一流の研究者によって研究される、ならば三流以下の速朽の筆には〝日本国内三番目の翻訳者〟あたりがちょうどよいであろう」、本稿を執筆しようとした当初の出発点はこのような少々ひねくれたところにあったのであるが、調べているうちにいま不明であるとした「日本国内で最初に発表された魯迅作品は誰が翻訳したのか」という九〇年間の謎を解く鍵も意外にこの流れの近くにあるのではないかと思えてきた。

三流以下の速朽の筆であることはいかんともしがたいが、以下そのあたりの問題も含めて日本における魯迅受容草創期の事情の一端を記してみたいと思う。

一．「日本における魯迅受容史」の中の鎌田政国

魯迅が最初に日本で紹介されたのは[1]、まだ「作家魯迅」が生まれるはるか以前、一九〇九年五月『日本及日本人』「文芸雑事」欄でのことである。「歐州小說」が「支那人」にも読まれているという一節で、「本鄉に居る周何がしと云ふ」「支那人兄弟」が『域外小說集』の第一編を発行したという消息記事であった[2]。「作家魯迅」として世に出てからは、青木正児による紹介が早く、一九二〇年一一月「胡適を中心に渦いてゐる文學革命（三）」の中で「小說に於ける魯迅は未來のある作家だ、「狂人日記」新青年四の五の如きは一つの迫害狂の驚怖的幻覺を描いて今迄支那小說家の未だ到らなかつた境地に足を踏み入れてゐる」と言及されている[3]。

最初の邦訳は、北京で発行されていた『北京週報』第一九号（一九二二年六月）の誌上に発表されたものである。作品は「孔乙己」で、訳者は仲密、すなわち周作人であった。『北京週報』誌上ではその後も継続して翻訳・紹介がなされている[4]。

日本国内では青木正児に続いて清水安三の紹介などがあったが[5]、一九二〇年代の魯迅の知名度と評価は周作人や他の作家に比べて高いものではなかった。一九二六年八月に発行された『改造』の「現代支那号」は小畑薫良と内山完造がコーディネートしたものであったが、そこでも魯迅作品は選から漏れてしまっているのである[6]。

日本国内で発表された最初の翻訳は、作家魯迅の誕生からだいぶ遅れた一九二七年一〇月、『大調和』第一巻第七号「亜細亜文化研究号」での「故郷」の翻訳である。翌一九二八年になると、一月『文章倶楽部』に井東憲訳の「家鴨のたはむれ」[7]が、九月『〔第二次〕農民』に鎌田正訳の「風波」[8]が、一〇月『文章倶楽部』に鎌田正訳「白光」が掲載されるなど翻訳がぽつぽつと現れるようになり[9]、三月には『新潮』誌上に山上正義による紹介記事も出るなど[10]、その名が少しずつではあるが日本の文学界に知られるようになっていった。

また、同じ一九二八年には、上海で発行されていた『支那』に鎌田政国訳の「白光」と「孔乙己」[11]が、京城（ソウル）で発行されていた『朝鮮及満洲』に花栗実郎訳の「求乞者」「犬の反駁」「影の告別」「過客」が翻訳・紹介されてもいる[12]。

以降、魯迅作品の翻訳・紹介は一九三〇年代にかけて質量ともに充実・増加の一途をたどった。一九三一年九月には白揚社から最初の翻訳作品集である松浦珪三訳『阿Q正伝』が、一〇月には四六書院から林守仁（山上正義）の翻訳で表題作の「阿Q正伝」を含む中国近現代文学の作品集『阿Q正伝』が相次いで出版され[13]、翌一九三二年一月には『中央公論』誌上に佐藤春夫訳の「故郷」が訳載されるまでになった。同年の一一月には改造社から井上紅梅訳『魯迅全集』も刊行されている。

日本での魯迅の地位を確固たるものとしたのは、佐藤春夫と増田渉の翻訳による岩波文庫版『魯迅選集』（一九三五年六月）の刊行と、一九三六年一〇月の魯迅の死である。一九三七年には時局的な中国関係書籍出版ラッシュの中で改造社から『大魯迅全集』全七巻が刊行され、魯迅は日本においても、最初に翻訳が現れてからわずか一〇年で別格の扱いとなったのであった。

さて、いま挙げた翻訳紹介の中で登場した「鎌田正」とは、『左伝』研究や『大漢和辞典』の修訂で知られる同名の漢学者とは別人で、鎌田政国の筆名であった。同年の『支那』誌上の翻訳と合わせると、日本における初期の魯迅受容史において鎌田が極めて重要な役割を果たしていたことが見えてくるだろう。

では、鎌田が魯迅の翻訳に関わった背景にはどのような事情があったのであろうか。次章以降では、鎌田の経歴を追いながらその魯迅評価と翻訳の特徴について明らかにしていきたいと思う。

二 鎌田政国の経歴

鎌田政国に関して現在までに存在する研究は、『『種蒔く人』の形成と問題点』と『秋田近代文芸年誌』に収められている井上隆明による短い評伝二編（以下「井上評伝」と記す）のみである。[14] しかしながら、両編は鎌田が残した資料と本人の回想に基づいたと思われるものであり、信頼できる資料であるといえる。まず、この井上評伝を主な手がかりとして鎌田の経歴をたどっていきたい。

鎌田政国は一八九六年七月一九日、秋田市に生まれた。[15] 父金太郎政経、母ミチの長男で、家は桧山安東氏の流れを汲む秋田藩側医の家柄であった。小学校を卒業後、一九〇九年四月から一九一四年三月まで秋田県下に四校あった中学校の一つで中でも最も古い伝統をもつ秋田中学校に学び、さらに同年九月から上海の東亜同文書院で三年間の学生生活を送った。[16] 当時の東亜同文書院は専門学校に準ずるような位置づけの修業年限三年の学校で、学生はほぼ中学校卒業者で占められていた。鎌田と同学年の第一四期生は、里見甫を輩出した第一三期など前後の期に比べて若干小粒な印象はあるが、実業界で活躍した人材が多く、頭山満の長男頭山立助なども在籍している[17]。鎌田はこのような同期生とともに同文書院の教育を受け、また上海での生活や調査旅行を経験しながら中国に対する知見を深めていったわけである[18]。

一九一七年七月、東亜同文書院を卒業すると、日本に戻って大倉財閥の中核企業大倉商事に就職し、最初は大阪支店で、後には銀座の支那部で会社員生活を送ることになった[19]。大倉商事には、東亜同文書院からすでに二〇人以上が入社しており[20]、鎌田もこのような同窓のつてで入社へといたったのであろう。

しかし、この会社員生活は長くは続かず、一九二四年五月には大倉商事を退職して秋田に戻ることになる[21]。仕事を辞めた理由について、本当のところはよくわからないが、井上評伝に「療養生活中、秋田市の「無名」同人に接触」と記されていることから推測するに、体調不良と文学志望の思いとの両面の影響があったのかもしれない。ちなみに、『無名』[22]は一九二五年五月秋田市の中村祐孝・谷林林之助・丹生正通の三人を中心に創刊され、秋田で広く影響力を持つことになる文芸同人誌であった。

その後鎌田は一九二五年三月に上京し、以降数年間、本人がいうところの「落魄たる文学青年の生活[23]」を送った。東京では武者小路実篤の知遇を得るとともに、一九二八年初めには農民文芸会の機関誌『〔第一次〕農民』の誌友になって犬田卯とも面識を得たようである[24]。また、自らも川崎長太郎と伊藤永之介を同人として一九二六年一一月に『人生芸術派[25]』を創刊し、鎌田正の筆名で小説「皿」を発表していた。

ただ、このような「文学青年」生活で生計を立てるのは困難であった。「当時日本は経済緊迫の時代で」「ついに東京での生活の窮迫に堪ええず職をもとめて[26]」一九二九年夏に満洲に渡ることになる。渡満して最初に就職したのは札免採木公司[27]で、まずは同社の事務所のある哈爾浜に移り住んだ[28]。その後、翌一九三〇年夏に大連に転居して中日文化協会に転職し[29]、さらに一九三一年三月に今度は同じ大連にある満洲日報社の経済部記者に転じている[30]。中日文化協会は、旅順の土曜会・満蒙研究会を前身として一九二〇年七月に大連で設立された満蒙文化協会を一九二六年改組改称して生まれたもので、鎌田と同郷の秋田県人である石田貞蔵を書記長とし、日本語雑誌『満蒙』、中国語雑誌『東北文化』や『満蒙年鑑』などを発行する出版事業を行っていた。鎌田はここで『満蒙年鑑』の編集に関わるとともに、『満蒙』へ寄稿したり丁達『中国農村経済の崩壊』（一九三一年九月発行）の翻訳をしたりしていたようである[31]。

一九三二年三月からはいったん帰国して新たに創刊された『日満経済』の編集に携わったが[32]、一九三七年ごろ再度渡満して南満洲鉄道に入社し[33]、奉天（瀋陽）の鉄道総局で発行された中国人社員向け輔導雑誌『同軌』[34]や日本人社員向けの鉄道教育雑誌『鉄道の研究』の編集長をつとめた。こうして、鎌田は終戦後の引揚まで満洲で過ごしたのであった[35]。

三　鎌田政国による魯迅翻訳

鎌田が魯迅の翻訳に関わったのは一九二〇年代後半から一九三〇年代初めにかけてのことで、ちょうど東京での「文学青年」時期と大連時期にあたる。

鎌田政国または鎌田正の署名がありはっきりと鎌田の翻訳とわかる最初のものは、一九二八年二月東亜同文会調査編纂部発行の『支那』第一九巻第二号に掲載された「白光」（鎌田政国名義）である。この『支那』の誌上には続いて五月発行の第一九巻第五号にも「孔乙己」（鎌田政国名義）を翻訳・発表している[36]。東亜同文会は東亜同文書院の母体となる組織であり、『支那』を編集する宇治田直義は同文書院で一つ先輩の第一三期生であった。同誌への寄稿は、このような同文書院の人脈によるものであろう。

続いて鎌田は、一九二八年九月発行の『〔第二次〕農民』第一巻第二号（農民自治会）に「風波」（鎌田正名義）を、ほぼ同時期の一九二八年一〇月に発行された『文章倶楽部』第一三巻第一〇号（新潮社）に「白光」（鎌田正名義）を発表している[37]。『文章倶楽部』の「白光」は、『支那』誌上に掲載されたものに加筆修正を加え、「原作者に就いて」という短い紹介文と科挙制度について解説した「附記」を新たに付け加えたものである。『〔第二次〕農民』は、『〔第一次〕農民』の同人組織分裂後、農民自治派によって新たに創刊された雑誌であったが[38]、前述したように鎌田はその中心的な位置にいた犬田卯と連絡があったことから同誌に寄稿できたのだろう。『文章倶楽部』は『新潮』を発行する新潮社から「第二の文芸誌」として一九一六年に創刊されたもので、『新潮』を補完するとともに「投書雑誌と文学入門誌」の性格も兼ね備えるものであった[39]。井上評伝では『文章倶楽部』への寄稿は加藤武雄の推薦を得てのことであったとしているが、加藤武雄が『〔第一次〕農民』の発行人であったことからあるいはこの関係で何らかの接点があったのかもしれない。

次に鎌田が魯迅作品の翻訳を発表するのは、大連で中日文化協会に勤務していた時期である。井上評伝には、「昭和五年、「満蒙」に「阿Q正伝」訳と魯迅論とを連載」したことがあり、「論の時は原圭一郎の筆名だった[40]」と記されている。『満蒙』誌上には鎌田政国・鎌田正・原圭一郎名義での翻訳・評論は見あたらないが、「阿Q正伝」については第一二巻第一号から第一二巻第五号（一九三一年一月〜五月）に長江陽名義で訳載されており、『満蒙』誌上の「阿Q正伝」翻訳がこれのみであること（長江陽名義の寄稿もこの翻訳のみである）、冒頭に付された「訳者注」の中で「最も出色のもの」として挙げられている作品（本文の順番では「孔乙己」「狂人日記」「白光」「不周山」「阿Q正伝」）が鎌田の指向と合致していること、文体も後述する鎌田の文体と整合性があることから、これが鎌田訳「阿

Q正伝」であると考えられる。

また、評論については、原野昌一郎という筆名で第一二巻第五号（一九三一年五月）に発表された「中国新興文芸と『魯迅』」がそれにあたると考えられる。[41] 原野昌一郎名義の文章がこの一編のみであること、井上評伝に記された「原圭一郎」と筆名が類似していること、論じられている作品（本文の作品論の順番では「白光」「孔乙己」「狂人日記」「不周山」「風波」「阿Q正伝」）が鎌田の指向と合致していること、文中に鎌田と同郷の秋田出身である金子洋文と魯迅とを比較する表現があることなどから、これが鎌田の手による魯迅論であると考えて間違いないだろう。

これ以外にも鎌田の手による翻訳・評論がある可能性は否定できないが、少なくとも鎌田は魯迅作品四編の翻訳と魯迅論一編をものしていることになるわけである。

四．鎌田政国の魯迅理解と翻訳観

先述したように、鎌田が魯迅を最初に翻訳した一九二八年の段階では、日本国内での魯迅の知名度は文壇的にはほぼ皆無な状況にあった。そのような中で、鎌田が余人に一歩先んじて魯迅の翻訳紹介を行った理由はどこにあったのだろうか。また、そもそも鎌田は魯迅をどのように評価していたのであろうか。鎌田の魯迅観が直接的にうかがえる「原作者に就いて」（『文章倶楽部』版「白光」付載）、「訳者注」（「阿Q正伝」付載）、原野昌一郎名義で発表された「中国新興文芸と『魯迅』」の三編の文章からそのあたりを考えてみたい。

まず「白光」に付された「原作者に就いて」の中では、魯迅を「現代支那小説家中の第一人者」で、「トルストイアンとして」「その人道主義に、熱烈なる社會意識を純客觀手法で表現している」と定位するとともに、虐げられた民衆の独特の心理の描写を得意とし、社会意識を強調しながら人間性を「十分に深く凝視」しているとその作品を評価している。[42]「トルストイアン」の「人道主義者」で、民衆の意識・心理・人間性を「純客観手法」＝リアリズム的手法で描くことによって社会意識を表現していく作家という評価である。

「阿Q正伝」の「訳者注」でも評価はほぼ同様で、魯迅は「現實的正確性に於て殆ど他の追隨を許さ」ず、的確な描写で民情を鮮やかに抉り出しているため、中国の複雑至極な民情や中国人の伝統的心理状態を把握するのに役立つと評価され、「理想的な人道主義」を多分に含んだ「現實的な理想主義者」であると位置づけられている。[43]

「中國新興文藝と『魯迅』」は、「鄕土藝術家としての特異性」「世界人としての彼」「彼の藝術に對する總評」の三節に分けて魯迅を論じたもので、より詳しく鎌田の魯迅評価を知ることができる。[44]「鄕土藝術家としての特異性」の節の内容は基本的にはこれまでの魯迅論をなぞったもので、魯迅を中国の「土地の現實」を「最も的確」に「確實性をもつて」「剔出」する「鄕土藝術家」であり、「知識階級出身作家」でありながら、下層の民衆の「心理過程」を「最も心的な慈愛さ」と「科學的な的確さ」で凝視し描く点で「中国に於て他の追隨を許さ」ず「世界に於ても誇るに足る存在」であるとする。「世界人としての彼」の節では、ロシアのツルゲーネフ、フランスのフィリップ、日本の金子洋文と魯迅とを比較し、ツルゲーネフとは「心理描寫の的確性」「ユニックなところ」「東洋的な古典の香」「憂愁感」で、フィリップとは「時代的な憂鬱感」で、金子洋文とは「鄕土の香」と「農民の息吹き」の的確な表現でそれぞれ類似していることを指摘するとともに、中国の同時代作家と比べても優れた作家として魯迅を評価している。

「彼の藝術に對する總評」では、まず「好短篇」の「白光」と「孔乙己」「狂人日記」「不周山」「阿Q正伝」を比較的詳しく論じ評価したうえで、『彷徨』以降の作品群が『吶喊』ほど優れていないことへの不満を述べ、「更に幾轉向を試みてより深く人性を探る」ことを求めている。ただし、同時にそれは「必ずしもプロレタリア作家に轉向するを意味するものではない」とも記しており、そこに鎌田の指向が感じられる。最後のパートでは、同時代中国の魯迅論を引用を交えて紹介し、その中で銭杏邨「死せる阿Q時代（原題：死去了的阿Q時代）[45]」の議論と同文への批判である青見「阿Q時代は死なぬ（原題：阿Q時代没有死）」を合わせて紹介することで銭杏邨の論を「社会的排他的な評論」と批判している。同時代のプロレタリア文学派からの魯迅批判をふまえたうえで魯迅を擁護している点は、鎌田の立場をよく表していると思われる。

このような、伝統と独特の背景を背負った中国の人々、特に下層の人たちの心理をリアリズム的手法で描く「人道主義」者、「郷土芸術家」という鎌田の魯迅理解は、素朴で通俗平凡なもののようにも思われるが、同時代に魯迅に言及していた大内隆雄（山口慎一）の魯迅評価と比較するとその特徴がよりはっきりと見えてくる[46]。

大内隆雄の魯迅評価は、一九三一年一月『満蒙』第一二巻第一号に掲載された「魯迅とその時代」の中で明確に記されている。その中で大内隆雄は、中国の「革命文学論争」における魯迅批判の文脈、特に銭杏邨「死せる阿Q時代」の論理を踏襲しながら、「魯迅はつひにもう今日を代表する作家であるといふ感を與へない[47]」とし、「今や、その有する時代的意義が過去つた世界のものであるが故に、その創作の範圍に於いて彼は新しい知識階級一般から遂はれ去つた」と結論づけている[48]。大内隆雄は、時代の先端としてのプロレタリア文学派の立場から、魯迅を過去の作家として切り捨てているわけである[49]。

「中国新興文芸と『魯迅』」は、直接的には大内隆雄「魯迅とその時代」を受けての鎌田なりの魯迅擁護論であったといえる。鎌田の魯迅理解はプロレタリア文学が高潮をむかえようとする時代潮流の中にあっては「古い」ものであったが、それは鎌田が時代潮流に疎かったというよりは、時代を理解しながらも自らの感覚に基づいて積極的に選択された「古さ」であったのである。「中国新興文芸と『魯迅』」に対する丸山昇の「この筆者について、私はまったく知識を持たないが、ここには少なくとも、自分が魯迅の作品を読んで得た感想をもとにしてものを言っている温かさと確かさがある」[50]という評価も、この鎌田の魯迅評価の性格をよく表したものであるといえるだろう。[51]

次の鎌田の翻訳について見ていこう。鎌田の翻訳は、誤訳がある点も含めて率直にいって習作の域を出ていないといわざるを得ない水準であり、[52]用字・用語や文体にもかなりの揺れがあるが、[53]ある種の特徴があることも確かである。紙幅の都合で詳細な比較はできないが、その訳文を初刊本『吶喊』の本文と対照しながら何カ所かピックアップして考察していきたい。

まず初期の翻訳である「孔乙己」の訳文から見ていこう。

魯鎮的酒店的格局，是和別處不同的：都是當街一個曲尺形的大櫃臺，櫃里面預備着熱水，可以隨時燙酒。做工的人，傍午傍晚散了工，每每花四文銅錢，買一碗酒，——這是二十多年前的事，現在每碗要漲到十文，——靠櫃外站着，熱熱的喝了休息；倘肯多花一文，便可以買一碟鹽煮筍，或者茴香豆，做下酒物了，如果出到十幾文，那就能買一樣葷菜，但這些顧客，多是短衣帮，大抵沒有這樣闊綽。只有穿長衫的，纔踱進店面隔壁的房子里，要酒要菜，慢慢地坐喝。

魯鎭の酒場は、他所と非常に違つてゐます……街に面した處に、曲尺の形をした大テーブルがあり、そのテーブルの上に、湯沸しを据ゑつけて、酒の燗をつけることが出來るやうにしてあります。職人等は、午後や夕方仕事を終へてから、やつて來て、銅子兒四錢を出して、一碗の酒を注いで貰つて飲むのです。（これは二十年も前のことですから今では一碗十錢位になつてゐることと思ひます）彼等はテーブルに寄りかゝつて、立つたまゝ熱いのを飲んで、一日の勞働に疲れた身を休息ませるのです。そしてもう一錢出せば、下物に鹽煮の筍か、茴香豆をとることが出來るし、十幾錢出せば、葷菜をとることが出來るのでした。これ等の顧客の多くは、短衣を着た連中で、贅澤な風をした者は、めつたに來ることがなく、い、ところで長衫を着た連中でした。これ等の人は、店に入つて來ると、壁でしきりをした室に入つて、酒と小料理を注文し、椅子に腰かけて、ゆつくり飮むのです。[55]

自此以後，又長久沒有看見孔乙己。到了年關，掌櫃取下粉板說，「孔乙己還欠十九個錢呢！」到第二年的端午，又說「孔乙己還欠十九個錢呢！」到中秋可是沒有說，再到年關也沒有看見他[56]。

其後はまた長い間孔乙己を見ませんでした。年の暮に、帳場は黒板を取つて「孔乙己に一九錢貸しがあるんだが」と言ひました。翌年の端午節の時また。「孔乙己に一九錢貸しがあるんだが」と言ひました。中秋節の時には、しかし何も言ひませんでした。そしてその年の暮になつても、なほ彼の姿は見えませんでした。[57]

原文では読点「，」の他、「。」「！」「；」「：」「——」などの各種の標点符号が用いられているが、いずれの場合でも接続詞・接続助詞などを補ったりあるいは動詞連用形で句を接続していくケースよりも、動詞終止形で終わらせて文を区切っていくことの方が多いことが見てとれるだろう。

続いて一九三〇年に発表された「阿Q正伝」の訳文から冒頭部分を引用しておこう。

我要給阿Q做正傳，已經不止一兩年了。但一面要做，一面又往回想，這足見我不是一個「立言」的人，因為從來不朽之筆，須傳不朽之人，於是人以文傳，文以人傳——究竟誰靠誰傳，漸漸的不甚了然起來，而終於歸結到傳阿Q，彷彿思想裡有鬼似的[58]。

私が阿Qに正傳を書いてやらうと思ひ立つてから、もう二、三年になる、けれども一方では書かうとしながら、一方では又色々と思ひ返して見ると、私は一個の「立言」をなし得る柄ではないやうに思はれても來る、と言ふのは從來不朽の筆で不朽の人を傳へたので、だから人は文章によつて傳はり、文章は人によつて傳はつたのである。必竟誰が誰を書くかと言ふことが段々と甚だ歷然しなくなつて來る、そして終ひに阿Qの傳を書くことに歸着すると、まるで考の中に鬼物でも入つて居るやうなのである。[59]

動詞終止形を多用して訳していく点では同様であるが、こちらでは句点をあまり用いず、原文の句点すらも読点で処理していて、その結果として一文が極めて長くなっていることが見てとれる。

鎌田の訳文は、基本的には上述の二つのパターンが並存したものとなっている。動詞終止形で文を区切るが句点を用いない後者の文体は、中国近代文学受容草創期の日本語翻訳文体の中では必ずしも顕著な特徴というわけではないものの[60]、原文以上に句点が少なくなっているという点を考えれば、やはり独特なものであるといえるだろう。

近年、藤井省三が「光文社古典新訳文庫」で魯迅作品の新訳を行った際、従前の経典的翻訳であった竹内好訳では、長文の原文を句点で細かく区切って翻訳しているため、論理が明快で読みやすくなった反面、原文の屈折したニュアンスが失われてしまっていることを指摘し、原文の一文の長い文体を生かすような翻訳を試みている。[61] 鎌田の文体とは方向性が異なるが、一文の長文化という点では、新しい試みが奇しくも魯迅受容草創期の文体に類似する形になっていることはおもしろいところである。

五．『大調和』「亜細亜文化研究号」での魯迅「故郷」の翻訳者

日本国内において最初に魯迅の作品が翻訳されたのは、一九二七年一〇月付で発行された『大調和』第一巻第七号、「亜細亜文化研究号」誌上でのことであった。『大調和』の編集をしていた武者小路実篤は、同号を編むにあたって田漢の助言を受けて紹介する中国同時代文学の作品を選定し、魯迅「故郷」の翻訳を選択したのである。[62]

この「故郷」の翻訳には訳者が明記されておらず、現在でも訳者は不明ということになっている。最も突っ込んで調べた丸山昇も、「筆者は和光大学在職当時、同大学芸術学科武者小路穣教授を通じて、武者小路実篤氏にお尋ねしてみたが、わからなかった。また当時編集実務を担当していたのが笹本寅氏だと聞いて、同氏にもお尋ねしたし、同氏はわざわざ筆者を武者小路邸まで同道して、実篤氏に直接うかがう機会も作って下さったのだが、両氏とも記憶にない、ということだった」というのが最終的な結論であった。[63]

この訳者の問題を解く鍵の一つは、やはりその翻訳文体にあるように思われる。詳細に検討する紙幅はもう残されていないが、一カ所だけ原文と訳文とを比較しておきたい。

> 這來的便是閏土。雖然我一見便知道是閏土，但又不是我這記憶上的閏土了。他身材增加了一倍；先前的紫色的圓臉，已經變作灰黃，而且加上了很深的皺紋；眼睛也像他父親一樣，周圍都腫得通紅，這我知道，在海邊種地的人，終日吹著海風，大抵是這樣的。[64]

> 入つて來たのは閏土だつた。だが自分は一見して、この閏土はあの自分の記憶に殘つてゐる昔の閏土ではないといふことを知つた。皆（ママ）が倍も大きくなつた、昔は眞赤だつた圓い頰はすつかり變つて灰黃色になつた、

その上ひどく深い皺が幾筋か加はつてゐる。眼は父親そつくりで、縁がずつと腫れて赤くなつてゐる、これは海邊で田圃仕事をしてゐる人は一日海風にふかれてゐるので大抵こんなになるのだ。[65]

この一カ所を見ただけでも、『大調和』「故郷」の翻訳文体にはある種の特徴があることが見えてこよう。それは、動詞終止形＋読点を多用した一文が長い文体であるということである。これは前章で見てきたような鎌田政国の翻訳文体とも共通する特徴であった。

井上評伝によると、鎌田はこの時期、武者小路実篤の知遇を得て、「有楽町の舞台のある家」に足しげく通っていたという。武者小路実篤は一九二五年一二月二〇日ごろに宮崎の新しき村を離村し、その後奈良・和歌山を経て一九二七年二月に東京の小岩に転居してきていた。東京では一九二七年四月に創刊された雑誌『大調和』の編集発行に関わるとともに、一九二八年二月には有楽町に新しき村東京支部として「村の会場」を設け集会や芝居の上演を行っている。[66]鎌田のいう「有楽町の舞台のある家」というのはその「村の会場」のことなのだろう。鎌田が武者小路やその仲間たちと比較的密な接触があったであろうことは、鎌田の魯迅観からも間接的にうかがわれるようである。

現時点で『大調和』誌上の「故郷」の訳者、すなわち「日本国内の最初」の魯迅翻訳者が鎌田政国であると断定することはできないが、このようないくつかの根拠を総合する限り、その可能性は決して低いものではないように思われるのである。

むすびに

鎌田政国は一九四五年八月初めいったん奉天を離れて大石橋南白旗の満鉄社宅に疎開し、そこで終戦をむかえた。その後、ソ連兵・八路軍・国民党軍が入れ替わりで進駐する混乱の奉天（瀋陽）で一年近く職を転々とし、その後一年間の奉天鉄路局文書課での留用生活を経て、一九四七年八月家族とともに日本へ引揚げている。[67] 戦後は犬田卯のつてで牛久の干拓地に入ったりもしたようであるが、その後故郷へと戻り、一九八八年一〇月二三日に食道ガンで亡くなるまで秋田で生活を送ったのであった。

鎌田は後年、中国との関わりと満洲での生活を次のようにふりかえっている。

わたくしは中国人に対しては融和親切を旨としたが、内心はそのとき日本人一般と同じく優越感をもっていた。今にしておもえばまことに冷汗慚愧に堪えぬ次第である。敗戦によってわれらの真骨頂がわかり、今や人間に対する真の認識ができたのである。

ああ、なつかしい満州、広茫限りない高粱畑、紅い日の大陸、なつかしの大陸よ。〔中略〕わたくしは半生をすごした満州がこよなくなつかしく大陸への郷愁にかられる。そうしておもう。われわれ小国の日本民衆が生活をもとめて大陸にわたったことは何ほどの罪があったのであろうかと、わたくしは現在一億の大衆が小国にひしめきあっている有様をみてこよなくかなしむものである。我等は心気一転従来の優越感をかなぐり捨てて真に共生共楽、彼を利するの精神を忘れず、海外に進出し、海外も障壁を低くうしてわれらと共に歩む国の一つでも多きを望むものである。[68]

自らの半生に対する反省の念と、自己肯定・自己弁護の意識が、あるいは大陸への純粋な郷愁の思いが微妙にまた複雑に絡んだ文章であるといえるだろう。この微妙さ複雑さは、鎌田が自らの出処進退のあり方とその歴史の中での意味について確固たる信念と見通しをもって一本の道を歩いてきたというよりも、様々に模索しながら道をつけて生きてきたことを象徴するものといえるかもしれない。

鎌田の魯迅受容も、またそのような生き方の延長線上にあったようである。上海の東亜同文書院での生活を通じて日本国内の評価とは異なる視点を獲得し、偶然的な事情もあって自らより一〇ばかり年上の作家の作品を翻訳した、それが結果として「日本国内最初期の翻訳」となったわけである。その営為は、魯迅が「大作家」たることを約束された中で行われたものではない点で、むしろ今日においてより評価に値するといえるだろう。

【注】

（1）戦前までの魯迅の日本における受容史については、飯田吉郎『現代中国文学研究文献目録（一九〇八～一九四五）増補版』（汲古書院、一九九一年）、丸山昇「日本における魯迅」伊藤虎丸・祖父江昭二・丸山昇編『近代文学における中国と日本』（汲古書院、一九八六年、丸山昇『魯迅・文学・歴史』汲古書院、二〇〇四年、所収）、藤井省三『魯迅事典』（三省堂、二〇〇二年）で網羅的に追うことができる。

（2）『日本及日本人』第五〇八号（政教社、八〇頁）。この記事を発見し紹介したのが藤井省三「日本介紹魯迅文学活動最早的文字」『復旦学報社会科学版』一九八〇年第二期、藤井省三『ロシアの影――夏目漱石と魯迅』（平凡社、一九八五年）である。

（3）「胡適を中心に渦いてゐる文学革命（三）」『支那学』第一巻第三号、五八～五九頁。

（4）翻訳では魯迅自身の翻訳による「兎と猫」（第四七号、一九二三年一月）、一記者訳「支那小説史略」（一九二四年一月の第九六号から断続的に連載)、東方生訳「私のひげ」(第一四一号)がある。「支那小説史略」の訳者は丸山昏迷、「私のひげ」の訳者は藤原鎌兄であると推定されている。前者については伊藤漱平「『魯迅・増田渉師弟答問集』跋文補記」『汲古』第一〇号(一九八六年。『伊藤漱平著作集 第五巻』汲古書院、二〇一〇年、所収)、井上泰山「増田渉と辛島驍――『中国小説史略』の翻訳をめぐって」『関西大学東西学術研究所紀要』第四五号(二〇一二年)を参照。

(5)清水安三のこの時期の論考は、『支那新人と黎明運動』(大阪屋号書店、一九二四年)、『支那当代新人物』(大阪屋号書店、一九二四年)の二著に収められている。この時期には、他に芥川龍之介「日本小説の支那訳」『新潮』第四二巻第三号(一九二五年)でも魯迅と周作人翻訳の『現代日本小説集』が紹介されている。

(6)『改造』第八巻第八号。同号の刊行経緯については鈴木義昭「『改造』「現代支那号」と中国現代詩人」蘆田孝昭教授退休紀念論文集編集委員会編『二三十年代中国と東西文芸――蘆田孝昭教授退休紀念論文集』(東方書店、一九九八年)を参照。なお、井上紅梅の『魯迅全集』(改造社、一九三二年)所収の「魯迅年譜」一九二七年の項には「本全集の譯者は、「藥」「風波」「在酒樓上(酒屋の二階で)」を譯し、東京の雑誌に寄せたるも認むる者無し。又此前年滿洲の雑誌のために「狂人日記」を譯したるも紛失せり」とある(五一一頁)。一九二七年までの魯迅が閑却されている状況をよく伝えているといえるだろう。

(7)『文章倶楽部』第一三巻第一号。井東憲は一九二七年七月から翌年一月までに上海に滞在し創造社の同人などと交流していた。一九二八年には『無産者詩集一九二八年版 第一輯』(全日本無産者芸術連盟静岡支部)に馮乃超・周民鐘・王独清の詩作を翻訳しており(これらは前掲注(1)『現代中国文学研究文献目録(一九〇八～一九四五)増補版』には採録されていない)、一定程度の中国語運用能力があったことは間違いないだろう。井東憲と中国との関わりについては『井東憲――人と作品』(井東憲研究会、二〇〇一年)に詳しい。なお、増田渉『魯迅の印象』(講談社、一九四八年)では山上正義をこの「家鴨の悲劇」の「翻訳者」としているが(四九頁)、丸山昇『ある中国特派員――山上正義と魯迅 増訂新版』(田畑書店、一九九七年)では訳者山上説は採っていない。

(8)『〔第二次〕農民』第一巻第二号。この翻訳は前掲注(1)『現代中国文学研究文献目録(一九〇八～一九四五)増補版』には採録されていない。

(9)『文章倶楽部』第一三巻第一〇号。この翻訳は一九二八年一〇月発行の『大江月刊』創刊号で紹介されている(「文壇近訊」、一〜二頁)。
(10) 山上正義「魯迅を語る」『新潮』第二五巻第二号。
(11)「白光」は二月発行の『支那』第一九巻第二号に、「孔乙已」は五月発行の第一九巻第五号に掲載されている。
(12) この四作は、六月発行の『朝鮮及満洲』第二四七号に「支那現代の小説」という総題のもと掲載されている。
(13) この他、井上紅梅が一九二八年に「上海日々新聞社の依頼に應じ、「阿Q正傳」「社戯(村芝居)」等を譯して同紙上に掲載。尚ほ「薬」以下二篇は上海の雑誌に發表」と記しているが(前掲注(6)「魯迅年譜」、五一一頁)、筆者はまだ調査できていない。丸山昇は上海日日新聞紙上の「阿Q正伝」と翌年『ぐろてすく』に発表されたもの(井上紅梅訳「支那革命畸人伝」『ぐろてすく』第二巻第一〇号)とほぼ同じであろうと推定している(前掲注(7)『ある中国特派員』、一八二頁)。
(14) 野淵敏・雨宮正衛(井上隆明)編『『種蒔く人』の形成と問題性』(秋田文学社、一九六七年、八〇頁)。井上隆明『秋田近代文芸年誌——1872年〜1926年』(秋田ほんこの会、二〇〇二年、一一九〜一二二頁)。
(15) 戸籍上は一一月一三日生まれ。なお同上『『種蒔く人』の形成と問題性』の評伝によれば「父の任地能代生まれ」とある。
(16) 東亜同文書院時代のことは、鎌田政国「東南西北——真島先生と赫司克而路(ハスケルロ)校舎の思出」『滬友』第二四号(一九六八年)、鎌田政国「東亜学院の躍進と大陸えの郷愁」『滬友』第三〇号(一九七一年)、鎌田政国「旬休のメキシコドル」大学史編纂委員会編『東亜同文書院大学史——創立八十周年記念誌』(滬友会、一九八二年)に記されている。鎌田が入学したのは赫司克而路の仮校舎の時代であったが、一九一七年四月から徐家匯虹橋路の新校舎に移転したため、鎌田も半年間だけ新校舎で学んでいる。
(17)「第十四期生銘々伝」同上『東亜同文書院大学史』、四四六〜四四八頁。
(18) 鎌田の世代である第一四期生の調査旅行の記録は『風餐雨宿』(東亜同文書院、一九一七年)にまとめられている。
(19) 井上評伝では一九一七年秋から大阪支店に配属され、一九二三年四月から支那部に転属したとする。
(20) 前掲注(16)『東亜同文書院大学史』、三〇五頁。ただし、鎌田の名はこの同窓社員の一覧には載っていない。
(21) 前掲注(16)「東亜学院の躍進と大陸えの郷愁」と井上評伝では「退職」したとするが、前掲注(17)「第十四期生銘々伝」では「三年間療養ののち大倉合名会社に復職」とある(四四八頁)。ここでは本人の回想にしたがって前者の記述を採用した。
(22)『無名』については千葉三郎『秋田大正文芸の盛衰』(北門文学会、二〇〇五年、二六三〜二六七頁)に詳しい。

(23)前掲注(16)「東亜学院の躍進と大陸えの郷愁」、一一頁。
(24)一九二八年三月発行『〔第一次〕農民』第二巻第三号に付載された「農民文芸会会報」の新規誌友一覧の東京部分に「鎌田正」の名前がある。
(25)同誌は未見。井上評伝によれば一号で廃刊になったようである。
(26)前掲注(16)「東亜学院の躍進と大陸えの郷愁」、一一頁。
(27)札免採木公司は、黒竜江省・満鉄とロシア人事業家シェフチェンコ兄弟経営のシェフチェンコ商会の三者の合弁で一九二二年に設立された会社で、哈爾浜に事務所をおいて薪材・建築材・枕木・杭材などを供給販売していた。林場が黒竜江省の札敦河(扎敦河)・免渡河・烏諾爾(烏固諾爾)河流域にあったことから「札免」の名がとられたものと思われる。宮田長次郎編『満蒙の森林及林業(森林資源及林場編)』(帝国林業会、一九三二年)。
(28)『秋田県立秋田中学校同窓会名簿』(以下『秋田中学校同窓会名簿』と省略し号数と出版年のみ記す)第一五号(秋田県立秋田中学校同窓会、一九二九年)と第一六号(一九三〇年)の住所は「北満洲哈爾浜道裡工廠街二」となっている。
(29)一九三一年一月『満蒙』第一二巻第一号誌上の職員名簿には鎌田の名前がある(二五八頁)。一九三〇年一月『満蒙』第一一巻第一号の名簿には名前がないので、一九三〇年中に転職してきたことは確認できる。
(30)井上評伝によれば「満洲日日新聞経済部」とあるが、『満洲日日新聞』は一九二七年一一月『遼東新報』と合併して『満洲日報』と改称されていた。当時の満洲日報社は満鉄一〇〇パーセント出資の子会社で、同地最有力の日本語日刊紙『満洲日報』を発行していた他、通信社としての業務や印刷出版業務を行っている。『秋田中学校同窓会名簿』第一七号(一九三一年)では、勤務先は「満洲日報社」、連絡先住所は「大連市花園町三〇ノ一」とある。
(31)井上評伝によれば「同協会から『満蒙百科事典』や、郁達夫『中国農村経済の崩壊』を訳刊」とある。前者は『満蒙年鑑』、後者は丁達『中国農村経済の崩壊』であろう。
(32)『秋田中学校同窓会名簿』第一八号(一九三二年)から第二二号(一九三六年)までの連絡先住所は「東京市本郷区本郷曙町一二」となっている。
(33)本人の回想によれば一九三三年渡満(前掲注(16)「東亜学院の躍進と大陸えの郷愁」、一一頁)、井上評伝によれば一九三四年渡満とされているが、「一九三四年九月一日現在」「一九三五年一二月一日現在」の満鉄「社員録」には名前がなく、同名簿に登場するのは「一九三七年九月一日現在」の版からである。「一九三七年九月一日現在」では「鉄道総局人事課・職員」(『社員録 昭和一二年九月一日現在』南満洲鉄道株式会社総務室人事課、一九三七年、二七頁)、「一九四〇年七月一日現在」では「鉄道総局人事局養成課・職員」(『社員録 昭和一五年七月一日現在』南満洲鉄道株式会社総務室人事課、一九四〇年、五一頁)とある。なお、『秋田中学校同窓会名簿』では一九三六年の第二二号まで連絡先住所は「東京市本郷区本郷町一二」とあり、一九三九年の第二五号から「奉天市大和区葵町二九ノ一」となっている(第二三号は連絡先住所記載なし、第二四号は未見)。

(34)『同軌』は一九三四年二月の創刊で、当初は鉄道総局総務処の発行、一九三九年一月第六巻第一号以降は鉄道総局人事局の発行となった。

(35)これは中国語ができることと文学を多少理解することを買われての任用であったと後に鎌田は回想している(前掲注(16)「東亜学院の躍進と大陸えの郷愁」、一一頁)。鉄道総局人事局養成課時期の仕事としては、他に編者として名前が記されている『歴代満鉄総裁訓諭抄』(鉄道総局人事局養成課、一九四〇年)がある。

(36)『支那』誌上には翌六月の第一九巻第六号にも鎌田政国名義で于成沢の「早暁」を訳載している。于成沢は于毅夫の筆名である。

(37)井上評伝によれば、『農民』に「湖畔」(原作名不明)と「風波」を、『文章倶楽部』に「薬」を発表したとされるが「湖畔」と「薬」は確認できない。

(38)『〔第一次〕農民』は一九二八年六月第二巻第六号まで続いたが、一部会員の離脱による会の分裂と加藤武雄が負担していた資金の行き詰まりによって活動を停止し、八月、犬田卯・鑓田研一・中西伊之助らと加藤一夫とが新たに組織した農民自治会によって『〔第二次〕農民』が創刊されることになった(高橋春雄「解説」『農民——解説・総目次・索引』不二出版、一九九〇年)。なお、鎌田と犬田との関係はその後も長く続いたようで、鎌田は戦後犬田のつてを頼って牛久の開拓地に入植している。

(39)佐久間保明「解説=文章倶楽部の実際」『「文章倶楽部」総目次・索引』(不二出版、一九八五年)。

(40)前掲注(14)『秋田近代文芸年誌』、一二一頁。

(41)この時期『満蒙』誌上の文章は編集者である中溝新一の意向もあり、題目・本文などでの「支那」の使用をできるだけ避けて「中国」を用いていた。
(42)本段落での引用は『文章倶楽部』第一三巻第一〇号、一〇四頁より。
(43)本段落での引用は『満蒙』第一二巻第一号、一九七頁より。
(44)本段落と次段落での引用は『満蒙』第一二巻第五号、一二一～一二七頁より。
(45)「死去了的阿Q時代」は一九二八年三月『太陽月刊』第三期に掲載された太陽社・第三期創造社の魯迅批判を代表する評論。「阿Q時代没有死」はその反論として一九二八年六月付発行の『語絲』第四巻第二四期に発表されたものである。
(46)大内隆雄は一九〇七年四月生まれで、満鉄派遣生として東亜同文書院に学んだ（第二五期）鎌田の後輩でもあった。
(47)『満蒙』第一二巻第一号、一九〇頁。
(48)同上、一九六頁。
(49)この時期、鎌田の周辺では大高巌も大内隆雄に近い立場を取っていた。大高巌の魯迅評価については佐治俊彦「藤枝丈夫と大高巌について」前掲注(1)『近代文学における中国と日本』に詳しい。
(50)前掲注(1)「日本における魯迅」、四二二頁。ちなみに、一九二八年一月「日本国内で二番目」に魯迅を翻訳した井東憲は、その「家鴨のたはむれ」の「訳者附記」の中で魯迅を「どちらかと云ふと、アナキステイックの思想な人で明晰な頭と獨想的な美しい文章とを持つてゐる」と記している。
(51)鎌田のオリジナルな感覚という点では、魯迅と于成沢（于毅夫）の作品を同時期に同じ位相で連続して翻訳している点や、魯迅の「白光」を特に高く評価している点なども挙げられるであろう。「白光」の評価については、やはり同時代に「白光」を評価した清水安三の評論や処女作「奇妙な仕事」(『東京大学新聞』一九五七年五月二二日号）の冒頭でその一節を引用した大江健三郎の仕事などとともに、日本における「白光」受容史の系譜の中で一定の位置を占めるものであるといえるだろう。
(52)鎌田の語学の基礎にあったのは、東亜同文書院で真島次郎（第二期卒）や朱蔭成、述功、浜田増人（第一〇期卒）から受けた中国語の教育であった。鎌田が在学していたのは同文書院が誇る中国語教科書『華語萃編』の初集がちょうど刊行されたころである。
(53)この点については編集者の手が入っている点も考慮する必要があろう。特に文章倶楽部「白光」にはそれが感じられる。

(54)『吶喊』北京・新潮社、一九二三年、二一頁。
(55)『支那』第一九巻第五号、七六頁。
(56)前掲注(54)『吶喊』、二八頁。
(57)『支那』第一九巻第五号、八〇頁
(58)前掲注(54)『吶喊』、一一三頁。
(59)『満蒙』第一二巻第一号、一九七頁。
(60)『北京週報』第一九号に原文とともに掲載された周作人訳「孔乙己」や、『現代支那語講座 第二巻』(太平洋書房、一九二九年)に収められた神谷衡平訳「孔乙己」の中でも、動詞終止形+読点の形が散見される。なお、神谷衡平の訳業については藤井省三『東京外語支那語部——交流と侵略のはざまで』(朝日新聞社、一九九二年)に詳しい。
(61)藤井省三訳『故郷/阿Q正伝』(光文社、二〇〇九年)、藤井省三『魯迅——東アジアを生きる文学』(岩波書店、二〇一一年)。なお、竹内好の魯迅翻訳論については、「日本における魯迅の翻訳」『文学』第四四巻第四号(岩波書店、一九七六年)の中で本人によって詳しく述べられている。
(62)この経緯については、佐藤春夫の小説「人間事」『中央公論』第四二巻第一一号(一九二七年)の中の記述にとりあえずしたがった。同作は、後に「一旧友」と合わせてまとめられ『新選佐藤春夫集』(改造社、一九三〇年)に収められた。
(63)前掲注(1)「日本における魯迅」、四二六頁。前掲注(61)『魯迅』(一五六頁)でも「訳者は不明」と記述されている。
(64)前掲注(54)『吶喊』、一〇三〜一〇四頁。
(65)『大調和』第一巻第七号、三二八頁。
(66)この時期の武者小路実篤をめぐる状況については、奥脇賢三『検証「新しき村」』(農山漁村文化協会、一九九八年)の記述を参考とした。
(67)引揚までの経緯については前掲注(16)「東亜学院の躍進と大陸えの郷愁」に詳しい。
(68)同上、一一一〜一一二頁。

本文中の敬称は省略しました。また、年号は西暦に統一し、書籍・雑誌の発行日は刊記に記載された発行日によりました。

鎌田政国の経歴についてはノースアジア大学教授（元秋田経済法科大学学長）で鎌田政国の甥にあたる井上隆明氏からご教示を受けました。記して御礼申し上げます。

瞿秋白『多余的話』について
――「語り」と「時間」についての試論

白井澄世

はじめに

本稿は、瞿秋白の手記『多余的話（余計な話）』（一九三五）の「語り」の工夫について分析を行い、それによって手記の読み直しを試みるものである。瞿秋白（一八九九～一九三五）は五四期の作家として、また中国共産党創成期の理論家として活躍した知識人であり、『多余的話』とは彼が国民党に処刑される直前に牢獄で執筆した手記である。手記には「中国共産党の指導者」であった自分の人生は「歴史の誤解」であり、本来の自分は「脆弱な」「文人」であり「裏切り者」であったという、瞿秋白の「真相」の「告白」が書かれており、その筆致は多くの論者が指摘するように自責的で重苦しく、中共の「英雄」であった瞿秋白の経歴とはかけ離れたものであった。[1]そのため『多余的話』が世に出ると、瞿秋白の親友であった魯迅や妻の楊之華から、手記は彼自身の手によるものではないという偽作説が出る一方、[2]文革期の中国では『多余的話』は「裏切り者の自白書」であるとして批判され、それに伴い瞿秋白も激しい批判を受けた。[3]その後文革が終了し、瞿秋白の名誉が回復すると、『多余的話』は学術面での読み直しが進められ、一九九〇年代には様々な角度から研究されるようになった。例えば銭理群は、瞿秋白は革命というドンキホーテ的な実現（現実変革）と、自我追求というハムレット的課題とを分裂するままに追求した知識人であり、『多余的話』は「まれにみる自己解剖」と、自我追求というハムレット的課題とを分裂するままに追求した知識人であり、『多余的話』は「まれにみる自己解剖」によって瞿秋白の内心世界の様々な矛盾を本質的に表現した」書であるとして、ルソーの「自伝」になぞらえて高く評価した。『多余的話』を近代知識人の矛盾・葛藤する精神を語ったテクストとする解釈は引き継がれ、今も様々な解釈が生まれている。

一方日本では、一九七〇年代より手記に見られる「矛盾」や「差異」に注目し、瞿秋白の思想の全体像に迫ろうとする研究が進められてきた。例えば井口晃は『多余的話』の自責的な文章とは反対の「我執ともいうべき自意識」を指摘し、テクストは「革命家・瞿秋白の政治にかける思いがいかに深いものであったかということを、瞿秋白流の屈折した方法で表現したものだと読むことも可能」として、瞿秋白の「創作」意識について指摘する。三木直大はテクストから読み取れる「心と言葉の乖離」について指摘し、この乖離の統合を目指した「螺旋運動」の軌跡が『多余的話』であること、「瞿秋白にとってこの『多余的話』を書くことが一つの自己形成の試みだったのではないか」と論じた。さらに、鈴木将久は一九三〇年代の瞿秋白の言語観と演劇に対する言説を分析し、『多余的話』は「彼が言葉による表現化を求めて真剣に格闘した、その思考の痕跡が残されている」テクストとし、『多余的話』とは、「受取手のいない非コミュニケーション空間において残された『言葉』であると論じた。

本稿もこうした問題意識を引継ぎ、『多余的話』から読み取られる「差異」あるいは「乖離」について考えることを目的としている。本稿の独自性は、先行研究が『多余的話』に見られる「差異」を、瞿秋白の経歴や思想など「外部」の情報から解釈しているのに対し、「差異」がどのように生み出されるのか、テクストの語りの工夫を中心に検討した点にある。多くの論者がテクストから読み取る『多余的話』の「差異」とはどのような「語り」によって生み出されるのか。その点を分析した上で、『多余的話』執筆とは瞿秋白にとってどのような意味を持つのか、彼の知識人観との関係において考えてみたい。

一．『多余的話』の主要テーマと物語の構成について

最初に『多余的話』の主要テーマと物語の構成について見てみたい。『多余的話』は、「どうして話す必要が？（序に代えて）」と、「〝歴史の誤解〟」（以下、便宜的に第一章とする）、「脆弱な二元人物」（第二章とする）、「私とマルクス主義」（第三章とする）、「冒険主義と立三路線」（第四章とする）、「〝文人〟」（第五章とする）、「告別」（第六章とする）の六部からなる。「序に代えて」では、作者の執筆動機と目的が次のように端的に語られている。

話が余計なものである以上、何を言う必要があろうか。既に生命の終わりにさしかかり、残された日は年で数えられないばかりか週でも数えられない。たとえ言いたいことはあるにしても、言っても言わなくても良くなった。

だが、不幸にして私は「歴史の葛藤」に巻き込まれたのだ——今になってもまだ世間の多くの人々は私のことをどうだこうだと考えている。私は人から非難され、罪を問われることは恐れないが、人に「崇拝」されることは恐ろしい。これからの青年が私を真似ぬよう、私が以前書いたものが何々主義を代表するなどと思わないようにと切に願う。そこでこの残った生命がまだ尽きぬうちに、最後の、本当に心からの言葉を少し書いておきたい。

今、私は既に完全に武装を解除され隊伍から引き出され、残っているのは私自身だけになった。心にはやみ

がたい衝動と欲求がある。心のうちの言葉を喋り、心のうちの真相を徹底的に暴露しよう。ボリシェヴィキの嫌うプチブルジョワ・インテリの自己分析を働かさずにはいられない。〔中略〕ここに書くものが読者の手に渡ることはできないかもしれないことも、出版の価値がないかもしれないことも私はよく知っている、しかしやはり私は書こう。人はしばしばお喋りを好む。時には聞き手が誰であろうと、いくらか勝手に喋ることができれば気も晴れる。ましてや私は死滅の前夜にある。これは私が「お喋り」をする最後の機会ではないか。〔中略〕瞿秋白／一九三五・五・一七　汀州獄中にて。（六九四〜六九五頁）

ここでは、「生命の終わり」に際して「本当の心からの言葉」を語ることにより「心のうちの真相」を徹底的に暴露することが執筆の目的であると語られる。つまり、心の中に秘めてきた「言葉」を表現し、「心のうちの真相」を暴露すること、これが主要テーマである。

それでは「心のうちの真相」は誰が語るのか。先ほどの引用文に見られるように、手記の語り手は一人称「私」であり、語る内容も「私」についての事である。手記は「私」が「私」について語る「一人称語り」であることが示される。また、文末に「瞿秋白」の署名と日付が記載されていることにより、このテクストの作者と語り手が現実の人物である瞿秋白であることが示される。つまり「作者・瞿秋白」である語り手「私・瞿秋白」が、死の直前、獄中で、物語の主要人物である「私・瞿秋白」について語るという、語りの場および語りの枠組みが示される。(9)

では、「私」は「私」の何について語るのか。テクストを読み進めると、第一章から第四章まで、「私」の過去の出来事についての語りが多く、「回想」が中心となっている。第五章では「文人」という知識人の性質と存在意義に対する分析が語られ、第六章「告別」では「君たち」という聞き手に対して別れが告げられる。これら各章を読みつつ、語り手「私」と語られた出来事との関係について、また物語の展開について便宜的に見るため、各章に現

表　『多余的話』に使用されている時間詞

	(序に代えて) どうして話す必要が？	(第一章) 〝歴史の誤解〟	(第二章) 脆弱な二元人物	(第三章) 私とマルクス主義	(第四章) 冒険主義と立三路線	(第五章) 〝文人〟	(第六章) 告別
物語言説	現在（2）		現在（3） 今年（1） 去年（2）	現在（4）	現在（1）	現在(1)	現在(8)
物語内容		(母親自殺、家庭離散) 1917夏 1918年末 1919年末～1920年初 1920年8月 1921年秋 1922年末 1923年夏 1925年1月 1927年初 1927年4～5月間 1926年末～1927年初 1927年7月～1928年5月 1928年6月間 1930年9月末 1925年～1931年初 1927年～	1931年1月 1919年 1926年 1920年～1931年初 13、14歳時 5、6歳時 小さい時 (母親死後) 21、22歳 四中全会(2)	16、17歳時 1928～1930年 1923年 1923年～27年 1930年 1931年初	1927年 (1927年) 11月 1927年3月 1928年初 1927年10月 1929年秋 1929年年末 1930年夏 1930年8月中間 1931年1月7日 1920～1930年 1934年1月 (1934年) 2月5日		1932年 1930年初 1934年8~9月間 1919年 1931年春
執筆日	1933年5月17日				1933年5月20日	1933年5月22日	
	(第一部)	(第二部)				(第三部)	

※表にある「語りの場」の時間、例えば「現在2」とは、語り手が発話する時点として「現在」という時間詞が使われた文章が2カ所あることを示す。
※漢数字は便宜的に算用数字に改めた。
※「母親死後」「1931年」「現在（8）」などの下線は頻出する時点として強調するため筆者が付した。

れる時間詞を見てみたい[10]。

上の表は、語り手が発話する場の時間と、語られた物語内容の時間の時間詞を抜き出して区分した表である。例えば「序に代えて」において語り手は「私は今既に完全に武装を解除された」と語り、発話する「今（原文：現在）」の時点を説明するが、それは語りの場が牢獄にいる「今ここ」であることを示している。以降、各章の語り手の時間と物語内容の時間を見ていくと、第一章から第四章においては過去の出来事が多く語られ、「回想」が中心となっていることがわかる。回想される時間の幅は幼少期から一九三四年であるが、その中において、「母の死」と「一九三一年（四中全会）」が繰り返し語られ、重要な時点として示される。また、物語の時間は過去と現在のあいだを往来する。第一章では「母の死」から一九三一年までほぼ直線的に過去から現在へ進み、物語は回顧的な展開となっている一方、第二・三章では語り手が語る時点（現在・今年・去年）が多用されつつ、物語の時間は一九三一年を起点として過去へと遡る。ここでは年齢を示す時間詞が使われながら回想が行われ、「母の死」を経て、物語の時間は再び過去から現在へと向かう。第三章では再び西暦の時間詞の使用に戻り一九三一年まで進む。第四章では、一九二七年を起点として一九三一年までの出来事が連続的に直線的に語られる。

以上、第一章から第四章までの物語の時間は、幼少期から一九三四年の時間の幅の中、「母の死」と「一九三一年」を重要な時点として設定され、過去から現在、現在から過去、過去から現在、そして過去から現在へ向かって進む。一方、第五章では時間詞はほぼ使われず、第六章へ続く文末の一文に「今」が使われるのみである。それに引き替え、第六章では「今」という時間詞が際だって多く使われている（なお物語内容を示す「過去」の時間詞は使われているが回顧的な展開という形はとらない）。

こうした語りの時間・物語の時間の展開から、物語の構成については次のように言えよう。(1)物語は、現在的語り（序に代えて）・回想的な語り（第一～四章）・現在的語り（第五・六章）として三区分される。この三区分は、序に代えて・第四・六章の文末に執筆日が付されているのと符合しており、「物語」は三部構成であることがわかる。(2)回想的な語りにおいて、「母の死」と「四中全会」が重要な時点として設定され、これを含む時間の幅の中、物語は過去から現在、現在から過去、また過去から現在と二つの時間の流れをたどる。(3)物語に現れる時間詞の多用は、語り手が物語る時間／物語られた時間の「時間」を強く意識している表れであるが、第五章末から六章における「現在」という時間詞の頻出は注目に値し、後で検討したい。以上、物語の時間とその特徴を確認した上で、叙述と語り手の意識について見ていきたい。

二 「探求」と「再現」の物語 —— 交差する二つの「回想」をめぐって

先述したように、第一章から第四章では語り手の回想が中心に語られるが、各章の語りの工夫は一様ではないようだ。以下、具体的な文章を見ながら読み進めたい。

第一章「〝歴史の誤解〟」は、「私は母が自殺して家が離散した後ただ一人北京にやってきた」（六九五頁）という一文から始まる。物語の起点として「母の自殺」という時点が示され、その後「私」の回想が以下のように続く。

私は中国文学の研究を志し北京大学への入学を望んだが学費がないため学費免除のロシア語専門学校に入学した。その頃は厭世主義に陥り「政治的動物」ではなかったが、五四運動が始まると学校の総代となり、学生を組織して「政治指導者」となった——誰もリーダーにならなかったためだ。まもなく李大釗らが主催するマルクス主義研究会に参加し、その後ロシア文学を研究するため新聞記者としてロシアへ赴いた。共産党に入党するつもりはなかったがロシア語通訳を務める中で共産党に入党し、陳独秀とともに帰国した。上海大学で教鞭を執り、国民党の活動に参加、一九二五年には中央委員となって政治活動に従事したので文芸活動は全くできなくなった。一九二七年陳独秀が中央から排除されると私が中央政治局を一年ほど主宰した。その頃南昌暴動が起こったが、私は直接指揮することなく軍事部に任せきりだった。その後、事実上の指導者は李立三と向忠発になった。一九三〇年私がモスクワにいた頃、立三路線の過ちが指摘されたが私にはそれが判別できなかった。そこで三一年の中共四中全会において立三は中央委員から、私は政治局員から排除され、代わりに新しい幹部が立った。私は実はほっとした。考えてみるに私が中共の最高指導者となったのは「歴史の誤解」であり、「私」は平凡な「文人」にすぎないのだ。

第一章で語られた物語とは、要約すれば、「私」が五四運動を契機として政治に関わり、「中国共産党の指導者」として革命運動を主宰し「四中全会」で失脚するまでの物語である。ただし、この語り手は、自分の過去の出来事をありのままに正確に再現しようと語るのではなく、二つの工夫によって物語をある読みの方向に導こうとする。工夫の一つは、回想される「私」の「文人」としての性格を強調しようと説明する言葉の選択に見られ、もう一つは語られた出来事（物語内容）に対する語り手による「介入」である。次の文を見てみたい。

> 五四運動の期間（中略）、私の注意力は大部分文芸方面に向けられるようになった。政治上の様々な主義については、若干の現代常識を求めてどれもざっと「渉猟」したにすぎず、詳細に研究するだけの興味は特になかった。しかしこの時「歴史の誤解」が始まったのだということができる。事情はこうである――五四運動が始まると私はロシア文学専門学校の総代の一人となった。当時の学生の中では、誰もなりたがらなかったのだ。その結果、私はこの学校の「政治指導者」とならねばならず、学生大衆を組織して当時の政治運動に参加させねばならなかった。（六九六頁。以下、傍線・傍点は筆者による）

第一の工夫は傍線部の文である。ここでは「私」の「文芸方面」に対する関心の高さと「政治」への関心の薄さが対比して語られている。語られたことは物語世界の「事実」であるが、この「事実」には、「文学」と「政治」の対比を強調しようとする語り手の意識が投影されている。「文学」と「政治」の対比はこれ以降もテクストに繰り返し言及され、第二の語りの工夫を補強する機能を持つ。

第二の工夫は傍点の部分である。ここでは五四運動で学校の総代に選ばれたことが契機となって共産党の指導者となる道を歩み始めたことが語られる。語り手はこの経緯に対し、「この時「歴史の誤解」が始まったのだ」という説明を加え意味づけをする。

ちなみに「歴史の誤解」という言葉はテクストに五回現れるが、語り手は最後までこの言葉の意味や内容を説明しない。例えば「序に代えて」では「「歴史の誤解」のために私は一五年間無理をして政治の仕事をした」と語られる。「歴史の誤解」とは具体的な事件を指すのではなく、私を「政治工作」に関与させ、政治指導者にさせた運命とでも呼ぶべきものを否定的に称する言葉と言えよう。否定的な意味を付すのは、現在そして過去の「私」に対して否定的・自責的な視点を持つ現在の語り手である。語り手は心の中の表白者として自己の人生に否定的な説明を加え、読者に対して物語の読みの方向性を示す。

より注目すべきは、この言葉は「心のうちの真相」を明らかにするという積極的な機能を持つ点である。語り手は一九三一年に到る自己の経歴を述べた後、次のように意味づけを行う。「私は自分で考えてみるに、私のような才能・学識のものが中国共産党の指導者になったのは確かに「歴史の誤解」であり、私はもともと中途半端な「文人」にすぎない」(六九九頁)。ここで語り手は「共産党の指導者」であった自己の年月を否定すると同時に、「歴史の誤解」を解くことによって「文人」という私の本来の姿を表出し、「真情(原文・真情)」を語ろうとする。この「文人」の像は、主体的な思考がなく、文芸を愛し政治を厭う性格という第一の語りの工夫によって既に情報が与えられている。第一章の題名に「〝歴史の誤解〟」と付されていることからも、この章は、共産党の指導者となった自己の物語に「歴史の誤解」という評価を付して過去を否定すると同時に、私の本来の姿である「文人」という自己像を表出しようとする章であったと言えよう。

こうして第二章以降、「文人」という「本来」の自己像の探求が始まる。第二章「脆弱な二元人物」冒頭では、一九三一年の四中全会以降の虚無や、長年の肺病などについて語られたのち、「私はなんと脆弱な、なんと試練に耐えられない人間なのだ!」という自己否定的な詠嘆が語られる。この語りは現在的語りである。その直後「あるいはこれはもともと体が丈夫ではなく所謂「先天的に虚弱」であるからだけではないかもしれない」（七〇〇頁）という一文を導入として、語り手は現在の脆弱な性質の原因を探究しようと過去に意識を向け、過去の「私」について次のように語り始める。

「私」は一三、四歳の頃、既に家は貧乏だったが遡れば自分の出身家庭は紳士階級であり幼少期にはお坊ちゃん生活をしていた。そのため貧困に陥り母が自殺した後も「体面」を保つために借金を重ねた。この時期に私の「紳士意識」が培われたのだ。中国式の士大夫意識である紳士意識は後に変質してプチブル（原文：小资产阶级）あるいは「小市民式（原文：市侩式）」意識となり、それは青年期に学んだマルクス主義の価値観と矛盾・葛藤した。私は紳士意識をマルクス主義の「理知」によって克服しプロレタリア意識を作り上げようとしたが成功せず「二元化した人格」となった。やがてそれは一元化され、四中全会（一九三一年一月）の後は「完全な小市民（原文：十足的市侩）」となって政治と党の問題には関心を失い、自分の意思を持たなくなった。中央から日和見主義（原文：机会主义）だと批判されればそれでも構わなかった。

第二章は第一章の叙述を受けて「文人」という自己像の探求がテーマとなると期待される。だが語り手が「紳士意識」の形成と変質、マルクス主義との葛藤を語り進めるうちに、語りの力点は徐々に政治活動における「私」の主体的な思考の欠落と、「日和見主義」という批判に対する「私」の態度と思考についての叙述に置かれていく(11)。続く第三章「私とマルクス主義」ではその傾向はさらに鮮明になる。第三章は自分のマルクス主義の知識について、現在の語り手が過去の時点を分析するという形で次のように語りが進む。

「私」のマルクス主義の知識は系統的なものではなく「一知半解」のもので『資本論』など読んだことがない。マルクス主義で中国社会を分析したのは私が最初で、当時は若干の役割を果たして「マルクス主義理論家」の虚名を盗むようになった。だが自分のマルクス主義理論の中にはプチブル的な日和見主義が存在し、それが発展して私の誤った政治路線の原因となった。私が政治局員から排除されるのはやむを得ず、ましてや一九三一年四中全会以降は自分の「政治思想」など持たなかった。

ここでは自分のマルクス主義の知識とその役割について語られているが、やがてマルクス主義の知識が調停派・日和見主義の要素となり、一九三一年四中全会で排除された遠因となったことが語られる。ここでも「文人」という自己像の探求というテーマは、一九三一年四中全会で「私」が政治局員から排斥された内的な原因の探求というもう一つのテーマへと変化している。この二つのテーマは重なるようでいて一致しない。第一のテーマは、「なぜ「文人」が共産党指導者になったのか」という存在への問い・探求（「文人」という自己像の探求）であり、もう一つは「なぜ私は四中全会で政治局員から排斥されたか」という政治的な理由の問い・探求（政治家としての失敗の探求）だからである。

注目すべきは、テーマの変化を受け、「紳士意識が変質した日和見主義者」という自己像を引き受ける形で、次の第四章「冒険主義と立三路線」では、「四中全会で政治局員から排斥された「日和見主義者」で〈ある〉「私」の物語が「再現」されることである。第四章の冒頭は「私が中国共産党の政治指導者だった頃」という一文から始まり、物語の時間は一九二七年に遡る。ここから語り手は過去の出来事を細かく時系列に沿って次のように回顧する。

武漢時代の後（国共分裂後）、中国革命は激動の時代に入り、私は党の指導下において南昌暴動と秋収暴動を決行した。やがて広州暴動の頃にはこの路線が「冒険主義」路線であることが露呈し、六回大会で是正された。だが私の観点の中には冒険主義を助長する誤りがあり、それは一九二九年秋の農民問題において暴露された。その後私がモスクワにいた頃に李立三・向忠発批判が起こったが、私は李側も批判側も正しく思えて調停的立場に立った。そのためモスクワ党組織から日和見主義と異端分子の庇護者として批判され、中共モスクワ代表の職務を解かれて帰国した。帰国の目的は李立三路線の是正とモスクワにおける派閥闘争（王明らによる派閥闘争）の国内への影響の沈静化であったが、私は何もしなかった。実は李立三路線は私（「瞿秋白主義」）の理論的発展であり、「これは極左的空論（原文：空谈）で右翼日和見主義の本質をおおい隠すものであった」。そこで四中全会（一九三一）で李立三は中央委員から、私は政治局員から除名されたのであるが、これにより私は「重荷をおろさせてくれたことを感謝した」（七一一頁）。この時から私は「政治舞台」を離れた。その後文芸の仕事をしようとしたが気力も土台もなく、瑞金で教育人民委員の仕事をしたが政治活動には一切関わることがなかった。私の政治生命はとっくに終わっていたのだ。冒険主義と立三路線の責任は重く、「歴史的事実は抹殺しきれるものではない、私は最も公平な裁きを受けたい」。（七一二頁）

ここで語られた物語は、要約すれば、主体的な思考を持たず、党の意見を聞くばかりの調停派、「空論」を好む日和見主義である「私」が指導者として革命運動を主宰し、一九三一年四中全会で批判されて失脚するという物語である。語り手はこの物語に対し、第一章のように「介入」して読みの方向性を導くようなことはしない。第四章は回想する語り手によってのみ過去の出来事が語られることにより、物語内容は独立した物語として読者の前に提供される。つまり第四章は、〈主体的な思考を持たない〉〈日和見主義・調停派である政治家〉で〈ある〉とする「私」が政治に関わって生きた年月を「事実」として「再現」した物語であると言えよう。この「再現」をもって語り手は「歴史の事実は抹殺しきれるものではない、私は最も公平な裁きを受けたい」（七一二頁）と結び、第二部の「回想」は終了する。

以上、第一章から第四章の回想部において二つのテーマが現れたことを検討してきた。第一のテーマとは、「歴史の誤解」によって政治指導者となった本来の自己像である「文人」の探求であり、もう一つは「四中全会で失脚した日和見主義者である私が革命運動を主宰した年月の再現」というテーマである。この二つのテーマは、第二・三章の「文人」から「日和見主義者」の性質への変化を分析する語りの中で交代し、第二のテーマが中心に語られていく。

このテーマの変化は第二部における二つの「物語」の生成とも関わっている。第一の物語は第一章の否定・自己探求の物語であり、第二・三章の分析を経て語られるのは第四章の「再現」の物語である。注目すべきは、どちらの物語も過去から一九三一年へと到る時間において回顧される物語である点である。第一の物語の時間の幅は一九一七年前半から一九三一年、第二の物語の幅は一九二七年から一九三四年であるが、実際に回顧的な展望が語られるのは一九三一年までの「私」が「最も主要な指導者」であった時間である。ここから第二の物語は第一の物語の一部であると同時に、その年月の「書き換え」として「再現」された「物語」であると言えよう。テクストの言葉を用いるなら「歴史の誤解」の探求から「歴史の事実」の再現へという物語への移行である。語り手の叙述の量・力点は明らかに後者に置かれており、語り手「私」の目的はこの「再現」にあったと考えられる。ここに「日和見主義者」としての当時の出来事や思考を「事実」として「再現」しようとする作者の意志を感じるのであるが、その検討は後に譲ることとし、ここでは宙づりにされた第一のテーマについてテクストを読み進めていきたい。

三、語り手「私」の意識の変容――「永遠の現在」について

第五章「文人」は、語り手が「私の根本の性格」についての分析を述べる章である。ここでは二つのテーマを統合するように、「文人」そして「調停派」の指導者となった「私」の性格が次のように語られる。

私が思うに、「文人」とは無用の人物・読書する高等遊民にすぎず、知識はあるが系統的な研究に基づいていないので学術に対して役立たずである。「文人」は中国中世の残存物、悪い「遺産」であり、一〇年もたてば消滅する運命にある。私はまさにその「文人」の一人なのだ。「文人」は優柔不断で流される性質があり、こうした性質ゆえに私は「調停派」の指導者となった。私の根本的性格はボリシェビキの戦士に鍛え上げられる資格がないだけでなく革命家としての最低の資格もない。ただ体面を保つだけだった。

ここで語り手は、批判・分析する意識を「私」自身に向け、「私」に対する自己分析・自己認識を自問自答という形で語り進め、「文人」としての自分と、調停派として排斥された最高指導者という自分を統合しようと試みる（「文人」という性質であるゆえに調停派となったと説明する試み）。しかしその試みは成功していると言いがたい。二つのテーマは「統合」しているというより「交差」しているといったほうが適しているように思われる。なぜなら、やがて語り手は「日和見主義者」の分析を離れ、切実な知識の皆無から来る「実際生活」からの隔離、それによる寂寞と孤独といった「文人」の苦悩や、抽象名詞から具体的な人間性を理解し始めた「文人」の可能性について語り始める。ここでは「文人」の探求という第一のテーマが前景化し、語りが深められ、「日和見主義の政治的原

因」という第二のテーマは現れない。こうした「差異」を含んだままテクストは第六章へと進む。

第六章は「私」がこの世への決別を述べる最終章である。語られていることは多くない。

> 私は「歴史の偶然」によって普通の党員ではなく政治局員になり、政治指導者にもなった。しかし私は自分の階級意識と感情を変えられなかった。「政治指導者」の職務を担わせられた「文人」は「空論」によって表面をとりつくろうだけで後の災いを潜めていた。この歴史の功罪は清算の時になった。諸君は早く私を清算すべきだ。私はとっくに裏切り者でありプロレタリアートの戦士になれなかったのだ。今や永遠の眠りの時がきた、私は君たちを祝福する、君たちも私を祝福すべきだ、永遠のお別れだ。

第六章の冒頭では、「平凡極まるつまらない「文人」に数年間「政治指導者」の職務を担わせる。滑稽だがこれが事実なのだ」（七一九頁）と述べ、二つのテーマを「統合」しようと試みる語りが見られる。注目すべきは、ここから前章とは全く異なる語りの工夫が見られる点である。その工夫の一つは、「聞き手」が語りの場に引き入れられている点である。「私」は次のように言う。

> もし諸君——共産党の同志諸君——がもう少し早く私がここに書いたことのすべてを目にしていたら、諸君はとっくに私を除名したに違いない。（七一九頁）／永遠のお別れだ、親愛なる同志諸君！——これが私を「同志」と呼ぶ最後だ。（七二〇頁）

ここで「聞き手」は「同志」と呼びかけられる。「同志」とは、「私」を裏切り者だと認定すべき共産党の同志であることが明記されており、語り手に指名された「聞き手」である。この聞き手に対し、私は自分を「裏切り者の一人（原文：叛徒的一种）」と認め清算すること、「除名」することを一方的に要求する。「私」が「君たち」に呼びかける言葉は、前章同様、否定的・自責的な「言葉」を用いている。だが、「私」が聞き手に迫る語りのトーンはむしろ興奮と迫力と喜びをもって語られている。例えば次の文である。

私は当時、全宇宙が壊滅しようがしまいが、革命だろうが反革命だろうがかまわない、ただ休息、休息、休息だけが欲しいと思った。もういい、今は既に「永遠の休息」の機会を得たのだ。私はこの何枚か——私の最後のありのままの正直な言葉を諸君に残して行く。永遠のお別れだ！（七二〇頁）

私は最後の仮面を外した。君たちは私を祝福すべきなのだ。私は眠る、永遠に眠る、君たちはもっと私を祝福すべきなのだ。（七二〇頁）

「別れ」を告げる「私」の言葉から感じられるのは、「私」が「君たち」に対し、「私」を祝福せよと迫る祝祭的な高揚感である。こうした高揚的・祝祭的な「私」の意識はどのように表れるのか。一つには、第六章の語りにおける「現在」という時間詞の多用という、物語の時間の特徴に由来するのではないだろうか（一四一頁の表参照）。この「現在」という時間詞は、語り手が感じている時間意識を示すと同時に、語りの場を支配する時間意識でもある。「私」における、そして語りの場における豊かな「現在」意識とは何を意味するのか。まずテクストで語られた「現在」の表現を見たい。

今（原文：現在）、私は既に国民党の捕虜であり、このようなことを言うのも余計だろう。（中略）今（原文：

現在）、私はようやく生涯を終えようとしているのだが、私はとっくに私の政治生活を終わりにしていたのだ。（七一九頁）

今（原文：现在）、私は監獄に囚われているが、今（原文：现在）、悲憤慷慨して死ぬこともできるが、私はそうはしない。歴史はだませもしないし、そうすべきでもない。（七二二頁）

ここに見られるように、「今」という時間詞は、現在の時間を確認するように使われており、また、今、今、今、今と瞬間的な時間として性急に押し出されるように現れる。[12] 国民党の捕虜であるこの今、生涯を終えようとしているこの今、監獄に囚われているこの今、語り終え「清算」のこの今、最後の仮面を外したこの今、永遠の休息が始まる今――つまり生命が終わり「死」が始まる直前の、瞬間としての「今ここ」という時間である。

この「今」は、過去と未来とつながりが弱い「今」である。語り手は言う、「私は興味を感じない政治に一生虚しい努力をしてしまったが、残念には思ってないし同じく後悔もしていない。過去のことは過ぎ去った、後悔は徒に現在の煩悩を増すだけだ。（原文：过去的是已经过去了，懊悔徒然增加现在的烦恼）」（七一九頁）。過去は過ぎ去り、目前には死が迫る「今ここ」という時間。それは過去と未来とつながりを持つ「あいだ」として意識される「現在」ではなく、「過去」や「未来」の意識が相対的に弱まり、時間の連続性から切断された、垂直的に立ち現れる「今ここ」という強烈な「現在」意識に他ならない。精神病理学者の木村敏は『自己と時間』の中で、このような「過去と未来をもたぬ純粋な現在」または「現在の優位」である時間を「永遠の現在」と呼び、「死を現在直接に生きる」時間であると論じている。[13] また、この「永遠の現在」の場が必ずや祝祭的であること、「人生の諸問題から完全に離脱した無反省的で純粋な現存在の歓喜」が現れ、「現在と死と歓喜」が等根源的な関係として現れる瞬間であることを論じている。[14] さらにこの「今」の場には、自然との和解や合一という感覚や、死の側から見た生の描写が見られること、こうした時間意識がドストエフスキーやルソーの小説において現れることを指摘する[15]。

注目すべきは、「永遠の現在」という時間意識が自己実現の陶酔感と結びついているという木村の次の指摘である。「いままでもいまからもない以上、それはもはやいまと言うことすらできないであろう。強いて言えば、無時間の無際限な拡がりのなかで宇宙大の自我が実感されている」[16]。つまり「永遠の現在」の「時間」とは自己そのものに他ならない。『多余的話』第六章の「私」の語りから溢れてくる高揚感・祝祭感は、このような垂直的・瞬間的な「現在」という時間意識に支えられた自我の絶対性に由来すると言えよう。

では、語り手「私」が死を前にして「永遠の現在」という時間の中で強烈な自己の絶対感、自己の実現感を感じていることをどう読むべきか。テクストの構造から次のことが考えられるのではないだろうか。語り手が「歴史の誤解」としてこれまでの自己を否定し、「日和見主義者」としての生を再現したのは、自分の人生について懺悔や弁護をするためではなく、「裏切り者の一人」という新しい自己像を創出したかったからではないか。そもそも「過去」を語ることは、語られた過去に準拠することによって現在のあり方を形作るという形式をとる。それは自己像構築の語りとも言い換えることができよう。

自責的な言葉によって新しい自己の「生」を語り出した語り手「私」が自己実現を感じていること、ここに、二つのテーマの「差異」に加え、もう一つの「差異」を見ることができる。こうした自己否定的な自己実現とは、いったいどのようなものか。それに対する答えはテクストの内部から読み取ることは難しい。この問題について考えるべく、次に現実の瞿秋白の思想について考えてみたい。

四．『多余的話』の執筆意図と瞿秋白の知識人意識

一九三五年、処刑直前の瞿秋白を訪問した記者・李克長の訪問記には、瞿秋白が獄中で「本」を執筆していること、それを出版する援助を李克長に求めたことが記されている。[17] また、瞿秋白は獄中から郭沫若に手紙を書き、手紙の中で『多余的話』執筆を暗示する文章を書いていること、「自らを披瀝する」ことの意義を述べ、それに対する後世の判断を強く意識していることが陳正醍によって指摘されている。[18] 瞿秋白は明らかに『多余的話』が「聞き手」に読まれることに執着していたのである。では、読者に『多余的話』を読まれることを強く求めた瞿秋白の執筆の目的とはどのようなものか。この点を瞿秋白の知識人意識から考えてみたい。

革命運動における知識人の存在意義という問題については、陳独秀・李大釗はじめ民国期の多くの進歩的知識人が持論を展開しているが、その中でも瞿秋白の知識人観はかなり特殊なものであったことは多くの論者が指摘している。例えば植田渥雄は、啓蒙的な知識人意識を持つ李大釗や陳独秀に比べ、瞿秋白のそれは「いわゆる啓蒙意識ではなく、知識人としての自己変革の意識、ないしは自己否定の意識」があったと指摘する。[19] こうした自己否定的な知識人意識には、筆者が考えるに、旧時代の知識人である「士の階級」の滅亡と無用化に対する恐怖から、新時代の知識人としての存在に「賭ける」ことによって存在意義を持とうとする、自己犠牲的かつ性急な変革を求める未来先取的な一面があった。[20]

この特殊な知識人観および自己認識は、彼が清末民初という時代転換期に紳士階級の家に生まれ、貧困・父の没落・母の自殺・一族の離散という「士の階級」の「破産」（原文・破产的〝士的阶级〟[21]）を幼少期に経験したことと無

関係ではない。瞿秋白は自己が属する「士の階級」の滅亡を目の当たりにし、ロシア滞在中（一九二一～二二）、ロシア知識人の運命を学ぶ中で自らの生き方を模索していた。そうして見いだしたのが、「士の階級」が変質して成り上がった「小市民（原文：市侩）」というプチブルと戦い、プロレタリア運動を推進する新時代の知識人となるという道である。こうして瞿秋白は新時代の知識人として生きるという未来を先取りし、革命運動に参加していった。(22)それは常に「士の階級」という自己性との戦いでもあった。

こうした「士の階級」からの「飛躍」によって革命運動への参与を試みる未来先取的な知識人意識を持つ瞿秋白が、死の前、革命運動を離れた場において、「士の階級」（「文人」）であろうとして過去語りを中心とする『多余的話』を執筆したのは、彼にとってどのような意味を持つのか。筆者が考えるには、『多余的話』執筆とは、革命運動に向かう際に瞿秋白が切り捨ててきた「士の階級」という自己性に帰還する試みであると同時に、一九二〇年代とは異なる形で「士の階級」から離脱し、新しい知識人として存在する可能性を追求した「賭け」という一面があったのではないだろうか。

それは一九三〇年代に形成された瞿秋白のもうひとつの知識人意識と関わりがあるように思われる。瞿秋白は一九三一年四中全会において政治局員から排除された後、上海で左翼作家連盟の論客として様々な文芸論争に参加する中、「革命」に関わる知識人としての存在意義を模索していく。やがて革命運動において有害であるのは、「反革命」の「小市民（原文：市侩）」という知識人であるとして、同時代の知識人を批判するに到る。一方、「反革命」の「小市民」を描いた作品が革命運動の「精神的食糧」となることをゴーリキーの『クリム・サムギンの一生』に見いだし、作家の階級問題と「革命」参加の道を模索する。実はこの頃（一九三三）、政治方面では再び瞿秋白を「日和見主義」とする批判が党内に起こっていた。瞿秋白はそれに対し、自らの過ちを認めつつ党に意見を申すという形の手紙を党中央に送る。手紙には、四中全会における日和見主義批判は正しかったと述べた後、次のように述べる。「〔自分は政治に直接関与できないので――筆者注〕皆がいくつかの問題を考える一助となるべく、このわずかな無駄話（原文：空话）を書くことができるだけだ[23]」。ここに「日和見主義」として批判された「私」が、革命運動から遠ざけられた場所で、「無用」の「言葉」を発することで逆説的に革命運動に関わろうとする方法が見て取れる[24]。

『多余的話』とは、これまでの自分を否定し、過去に遡って「文人」としての自己を探求すると同時に、主体的な思考を放棄した「日和見主義者」の政治舞台における「生」を「再現」した物語である。多くの論者が指摘するように、〈主体的思考を放棄し党の言いなりになる〉「日和見主義者」の再生という事態そのものが、当時主導権を握り四中全会において瞿秋白を失脚させた王明派への批判を含んでいる[25]。確かに『多余的話』の力点は、文人としての自己の探求よりも一九三一年四中全会で失脚した自己の分析と再現に置かれている。しかし、この物語が王明批判を目的としていたと解釈するには、第六章の「永遠の現在」という場の発生について十分に説明できないように思う。

筆者が考えるには、瞿秋白にとって重要であったのは、「文人」としての自己の無用生や「空論」を行う「日和見主義者」の「功罪」を明らかにし、そうした人物が政治指導者として革命運動に生きた「事実」（物語）を「再現」し「同志諸君」に提供することにあったのではないか。それは「空論」を発する「無用者」の「小市民（原文：市侩）」（『多余的話』では自己像の形象として何度か「市儈（市侩）」と称される）の物語を「同志諸君」に捧げ、「精神的食糧」とすること、そうすることにより逆説的に革命運動に参与するという、瞿秋白の最後の政治闘争という一面があったのではないだろうか。

この試みは「聞き手」が読むことによって初めて成立する「闘争」である。「永遠の現在」という非理性的・祝祭的な場は、その場にいる者（読者）をも巻き込まずにはいられない。瞿秋白は、「聞き手」が『多余的話』を読み、自己が「日和見主義（これは時々「市儈」と言い換えられる）」という「革命」の「裏切り者」として認められるという願望を死後の未来に託し、その願望を先取りすることによって「永遠の現在」に到ったのではないだろうか。

瞿秋白の五四期の随筆『餓郷紀程』や『赤都心史』には、瞿秋白が五四運動を契機として革命運動に関わり、ロシアに赴いて入党するまでの経緯が当時の苦悩や決意とともに語られている。それを瞿秋白は「ロシア（原文：饿乡）に入り、苦しみの人生観に基づき、私の「内なる要求」を満足させよう」と表現する。[26] 一方『多余的話』では、五四運動に参加した経緯やロシアでの入党は、脆弱な性質ゆえに周囲に流された結果の過ちとして語られ、「内なる要求」についての語りは排除されている。『多余的話』における瞿秋白自身の心情を排除するその完璧さに、彼が政治家としての人生を過ちであったと語り「再現」しようとする強い執着を感じずにはおられない。青年期に「革命運動」に向かった情熱や苦悩と同じ熱量を持って、瞿秋白は『多余的話』を書き上げ、再び「革命」へと向かったのではないだろうか。

むすびに

以上、『多余的話』の「語り」と語り手の意識について分析し、テクストに現れた二つのテーマ・物語とその関係を明らかにした。また第六章において語り手が到った「永遠の現在」という時間意識を分析し、自責的な物語に反して祝祭的・高揚的な自己実現の場が発生したことを論じた。さらに、こうした物語を語り出した瞿秋白の執筆意図について、彼の知識人意識の形成という点から考察し、『多余的話』執筆が瞿秋白の最後の政治闘争であると論じた。

考察後に思うのは、テクストにある解釈を付そうとした途端、テクストの語りが生み出す物語の豊穣さは手からすり抜け、解釈や考察が貧相なものとなることである。『多余的話』が何を意味するのか、瞿秋白がなぜこの手記を書いたのか、その答えは一つではない。それはテクストに現れる二つのテーマおよび物語の差異と交差、永遠の現在という特殊な時間意識の発生というテクストの複雑な構造にも由来するであろう。これまで多くの論者が、『多余的話』を否定または肯定し、あるいは物語の「差異」を読み解こうと試み様々な解釈を試みて来たが、そのどれもが妥当性を持つように感じられるのは、このテクストの豊かな語りの「仕掛け」によるのではないだろうか。

【注】

（1）『多余的話』の引用は『瞿秋白文集 政治理論編』第七巻（北京・人民出版社、一九九一）に拠る。本稿の引用頁は本文中に記載し、以下出典記載を略す。なお『多余的話』の手稿は未だ発見されず、筆写本が中央檔案館にあるのみであり、そのため国民党関係者による改変の可能性は否定できないが、諸研究者の分析により同文は瞿秋白の執筆として公認されている（『瞿秋白文集 政治理論編』第七巻「編者按」）。本稿ではテクストの校勘は劉福勤『心憂書『多余的話』』（上海・上海社会科学院出版社、一九九三）を参考に、翻訳は丸山昇訳「言わずもがなのこと」『中国現代文学選集』一七（平凡社、一九六三）を参考にした。

（2）楊之華『回憶秋白』（北京・人民出版社、一九六三）、鹿地亘「魯迅と語る」（『文藝』一九三六年五月号）。

（3）『多余的話』の流出状況および瞿秋白評価の変遷について以下概略を示す。一九三四年瞿秋白は中共根拠地・瑞金で教育人民委員として活動していたが、重度の肺病のため長征への参加を許されず当地に留まった。その後肺病治療のため瑞金を出て香港あるいは上海へ向かう途上国民党により捕縛、様々な帰順工作を拒み、一九三五年六月南京にて銃殺刑に処せられた。その処刑前に瞿秋白が牢獄で書いた手記が『多余的話』である。同書は一九三五年八・九月に国民党系機関紙『社会新聞』に一部が掲載され、一九三七年三・四月『逸経』第二五～二七期に全文が掲載された。これら掲載紙が国民党系機関紙であったため、左翼知識人からは同書の偽作説が出たが、党内では瞿秋白は「烈士」として扱われ、一九五五年周恩来主宰により八宝山革命公墓に葬られた。しかし一九六四年周恩来が瞿秋白の「裏切り、投降した事実」についての調査を訴え、文化大革命期には数回にわたり瞿秋白の裏切りを提起。それにより紅衛兵によって公墓が暴かれるなど瞿秋白は徹底的な批判を受けた（現在では瞿秋白批判の背景に戚本禹による李秀成批判ひいては劉少奇に対する攻撃という政治的意図があったことが明らかになっている）。やがて文革が終了すると名誉回復への動きが始まり、八〇年中国共産党中央により正式に名誉回復された。これにより学術面での『多余的話』および瞿秋白研究が進められ現在に到る。なお瞿秋白の経歴については下記の資料を参考にした。陳鉄健『従書生到領袖』（上海・上海人民出版社、一九九五）、王観泉『一個人和一個時代――瞿秋白伝』（天津・天津人民出版社、一九八九）、姚守中・馬光仁・耿易編著『瞿秋白年譜長編』（南京・江蘇人民出版社、一九九三）、前掲注（1）『心憂書『多余的余話』』、姫田光義「瞿秋白について」（野沢豊編『中国国民革命史の研究』青木書店、一九七四）、浅川謙次「人民裁判にかかる瞿秋白」（『アジア経済旬報』一九六七年六月上旬号）、新島淳良「北京でみた瞿秋白批判」（『東洋文化』第四四号、一九六八）。また、本文に記載した『多余的話』研究以外で参考にした研究は下記である。Tsui-An Hsia, "*The Gate of Darkness*" (University of Washington Press,1968)、陳鉄健「重評『多余的話』」（『歴史研究』一九七九年第三期）、丁守和『瞿秋白思想研究』（成都・四川人民出版社、一九八五）、野沢俊敬「瞿秋白の『多余的話』についての覚書」（『言語文化部紀要』第四号、一九八三）、陳正醍「瞿秋白『多余的話』の周辺――「郭沫若あての手紙」を中心に」（『中央大学文学部紀要 言語・文学・文化』第九九号、二〇〇七年三月）。

（4）銭理群『豊富的痛苦――「堂吉訶徳」与「哈姆雷特」的東移』長春・時代文芸出版社、一九九三年。

（5）近年は香港中文大学・張歴君教授による一連の瞿秋白研究がある。「歴史與劇場――論瞿秋白筆下的「滑稽劇」和「死鬼」意象」（『墨痕深処』所収、Oxford University Press,2008）など。

（6）井口晃「『余計な事』を読む――転向、瞿秋白の場合」『文学』一九七六年四月号、五八八頁。

（7）三木直大「瞿秋白と「余計な話」」『季節』第六号、一九七八年六月。このほか同「瞿秋白と「余計者」」（『季節』第七号、一九七八年一二月）、「『多余的話』を再論する」（『季節』第八号、一九七九年七月）も参考にした。

（8）鈴木将久「余計なことば――瞿秋白『多余的話』における「語ること」と「演じること」」『中国哲学研究』第一三号、一九九九年一二月。

（9）ルジュンヌによると、物語の最初に物語の語り手・主要人物・作者の一致が明記されていることにより、読者と作者は「自伝契約」を結ぶという。フィリップ・ルジュンヌ／花輪光監訳『自伝契約』水声社、一九九三年。

(10) 本稿で援用した物語論は、基本的に物語行為／物語言説／物語内容という語りの場を区分したジュネットの物語論に依拠し（ジュネット／花輪光・和泉涼一訳『物語のディスクール』書肆風の薔薇、一九八五。ジュネット／和泉涼一・神郡悦子訳『物語の詩学――続・物語のディスクール』書肆風の薔薇、一九八五）、また中国語物語における物語分析の方法を論じた下記の研究を参考にした。中里見敬『中国小説の物語論的研究』（汲古書院、一九九六）、平井博「叙法から見た魯迅の一人称小説」（『人文学報』第二七三号、一九九六年三月）、平井博「魯迅小説の言説分析のために」（『人文学報』第三一一号、二〇〇〇年三月）、橋本陽介『物語における時間と話法の比較詩学――日本語と中国語からのナラトロジー』（水声社、二〇一四）、趙毅衡『苦悩的叙述者』（北京・北京十月文芸出版社、一九九四）、趙毅衡『意不尽言――文学的形式―文化論』（南京・南京大学出版社、二〇〇九）。本稿における「物語言説の時間／物語内容の時間」の区分については、中里見敬が論じたディスクール／イストワールを時間詞によって区分する方法を参考にしているが、中里見の研究を批判的に発展させた橋本陽介による論――「現在」を中心とする「語りの場」を示す時間詞が、物語において「物語現在」の時点が導入された後は、その時点を基準として「物語内容」を示す時間詞として使われるという指摘を参考にした。本稿の表は、それぞれの時間詞が「物語言説」「物語内容」どちらに属するかを文脈に即して検討したのちに分類したものである。

(11) 例えば次のように述べている。「しかし真相は結局暴露されるもので、「二元」のうち、とどのつまり一元は真の勝利を得なければならない。まさに私の政治上の疲労、倦怠のために、内心の思想闘争はこれ以上続けられなかった。正直に言えば、四中全会の後、私はとっくに完璧な小市民だったのだ――政治問題に対して、私は極力意見を表すことを避け、中央がこう言えば私もそれに従ってそう言い、私が言い誤ったと考えれば、私は釈明したいとも思わず、即座に誤りを認め、私が日和見主義者であると言えば日和見主義者でよかった。（原文：可是真相是始终要暴露的，〃二元〃之中总有〃一元〃要取得实际上的胜利。正因为我的政治上的疲劳，倦怠，内心的思想斗争不能再持续了，老实说，在四中全会之后，我早已成为十足的市侩――对于政治问题我竭立避免发表意见，中央怎样说，我就依着怎样说，认为我说错了，我立刻承认错误，也没有什么心思去辩白，说我是机会主义就是机会主义好了。）」（七〇三頁）。

(12) 「現在」という時間詞は、過去・未来に対する「今」という時間を示す用法以外に、「今から」という「発話の時点」を指す用法や、「現に」という事実を指す用法があるが、ここの語りで使われている「現在」は、「今（原文：现在）」の現前性を意識した時間意識であろう。『白水社中国語辞典』（白水社、二〇〇二）では、「現在」は「発話の時点」を示す時間詞として「現在休息十分钟」という例文をあげる。また『中国語大辞典』（角川書店、一九九四）では「現に」という用法をあげているが、ここではそれらの用法に当たらない。

（13）木村敏『時間と自己』（中央公論新社、二〇〇九［初版は一九八二］）一四八頁より引用。以下、同書から引用は該書により、出典記載を省略する。

（14）同上、一五三頁。引用は木村が引用したビンスヴァンガーの言葉。

（15）ルソー『告白』における「永遠の現在」の出現については中川久定『自伝の文学――ルソーとスタンダール』（岩波書店、一九七九）に詳しい。中川定久は、ルソーが「永遠の現在」のただ中にいる時、直説法の「現在」が使われていること、文章は長短を繰り返す波のような音楽的リズムを持つ文体となることを指摘する。一方、『多余的話』「告別」では、瞬間的な「今」という時間が押し寄せるように出てくる短い文体が特徴である。なお木村敏は、「瞬間」と「永遠」は反対の時間意識ではなく、過去・未来が相対的に弱まった時間として同じ「永遠の現在」として論じている。また、こうした「永遠の現在」において、自然の壮麗な描写や「死の側からの見た自己」が見られることを指摘するが、『多余的話』においても自然の壮麗な描写が見られる。「この世界は私にとって依然として非常に美しい。あらゆる新しいもの、闘争するもの、勇敢なものは全て前進している。あのように素晴らしい花、果物、あのように麗しい山と水、あのように雄大な工場と煙突。月の光も前より明るさを増したようだ。しかし永遠にお別れだ、美しい世界よ！（原文：这世界对于我仍然是非常美丽。一切新的，斗争的，勇敢的都在前进。那么好的花朵，果子，那么清秀的山和水，那么雄伟的工厂和烟囱，月亮的光似乎也比从前更光明了。但是，永别了，美丽的世界！）」（七二二頁）。続けて「私」は死後に「残される体（原文：剩下的一个躯壳）」について思いを馳せ、肺病に蝕まれた自分の体を医学校の解剖室に提供して実験に役立ててほしいと述べるが、これも「死」の側から己を見ている文章であろう。

（16）前掲注（13）『時間と自己』、一四八頁。

（17）李克長「瞿秋白訪問記」『国聞週報』第一二巻第二六期、一九三五年七月八日。

（18）前掲注（3）「瞿秋白『多余的話』の周辺」。

（19）植田渥雄「瞿秋白の知識人観」『駒澤大学外国語部論集』一、一九七二年三月。

(20) 瞿秋白の特殊な時間意識は様々な文章に表れている。例えば『餓郷紀程』ではロシアへ赴く際の心情について次のように語る。「〝過去への未練〞よ、おまえはいったい私の将来にどんな関わりがあって、私の精神の中で抜き差しならぬ位置を占め得るのか？　今、私は一切の関係を断ち切って一心に向かうところが他にある。（原文：〝过去的留恋〞呵，你究竟和我的将来有什么印象，可以在心灵里占一不上不下的位置呢？我现在是万缘俱寂，一心另有归向了。）」『瞿秋白文集 文学編』第一巻、北京・人民文学出版社、一九八五年、二三頁（原題は『新俄国游記』上海商務印書館、一九二二年。文集収録時に「餓郷紀程――新俄国游記」と改題）。また一九三三年、瞿秋白が批判された最中に書いた随筆「児時」においても自らの進退を問う中で次のように述べる。「恐ろしい、この生命の「停止」が。過ぎ去ったものは結局は過ぎ去り、未だ来ないものはやはり未だ来ない。いったい何に感慨を覚えるのか――私は自分に問う。（原文：可怕啊，这生命的〝停止〞。过去的始终过去了，未来的还是未来。究竟感慨些什么――我问自己。）」『瞿秋白文集 文学編』第二巻、北京・人民文学出版社、一九八八年、九六頁。

(21) 同上『瞿秋白文集 文学編』第一巻、一七頁。

(22) 瞿秋白の自己否定的な知識人観と思想的転換については拙論「一九二〇年代における瞿秋白の「市儈」観について――ゴーリキーとの関係を中心に」（『東京大学中国語中国文学研究室紀要』第七号、二〇〇四）も参照されたい。

(23) 「給中央委員会的信――五中全会召開的意義与反左右傾向機会主義的意義」前掲注（1）『瞿秋白文集 政治理論編』第七巻、六五六頁。一九三三年の瞿秋白批判に関しては石源華「王明路線在一九三三年対瞿秋白的〝批判〞」（『復旦学報（社会科学版）』第四期、一九八三）に詳しい。

(24) 拙論「一九三〇年代における瞿秋白の知識人アイデンティティの變容」（『日本中国学会報』第六〇輯、二〇〇八）を参照されたい。

(25) 丁守和は、瞿秋白が『多余的話』を執筆した目的は当時共産党を指導した王明路線を批判するためであるが、党そのものを批判することなく王明路線を批判するために屈折した筆致になったと論じている。前掲注（3）『瞿秋白思想研究』。

(26) 前掲注（20）『瞿秋白文集 文学編』第一巻、二七頁。

中華人民共和国建国前後の茅盾

鈴木　将久

はじめに

中華人民共和国建国前夜の一九四九年七月、中華全国第一次文学芸術工作者代表大会（略称、第一次文代会）が北平で開かれた。茅盾は準備委員会副主任として、主任の郭沫若、副主任の周揚とともに準備段階から中心的な役割を果たした。さらに大会の予備会議で文代会の副主席となった茅盾は、初日に準備状況の報告をしたほか、日中戦争中の国民党統治区の経験を総括して、「反動派の圧迫のもとで闘争し、発展した革命文芸」と題した報告を行っている。[1]この会議は、現在では、「四〇年代の解放区および国民党統治区の文芸運動と創作に対して総括と検討を行い、それを基礎として、延安の文学によって代表される方向を当代文学の方向と定め、さらに当代文学の創作、理論批評、文芸運動の進め方および方針・政策について、規範となる綱領と具体的な細則を制定した」とされ、中華人民共和国建国後の文学の起点とみなされている。[2]茅盾がまもなく中華人民共和国の文化部長となったことをあわせて考えると、このとき、彼が中国共産党を中心とする新しい政権の文化体制の中心人物の一人となることが示されたと言えるだろう。そして、新しい体制の中心人物になったと同時に、茅盾が日中戦争中の国民党統治区を代表する文学者となったことも見て取れる。

このとき郭沫若と茅盾が表に出たのは、彼らが「民主人士」であったためだと思われる[3]。茅盾は一九二〇年代に中国共産党に入党したが、一九二七年の国共分裂後、党との連絡を失い、それ以降は、共産党に近い立場の党外知識人として活動してきた[4]。また第一次文代会が開かれたのは、中央の政治動向としては、新しい政治協商会議の準備会議が開かれ、のちに中華人民共和国の憲法の役割を担う「中華人民政治協商会議共同綱領」が起草されていた時期であった。第一次文代会は、民主人士を新しい政権の中核に迎え入れ、同時に民主人士を含む形で新しい政権の枠組みを作ろうとする過程の一環であったと考えられる。その重要な一員として、郭沫若とともに、茅盾が選ばれた。

茅盾の報告「反動派の圧迫のもとで闘争し、発展した革命文芸」は、まさにこの会議の趣旨にふさわしいものであった。日中戦争中の国民党統治区の経験を総括し、それを基礎として、毛沢東によって代表される文学の方向を今後の方針として定めている。ただし、この報告は、彼の名前で出されたとは言え、共同の討議を踏まえている。報告の後記によると、「本報告で実際に起草に参加したのは、前後合わせて七人で、なんども会議を開いて、意見を交換した結果である」と言う[5]。中国共産党の指導のもとで行われた討議によって、新しい政治体制に向けた方向付けがなされたと想定できる。

この報告を準備する過程においては、胡風および胡風の文芸理論への評価も議論された。国民党統治区の文学の経験を総括する以上、胡風の問題は避けて通れなかった。最終的に発表された報告の文章を見ると、胡風および舒蕪の文芸理論への厳しい批判が書き込まれている。しかし実は、文代会の準備の過程においては、胡風はメンバーの一人だった。前述の後記に、「胡風先生は固辞した」とあるように、途中で討議のメンバーから外された[6]。胡風をめぐる政治過程は極めて複雑であり、付記すべきこともたくさんあるが、ここでとりあえず確認しておきたいのは、茅盾が、共同討議の結論として書き込まれた胡風への厳しい批判の文章を、自分の名前で発表したことである。

以上の整理から見て取れるように、茅盾は、党外の著名な民主人士という立場を保ちつつ、毛沢東の文芸路線や胡風批判といった中国共産党によって定められた文学の方向性を受け入れ、新しい政権における文化体制の中心人物となった。ただしこのプロセスを、中国共産党による外在的な枠組みを、茅盾がただ受動的に受け入れた過程と理解するのは、おそらく実情に合っていない。彼の名前で出された報告「反動派の圧迫のもとで闘争し、発展した革命文芸」には、茅盾がそれまで述べてきた見方も示されている。たとえば茅盾は一九四六年に「抗戦文芸運動概略」を発表し、日中戦争時期の文学を総括している[7]。一九四九年の第一次文代会報告の基本的観点は、抗戦文学の時期区分からそれぞれの時期の特徴にいたるまで、一九四六年の文章を受け継いでいると考えられる。また茅盾と胡風のあいだに、文学観および行動様式の点で、対立とまでは言えないとしても、微妙な関係があったことは否定できず[8]、茅盾が胡風を批判することが理解不可能というわけでもない。すなわち、中国共産党の組織の論理を茅盾が受け入れた側面はたしかに存在すると思われるが、同時に茅盾が自発的にこの報告を発表した側面も否定できないと思われる。

ここで重要なのは、茅盾がどの程度まで本心から中国共産党の方針を受け入れたかを測定することではないだろう。本稿で問題にしたいのは、茅盾が以上のような、中国共産党のものでもあり同時に自分のものでもある文章を、自分の名前で発表することを認めたという事実である。それがどのようなコンテクストのもとで可能になったのかを論じるのが、本稿の課題である。とくに本稿では、中国共産党が求める文学の方向性と、茅盾が自分のロジックに基づいて展開した文学観が、一九四九年の特定の時代状況のもとで、いかにして重なり合ったかを見極めることを目標としたい。言い換えるならば、中国共産党の組織の論理と茅盾の文学観を二項対立的に捉えるのではなく、両者がどのような関係を結び、結果として茅盾の報告がどのように生まれたのか、その理路を可能な限り明らかにしたい。

中華人民共和国建国前後において、必ずしも党内にいたわけではない文化人が、さまざまなルートを経て、中国共産党の政権を支持した。多くの文化人は、少なくとも当時の意識としては、自ら進んで中国共産党を支持したと言われる。本稿は、茅盾という早い段階で政権に入った人物を事例として、それを中国共産党と個人の消長という二項対立的な見方によるのではなく、複数の力がせめぎ合う場の動態として読み解く試みでもある。

第一次文代会の報告に示されているように、茅盾による毛沢東路線支持の基盤にあったのは、日中戦争時期の総括であった。以下、茅盾が日中戦争中にどのような活動を行ったのか、そしてそれをいかに総括したのかを確認し、彼が建国前夜に中国共産党主導の文章を自分の文章として発表するにいたったプロセスをたどりたい。

一．『文芸陣地』の編集

一九三七年七月、日中全面戦争が勃発し、八月には戦火が上海に広がった。『文学』など大型文学雑誌が停刊を余儀なくされたあと、茅盾はすぐに新しい文学雑誌の立ち上げに動き、八月二五日、巴金とともに雑誌『吶喊』を発行した。茅盾にとって文学雑誌の編集はもともと活動の柱の一つであったが、戦争勃発直後に最初に行ったのが雑誌発行であったことは興味深い。しかし戦火が拡大するにつれて、上海で文化活動を続けるのは困難になった。そこで彼は、若い頃からの活動拠点であり、当時の出版業の中心地でもあった上海を離れざるを得なくなった。やがて茅盾は、各地をめぐったあと、香港に落ち着くことになった。そこでも彼は雑誌の編集を行った。文学雑誌

『文芸陣地』、および香港の新聞『立報』の文芸副刊『言林』である。日中戦争勃発直後の茅盾は、環境の大きな変化に直面しながら、なおかつ文学雑誌を発行し、文学活動の場を確保しようと努力したことが見て取れる。

これらの文学雑誌の中で、茅盾が最も注力したのは、『文芸陣地』であったと思われる。彼は発刊の辞の冒頭にこう書いた。「友人たちはみな以下のような意見を持っている。我々の現段階の文芸運動は、一方では各地に戦闘の拠点をたくさん建設する必要があり、他方では比較的集中して、理論を研究し、問題を議論し、切磋琢磨し、交流し、――そして同時に戦闘的でもある刊行物を必要としている。『文芸陣地』はそうした需要に応えようとしたものである」[9]。この一文に見て取れるように、茅盾は、抗日戦争という現実の動向に対して直接的な役割を果たせる文学活動の場を形成しようと望んでいた。それは、創作を発表する場であるのみならず、理論の研究と問題の議論を通じて、戦争中にふさわしい文学のあり方を模索する場でもあった。

茅盾は一九三八年一二月、香港を離れる際、楼適夷に編集活動を託した。楼適夷の回想によると、茅盾は、「編集と作者のグループが分散しているため、問題の議論といった類のことをするには、一定の困難がある。しかしだからといってこの任務を放棄してはならない。同時に重要なのは、各戦区の前線および後方との連絡を強化し、文芸作品を通じて、戦争時期の各方面の生活および闘争の現実をスピーディーに映し出すことである。とくに新人の発掘と、大衆化の提唱を重視しなさい」と言い残したという[10]。楼適夷の回想には茅盾の編集方針がはっきりと示されている。第一に、茅盾は編集と作者の連絡を重視した。戦争が全国に広がると、各地で交通が乱れた。交通網の混乱を前にして、それでも情報の連絡を極力保つことで、文学運動を全国的なものにしようとした意志が見える。第二に、問題の議論を重要な任務と定めた。『文芸陣地』の誌面を見ると、毎号のように論文が掲載されている。注目に値するのは、具体的な作品を対象にして文芸のあり方を機動的に語った短評や書評である。茅盾自身も、比較的長い論文のほか、短評、書評を大量に書いている。第三に、現実をスピーディーに反映する作品を求めた。戦争初期の段階では、『文芸陣地』のみならず、中国文学界全体で、「報告」や「速写」と言われるルポルタージュ作品が大量に生まれた[11]。戦場など戦時下の現実を描く作品で、直接的に読者の感情に訴えかける効果があった。そして第四に、新人の発掘と大衆化を課題として掲げた。

『文芸陣地』に掲載された作品で、話題になったものに、張天翼の「華威先生」と姚雪垠の「差半車麦稭」があった。張天翼の「華威先生」は、戦争中に風刺が認められるかどうかをめぐる、いわゆる「暴露と風刺」論争を巻き起こした。

茅盾の姿勢をより一層明確に示しているのは、姚雪垠の「差半車麦稭」であろう。この小説について、茅盾は掲載の前の号の後記で予告をし、掲載号の後記で「編者の見るところ、目下の抗戦文芸の優秀作品である」と高く評価している[12]。この作品は「差半車麦稭」というあだ名で人に蔑まれる農民を主人公した短編小説である[13]。主人公の農民が漢奸と疑われて抗日ゲリラに捉えられたところから物語は始まる。彼は無邪気なだけで、裏切りの意識はないことがわかり、抗日ゲリラ隊に留め置かれるが、いつまでも自覚がなく、しばしば政治的な誤りを犯す。その農民が、最後には、素朴なものの強力な愛国精神を発揮して、不幸にも銃弾にあたって戦死するというストーリーである。この農民について、茅盾は以下のように評価した。

この物語が表現しているのは、第一に、文化的に遅れた農村である。民衆の動員が充分になされず、無知な民衆が生活のため容易に敵に利用されている。第二に、欠点を描いてはいるものの、しかし悲観はさせない。農村の民衆には先天的に民族意識があり、敵が到来する前には、誰が敵だかわからないこともあるが、本当に敵が到来したときには、彼らは立ち上がって抵抗する。「差半車麦稭」のような人物は、まさに遅れた農村の遅れた典型人物の発展なのである[14]。

茅盾の評のポイントは明白である。彼は中国の農民が無知で遅れていると述べ、それが欠点であると認めるが、その遅れた農民には「先天的に民族意識がある」と言う。姚雪垠の「差半車麦秸」は、農村の遅れた姿と、農民の心の奥底に含まれている「民族意識」を描き出したがゆえに、「典型人物の発展」を描いた作品として高く評価された。茅盾はこの頃、『文芸陣地』の短評や書評において、リアリズム文学についてしばしば論じている。たとえば『文芸陣地』第二巻第七期に掲載された短評「公式主義の克服」では、「典型人物」をいかにして描き出すかといった問題を論じている。[15] こうした短評と、姚雪垠の「差半車麦秸」および茅盾の姚雪垠評をあわせて考えると、当時の茅盾が期待していた日中戦争中のリアリズム文学の姿が見て取れるだろう。まとめると以下のようになる。リアリズム文学は欠点も避けることなく描写する。しかし中国の農民は、欠点を持っているとは言え、本来は美点になるべき心性も先天的に含み持っていて、条件が整ったとき、美点がおのずと表面化する。その発展のプロセスを描くことが、日中戦争中にあるべきリアリズム文学の一つの役割である。

茅盾が姚雪垠の「差半車麦秸」を高く評価した理由は、おそらくもう一つある。姚雪垠は晩年の回想において、「「差半車麦秸」の執筆は、一九三四年の大衆語論争の直接の影響を受けて、創作実践において行った探索である。〔中略〕「差半車麦秸」を発表したあと、広い範囲で関心を持たれ重視された原因も、おそらくは、私が中原の郷土の言語を使うことに成功したため、新鮮さを感じさせたためであろう。主人公の典型的性格を描き出すにあたっても、郷土の言語が役に立った」と書いている。[16]

中国の左翼文学界において大衆語に関する本格的な議論が始まったのは、一九三二年の瞿秋白と茅盾の議論からであった。[17] 瞿秋白への反論という形をとりながら、一九三二年の段階で、茅盾は、「方言の大衆文学」という概念を提起している。[18] 大衆語の論争でしばしば議論になった焦点の一つに、大衆を描く作品を創作するか、大衆を読者とするかという問題があったが、どちらを重視するにせよ、大衆の多くが方言を用いている以上、方言を運用した大衆文学が求められた。とは言え、方言を使った作品を成功させることは容易ではない。姚雪垠は、それを成し遂げた数少ない作家の一人と言うべきであった。茅盾が姚雪垠の「差半車麦秸」を掲載したとき、方言の問題をどこまで意識していたかは、明確な言及がなく不明である。しかし後述するように、この時期以降の茅盾にとって、大衆化および方言の問題は核心的課題になっていく。あるいは無意識であったかもしれないが、全国的にはほとんど無名であった姚雪垠の小説を自らが編集する雑誌に掲載したとき、茅盾は、大衆語、とくに方言の問題に触れていたと考えられる。

茅盾の『文芸陣地』の編集、なかでも姚雪垠「差半車麦秸」掲載から見て取れるのは、彼が抗戦初期の段階において、文学活動を幅広く展開し、文学のあり方を追求しようとしていたこと、そしてリアリズム文学の方法を議論し、その中で大衆化と方言の課題に触れていたと考えられることであった。

しかし実を言うと、そのような方向性自体は、茅盾だけのものではなかった。同時期、『文芸陣地』と並ぶ重要な文学雑誌であった『七月』を編集していた胡風も、ほとんど同じような態度で雑誌編集を行っていた。[19] 胡風と茅盾の違いは、具体的な作品選択、および実践のあり方に現れる。たとえば姚雪垠は、やがて茅盾が発掘した重要な若手作家となっていくが、他方で胡風とは激しく対立することになる。[20] より重要なのは、茅盾はたしかにリアリズム文学について議論をしようとしたものの、理論的な追求をするのではなく、むしろ実作品をより多く生み出すことに力を注いだことである。実は理論的次元において、茅盾と胡風のあいだには大きな差異があったが、茅盾がそれを追求しようとした形跡はない。言い換えるならば、この時期の茅盾の文章から、胡風のようなリアリズム理論の深まりを見出すことはできない。茅盾はむしろ、中国の広い範囲で抗日戦争にふさわしいリアリズム文学を生み出すことを企図して、各地を移動しながら、文学の普及活動を行った。日中戦争中の茅盾の活動を見るためには、彼の移動の軌跡を確認する必要がある。

二 新疆・延安

日中戦争時期には多くの文学者が中国各地を移動したと言われるが、茅盾は、移動の距離においても、また頻度においても、極めて大きい一人であった。葉子銘の整理によると、茅盾が日中戦争中に訪れた場所は、延べ四三カ所にのぼったという[21]。たいていの都市において、彼は文学関係の講演会を開いている。なかでも重要なのは、新疆と延安であった。

一九三八年一二月、香港を離れた茅盾は新疆に向かった。晩年の回想によると、彼が新疆に行ったのは、薩空了に誘われたこと、杜重遠の著作を読んで興味を持ったことが主因だったという。当時新疆を統治していた盛世才は、進歩的な政策を掲げ、中国共産党やソ連とも連絡をとっていた。杜重遠は三度にわたり新疆を訪ね、盛世才統治下の新疆の変化を歌い上げる小冊子を書いた[22]。茅盾は信頼していた杜重遠の書籍を読み、「新疆を建設して進歩的な革命の基地にすることには、疑いなく重大な戦略的意義がある。その事業に微力を尽くせるのならば、それも私の果たすべき責任だ」と考え、新疆に行ったという[23]。しかし茅盾が行った頃には、詳しい理由は不明なものの、盛世才は共産党系人士の弾圧を始めようとしていた。茅盾は実際には、当初の期待とはまったく違う境遇に置かれることになった。

とは言うものの、茅盾は新疆で文化普及のための具体的な活動を行っている。彼は盛世才の招聘を受けて新疆に赴いており、新疆学院教育系の主任に任じられ、高等教育に携わった。陸維天の研究によると、茅盾が教育に関連して行った功績は、主として二つある。一つは「中国語の小学校教科書を編集・執筆し、さらにウイグル、カザフ、モンゴルの三言語に翻訳して出版し、新疆中の小学校で使った」ことであり、もう一つは「文化幹部を育成し抗日救国の文化宣伝を天山南北の辺鄙な地域にまで行き渡らせるため、新疆文化協会を通じて「文化幹部訓練班」を作り、みずから班長になった」ことである。[24] 茅盾が小学校教科書を翻訳したというエピソードは、彼の民族問題への見方を示すとも考えられ、興味深いが、それ以上の言及がないため、詳しくは不明である。[25] ここで注目したいのは、教科書にせよ、文化幹部育成にせよ、民族の違いを超えて、新疆の隅々まで「文化」を行き渡らせようとした意志である。

同時に見逃せないことに、茅盾は新疆で数回にわたり中国新文学の歴史を講演した。たとえば「中国新文学運動」と題する講演は、中国新文学の歴史を概括的に述べたものであった。彼は五四運動から抗戦時期にいたる中国新文学運動を三つの時期に分け、それぞれの特徴をまとめて説明している。[26] ここで茅盾が行ったことは、中国新文学に馴染みがないと思われる新疆の民衆に対して、いわば啓蒙的な態度で、五四以降の新文学に関する基本的な知識を伝授することであった。彼が教育事業によって文化を隅々まで普及しようとしていたことをあわせて考えると、茅盾は新疆において、彼の考える中国文学の基本を伝授し、それによって新文化あるいは新文学に従事する人材を育成しようとしたと言えるのではないだろうか。

茅盾は「中国新文学運動」の結論において、中国新文学運動が提起した課題を二つあげている。第一は「文学の反帝反封建の任務の完成には、リアリズムの創作方法の展開および強化が必要である」ことで、第二は「大衆化――中国革命文学がその任務を完成させるには、まず大衆化の問題を解決しなければならない」ことであった。[27] この二つの課題は、まさに『文芸陣地』を編集しながら茅盾が模索したことである。新疆においても同じ課題を重視していたことが見て取れる。重要なのは、茅盾にとってこの二つの課題は、すでに解決されたものとして、各地に普及させるものではなかったことである。むしろ『文芸陣地』で姚雪垠をはじめとする新人作家を見出したことに見て取れるように、新しい人材を発掘しながら課題を深め、そして課題を深めることで新しい人材を生み出そうとする双方向的な運動であった。言うなれば茅盾は、新疆で文化普及活動を行いながら、リアリズム文学と大衆化の課題を深めることを企図していた。

しかし、前述のように、茅盾は新疆で期待どおりの環境を手に入れることはなかった。わずか一年あまりで逃げるように新疆を離れた茅盾は、西安を経て、一九四〇年五月、延安に赴いた。延安で茅盾はもう一つの重要な体験をすることになる。

延安についた茅盾は、魯迅芸術学院で「中国市民文学概論」の授業を受け持ったという。胡征の回想によると、「当時、私は「魯芸」の教務処出版科で科長をつとめていた。毎週茅盾同志の住んでいるところに行き、教材の手稿を受け取り、その夜すぐガリ版を切り、翌日学生たちに配布した。手稿は毛筆で書かれたものだった。〔中略〕茅盾同志は橋児溝東山の中腹にあるヤオトンに住んでいた。二部屋あるヤオトンだった」という。[28]ヤオトンのような延安の生活スタイルを受け入れつつ、毛筆を手放さず、文化人として活動したことが見て取れる。

興味深いのは「中国市民文学概論」の内容である。この講義については、教材が残されていないため詳細は不明だが、当時茅盾が発表したいくつかの文章から概略をうかがうことができる。たとえば「いかにして文学の民族形式を学ぶかを論ず」という文章では、中国の「市民文学」の歴史を戦国時代から説き起こし、時代を追って「市民文学」の変遷を語り、『水滸伝』『西遊記』『紅楼夢』を「市民文学」の代表作と位置づけている。[29]ここで彼が前近代の文学を語ったのは、文章の題名にもあるとおり、「民族形式」論争と関わりがあるが、この論争については後述したい。ここで注目しておきたいのは、茅盾が「市民文学」を「人民大衆が生み出した文学」と読み替え、人民大衆の視点から中国文学の歴史を振り返ったことである。彼によれば、『水滸伝』『西遊記』『紅楼夢』は人民大衆の思想と闘争を表現しているという。魯迅芸術学院の教学は、「理論と実践を密接に関連させる」もので、「理論の学習は、通常は具体的な歴史文化の知識から一般原則の問題へと進むべきであり、とくに中国化に重点を置くべきである。すなわち一般原則を中国の実際の環境に応用し、外国の知識を機械的に受容したり盲目的に崇拝して導入したりして、本国固有あるいは民間の文化芸術の研究をおろそかにしないよう戒める」と定められていたという[30]。茅盾が人民大衆の観点から中国文学の歴史を振り返り、リアリズム文学と大衆化の課題を中国文学史上の具体的な作品に結びつけて論じたのは、魯迅芸術学院の学風に沿ったことであったと思われる。

茅盾が延安で得たもう一つの重要な体験は、さまざまな研究会への参加であった。彼は回想録にこう書いている。

一つは范文瀾、呂振羽が組織した中国歴史問題討論会である。彼らの招きを受けて、学習のつもりで参加した。参加者は多くなく、約二〇〜三〇人だった。場所は藍家坪だったと思う。毎週一回行った。議論のテーマは中国史の時代区分であった。たしか主として奴隷社会が崩壊したのは西周か春秋時代かで議論があった。〔中略〕もう一つは艾思奇が主催した哲学座談会で、聞くところでは最初は毛沢東が発起したという。いつも会に来るのは二十数人で、中央の重要人物や延安の著名な哲学者がいた。毛沢東、朱徳、任弼時、張聞天、凱豊などがしばしば参加した。〔中略〕三つ目の会は、中央宣伝部が組織した報告会で、『ソ連共産党（ボリシェビキ）歴史小教程』のスターリンが書いた第四章「弁証法的唯物論と史的唯物論について」を専門に学習した[31]。

中国歴史問題討論会での時代区分の議論が、市民文学の理解に大きな影響を与えたことは想像に難くない。また艾思奇は、当時延安で最も権威のある哲学者であった。そして『ソ連共産党（ボリシェビキ）歴史小教程』は、スターリンの思想と哲学を伝えるものとして、当時の延安でなかばバイブルとなっていた。つまり茅盾は、この時期延安において、当時考えられる限り最も充実した環境において、文学の範囲を超えて、かなりの程度系統的にマルクス主義理論を学んだことが見て取れる。

延安に来る以前の茅盾は、抗日戦争に役に立つリアリズム文学と大衆化という課題を掲げてはいたものの、必ずしも理論を深める方向を目指さず、新疆での活動に見られるように、むしろ文学活動を広い範囲に普及させることに傾注していた。このとき、魯迅芸術学院で理論と実践を結びつけることを意識しながら教学活動を行い、同時にマルクス主義理論を学んだことにより、微妙ながら重要な変化を遂げたと考えられよう。青年を育成する活動は継続しており、新文学を普及させる活動をやめたわけではない。ただ、普及活動の方法が少し変化し、重要なこととして、そこに唯物主義という理論が注入された。

もっとも、この段階での茅盾は、あくまでも共産党に近い党外の知識人という立場であった。一九四〇年一〇月、短い滞在を終えた茅盾は、国民党統治区での文化活動という使命を帯びて延安を離れた。延安を離れたあとの彼は、しかし唯物主義理論を表に出したり、共産党の立場を直ちに宣伝したりすることはなく、むしろ自分の創作に多くの力を注いだ。もちろん国民党統治区で中国共産党を正面から賞賛する文章は発表できない事情もあったと思われる。ともあれ彼は、太平洋戦争が始まるまでは香港、その後は重慶に滞在して、『腐蝕』『霜葉は二月の花に似て紅』など代表作と目される小説作品を執筆した。これらの作品には、延安にいたるまでの日中戦争中の経験が刻み込まれていると考えられる。

日中戦争の最中に各地を移動しながら実践と思索を深め、マルクス主義理論を学んだ茅盾が、新たな文芸思想の展開を始めるのは、一九四五年以降であった。

三　解放区文芸へ

日中戦争が終わったあと、茅盾は上海に戻った。その直後、ソ連対外文化協会の招待を受けて、ソ連を訪問することになった。彼は上海から船でウラジオストクに行き、そこからシベリア鉄道でモスクワを訪れ、さらにグルジアやアルメニアなどソ連邦内の共和国も訪問した。ソ連訪問中、各地で新聞社、博物館、学校など文化機関を視察し、歌劇やコンサートなど文化活動を見学し、さらに作家協会や作家の自宅で交流活動を行った。

茅盾が注力したのは、ソ連で案内されて得た見聞を、できる限り詳しく中国に伝えることであった。彼は帰国後、『ソ連見聞録』および『ソ連雑記』という小冊子を出版している。『ソ連見聞録』を見ると、旅行中から準備をしていたことがうかがわれる。この本は日記と見聞録の二つの部分に分かれている。後日公開することを前提として日記をつけ、さらに特筆すべき機関や出来事については旅行中に短い記録を残したものと思われる。たとえば『プラウダ』編集部を訪問した見聞録を見ると、職員の数、編集部の機構、発行部数、職員の福利厚生など、基本的な情報が書き込まれている。[32] 鍾桂松は「このソ連訪問で、茅盾は、ソ連の文化建設および工場管理、五カ年計画、農業、畜産業、電力、交通、教育、女性の仕事、児童、青年、婚姻など多方面の情報と資料を大量に収集することに鋭意努力した。経済から社会まで幅広く集め、詳細に紹介した」と述べ、それを一九四八年に出版したことの歴史的意義を強調している。[33]

茅盾がのちに中華人民共和国の文化官僚となったことを考えると、ここでソ連の文化体制を見聞したことが、彼の認識に大きな影響を与えたのではないかとも推測されるが、茅盾自身がソ連体験をどのように受け止めたかについては、詳しい記録が残されていない。むしろ注目すべきは、茅盾がソ連報告の文章を念入りに準備し、公開したことである。延安を離れた直後は、時代の制約もあり、見聞を公開することのなかった茅盾が、ソ連の文化体制を好意的に伝える文章を積極的に発表した。[34] しかも彼が伝えたのは、ソ連という国がどのような仕組みで成立しているかについての基本的な情報であった。つまり、もともと共産党に近い立場を示していた茅盾が、このとき、少なくとも公的な場面において、共産主義に基づく国のあり方、ないしは文化統治体制を支持すると明言したことになる。

ソ連から帰国した茅盾は、一九四七年一二月、再び香港に赴いた。茅盾が到着した直後の一九四八年、香港において、共産党および共産党に近い立場の文化人が新たな活動を始めた。『大衆文芸叢刊』という総称のもと、一冊一冊は書籍の形で、実質的には雑誌として発行された出版物である。銭理群によると、「『大衆文芸叢刊』の創刊は、中国共産党が歴史的転換期において文芸（および知識人）への指導（あるいは導き）を強化した重要な方策であった。このときの「指導」（「導き」）は、主として「文芸批評（批判）」の形をとった。政権を奪取しつつあった勝利前夜の中国共産党にとって、こうした指導は、遅かれ早かれ権力の意志を体現するものであった。そのため『大衆文芸叢刊』の言論は、はじめから、ある種自明の権威を帯びることになった」と言う。[35] つまりこの雑誌は、建国前夜という歴史的瞬間において、中国共産党の文芸政策を、全国に向けて、すなわち共産党が統治する解放区以外の地域に向けて発信する役割を担った。そこでは、たとえば胡風や舒蕪の文芸理論、胡風理論を応用した作家と目される路翎などへの批判がなされた。その創刊号に茅盾も文章を寄せた。

『大衆文芸叢刊』創刊前後を回想して、茅盾は「私は香港文芸界に、文芸批評の活動を強化し、前の時期、主として上海の文芸批評に存在した偏向をただすよう建議した。その偏向は、正面の敵を批判しないという点に現れており、危険であると思われた。しかも自分の陣営には無責任な批評をしていた」と述べ、文芸批評を強化した例として『大衆文芸叢刊』をあげた。[36] 彼がここで使った「偏向」という表現は、回想録を書いた一九八〇年代の意識を示していると思われ、そのまま受け取ることはできないが、少なくとも茅盾が、中国共産党主導下の批評活動への参加を、敵への批判と自分の陣営への責任ある批評と意味づけたことはうかがえる。より重要なのは、茅盾が、銭理群の言葉を借りれば「ある種自明の権威を帯びる」スタイルの批評活動に、自覚的に参加したと述べていることである。

茅盾が創刊号に書いたのは、「再び「方言文学」を語る」という文章であった。この文章の大部分は、さほど目新しいものではない。前述のように、彼は一九三〇年代から方言文学に関心を寄せており、『文芸陣地』でも方言文学の試みを掲載していた。それに加えて、この文章自体が、同じ年のはじめにやはり香港で発表した「「方言文学」雑談」の論点を整理したものであった。「再び「方言文学」を語る」で語ったのは、「方言文学」と白話文学、「方言文学」と文学大衆化、大衆化と民間形式という三つのテーマであった。この中で注目に値するのは、民間形式に関する議論である。

民間形式は、日中戦争中に論争が行われたテーマであった。契機となったのは毛沢東が延安で行った問題提起であった。毛沢東が「中国のスタイルと中国の気風」を提起したところ、文学においていかにして民族のスタイルを具体化するかをめぐって、広範な議論が巻き起こった。[37] 議論の中心になったのは、向林冰の「民間形式中心源泉論」であった。向林冰は、五四文学以来の大都市を中心とした文学活動を正面から否定し、農村の民間文芸こそが民族形式の中心となるべきだと主張した。[38] それに対して多くの論者がさまざまな観点から批判を加えた。茅盾も、民間形式は封建時代の古い習慣を残しているため、進歩的観点から研究をすることで利用は可能であるが、「中心源泉」としてはならないと論じている。[39] また延安の魯迅芸術学院での講義で、民族形式を意識しつつ前近代の文学創作を講じたことは前述したとおりであるが、その際にも「人民大衆が生み出した文学」を「市民文学」と定義することによって、農村の民間形式については議論を避けた。

民間形式の問題は、方言文学の問題に結びつく可能性があった。汪暉は、この論争における民間形式の問題が、必然的に、近代国家の統一を内在的に妨げる各地方の差異、端的には方言の問題を呼び起こすことになったと論じ、「新文学の創造者たちは、都市の「普遍言語」と農村の「方言」の対立にはじめて直面することになった」と述べている。[40] しかし汪暉が論じているように、方言の問題は、この論争の中で議論として深められることはなかった。向林冰への茅盾の批判に見られるように、民間形式の問題は、各地方の差異ではなく、歴史軸に沿った新旧の問題として処理され、民間形式をいかにして「新しい」文芸形式に活かすかが問われた。汪暉は上の引用に続けて「こうした特定の政治情勢も、自主的な国民国家を建設するというナショナリズムの道筋を変えたり、そこから逸脱させたりすることはなかった」と書き、議論の結果、総力戦下において各地方の差異を包括する「民族」が立ち上げられたと論じた。とは言え、方言の問題は未解決のまま残されたとも考えられる。一貫して方言の問題に関心を持ち続けた茅盾が、一九四八年に処理を試みたのは、まさに新しい民族形式を立ち上げようとする際の方言の問題であった。

茅盾は「再び「方言文学」を語る」において、「問題の中心はやはり形式のいかんにあるのではなく、人民の言語によって人民の生活を表現するかどうかにある。「民間形式」の合理的な処理は、批判的な運用であるべきで、無条件の踏襲であるべきではない」と語った。[41] これは日中戦争中に向林冰に反論した観点を再度述べたものであるが、微妙な重点の変化も見て取れる。ここで茅盾は「人民の生活を表現する」ことを中心的な課題として掲げた。その上で、上の引用に続けて「近年、解放区の文芸作家たちがとても良い実践をすでに行っている」と述べ、解放区の文芸実践を紹介した。茅盾はいくつかの実践を紹介して、こうまとめた。

新形式、改造された旧形式あるいは「民間形式」、創造的な形式、この三種類の解放区文芸の形式には共通点がある。どれも各地の人民の口語をできるだけ採用しており、方言文学の色彩が強いことである。しかし、それらを読んで「これは方言文学だ」という感想を持つものはいない。人々の感想は、人民の中で生活し、戦ってきた青年作家たちによって、大衆化の実践の実証がついに出された、というものである。[42]

茅盾はあくまでも日中戦争中以来の観点を堅持している。彼にとって方言文学は、人民大衆の言葉、すなわち大衆化という観点から重視されるべきものであって、しかも一定の改造をなすことが必要とされる。さらに茅盾は、方言文学が地方の差異を表象する可能性も否定している。その意味において、茅盾の姿勢は一貫していると言うべきである。しかし見逃せないのは、茅盾がここでリアリズムの課題を「人民の生活を表現する」ことと厳密に定義し、そして解放区の実践に「実証」が現れたと述べたことである。『文芸陣地』に姚雪垠の小説を掲載し、新疆で小学校教科書の民族語への翻訳をしていた頃は、「人民」の自発的な発展を信じていたとは言え、方言文学を理論と実践の相互作用によって深めていくべき未来の課題としていたことを想起するならば、ここに重大な変化を見て取ることができる。この文章で茅盾があげた実例は、馬烽・西戎、趙樹理、柯藍、李季およびヤンコ劇であった。幅広く解放区の文芸活動を見通し、それを「人民の生活を表現した」モデルと定めたことになる。言うなれば、このとき茅盾は、今までの文学観念を継承しつつ、批評活動のスタイルを少し変容させ、すでに存在している特定の成果を目標として設定して、それを目指したと言えるだろう。[43]彼が設定した目標は、中国共産党によって統治されていた解放区の文芸であった。

むすびに

一九四八年暮、香港の民主人士を招いて中華人民共和国政治協商会議の準備をはじめる通知に応えて、茅盾は香港を離れた。その後の準備活動に参加した茅盾が、第一次文代会で国民党統治区の文学活動を総括したことは、はじめに述べたとおりである。

茅盾は報告「反動派の圧迫のもとで闘争し、発展した革命文芸」の「緒論」において、国民党統治区の文芸運動を四つの時期に区分した。第一は抗日戦争開始から武漢陥落まで（一九三七年七月～一九三八年末）で、全国の文芸工作者が積極的な宣伝活動を行った。第二は武漢陥落から抗日戦争終結の一年前まで（一九三九～一九四四）で、「国民党反動派」の圧力のもと、なお「不屈不撓の戦闘」を行った。第三は一九四四年後半から抗日戦争の勝利前夜までで、「国民党反動派」に対抗する民主運動が空前の高まりを見せた。そして第四は抗日戦争終結以降で、「国民党反動派がアメリカ帝国主義と結託して、中国を完全な植民地にして、全中国人民をアメリカ帝国主義の奴隷にしようと企てた」のに対して、進歩的文芸活動が粘り強く続けられた。とくに第四の時期については、映画と香港の活動を取り上げ、「香港に行った一部の文芸工作者は、反帝・反封建・反官僚資本の総目標のもとで活動を展開した。その影響は海外各地の華僑に及んだのみならず、国民党反動派の封鎖をすり抜け国民党統治区の人民大衆に届いた」と述べた[44]。

この時期区分が茅盾の考えに基づいていると思われることは前述したとおりであるが、興味深いのは、これがほとんど茅盾自身の歩みと重なって見えることである。茅盾は第一の段階において積極的に文芸雑誌の編集を行い、第二の時期には各地を移動して経験を積みながら、文学創作活動を行い、第四の時期には香港で全国各地に向けた文芸活動に参加した。ある意味では、彼は自分自身の歩みを、国民党統治区の文芸運動の発展として総括したとすら考えられる。もちろん、茅盾の名前で出された報告が、討議の結果定められたものであることを考えれば、茅盾が個人的体験を全体の総括にしたと考えるのは無理がある。両者が重なって見えることが意味しているのは、茅盾のような体験、すなわち抗日戦争の中で文芸思想を模索し、自分なりの問題意識を発展させた帰結として、中国共産党の方向を目標として見出した体験が、中国共産党の考える国民党統治区の文芸運動のモデルとなったことではなかろうか。言い換えるならば、もともと茅盾自身のロジックによってなされた文芸思想の変容が、中国共産党の求める「自己改造」と一致した、少なくともそのタイプの一つとなったと言えるであろう。そのとき、中国共産党によって定められた文芸運動の報告を、茅盾の名前で出すことが可能になるコンテクストが生まれたと思われる。

茅盾は第一次文代会後まもなく、中華人民共和国中央人民政府文化部長になった。鍾桂松の伝記によれば、茅盾は固辞したが、周恩来および毛沢東の説得に応じて引き受けることにしたという。鍾桂松は「茅盾は、中国共産党の理想に対してはいささかも揺らぐことない信念を持ち、新中国の誕生に対しても心から擁護していたが、新政府で文化部長の職を担当することについては、心の準備がなく、まして何の期待もしていなかった」と述べる[45]。その態度もまた、茅盾と中国共産党とのあいだの、決して対立はないものの、同一とも言えない、微妙で複雑な関係を示していると言えるだろう。

銭理群は、中華人民共和国における知識人の運命について、「改造」と「堅持」の両面が分かちがたく存在していたことを指摘した[46]。中国共産党が定める方向に向けての「改造」と、自分の理念の「堅持」が深く絡み合い、どちらか一方だけで解釈することはできないという。日中戦争から中華人民共和国建国にいたる時期の茅盾の文芸思想は、まさに「改造」と「堅持」のせめぎ合いの過程であったと言えるのではないだろうか。

【注】

（1）第一次文代会については、『中華全国文学芸術工作者代表大会紀念文集』北京・新華書店、一九五〇年、一二五～一四〇頁、参照。

（2）洪子誠『中国当代文学史（修訂版）』北京・北京大学出版社、二〇〇七年、一五頁。

（3）辻田正雄「第一次全国文学芸術工作者代表大会の準備について」『佛教大学文学部論集』第九六号、二〇一二年、参照。

（4）茅盾は死の間際に再度入党申請を行い、死後、一九二一年に遡って党員として認められた。韋韜・陸小曼『父親茅盾的晩年』上海・上海書店出版社、一九九八年、三四二～三五四頁、参照。

（5）茅盾「在反動派圧迫下闘争和発展的革命文芸」前掲注（1）『中華全国文学芸術工作者代表大会紀念文集』、六七頁。『茅盾全集』第二四巻、北京・人民文学出版社、一九九六年、六八頁、所収。

（6）この過程について胡風は不満を持っていた。いわゆる「三〇万言書」に、胡風はこう書いている。「もともと最初の草稿は私に見せてくれた。私は意見を述べた。後に修正することになり、康濯同志が来て、修正したら私にも見せてくれると言った。しかし実際にはなかった。〔中略〕聞くところでは胡縄同志を中心として修正されたこの報告は、実質的にはいわゆる胡風文芸を主たる対象としたもので、しかも問題の本来の内容を単純化し、さらには歪曲さえした上で、論じたものであった」。胡風「関於解放以来的文芸実践情況的報告」『胡風全集』第六巻、武漢・湖北人民出版社、一九九九年、一一一頁。

（7）茅盾「抗戦文芸運動概略」『茅盾全集』第二三巻、北京・人民文学出版社、一九九六年。初出は『中学生』増刊『戦争与和平』、一九四六年。

（8）茅盾と胡風の回想録の食い違いをもとに両者の思想の違いを論じた先駆的な研究に、白水紀子「茅盾と胡風」（『茅盾研究会会報』三・四、一九八五年七月・一一月）がある。また拙稿「異郷日本の茅盾と「謎」」（『アジア遊学』第一三号、勉誠出版、二〇〇〇年）でも、両者の関係について初歩的に触れた。

（9）「発刊詞」『文芸陣地』創刊号、一九三八年、一頁。『茅盾全集』第二一巻、北京・人民文学出版社、一九九一年、三七三頁、所収。

（10）楼適夷「茅公和『文芸陣地』」『新文学史料』一九八一年第三期、一七三～一七四頁。

（11）ルポルタージュ文学については以下を参照。Charles A. Laughlin, *Chinese Reportage: The Aesthetics of Historical*

Experience, Durham and London: Duke University Press, 2002.

(12)「編後記」『文芸陣地』第一巻第三期、一九三八年、九二頁。前掲注(9)『茅盾全集』第二一巻、五六〇頁、所収。

(13)姚雪垠「差半車麦稭」『文芸陣地』第一巻第三期、一九三八年。『姚雪垠文集』第一三巻、北京・人民文学出版社、二〇一〇年、所収。

(14)茅盾「抗戦与文芸」『茅盾全集』第二二巻、北京・人民文学出版社、一九九三年、一八頁。初出は『現代評壇』第四巻第一一期、一九三九年。

(15)茅盾「公式主義的克服」『文芸陣地』第二巻第七期、一九三九年。同上『茅盾全集』第二二巻、所収。

(16)姚雪垠「学習追求五十年」『姚雪垠回憶録』北京・中国工人出版社、二〇一〇年、八〇・八二頁。

(17)瞿秋白と茅盾の論争については、拙著『上海モダニズム』中国文庫、二〇一二年、第二章「可能性としての言語――瞿秋白の言語理論」でも論じた。

(18)止敬(茅盾の筆名)「問題中的大衆文芸」『文学月報』第二号、一九三二年、五七頁。『茅盾全集』第一九巻、北京・人民文学出版社、一九九一年、三二八頁、所収。

(19)拙稿「胡風文芸思想と『七月』の実践」『野草』第八七号、中国文芸研究会、二〇一一年、参照。

(20)呉永平『隔膜与猜忌――胡風与姚雪垠的世紀紛争』開封・河南大学出版社、二〇〇六年、参照。

(21)葉子銘「談四十年代茅盾的行踪」『中国現代文学研究叢刊』一九八二年第三期。もちろん複数回訪れている場所も多い。

(22)杜重遠『盛世才与新新疆』各地・生活書店(戦時中のため各地に拠点を構えていた)、一九三八年。杜重遠については、下出鉄男「滅亡の民族資本家――杜重遠について」『魯迅と同時代人』汲古書院、一九九二年、同上「新疆の杜重遠――盛世才との関係をめぐって」『日本中国当代文学研究会会報』第二四号、二〇一〇年、参照。

(23)茅盾「在香港編『文芸陣地』」(『我走過的道路』の一章)『茅盾全集』第三五巻、北京・人民文学出版社、一九九七年、二一四頁。

(24)陸維天「茅盾在新疆的革命文化活動」『新疆大学学報(哲学社会科学版)』一九八三年第四期、九〇・九一頁。

(25)茅盾は「新疆風土雑憶」で新疆の各民族の風俗習慣を紹介している。『茅盾全集』第一二巻、北京・人民文学出版社、一九八六年、所収。また杜重遠も前掲注(22)『盛世才与新新疆』においてとくに民族問題に触れている(五四～六〇頁)。しかしいずれも基本的概況の紹介にとどまっている。
(26) 茅盾「中国新文学運動」前掲注(14)『茅盾全集』第二二巻、所収。初出は『新疆日報』一九三九年五月八日。
(27) 同上、四五頁。
(28) 胡征「憶延安「魯芸」生活」『新文学史料』一九九二年第二期、一一八頁。
(29) 茅盾「論如何学習文学的民族形式」前掲注(14)『茅盾全集』第二二巻。初出は『中国文化』第一巻第五期、一九四〇年。
(30) 王培元『抗戦時期的延安魯芸』桂林・広西師範大学出版社、一九九九年、四二~四三頁。
(31) 茅盾「延安行」(『我走過的道路』の一章)前掲注(23)『茅盾全集』第三五巻、三七二~三七三頁。
(32) 茅盾『蘇聯見聞録』『茅盾全集』第一三巻、北京・人民文学出版社、一九八六年、二〇八~二一一頁。最初の出版は上海・開明書店、一九四八年。
(33) 鍾桂松『茅盾評伝』南京・南京大学出版社、二〇一三年、二八〇頁。
(34) 一九四三年、茅盾は延安行を含む中国内地の見聞を集めて『見聞雑記』という散文集を出版した。その中の「白楊礼賛」は、明示せずに延安の風景を描いた散文だという。しかし現在の全集の注釈によると、「この一連の散文は一九四一年春に書かれ、〔中略〕『見聞雑記』に収録されたとき、国民党書刊検査官の削除にあった。〔中略〕『茅盾文集』第九巻に所収されたとき、作者は少し修正を行い、中のいくつかの文章について付記を書いた」という。一九六一年発行の『茅盾文集』において、一九四〇年の延安行の全貌が明らかになったと知れる。前掲注(25)『茅盾全集』第一二巻、二二二頁、参照。
(35) 銭理群『一九四八——天地玄黄』済南・山東教育出版社、一九九八年、二一七~二一八頁。
(36) 茅盾「訪問蘇聯・迎接新中国」(『我走過的道路』の一章)前掲注(23)『茅盾全集』第三五巻、六二七頁。
(37) 毛沢東「中国共産党在民族戦争中的地位」竹内実監修『毛沢東集』第六巻、北望社、一九七〇年、二六一頁。初出は『解放』第五七期、一九三八年。なおこの論争については、拙著『上海モダニズム』終章「中国モダニズムの行方」でも触れた。
(38) 向林冰については、胡風との論争を軸として、拙稿「民族与啓蒙——在民族形式討論中的胡風」(石井剛主編『〝心〟与Nation——反思東亜地区的現代経験』UTCP［The University of Tokyo Center for Philosophy］、二〇一五年)でも論じた。
(39) 茅盾「旧形式、民間形式与民族形式」前掲注(14)『茅盾全集』第二二巻、所収。初出は『中国文化』第二巻第一期、一九四〇年。

（40）汪暉「地方形式、方言土語与抗日戦争時期「民族形式」的論争」『現代中国思想的興起』下巻第二部、北京・生活・読書・新知三聯書店、二〇〇四年、一五二〇～一五二一頁。日本語訳に、村田雄二郎他訳『思想空間としての現代中国』（岩波書店、二〇〇六年、該当箇所は二九〇頁）がある。本稿では拙訳を用いた。

（41）茅盾「再談「方言文学」」『文芸的新方向』（大衆文芸叢刊第一輯）香港・大衆文芸叢刊社、三八頁。前掲注（7）『茅盾全集』第二三巻、三九九頁、所収。

（42）同上、三九頁。同上『茅盾全集』第二三巻、四〇二頁、所収。

（43）白井重範は、一九四八年の段階で、茅盾がもともと持っていた「作家精神」に背いたという重要な指摘を行っている。白井重範『「作家」茅盾論』汲古書院、二〇一三年、三一八頁。

（44）茅盾「在反動派圧迫下闘争和発展的革命文芸」『中華全国文学芸術工作者代表大会紀念文集』、四八～四九頁。前掲注（5）『茅盾全集』第二四巻、四九・五〇頁、所収。

（45）前掲注（33）『茅盾評伝』、三〇〇頁。

（46）銭理群『歳月滄桑』上海・東方出版中心、二〇一六年、三七四頁。

II 文芸市場の成熟と文学空間の変容

近代中国におけるマスツーリズムの黎明
——倹徳儲蓄会を中心として

清水　賢一郎

はじめに

（一）中国旅游史の「空白」

一九一五年、上海で陳独秀により『青年雑誌』（翌年『新青年』と改題）が創刊されたのと相前後して、近代中国マスツーリズムの草創から発展期に活躍した二つの民間団体がいずれも同地に誕生している。友声旅行団と、今回本稿で特に取りあげる倹徳儲蓄会である。

従来、近代中国におけるツーリズムの歴史は、一九二三年、上海商業儲蓄銀行の内部に旅行業を専門に扱う一部門（旅行部）が設けられたことをもってその始まりとするのが通例である。同旅行部は二七年に独立、中国旅行社として新規開業するが、よく知られるように同社は中国史上最初にして最大、最長の歴史を誇る旅行会社であり、これまで公刊された中国近代ツーリズム史の研究論著はいずれも中国旅行社の歴史とほぼ同等であると言っても過言ではなく、それ以外の民間団体は、友声旅行団が多少知られている以外、ほとんど名前の列挙、ないし数行の記述で済まされる程度であった。その記述も、中国旅行社の誕生によって旅行業が活況を呈し始め、それに続く形で民間の旅行団体も活躍し始めた、といったストーリー展開となっている[1]。

しかし、筆者の見るところ、事実はかなり様相を異にする。当時上海随一の日刊紙『申報』に目を通してみれば、実際は倹徳儲蓄会や友声旅行団等の民間のサークルが、一九二〇年前後、いわゆる「五四時期」に上海近郊各地への旅行を楽しんでいたことがはっきり見て取れる。例えば倹徳儲蓄会では二〇年の一年間に団体旅行を六回。友声旅行団も二二年一二月に「友声旅行団宣言」を発表し、クリスマス休暇にさっそく蘇州への団体ツアーを成功させている。中国旅行社は、むしろそうした時流をうまくつかみ、マーケットの有望性を見すえて銀行の一部門から旅行業専門の会社を立ち上げ、事業を拡大していったというのが実相ではないか。これが本稿の大きな問題意識であり、結論の一つでもある。

（二）倹徳儲蓄会という存在

やや議論が先走ってしまったが、さらに興味深いのは、近代中国におけるツーリズムの歴史的展開を、単なる一国史の狭い枠組みから解き放ち、世界（欧米）との比較考察へと視野を広げてみた場合、世界史上最初の近代的トラベルエージェンシーとして不動の地位を築いた英国トマス・クック社の成立発展過程と、上海の倹徳儲蓄会のそれとの間に、いくつもの共通性が見られる点である。

ただ、倹徳儲蓄会の存在については、残念ながら従来必ずしもよく知られていないのも事実である。しかしその活動は、単に倹約と儲蓄の奨励に留まらず、実に多彩な領域にわたっていた。その象徴は一九二六年に落成した地下一階、地上五階建の「会所」（事務所ビル）である。一階は中華と洋食のレストランに三〇〇名以上収容の大ホール（地下に厨房）。さらにバスケットボール等の体育室、浴槽付きのバスルームに理髪室、医務室。二階は映画や演劇にも使える大講堂に応接室、会議室、スポーツジム。三階は大講堂の観覧席（バルコニー）のほか崑曲・京劇・国楽（民族音楽）と西洋音楽、新劇等の練習室、児童遊戯室に児童図書室。四階には図書館と新聞閲覧室、展示室、囲碁・チェス、ビリヤード、卓球等の専用室。四階の一部と五階の全フロアは計一〇〇室以上の会員宿舎兼ゲストハウス。屋上階には写真スタジオに暗室まで備えた、総合レジャービル兼ホテルの一大複合文化施設であった。

さらに慈善事業にも熱心で、二つの小学校（上海、南京）のほか、英文夜学校も開き、会員の子女だけでなく、貧困児童のための無償入学枠も設け、「国語」や教育の普及に尽力。救貧活動や医療分野等、社会福祉の方面でも貢献した。

文芸方面では、演劇、音楽のほか、一九二六年五月に美術研究社を発足させ、写真や絵画等の展覧会を開催。二七年一二月、立達学園西洋画科の陶元慶、黄涵秋ら教員と学生が杭州に写生旅行した際の作品展を開催した際には、魯迅も石刻画拓本等のコレクションを貸し出して協力。許広平らと出かけたと日記にある[2]。また、映画好きだった魯迅は、同ビル二階を改装して中国最初のトーキー導入館となった百星大戯院（Pantheon Theater）にも足を運び、チャップリンの『カルメン』を観たりしている[3]。

以上のように、倹徳儲蓄会は、一九二〇～三〇年代の多種多様な社会文化領域において、非常に重要な役割を果たした団体であり場所であった。旅行部の活動も、その中の顕著な一つだったわけである。だが、管見の限り倹徳儲蓄会に関してまとまった論著は存在しない。また、同会に一部言及する論文の多くは伝統音楽や演劇、書画・美術に関するものであり、特にツーリズム方面における活動とその意味について論じたものは皆無である。

（三）本稿のねらいと構成

本稿は、倹徳儲蓄会旅行団の活動を中心に、これまで完全な空白状態に置かれてきた近代中国マスツーリズムの黎明期に光を当て、従来の歴史叙述の「前史」に当たる部分を大きく書き直そうとするものである。

構成は以下のとおりである。第一章では中国旅行社の前身・上海商業儲蓄銀行旅行部の創立（一九二三年八月）以前の、民間団体主催による旅行活動の実態を浮かび上がらせる。第二章では、中でも最も早く活発な活動を開始した倹徳儲蓄会旅行団を中心に、ケーススタディとして掘り下げる。第三章では、それを現在まで続くマスツーリズムの基本パラダイムを作りあげたトマス・クック社と比較し、両者の共通性を浮き彫りにする。そして第四章では、二〇世紀初め、清朝の瓦解と中華民国の成立、新文化運動へと、ナショナリズムとグローバリズムの交錯する中、新たな共同性の形を様々に模索した民間団体の諸相を再検討することにより、マスツーリズムなるものを、あらためて思想史的に位置づけてみたい。

一．中国旅行社設立以前における旅行活動の実態

（一）学校による旅行

中国旅行社の前身、上海商業儲蓄銀行旅行部の設立（一九二三年八月）以前、中国において旅行活動が行われていなかったわけではない。日本の岩倉使節団になぞらえうる清末の蒲安臣使節団や五大臣の欧米視察をはじめ、留

学・亡命も含む知識人層の海外遊歴は中国近代旅行史の重要な一部を構成している[4]。その一方で、国内旅行については、一九〇四年に当時最大の新聞メディアの一つ、天津『大公報』に掲載された論説「中国人が旅行をよくできぬ原因を論ず[5]」でもその不振が指摘されているように、ほぼ皆無に近かったようだ[6]。だが一九〇〇年代後半に入ると、民間団体による旅行も次第に行われ始める。

中でも学校の修学旅行や遠足的行事は一九〇〇〜一〇年代にも一定程度実施されていた。一例として『申報』掲載の最も早い記事として、〇七年六月、蘇州呉江の江震高等小学堂の教員学生二一名が杭州へ一週間の「修学旅行」を実施した記録がある[7]。本記事は一般的なニュース報道ではなく、序跋を付した堂々たる論説文ないし実施報告書となっているが、冒頭に「旅行の目的」として大きく「増進識見」「開拓胸襟」の二点を掲げ、これにより「経験力」「観察力」「競争力」を高めることができるとうたっている。行程も西湖等の名勝旧蹟の遊覧のみならず、各地で多くの新式学校（科挙は二年前に廃されていた）を参観することも大きな目的とされていた。旅行を通じて互いに交流することで、省ごと地域ごとに分断された「界域」もおのずから融解する。新知識階層として互いの気脈が通じあえば、「団体」の紐帯も強固に、「民気」（国民の気勢）も伸長するであろうと「四億の同胞」の連帯を呼びかけて論は結ばれていた。当時の旅行観の一端を物語るものとして興味深い。

これを皮切りに、学校主催の旅行記事は春・秋を中心に断続的に掲載されていく。一九一〇年代は辛亥革命から第二、第三革命と続く「戦乱」の季節であり、旅行どころではない年もあったものの、『申報』紙上には様々な学校の組織した旅行が報じられている。報道されなかった遠足的行事も少なくなかったであろう。一九二二年の論説で「わが国では旅行の多くは学生によるものばかりで、普通の一般人は依然として一歩を踏み出せず、旅行のなんたるかを理解できていない[8]」と指摘されているが、裏を返せば、清末から民国初期においては、旅行活動の主流は学校によって担われていたわけである。

（二）ミッション系社会団体による旅行

やがて一九二〇年代に入るとともに、学校以外の多様な民間団体による旅行も増えていった。中でも活発だったのはYMCA等のミッション系社会団体によるものである。

例えば一九二〇年七月三〇日、上海基督教青年普益社が実施した普陀（寧波近傍、舟山島）への旅行は、学校以外による団体ツアーの最初期の一つとして注目に値する。[9] 同社は英文名称をNantao Christian Instituteといい、一五年、北米長老会の宣教師エマ・シルバー（Miss Emma Silver 秀愛美）を総幹事として中国人欧米人共同で創設。日曜礼拝等の宗教活動のほか、夜学校の開設や種痘をはじめとする公衆衛生の普及等、各種の社会事業に取り組んだ。[10] 団体旅行はその「交際部」の活動の一つであった。

また、基督教青年会（YMCA）も一九一九年に自動車旅行隊を組織、[11] 民国初期のツーリズム黎明期から比較的活発に活動を行っていた。二〇年代以降は、後述するように倹徳儲蓄会と競合しながら団体旅行を次々に実施し、三二年には中国旅行社と提携を結び八仙橋の新築ビルに支社を入居させる等、中国におけるマスツーリズムの歴史に重要な足跡を残した。ただ、これらの事実も、遺憾ながらこれまでほとんど論じられていない。

だが、そもそもトマス・クックこそは敬虔なバプティストの伝道師として禁酒運動に打ち込んでいた人物であり、歴史的企画となった団体ツアーも、禁酒大会に信徒を大勢送りこむための手段として考案。汽車や食事、娯楽等を含め一括手配したのがその始まりであった。[12] 上海においても、宗教的背景が近代ツーリズムの重要な構成要素の一つとなっていたことは興味深い論点であり、この点についてはまた後で触れたい。

以上に一部を垣間見たように、中国旅行社以前にも、民間団体による旅行は一定程度の規模で実施されていた。[13] 中国近代旅游史の代表的著作の一つも「団体旅行の興起は民国期の国内旅行発展の一つの重要な特徴である」[14] と述べ、組織主体の社会的位置づけを基準に四つの類型に分類している。①勤務先が組織した、いわゆる職員・社員旅行、②旅行団体によるもの、③旅行社によるもの、④学生によるもの、の四つである。しかし、この概括には問題がある。基本的に中国旅行社誕生以後の状況を前提にしているため、旅行団体として友声旅行団が例に挙げられるのみであり、旅行団体と称することの難しいミッション系社会団体の旅行活動が取りこぼされている。それ以上に多岐にわたる分野で活躍していた倹徳儲蓄会については一切言及がない。だが、実は倹徳儲蓄会の旅行団は、普益社やYMCAの何倍もの勢力をもって活発に活動していたのであった。

二 倹徳儲蓄会の旅行団

（一）倹徳儲蓄会の概略

倹徳儲蓄会は一九一五年秋、世俗の浮薄、華美に流れる風潮を憂えた滬寧（こねい）（上海—南京間）鉄路局の職員七名が節倹と儲蓄を旨として発起した互助組織に始まる。当初は特に勧誘活動もせず、賛同者三〇名余前後でこぢんまりと活動していたが、三年ほど継続した結果、貯金額は約四七〇〇元となり、運用利息で合計三〇〇元ほどの積立金を獲得。また、経常経費も節約して二七〇元余の余剰金を公庫に加えることもできた。これに意を強くし、拡充改組を決意。一九年二月九日、愛而近路（Elgin Road）の紗業公所を借りて、あらためて成立大会を開催し（数百人が参集）、『申報』等で宣伝して広く会員を募ったのが沿革のあらましである。[15]

同会の「宗旨」は、一九二四年元旦『申報』に出された年賀の挨拶文によれば、「実行倹徳 矯正風化 挙辦公益

図1　胡伯翔「本会目前状況」

改良慶喪 拡充儲蓄 推広教育 提倡体育 研究学科 促進芸術服務社会 倡導互助 教誘児童」に集約される。風紀を正し、無駄な出費を抑え、こつこつと儲蓄に励み、貯まった資金によって教育、体育、学術、芸術等多方面にわたる文化的な生活を実現するとともに、公益活動にも尽力して国家社会への貢献を目指した。

会員数は成立大会当初は一〇〇名余であったが、翌二〇年には六〇〇名。二一年には二〇〇〇名余にまで増え、貯蓄額も合計一〇万元に達した[16]。その後も毎年の勧導会（会員拡大キャンペーン）により、二二年に五〇〇〇人超[17]、二五年には約一万人を擁する大組織へと発展した[18]。

これだけの急成長を遂げたのは、もとより会員にとって多大な魅力があったからに違いない[19]。ここにそれを視覚化したイラストがある（図1）。

本図は同会の芸術股（課）長や図画科主任等をつとめた中核メンバーの一人で画家・撮影家として著名な胡伯翔の作。会員が日々の節約で貯めたお金が集められ、多種多彩な公益事業や娯楽活動へと姿を変える様が、軽妙快活なタッチで描かれている。

若干絵解きを加えると、左奥「〇〇学校」の看板はこのときはまだ計画段階だった小学校（一九二二年三月に上海に第一小学、半年後南京に第二小学が開校）。その横に「旅行団」の三角旗をはためかせた団体専用列車が大きく描かれ、手前には三脚にカメラを載せた撮影隊。バイオリンに打楽器の音楽クラブ。ビリヤード、囲碁、卓球クラブも見える。前景左はレストランでの会食。中央は図書閲覧室。中央奥の扉は二〇年八月創設の南京分会。その手前はゲストハウスにバスルーム。右奥はテニスの大会であろう、優勝旗とカップが見える。画面右奥のカウンターは儲蓄の窓口。左横に「介紹」とあるのは職業の斡旋も行っていたためだ。右側で人を扶け起こしているのは救貧活動、ベッドの手前は賑恤活動で集められた義捐品と見られる。右手前は自転車の女学生と老紳士が通りで行き交う場面であろうか。女学生の肩掛け鞄と老紳士の胸元に輝く星型のマークは俟徳儲蓄会の徽章（バッジ）[20]である（図２）。各地からの選手が一堂に会するスポーツ大会の優勝旗や南京分会の入口、各地を訪れる旅行団の三角旗等にもあしらわれていた星型の徽章は、老若男女や社会人・学生の別なく、上海内外、街角のいたるところで会員が誇りをもって生活していること、そして互いが仲間同士であることを視認し連帯を確かめあう様を図像化したものと解せよう。そしていちばん手前右に大きく描かれた機関誌『俟徳儲蓄会月刊』が、会員相互を結びあう印刷メディアとして機能し、まさにこのイラスト自体もそこに掲載されているという構図である。

日々の俟約と節制、地道な儲蓄を通じて、健全で豊かな文化生活や充実した余暇活動を享受できる。成立大会のスピーチで使われた語句を借りるなら「積少成多」[21]――個々の小さな積み重ねが全体の大きな福利公益を産み出す。そしてそれは多数の仲間の連携＝ネットワークによってこそ達成されるという思想ないし信念がここに見出せるであろう。

図２　俟徳儲蓄会徽章

俟徳儲蓄会は当時交通メディアの中心を担っていたところの、上海をターミナルとする滬寧（上海—南京）・滬杭甬（上海—杭州—寧波）両鉄路局の職員が参集。その後一念発起して新聞雑誌メディアを積極的に活用し、一般市民へと一挙拡大を図って成立した会員制の民間団体であった。そしてその誘引剤として『申報』『時報』等の新聞メディアを賑わし、会員拡大に大きな力を発揮したのが、他ならぬ団体ツアーであった。

（二）一九二〇～二一年の団体ツアー

俟徳儲蓄会が行った旅行活動で最初に『申報』に出たのは二〇年一一月二八日、上海近郊佘山へのツアーであった[22]。上海北駅から特別に二等車一輌を追加するとともに、車務巡査員二名を配置し諸事に対応させた。佘山では天主堂のほか、事前手配していた天文台も特別に参観。昼食と往復の鉄道運賃込みで二元足らずで済み、「楽しく、かつ節約になったと言えよう」と報じ、「聞けば来月二五日の南京旅行もすでに申込多数とのこと」と結んでいる。ただ、会誌を確認すると、実はそれ以前から旅行は実施しており、一九二〇年は一年間で団体旅行六回、市内の工場見学ツアーを三回実施していたことが分かる（表1）。特に一一月後半から年末までは、毎週末という高頻度で企画されている。

表1　俟徳儲蓄会一九二〇年の旅行活動一覧表

日程	行先	人数	費用	備考
三月頃?	杭州			
三～四月頃?	済南・泰山			徐州も立ち寄り
一一月一四日(日)	蘇州	二二	二元八角二分	天平山
一一月二〇日(土)	商務印書館印刷工廠	一三		工場参観

一一月二八日(日)	佘山	三七	一元六角九分	天主堂・天文台
一二月五日(日)	信誠缶頭豬油廠	一二		工場参観
一二月一二日(日)	崑山	一〇	一元弱	雨天で申込少数
一二月一八日(土)	厚生紗廠			工場参観
一二月二五日(土)~二七日(月)	南京(八月新設の南京分会等に分宿)	三五	三元数角~八元余	団員章と団員姓名職業表を配布

＊『倹徳儲蓄会月刊』第一巻第三期~第二巻第五期をもとに筆者作成。空欄は未詳。

表2は一九二一年分である。春の杭州、秋の崑山がいずれも七〇名前後に増えている。大人数になれば、参加者同士、互いに顔見知りとは限らない。そこで二〇年一二月の南京ツアーでは、団員章と団員姓名職業表が配布された。匿名的関係性が強まったことへの対応であり、旅行団の大衆化が進行しつつある状況が看取されよう。

表2　倹徳儲蓄会一九二一年の旅行活動一覧表

日程	行先	人数	費用	備考
三月二四日(木)~二八日(月)	杭州	六十余	一〇元余	
四月一五日(金)	杭州	七〇~八〇		西清明節〔復活祭〕
七月一六日(土)	福新第八麺粉廠	二十余		
九月一七日(土)~一八日(日)	海寧観潮団	一泊班一一。日帰り班十余		一泊と日帰りの二班を組織
一〇月八日(土)~一〇日(月)	鎮江・揚州		八~一〇元	
一〇月一六日(日)	嘉興		二~三元	
一〇月二三日(日)	呉淞・宝山	十余	約一元	華豊紗廠も参観

一〇月三〇日(日)	崑山	六五		電燈廠、李平書の梅園も遊覧
一二月二三日(金)～二六日(月)	南京・杭州	六隊。各隊二〇以上で募集		南京・杭州は分会に宿泊
一二月三一日(土)～?	南京・杭州・蕪湖・鎮江・揚州			

＊『倹徳儲蓄会月刊』第三巻第一～四期、『申報』記事をもとに筆者作成。空欄は未詳。

（三）大衆化の進行

ここで大衆化に関して三点検討しておこう。第一に、春の行楽シーズン、特に復活祭（イースター）休暇（俗称西〔外国――筆者注〕清明節）の前後に盛んに行われた杭州旅行、クリスマス休暇のツアー、また旧暦中秋の海寧への観潮ツアー等、ちょうどこの頃、倹徳儲蓄会とＹＭＣＡの二つが競合しながら後年の大ブームに火をつけていった点である[23]。もちろん、一九二三年八月創設の上海商業儲蓄銀行旅行部も遅ればせながらさっそく参入し、例えば二五年は中秋節も休まず営業、前後二日にわたり臨時列車を仕立て、各約六〇〇名ものツアー送客に成功している。しかも二日目の最後尾につながれた特別車（花車）には滬杭鉄路局車務総管楊先芬家族が乗車したと報道されているが[24]、楊先芬とは誰あろう、倹徳儲蓄会会長その人であった。倹徳儲蓄会が鉄路局とのコネを十二分に活用し、中国旅行社とも絶妙な相身互い的関係を保ちつつ勢力拡大を図っていた様子が窺い知れる挿話である。

第二に、団体の分派行動あるいは細胞分裂による高機能化の方向性も、すでに当時から現れ始めている点である。早くも一九二一年のクリスマス休暇で、倹徳儲蓄会は最少催行人数を二〇名以上とし、代わりに行先のバリエーションを増やす対応を始めていた[25]。また、同じ行先でも現地自由行動を望む声も高まってくる。なにしろ春の杭州行は大人気で、二四年は一〇〇名超、二六年には二〇〇名余にまでふくれあがっていたのだ[26]。そこで、二八年四月の杭州ツアーでは、参加者一六〇名余は到着後「それぞれ小隊を組織し、分かれて遊覧」、それに合わせて「特別に小旗を多数製作し、各小隊に配布した」という。[27]翌月には行きたい目的地を募集し、二〇名以上集まればツアーを企画するというオンデマンドの試みも実施された。[28]この傾向は年をおうごとに強まり、三〇年代に入ると「大多数の団員は思いどおり拘束なく遊覧したいと希望している」との認識から、フリープランを宣伝材料として強調するに至っている。[29]ただし、フリーとは言ってもこの時点でＦＩＴ（個人自由旅行）は想定されておらず、団員証や徽章、小旗に象徴されるように、小隊はあくまでも旅行団に所属しその全体を構成する形は崩していない。むしろ大団体の一分子として全体の権益を保証され、経済的便益を得ながら、同時に一定範囲内での裁量による自由行動を享受できる組織形態であるが、それがこの段階ですでに定着している点は重要であろう。

第三に、職業・社会階層について。俟徳儲蓄会は成立の経緯から、当初は鉄道職員が多くを占めた。一九二〇年一～五月の新加入者を集計すると、[30]全一七五名中、鉄路局は五七名（三二・六パーセント）、全体の三分の一を占めていた。ただ、それ以外も多く、全体の半数以上は「〇〇公司」等の各種企業（運輸、保険、金属、炭鉱等）、「〇〇洋行」「〇〇行」「〇〇号」等の貿易商社や商店であり、他にも銀行、新聞社、出版社等、基本的に民間会社であった。また、一部は行政機関（工部局、税務局、海関等）、学校、紅十字会（赤十字社）やＹＭＣＡ等の団体、医師等であった。これが二〇年代後半に入ると鉄道関係者は大幅に減り、中小企業や教職員・学生等が増えてくる。例えば二七年一〇月の新加入会員二六六名中、鉄道関係はわずか六名（二・三パーセント）で、折しも呉淞の政治大学教授に招かれた詩人・学者の聞一多も甲種儲蓄会員として清華大学時代の学友らと一緒に入会している。[31]なお、同会の機関誌は、二五年に非売品の会報となった後、新入会員の職業は載せず、連絡先のみになったため職業未詳のケースが多くなったが、このこと自体、会員の社会階層の多様化を踏まえた措置と解釈することもできるかもしれない。

いずれにせよ、全体として圧倒的多数はいわゆる新中間層[32]で構成されており、一般の労働者の加入は多くなかったのではないかと推測される。[33]俟徳儲蓄会にせよＹＭＣＡその他の団体にせよ、旅行活動は必ずしも気晴らしや物見遊山に終始するものではなく、ある種の社会学習機能を強く意識しており、工場も「参観」の対象として積極的にツアーに組み込まれていた。それは旅行という消費行為が倹約節制と矛盾しないとされた理由の一つでもあった。ただ、残された旅行記や報道等を通覧すると、民族資本による殖産興業の成果を、中産階層の地位に立って視察共有する趣が強く感じられる。この点は労働者階級への働きかけを一つの大きな目標としていたトマス・クック社の団体旅行との違いであり、注意が必要であろう。[34]今後さらなる資料探査を進め、より深く検討すべき課題である。

ともあれ、殖産興業型の近代化の時代性が団体旅行の背景にあったことは間違いない。マスツーリズムは、産業社会化と新たな交通技術が生み出した新たな消費行為として、大衆社会という新たな社会構造と生活様式を下支えするとともに、そうした先端的な社会改良の実験場でもあったのだ。

三　トマス・クック社と倹徳儲蓄会

（一）禁欲主義から旅行業へ

ここでトマス・クック社の団体旅行と倹徳儲蓄会のそれとを比較検討してみたい。[35]

まず共通点として気がつくのは、トマス・クック社の団体旅行が禁酒運動に駆動されていたごとく、倹徳儲蓄会も当初から「倹徳」の具体的実践項目として禁酒・禁煙を掲げていた点である。[36]ピューリタン的使命感のもと、地元禁酒協会のリーダーとして献身的に活動していたトマス・クックは、産業革命により新たに都市に登場した労働者階級の酒浸りの生活を改善するという博愛主義の信念から、「安いエクスカーションの魅力」を酒・煙草への堕落をくいとめる手段として利用し、「禁酒運動と観光ほど緊密に係わりあった社会運動はない」と喝破した[37]。そうした〝健全〟な倫理道徳と生活習慣、いわば生活と余暇の〝合理化〟を、当時現実の産業インフラとして路線網を拡大し、余暇活動の手段かつそれ自体アトラクションとしても急浮上してきた鉄道と結びつけることで団体旅行を成功させたのである。空気の汚濁した都会を脱出し、労働の苦役からも解放される旅行は、健康に良く見聞も広まり、酒色の濫費とは雲泥の差である[38]——果たしてこれはイギリスの話か上海のことか、ほとんど見分けがつかぬほど両者の発想は類似していよう。

様々なサービスも、多くの項目が共通する。鉄道や船の切符の手配はもとより、運賃の割引や貸切・臨時列車の増発（鉄路局職員の団体として出発した倹徳儲蓄会にはお手のものだったが）、コース設定（念入りな下見も）とスケジュールの管理、食事や宿泊、余興の歌や音楽の用意まで包括手配するパッケージツアー方式。往復の全行程につきそう添乗員。また、新聞雑誌メディアを利用した募集戦略。多様な情報を盛りこんだパンフレットやガイドブックの製作配付、それと不可分に連動した写真の撮影等々。いずれもトマス・クックの創意であり、それらはほぼそのまま倹徳儲蓄会でも実施された。

（二）旅行業から金融業へ

また、「儲蓄」つまりお金にまつわる部分でも一定の共通性が見出せる。両者ともに単なる旅行代理店ではなく、金融業と密接に関わったのであった。トマス・クック社の有名なトラベラーズチェックは、元々一八六六年、初のアメリカ旅行で試み成功させた旅行外貨引換券（トラベルバウチャー）を発展させたもので、旅行者がグローバルに移動し通貨圏の境域を越える際にたいへんな利便性を発揮した[39]。トマス・クック社はさらに外国為替と通貨交換業務を行う部門を増設（一八七八）、一九二四年には巨大化した金融部門を銀行として独立させるに至っている。

一方、倹徳儲蓄会も、そもそも儲蓄を（倹徳と並ぶ）最大の趣旨の一つとしていたことから、銀行開設は当初からの一大目標であった。一周年記念大会でも、会長の楊先芬ほか、来賓の徐謙やYMCA総幹事の余日章らが異口同音に銀行の重要性や自前で開業することへの期待を述べていた。[40] 翌年の第三次勧導会（会員拡大）も銀行創設の資金集めを目標とし、その成功を受けて一九二二年には銀行開設準備委員会を設け、規約の起草等具体的に検討、「三ヶ月以内に正式に開設できる見込み」との報道もあった。[41] とんとん拍子に進むかに見えたものの、最終的に「倹徳銀行」は国民革命〝完成〟後の二八年七月になって営業開始。[42] ここまで開業が遅れた原因は不明だが、北伐戦争の影響も考えられよう。その後も時局緊迫の影響により収入の大幅減少が続き、三一年七月、本体の倹徳儲蓄会自体、ついに「儲蓄」の二字を看板からはずし「中華倹徳会」と改称するに至る。難産の末に生まれた倹徳銀行も、誕生からわずか六年余り後（三四年一二月）、経営状況の悪化を招き、営業停止と相成ったのであった。[43]

（三）倫理、経済、共同体、そしてツーリズム

英国トマス・クック社と上海の倹徳儲蓄会の間には創業年にして半世紀以上ものずれがあるが、その目標や実践の諸相には驚くほど共通点が見られた。[44] 倫理道徳の精神性に裏打ちされた禁欲・節倹による合理主義とその実践を通じて得られた経済的利得を活かすことが、社会改良にそのままつながるという信念。あるいは、産業革命を経て新たに勃興した中産階級や労働者階級を中心に、これまでとは異なる新たなコミュニティのあり方を模索せねばならなかった時代性。それは慈善事業の表層をまといながらの社会統制、それとともに新興階級をターゲットとする資本主義の大波への対応でもあったと考えられるが、いずれにせよここで「倹徳」と「儲蓄」とが、ツーリズムと結合しながら、社会的流動性（モビリティ）の肯定とそれを通じた社会改造へとリンクしている様相は注目に値しよう。

会の成立一周年記念大会（一九二〇年三月）で、徐謙は孫文の名代としてスピーチし、孫中山先生は節倹にも儲蓄

にも大賛成されていると前置きし、①消費組合の組織、②銀行及び保険の経営、③公共住宅の整備が重要であると述べた[45]。まさに新興の大衆（マス）に基盤をおいた消費社会化・資本主義化の進展とコミュニティ再生の必要性を指摘したもので、問題の一端を適確に捉えた発言であったと言えるだろう。

四．想像の読者共同体／交通する旅行団体

（一）『申報・自由談』の倹徳会

前述のとおり倹徳儲蓄会は一九一五年秋、上海を起点とする滬寧・滬杭甬の両鉄路局職員が始めた組織であったが、恐らくゼロからの発案ではなかったと思われる。と言うのも、その少し前に、禁欲を旨として風紀の乱れを正そうとする〝団体〟が『申報』紙上を賑わせていたのである。その名も「倹徳会」。一四年一月一三日、『申報』の副刊（文芸・娯楽面）『自由談』の「自由談話会」欄において、主筆の王鈍根[46]が呼びかけたものであった。曰く、近来世俗は豪奢に流れ、この国家苦難のときに、酒食交際の濫費は民生を逼迫せんばかりである。かかる悪習を改めるべく、ここに倹徳会を発起し、「奢侈の風を改め、国民の生計に余裕をもたらす（中略）、これこそ道徳の根本をまもるものなり」（一四年一月一三日）[47]と。

提案はすぐさま賛同者を得た。そこで王鈍根は三日後にあらためて以下のように会則を発表した（一九一四年一月一六日）。

かつて汪精衛先生が発起された進徳会は、趣意至善にして、多くの賛同を得た。今それに倣い、倹徳会を創設する。簡単に会則五条を設けて同志の指針とし、もって酒食堕落を絶つための戒めとしたい。

一、芸者遊びをしない。二、賭博をしない。三、酒肉の饗宴をしない。四、華美な服装をしない。五、清貧の士を軽んじない。

最初の入会者　童愛楼　丁悚

会則は上記五条を誓約するのみ。「入会者はただ姓名を公表するだけでよい」（一九一四年一月一三日）とされた。

さっそく勇躍名乗り出た丁悚とは、王鈍根が編集長をつとめた「鴛鴦胡蝶派」の通俗文芸誌『礼拝六』等で活躍した漫画家で、『申報・自由談』の中核人物の一人。童愛楼も常連投稿者であり[48]、若干やらせの風なきにしもあらずだが、その後入会者は引きも切らず（多いときは一回に数十名を掲載）、「一ヶ月足らずのうちに数百に達した」（一四年二月一一日、署名恵雲）。その中には「天虚我生陳栩」等の有名人もいたものの、大多数は全く無名の読者たちであり、後年共産党員として活躍した若き費哲民やその親友でアナキストの趙石龍等も含まれていた[49]。

さらに二月七日には北京から徐綺雲、張師竹両女士により「女子尚倹会」発起の消息が伝えられた。これに対し王鈍根は「もとより男女の制限はないので、女子尚倹会を倹徳会に合流させ、力を合わせてこの道を推進しようではないか」（一四年二月六日）と呼応した。その甲斐あって、その後女性の入会も相継ぎ、夫婦で申し込む者も出た[50]。

こうして老若男女数百名を擁するまでに拡大した倹徳会であったが、一九一五年三月一九日、王鈍根の唐突な辞職広告を機に自然消滅を迎えることとなった。倹徳儲蓄会の発起はその半年後。恐らく倹徳会をヒントに構想されたものであろう。実際、王鈍根らが自らの先駆例として意識していた進徳会[51]（一二年結成）の中心メンバー汪精衛や蔡元培は、二〇年創刊の『倹徳儲蓄会月刊』表紙題字を揮毫。講演会にも招かれており[52]、倹徳儲蓄会は進徳会から倹徳会へと連なる系譜を明確に意識していたものと見られる。

（二）倹徳会から倹徳儲蓄会へ

とは言え、倹徳会と倹徳儲蓄会との間には、様々な位相において微妙な違いも見られる。

第一に、前者は基本的に『申報』紙上だけのバーチャルな擬制であった。「本会は世の形式偏重の悪弊を改めたいと願い、ゆえに会所（事務所）はなく、職員もなく、いわゆる会長もなく、徽章(バッジ)もない。全て各人の良心に基づく」（一九一四年一月二〇日）[53]というわけである。また、地元に「分会」を設立したいとの声に対し、「倹徳を提唱するものであれば、どこにでも設立していただいて結構だが、べつに分会と呼ぶ必要はないので、ずばり倹徳会と呼べばよい」（一四年八月二〇日）と答えている。この考え方は他の入会者にも共有されており、「この会は決まった場所は持たないけれども、「自由談話会」こそが会の場所なのだ」（一四年三月二日、署名真州趙二（趙石龍――筆者注））等と述べられていた。

ただ、バーチャルとは言っても、完全な匿名性には反対で、「入会には皆さん本名を書いてほしい。別号だけの署名はご遠慮願う」（一九一四年二月二三日）と訴えられていた点には留意が必要であろう。実は倹徳会の提起以前に、「自由談話会」欄では投稿者からの発案で、互いに自己紹介を写真付きで載せようではないかとの提案がなされ、写真と名前（本名と筆名や別号）、年齢、原籍、住所等を公開しあうコーナーが、一年近くにわたり断続的に続いていたのだ[54]。王鈍根が本名にこだわったのも、これと無関係ではあるまい。『申報』という「印刷資本主義(プリント・キャピタリズム)」（B・アンダーソン）のメディアを活動の「場所」とし、物理的な「会所」も「佩章(バッジ)」も持たぬ新聞紙上のバーチャルな集まりではありながらも、ある意味で「顔」の見える「実在性(リアリティ)」を担保された、そのような〈想像の「読者共同体[55]」〉が渇望されていたのではないだろうか。そしてこの点も、両者の微妙な違いとなっている。倹徳儲蓄会は地上五階建ての立派な「会所」を誇り、胡伯翔のイラストにポジティブに描かれたごとく、星型の徽章が文字どおりシンボリックな機能を発揮していた。と同時に、大衆化の進む状況下で、団員章と「団員姓名職業表」の配布により「顔」の見える関係性を可視的に確保しようとする点において、倹徳儲蓄会も倹徳会と同一の欲望を共有していたとも考えられるだろう。

第二に、前者では全く話題にならなかった儲蓄が、後者の主軸に浮上している点である。儲蓄は、もちろん第一義的には経済の問題である。だが、注意すべきは、時間の問題でもあり、空間の問題でもあるということだ。

そもそも儲蓄は「皮算用」、つまり（未だ）取らぬ狸を取ったとする仮定法のモダリティと切り離せない。いわば先見性、計画性と不可分であり、未来の時間はこのまま続くとの信念に基礎を置いている。明日地球が消滅すると知りながら儲蓄に励む者はいまい。仮に一九一二年の進徳会、一四年の倹徳会が〈現在〉の欲望に照準を合わせていたとすれば、一五年に発起され二〇年に成立大会を開いて再出発した倹徳儲蓄会は〈将来〉への期待――彼らが用いていた経済用語で言うなら「信用」――を前提としていたのだと言えよう。[56]

空間については、胡伯翔が弾むような筆致で描き出していたように、胸元に星型の徽章をつけた千万に上る衆多の会員が、国土の各地に広がりながら、共同の事業に取り組んでいるイメージに注目したい。倹徳儲蓄会は一九二三年三月、その一ヶ月ほど前に始まったばかりの最先端情報通信メディアであったラジオ放送の共同聴取活動を立ち上げたことでも知られ[57]、「広播（broad casting）」の字義どおり、リスナーの広がりとも重なるイメージで南京、杭州そして全国へと展開しつつある「分会」とも一体となり、公共的な楽しみに向かって資金を積み立てていった。その積み重ねが全体の幸福へと姿を変えるのだ。マス（衆 mass）こそが何事か新たな次元を創発する（はず）だという信仰が、ここに確固として見出せよう。進徳会・倹徳会が個人の修養を重んじたのに対し、倹徳儲蓄会では全体社会としての創発性が大らかに謳いあげられていたのであり、人気を集めた団体ツアーは、そのような社会団体の価値意識を、車窓にはためく三角旗とともに各地に運んで行った。イラストの中を軽快に疾駆する旅行団の専用列車は、そうした新たなライフスタイルの、それ自体が一つの重要なメディアであったと読み解くことができるのではなかろうか。

むすびに

前章で『申報・自由談』の倹徳会を倹徳儲蓄会と比較検討し、前者を紙上のバーチャルな〈想像の「読者共同体」〉とし、後者を「顔」の見える交流志向の旅行団体として、対比的に論述した。しかし、ここで注意を喚起しておくべきは、そうした論述はあくまでも行論の便宜のためであって、両者をバーチャルVSリアルの単純な対立図式で捉えるのは早計であるという点だ。事実、王鈍根の倹徳会も本名や住所によってメンバーの実在性をつかまえようとしていた。もっとも、本名で入会したところで、畢竟それは〝紙上の団体〟。いったん主筆が「会の場所」を去るや、あえなく消滅してしまったわけであるが。

一方、一九一九年に会員が一堂に会して成立大会を開催、さっそく旅行活動を展開していった倹徳儲蓄会は、最盛期に一万人もの会員を抱えながら、そのネットワークの広がりを、実際に旅行団を組んで旅し、あるいは相互に往き来することにより、身体性を伴う形で確かめあうことが部分的にせよ可能であった。そしてそれは、ある種の社会改造運動（国民国家的な政治＝経済主体の形成をも含む）と文化娯楽活動（生活領域の価値観をも含む）とを往還させ、同時追求する形で、いわば物理的愉悦と精神的交歓の両方を相即的に達成しようとするものであった[58]。

見てきたように、倹徳儲蓄会の団体ツアーは、いわば旅行活動こそがその組織原理それ自体を構成するような、生成的な営みであった。プリントキャピタリズムだけでなく、それと同時に身体性を介し、具体的な場所と結びついた――しかし一箇所に固着された形ともまた別の――〈交通〉の実践。未来を繰り込んだ時間の延長の感覚、そして国家全土へと伸びゆく空間の拡張と「協社（co-operative society）」の歓び。それらが、〈いま・ここ〉と〈別のどこか〉とをつなぎ合わせつつ還流させるツーリズムを通じて実現され得るという楽観的認識が――当人たちがどこまで明確に意識していたかは別として――彼らが熱中したマスツーリズムに読み取れるのではないか。それを、ネーションはツーリズムが作った、と言うのはむろん過言に違いないが、近代中国におけるナショナリズムを、ツーリズムから問い直す作業は、魅力的かつ重要な課題として私たちを強く触発するのである。

本研究はＪＳＰＳ科研費 研究課題番号２６５７００２２、ＪＰ１６Ｋ１３１４０の助成を受けたものである。

【注】

（１）一例として、賈鴻雁「民国時期游記図書的出版」（『広西社会科学』二〇〇六年第一期）は「団体旅行の興起」の節でまず一九二七年の中国旅行社の誕生をあげ、それにより多数の旅行団が組まれたと指摘した後、「友声旅行団等の民間の旅行団体も出現し始めた」（一〇六頁）と述べている。彭勇主編『中国旅游史』（鄭州・鄭州大学出版社、二〇〇六）は第三章「古代旅游活動概覧」で「民間群体的旅游活動」に一節を立てて論じているが、近現代を対象とした第六章では民間の旅行団体に全く言及していない。そうした中で、友声旅行団に限っては韓国の研究者朴敬石（박경석）の「民国時期上海的友声旅行団和『休閑旅行』」（『民国研究』一七、北京・社会科学文献出版社、二〇一一）がある。

（２）『魯迅日記』一九二七年一二月一七日。また、銭君匋「陶元慶的絵画及魯迅所蔵的石刻」（『申報』一九二七年一二月一三日）、「立達学園定期挙行展覧会」（『申報』一九二七年一二月一一日）を参照。

（３）『魯迅日記』一九二九年七月二五日。

（４）張治『異域与新学――晩清海外旅行写作研究』（北京・北京大学出版社、二〇一四）、李涯『帝国遠行――中国近代旅外游

記与民族国家建構』（北京・中国社会科学出版社、二〇一一）をはじめ多数刊行されている。

（5）「論中国人不能旅行之原因」天津『大公報』一九〇四年一〇月二一～二二日所載。

（6）例えば李嵐『行旅体験与文化想像——論中国現代文学発生的游記視角』（北京・中国社会科学出版社、二〇一三）は、民国成立（一九一二）以前については基本的に海外旅行のみを扱っている。なお、中国国内旅行に関し、「この時期（一九二〇年前後まで——筆者注）近代ツーリズムはいまだ形成されておらず、旅行も清末と大差ない状況であった」（五一頁）とする記述は、本稿で示したように事実誤認である。

（7）「江震学堂旅行杭州記」『申報』一九〇七年七月一九～二四日。旅行は旧暦五月初一、すなわち六月一一日出発。なお、跋文の署名は校長の費璞安（費孝通の父）。

（8）「利用清明時期組織旅行団」（署名雪生）『申報』一九二三年四月五日。

（9）「普益社旅行団消息」『申報』一九二〇年七月二九日。『上海普益社』（同社編印、一九二〇）の「A Summer Excursion to Pootoo」によれば参加者三三名。海水浴の写真も掲載。

（10）同上『上海普益社』、及び『上海青年普益社三年報告』（一九一八）を参照。

（11）「青年会組織汽車旅行隊」『申報』一九一九年一〇月一六日。

（12）蛭川久康『トマス・クックの肖像——社会改良と近代ツーリズムの父』（丸善ブックス、一九九八）を参照。

（13）他に少年宣講団等による旅行の報道が見られるが、いずれも数は少ない。

（14）王淑良等『中国現代旅游史』南京・東南大学出版社、二〇〇五年、二三〇頁。

（15）「倹徳儲蓄会沿革史」（『倹徳儲蓄会月刊』第一巻第一期、一九二〇年三月）、「倹徳儲蓄会開会記」『申報』一九一九年二月一九日等を参照。

（16）「倹徳儲蓄会第二届懇親会紀」『申報』一九二一年四月一〇日。

（17）「倹徳儲蓄会拡充消息」『申報』一九二三年一〇月一三日。

（18）「倹徳儲蓄会昨行会所落成典礼」『申報』一九二六年八月二三日掲載の会長楊先芬のスピーチによれば九八〇〇人。同会発足一〇周年記念誌に当たる『嘉言懿行録』（闞軼群編述、一九二五）所載の「加入倹徳儲蓄会之利益」には「会員数は一万人を下らない」とも。

(19)同上「加入倹徳儲蓄会之利益」には計一九項目の特典が列挙されていた。そのほとんどは「はじめに」で触れた一九二六年八月落成の新事務所ビルに見事に反映されていた。

(20)倹徳儲蓄会の徽章は五芒星の中に鉄道レールの断面を十字形に配した図案である。クロスするレールは滬寧・滬杭甬の両鉄路を示すものと推察される。

(21)中国紅十字会会長沈仲礼（沈敦和）の演説より（「倹徳儲蓄会開会記」『申報』一九一九年二月一九日）。

(22)「倹徳儲蓄会旅行団消息」『申報』一九二〇年一一月二九日。

(23)「青年会中学校旅行崑山記」『申報』一九二〇年一〇月九日、「青年会訂期旅行杭州」同上一九二一年三月一七日、「青年会旅行団預備赴海寧観潮」同上一九二一年九月一三日等を参照。九月の海寧観潮は一六日（金）夜発で二泊三日。鉄道・船賃と宿泊・食費等全て込みで一人四元二角。女性も可と特記され、すでに数十名の申込ありと報じる。

(24)「上海銀行旅行部中秋照旧辦公」『申報』一九二五年一〇月一日、「滬人観潮之烈」同上一九二五年一〇月五日。

(25)「倹徳儲蓄会通告」『申報』一九二一年一二月二〇日。

(26)「杭州旅行団」『倹徳儲蓄会会刊』第五巻第一期（一九二四年六月）、「杭州旅行団紀事」『倹徳儲蓄会月刊』第一三期（一九二六年四月）を参照。

(27)「倹徳会杭州旅行団前晩返申」『申報』一九二八年四月一一日。

(28)「倹徳会擬組織各旅行団及参観団」『申報』一九二八年五月一五日。

(29)「杭州旅行団紀事」『倹徳儲蓄会会刊』一九三〇年第二期。

(30)『倹徳儲蓄会月刊』第一巻第一～四期「報告」欄、各月の「加入会員報告」一覧表に姓名、別号、職業、連絡先、会員種別等を記載。

(31)『新倹徳』第一巻第三期（一九二七年一一月）所載の「新入会会員一覧表」に呉国楨、陳石孚と併記。これ以前（第一巻第一期）に同窓の親友潘光旦が加入しており、勧誘を受けたものと見られる。

(32)上海近代の新中間層については岩間一弘『上海大衆の誕生と変貌――近代新中間層の消費・動員・イベント』（東京大学出版会、二〇一二）等を参照。

(33)傍証として、青年会と倹徳儲蓄会付設のホテルは部屋代が高く、一般人には利用が広まらないとの投稿があった（「読木馬

君「青年与旅館」之贅言」『申報』一九二六年六月四日）。

(34) 労働者を対象に組織された注目すべき事例として、上海ＹＭＣＡの童子軍（スカウト）が欧嘉路の協成裕記銀箱廠の労働者向けに南市の半淞園への特別優待ツアーを実施した記録がある（「青年会童子養成団偕廠工游覧半淞園」『申報』一九二〇年九月二九日）。中秋節の休日に当たり工場主の張同孚が各人に「小洋三角」を支給しており、皆大喜びだったという。

(35) 以下トマス・クックと同社に関しては前掲注(12)『トマス・クックの肖像』、及びピアーズ・ブレンドン／石井昭夫訳『トマス・クック物語』（中央公論社、一九九五）を参照。

(36) 会では勧導会（会員拡大キャンペーン）の慰労表彰宴でも酒・煙草を用意しなかった（「倹徳儲蓄会徴求会褒栄宴紀」『申報』一九二〇年一〇月一二日）。また、「特別儲蓄会員」制度を設け、禁煙・禁酒またはどちらか一方を誓約実行し毎日一角ずつ積み立てると、一〇年満期で四〇〇元の払戻金を受け取れた。なお普通会員は毎月三元、六年満期で二一六元の還付が受けられた（前掲注(18)『嘉言懿行録』）。ちなみに当時『申報』が定価三分、劇場のいちばん安い二等席が一角、二七年創刊の中国旅行社の『旅行雑誌』が二角という物価水準であった。

(37) 前掲注(35)『トマス・クック物語』、五一頁。

(38) 「交誼科啓事」『倹徳儲蓄会月刊』第二巻第五期（一九二一年二月）を参照。

(39) 中国でもトマス・クック社（中国名通済隆公司）の旅行支票（トラベラーズチェック）はつとに知られ、上海商業儲蓄銀行旅行部も創設と同時に独自のトラベラーズチェックの開発販売に着手し、西欧列強からの経済権益回収の重要事業として力を入れた（「上海銀行旅行部之拡充」『申報』一九二三年一一月四日）。

(40) 「倹徳儲蓄会週年大会紀事」『申報』一九二〇年三月二二日、及び「孫中山先生代表徐季龍〔徐謙――筆者注〕君演説」、「余日章君演説」（ともに『倹徳儲蓄会月刊』第一巻第二期）を参照。

(41) 「倹徳儲蓄会籌備銀行」『申報』一九二二年二月一三日。

(42) 「倹徳銀行開幕通告」『申報』一九二八年七月一六日。

(43) 「倹徳銀行改組未成 昨起公告停業」『申報』一九三四年一二月一四日。

(44) ただし両者間の直接的影響関係は不明である。トラベラーズチェック取扱いの有無等も考慮すれば、恐らく直接の影響ではなく、文明史的な時代性の共有によるものと考えられるが、詳細な検討は今後の課題としたい。

（45）前掲注（40）「孫中山先生代表徐季龍君演説」に同じ。

（46）王鈍根に関しては欒梅健「『礼拜六』派大本営的重要営造者——王鈍根評伝」（曹恵民編校『現代通俗文学「幽黙大師」程瞻廬』南京・南京出版社、一九九四年、所収）を参照。

（47）以下本章における『申報』「自由談話会」からの引用は、投稿者名を特に示した以外は、全て王鈍根の筆になる。

（48）童愛楼は『申報・自由談』からスピンオフする形で創刊（一九一三）された『自由雑誌』で王鈍根と共同編集長をつとめた。Lee. Haiyan. “A Dime Store of Words”: *Liberty* Magazine and the Cultural Logic of the Popular Press（*Twentieth-Century China*, Vol. 33, Issue 1, 2007）を参照。

（49）陳栩（筆名天虚我生）は一月一八日に、費哲民（筆名無邪子）と趙石龍（筆名真州趙二）はそれぞれ二月九日と二月一日の「入会者」に登載。費哲民は当時上海に出て徒弟奉公しながら夜学に通い、夜学で趙石龍と意気投合。「自由談話会」の常連投稿者となっていた（費民生「五四運動前後的費哲民」『新文化史料』二〇〇〇年第三期）。

（50）ただし「〇〇女士」が真に女性であるかは必ずしも保証の限りではない。ただ、女子倹徳会の類はその後各地で結成され、作家丁玲の母、余曼貞（蒋勝眉）も一九一九年秋に湖南省常徳で、馮玉祥夫人の李徳全らとともに「婦女倹徳会」を立ち上げている（鄧声斌「丁玲的母親与丁玲」『常徳日報』二〇一二年八月四日）。また、余曼貞は翌二〇年に女子工読互助団を創設しており、倹徳儲蓄会と工読互助団との思想的連鎖を物語って示唆的だが、これについては稿をあらためて論じたい。

（51）進徳会については湯鋭「辛亥時期知識分子関于『道徳』的認知及実践——以呉稚暉、蔡元培『進徳観』為中心」（『学術界』二〇一三年第一期）を参照。

（52）蔡は『月刊』創刊号の題字を揮毫、二七年に講演を行った（「蔡孑民〔元培——筆者注〕在倹徳儲蓄会之演講」『申報』一九二七年一二月五日）。汪は『月刊』第一巻第三期の題字を揮毫、二四年に同会学術研究社の招きで講演している（「汪精衛在倹徳会之演講」『申報』一九二四年六月六日）。ちなみに『月刊』表紙題字の揮毫者は第一巻第二期が許世英（交通総長）、第一巻第四期が唐文治（上海交通大学校長）で、鉄道建設や交通部に関係の深い政治家。その後は王正廷、徐謙、居正、馬君武、胡漢民ら中国同盟会の元老が名を連ねている。揮毫者の顔ぶれや団体ツアーの行先（二一年一〇月の崑山旅行における李平書の梅園、南通の張謇の工場や学校等）を鑑みるに、いわゆる「交通系」との関係の深さが窺われるが、この点の探究は今後の課題である。

（53）無署名だが、曙嵐署名の投稿に対する按語であり、王鈍根の筆になるものであろう。
（54）陳建華「『申報・自由談話会』——民初政治与文学批評功能」（『従革命到共和』桂林・広西師範大学出版社、二〇〇九）を参照。本文中では倹徳会にも言及しているが、「旧道徳的色彩の濃厚な散漫な団体」とする評価については筆者は若干見解を異にする。
（55）「読者共同体」については、清水賢一郎「What Books Young People Loved Best in the mid-1920s Beijing : Structure and Practice of the Readership of *Jingbao Fukan*」（『科学研究費補助金（基盤研究（A）（2））二〇世紀前半華北地域の都市近代化にたいする日本の影響 研究成果報告書』、二〇〇二）を参照。
（56）儲蓄との関連では陶楽勤「協社与儲蓄」（『倹徳儲蓄会月刊』第一巻第三期、一九二〇年四月）が「協社（co-operative society）」、特に消費協社と信用協社が重要であると強調していた。前者は商店、後者は銀行の機能を果たし、そこから一つの「互助団体」へと進化が可能であり、それは現今の世界的潮流にも合致しているとの主張は、前掲注（40）及び（45）の徐謙の演説を補強する議論であった。
（57）「倹徳会無線電収音機之成績」『申報』一九二三年三月一一日。なお、情報通信メディアのネットワークに関連して、倹徳儲蓄会の図書室は設立当初から地方在住会員のために郵送による貸出サービス（後年「流通図書館」と呼ばれる）を実施した点でも先駆的であった。「書報室規則」（『倹徳儲蓄会月刊』第一巻第二期、一九二〇年三月）によれば市外の会員は三冊まで貸出可で、郵送費は会側が負担、返却時は会員の自己負担と定められていた。
（58）ただし、ここで「相即的」と仮に言語化した事態は、いわば彼らの〈夢〉であり、実際に実現され得る／されたかとはまた別問題である。恐らくはその〈夢〉自体、微妙なバランスのうえに、かろうじて結ばれた幻像にすぎないと捉えるべきであろう。倫理、資本、共同体、そしてそれらとツーリズムとの相互関係をめぐる探究はようやく端緒についたばかりである。

民国期の「文学青年」イメージをめぐって
——郁達夫と沈従文を中心に

高　彩雯

はじめに

伊藤虎丸は魯迅と郁達夫の世代を論じるときに、内田義彦の世代論と青年論に関する理論を援用して、二人の世代差を「政治青年と文学青年」の差異に帰結し、それぞれの「我の概念」と性格を分析した。魯迅が明治期の日本で留学生活を過ごしたのに対し、創造社メンバーほぼ全員が大正期の日本で青春期を過ごし、郁達夫は一九一三～二一年の間日本に留学していた。彼らはそれぞれに留学時期に流行した思潮を吸収したが、伊藤は論述のため便宜的に魯迅を「政治青年」の類型に、創造社メンバーを「文学青年」の類型に整理したものの、「そのまま同一視できるというつもりはない[1]」という但し書きを付けている。作家の個性の相違を単純に時代思潮の影響に還元すべきではないかもしれない。しかし、伊藤の提起した問題は、郁達夫研究においては有意義なものと思われる。それは、郁達夫と「文学青年」との関係においてである。

そもそも、「文学青年」というカテゴリーは、自明のものではなかった。伊藤は「消費における生産的契機の強調[2]」の概念により創造社の「創造」の文学を理解し、それを大正文壇では文学が「実学」の外に置かれる傾向にあったという点に関連づけているが、このことはむしろ大正文学の非実学性を証明しているように筆者には受けとれる。文学と実学、特に政治との関係はさまざまな文脈で提起されているが、文学が実学から除外されたプロセスを解明することで、「文学青年」イメージの二〇世紀初期の日本および中国における形成過程の解明に、一つのヒントを得られるものと思われる。「実学から除外されること」と引き換えに「現代文学」の生成、流通、消費が確立していった時代に、郁達夫と沈従文との交流はどのような役割を演じたのであろうか。それが本稿で検討したい問題である。

郁達夫は中国の文壇で意識的に「文学青年」という言葉を取り上げた最初の一人であり、沈従文宛の「給一位文学青年的公開状（一人の文学青年への公開状）」を『晨報副刊』で発表し、文学を志す青年に「大学に入る夢を見るのをやめ、文学もやめよう」と呼びかけた。この一文は、現代に至るまで皮肉たっぷりの社会批判の名散文という評価を受けており、「文壇」「文学青年」など文学場の概念に敏感な郁達夫は、「文学青年」を否定したことで逆説的に意識を喚起し波紋を呼ぶ存在となった。

本論は、まず日本と中国の青年および「文学青年」の言説を整理し、そして「一人の文学青年への公開状」を解読し、さらに「文学青年」をめぐる問題、および郁達夫とその後の文学青年の状況を明らかにしたい。

一．「文学青年」の明暗

日本における文学青年とは、どのようなイメージであろうか。「文学青年とは、通常文学を職業としてはいないけれども、ほとんど狂信的ともいうべき文学に対する愛着と憧憬を持っている人々を意味する」[3]と大宅壮一は定義した。つまり、「文学青年」は文学を職業とする前の青年なのである。

永嶺重敏の研究によれば、明治二〇年（一八八七）前後に郵便制度の発展によって、全国規模の読書市場が形成され、作家、出版社、読者の関係が成立し、日清戦争後、職業作家が生まれたとされている。[4]この職業作家誕生に続いて、文学に憧れる「文学青年」が継起したと言えよう。そこで文学青年誕生期の新聞を検証すると、「文学青年」には窃盗、心中、自殺などの犯罪報道に関連するマイナスイメージが付き纏っているのである。例として、明治四五年（一九一二）の読売新聞の三面に掲載された「文学青年の轢死　浅間に死せず上野に死す」という記事を見てみよう。

「十一日九時三十分頃長岡発上野着列車一一四号が将に下谷区桜木町の鶯渓停車場へ着せんとする際突然線路に飛び込みて無残なる轢死を遂げたる青年あり坂本署の斉藤警部補須山医師等検視せしに木綿紺絣の単衣に黒メレンスの兵児帯白の大小の半シャツ〔中略〕包の中には原稿紙一帖封筒十枚及原稿紙に認たる次の遺書あり[5]〔後略〕」。それにしても、青年は原稿用紙を持っていただけなのに、記者は何故彼を「文学青年」と特定できたのか。自殺願望があり原稿用紙を持ち歩く青年は、「文学青年」という記号を付けられたのであろう。ここで想起されるのは、藤村操という「哲学青年」の自死である。磯田光一は「〝遊民的知識人〟の水脈――屈折点としての藤村操」において、時代史的な文脈で藤村の死を考え、「藤村操の自殺の動機が〔中略〕純粋に〝私的なもの〟に根ざした自殺だったということである。〔中略〕文学が公的なものから徐々に自立し、私的空間の事業として意識されてくる歴史過程に、ほぼ対応していると思われる[6]」と論じた。「文学」は公的なものから自立するようになったとき、「私」―「死」―「内面」への関心が強まった。「私的なもの」に凝縮されて、内面化され、個人を重視する現代文学へという、政治から文学へのシフトが行われたというのである。磯田が提示したこのような「国」から逸脱してしまった遊民・文学青年への視点は、とても興味深い。また、明治三〇年代の投書雑誌『中学世界』の言説には、既に「近代の士人的エトスの持ち主」にとって「文学青年たちが国家を顧みない『個人主義』の輩にしか見えない[7]」風潮が窺えるのである。

「青年」というモラトリアム期の創出は、日本においては、子供の創出と同様に、すこぶる近代的な発明である。青年に関する研究において、多仁照広は、『青年の世紀』で日本の若衆の伝統から帰属の団体としての青年団を検証し、青年という造語にキリスト教の影響が大きいことなどを指摘した。また「近代化の先頭を行く都市、とくに東京に地方から立身出世を夢見て上京してきた若者たちは学生・書生となり、彼らが有意の若者として新たな『青年』という概念を作り出した[8]」という。青年とは、国民国家の成立に伴う、錯綜した政治的な動員、メディアの変化、近代文学の内面化およびそれに付随した他者との関係などの要因で創り出された概念だと言えよう。「青年」はこのように豊かな意味を内包しているのである。青年期は期待を受けて未来のために準備すべき「モラトリアム」期[9]でもあるため、青年の教育（教養）と政治的な動員は重視された。

文学青年に視線を戻すと、どうであろうか。人生の準備段階の「青年」、つまり文学を志し、「作家」になる夢を抱えて上京して、筆で生計を立てようという一群に対し、新聞は自殺、犯罪に深く絡む「文学青年像」を作り上げた。

例えば、大正一〇年（一九二一）三月一五日の朝刊を見ると「死に損ね（ママ）の文学青年が書籍盗賊を働く」「罪の文学青年に涙の裁判　苦学の目的で上京　盗みや殺人未遂までも[10]」などの犯罪に走った文学青年がおり、高等小学校卒業後に文学に溺れ家を出た人の自殺と盗みの始末が掲載されている。また自殺、情死の系統で「画家の妻と文学青年の情死[11]」「盛装した妻を短刀で殺し己れも自殺せんとした文学青年[12]」「〝夢喰い虫〟心中は文学青年と元女給[13]」などの犯罪・事件報道がある。新聞はこうして文学青年に耽溺、自棄、犯罪、自殺という暗いイメージを被せ、出世コースから逸脱したものとして差別するようになった。

一方、新潮社の『文章倶楽部』のような「文学青年向け雑誌」は「青年文士録」の編纂、投書の規則、「文壇百人号」、「処女作を書くまで——文壇諸家の投書時代」といった特集を組んでおり、これらは「読者の身辺に文壇を引き寄せる試み」を通じて、文壇に入ろうとする青年の名誉心をかきたてる企画にほかならない。『文章倶楽部』の編集者から見れば、文学青年はまず読者、ターゲットである。錚々たる文学者の肖像を見せ、文学を志して出世した人の美談を提供することは、彼らに雑誌を購入させるための広告として機能したはずだ。文学者の私生活の細部まで見せるのも、文学志望の青年が理想とするライフスタイルを呈示していたと言えよう。つまり、文学者への憧憬は、文学青年向けの文学誌では増幅させられる一方、新聞では破滅、堕落への道だと警告されていたのである。

二　中国における青年像

ところで、中国における青年はいかなる状況にあっただろうか。清朝末期には亡国の危機に瀕し、梁啓超を始めとする知識人による、「老中国」と対極にある「新中国」の提起が、国民を奮起させたのは周知のことである。梁啓超は国民国家を振起させんとばかり、徳富蘇峰を援用して青年のエネルギーを喚起しようとした[14]。「新民」は概念としてはあまり新しくないものの、文学、特に小説の地位を向上させ、国民を覚醒する道具として提起されたことは、中国文学における新しい事件であっただろう。ここでの「青年」は老中国の反対として提出された仮定概念であったし、また清末には文学は多くの場合政治のためのものでしかあり得なかったであろう。佐藤一郎は「梁啓超における『文』は、既に伝統的な詩文の文であることを止めて、よりひろく社会に働きかける著作家の文章の意味を持ち出したのである」[15]と述べている。梁の文章は「社会に働きかける」道具として使われ、「フランスにおけるボルテール、日本における福沢諭吉、ロシアにおけるトルストイ」[16]の如きものであり、啓蒙家としての梁啓超は、一見文学の旗を掲げているようだが、それが現在の「文学」の意味と異なることは確かである。そもそも中国における「文学」と「政治」は本来ほぼ不可分な領域であり、「〝文〟は〝文〟自体としての秩序、即ち政治から独立した存在ではない。常に政治的理想実現のために参与するのである」[17]。問題なのは、昔は士大夫の予備軍として、科挙合格に向けて勉強した「受験生」が、国の存亡に直面する「青年」になったということである。

ところで、一九〇五年に科挙を廃したことの意味を見逃してはならない。佐藤慎一は「知識人世界に地殻変動をもたらした最大のきっかけは、科挙の廃止であった」[18]と清末の士大夫世界を分析している。科挙の廃止に伴い、知識人が政治上の「上昇社会移動の主要な手段」[19]を失い、外国へ留学する人の数が増えたほか、条約港（条約によって開かれた港）に集う知識人も増加した。その後長期にわたり影響が及んだ最も深刻な事態は、知識人の社会的な地位の失墜ということである。科挙制度の廃止で、伝統的な学問を研鑽することで官僚になる道が失われた一方、近代的学校制度の成立によって、「青年」期という近代的な学制による限られたモラトリアム期が出現した。青年期は保証されない未来のための予備期であり、エネルギー発散期でもある。青年たちはやがて来るであろう未来の希望である反面、浮遊する人材となった。

特に五四運動前後から中国の学生運動が盛んになり[20]、地域を越えた連携は学生の共闘エネルギーを噴出させ、ナショナリズムへの情熱を増幅させた。郁達夫は五四運動を「個人を発見する」運動だと述べたが、個人の発見が文学の内面化に進展した。また雑誌『青年』『新青年』の命名にも見られるように、「青年」という「想像の共同体」が強化され、青年、学生、少年は一時期流行語になったのである。「青年」に対する情熱的な招請は、清末五四の知識人の世代が次の世代の中国を担う青年＝「子供」を大切にするという叫びであり、魯迅のような過渡期の中国の知識人は自身の中の原罪を憎む一方、純潔無垢の少年、青年に期待を込めた。

王汎森は、五四以後の変化の要素の一つは「閲読」、即ち読むことであると指摘した。

　五四運動は、国事に関心を持ち、「新思潮」に関心を寄せるという気風を喚起し、一種の閲読革命を起こし、本や新聞の読者は激増した。新たな図書、新聞を読めることは、新たなトレンド（意向）の表明であり、青年の人生および行動様式にも深く影響した[21]。

読んだら書きたいという欲求が起きたという、五四の影響を受けた学生時代の青年たちの思い出は少なくない。沈従文は「読者」の意識変化に注目し、「五四運動は若者の中に動揺を引き起こした、それは全国すべての青年の心に起きたのである[22]」と述べた。また「文学」に対しても、さまざまな態度が見える。一時期『申報・自由談』の編者を務めた黎烈文（一九〇四～七二）は、「五四運動以後、自分の雑読の習慣が意味のないものから意味のあるものに変わった、まだ中学を終えていないころ、小説を書く真似事を始めた[23]」と回想している。小説を投稿したものの、「文学」の意味を疑った丁玲（一九〇四～八六）も、五四運動の影響で動き出したと言える[24]。文学をやってみようとしたり、文学を疑い実学的なことをしようとする青年たちは、いずれにせよ五四の後、「感情の構造」が変容していることがわかる。聞一多（一八九九～一九四六）も一九二三年にアメリカに留学しているが、郭沫若を尊敬して『創造』の出版に関心を寄せ、「『創造』を駟（四）弟に送って欲しい、ほかの雑誌は今後永遠に中止してくれ」と『創造』季刊に注目している[25]。また「真剣に文学をする」文学研究会のような文学サークルの成立、同人雑誌の創刊、新聞や文芸誌への投稿が五四以降盛んになり、こういったソーシャルネットワークの結成は文学青年の誕生と直結する。さらに読者欄の成立は、読者と編集者の交流や潜在する読者の喚起に役立ったと思われる[26]。

前述の日本の新聞での青年像のような、犯罪や破滅といったマイナスイメージほどではないが、中国でも政治活動に動員される予備の人材として、文学に走る青年の「生活スタイルや主体」を批判する動きが起きている[27]。『嘗試集』『女神』などの新文学に影響され、文芸は科学を勉学しない青年の道徳の危機だと教育雑誌の論者は断じた[28]。当時の教育雑誌や学生雑誌は、新文学に憧れを抱く青年にはむしろ批判的であった。『文学旬刊』のような文学副刊すら「文芸を愛好する青年へ」で今時の青年は「一に見栄っ張り、二に苦労を嫌う、三に学問やスポーツに打ち込まない、四に恋愛ばかりしている」の四点を挙げ、青年が従事する詩歌の浅薄さを論じた[29]。さらに、青年の「煩悶」を描写する文学は特に批判される。楼建南は『学生雑誌』でヨーロッパの世紀病の伝来について述べ、青年の間の文芸傾向を嘆く。「一九世紀初期にヨーロッパ各民族の心理は、世紀病にやられ、今や我が国の青年の心に入り、懐疑、厭世、頽廃、消極といった状態になり、文芸に現れる〔中略〕デカダンの音を発する人には〔中略〕つける薬がないと思う[30]」。楼建南の一〇月一七日付けの手紙は世紀病を取り上げている。郁達夫の作品に漂う頽廃傾向は既に知られたものだったと言えよう。青年の道徳の危機、また道徳と文芸の関係について、青年期の「煩悶」を代弁する第一人者としての郁達夫は、青年の教育問題でしばしば指弾の的になっている。

三.「一人の文学青年への公開状」——郁達夫と沈従文の出会い

一九二四年一一月、二八歳の郁達夫は、北京の公寓〔アパート〕で下積み生活を送っていた二二歳の沈従文を訪ねた。その後郁達夫は「一人の文学青年への公開状」と題し、その経緯を『晨報附刊』で発表した。実際の『晨報附刊』を調べると、「文学」の字はやや小さく、「青年」の上に置かれていることから、「文学青年」という用語がまだ定着していないことがわかる[31]。郁達夫が「文学青年」という言葉を使用した最初の作家かどうかは確認できないが、当時の新聞と雑誌を検索しても、「文学青年」という言葉の用例はごく少ない。

文学青年は、前章で論じてきた国家のための「青年」カテゴリーで、文学志向をもつ虚栄心の強い、批判される対象である。特に、編集者が文学青年に対しあるべき修養を論ずるというのが、文学誌のよくある話題として取り上げられるようになったのは、文学市場が成立したことによるものである。大正時代の文学場で高等教育を受けた郁達夫は、堕落した文学青年のイメージを体得し、自分の「高等遊民[32]」としての浮遊的性格を認識することにより、未だに文学市場が成熟しないことを理由に、当時の中国で大学に入って文学に携わることの困難さを論そうとする。「公開状」という書簡形式は、読み手は名宛人だけではなく、読者が自動的に「あなた（你）」という位置に置かれ、「あなた」という発話の対象になる機能を果たしている。これは、郁達夫が沈従文という対象に発したメッセージというだけではなく、多くの無名の「文学青年」へのメッセージになったであろう。

その概要は、「私（我）」（作家郁達夫、貧困なる先輩作家）がある文学青年のアパートを訪ねたが、彼のあまりの窮状を目にして、文学のため大学に入ろうという夢は諦めなさい、大学を卒業してもまともに稼げず「半去勢」の文人になるばかりであると忠告するというものである。郁達夫はゴーゴリの『外套』に言及し、自分たちはまるでゴーゴリが嘲弄した人間のようであり、外套も買えないぐらい困窮状態にあると自嘲している。郁達夫の「你」への忠告とは、兵隊になるか泥棒になるかという究極の選択を迫るものであり、最後は泥棒になる練習に、まず我が家に盗みに入ればよいという親切かつ辛辣なアドバイスである。

四日後、同じく『晨報附刊』に基相の「読了郁達夫先生底『給一位文学青年的公開状』以後（郁達夫先生の「一人の文学青年への公開状」を読んで）」が掲載された。これは郁達夫の文章を読み「発狂しそうになって」「同感の涙」

を流した青年の感情溢れる投書である。「幸いに学校の優遇により一人部屋に住んでいるが、さもなければ同室の人が見れば、きっとびっくりして私を精神病院へ移送するだろう」と、郁達夫の文章を読んだ後の自らの狂態を強調している。この投書は青年の貧乏に対する感涙であり、郁達夫の提出した選択肢をすべて不可能と却下して、「パンの問題」だと慨嘆した。「ああ、パンの問題、ああ、パンの問題。最後にただ多数のパンを食べられない人が団結することでしか、このパンの問題は解決されないだろうと信じている。泥棒になって処刑されることは恥ずかしいが、餓死する前に、最も結構なのはパンを盗んだ泥棒を打ち殺すことだ！」[33]とこの青年は過激な社会主義者の結論を示した。貧乏人への共感は、当時上京していた地方青年共通の気持ちであり、その気持ちから郁達夫の叙情的な貧乏物語文学に共感できたのではないだろうか。

一度「文学青年」というカテゴリーが提示されるや、自ら「文学青年」を自認する青年が続出する点を考えると、この時期の中国では既に「文学青年」像が成立していたとも言えるのではないだろうか。郁達夫の提示する文学青年像は、その後の「文学青年」イメージに大きく影響した。それは、貧乏で無能で、文学に憧れて地方から上京して、都会で餓死しかねない青年群像であろう。生きていくため、先輩文学者の本を盗むという末路を提示される青年たちなのである。

実は「本を盗む」ということは頗る象徴的で、文学者の連帯は、「本」のネットワークで拡散されるものだと考えられる。二〇世紀初めの中国文学界においては、本は文学への志向であり、個人の「なりたい自分」の記号でもあった。特に、郁達夫本人は「本」（および文学者の名前など）という記号を自分の小説に織り込んだ小説家である。例えば、「銀灰色的死」という小説は、スティーヴンソンの「一夜の宿」とダウスンの生涯を擬した作品である。[34]「沉淪」の主人公はエマーソン、ソローの本を持って、彷徨している。「南遷」は主人公の愛読書リストを英語の原文で見せ、読者の目の前でジェイムズ・トムソン、ハイネ、レオパルディ、ダウスンなど錚々たる人名を雑然と並べた。「胃病」という入院記はウィリアム・ヘンリーの『病院にて（原題：In Hospital）』を引用し、病室の雰囲気を髣髴とさせ、「彼も薄命な詩人である」と紹介、「私は四年前に腸チフスを患い、一ヶ月ほど入院（中略）改めて彼の『病院にて』を読んだら、ようやくその叙情と叙景の切実さが感じられた」と述べた。大量の引用は、博学な郁達夫の衒学趣味によるだけでなく、これにより郁のある寓意を示しているに違いない。「二詩人」という作品には、文学作品と文学者の「名前」を乱用することを皮肉る語り手も登場する。郁達夫はまるで文学作品を記号として、隠蔽したはずの自分の内面を半分見せつつ、読者とコミュニケーションをしているようである。彼の文学世界では、隠蔽と掲示という相反する手法を使い、読者を謎解きに誘っているのである。それ故に、彼の小説の「内面」は、二つの意味を有する。一つはこれまでの論者が分析した赤裸々な情欲描写、当時はまだタブー視された欲望とその欲望をめぐるエクリチュールである。もう一つは、彼の文学の読み方および小説に見られるその文学的記号の編成と構築である。

彼の読者は謎解きを要求されるのだが、大体においては郁達夫の綴る不遇の共同体の哀感に吸い込まれ、その共同体への参加を余儀なくされる。例えば、郁達夫の「模倣者」の王以仁は、郁達夫の書き方を真似して、自らの境遇を嘆く小説が有名である。王以仁は自分の剽窃行為に対し、『文学週報』で「我的供状――致不識面的友人的一封信（私の自白状――見知らぬ友人への一通の手紙）」という形で「知らない友人」に向け自分について長い弁解をした。

私の小説は郁達夫に大きく影響を受けたと言ったが、これはあなたに言われただけではなく、（中略）私自身も達夫の色彩を帯びていると思っている。それに、私は「流浪」という小説で、旅館で遭った困難な状況を描いたとき、まったく無意識に達夫の「還郷記」と同じようなことを書いた。私は自分の文章が達夫の文章に似ていることにまったく気付かなかったが、書き終わって読み返してようやくわかったのだ。しかし、これ以上ない怠け者の私は、自ら削除・修正をしなかった。多分人に攻撃されたり嘲笑されたりするだろう。が、全篇の文章の統一感を出すため、直したくはなかった。[35]

郁達夫の文章を剽窃したのに、怠け者なので直す気にもならない、という王以仁の告白は現代の読者を驚愕させるに値するであろう。しかし、郁達夫本人は、まったく気にしていない様子だった。王以仁が恋愛事件で失踪した後、郁達夫は王の親友の許傑の依頼で「打聴詩人的消息（詩人の行方を尋ねる）」を書き、人探しの懸賞金は出せないが、王以仁の行方がわかったら彼の老母の涙、親友の許傑と私（郁達夫）の涙を差し上げると記している。[36]「私は自分の文章が最も気に入らない。私の文章を真似した人に対して、心には愛惜の念があるが、実際には彼らの作品に対して、ひいては自分の作品に対し不満に思う」と書いたが、王以仁の死を夭折の詩人白采と劉夢葦の死、一九二七年上海の国民党による虐殺とともに三つの死の中に入れ、多数の「死」の発生の向こうに生の存在としての王以仁との対面記、および王以仁と親友許傑との間の友情を強調していることからは、王以仁に対する愛惜の念が感じられる。失恋のため、死を選んだ王以仁の結末は、ある意味、郁達夫の真似というよりも郁達夫小説の主人公を真似したものと言えよう。王以仁は郁達夫の作品における語り手と主人公の「隙間」がわからなかったために、進んで不遇の主人公になってしまったと言えよう。

ここでも見られるように、郁達夫の「不遇の共同体」は、読者が積極的に「郁達夫」的なイメージを自分に投影するということで拡大したのであり、「ある文学青年」の沈従文もまたその一人である。沈従文の初期小説が深く郁達夫の影響を受けたことは既に周知の通りである。[37]日記の形を取った『公寓中』（一九二五）は堕落した憂鬱な主人公の生活記録であり、「傷心」のため自慰を行い、暇つぶしに「女を見る」主人公は郁達夫小説の主人公を彷彿とさせる。『狂人書簡』（一九二五）も、数通の書簡に心を失った「狂人」の狂気を饒舌な口調で表す。新式の学制と自由恋愛の言説は、学生時代の青年の愛と欲望を再発見し、恋愛が神聖化されると同時に、欲望が症状として語られる。両者の分裂は既に郁達夫小説に見られる「時代病」そのものだと言えよう。興味深いことに、文学評論も書き始めた三〇年代初期の沈従文は郁達夫をこのように評した。

　生活の卑しさ、卑しい生活に生起した感触、欲望の亢進、失敗した後の後悔が、一人の若い独身の男性による率直な告白の手法で、読者に語られており、郁達夫、この名前が『創造週報』に現れると、ほどなくすべての若者に馴染み深い名前となった。皆が郁達夫を可哀想な人だと思い、友達だと思っていた。それは誰もが彼の作品に自分の姿を見出だせたからである。（中略）これは作者一人の悲哀なのか？　否、それは作者のではなく、むしろ読者のである。多数の読者の、その誠実な心がそのために奮い立った。多数の読者は郁達夫の作品によって自分の表情と環境を認識した。(38)

　読者に「自分の姿を認識させる」郁達夫の小説は、鏡のような装置であろう。若者は自分の苦境を郁達夫の小説に読み込み、王以仁と（早期の）沈従文のように、郁達夫小説の主人公という鏡によって認識された「肖像」を自分の姿のように思い込んでしまうのである。蔓影という読者もこう述懐した。「この数本の文章は、彼自身の写真である。彼の書いたものは真に迫っているので、彼の書いたものに近い境遇の人は、読めば絶対的な共鳴を感じずにはいられない(39)」。このコメントは郁達夫の「すべての文芸作品は作家の自伝である」を肯定的に受け入れた上、作家郁達夫＝作品および読者を連帯的な関係として捉えた一般的な読者の意見だと思われる。作家と作品とを同一視するのも、このような「真摯な」「虚偽のない」小説の「仮定」的価値と直結する結果につながるのである。

四．「作家」イメージ——読者の視線によって作られる肖像

魯迅は「孤独者」の中で魏連殳の部屋でたむろする郁達夫の愛読者を皮肉っぽく描いた。

がまんがならないのは、彼のところに来る何人かの客だった。おおかた『沉淪』を読んだのだろう、「不幸な青年」か「余計者」気取りの若者が、だらしなく傲慢に、まるで蟹みたいに大椅子を占拠して、ため息をつき、眉根を寄せて煙草を吸っている。[40]

「孤独者」のこの一段落は、郁達夫の作品、特に「沉淪」を読んだ青年のだらしない様子を辛辣に描いている。「不幸な青年」「余計者（零余者）」などは郁達夫の文章によく出てくる言葉である。この青年たちは「孤独者」の魏連殳を理解できず、ひたすら自らのことを嘆いている。そんな怠け者で傲慢な文学青年に対して、魯迅の筆はむしろ批判的である。[41]

章克標も『文壇登竜術』で文壇に入るため、「今を知る」ための一番の必読書は「沉淪」だとリストアップした。[42]ここからも「沉淪」をはじめとする郁達夫の作品は、青年の間で大変歓迎されていたことがわかる。また「所謂文学青年」の作者黄萍蓀は、創造社をヨーロッパ伝来のロマン主義文学（「椿姫」と「若きウェルテルの悩み」）の真似と見なし、「すべての作品は酒や女、大げさに嘆いたりすることを出発点としている。（中略）そこで皆中毒になって、これらの作品の中の生活は苦悶の人が真似するには最もふさわしい対象だと考えた。そのため、国内には詩人と小説家が数えきれないくらい増えた[43]」と批判し、創造社の「醇酒婦人，無病呻吟（酒色にふけり、大げさに嘆く）」を外

来のロマン主義と国内の詩人や小説家の中間者（仲介者）と判断している。この「醇酒婦人，無病呻吟」という誇りは間違いなく郁達夫を指している。「中毒」という言葉でもわかるように、煩悶する青年たちに不遇の哀感が「伝染」することで形成される、郁達夫の「引用された前代の不遇の作者の作品―郁達夫―郁達夫の作品―真似する読者」という「不遇の共同体」は当時大変批判された。「国内には詩人と小説家が数えきれないくらい増えた」という批判は、苦悶する青年が社会的に意味ある行動を取らずに、ひたすら社会に無益な文学を生産することに対する批判だと言えよう。特に、人生の準備段階にある青年に悪い影響を及ぼすというのは、郁達夫がデビュー以来、つねに繰り返されていた批判である。「遊蕩な気風を鼓吹する」「青年の思想に大変損害がある」[44]などの批判が絶えぬため、周作人に郁達夫本人が依頼して、「沈淪」を「受戒者の文学」として弁護してもらったのも、社会からの攻撃が強かったためであろう。

『茫々夜』を出版して、「同性恋愛を鼓吹する」と抗議された際に、郁達夫は次のように弁解した。「読者は『茫々夜』の主人公をそのまま私自身と見なしているようだ。私は小説を書くとき、架空の作り話をするのは大変気に入らないが、私の小説の中にも虚構はあり、主人公の一挙一動がすべて私の過去の生活というわけではない[45]」。

郭沫若は郁達夫を論じた際、「退廃派を模倣した、本質的には清教徒[46]」と述べた。この模倣と本質の対立は、郁達夫の小説の虚構や自己認識とも関わるだろう。ただ文芸の「真」を強調するため、作品と作家を直結させるという読み手の習慣を通じ、苦悶する読者が「苦悶する作家像」を真似することにつながった。この延長線上の「肖像」という眼差しの彼方に向けられた欲望は、当時の文学界ではよく描かれていたと言えよう。

肖像問題を論じるには、「肖像写真」の使用について考察する必要があるだろう。肖像の新聞と雑誌での使用は、中国でも既に二〇世紀初期から始まっていた。例えば、留日中国人学生の編集する『訳書彙編』という啓蒙雑誌は明治天皇・皇后の写真を掲載している[47]。一九〇四年から新聞には日露戦争の将軍たちの肖像が多く掲載され、革命に同情する『民報』は「虚無党女傑蘇菲亜照片（アナキスト女傑、ソフィアの写真）」を掲載している[48]。最初の段階は政治家の肖像が多く掲げられたが、『小説月報』は一九一一年から文学者、例えばシェイクスピア、スコットなどの肖像を掲載した[49]。雑誌と新聞の肖像は、共時的な想像の共同体の視線の欲望を刺激し、羨望の的を提供する装置となった。また文学研究会は「文学家絵ハガキ」という企画を出し、作家になりたい文学青年をターゲットにした。キャッチフレーズは小説家、編集者、教育家の葉聖陶が書いた。「文学美術を愛好する人よ、文学家絵ハガキを購入してください。およそ著名な文学作品を読む人なら、必ずや作家の風采を仰ぎみたいものです。文学家の肖像をテーブルの上に置き、また壁に掛ければ、優雅に書斎を飾るだけではなく、文学の天才と朝晩対面して、ひいてはインスピレーションが刺激され、情操が養われるでしょう[50]」という広告文である。文学の天才たちの肖像を鑑賞することで「インスピレーションを刺激する」とは、肖像の力で文学青年の書く欲望をかきたてようと編集者がかけた催眠術ではないだろうか。

魯迅の「傷逝――涓生の手記」にも、こうした肖像の威力を描いた段落がある。

> 壁には銅板のシェリーの半身像がとめてある。雑誌から切り抜いたもので、シェリーの一番美しい肖像だ。〔中略〕僕はその後、シェリーが海で溺死した時の記念の肖像か、イプセンの像に換えようと考えた[51]。

「傷逝――涓生の手記」で、涓生による文学的啓蒙を受けて、新道徳としての自由恋愛および新生活への憧れを増幅させた子君は、「私は私自身のもの」という宣言を行い家出した。憧れの眼差しの対象がシェリーとイプセンの二人であることは決して偶然ではない。革命家、ロマン派のシェリーの最も美しい肖像は、憧憬の的になるのではないか。しかし、後から振り返れば、海に溺れる写真はむしろ彼女の前途を予告するものでもあった。また、イプセンは言うまでもなく『人形の家』の作者であり、女性がいかに自我を奪還するかについて、ノラを鑑としていたのではないか。

郁達夫も、文学家の肖像を利用して詩人を名乗る二人の男に関する風刺小説を執筆した。

彼の名刺の右の隅に、「末世詩人」の小さな四文字、左隅には『地獄』『新生』『イリアラ』の著者という一行の履歴が書かれていた。

ゆっくりと部屋に入りながら、詩人は右手を上げ、胸を押さえ、低く自分に向かってつぶやいた「ああ、この腎臓病、この腎臓病、私はもう死にそうだ、死ぬ寸前だ」。見ると、詩人の顔立ちはサミュエル・ジョンソン博士の像によく似ている。と言うのも、詩人はジョンソン博士と同様に、大変太っていた、実際は言うほどの病気もなく、ただ口で腎臓病だと言っているだけである。数日前に彼はまたボスウェルの著した『ジョンソン大伝』と、この評伝に付されたジョンソン博士の肖像画を見た。彼は大変苦心して、鏡に向かい、ジョンソンの肖像画の憂鬱な様子を真似し、今日ついに会得した。(52)

主人公がサミュエル・ジョンソン博士の肖像に見入りながら表情を作る様子を叙述者は皮肉な口調で淡々と語っている。この詩人は、憂鬱、死、病気などロマン主義に頻繁に表れるイメージを演技し、西洋文学史上の文学者に成り済ました。西洋の文学者はこのように肖像化され、視覚鑑賞の対象および真似の対象になった。前述のように、日本の雑誌の影響で、中国では二〇世紀の初めから雑誌の口絵使用により読者の憧憬の眼差しを刺激していた。小説月報に掲載された文学家写真から、葉聖陶の企画した文学家絵ハガキまで、文学青年に対する戦略は明らかである。『創造』には郁達夫、郭沫若などが日本の学生服を着用した写真が掲載され、エリート文学青年の自負を垣間見ることができるであろう。郁達夫も時々若い文学者から写真に一緒に収まるよう依頼されたと日記に記した[53]。文学者が有名になると、肖像のコピーが氾濫し、文学者は「顔」＝イメージとして認識され始める。その中で、流通した文学者のイメージを利用して、原稿を盗用する事件も起きる[54]。現代のメディアや、印刷技術の進歩とともに、文学者の顔が流行のロゴになると同時に、文学市場の広告時代も到来した。文学誌や新聞の副刊の人生相談に「文芸作品の書き方」などの指導依頼が殺到し、話題になった章克標の「文壇登竜術」のほか、いかに文学作品を書くかという入門書がたくさん出版された。文学市場に参入しようとする青年は、これらの入門書のターゲットであり、文学を消費する準・文学生産者だったのである。

五．不遇の方法——「中心」との位置関係

ここで一度郁達夫の文壇入りの原点に戻って論じてみたい。大正初期に日本の成熟した文学市場を享受し、名古屋の漢詩社団で活躍し、『太陽』（一八九五〜一九二八。博文館から発行されていた日本最初の総合雑誌）にも寄稿して、東大在学中に文芸誌を創刊した郁達夫の姿は、まさに第一章で取り上げた大正期の「文学青年」そのものである。しかし、特権化された大学生という身分は獲得したが、「弱国」中国からの留学生ということで、コンプレックスに付き纏われ、出世の理想と性の欲望に引き裂かれ、膨らんだ自嘲と感傷からの二重の語りによって、このような主体の内面における危機感を深化するのが彼の小説の特徴である。

優れた文学の才能を自負する郁達夫であったが、一九二二年に中国に戻り、中国の文学空間に参入するのは簡単ではなかった。中国では商務印書館の『小説月報』が文学研究会の機関誌化し、同誌を通じて同会の影響力が各地

へ拡散していた。創造社が一九二一年に結成された際に、郁達夫が『創造』発刊予告で同会に対し「文壇の壟断[55]」と憤慨したことは、「異軍[56]」からの宣戦という構えによる広告であった。『創造』初期の翻訳論戦[57]はこのような文化資本を奪還する戦いだったと言えよう。郁達夫の「直訳」への執着は、そのまま「文学」の中心権力への執着を物語っている。

大東和重の「〈自己表現〉の時代――郁達夫『沈淪』と五四新文化運動後文学空間の再編成[58]」は『沈淪』が世に出る前後の文学言説と文学場の関係について綿密で優れた考察を行っている。

郭沫若の回想録「創造十年」および郁達夫の小説「胃病」とエッセイ、論文からは、彼らが「純文芸雑誌」という言葉に執着した様子が窺える。「純文学」に携わるという若者の自負と志が鮮烈に語られているのである。そこで、いかに中国の「文壇」に「われわれの純文学」（言い換えれば、我こそが文学）というイメージを打ち立てるかが、創造社の課題だったと言えよう。大東の分析通り、「沈淪」が出た後、創造社社内において一致した文学言説が形成され、「文学」は「自己表現」に収斂していった。創造社メンバーによる自己表現は「沈淪」から始まったものではない。創造社は、創作―批評―創作という緊密な連鎖関係にある、一つの自己完結的な文学サイクルを完成させたのであり、その中心は「文学」という記号にほかならない。「文学」の旗を手にし、創造社は芸術の代表だと自認した。こうして、郁達夫は自己表現という文学概念を一九二二年の中国「文壇」に向かって押し出すと同時に、周辺化された創造社＝不遇の創作者たちこそがまさに文学の正統だと暗示したのである。

もちろん、中国文学史において、不遇の士が自らの忠心と愛情を歌うという「発憤以抒情（憤慨を発することをもって情を表現する）」の伝統は屈原の『楚辞』や漢晋の辞賦家以来継承されてきた。科挙制度成立後も、「文学」は権力闘争の挫折を描く不平の文学史[59]でもあった。郁達夫は留学時に大正日本を架け橋に欧米の文学に馴染み、自らの「偏愛のレンズ」を通して、ニーチェ、ルソー、ダウスンを一括りに不遇の生涯として評価する。しかし、この不遇とは、伝統文学的センスのほか、幾度かの失敗を重ねてきた挫折感および戦略的な距離感を含むものと言えよう。

中国に帰った郁達夫は、『創造』の版元である泰東書局の薄給では、職業文学者には成り難いと確信したのではないだろうか。一九二〇年代前半の中国において、文学で身を立てられた職業作家は少ない。魯迅が教育部や大学教授の仕事を辞めてようやくプロの文学者になるのは、一九二七年のことである。その年を挟んで二〇年代後半から三〇年代の上海は、「大量の若い読者層の増加と出版ジャーナリズムの膨張、そして新劇の成熟と〔中略〕映画の登場[60]」などの発展で、文化市場が急成長を遂げた。通俗小説作家の張恨水が『春明外史』（一九二四〜二八、『世界晩報』で連載）、『啼笑因縁』（一九三〇、三友書社）などのベストセラーを出した後に、世界書局の総経理沈知方が、彼に対して次作の小説の頭金として原稿料八千元を支給した[61]のは、当時の文壇では稀な例であろうか。陳明遠によると、魯迅は職業作家になり、一般の教授より高収を得ており、一九二九、一九三〇年の年収は一万五千元を超えた[62]。文学者は文学青年の憧憬の的になったが、当時の雑誌などから見ると、文学青年は、広告や有名作家に目を眩まされた、国家のためにならない怠け者でしかなかったというのは前述の通りである。

青年たちが文壇に参入するには、有名な作家の紹介や文学サークルへの参加などソーシャルネットワークの獲得が必要である。例えば魯迅の周りの文学青年はどうであったか。周知のように魯迅は文学青年のために、彼らの翻訳や文章を読み、熱心に世話を焼く大職業作家であった。魯迅の紹介で翻訳の仕事ができるようになった柔石は、家族への手紙で「魯迅は現在有名な文人であり」、もし魯迅が自分の作品に序文を寄せれば、「前途の運命[63]」が開くと述べている。文学青年は先輩作家に認められれば、新聞や雑誌に投稿ができて、本を出版する希望も生まれ、文壇に入る見通しも立つのだ。

大学をやめ、文学志望をやめよと言われた沈従文は、五四運動の後に「創作」が尊敬されるようになったと回想している。僻地の湖南から上京した沈は、文学者の顔が見える「文学」が成立し、読者は広告によってだまされたことに憤慨したと言い、「本の売り上げは、すべて、見える広告と見えない広告によるものである。結果的には詐欺に近い状況で一部の人を有名にする[64]」と一九三一年に記している。

しかし、一九三二年に自伝を書いた沈従文は、自己の文学の道を示すことによって、ようやく郁達夫の「一人の文学青年への公開状」に答えることができた。

沈従文の文学に至る道がいかに開拓されたのかを解析する際には、以下の点に注意すべきであろう。まず、読者、特に「城市中人（都会人）」の視線が気になる「郷下人[65]（田舎者）」アイデンティティの確立であろう。城市中人を驚愕させる出来事、例えば、「砍頭（首狩り）」は沈従文という語り手によって、日常の景色のように叙述される。残虐さに満ちた僻地の慣習を淡々と語る沈従文の視線こそ、彼の語る大自然に無限に近い不自然さが溢れている。早期の郁達夫風の小説は上京した貧困なる文学者の惨めさを描写したものが多かったが、自伝を書く時点では、「都会人」の視線を見定めながら自分の位置を見据え、「田舎者」という自己確認を完成したと言えよう。郁達夫の小説を真似しながら、「弱者」の立ち位置、それにその立ち位置からの自嘲および感傷的な口調をもって、中心から遠ざかり、風土に根差した冷徹な視座を獲得したことは、『従文自伝』のこれみよがしの自負からも見て取れる。そのため、沈従文は意識的に中国の不遇の伝統の原点――『楚辞』と『史記』から抒情の伝統を継承しようと試みたのである。

自伝の末尾で、彼は北京の宿での宿泊帳に「沈従文年二〇歳学生湖南鳳凰県人」と記して、「私を永遠に卒業できない学校に入れ、永遠に学びつくせない人生を勉強させる」と結ぶ。これは、「一人の文学青年への公開状」に対する返信だと思われる。この永遠の「学生」というアイデンティティ表明は、勉強をやめよと助言した郁達夫に対する回答に違いない。「学生は、この数年間で既に一つの特殊な階級になった[66]」、国家建設のために努力することを期待された階級である。思想と文化の中心の北京へ進学しようとしたが、学力の問題で、沈従文は大学に拒絶され、各地の「公寓」を転々として貧しい生活をしている。それにもかかわらず自ら「学生」と称したことからは、たとえ学校に進学できなくとも、「城市中人」に囲まれていても、自分は堂々と人生という学校の学生であるという、「郷下人」の姿勢に徹する意地が見える。

むすびに

郁達夫の真似をして、各紙副刊への積極的な投稿者であった「文学青年」沈従文は丁玲、胡也頻らと文学雑誌を作り、天津『大公報』の編集者になって、「国語文学」を使用して共同体建設に努めようとしたことを何度も回顧する。「天才」と「インスピレーション」を退け[67]、「勉強する」「仕事する」「信仰する」ことをもって、終始新しい国語文学を建設するという主体に執着して文学に従事したとき、文学青年は文学者に変身したのである。

いっぽう郁達夫が作家志望の青年たちに対して、一貫して「文学」をやめよと勧告し続けた姿勢に注目したい。沈従文宛の「一人の文学青年への公開状」だけではなく、学生向けの雑誌『学校生活』でも、彼はやや控えめな姿勢で「弄弄文筆並不是職業（ペンを弄することは決して職業ではない）」という題で学生に勧告した。

> 私たちは子供時代、誰もが文人への盲目的な崇拝の念を抱いている。〔中略〕そのため、中学を卒業してからの数年間、ずっと文人になりたかった。〔中略〕実際に文学の麻酔の力は本当に強く、優れた一首の詩歌、哀婉な一篇の小説戯曲を読んだなら、忽ちそのためにぶっ倒れてしまう、それはまさに身体が完成したばかりで、意志の定まらぬ青年が、妖美な異性に出会ったのと同様である。しかし、職業を選ぶのは、結婚と同じで

ある。〔中略〕だから私は言うのだ、ペンを弄することは決して職業ではなく、文人になろうとするのは、血気がまだ収まらない青年期の美しい夢でしかないと。[68]

一部の現代の評論家に「青春文学」[69]とも分類される創造社文学のリーダー、郁達夫は、学生向けの雑誌で文学をやめよと呼びかけた。「青年の遊蕩な気風を鼓吹する」嫌疑を掛けられた元創造社の郁は、青年に自らの失敗を鑑として、文士になる夢を捨てよと言ったのである。注意しておきたいのは、郁の使う類比——就職と結婚である。妖美な作品を読む—傾倒させられる—創作する、という連鎖は、生理的に成熟した青年の性欲とパラレルなのである。両者はどちらもわき上がる本能的なエネルギーであり、「血気がまだ収まらない時期」の夢のようなもの、このような文学志望は、歳をとると収束すべき欲望だと、中年の郁達夫は述べた。翌年、福建で講演を行ったときも、自分が昔「ロマン」や「頽廃」だと目したものは、それは実は間違いであり、ロマンや頽廃はあくまで「青春」時代の精神だと弁解した上で、文筆で身を立てる、それはやはり正当な職業ではないと述べている。元文学青年の告白になったのである。

【注】

（1）伊藤虎丸「問題としての創造社」『近代の精神と中国現代文学』汲古書院、二〇〇七年、三〇〇頁。
（2）同上、三〇〇頁。
（3）『大宅壮一全集』第一巻、蒼洋社、一九八〇年、一五四頁。
（4）永嶺重敏「全国読書圏の誕生」『〝読書国民の誕生〟——明治三十年代の活字メディアと読書文化』（日本エディタースクール、二〇〇四年）を参照。
（5）「文学青年が鉄道自殺、浅間山で果たせず上京」『読売新聞』一九一二年（明治四五）七月一三日朝刊。

（6）磯田光一「〝遊民〟的知識人の水脈――屈折点としての藤村操」『近代の感情革命』新潮社、一九八七年、二六頁。
（7）永井聖剛「『文章＝世界』を生きる中学生たち――『中学世界』から『文章世界』への移行」（『愛知淑徳大学メディアプロデュース学部論集』第一号、二〇一一年）では、漢文脈の言語運用を内面化する志士の文体から、煩悶、厭世の内面の自然へ移行することを、明治期の立身出世の潮流と地方青年の意識などの角度から意味深い考証を行っている。
（8）多仁照広「「青年」概念の拡張」（『青年の世紀』同成社、二〇〇三年、一三頁）を参照。また、木村直恵『〈青年〉の誕生――明治日本における政治的実践の転換』（新曜社、一九九八年）も、民権運動の後に悲憤慷慨の壮士像から実践的な主体としての青年へと変化するプロセスを入念に論じて、興味深い。特に身体のイメージ、メディア、文体などの点で、壮士と青年の異質性を分析し、示唆に富んでいる。
（9）「青年」の年齢について、厳格な規定はないが、一九〇〇年（明治三三）に出版された江藤桂華の『青年と文学』では、「青年とは普通十四五歳より、二十四五歳迄の間を指すもの、如し、然れども、解釋の仕方如何によりては〔中略〕換言すれば、學問時代という程の義に解すべき也」と述べ、言わば未来のための修養時代であるとした。『青年と文学』新声社、一九〇〇年（明治三三）、四～五頁。
（10）『読売新聞』一九二五年（大正一四）六月二一日朝刊、三頁。
（11）『読売新聞』一九二一年（大正一〇）一〇月一四日朝刊、五頁。
（12）『読売新聞』一九二一年（大正一〇）一〇月二六日朝刊、五頁。
（13）『読売新聞』一九二三年（大正一二）一一月二五日朝刊、七頁。
（14）夏暁虹『覚世与伝世：梁啓超的文学道路』北京・中華書局、二〇〇六年。
（15）佐藤一郎『中国文章論』研文出版、一九八八年、二八七頁。
（16）同上、二八九頁。
（17）同上、六頁。
（18）佐藤慎一『近代中国の読書人と文明』東京大学出版会、一九九六年、二一頁。
（19）何炳棣『科挙と近世中国社会――立身出世の階梯』平凡社、一九九三年、一七七頁。
（20）学生運動は五四運動に始まったわけではない。一九〇三年には日本留学生の「抗俄義勇大隊」（魯迅も参加）、一九〇五年には反米愛国運動、一九一五年には反日愛国運動などが行われたが、五四運動は最も影響力のある事件であった。王敏「五四序曲——中国的早期学生運動」共青団上海市委青年運動史研究室編『上海学生運動大事記』上海・学林出版社、一九八五年。

(21) 王汎森「五四運動与生活世界的変化」『二十一世紀』二〇〇九年六月号。

(22) 沈従文「郁達夫張資平及其影響」『沈従文全集』第一六巻、太原・北岳文芸出版社、二〇〇二年、一九〇頁。

(23) 黎烈文「従読水滸到編副刊」許俊雅編『黎烈文全集』第一三巻、香港・作家書局、二〇一一年、三八三頁。

(24) 丁玲は創作生活をこのように回想している。「五四思潮の波は私の住んでいた小さな町にも来た。私は学校で活動分子となり、出しゃばりの学生だったため、いくつかの学校を転々とした。国文の先生の励ましを受け白話の詩を副刊に載せたが、文学にはあまり興味がなかった。教科書として『嘗試集』を読むより、『民国日報』の「覚悟欄」を日々読むほうが役に立つといつも思っていた」(丁玲「我的創作生活」『創作的経験』上海・上海書局、一九八二年、一二頁)。また小説における人物造形では、例えば巴金の『家』に以下の記述がある。「彼女は白話文の手紙を書くため、雑誌『新青年』の通信欄を仔細に研究したことがある(原文：她为了学写白话信，曾经把《新青年》杂志的通信栏仔细研究过一番」)。琴という人物は『新青年』から啓発を受け、当時話題になった『人形の家』を読んで、女性が自分の運命を把握することに共感している。意志を伝達するとき、雑誌の通信欄を研究して、これを通じて新たな文体と意思表示を習得する新女性のイメージが巴金の小説から読み取れる。

(25) 聞一多「一九二三、一、一四」(書状の日付)『聞一多全集』第一二冊、武漢・湖北人民出版社、一九九三年、一三七頁。

(26) 郭沫若は茅盾、鄭振鐸の編集した『文学』の読者欄に投稿して、編集者は売り上げのため読者欄を作っていると批判した。「〔編集者は——筆者注〕一所懸命読者論壇を作って、読者に雑感を捻出させ、全力で読者の歓心を集めようとしている。論壇の類の必要について、ある編集者がかつて自ら私に言ったのは、ほかでもない売り上げに大いに影響があるからということである。ここにわが国の編集者の堕落した心理が見える」『文学』(第一三一期、一九二四年七月)。郭沫若は文学研究会が文学青年を吸収して文壇を壟断することを批判した。この発言には創造社同人の共通の不平が含まれているが、読者欄と文学雑誌の売り上げ、即ち読者欄と文学青年との関係について、興味深い示唆が読み取れる。

(27) 姜濤「革命動員中的文学、知識和青年」『公寓裡的塔——一九二〇年代中国的文学与青年』北京・北京大学出版社、二〇一五年、二七九頁。
(28) 瑞釗「文芸与青年道徳的危機」『教育与人生』第二六巻、一九二四年(『申報 教育与人生週刊』第二六期、二九三頁)。
(29) 茅盾等『文学』旬刊。
(30) 楼建南「青年文芸界風気的転移」『学生雑誌』一九二三年一〇月号。楼建南と楊賢江の通信より。
(31) 題名のレイアウトが作者の意図によるものかは不明。
(32) 郁達夫は「高等遊民」という言葉を使っていないが、「遊民」「wandering」「漂泊」など浮遊状態を指す言葉を愛好する一方、「零余者」という社会からはみ出した人間の自意識を強調するとよく指摘される。また「写完了『蔦蘿集』的最後一篇(『蔦蘿集』の最後の一篇を書き終えて)」で、「高等教育で去勢された私のような零余者には、一体何をさせるのか(原文:被高等教育割勢后的我这零余者,教我能做些什么)」と嘆いている。町田祐一は『近代日本と「高等遊民」――社会問題化する知識青年層』(吉川弘文館、二〇一〇年)において、「高等遊民」の定義を以下のように述べた(一頁)。「「高等遊民」の語源は、一定の職に就いていないことを示す「遊民」に、近代学校制度内での高学歴を示す「高等」がつけられたものとされる」。
(33) 基相「読了郁達夫先生底『給一位文学青年的公開状』以後」『晨報附刊』一九二四年一一月一六日。
(34) 『銀灰色的死』付言」『郁達夫全集』第一巻、杭州・浙江大学出版社、二〇〇七年、二四頁。
(35) 王以仁「我的供状――致不識面的友人的一封信」『文学週報』第二一二期、一九二六年二月二一日。
(36) 郁達夫「打聴詩人的消息」前掲注(34)『郁達夫全集』第三巻、一三六~一三九頁。
(37) 小島久代によると、「これら(初期作品を指す――筆者注)は、いずれも上京したばかりで、志だけは高く掲げても、田舎者丸出しで職も無く、金も無く、寒さに震えながら空腹を抱え、感覚だけが異様に研ぎすまされ、また性の衝動を抑制できず自慰に耽ったり、果たそうとして果たせない欲望を夢に見る、といった自己の状況を、自虐的かつ大胆に表白した作品である。性欲の大胆な描写に関しては、郁達夫の「沈淪」の影響が窺える」と述べている。小島光代『沈従文――人と作品』汲古書院、一九九七年、三四頁。また一九三〇年代当時、既に沈従文と郁達夫の類似性を論じた人がいる。陳子展「沈従文的旧夢」『沈従文研究資料』(天津・天津人民出版社、二〇〇六年)を参照。
(38) 沈従文「論中国現代創作小説」前掲注(22)『沈従文全集』第一六巻、二〇七頁。

(39) 蔓影「読了達夫的「過去集」以後」『開明』第一巻第三期、一九二八年。
(40)『魯迅全集』第二巻、学習研究社、一九八四年、二九四頁。
(41) その一方で、無名の文学青年たちに対して、魯迅は親切に文章の指導、投稿雑誌社の紹介などの世話をしたことが文壇では有名だった。例えば、符号は「魯迅先生対文学青年的掖進――関於小小十年的一点回憶」で、誰も見てくれない葉会西の原稿を魯迅は仔細に読んで、再三添削した後、序言まで執筆して、春潮社に紹介したと記している。北京・魯迅博物館魯迅研究室編『魯迅研究資料』第八巻、天津・天津人民出版社、一九八一年、一二七頁。
(42) 章克標『文壇登竜術』緑楊堂蔵版影印、一九六六年、五四頁。ちなみに二、三番は『沖積期化石』、『阿Q正伝』。
(43) 黄萍蓀「所謂文学青年」『学校生活』第一〇二期、一九三五年。
(44) 損(矛盾)「創造給我的印象」『文学旬刊』一九二二年。
(45) 前掲注(34)『郁達夫全集』第一〇巻、三三頁。
(46) 郭沫若「論郁達夫」饒鴻競等編『創造社資料』(下)、福州・福建人民出版社、一九八五年。郭沫若は李初梨の言葉としてこの表現を引用している。
(47)「日本明治――陛下御肖像」『訳書彙編』第二巻第一期、一九〇二年、一頁。
(48)『民報』第二期、一九〇六年、一頁。
(49)「世界名人肖像一、莎士比亞、司各得」『小説月報』第八期、一九一一年、一頁。
(50) 葉聖陶『葉聖陶全集』第一八巻、三四一頁。原載は『文学』第一二九期、一九二四年七月。
(51) 前掲注(40)『魯迅全集』第二巻、三一七~三一八頁。
(52) 前掲注(34)『郁達夫全集』第二巻、一四五頁。
(53) 日記に郁達夫を訪れる文学青年との会話、写真などが頻繁に記録されている。例えば郁達夫の「病閒日記」に「午前九時、またたくさんの青年学生が訪れてきた。郭汝炳君は一〇時前に来て、『西泠詞萃』四冊と彼自身の詩『晩霞』を送ってくれた。彼とともに写真館で写真を撮った」。前掲注(34)『郁達夫全集』第五巻、五五頁。また「労生日記」に「朝起きると、四川の青年が訪ねてきた(原文・晨甫起来,就有一个四川的青年来访)」と記している。同上、四七頁。
(54) 一九三〇年に郁達夫の小説「没落」の原稿が紛失し、ある文学青年に盗用される事件が起きている。この盗用事件について、郁達夫は『北新』（第四巻第九期）と『申報』（一九三〇年六月一七日）で声明を発表し、「不良青年」と盗用事件の相関性を暗示した。

（55）「新文化運動が発生して以来、わが国の新文芸は一二の偶像に壟断されており、芸術の新興気運は滅亡しつつある。創造社同人はあえて立ち上がり、社会の因襲を破り、芸術の独立を主張し、天下の名もなき作家と一緒に立ち上がり中国の未来の国民文学を作ることを願うものである」『時事新報』一九二一年九月二九日第一版。

（56）郭沫若「創造社的自我批判」で郭は創造社初期についてこう述べている。「創造社という団体は一般に『異軍突起』と言われた。それは、この団体は主力の郭（沫若）、郁（達夫）、成（仿吾）、張（資平）が「新青年」時代の文学革命運動に直接参加したことがなく、そのときの啓蒙家たち、たとえば陳（独秀）、胡（適）、劉（半農）、銭（玄同）、周（樹人か作人）と師弟や友人の関係を持っていなかったからである」。

（57）一九二二年は創造社初期の論争の年だと言える。九月上旬に発刊した第二期で、郁は「批判意門湖及其他（意門湖およびその他を批判する）」と「夕陽楼日記」を発表した。「夕陽楼日記」では、郁はまずそのときの乱訳、誤訳、二重訳の現象を指摘し、その上ジャーナリズム界を全面的に否定し「わが中国の新聞雑誌界の人物は皆肥だめの中の蛆のようだ。身体は肥え太っているのに、いささかの学問の心得もない」と言った。そこでは、一例として中華書局出版の「人生之意義与価値（人生の意義と価値）」を挙げ、さんざんに罵倒した。胡適はすぐに『努力週報』第二〇期の「編集余談」コラムで「罵人（人を罵る）」を綴り、郁に反撃した。

（58）『現代中国』第七七号、二〇〇三年一〇月、日本現代中国学会、一七三～一八六頁。

（59）大木康は韓愈を中心に、科挙制度と知識人、および「文学」をめぐる中国の「不平の文学史」の系譜を提示している。大木康『不平の中国文学史』（筑摩書房、一九九六年）参照。

（60）藤井省三『中国語圏文学史』東京大学出版会、二〇一一年、七一頁。

（61）張恨水『写作生涯回憶』太原・北岳文芸出版社、一九九三年、一二八頁。

（62）陳明遠『文化人的経済生活』上海・文匯出版社、二〇〇五年、二〇一頁。ちなみに、当時永安公司の男性職員の月収は四〇元だった。前掲注（60）『中国語圏文学史』、九〇頁。

（63）許紀霖『近代知識分子的公共交往（一八九五～一九四九）』上海・上海人民出版社、二〇〇八年、二〇八頁。

(64) 沈従文「論中国創作小説」前掲注(22)『沈従文全集』第一六巻、一九六頁。

(65) 今泉秀人「『郷下人』とは何か――沈従文と民族意識」(『野草』第四八号、一九九一年八月)を参照。今泉は「郷下人」意識の形成を少数民族ミャオ族の視点から分析した。「『都会生活』中にある『ある誤った軽蔑』の抑圧に対する反発や反作用から『郷下人』的感情が自覚された結果『私の魂を落ち着かせる』対象の理想像としてミャオ族が現れたのである。だが都会で近代的な生活を送る『郷下人』は古い民族の地に帰ることはもう既にできない。そこは歴史的な民族抗争に血塗られた場所であって、沈従文自身もその血に染まっているからである。だから沈従文は漢族の都市において自ら『郷下人』と居直ることによってしか自己の存在を確立することができなかったのではなかろうか」と述べている。

(66) 唯剛(北京大学の林宰平)「大学与学生」『晨報』一九二五年五月三日。

(67) 「致文芸読者(文芸の読者へ)」で沈従文は「一五年以来、中国新文学の発展に従って、二つの詰まらない名詞が生まれた。一つ目は「天才」、二つ目は「インスピレーション」である」と述べている。初出は『大公報』一九三一年一二月一六日、前掲注(22)『沈従文全集』第一七巻(一九九頁)を併せて参照。

(68) 前掲注(34)『郁達夫全集』第七巻、一九一頁。

(69) 王富仁は創造社が青年文化の伝統を初めて樹立した団体であると判断する。王富仁「創造社と中国現代社会の青年文化」劉広濤『二十世紀中国青春文学史研究』済南・齊魯書社、二〇〇七年、二九頁。

日台比較文学研究による帝国・植民地一九三〇年代の記憶の調査
――梶井基次郎を中心に

王　姿　雯

一．日本語読書市場の成立

一八九五年、明治維新以来近代化の道を歩んで来た日本は日清戦争により台湾を日本帝国の植民地版図に収めた。それ故、文学を表現するために使用された言語は、鄭成功時代から清朝にかけて正統として認められた「漢文」から、日本の近代化という過程において規定された標準語としての「日本語」に変更されなければならなかった。言うまでもなく、言語変更は一夕で済むような簡単なことではなかった。

藤井省三は『台湾文学この百年』において、日本統治期台湾における日本語読書市場の成立を提起している。藤井によると、台湾には日本統治期以前、書房と呼ばれる私塾が多く、この書房では科挙受験のため文語文による経書の読書が行われたが、教育語には北京官話ではなく台湾語が用いられていたという(1)。

時が流れて、台湾は日本統治期に入る一方、中国も時代が変わり、一九一二年に中華民国が成立した。劉捷(一九一一〜二〇〇四)「台湾文学の鳥瞰」(『台湾文芸』創刊号、一九三四年一一月)と黄得時(一九九九〜二〇〇九)「輓近の台湾文学運動史」（『台湾文学』第二巻第四号、一九四二年一〇月）という二篇の文章は八年もの時間を隔てて発表されたにもかかわらず、共に一九三〇年代台湾新文学運動勃発の原因として「日本内地文壇に於ける文芸復興の刺戟」「中国に於ける新文学運動の影響」「ジヤアナリズムの勃興」「インテリー・ルンペンの現実逃避」の四点を提起している。「中国に於ける新文学運動の影響」の点から五四期の口語文運動を連想させるが、藤井は次のように指摘している。

いっぽう中国本土では一九一七年の文学革命で北京語に基づく口語文が提唱され、口語文学が登場していた。一九二〇年以降小学校においては文語文を教える国文科が廃止され、替わって北京音に基づく口語文を教える国語科が採用され、アメリカに倣った壬戌の新学制が公布された二二年には他教科書も口語文で記述されるにいたり、文語文は全廃された。

台湾では一九世紀末以来、台湾語による文語文教育を行う書房が衰弱した反面、日本語による小学校教育を行う公学校が加速度的にその就学率を増加させており、大陸で新たに登場した口語文を教える教育機関は存在しなかったといえよう。それは大陸に留学したり個人的に口語文中国語を学んだ者を例外として、大陸の五四新文学を大衆的に受容することの困難を意味するものである。(2)

日本統治がため、台湾では学校教育による口語文中国語の習得は極めて困難だという状況は想像できるだろう。その一方、日本語教育の普及により日本語理解者が増加していく状況について、藤井は次のように指摘している。

台湾読書界の風景は、一九世紀から二〇世紀初頭までは人口一〇パーセント前後の者が文語文および白話文

（古典口語文）による読み書きを行い、やがて日本語理解者が急増、一九四〇年代に入り過半数の者が日本語による読み書きの能力を持つに至って、その数は文語文・白話文の読者を圧倒した、と描き出すことができよう。〔中略〕かつての文語文・白話文が日常言語である閩南語や客家語から乖離した書面語であったのに対し、新たに登場した日本語理解者にとって日本語は外国語とはいえ準日常言語であった。(3)

藤井の調査によると、一九〇五年から三一年までの台湾における「日本語理解者」が増えた傾向は、台湾人子弟を対象とする公学校や日本語普及施設の国語講習所の児童数の増加によるものであるという。また、三三年の「国語普及十年計画」により、四一年には台湾での日本語理解者は台湾人全体の五七パーセントまで増加した故、日本語読書人口急増現象に伴い日本語読書市場も拡大していったのである。(4)

日本語教育の普及に伴い、日本語読書市場の拡大だけではなく、漢文教育を受けた旧式「読書人」に代わり、「日本留学世代」が登場するという現象を生じている。内地では関東大震災後の読書ニーズに応じて、二六年に改造社が「現代日本文学全集」を刊行、この作家全集を一冊一円で販売する円本の成功に伴い当時の出版界で円本時代が到来した。和泉司は、文学志望の台湾人青年たちが日本に留学した二〇年代末はまさに円本時代であり、「円本」にテクストを採用された〈作家〉たちが経済的成功を収めていく様子に触れるとき、彼ら台湾人留学生にとって、文学運動は「読書人」のそれとは隔絶したものとなり、また、「民族運動」と「文学運動」の主客(5)が入れ替わろうとしていたと指摘している。つまり、台湾で日本語教育を受け日本に留学する台湾新世代の青年たちが、自らの理念や文学運動を実践する方法として日本語文学を全面的に受け入れたと言えよう。

日本語教育の普及と台湾新世代の日本留学経験とは、誕生期の「台湾新文学」を同時代日本文学に急接近させる要因になったのである。一九三三年には、当時東京に滞在していた台湾文学青年によって日本語同人誌『フォルモサ』が創刊され、同人の張文環（一九〇九～七八）、巫永福（一九一三～二〇〇八）らは後に台湾日本語文学運動の中で重要な役割を果たす人物となった。三四年一〇月に楊逵（一九〇五～八五）の「新聞配達夫」は『文学評論』の懸賞小説第二席に入選して同誌第一巻第八号に掲載され、内地雑誌に掲載された最初の台湾人作品となった。続いて呂赫若（一九一四～四七）の「牛車」が『文学評論』三五年一月に掲載され、同月に張文環「父の顔」が『中央公論』の第三回原稿募集に選外佳作となり、同年六月には翁鬧（一九一〇～四〇?）の「戇爺さん」が『文藝』第二回懸賞創作の選外佳作となっている。三七年四月に龍瑛宗（一九一一～九九）の「パパイヤのある街」が『改造』の第九回懸賞創作に入選作として掲載された。夭折した翁鬧を含めて、楊・呂・張・龍らはいずれも日本統治期台湾文学の代表的作家であることに注目したい。つまり、彼らが日本統治期台湾文学に占める重要な位置と内地文学賞入賞という実績との間には深い関係があると考えられるのである。

　台湾人作家が同時代の日本文学に接近する過程とは、彼らが若い文学志望青年から一人前の作家に成長する過程でもあった。この成長過程で彼らは、日本文学作品から思想、文体技巧、物語の素材と構造など多面的な影響を受けているのであった。ただし、アメリカの文芸理論家ブルーム（Harold Bloom）が『影響の不安』[6]で指摘しているように、作家は先人からの影響を乗り越えないと一人前の作家にはなれないと言えよう。もし台湾人作家を養成するために日本文学と日本文壇がその栄養分を提供したのならば、言うまでもなく、藤井が提出する日本統治期台湾の「日本語読書市場」の成立は前提条件だと言えよう。本論文では、日本統治期台湾文学と日本近代文学の間にある複雑な影響関係の一例として、台湾日本語読書市場における梶井基次郎の受容を考察したい。

二．台湾における梶井文学読書史

一九〇一年大阪に生まれた梶井基次郎は、三高在学中に漱石を愛読したことから文学に親しむようになった。二四年四月東京大学英文学科に入学し、在学中に同人誌『青空』を創刊、三一年には武蔵野書院より第一創作集『檸檬』を刊行した。三二年一月、『中央公論』に「のんきな患者」が掲載され、その翌月、小林秀雄が同誌に「梶井基次郎と嘉村礒多」を発表、梶井の創作集『檸檬』をとりあげて絶賛したが、梶井は同年三月に急逝した。

梶井基次郎は若くして世を去ったにもかかわらず、日本文学史に名を刻んだ作家の一人である。学燈社刊行の『日本文学全史』では、「ほかに文壇的にはモダン派内部、あるいは近くにいながら、その表面的な騒ぎとは別に、自分を持っていた作家に、嘉村礒多・梶井基次郎がいる」[7]と高く評価されている。

一九三〇年代に日本の中央文壇に慧星のように現れたのちに急逝しながらも文学史に名前を刻んだ梶井文学に注目する読者は、戦前の台湾においても存在していた。『文芸台湾』第五巻第五号（一九四三年三月）には「私の好きな作品について」という欄があり、その中で、作家の日野原康史は次のように語っている。

私が梶井基次郎の作品にはじめて觸れたのは、『詩と詩論』に載つてゐた「櫻の木の下には」と「器樂的幻覺」との二篇であつたと思ふ。『詩と詩論』は、臺北のある古本屋で購つたのであるが、「櫻の木の下には」の異常な感覺に驚いたのを記憶してゐる。

創元選書の一つとして、三好達治篇の梶井基次郎作品集『城のある町にて』が出たのはそれから暫くしてからであつた。私は早速それも求めて讀んだ。どの作品にも衝たれたが、中でも「冬の日」が一番深く印象に殘つた。

少しづつ變つて來てゐるが、その頃から現在迄續いてゐる「私の好きな作品」の譜系は、端的に言へば、生活の滲み出てゐる詩的散文の範疇に屬する諸作品である。「冬の日」を一つの頂點とする梶井基次郎の全作品を經とし、緯として他の作家の作品を求めれば、佐藤春夫の「田園の憂鬱」葛西善藏「湖畔手記」堀辰雄「風立ちぬ」などから中野重治の「歌のわかれ」武田麟太郎の「傳說」などがすぐ心に浮ぶ。

ここで日野原が読んだ『詩と詩論』とは一九二八年一二月の第二号のことであろう。また、「創元選書」『城のある町にて』とは、創元社が三九年一一月に発行した三好達治編の創元選書第三三巻『城のある町にて』であり、「檸檬」「城のある町にて」「泥濘」「路上」「過去」「雪後」「ある心の風景」「Kの昇天」「冬の日」「桜の樹の下には」「器楽の幻覚」「蒼穹」「筧の話」「冬の蝿」「ある崖上の感情」「愛撫」「闇の絵巻」「交尾」「のんきな患者」を収めている。

また、日本統治期に日本語作家として活躍した龍瑛宗も梶井基次郎を称賛したことがあり、「城のある町にて（上・下）」（『台湾新民報』一九四〇年二月一六・一七日）という文章を発表していた。その中で龍は「檸檬」を読んだのは「確かに十七八の学生の頃のように憶えてゐる」と述べている。一九一一年生まれの龍は、二七年に台湾商工学校に入学し、三〇年に卒業した。龍が一四歳の二五年には「檸檬」が同人誌『青空』創刊号に発表され、二〇歳の三一年には梶井の第一単行本『檸檬』が出版されている。龍の証言から見ると、彼が『青空』を読んだ可能性は否定しきれないものの、同人誌『青空』創刊号は『中央公論』や『改造』などのような大部数を発行する雑誌ではない故、龍が『青空』創刊号を読んだ可能性は低いのではないだろうか。

「檸檬」の次に龍が読んだのは「瀬山の話」である。この作品は梶井の死後に発見され、一九三三年一二月に『文藝』に発表された。「瀬山の話」に続いて、龍は新起町の古本屋で『詩・現実』を手に入れ、そこに掲載されている「闇の絵巻」を読んだという。

そして「闇の絵巻」の次には、龍は三好編の梶井作品集『城のある町にて』を手に入れていた。これは恐らく日野原の読んだ創元選書と同じものだろう。

戦後にも龍は「回顧日本文壇」（『台湾文芸』第八四期、一九八三年九月）の中で梶井基次郎について「梶井基次郎、台湾の読者はほとんど知らないだろう！　彼は名作「檸檬」が出てからまもなく夭逝した。そうでなければ、彼は川端康成と同じように日本文壇に於いて輝かしい地位を占めていたであろう[9]」と称賛している。

一九九六年の台湾で翻訳集『台湾文学集[10]』が出版された際、編者の葉石濤（一九二五～二〇〇八）は「檸檬」を訳して収録している。葉は序文で、同書表題の由来に関して、「本訳文集の主要な作品はすべて昭和一七年（一九四二）に東京大阪屋号が出版した西川満編集の『台湾文学集』から採録したため[11]」と述べている。さらに西川編『台湾文学集』は「明らかに日本当局の皇民化政策に合わせて出版されたが、西川満が収録した作品の多くは西川の耽美・ロマンチック的な雰囲気に満ちている[12]」と葉は指摘している。

恐らくこのような理由から葉は西川『台湾文学集』収録作をすべて翻訳せず、在台日本人作家であった池田敏雄「艋舺の風俗」、濱田隼雄「蝙翅」、川合三良「婚約」しか取り上げなかったのだろう。さらに葉は西川『台湾文学集』に収録されている島田謹二（一九〇一～九三）の「外地文学」を主張した論文「台湾の文学的過現末」を削り、その代わりに「台湾文壇建設」を唱える黄得時「台湾文学史序説」をこの訳文集に収録した。つまり、恐らく葉の編集方針と彼の文学史観は西川のそれと異なっていたと窺えるのである。しかし、葉が西川『台湾文学集』の書名を借りて、主要作品は西川編の書からを収録したことからは、葉の西川への概ね肯定的な姿勢が読み取れよう。葉は西川の皇民政策への協力およびその「耽美的・ロマンチック」な雰囲気を批判しながらも、西川が採録した「皇民化」的作品は台湾的色彩が濃厚である点に注目し、西川を再評価しており、西川『台湾文学集』を編集し直すことによって西川の「皇民政策協力」と「耽美的・ロマンチック」な雰囲気という「錯誤」を改めようとした葉の苦心が窺える。葉と西川の二冊の『台湾文学集』の関わりについては、次の研究に委ねたい。

それにしても戦後五〇年以上経過した時点で、『台湾文学集』に、なぜ梶井の「檸檬」を「台湾的色彩が濃厚」な作品群と共に収録したのか。葉はこの点について、「台湾と全く関係ない日本で早逝した前衛作家梶井基次郎の小説「檸檬」を訳出し、それを在台日本人の小説と比較する。それは当時の在台日本人文学のレベルを読者に知らしめるためである」と述べている。[13]前述のように龍は梶井が台湾の読者には知られていないと指摘しているが、葉が膨大な近代日本文学の作品から特に「檸檬」を選んだ背景には、当時の台湾における「檸檬」の高い知名度が存在していたのではあるまいか。

三．三〇年代の台湾人文学青年たちと梶井基次郎

前述のように梶井作品は日本統治期生まれの台湾人作家の間で広く親しまれていたと考えられる。ところで、『檸檬』が出版されてから梶井が注目されるまでの状況を整理すると次の年表のようになる。

一九三一年五月　『檸檬』武蔵野書院より刊行。雑誌『作品』で出版記念特集。
一九三二年一月　『中央公論』、「のんきな患者」を掲載。
　　　　　二月　『中央公論』、小林秀雄書評を掲載。
　　　　　三月　梶井死去。

五月　『作品』、「梶井基次郎追悼号」を特集。
一九三三年一二月　『文藝』、遺稿「瀬山の話」を掲載。
一九三四年三～六月　六峰書房、『梶井基次郎全集』上下二巻を刊行。

この年表に基づき、本章では三〇年代に遡り、当時日本に滞在した台湾人文学青年らが梶井に注目した可能性について検討したい。

（一）一九三〇～三四年の梶井基次郎

『新潮』一九三〇年一月号掲載の座談会「後継文壇に就て語る」の中で、司会の加藤武雄が梶井の名を挙げたのに対して、大宅壮一は「非常に透明なすつきりした所がある」と述べ、川端康成も「何だか青い淵みたいな。冬の暗い嚴しさ。それでゐて心の暖かさがある。いい素質の人です」と称賛している。梶井が『詩・現実』創刊号（一九三〇年六月）に「愛撫」を発表すると、川端康成は同年『作品』（一九三〇年七月）で書評「梶井基次郎氏の「愛撫」」で称賛した。『詩・現実』が九月発行の第二号に「闇の絵巻」を掲載すると、川端は再び同月二七日の読売新聞「文芸時評」でこの小説に関する評論を書いた。梶井文学が文壇で認められたのはこのときからだと言われている[14]。

翌年の五月一五日に、梶井の第一創作集『檸檬』が出版されると、同月二八日には『中央公論』編集者田中西二郎が梶井に執筆を依頼している。『中央公論』は『改造』と並ぶ当時の二大総合誌であり、両誌は新人作家の登竜門であった。この依頼に応じて書き上げた作品「のんきな患者」は、翌年『中央公論』新年号で発表され、さらに翌二月号に小林秀雄「文芸時評　梶井基次郎と嘉村礒多」が掲載された。小林は、「『檸檬』は氏の観念的焦燥の追求する単純性或いは自然性の象徴ではない、寧ろ氏自身の資質である」と指摘し、好評価を与えた。

このような誌面作りからは、梶井という新人を発掘し大いに売り出そうとする『中央公論』側の編集方針が窺えよう。「のんきな患者」は、正宗白鳥が同年一月二八日『朝日新聞』「文芸時評」で、直木三十五が二月一四日『読売新聞』「文芸時評」で取り上げており、梶井は好調な文壇デビューを果たしたと言えよう。

しかし惜しくも同年三月に梶井は急逝した。梶井死後、同年五月に『作品』が「梶井基次郎追悼号」を組み、一九三三年一二月に『文藝』が遺稿「瀬山の話」を掲載、続けて三四年三月と六月に六峰書房が『梶井基次郎全集』上下二巻を刊行した。この全集は、宇野浩二・広津和郎・川端康成・横光利一・小林秀雄・萩原朔太郎・北川冬彦・三好達治・武田麟太郎らの文壇中堅メンバーを刊行委員とする。その中で北川と三好らは梶井の『青空』時代からの親友であり、川端や小林は梶井の登壇時に力を貸した文壇のリーダーである。

以上のように、『檸檬』出版前年の一九三〇年から『梶井基次郎全集』刊行の三四年までの四年間、文壇では梶井は大いに注目を集めていたのである。それでは当時の台湾人文学青年の目には梶井はどのように映じていたのだろうか。

（二）『中央公論』『文藝』

『中央公論』の前身『反省会雑誌』は一八八七年に刊行され、九九年に『中央公論』と改題された。『中央公論』編集者滝田樗陰（一八八二～一九二五）は夏目漱石（一八六七～一九一六）の助力を仰ぐ一方、自然主義派の作品や評論も集め、森鷗外（一八六二～一九二二）・永井荷風（一八七九～一九五九）・志賀直哉（一八八三～一九七一）・谷崎潤一郎（一八八六～一九六五）らにも注目し、自然主義と反自然主義の両派を積極的に取り上げたため、『中央公論』は新人作家の登竜門とも言われた。[15] 谷崎潤一郎は後日、この樗陰が「当時私の住んでいた神田南神保町の裏長屋へ〔中略〕執筆を依頼して行った。『樗陰が訪ねてきたのだから谷崎の文壇的地位はもう確立したも同然だ』というような記事が新聞にのったりした[16]」と回想している。

このような代表的総合誌『中央公論』には、三〇年代の台湾人文学者らも注目しており、劉捷の回想によれば、『改造』『中央公論』『文藝』『新潮』などの雑誌の創作懸賞に入選することは、登竜門と見なされていたという[17]。また、巫永福の回想によれば、日本文壇に進出するには二つのルートがあり、まず『中央公論』『改造』『文藝春秋』に入選し、さらに純文学の場合は芥川賞、大衆文学では直木賞に入賞すれば日本文壇に進出することができると考えられていたという[18]。すでに前述したように、一九三五年に『中央公論』に張文環「父の顔」、『文藝』に翁鬧「戇爺さん」、三七年に『改造』に龍瑛宗「パパイヤのある街」がそれぞれ入選しており、劉と巫による『改造』『中央公論』『文藝』の三誌への言及はそれなりの現実味を帯びていたのである。

『改造』懸賞創作の募集は一九二七年八月号[19]から、『中央公論』原稿募集も一九三三年から始まった。三三年七月『中央公論』「夏季特輯号」の「編集後記」で「近く本社出版部より劃期的大プランが發表される筈である」と記し、同年一〇月の「秋季特輯号」では「新人出でよ」のキャッチコピーで「原稿（創作・中間読物）募集」の広告が二面を占めている。選考結果は三四年新年号に発表された。第一回結果発表と同時に第二回募集も始まり、第二回の結果発表は同年七月に発行した「臨時増刊」の「新人号」であった。その「選者の言葉」において、「殊に、朝鮮・臺灣の人々から投稿された悲痛な叫びは、吾々の耳を傾けしむるに充分なものがあつた」と記されている。なお、同誌上には日本全国からの投稿統計も載せられており、全国からの創作（一四二八編）、論文（三六八編）、中間読物（四八二編）の合計二二七八編のうち、台湾からの投稿はそれぞれ二編、四編、三編、合計九編あったという。第三回の原稿募集広告は同年八月号に掲載され、三五年一月に「新年号」で結果が発表され、張文環の「父の顔」は「選外佳作」として入賞した。「選外佳作」について、編集者は「尚次の五篇は佳作として吾々の目にとまつたものであるが、尚入選迄には相当の苦心が拂はれなければならないものである」と述べている。第一回と第二回の結果発表から考えれば、張は三三年の第一回募集から投稿し続けていた可能性も考えられよう。

台湾人作家が「中央文壇」に進出するのは、一九三四年に楊逵「新聞配達夫」が『文学評論』懸賞創作に入選したのが最初だと言われているが、恐らく当時の台湾人文学青年らは同誌の懸賞創作募集が始まる前から「新人作家の登竜門」と言われる『中央公論』と『改造』に注目していたのだろう。そうであるとすれば、彼らが『中央公論』三二年新年号および二月号に掲載の梶井作品や小林の書評を読んでいたとしても、不思議はないのである。

一方、『文藝』は一九三三年一一月に改造社より創刊された文芸誌であり、同年一〇月に創刊された『文學界』『行動』と共に「文芸復興」の時代を作った雑誌である。その創刊の直後に『フォルモサ』同人の劉捷は「日本内地文壇に於ける文芸復興の刺戟」が台湾新文学の発展や同誌に与えた影響を「一九三三年の台湾文学界」（『フォルモサ』第二号、一九三三年一二月）および「台湾文学の鳥瞰」（『台湾文芸』創刊号、一九三四年一一月）で指摘し、『文藝』の創刊にいち早く注目しているのであるが、それから二年足らずで翁が『文藝』懸賞創作に入賞しているのである。

梶井の作品「瀬山の話」が掲載されたのは一九三三年一二月刊行の『文藝』第二号である。『改造』懸賞創作募集に入選を果たした龍は、梶井に関心を抱いて『文藝』を読んだというよりも、恐らく台湾に滞在していながら中央文壇の最新動向としての『文藝』に注目していたため梶井作品に触れたというのが実情に近いのではあるまいか。さらに、前述のように『フォルモサ』同人がいち早く『文藝』創刊に注目したのに影響され、その第二号掲載の「瀬山の話」を読んだ可能性が高い。一方「瀬山の話」は、二四年に梶井が書いた習作であり、その中の「檸檬」の一節は後ほど梶井の代表作となる「檸檬」の原型であった。つまり、台湾人文学青年らが「瀬山の話」を読むとき、「檸檬」の原型も一緒に読んでいたのである。また、死の直前にようやく文壇に注目された梶井の全集が、死後二年を経て当時文壇で最も注目されていた文士らによって編集され出版されたことは、当時の台湾人文学青年らに深い印象を与えたことであろう。

このように、当時の台湾人文学青年らは一九三一年から三二年にかけて「中央文壇」に生じた梶井現象に気づいていた可能性は高いと思われる。ただ、彼らは梶井一人に注目していたのではなく、「中央文壇」における一つの新人現象として注目していたのであろう。

四．巫永福と明治大学教師陣および梶井基次郎全集

梶井が『中央公論』に登場し、そして急逝する一九三二年に、『フォルモサ』同人の巫永福が名古屋の第五中学校（旧制）を卒業してから上京し、明治大学文芸科に入学している。筆者が台湾埔里にある「巫永福文庫」を調査したところ、梶井に関する図書は所蔵されていなかった。また明治大学が所蔵する初版本『檸檬』には、「佐藤正彰先生旧蔵書・一九八九年七月受贈」と押印されており、巫が明治大学図書館所蔵の『檸檬』を読んだ可能性は低いと思われる。しかし明大文科であったからこそ、巫が他の『フォルモサ』同人らよりもさらに深い関心を梶井に寄せていた可能性も推定される。その推定の根拠として、次の三点を挙げたい。

（一）『中央公論』と小林秀雄

前述のように、梶井作品と小林書評は『中央公論』一九三二年一月および二月号の掲載であるため、同誌に注目していた文学志望の台湾人留学生たちの目に触れた可能性は高いことであろう。巫の回想によると、三二年に彼は明治大学文芸科の創設に注目し、山本有三・里見弴・横光利一・萩原朔太郎・小林秀雄らの教師陣に惹かれ、同大

の入試を受けた[20]という。

『明治大学文学部五十年史』[21]によれば、一九〇六年九月創設の文学部は〇八年に学生募集を中止したが、三一年の明治大学創立五〇周年式典に伴い文科復興を目指し、翌年二月二五日に文科復興臨時商議委員会を設け三月二二日に文部大臣に学則改正の認可申請をすると同時に文科編成委員会を組織し、「文芸科はあくまでも創作を中心」[22]という理由で文芸科科長を山本有三に委託し、同年四月八日に文部大臣より「学則改正認可申請」が認可された。

同書によると、同年四月に「文科専門部の学生募集を、新聞広告に出すことが出来たのである」[23]という。同月の『東京朝日新聞』には、明大文科に関する広告が二日に二欄、六日に一欄掲載されている。二日の広告の一つ目は「新設　明大文科学生募集」であり、ここで紹介されている「文芸科」の欄には「科長　山本有三」「実習指導　菊池寛・岸田国士・里見弴・豊島与志雄・室生犀生（ママ）・山本有三」と錚々たるメンバーが並び、願書締切は四月九日、「試験・銓衡」は四月一〇・一一日と公示されている。同日広告の二つ目は「明治大學學生募集」であり、「四月七日試驗八日銓衡、文科ハ十日試驗、女子部ハ四月末日迄入學許可す（ママ）、入學者心得及學則ハ申込次第進呈ス」と公示されている。六日の広告は「新設明大文科學生募集」であり、文芸科の欄には「科長山本有三」の名前に続けて、願書締切が四月二〇日に、「試驗・銓衡」が四月二一・二二日に変更されたことが公示されている。この三つの広告はいずれも文部大臣の許可より先に掲載されており、明大文芸科開設時の慌しい様子と、応募者多数のため入試を延期したという事情が窺える。

巫がこの三つの広告を見たか否かは不明だが、この三つの広告には横光利一・小林秀雄の名前が見られない点は興味深い。一九三二年の入学者心得の『文科要覧』では、「文学概論、文芸思潮史」の担当者として小林の名前が確認でき、『明治大学文学部五十年史』には、一九三二〜三四年に「『要覧』に掲載されなくて講義を行った人々」の一人として、「指導講座＝創作指導」担当の横光利一の名前が挙げられている。[24]

このように、巫は明大文科復興後第一回の学生になった。当時の教師陣の中で、巫が『巫永福全集』の献辞に山本有三・横光利一・小林秀雄の名を挙げて謝意を示しているように、この三人は特に巫の関心を引いたのであろう。横光利一から巫への影響については謝恵貞の研究があるため、ここでは割愛しておきたい[25]。巫が明治大学に在学する間に、小林は「文学概論・文芸思潮史」「評論研究・新聞雑誌編輯」を担当し、授業ではボードレールとドストエフスキーを教えたため[26]、巫に深い影響を及ぼしたことも考えられるだろう。巫は評論「吾々の創作問題」（『台湾文芸』創刊号、一九三四年一一月）ではボードレールを引用し、明大卒論テーマをドストエフスキーにしているのである。このように小林から影響を受けた巫であったが故、『中央公論』や各誌で小林の動向を注目していたものと考えられる。故に、巫が『中央公論』で小林の書評を読み「梶井基次郎」の名前と「檸檬」の存在を知るようになった可能性は否定できないのである。

（二）『梶井基次郎全集』と明治大学教師陣

三四年『梶井基次郎全集』刊行委員の多くは『文學界』同人で占められている一方、明大教師陣と重なっている。整理すると次頁の表になる。

この表からは明大教師陣の多くが『文學界』と関わっていることがわかり、その中でも小林が重要な役割を果たしているのである[28]。当時明大に在学していた巫はこの状況を意識せずにはいられなかったであろう。前述のように、『フォルモサ』同人らは「文芸復興」という当時の文壇最新の動向に細心の注意を払っていたのだ。『フォルモサ』の中心メンバーである巫が、明大教師陣から「文芸復興」という最新動向を知ってこれを仲間に伝えていた可能性もあるだろう。さらに、この表が示すように、巫の明大時代の恩師横光利一と小林秀雄とは『文學界』の同人であると同時に、『梶井基次郎全集』の刊行にも関わっている。全集刊行委員の一人の萩原朔太郎（一八八六～一九四二）

明大教師陣（『巫永福全集』に拠る）	一九三四年『梶井基次郎全集』刊行委員（同全集に拠る）	『文學界』同人（中島健蔵『物情騒然の巻』に拠る）
小林秀雄、**横光利一**、里見敦（ママ）、荻（ママ）原朔太郎、豊島與志雄、舟橋聖一、岸田國士、室生犀星、阿部知二	**小林秀雄**、**横光利一**、**川端康成**、萩原朔太郎、宇野浩二、広津和郎、北川冬彦、三好達治、武田麟太郎	**小林秀雄**、**横光利一**、**川端康成**、里見弴・宇野浩二、豊島与志雄（一九三二年創刊当時）、広津和郎、深田久弥、武田麟太郎、林房雄、藤沢桓夫（一九三四年に加入[27]）

は『文學界』の同人ではないのだが、一九三四年四月から明大で教鞭を執り、前述のように巫の回想でも言及されている。また、巫の回想で言及されている明大教授阿部知二（一九〇三～七三）は、梶井と共に『青空』と『文芸都市』に参加し、三五年に『文學界』に参加し、三六年に同誌で代表作「冬の宿」を発表した。中央文壇最新動向の『文學界』に注目し、さらに明大教師陣から深く影響を受けていた巫が、小林秀雄の「檸檬」評や『文藝』での「瀬山の話」の次に『梶井基次郎全集』に注目した可能性は相当に高いのではないだろうか。

（三）『詩と詩論』と『詩・現実』――北川冬彦

前述のように、日野原は『詩と詩論』で梶井作品「桜の木の下には」と「器楽的幻覚」を読み、龍瑛宗は『詩・現実』で「闇の絵巻」を読んだという。『詩と詩論』は一九二八年九月に安西冬衛・飯島正・上田敏雄・神原泰・北川冬彦・近藤東・滝口武士・竹中郁・外山卯三郎・春山行夫・三好達治らの同人によって創刊された。これらの詩人たちは、「新しい知的詩法を開拓し、大胆な裁断と構成によって意味の世界をこえたところに新しい超現実的詩の独自な世界を作り出そうと試み、さらにその散文形式への展開をはかって「新散文詩運動」を唱えた[29]」と評されている。『詩・現実』は『詩と詩論』から離脱した北川・三好・飯島らが梶井を誘い、三〇年六月に武蔵野書院から創刊した文芸誌である。同誌掲載のJ・ジョイス（一八八二～一九四一）『ユリシーズ』と『文学』連載のプルースト『スワンの家の方』とは、当時の文壇に大きな影響を与える二大翻訳となり、横光利一から室生犀星まで多くの作家たちが影響を受けたと言われている[30]。

北川・三好らの『青空』同人の参加はこの二誌の共通点でもある。日野原が読んだ『詩と詩論』第二号掲載の梶井作品「桜の木の下には」と「器楽的幻覚」は、実は北川からの依頼で執筆されたものであった。龍の読んだ『詩・現実』には梶井が連続して「愛撫」（第一号）、「闇の絵巻」（第二号）、「冬の日」（第三号）、「冬の蠅」（第四号）を発表した。『詩と詩論』『詩・現実』両誌の中心人物北川冬彦（一九〇〇～九〇）は、七歳（一九〇七）のときに渡満し、大連小学校・旅順中学校を経て一九一九年第三高等学校に入学、二二年三高を卒業して東京大学仏法科に進み、同年同人誌『未踏路』に参加、二三年大連帰省中に安西冬衛に邂逅し詩誌『亜』を創刊、二七年梶井らの『青空』に参加した。植民地と深く関わっている詩人の北川が主要な同人であること、さらにこの二誌が文壇に重要な影響力を持っていることの二点も台湾の日野原や龍が両誌に注目した理由であろう。

巫は詩人でもあるため、両誌にはより深く注目していたことであろう。北川は植民地と関連がある一方、北川の処女詩集『三半規管喪失』は出版時には横光利一から絶賛されている。恩師横光の注目する詩人として、巫が彼に注目した可能性はいっそう高いと思われる。巫は、『詩と詩論』『詩・現実』と詩人北川に注目する過程で、梶井作品に触れたのではないだろうか。

むすびに

以上のように、日本統治期台湾における梶井基次郎作品の読書状況と、一九三〇年代の在日台湾文学青年の梶井基次郎との接点について考察した。ここで、藤井省三が指摘する「日本語読書市場」という前提条件が成立したからこそ、台湾における梶井基次郎作品の受容は可能になる、ということに注意しなければならない。また、三〇年代の在日台湾文学青年の創作や中央文壇への投稿から見れば、彼らが当時の日本文壇の動きを敏感に受け入れていた、ということは容易に想像できる。三〇年代の在日台湾文学青年らは日本中央文壇を注目し、その当時の文壇新星の梶井を読み、さらに自分が次の文壇新星になる夢を見ながら創作して投稿したのだろう。もちろん、梶井基次郎の読書状況や受容はあくまでも当時の日本語読書市場の一例にすぎないが、当時の「読書―受容―創作・投稿―読書」というサイクルも示していると思われる。

このような日本語読書市場の成立は実は「台湾公衆と公共圏」を形成する基礎であり、さらに台湾皇民文学と台湾ナショナリズムの形成にも繋がっていると考えられる。この状況について、藤井は次のように指摘している。

一九三〇年代後半から四〇年代までの台湾における読書市場の成熟と文壇の成立は、ハーバマスの言葉を借りて公衆と公共圏の形成と呼ぶことも可能であろう。しかし一八世紀西欧社会においては「すでに公衆の諸設備と討論の舞台とを備えている文芸的公共性」が「機能変化」することにより「公権力に対する批判の圏」が確立していく（ハーバマス、細谷貞雄訳『公共性の構造転換』未来社）のに対し、一九四〇年代の台湾では国家に直結する植民地当局としての総督府が「文芸的公共性」を誘導して公権力に対する協力の圏を確立していくのであった[31]。

三〇年代日本語読書市場の成熟による公衆と公共圏の形成は四〇年代の皇民文学に繋がっている、ということを藤井は次のように指摘している。

台湾皇民文学とは、非日本人でありながら日本人と対等であり、しかも新たに日本の占領地となった民衆に対し優越するという論理・感情を描いたものといえよう。このような論理・感情は文芸誌を媒体として読書市場に流通し、読書→批評→新作→読書……という生産・消費・再生産のサイクルを高速度で繰り返しながら台湾公衆に共有されていったのである。台湾公衆は読書を通じてこのような論理・感情に共感し、自らが一個の共同体に属すると想像していったといえよう。

B・アンダーソンはナショナリズムの生成を論じて「国民とはイメージとして心に描かれた想像の政治共同体である」と述べている（白石隆・白石さや訳『想像の共同体』リブロポート）。おそらく戦中期の台湾公民は台湾皇民文学を核としてナショナリズムを形成していた、あるいはナショナリズム形成の一歩手前まで迫っていたと考えてよいであろう[32]。

公衆と公共圏。「皇民」という共同幻想。それが成立できる前に、日本語読書市場の役割と重要性は言うまでもないだろう。梶井基次郎の読書と受容は、藤井の提示する「読書→批評→新作→読書……」というサイクルを証明している一方、三〇年代の次世代の「皇民文学」の生成も暗示しているように思われる。

【注】

（1）藤井省三『台湾文学この百年』東方書店、一九九八年、三二一～三二三頁。
（2）同上、三三三頁。
（3）同上、三三三～三四頁。
（4）同上、三二一～三二二頁。
（5）和泉司『重層する帝国の〈文壇〉——日本統治期台湾の日本語文学をめぐって』慶應義塾大学博士学位論文、二〇〇九年、一四頁。
（6）ハロルド・ブルーム／小谷野敦・アルヴィ宮本なほ子訳『影響の不安——詩の理論のために』新曜社、二〇〇四年。
（7）市古貞次責任編集『日本文学全史 六』学燈社、一九七八年、九四頁。
（8）『詩・現実』第二号（一九三〇年九月）に掲載。
（9）原文：梶井基次郎、台灣的讀者很少知道吧！他的名作「檸檬」出現了不久，便夭逝了。否則，他與川端康成一樣於日本文壇佔有輝煌的地位。
（10）葉石濤編訳『台湾文学集』高雄・春暉、一九九六年。
（11）原文：這是因為這本譯文集的重要作品都來自於昭和十七年（一九四二）東京大阪屋號出版西川滿主编《台灣文學集》的緣故。（同上、一頁）。
（12）原文：顯然是配合日本當局的皇民化政策而出版的，可是西川滿所收集的作品多數仍然充滿了西川滿耽美、浪漫的格調。（同上、二頁）。
（13）原文：另外譯出一篇跟台灣完全無關的日本早逝的前衛作家梶井基次郎的小說〈檸檬〉來跟台灣日人小說比較，使各位明白當時在台日本人文學的水準。（同上、一頁）。
（14）大谷晃一『評伝 梶井基次郎』河出書房新社、一九七八年、二八八頁。
（15）杉森久秀『滝田樗陰——ある編集者の生涯』中央公論社、一九六六年、五一～六八頁。
（16）「私と中央公論」『中央公論』一九六二年一〇月号。『谷崎潤一郎全集 第二三巻』（中央公論社、一九六九年）に所収。
（17）劉捷『我的懺悔錄』台北・九歌出版、一九九八年、三八頁。

(18)「龍瑛宗最得意的一九三〇年代」『巫永福全集 二四 文集巻Ⅱ』台北・伝神福音文化事業、一九九六年、所収。
(19)前掲注(5)『重層する帝国の〈文壇〉』の『改造』懸賞創作の考察を参照。
(20)原文：一九三二年初明治大學文藝科招生時，看到負責人是文豪山本有三，教授陣容即有小説家里見敦、横光利一、舟橋聖一、戯曲家岸田國士、豐島與志雄、詩人室生犀星、荻原朔太郎、(中略)評論小林秀雄、阿部知二、(中略)於是我決心以先斬後奏的方式報名考試及格後，始寫信給父親懇求同意。(後略)(「如何自我塑造文学風骨」前掲注(18)『巫永福全集』所収)。
(21)明治大学文学部五十年史編纂委員会編『明治大学文学部五十年史』明治大学文学部、一九八四年。
(22)同上、四〇頁。
(23)同上、四二頁。
(24)同上、六三頁。
(25)「台湾人作家巫永福における日本新感覚派の受容——横光利一「頭ならびに腹」と巫永福「首と体」の比較を中心に」『日本台湾学会報』第一一号、二〇〇九年五月。「巫永福「眠い春杏」と横光利一「時間」——新感覚派模写から「意識」の発見へ」『日本台湾学会報』第一二号、二〇一〇年五月。
(26)前掲注(21)『明治大学文学部五十年史』、六〇頁。
(27)中島健蔵『物情騒然の巻——昭和九年—一一年』(回想の文学二)平凡社、一九七七年、二八頁。
(28)高見順の回想によれば、舟橋聖一が『文學界』に参加したのは、当時明治大学の同僚であった小林に勧められたため、という。高見順『昭和文学盛衰史』文藝春秋新社、一九五八年、二二一〜二二三頁。
(29)小田切進『昭和文学の成立』勁草書房、一九六五年、二四〇頁。
(30)同上、二四一頁。
(31)前掲注(1)『台湾文学この百年』、四五頁。
(32)同上、二一〇頁。

革命・戦争と女性――白薇「打出幽霊塔」と張愛玲「傾城之恋」

邵迎建
（蟹江静夫 訳）

はじめに

白薇と張愛玲はいずれも話劇を書いたことがある。前者の「打出幽霊塔（幽霊の塔から脱出する）」は一九二七年に完成、後者の「傾城之恋（傾城の恋）」は一九四三年に発表された。「打出幽霊塔」は紙上にとどまったが、「傾城之恋」は舞台化され、七七ステージの好評を博した。両作品の題材はとても似ている。女性主人公が「ノラ」の家出に倣うというものだが、その動機は正反対である。前者は「革命」のため、後者はただ生きるためである。

物語のあらすじは以下の通りである。

「打出幽霊塔」には六人の主要人物がいる。「土豪劣紳」の胡栄生、その子どもの巧鳴、若い妾の鄭少梅、養女の蕭月林、婦連委員の蕭森、そして農協委員の凌俠である。巧鳴、鄭少梅、蕭月林はいずれも「農民の汗と油を搾取して得た」「資本家・地主」である胡栄生を恨んでおり、胡の「亡霊の館」（幽霊の塔）からなんとかして出ようと考えているのだ。テクストには二つの三角恋愛が描かれている。胡栄生と召し使いの貴一はともに蕭森を愛しており、富豪の息子である巧鳴と農協委員の凌俠は蕭月林を愛している。だが蕭月林は巧鳴を愛する一方で凌俠にも未練が残っている。鄭少梅は「息子」の胡巧鳴にひそかに恋をしている。胡栄生にはすでに七人の妻および召し使いをもっているにもかかわらず、さらに養女である蕭月林をもわがものにせんとする。最後に会計係の貴一が月林はじつは胡栄生が蕭森を凌辱した末にできた肉親だったのだと秘密を暴露してしまう。その結果、胡栄生は息子と貴一を殺害、月林は狂い、貴一の部屋で母の懐に戻り、「ああ、わたしは亡霊の館を出たのです。わたしの母ができたのです」と叫び母のもとで死ぬのだ。

テクストには「革命」の二文字が頻繁に現れる。

「傾城之恋」は二七歳の上海人女性・白流蘇の物語である。彼女は夫の家から離婚されて実家に出戻るものの、自分名義の財産を兄弟に株ですられたあげく虐められたため、実家を出て華僑の富豪の子息・范柳原に付き従うほかなかった。経済的な安定のため、范の情婦となり、その後太平洋戦争の勃発により、香港が陥落、財産は無効になってしまう。荒れ果てた光景の前で、白流蘇(女)と范柳原(男)は「お互いをはっきりと見て」、力を合わせて難関を切り抜けた白はついに范の「身内」——「名実相伴った妻」となり、心身ともに落ち着ける場所を得たのだ。

一.白薇の史的背景および個人経歴

白薇はつぎのように言う。「この一編の書きものの原題は「去、死去(行け、死に行け)」で、去年の夏、武昌総政治部国際編撰委員会に従事していたとき、張資平氏の委託を受け、一週間で書き終えたものである〔後略〕」(一七年新秋)

同文の「去年（一九二七）の夏、武昌総政治部、張資平氏」がテクスト創作の時間と空間および動機を説明している。

一九二七年九月、武漢国民政府と南京国民政府が合併、新たに南京国民政府が成立した。白薇は政府草創期の工作員で、張資平の委託を受け、公演に用いるための台本を書いた。目的はもちろん宣伝のためである。また張資平は魯迅に「三角恋愛小説家」[1]と称されていた。

張資平の「性的屈服者」「不平衡的偶力」など三角恋愛ものの下地があれば、白薇のこの作品におけるいくつかの三角関係は理解しやすくなる。だが、我々が問わねばならないのはその背後にある原因、すなわちなぜ当時の男性、女性作家がともに「三角恋愛」に熱中したのか、である。

五四以来、「人」の確立と解放が知識青年の追求する重要な目標となった。中華帝国の崩壊にともない、制度や法規が効力を失い、もともとあった道徳様式が問い直されるようになった。辛亥革命以降、民国が成立したとはいえ、実態は軍閥割拠、その局面は前代未聞の混乱に陥っていた。力があり、確固たる、安定した統一政権を打ち立てることが重要であり、この目標を達成する手段は「革命」しかなかった。「革命」を第一義とする北伐戦争は民意に順応し、一九二七年夏、夜明けがすでに目の前に現れたかのようであった。このとき、百廃待興（あらゆるものが廃れてしまい、興されるのを待っている）の状態で、国家の基盤構造がまだ定まっていなかった。もちろん、国家のもっとも基層にある家族法もまだ議事日程に上げられていなかった。一九一一年大清帝国の民律草案がすでに重婚の禁止および離婚の要件を規定していたが、それは現代的な意味での一夫一婦制ではなく、「妾」を「妻」の定義の外におくというやり方を採り、家族のなかに存在はするものの名分がない状態のようなものだった。彼女らは法律上も定義されることがなかった。法律は彼女らを「扶養家族」に組み込み、そして夫のみが姦通した妻に対し離婚の訴訟ができるという条項において一夫多妻という家族形態を維持していたのだ。一九三〇年に民国が発布した民法で、妻はようやく法律上夫と同様の離婚訴訟権を獲得した。一九三五年の刑法で、姦通罪が夫にも適用されるように規定された。ある研究者は、民国期の法律は細部においては一夫一婦制を保障する関連規定を設けてはいるが、実際は妾の制度を消極的に維持しており、一夫一婦容妾制を実行していたと指摘している[2]。

それゆえに白薇のテクストにおける地主・胡栄生は七人の妻をもち、さらに少女をわがものにせんと争うことができるのだ。肯定的人物である蕭月林の心にものちの知識青年によって「真理」として内面化されたような道徳規範――生涯で「たった一人しか愛することができない／愛することはないだろう」を持ち合わせてはいない。

恋愛は影のごとく始終身につきまとい、青年の生命のありようの一側面であった。国民党に殺害された青年胡也頻が残した遺稿では、革命が成功したら、婚姻形態が以下のごとく変化するだろうと幻想する。

何人たりとも自由に一個の「同志」とソヴィエト政府に赴いて署名し、それにふさわしく同居して一緒になることができる。

胡也頻遺稿「同居」（一九三〇年作[3]）

実際の生活でも胡也頻はこのようにしていた。ある研究者によると、「井崗山の男女関係はわりと自由で、歌垣をして、双方が気に入れば、夫婦となり、ともに暮らすことができた」。ソヴィエト区の最初の簡単な婚姻条項は王明がソ連から導入、改正したものである。一九三一年一一月、中華ソヴィエト共和国中央執行委員会第一次会議で討論され認められた。「男女の婚姻を確定するのに、自由をもって原則とする」、「一夫一婦制を実行し、一夫多妻を禁止する」、「離婚の自由を確定し、男女双方が離婚に同意するものはすべて離婚し、男女の一方がかたくなに離婚を要求するものも離婚するものとする[4]」。その前に、ソ連から来た「杯水主義」（一杯の水を飲むことに喩えて性の自由を主張する）も革命青年のなかで流行したことがある。

つぎに白薇の経歴をもう一度見てみよう。

白薇（一八九四～一九八七）、原名を黄彰、黄鸝、別名を黄素如といい、湖南資興の人。青年時代に衡陽第三女子師範、長沙第一女子師範に入学。公費で日本に留学し、理科および歴史、心理学を学んだ。

白薇は一六歳で強制的に結婚させられ、のちに婚家から脱走した。一九二四年（三〇歳）以降、熱愛と失恋の循環に陥った。「打出幽霊塔」を創作したとき、まさに恋愛の苦楽のなかにあった。恋人の楊騒の恋愛観はモダンなもので、当時の前衛的な青年の代表格であった。彼は大まじめに白薇に心の内を明らかにする。

僕を信じて、僕が君をもっとも愛しているのだから。しかるに僕は百人の女を経験してから、疲れ傷つき、病室から運び出された一株の柳のようにやつれ、いつまでも君の胸のなかに倒れている。(5)

楊騒はその言葉の通り行動し、離れては戻り、戻っては離れていった。長年の受動的に受け入れられ捨てられてきた苦しみを経てのち、心身ともに疲れきった白薇は最後に決断した——楊騒との結婚を拒否し、その後は生涯独身を貫いた。

二　張愛玲の史的背景および個人経歴

張愛玲（一九二〇～九五）は白薇が二六歳のときに生まれた。白薇の娘の世代であると言えよう。

張愛玲の母親も白薇と同様の境遇にあった。白薇と異なるのは、彼女は裕福な家庭に生まれ、それに見合った家柄の男性と結婚した点である。裕福な家庭の子息であるからには、妾を迎え入れることになる。白薇と同じく、五四の新風を受けた愛玲の母親も家から脱走し、海外に留学した。帰国後には新しい法律の勢いに乗じて、訴訟を提起、法律の手続きに基づいて夫と離婚した。

第一世代のノラによる手本のもとで育った張愛玲は、現実生活における男女の離合の数々を目の当たりにし、さらに書物や映画を好んだこともあって、「傾城之恋」を執筆したときは恋愛経験こそなかったものの、生き生きとした描写をものすることができた。白薇の脚本と比較すると、「傾城之恋」の主人公の男女はたいそう冷静で、「あまりにも計算高かった」――女は生きるため、男は遊びのためでもあり、自分の根無し草としての寂寞を慰め、補うためでもあった。まさにある研究者がつぎのように述べる通りである。

この愛情伝奇は愛情のない愛情である。それは無数の古い虚言、虚構と言説の下での女の辛酸な運命である。これは成功した身売りである。(6)

ただの写実では、張愛玲は張愛玲でなくなってしまう。この物語のもっとも重要な点は以下の描写である。戦争を経て、世界は大きく変わった。

夜になり、その死んだ都市のなかで、明かりもなければ、人声もせず、ただ限りない寒風があるだけ、三つの異なる音階――「オー……アー……ウー……」がいつまでも続いている。〔中略〕後まで続くと〔中略〕ただ三つの虚無の気配だけ、空っぽの橋が、暗黒へと入り、虚空の虚空へと入っていく。ここは何もかも終わっているのだ。わずかな荒廃の様子が残り、記憶力を失った文明人が黄昏のなかをつまずきながらあちらへこちらへと進み、何かを探しているようだが、実際は何もかも終わっているのだ。

〔後略〕

彼女は夢を見ているかのようだった。〔中略〕彼女はついに柳原に出会った。〔中略〕この不安定な世界で、財産、不動産、永遠に変わることのないすべてが、当てにならなくなってしまった。頼りになるのは彼女の胸のなかにある呼吸であり、また彼女のそばで寝ているこの人だ。〔中略〕彼は布団から手を伸ばし彼女の手をじっと握っている。彼らはお互いをはっきりと見ていて、一瞬の究極の理解でしかなかったけれども、その一瞬は彼らがともになごやかに一〇年、八年と暮らすのに充分であった。[7]

俗世のなかに聖なる光が輝いたのである。文明の空虚のなか、財産、不動産は無効になり、男はついに装いを脱ぎ去り、女と平等になったのだ。

この物語には根拠となる話がある。香港が陥落した経験を描いた散文で、彼女は一対の男女について書いている――男は医者で、「ふだんはべつに『善良で慈悲深い顔』の人ではないかもしれない」が、結婚証明書を受け取るために、何度もガールフレンドと自身が所属する防空所長の事務室へ車を借りに来ており、「何時間も待ち、黙って向かい合って座り、目が合うと、満面の笑みを隠せず、つられて私たちもみんな笑ってしまった」。幸せに満ちており、周囲の人に「わけもない楽しさをもたらした」。

彼女らの結婚の理由について、張は言う。

建物は壊れ崩れるものだし、お金はまたたく間にただの紙くずとなるかもしれず、人は死ぬものだし、そもそも自分だって明日をも知れぬ身なのだ。唐詩にある「凄々として親愛を去り、泛々として煙霧に入る」ようで、しかしそれは結局この心にかかるものがない虚空と絶望のようではない。人々は耐えることができず、わずかな確実なものを急いで得ようとし、それで結婚するのだ(8)。

散文の体験を小説に移し昇華させ、「恋愛」をテーマとする張愛玲は文明社会における最大の亀裂を暴き、男女不平等の根源が男女間の財産、資源の不平等にあると指摘する。

三 社会的象徴

ある統計によると、一九二四年一月から一九二六年一二月の二年は、文学的事件が非常に多く、これらの事件では「革命」という語がもっともよく使われていた。一九四二年一月から一九四五年八月までだと、「戦争」という語がもっともよく出てくる(9)。一九二〇年代を象徴する記号が革命であり、一九四〇年代は戦争であったと言えよう。

主流的な考えでは、「革命」を宣伝することは、人に希望を与え、人を奮い立たせるものでなくてはならない。白薇はまさにその正反対のことを行っていた。話劇の最後で、主人公の死と狂乱が――張愛玲『色、戒』（アン・リー［李安］監督により映画化されている。邦題『ラスト、コーション』）の王佳芝と同じく、「革命」を反転、否定している。だが張愛玲は意外なことに戦争によって白流蘇を救出させた。

正反対の結末は作者自身の生活の現状と価値観を浮き彫りにしている。二〇年代後期、物資の不足、生存の困難を書くことは、女性にとってはもっともなことであった。白薇は総政治部国際編訳局で日本語の翻訳を担当、武昌の中山大学講師も兼任し、日本語、動物、植物などの科目を講じたが、すぐに辞職して上海へと向かい創造社に加わるも、話劇を書き直したときは極度の貧困状態にあった。[10] 三〇年代のメディアの発達、読者の増加にともない、巴金[11]をはじめとして、文人は書くことで生活ができるようになった。四〇年代はじめの上海は、戦争はあったものの、特殊な地域環境のために、女性が職場に進出することが常態化していた。一九四三年、戦争により中途退学し、香港から上海に戻った張愛玲はすぐれた文才で自分の力で生計を立てることができたのだ。

むすびに——愛を求める道

ある研究者はつぎのように述べる。

> 「愛」は中国近代啓蒙主義者が国民に与えた最高の価値で、男女の愛はその価値の集中的な表われである。〔中略〕啓蒙者が社会に向かって自身の価値を認めたとき、いつも男女の私情を普遍的な社会価値として推し出した。感情の価値を外へ推し出すことが徹底していればいるほど、感情の原点から逸脱しやすくなり、ある種の社会的象徴と社会的寓話に変わってしまう。[12]

白と張の作品はこの見方と符合する。「打出幽霊塔」は感情に重きがあり、それにかまえばかまうほど心が乱れ、事が革命に移れば行動に結果がともなわず、最後は破滅する。「傾城之恋」は「恋愛」の看板を掲げていながらも、真意はそこにはなく、女の「飯（范）を求めるやるせなさ」を描いている。結果、表面上は、二人は「愛」と「情」を語り合っているものの、途中で原題から逸れてしまい、それぞれの社会的象徴と寓言に変わってしまっている。

では「愛」とはいったい何だろうか。どのように描くことができるのだろうか。

二〇一〇年に公演された話劇『歓優搭』（北京）をひとつの答えとみなすことができるかもしれない。この話劇は女が女を愛し、純粋で、原始的で、いかなる欲望も加わらない感情を大胆に描いている。この愛には理由は必要なく、心の底から生まれ、愛情そのものに由来し、さらには性別とも関係ないのだ。

さらにこういった見方もある。「妙不可言（言葉で表わすことができないくらいすばらしい）」という言い方があるが、逆に言えば、言葉で表わすことができれば、それはすばらしくないということだ。愛はもっともすばらしいもので、言語で表わし尽くすことなど決してできず、ましてや分析などすることができないものだ。

あるいは、「愛」を借りてそのほかのことを告発し、「情」を借りて社会問題を訴える必要がなくなる時間と空間で、換言すれば、社会的象徴と社会的寓言がその存在意義を失った社会でこそ、はじめて文学者たちは真の意味で文学に戻り、透明で純粋な、奇妙な「愛」を苦心して探し求め、書くことができるのではないだろうか。

【注】

（1）黄棘（魯迅）「張資平氏的小説学」『魯迅全集』第四巻、北京・人民文学出版社、一九九八、二三八頁。
（2）西田真之「近代中国における妾の法的諸問題をめぐる考察」『東洋文化研究所紀要』第一六六冊、二〇一四年一二月。
（3）徐仲佳『性愛問題――一九二〇年代中国小説的現代性闡釈』北京・社会科学文献出版社、二〇〇五年、二六〇頁より引用。

（4）薩蘇『史客一二〇二両情』北京・金城出版社。新浪、読書微博（http://book.sina.com.cn/excerpt/sz/rw/2012-06-13/1532299710.shtml）、二〇一五年八月二九日アクセス。
（5）白舒栄・何由『白薇評伝』長沙・湖南出版社、一九八三年、一一二頁。
（6）孟悦・戴錦華『浮出歴史地表』北京・人民文学出版社、二〇〇四年、二六〇頁。
（7）「傾城之恋」『伝奇』北京・人民文学出版社、一九八六年、一〇二〜一〇三頁。
（8）「燼余録」『流言』張愛玲発行、上海・五洲書報社総経銷。一九四四年一二月初版、四九頁。一部の訳文は清水賢一郎（『浪漫都市物語　香港・上海'40Ｓ』ＪＩＣＣ、一九九一年、一〇七頁）を用いた。
（9）劉勇「関於文学編年史現象的思考」『中国現代文学研究叢刊』二〇一四年第七期。
（10）初稿が完成してから誰かに持っていかれ「公演」後に紛失してしまい、発表した作品は後になって書き改めたものである。
（11）たとえば『家』を例に挙げると、単行本は一九三三年に出版、一九三七年に一〇版、一九四一年に二二版が発行された。
（12）郜元宝「我已経不愛你了」『文匯報　筆会』二〇〇二年六月六日。

日本・中国・台湾文人の眼差しの中の舞踊家・崔承喜

星野　幸代

はじめに

崔承喜（一九一一～六九）[1]は、戦前に欧米巡業で高い評価を受けた朝鮮の舞踊家である。それにもかかわらず、当時朝鮮が日本占領下にあったため、「ソロ・ダンサーとしての崔承喜の芸術をその最盛期において最も享受できたのは日本人」[2]となった特異な舞踊家である。本稿は、日本、台湾、大陸中国の文人と崔承喜との接触および彼らの崔承喜表象を取り上げ、さらにモダンダンスと国家という視座から崔承喜という舞踊家を考えてみたい。

先行研究を概観しておく。戦時期、朝鮮人にとって崔承喜の存在は「救いになった」[3]ものの、戦後に越北したため韓国では崔承喜への言及は長らくタブーであり、ようやく一九八〇年代より徐々に研究が始まった。ただし、それらは崔個人に対する伝記的研究に留まる傾向があると朴祥美（二〇一〇――数字は本稿末に記した参考文献の刊行年。以下同様）は総括している。日本では主として韓国人研究者によって研究が進められ、崔承喜の欧米公演を報道する言説に基づいて崔承喜が日本帝国主義の文化的象徴として祀り上げられた過程を追った朴祥美（二〇〇五）、被植民者の象徴としての視覚イメージ化に対抗する崔承喜の自己表象を分析した李賢晙（二〇一二）[4]の論考がある。また高榮蘭（二〇一〇）は、崔承喜とほぼ同時期に話題を呼んだ朝鮮の日本語作家・張赫宙と崔の座談に基づき、「内地」「外地」を問わず読者および観衆は張と崔に「朝鮮」表象を求めたことに対して、張と崔がそうした受け手の欲望と自己の求める表現との間でいかに葛藤したかを考察している。

日本近代文学と崔承喜に焦点を当てた研究としては、崔承喜の舞踊を詠じた斎藤茂吉の短歌を論じた鄭応洙（一九九三）、川端康成の小説「舞姫」に表れる朝鮮戦争と崔承喜との関係性を分析した李賢晙（二〇一二）の論考がある。これらの朝鮮―日本を軸とした研究に対し、まだ少数ながら台湾、大陸中国との関わりに着目した研究がある。崔承喜の台湾公演と台湾文壇との関わりについては下村作次郎（二〇〇八）が考察している。フェイ・阮・クリーマン（Faye Yuan Kleeman, 2014）は崔承喜と台湾の舞踊家・蔡瑞月の戦中戦後の活動を取り上げ、帝国日本下において両者が有した一定の主体性と、脱植民後に各々が祖国で受けた抑圧を対照させ、両者を比較している。

以上の通り従来の崔承喜研究では、帝国日本が「半島の舞姫」崔承喜に国内外に向けていかなる表現を要求していたか、それに対し崔承喜がいかに応えつつ、抵抗の精神を秘めていたかに主として焦点が当てられてきた。本稿はこれらの論考を継承しつつ、初めて、台湾の作家・呂赫若、中国の作家・張愛玲、関露と崔承喜との接触、および朝鮮育ちの日本人作家・湯浅克衛と崔との交友を合わせて考察する。さらに、従来の先行研究は崔承喜の舞踊の民族的な側面に重点をおいていた。近年、その舞踊が本来モダンダンスであることに着眼した考察として、イ・ヨンスクはジョセフィン・ベイカーと崔とを並び称してそうした研究の方向性に言及している[5]。また波潟剛は朝鮮における両者の新聞・雑誌広告、グラビアにおける表象をめぐる「モダン」の文化翻訳という枠組みで扱っているが、論文の主旨はベイカーの方に重点がある。本稿では、欧米に発するモダンダンスが国家権力と結びついてきたことを踏まえた場合[6]、崔承喜はいかに位置付けられるかを考えたい。

一．川端康成「舞姫」および斎藤茂吉「舞踊」

川端康成は舞台発表会を多く鑑賞し、「踊に関心を持つ少数の作家の一人」と自らを語り、踊り子（大衆娯楽の芸人）や舞踊家を多くの小説、エッセイに書いたことで知られている。[7] 彼は、崔承喜と「方々の舞踊界の廊下で会へば挨拶するだけの顔見知り[8]」であり、石井漠舞踊研究所を訪ねたこともあったが、折あしく崔承喜は地方巡業中の石井漠の代稽古に忙しく、「格別話も出来なかった」という。

川端康成の舞踊理解について、桑原和美は「イサドラ・ダンカン、ジャン（正しくはエミール――筆者注。以下〔 〕内は筆者注）・ジャック・ダルクローズ、セルゲイ・ディアギレフのバレエ・リュッスに至る、欧米の舞踊芸術の思想基盤や近代舞踊の思潮を輸入・受容し、それらを自己の舞踊理念の根底に据え」、それが「川端の舞踊観を形成する土壌となっていた」と評している。すなわち、川端は欧米におけるモダンダンスの系譜を踏まえ、崔承喜の舞踊を鑑賞していた。

他の誰を日本一と云ふよりも、崔承喜を日本一と云ひやすい。〔句点は筆者が補った〕第一に立派な体軀である。彼女の踊りの大きさである。力である。それに踊りざかりの年齢である。また彼女一人にいちじるしい民族の匂ひである。（川端康成一九三四、一五四頁）

肉体の生活力を彼女ほど舞台に生かす舞踊家は二人と見られない。しかし〔「新舞踊創作」を踊る崔承喜は〕未完成の情熱である。〔中略〕鮮舞踊になると、彼女は別人のように易達（ママ）で、自由で、器用で、楽々と私たちをとらへる。〔中略〕崔承喜の朝鮮舞踊は、日本の洋舞踊家への民族の伝統に根ざす強さを教へてゐるとみるこ

とが出来る。（川端康成一九三四、一五七頁）

この文章では、川端は「新舞踊」を踊る崔承喜の情熱は感じつつも「未完成」と称し、彼女の朝鮮舞踊の「民族の伝統に根ざす強さ」を高く評価していると解釈できる。

李賢晙（二〇一二）によれば、川端の小説に舞踊が多く登場するのは一九三一〜三六年に集中していた。一五年の空白を経て戦後、波子と品子という舞踊家の母娘を中心に据えた小説「舞姫」が書かれる。バレエスタジオで教えている波子は、上記の川端評と同時期に開かれた崔承喜創作舞踊発表会を想起して、次のように語る。

「さう、あれは、昭和九年か、十年だつたでしょう。お母さまは、おどろいたものよ。朝鮮民族の反逆や憤怒が、無言の踊りに感じられてね。どもるような、あがくような、荒けづりで、激しい踊りでね。」（中略）「石井漠さんのお弟子だったから、先生の踊りを伝へていて、さう見えたのかもしれないけれど、初めての発表会の、崔承喜の踊りは、圧迫された民族の反逆が、たしかにあるように、お母さまは思つて、冷やつとしたものよ。人気が出るにつれて、崔承喜の踊りも、花やかに、明るくなつて来てね、暗い悲しみや怒りが、壁にぶつつかって、身もだえするような、力はなくなつた。（中略）朝鮮の踊りが見物に受けるんで、石井流の踊りは、あまり出さなくなつたせゐもあつたでせう。」（川端康成一九六五、一一一〜一一二頁）

李賢晙は、波子の崔承喜評は先に引用した一九三四年の川端自身の崔承喜評を、「改めて波子の口を通して語らせているものだと言えるだろう」と述べている。その上で、この波子の台詞から、崔承喜の舞踊が身体的な美しさだけでなく精神性をあわせもち、「朝鮮民族の「生活感情」を内面化し、舞踊化」してみせ、それが当時の観客に感動を与えたことを川端は指摘している、と評している。（李賢晙二〇一二、四七頁）

しかし、波子は二つの時代の崔承喜に対し少し異なる見解を述べているのではないだろうか。すなわち、石井漠の門下生時代、崔承喜は圧迫された民族の反逆や憤怒を表現しえていた。やがて舞踊家として人気を得て、「石井流の踊り」とは異なる朝鮮の踊りが増えるにつれて、かえって悲しみや怒りの表現は力を失った。そう読み取ってよかろう。この波子の言葉は、崔承喜の演目に「朝鮮の踊りが増え」た時期、川端が舞踊評論については筆を折ってしまったことと呼応するのではなかろうか。換言すれば、昭和九、一〇年頃の崔承喜は川端の期待する「朝鮮民族の反逆や憤怒」を表現し、「肉体の生活力」を発散していたが、昭和一一年の欧米巡業を経て「見物に受ける」朝鮮の踊りを増やして以降の崔承喜は、川端の欲望を反映しなくなっていたのである。

次に、舞踊に関しては素人である文人が崔承喜の舞踊を鑑賞し、創作した例として、歌人・斎藤茂吉（一八八二〜一九五三）を取り上げる。斎藤茂吉は一九四一年二月に行われた崔承喜の欧米巡業後の舞踊公演を観た。日記には「甚ダ美也」と簡潔に表現したが、創作として「舞踊」五首を詠んでいる。それら一首ごとの解釈は鄭応洙（一九九二）が論じている。本稿ではそのうち、モダンダンスの身体にからむ三首のみを扱う。

朝鮮の舞のちひさき冠よ健康なる女體（じょたい）の額のうへに
崔承喜まなこを閉じて歎くときその面（おも）わより光だつはや
みつみつしき女（おみな）の舞のひとしきりをはりて吾はうつむきて居る[9]

鄭応洙は第一首の「健康なる女體」に着目し、「このように天賦の肉体と、そこから発せられる力強い踊り、それが彼女の持つ第一の強みであった」と述べているが、「天賦の肉体」の客観的尺度を挙げていない。崔承喜の体格については「身長五尺四寸五分の偉丈夫[10]」、「身長一六六・九、体重五五、胸囲八四・三の堂々たる女丈夫[11]」といった説があるが、親しく交友した湯浅克衛（後述）の「五尺六寸（一六九センチメートル余り）、私は五尺二寸、彼女の肩か、唇までしか私の背はとどかなかった[12]」という証言が最も信憑性があるだろう。ともあれ彼女は今日としてもグラマラスな身体を有していた。モダンダンスの文脈で言えば、イサドラ・ダンカンの理想とする「未来の舞踊[13]」に適した女性の肉体とは、それが本来備えている「本源的な力と自然な動き」（ダンカン一九七七、三九頁）へと回帰するものであり、それをダンカンは「完全な母性と、健康で美しい子供の誕生を展開する問題」（同上）へと展開した。当時の舞踊雑誌でも、多産に耐えうる母体を鍛錬するために、西洋舞踊が奨励されていた[14]。すなわち、崔承喜の身体は前述のダンカンの思想にも、銃後に求められる肉体にも合致していた。斎藤茂吉は審美眼に解剖学的な医者の視線を重ねて、その健康美を詠んだとも解釈できるだろう。

二　湯浅克衛「怒濤の譜」と「舞姫の追憶」

本章では、崔承喜と親しかった朝鮮育ちの作家・湯浅克衛（一九一〇～八二）のとらえた崔承喜像を検討する。湯浅克衛が崔承喜と親しくなったのは、彼が朝鮮育ちで朝鮮を舞台とする小説で世に出たからである。そのため、まず湯浅の青年期までと、彼と崔承喜夫妻との出会いを合わせて押さえておく。

湯浅克衛は香川県生まれ、朝鮮の警察署の巡査になった父に伴い七歳で京畿道水原に移住し、京城中学校を卒業する一八歳まで朝鮮で育った[15]。その後東京の早稲田第一高等学院に進むが一年で中退、同学院で湯浅は崔承喜の夫・安漠（安承弼[16]）と知り合ったらしい[17]。一九三四年湯浅の小説「カンナニ」が『改造』の懸賞小説で選外佳作（検閲で大幅に伏字になったため）、翌年には「焰の記録」が入選する。この朝鮮を扱った作品の当選を祝い、安漠が自宅で朝鮮料理をふるまってくれた。このとき湯浅克衛は数えで二六歳、同じく二五歳の崔承喜と初めて会う。崔承喜の南米公演の際は、ブラジルに移民した湯浅の妹夫婦が後援した。プロレタリア文芸への弾圧が激しくなった後、湯浅は左翼新進作家として同人雑誌『人民文庫』に創刊より関わり、「共産思想を宣伝してゐたといふ嫌疑により」一時検挙された[18]。

ここで、崔承喜の夫・安漠と、朝鮮プロレタリア文芸との関わりを紹介しておく[19]。安漠は高校生のときから朝鮮の独立をめぐる学生運動に関わり、早稲田第一高等学院に進学すると朝鮮プロレタリア芸術家同盟（KAPE／カップ。一九二五～三五）の東京支部に出入りするようになる。彼はプロレタリア作家として活動を始め、日本プロレタリア作家同盟（全日本無産者芸術連盟［NAPE／ナップ］の後継）の機関紙に寄稿した一九三一年、朝鮮総督府警務局に左翼の危険人物としてマークされ、朝鮮独立運動に関わった容疑で三カ月拘留された。ただし、金賛汀は安漠の寄稿内容について「筋金入りの左翼活動家と言うより、観念的左翼知識人[20]」と評している。崔承喜の兄・承一はカップの発起人の一人であり、安漠を知って妹に紹介したのである。

植民地支配という抑圧を背景に、朝鮮のプロレタリア文学は日本よりも社会的要請が高く、安漠と結婚（一九三一）した崔承喜はむろんそれを感じていたはずである。崔承喜の創作「解放を求める人々」「苦難の道」「故郷を求める人々」（いずれも一九三二）などは、反日的、民族的な創作であるとともに[21]、プロレタリア文芸思想の影響下、被圧迫者に取材し表現する創作であった。例えば「故郷を求める人々」は、「満州の野を飢饉と闘いながら放浪を続けている同胞の心情を歌ったものなどは、どの劇場でも、観客の号泣が聞え、人たちは拳を握った[22]」という。

以上より、安漠が湯浅の小説を認めたのは、それらが朝鮮を舞台としているだけでなく、湯浅がプロレタリア文芸に傾倒していたからであると考えられる。続いて安漠は湯浅に「〈崔承喜の〉主演映画の企画があるから、原作を頼みたい[23]」と依頼する。湯浅は九段［千代田区］に崔が借りた稽古場に通いつつ、崔承喜の半生に取材した小説「怒濤の譜」[24]を書き、『週刊朝日』一九三五年八月四日〜二五日に連載した。これをもとに今日出海脚本・監督で崔承喜主演映画『半島の舞姫』（一九四〇）が製作された。「怒濤の譜」執筆段階では、映画製作側の意図がどれほど入っていたかは不明である。事実と異なる点として、ヒロインの舞踊の師が早々と死去してしまう。実際には崔承喜のデビュー公演は師・石井漠の多大な後援で成功したのだが、小説ではそれがヒロインの孤軍奮闘で実現する。この改編は劇的な効果をねらったものであろう。その他は、主人公・崔承喜が「白聖姫」、石井は「押井」などすべて実在の人物とは名を変えているが、崔承喜が舞踊家を志して朝鮮から東京へ渡り、紆余曲折の末に大成功を収めるまでの、一九二五〜三五年の事実を基本的になぞっている。[25]

この小説において、白聖姫に対し夫・羅桂（安漠）はプロレタリア芸術への示唆を与える。

「僕は、あんたがもっと朝鮮の臭いを舞踊の中に生かされることを望むな。生活のさ中から滲み出したものが、芸術の中で最も尊く意義深いと思うんですよ。」

「え、、私もそう思っているのですよ。近ごろ。もともと、押井先生の舞踊が過去のフォームとテクニックの自己破壊だったのですけど、それを、もっと私は素直に生活を歌いあげたい。ギリギリのところを表現したいと努力しているのですわ。」（湯浅克衛一九四〇、二〇八頁）

崔承喜／白聖姫は「過去のフォームとテクニックの自己破壊」であるモダンダンスが表現できる「ギリギリのところ」で、「生活のさ中から滲み出したもの」すなわちプロレタリア芸術の素材を踊る努力をする。近年、日本のモダニズム文学とプロレタリア文学とは、その表現という点では「相互に影響し合い、交通しあう関係[26]」にあったことが指摘され見直されつつある。崔承喜の創作するモダンダンスもまた、モダニズムとプロレタリア文芸思想が融合を試みる場であったと考えられ、湯浅の小説はその契機を捉えている。

一方、湯浅が崔承喜を偲んだエッセイ「舞姫の追憶」の時間軸は、主として彼が崔と出会った一九三五年から終戦間際までである。すなわち、小説「怒濤の譜」とノンフィクション「舞姫の追憶」をつなげると、戦前の舞姫・崔承喜の半生を網羅することになる。この二つから崔承喜／白聖姫像を比べてみると、小説の方は白聖姫の心情とストーリーラインを追うことに主眼があり、その姿態、容貌に関する描写はほぼない。代わりに、湯浅の体験に基づく朝鮮の風景描写がしばしば抒情的に挿入され、金賛汀はそれを「見事にその景観を描写している」（金賛汀二〇〇二、六八頁）と評価している。それに比べ、「半島の舞姫」の方は崔承喜の仕草、表情に関する描写が多い。例えば、湯浅は「眼の覚めるような朱のワンピース」を着て、「髪はお河童」（湯浅克衛一九五二、一七四頁）という典型的なモダンガールである崔承喜像を切り取っている。

ただし、前章の通り斎藤茂吉が崔承喜を「その面わより光だつ」「みつみつしき女」といった形容をもって嘆賞したのに対し、湯浅は初対面の彼女を「少女のように大きい円い顔と、明るい黒い瞳をしていた」（湯浅克衛一九五二、一七四頁）とし、一九四〇年代人気の絶頂にあった崔についても「あのお月さんのような、童顔」（同上一九八頁）と称するなど、いずれも美人型には描いていない。稽古場で猛練習し、出演料を交渉するといった下積みの時代から崔承喜を見て来た湯浅は、彼女を神格化しない。彼は崔承喜が舞台に上がる直前、直後という緊迫した楽屋にも出入りする仲であり、彼女を次のように観察している。

> 気が立っているときの顔も一種の美しさだったが、同じく気が立っているときにしても、踊る直前と、そのあとでは表情に微妙な違いがあった。前だと、真剣なまなざしが、可憐にさえ思えて、衝（ママ）たれるのだったが、踊ったあとでは、疲れもあって、無意識の傲岸が目立った。（湯浅克衛一九五二、一八七頁）

斎藤茂吉が崔承喜の美を「女體」としてオブジェ化するのに対し、湯浅克衛は人間・崔承喜の気分の起伏を読み取っている。同様に湯浅は、戦時京城の崔承喜宅での宴席で、日本海軍の武官に要請され、意に反して踊ることになった崔承喜の表情を至近距離で見つめている。

美しさに気をとられていた私は、その曲が「ポミ・ワンネ」であることに気がついた。

「ポミ・ワンネだね」

「そうなのよ」

崔承喜は顔を寄せて来て、にっと笑った。快心の笑みのようでもあり、武官の方をちらっと見て、嘲笑のような笑いをして、私の顔の上で、舌を出した。私も、複雑な気持ちで舌を出して応えた。「ポミ・ワンネ」と云うのは、ただ春が来るという喜びを現わした歌詞にしか過ぎなかったが、それを、朝鮮人は、自分達朝鮮民族の春が来ると云う気持ちで歌っているのだった。

フィリッピン海戦で、日本の軍艦が沢山沈んでからは、一層その歌が妙な勢で流行っていた。[27]

ここには、朝鮮語および舞踊に秘めた意味を解する同志として湯浅に気を許す崔承喜が描かれている。当時の日本文人にとって、湯浅は「悲惨な過去（現在にまで続く過去）をもつ民族に対し、彼等の心を心として真実からなる同情愛をもって何かを叫んでゐる」作家であり、「半島のチング（友）」に見えた。[28]しかし、戦時中の湯浅は一九三九年大陸開拓文芸懇話会委員、一九四三年皇道朝鮮研究委員会常任委員など、支配者側の役職をつとめた。南富鎭は湯浅克衛が描く朝鮮について、「植民者としての自己認識が欠落している[29]」と評している。上の引用での湯浅の語りには、帝国日本側の人間が被植民地の友人の抵抗を観察する「複雑な気持ち」はあるが、深刻な葛藤は表現されない。

湯浅克衛の崔承喜像をまとめれば、「怒濤の譜」における白聖姫は湯浅の朝鮮における心象風景を背景に、舞踊でモダニズムとプロレタリア文芸の融合を試みた。いっぽう回想記「半島の舞姫」の崔承喜は、東京のモダンガールから「満州」・朝鮮・日本を駆け回るスターとなり、朝鮮民族の春を共に願う者として湯浅を認めている。総じて湯浅克衛の描く崔承喜には、モダニズムとプロレタリア芸術の融合、朝鮮の「友」との望郷の念の共有という湯浅の欲望が投影されている。

三　呂赫若小説「山川草木」における崔承喜

本章は、呂赫若（一九一四～五一）[30]の小説「山川草木」（初出、台湾文学奉公会編『台湾文芸』創刊号、一九四四年五月）[31]に言及された崔承喜に着目し[32]、呂赫若の個人的な崔承喜との接触を考慮しつつ、呂の抱いていた崔承喜像を考察する。

一九四四年四月以降、台湾の作家たちはすべて「皇民奉公会」の指示に従わざるをえなくなり、台湾での文学運動は皇民奉公会傘下の台湾文学奉公会に一元化され、戦争協力に専心していくようになる[33]。一九四四年六月、総督府情報課は台湾の代表的な作家たち――呂赫若を含む――を産業戦士の生産現場へ派遣し、その体験をもとに創作するよう命じた。「山川草木」は、あたかもこの総督府の命を先取りしたようにも読める。なぜなら、この小説のヒロインは「音楽を農業に置きかへて増産戦士になっていますわ」と言い放ち、芸術を捨てて増産に献身するからだ。ヒロインが未だ芸術を追及している「山川草木」の序盤で、崔承喜の名は印象的に登場する。

朝鮮からは崔承喜のやうな女流芸術家が出ているのに台湾の女性はまだ時代錯誤の夢から覚めないのであらうか、といったのは、外ならぬ宝連自身ではなかったか。〔中略〕

私は心から彼女の美事（ママ）な〔ピアノの〕演奏をほめ、今後は優れた芸術家になって呉れといひそやしたことから、話ははづんで台湾女性のことに及び、そのとき、宝連は憤然として痛烈に台湾女性を批判し崔承喜をもち出したのだった。私はそれを聞いて内心嬉しく思ひながらも、

「さういふあなたも残念ながらその一人に洩れないよ。」

とわざと言ふと、

「まあ、いまにごらんなさい。」あたしは台湾女性の全不名誉を一身に荷って必ず名誉回復しますわよ。台湾の崔承喜になってよ。」

と意気軒昂たるものだった。

音楽学校のピアノ科学生であるヒロイン宝連は、舞踊家・崔承喜の名声に憧れている。呂赫若は、宝連像をどのように造型したのであろうか。

垂水千恵（二〇〇二）および藤井省三（一九九八）によれば、呂赫若は一九四〇年四月～四二年五月東京に留学した。彼は半年ほど声楽の個人レッスンを受ける傍ら編集者として働いたあと、一九四〇年一二月、株式会社東京宝塚劇場の東宝声楽隊に採用される。呂赫若日記によれば、翌年一月二四日歌劇「カルメン」の稽古を始め、同月三一日～二月一日第二回東宝舞踊大会の一環として「カルメン」に出演した。この「カルメン」はハイライトだけで構成され、その甲斐あって拍手喝采を浴びた。だが、それだけに芸術性はさほど高くなかったらしく、演劇評論家の大山功は「猿の人真似」と酷評している。[34]

この第二回東宝舞踊大会の呼び物の一つは崔承喜舞踊であった（『読売新聞』一月一六日広告）。したがって、呂赫若は崔承喜と同じ催しの舞台に立ったことになる。呂赫若はこれについて次のように記している。

一九四二年一月三十一日
昼夜、東宝劇場での「第二回東宝舞踊大会」に歌劇「カルメン」を上演。
始（ママ）めて崔承喜女史を眼のあたりに見る。（呂赫若二〇〇四、三八頁）

崔承喜は欧米公演から戻ったばかりで、二月には凱旋公演を予定していた[35]。「始めて……眼のあたりに」という表現より、呂はこれ以前に舞踊家・崔承喜についてある程度詳しかったと考えられる。

『台湾文芸』第七、八合併号扉

崔承喜は一九三六年、台湾文芸聯盟の招聘により台湾で長期公演を行っている[36]（下村作次郎二〇〇八）。台湾文芸聯盟『台湾文芸』はこの公演を記念し、第七・八合併号を実質「崔承喜特輯号[37]」とした。扉絵には崔承喜の写真をあしらい（上図）、崔承喜「私の舞踊について（ラヂオ放送の原稿）」、曾石火「舞踊と文学」、呉天賞「崔承喜の舞踊」を載せ、文聯東京支部座談会「台湾文学当面の諸問題」でも、初めに呉坤煌が「七月から崔承喜さんが台湾へいらっしゃることになりました」(同号二頁)と口火を切っている。同号に呂赫若が創作「女の場合」および「文学雑感」を寄稿していることから、彼がこのとき崔承喜を舞踊家として知ったことは間違いないだろう。崔承喜の第二回台湾公演の際には、「台湾からも崔さんのやうな舞踊家を出したい」という声がインテリ層の中にあった[38]。これも呂赫若の宝連像に影響を与えたと考えられよう。

崔承喜と同じ石井漠門下には台湾出身者がいたが、呂赫若はそれをも知っていた可能性が高い。なぜなら、呂赫若が来日した一九四〇年は「皇紀二千六百年」とされていたが、その「奉祝芸能祭」に際し石井漠が演出した「前進の脈動」に、台湾出身の蔡瑞月、李彩娥が出演していたからである。本公演は東京宝塚劇場で上演されており、同年末に東宝声楽隊に採用される呂赫若が、この催しについて知らなかったとは考え難い。

このように、呂赫若は日本留学の際、崔承喜の活躍を同じ舞台で体感した。さらに上述の「台湾からも崔さんのやうな舞踊家を」という声に応じるように、石井漠門下から台湾出身の弟子たちが育ちつつあるのを知った。このような体験から、呂赫若は宝連という形象を創造したと考えられよう。

東京で「台湾の崔承喜」を目指していた頃の宝連は、「ダニエルダリュウそっくり」(呂赫若二〇〇二、三六一頁)で、「時には多分に妖婦的なひらめきさへ感じさせる美貌」であった。呂赫若は崔承喜を観た一九四二年にダニエル・ダリュー(Danielle Darrieux 一九一七〜二〇一七)主演の映画を二本観ており(呂赫若日記一九四二年一月二九日)、その体験も宝連のイメージに採用されている。宝連はしかし、家庭の事情で芸術の道をあきらめ、帰台して田舎に移住する。「増産戦士」に転身した宝連の美貌は、次のように変化している。

四五ヶ月ぶりに見る宝連の顔は見ちがへるほど黒く、山村の日ざしの強さが頬にほてっている感じで、その頬肉は堅く張り切っているがうはべの日ざしを透かして一層若々しい健康さが輝いていた。私はこんなに健康で力強さに満ちている美しい宝連の姿をついぞ見たことがなかった。東京時代のあの人為的な厚化粧、殊に真紅に塗った唇のあくどさや描いた眉の偽善性など、見てもあぶなっかしい今にも壊れさうなはらはらさせる魅力は毛頭もなく、私は働く女も美しいものだと感嘆せずには置かなかった。（呂赫若二〇〇二、三七六頁）

ここでは宝連が東京での妖艶な容貌に代わって、台湾の山河では健康美を獲得したことが肯定的に描かれている。しかしこの後のくだりで語り手は宝連の選択に遺憾の意を表明し、宝連自身も「ついでに本音を吐くと、さう思ひながらもあたしは此処で暮らすのがとても寂しいの」と心の揺れを見せる。

宝連が「台湾の崔承喜」をあきらめたという筋書きから、呂赫若は帝国日本の舞姫という崔承喜の立場を批判的に捉えていたと解釈できる。だが語り手とヒロインのいずれもこの選択に納得していない。この矛盾した結末には、呂赫若の「台湾の崔承喜」の出現を期待しながら、それが帝国日本の欲望をも満たしてしまうことへのアンビヴァレントな感情が表れているのではなかろうか。

四．関露と張愛玲——崔承喜を囲む座談会

作家関露（一九〇七～八二）と張愛玲（一九二〇～九五）は崔承喜の上海公演の際に上海在住であり、関露は二回、張愛玲は一回、崔承喜を囲む座談会に参加している。本章は彼女たちの崔承喜観を考察する。

関露は共産党の地下党員であり、一九四二年より諜報活動のため汪兆銘政権の宣伝誌を企図して創刊された女性向け月刊誌『女聲』の編集者に潜り込んでいた(39)。共同編集者・田村俊子が政治色を避ける編集方針をとったことも

あって、関露は『女聲』で大東亜共栄圏を鼓吹することを免れていた。

その翌一九四三年の九月、日本陸軍省の派遣により崔承喜が上海へ「皇軍」慰問に到着した。一般向けには中華電影が招聘し、共同租界マジェスティック劇場にて一〇日間公演し、中国人が大勢鑑賞した[40]。演目は王昭君を題材とした「明妃曲」、京劇の小丑を模した「天下大将軍」など中国の観客を意識したものを中心に、朝鮮、日本に取材したものが取り混ぜてあった[41]。

崔承喜滞在中の四三年一〇月二三日に『雑誌』[42]社主催で「崔承喜舞踏座談会」(『雑誌』第一二巻第二期、一九四三年一一月、三三～三八頁)が開催された。この座談会記事で崔承喜の肩書は、「日本舞踏専家」となっている。発言者は崔承喜、夫の安漠(当該記事では「安井和」と表記)、陳歌辛(音楽家、一九一四～六一)、関露、魯風(『雑誌』社責任者[43])である。関連して、この座談会の二カ月前、一九四三年八月に東京で開かれた第二回大東亜文学者大会に、関露は中国代表として出ていた[44]。この大会でも朝鮮の作家は「日本代表」とされており、『雑誌』の崔承喜の肩書は、この方針と符合する。なお、この『雑誌』第一二巻第二期には張愛玲「金鎖記」も掲載されていることから、張愛玲は崔承喜を囲む座談会について知っていたと考えてよかろう。

本座談会の内容で一貫しているのは、崔承喜が中国を主題とする演目について感想を求め、中国の観衆の反応を聞きたがるのに対し、関露、陳歌辛、魯風ら中国側はそれに応じないことである。六頁の座談会記事の中に「朝鮮」の文字がまったく出てこず、西洋舞踊に対する東洋舞踊という範疇に崔承喜の舞踊を収めようとしている。

二年後の一九四五年四月九日、同じく『雑誌』社が崔承喜を囲む座談会を催した。洛川(生没年不祥)「崔承喜二次来滬記・与上海女作家們聚談」(『雑誌』第一五巻第二期、一九四五年五月、八六～八八頁)によれば、出席者は崔承喜と張愛玲、関露、潘柳黛の三作家および王淵(同記事の肩書はダンサー)であった。この記事は、写真と広告を除けば一頁半の殆どが崔承喜の発言で構成され、主催側の魯風および関露が二、三質問するのみで、座談会の体をなしていない。北平に崔承喜舞踊研究所が設立された後であったため、崔承喜は「私は東方芸術の指導者となりたいなどとは思いませんが、東方の各民族芸術のかけはしとなって、中日舞芸を融合させて東方特有の舞芸としたいと思います」などと発言している。張愛玲の発話は、魯風が強引に引き出した一回のみである。

魯　風　張愛玲小姐有何高見？（張小姐穿着桃紅色的軟緞旗袍，外罩古青銅色的背心，緞子繡花鞋，長髮披肩，眼鏡裏的眸子，一如她的人一般沈靜。她老注意着崔承喜，有時竟像沒有聴見人家說話，她好像要從崔承喜的臉上找出藝術的趣味來。／張愛玲さんはどんなお考えをお持ちですか（ミス張はピンク色の絹のチャイナドレスを着て、古青銅色のベストを羽織り、緞子に花を刺繍した靴、ロングヘアは肩にかかり、眼鏡の奥の瞳はその人と同様に静かである。彼女はずっと崔承喜を注視し、ときにはひとの話が聞こえないかのようで、崔承喜の顔から芸術の趣を探し出そうとしているかのようだ。）

張愛玲　我覺得在文學上，我們也必須研究西洋的，擷其精華，才能創進。舞踏音樂亦正如此。／文学もまた西洋のものを検討しなければならず、その精華を選び取って初めて創作することができると思います。舞踊と音楽も同じです。（洛川一九四五、八七頁。筆者訳）

崔承喜はこの張愛玲の発言に直接答えてはいない。なお、この座談会でも「朝鮮」という言葉は記録されていない。

二つの座談会の間に、張愛玲はエッセイ「談跳舞（ダンスを語る）」（一九四四年一一月『天地』[45]第一四期）を発表している。この中で彼女は上海で観たロシア、日本の東宝舞踊隊[46]、インドの舞踊を批評しているにもかかわらず、崔承喜には言及していない。このうち東宝舞踊隊は一九四三年五月に上海で公演しており、張愛玲はその時期の公演を観て書いている可能性が高い。したがって、同年上海における崔の公演を観なかったとは考えにくい。現に、『申報』の崔承喜評は、「その舞は静の美を備えており、詩を読むがごとく、画を眺めるがごとく、先に上海に来た東宝舞踊隊とは異なる」と比しており、中国人鑑賞者にとって、崔承喜と東宝舞踊団とは同じく「日本」から来た舞踊公演として意識されていたことを裏付けている。

以上の通り、当時の崔承喜と関露、張愛玲が接触した記録には、両作家が崔承喜の舞踊から何を受け取ったかが読み取れない。ただ、鑑賞していた可能性が極めて高いにもかかわらず言及しない、語りの空白として浮かび上がってくるのみである。現段階での推論として、関露も張愛玲も表立っては「思想の交換を避け」たが[47]、崔承喜の踊る身体から朝鮮人ひいては抑圧民族の表現を感知していたからこそ、沈黙したのではなかろうか。

むすびに

モダンダンスの舞踊家には内面的な表現が求められるが[48]、それは舞踊家が一方的に内面を表現するのではなく、舞踊家の身体が「鏡像」となって「外的な視線」を一体化することが求められる。その結果、舞踊家は鑑賞者の視線によって「認知される主体」となりうる[49]。

本稿で取り上げた作家たちが崔承喜という「鏡像」にいかなる「外的な視線」を注いだのか整理してみたい。川端康成が彼女に求めたのは、石井漠流のモダンダンス表現による「朝鮮民族の反逆や憤怒」であった。言い換えればそれは、「日本」にも西欧のモダンダンスの流れを汲む舞踊家を求める川端の願望と、彼の抱く被植民者イメージとが重ねられた視線である。斎藤茂吉にとって崔承喜は、朝鮮の舞姫という以前に、健康美を有する女体であった。それはイサドラ・ダンカンのモダンダンスが目指す、優生学的に望ましい身体でもあった。湯浅克衛は、朝鮮への望郷と、モダニズムを通じたプロレタリア芸術の挑戦を崔承喜に投影した。呂赫若は、崔承喜に羨望の視線を注ぎつつ、彼の欲望する「台湾の崔承喜」を小説に封じ込めた。関露、張愛玲は崔承喜を語らなかったに等しい。だが張愛玲の舞踊エッセイにおける崔承喜の欠落、および座談会テキストにおける「朝鮮」の欠落から、かえって彼女たちが抵抗する被抑圧者としての崔承喜を意識していたことを読み取れるのではなかろうか。

総じて、崔承喜の踊る身体はこれらの多元的な視線を取り込み[50]、ある観衆にとっては「大東亜共栄圏」を宣伝し、また別の観衆にとっては民族的な欲望を解放する触媒となったと言えよう。

本論文は、藤井省三先生が代表者をつとめた国際共同研究「現代東アジア文学史の国際共同研究」（文部科学省科学研究費補助金・基盤研究（B）研究課題番号・二五二八四〇六、研究期間二〇一三～二〇一六年度）による研究成果の一部である。

【参考文献】　＊ゴシックは本文および注において参考文献として挙げるときの省略形。

イ・ヨンスク「踊る女――崔承喜のこと」『図書』**二〇〇九**年一月、一八～二一頁。

イズリーヌ、アニエス／岩下綾・松澤慶信訳『ダンスは国家と踊る　フランス・コンテンポラリー・ダンスの系譜』慶應義塾大学出版会、**二〇一〇**年。

海野弘『モダンダンスの歴史』新書館、**一九九九**年。

川端康成「朝鮮舞姫崔承喜」『文芸』**一九三四**年一一月号、一五三～一五七頁。

川端康成「舞姫」初出一九五〇年一二月～一九五一年三月朝日新聞に連載。本稿では『川端康成全集』第九巻（新潮社、**一九六五**年、七～二三二頁、所収）を参照。

岸陽子「夜に啼く鳥──大東亜文学者大会と一人の中国女性作家」『中国知識人の百年　文学の視座から』早稲田大学出版部、二〇〇四年、一四五～一七九頁。

岸陽子「三つの『女聲』──戦時下上海に生きた女たちの軌跡」『国文学解釈と鑑賞　別冊　今という時代の田村俊子』二〇〇五年、二二一～二三一頁。

金恩漢『イデオロギーと創作舞踊伝統──北朝鮮の舞踊家・崔承喜をめぐって』立教大学アジア地域研究所（Working Papers No.12）、二〇〇四年一二月。

金賛汀『炎は闇の彼方に──伝説の舞姫・崔承喜』日本放送出版協会、二〇〇二年。

久保覚〔鄭京黙〕「『半島』の舞姫　崔承喜論のために」『新日本文学』一九八〇年八月号、三八～五〇頁。

桑原和美「昭和時代初期の舞踊──川端康成を通して」『舞踊学』第一二号、一九八九年、七～一八頁。

高榮蘭「交錯する文化と欲望される「朝鮮」──崔承喜と張赫宙の座談会を手掛かりに」『語文』日本大学国文学会、二〇一〇年、六九～八四頁。

斎藤茂吉『斎藤茂吉全集』第三巻、岩波書店、一九七四年。

島村輝「「新感覚派」は感覚的だったのか?──同時代の表現思想と関連して」『立命館言語文化研究』第二二巻第四号、二〇一一年、一〇九～一一八頁。

下村作次郎「現代舞踊と台湾文学──呉坤煌と崔承喜の交流を通して」『「磁場」としての日本　一九三〇、四〇年代の日本と「東アジア」』第一輯、埼玉大学教養学部、二〇〇八年、四三～六九頁。

邵迎建『伝奇文学と流言人生──一九四〇年代上海・張愛玲の文学』御茶の水書房、二〇〇二年。

邵迎建『張愛玲的伝奇文学与流言人生』台北・秀威資訊科技、二〇一二年。

高嶋雄三郎・鄭昞浩編著『世紀の美人舞踊家崔承喜』エムティ出版、一九九四年。

垂水千恵『台湾の日本語文学──日本統治時代の作家たち』五柳書院、一九九五年。

垂水千恵「呂赫若の音楽活動──台中師範・東宝声楽隊との関係を中心として」『横浜国立大学留学生センター紀要』第五号、一九九八年、一一四～一二四頁。

垂水千恵『呂赫若研究──一九四三年までの分析を中心として』風間書房、二〇〇二年。

垂水千恵「呂赫若とは誰か——戦時下の台湾文学」「一九四〇年代の台湾文学——雑誌『文芸台湾』と『台湾文学』」藤井省三・河原功・垂水千恵・山口守編『講座台湾文学』国書刊行会、二〇〇三年、一一〇～一三一頁、一三二～一五二頁。

ダンカン、イサドラ、S・チェニー編／小倉重夫訳編『芸術と回想』冨山房、一九七七年。

張愛玲「談跳舞」一九四四年一一月『天地』第一四期。『張愛玲典蔵全集八　散文巻一　一九三九～一九四七年作品』台北・皇冠文化出版、二〇〇一年、一九五～二〇九頁。

張愛玲／星野幸代編訳／蟹江静夫・李楊・高媛・李程思・陳悦・陳玲訳「（共訳）張愛玲「談跳舞」」『言語文化論集』第三三巻第二号、名古屋大学大学院国際言語文化研究科、二〇一二年三月　九九～一一一頁。

鄭応洙「斎藤茂吉の「舞踊」——崔承喜をめぐって」『比較文学研究』第六二号、東大比較文学会、一九九三年、一五二～一五八頁。

波潟剛「崔承喜とジョセフィン・ベイカーをめぐる表象——東アジアにおける「モダン」の文化翻訳　一九三五～一九三六」『跨境——日本語文学研究』第一号、高麗大学校日本研究センター、二〇一四年、二二一～二三五頁。

南富鎭『近代文学の〈朝鮮〉体験』勉誠出版、二〇〇一年。

南富鎭・白川豊編『張赫宙日本語作品選』勉誠出版、二〇〇三年。

朴祥美「「日本帝国文化」を踊る——崔承喜のアメリカ公演（一九三七～一九四〇）とアジア主義」『思想』二〇〇五年七月号、一二六～一四五頁。

朴祥美「崔承喜研究の動向と資料紹介」『早稲田大学高等研究所紀要』第二号、九三～九五頁、二〇一〇年三月。

橋本與志夫『日劇レビュー史　日劇ダンシングチーム栄光の五〇年』三一書房、一九九七年。

藤井省三「解説」、張愛玲・楊絳『浪漫都市物語　上海・香港'40S』JICC、一九九一年。

藤井省三「台湾人作家と日劇「大東亜レビュー」——呂赫若の東宝国民劇」『台湾文学この百年』東方書店、一九九八年。

星野幸代「日中戦争期における植民地出身の舞踊家——崔承喜、蔡瑞月、李彩娥」『洌上古典研究』四七、延世大学、二〇一五年、四五六～四七四頁。

星野幸代「日治時期台湾文学与台湾現代舞踏之関係——呂赫若「山川草木」」『在地与易地　第一一届東亜学者現代中文文学国際学術研討会会議手冊』二〇一五年一一月、台湾国立政治大学文学院、一三七～一五四頁。

村松道弥『私の舞踊史 上』芸術現代社、一九八五年。
山口守「植民地・占領地の日本語文学」藤井省三編『帝国日本の学知』五、岩波書店 二〇〇六年、九～六〇頁。
湯浅克衛・池田浩士編『カンナニ 湯浅克衛植民地小説集』イザラ書房、**一九九五**年。
湯浅克衛「怒濤の譜」『怒濤の譜』河出書房、**一九四〇**年、一七七～二六九頁。
湯浅克衛「舞姫の追憶」『対馬』出版東京、**一九五二**年、一七二～二〇六頁。
洛川「崔承喜二次来滬記・与上海女作家們聚談」『雑誌』第一五巻第二期、**一九四五**年五月。
李賢晙「描かれ、描かせる崔承喜——一九四〇年代の日本画壇と朝鮮の舞姫」『比較文学』第五四巻、日本比較文学会、**二〇一一**年、二二～三七頁。
李賢晙「語られる崔承喜——川端康成の『舞姫』における崔承喜論」『超域文化科学紀要』第一七号、**二〇一二**年、三七～五四頁。
呂赫若「山川草木」星名宏修編『台湾純文学集 二』緑蔭書房、**二〇〇二**年、三五九～三八二頁。
呂赫若『呂赫若日記 昭和一七～一九年 手稿本』台南・国家台湾文学館、**二〇〇四**年。
Kleeman, Faye Yuan: *In Transit: the Formation of the Colonial East Asian Cultural Sphere*, Honolulu, HI: University of Hawai'i Press, **2014**.

【注】

（1）崔承喜の経歴を簡略に紹介する。ソウルで石井漠公演を観て来日、門下生となる。一九三四年初のソロ公演、絶賛のもと翌年独立して研究所を開く。一九三五年主演映画『半島の舞姫』（今日出海監督、湯浅克衛脚本）封切り。一九三六～三九年末、欧米を公演して好評を博す。北京で終戦を迎え、四六年平壌へ。北朝鮮で活躍するが六七年消息が途絶え、二〇〇三年に六九年八月死亡と公表された（「崔承喜年譜」高嶋雄三郎・鄭昞浩編著一九九四、二一四～二二二頁。「「半島の舞姫」六九年に死去 韓国・通信社が報道」『毎日新聞』二〇〇三年二月一三日）。

（2）久保覚（鄭京黙）一九八〇、四〇頁。

（3）作家・金達寿は一九三五年当時の崔承喜について次のように述べた。「朝鮮ならびに朝鮮人というのはどうしようもなく劣った民族である。劣等民族である。といわれもし、見られていた時代です。〔中略〕そうした中で崔承喜の存在はどれだけ救いになったかしれません」(「自分史の中の崔承喜」『クラフィケーション』一九七七年七月号。金賛汀二〇〇二、一一二頁)より再引用。

(4) 李賢晙は「描かれる舞姫、描かせる舞姫——崔承喜(一九一一〜一九六九)における朝鮮文化の表象」(東京大学大学院博士論文、二〇一五年九月)を執筆しているが未見。

(5) イ・ヨンスクは、被植民者の抵抗といった範疇におさまりきらない崔承喜の舞踊をジョセフィン・ベイカーの踊りに比し、次のように述べている。「ベイカーの踊りはことばによる貧弱な形容を拒否するような「存在の威厳」とエロスの躍動に貫かれていた。この二つのものがまったく矛盾しなかったところにベイカーの踊りの魅力の秘密があるように思える。そして、私が崔承喜の舞踏に見出したいと思うのも、これとおなじものである」(イ・ヨンスク二〇〇九、二〇頁)。

(6) 例えば、モダンダンスの創始者の一人ルドルフ・ラバンとその弟子マリー・ヴィグマンはナチスドイツの美学を表現する舞踊家として優遇された。だがラバンは文化相ゲッペルスと決裂して亡命、ヴィグマンも活動停止を命じられた(海野弘一九九九、六四頁)。

(7) 桑原和美一九八九、七頁、および一四〜一六頁「表一　川端康成・年譜——舞踊関連作品」。

(8) 川端康成一九三四、一五四頁。

(9) 斎藤茂吉一九七四、三〇七頁。

(10) 山本実彦「崔承喜に寄す」森岡朧一編『SAISHOKI PAMPHLET 2』崔承喜舞踊研究所、一九三六年三月、五〇頁。本稿では高嶋雄三郎・鄭昞浩編著一九九四、一九九頁)に収録されたものを参照した。

(11) 泉秀実(日本医科大学解剖学教室)「科学的解剖眼・花形スタアは果して美人か」『モダン日本』一九三七年一一月号。

(12) 湯浅克衛一九五二、一八四頁。

(13) ダンカン、イサドラ一九七七、三〇〜四一頁。

(14) ㈱玉置商店(日本橋・本町。現在の玉置薬局)による結核の薬「ダイレクト」の販売広告文。『舞踊芸術』一九四二年二月号、三二頁全面。

(15) 湯浅克衛の経歴全般については、主として梁礼先編「湯浅克衛年譜」(湯浅克衛一九九五、五五一〜五五八頁)により、崔承喜との関係については湯浅克衛一九五二による。

(16)金賛汀二〇〇二、二三頁。
(17)湯浅克衛一九五二は一九三五年の回想として次のように述べる。「安漠とは学校だけでの、とき折りの（と、云うのは二人とも余り学校に出なかったからである）つき合いだったので、私は、家庭に来たのは、はじめてだった」（一七四頁）。また崔承喜と安漠が結婚した際、安は早稲田第一高等学院露文科の学生であった（金賛汀二〇〇二、六四頁）。
(18)「人民文庫の十名釈放」『読売新聞』一九三六年一〇月二七日。
(19)朝鮮の文学をめぐる状況については、金賛汀二〇〇二（五九〜六四頁）による。
(20)金賛汀二〇〇二、六三頁。
(21)高嶋雄三郎・鄭昞浩編著一九九四、二二二頁。
(22)湯浅克衛一九四〇、二二三頁。
(23)湯浅克衛一九五二、一七六頁。
(24)「怒涛の譜」については南富鎭先生（静岡大学教授）よりご教示、ご提供頂き、またプロレタリア文学と崔承喜の舞踊表現との関係性について示唆を頂いた。この場を借りて心より感謝申し上げたい。
(25)「怒濤の譜」のあらすじを紹介しておく。（）内はモデルとなった実在の人物。京城の女学生白聖姫（崔承喜）は、兄の聖一（承一）の勧めで舞踊家・押井卓（石井漠）の公演を観て感銘を受け、東京へ行って研究生となる。二年目にはデビューして人気を博し、京城公演でも大成功を収めた。だが押井は急死し、舞踊団は解散、聖姫は京城に帰って舞踊研究所を開くがすぐつぶれてしまう。その頃、兄に紹介された新進作家・羅桂（安漠）と芸術論議で意気投合し、結婚する。羅桂は思想的な容疑で逮捕されるが、すぐ釈放されて東京の大学に戻り、白聖姫の再起を賭けて神宮外苑の青年会館を借りる。ソロ公演の二日前、たまたま女流舞踊大会で欠員が出て白聖姫が出演し、朝鮮舞踊を踊って注目を浴びる。暴風雨の中の発表会は大入り満員となり、山端光成（川端康成）など評論家が居並ぶ中、白聖姫はステージで踊り始める。
(26)島村輝二〇一一、一〇九頁。
(27)湯浅克衛一九五二、二〇二〜二〇三頁。
(28)保高徳蔵「半島のチング」『東京朝日新聞』一九三六年三月一二日。保高は「何かを叫んでゐる二人の作家」として張赫宙と湯浅克衛を挙げる。

(29) 南富鎭二〇〇一、一六一頁。

(30) 台中師範卒業後、一九三五年『文芸評論』に日本語小説「牛車」を発表。三九年上京、四〇年東宝声楽隊に採用される。四二年帰台、映画会社社員の傍ら執筆活動。四三年第一回台湾文学賞を受賞、四四年日本語小説集『清秋』を刊行。戦後、国民党圧政下で粛清されたと言われる(垂水千恵二〇〇二)。

(31) 本稿では呂赫若二〇〇二(三五九〜三八二頁)によった。

「山川草木」のあらすじを紹介しておく。語り手「私」と妻は一カ月前に東京から帰台したばかり。夫妻は東京で親しくしていた音楽学校ピアノ科本科生・宝連が、父の死のために留学を断念したと知る。田舎に移り住んだ宝連を訪ねると、都会的だった彼女はすっかり健康的な田舎娘となり、幼い弟妹たちのために生きると決心しながら、自然に触れることで「跳び出さうとする自分の気持ちをおさへているのよ」と語る。

(32) 拙稿「日治時期台湾文学与台湾現代舞踏之関係──呂赫若「山川草木」では、呂赫若日記および日本と台湾の舞踊に関する資料に基づき、呂の触れた戦時東京の舞踊空間を踏まえた上で、実証的に小説背景を読み解くことを試みた。

(33) 垂水千恵二〇〇三、「一九四〇年代の台湾文学──雑誌『文芸台湾』と『台湾文学』」。

(34) 「私はこの歌劇(「カルメン」のエッセンスであり、そのさわり集大成であるらしい)をみて、猿の人真似以外のものを何も感じなかった」「上演するならするでそれだけの心構がほしい、勉強がほしい、同時に、観衆にとってはこれをほんとうに鑑賞するだけの力がほしい、真に享受するだけの教養がほしい」(大山功「芸能時評──東宝舞踊大会・東宝新劇研究会のこと」『舞踊芸術』一九四二年三月号、一九〜二〇頁。傍点は原文による)。

(35) 「二月の舞踊界 見逃せぬ二つの発表会」『朝日新聞』一九四二年二月一三日夕刊。

(36) 台湾文芸聯盟編集であり、本文二九三頁に掲載する一九四四年に創刊された台湾文学奉国会による『台湾文芸』とは異なる。一九三四年一一月〜三六年八月、全一六号。

(37) 『台湾文芸』第六号(一九三六年五月)「編輯後記」に次のように言う。「半島の舞姫崔承喜嬢の台湾公演は後一月に迫ってゐる。編輯子は嬢を迎へる為めに近々上京の予定である。……次号は嬢の台湾公演を記念する為めに崔承喜特輯号を発行したい。何卒舞踊に関するもの、原稿を寄せられんことを……」(「……」は原文による)。

(38) 下村作次郎二〇〇八、六〇〜六一頁。

（39）上海時代の関露については岸陽子二〇〇四および二〇〇五による。

（40）一九四三年一一月劉俊生「論崔承喜的舞踏」（『雑誌』第一二巻第二期）は次のように述べる。「かつてインドの女性インディラ・デヴィ（Indira Devi）がライシャム劇場で演じたことがあったが、観衆は大部分西洋人であったため、今回の崔氏の普遍性には及ばない。陳友仁の令嬢シルヴィア（Silvia）がロシアで芸術舞踊を学び一度帰国したこともあるが、公演したことはない。したがって崔承喜が初めて正式に中国で公演しブームを起こしたと言える」。

（41）寒若「特写 観崔承喜的芸術舞踊」『申報』一九四三年一〇月二一日。

（42）『雑誌』は中国共産党上海地下党員が「文化陣地の占拠を意図したものであった」が、表向きは中立の方針をとり、国統区と解放区の文壇状況を紹介していた（邵迎建二〇〇二、一二～一四頁）。

（43）邵迎建二〇一二、三五四頁。

（44）岸陽子二〇〇四、一五六～一五七頁。

（45）『天地』は日本占領下の厳しい言論統制のもと作家・蘇青が創刊。女性の寄稿を奨励し、家庭、女性、児童の問題を特集した。張愛玲は体験や内面を綴るエッセイを多く寄稿。

（46）日本での呼称は「東宝舞踊団」。『申報』、『大陸新報』（一九四三年四月三日、「東宝舞踊隊の印象」など）とも「東宝舞踊隊」と報じている。張愛玲は「東宝歌舞団」と表記。

（47）張愛玲二〇一二、「談跳舞」（本文二九九頁参照）は社交ダンスに寄せて次のように述べる。「話し過ぎたらぼろが出るので、いつまでも「今日の天気はハハハ」と言っているが、この「ハハハ」の部分がじつに苦労する。思想の交換を避けるため、さまざまな会話の代替物を探しだす」。

（48）舞踊評論家・蘆原英了は、崔承喜一九三六年の舞踊を「大きな失望」と酷評した。「表面的なもののみ目立ち精神的なものの閃きが一向に見えぬのが今回の特徴であった」（「博覧会的舞踊！ 崔承喜の印象」『読売新聞』一九三六年九月二六日）。一〇年後、日劇の演出家・臼井鉄造もまた次のように述べている。「表面的な形式美から、更に一歩進めて内面的表現が考究さるべきであらう」（「崔承喜と東勇作」『読売新聞』一九四一年二月二七日）。

（49）イズリーヌ二〇一〇、三二頁。

（50）イズリーヌ二〇一〇（三二頁）は次のように言う。「ダンサーの身体は、政治機関を反映する身体的範例のようなものである。というのも、踊る身体の状態はそれを促進する国家機関の映し絵であるからだ。そのため、身体に関する言説は決してニュートラルにはなりえない」。

混淆・越境・オリエンタリズム

——「玫瑰玫瑰我愛你（Rose, Rose, I Love You）」の原曲とカヴァー・ヴァージョンをめぐって

西村　正男

はじめに

日本人が作った曲として海外、特に欧米でよく知られているポピュラーソングと言えば、何と言っても坂本九（一九四一～八五）の歌った「上を向いて歩こう」だろう。永六輔作詞、中村八大作曲による同曲は一九六一年に日本でリリースされ、その後一九六三年にアメリカ合衆国で「スキヤキ」の題名でリリースされるとビルボードなどのヒットチャートで第一位を獲得するなどの大ヒットとなった。

だが、実は同曲以前に、上海で中国人が作曲した楽曲がアメリカで大ヒットしていたことは、日本ではあまり知られていない。はじめ一九四〇年に上海で発売された「玫瑰玫瑰我愛你（メイグイメイグイウオアイニー）」は、一九五一年にアメリカでフランキー・レインによるカヴァー・ヴァージョン"Rose, Rose, I Love You"がリリースされ、アメリカを代表するヒットチャートであるビルボードで第三位となる大ヒットとなったのである。実は、坂本九も「スキヤキ」のあと、続くシングルとして欧米で「支那の夜」のカヴァーをリリースし、さらにイギリスでこの"Rose, Rose, I Love You"

のカヴァーをリリースしているのである。

この「玫瑰玫瑰我愛你（Rose, Rose, I Love You）」は、近年では一九九七年には酒井法子も上海のステージで歌い、二〇一二年には西野カナが台湾のテレビ番組で歌うなど、実は日本人とも関係の深い楽曲である。ではこの曲は、いったい誰によって作られ、そしてなぜ欧米でこれほどまでに受容されたのだろうか。そして、その欧米におけるヒットは、戦後の中国語圏やアジアにどのような影響をもたらしたのだろうか。

本稿では、世界各地における同曲のカヴァー・ヴァージョンや受容の様相を追いながら、同曲のたどった複雑な運命、また西洋人によるオリエンタリズムの視線、さらにはアジアにおける同曲の再解釈について、考察を深めていきたい。

一．上海での誕生

さて、まずは「玫瑰玫瑰我愛你」の成り立ちについて簡単に確認したい。「玫瑰玫瑰我愛你」は一九四〇年上海で百代レーベルの35500Bとして発売された(1)。作曲は陳歌辛（一九一四～六一）が林玫の筆名で担当し、姚莉によって歌われた。この曲は同年の映画『天涯歌女』の挿入歌として作られた楽曲であり、監督の呉村（一九〇四～七二）が作詞も担当している。

この映画の題名は、一九三七年の映画『馬路天使』の挿入歌「天涯歌女」から取られたものであり、歌を歌って生計を立てる娘と青年との交流を描いた映画であった。主演は『馬路天使』と同じく周璇であり、姚莉は歌手として映画中で「玫瑰玫瑰我愛你」を歌ったという。

そもそも、当時の「孤島」上海の音楽状況自体も、多様な文化の混じり合った混淆状態にあった。レコード会社の百代は、もともとフランスのレコード会社・パテの支社である東方百代公司として創設され、パテがイギリス・コロムビア、さらにはイギリスＥＭＩ傘下へと吸収されるのに伴い、ＥＭＩの中国支社として多くのレコードをプレスしていた。流行歌の録音には革命を逃れて上海へとやってきた白系ロシア人や工部局オーケストラのメンバーも参加していたと思われ、西洋音楽と中国の旋律が出会う場となっていた。また、作曲の陳歌辛もインド人の祖父を持ついわゆるクオーターである。そのようなスタッフが作り上げたのが、この「玫瑰玫瑰我愛你」である。

「玫瑰玫瑰我愛你」の歌詞は以下のようなものである。

玫瑰玫瑰最嬌美　玫瑰玫瑰最豔麗／長夏開在枝頭上　玫瑰玫瑰我愛你
玫瑰玫瑰情意重　玫瑰玫瑰情意濃／長夏開在荊棘裡　玫瑰玫瑰我愛你
心的誓約　心的情意　聖潔的光輝照大地／心的誓約　心的情意　聖潔的光輝照大地
玫瑰玫瑰枝兒細　玫瑰玫瑰刺兒銳／今朝風雨來摧殘　傷了嫩枝和嬌蕊
玫瑰玫瑰心兒堅　玫瑰玫瑰刺兒尖／來日風雨來摧殘　毀不少並蒂枝連理
玫瑰玫瑰我愛你

バラよバラよ　あなたは美しく麗しい／夏に枝の先に咲き誇る　バラよあなたが好き
バラよバラよ　あなたは情に厚く／夏に棘の中で咲き誇る　バラよあなたが好き
心の誓い　心の思い　聖なる輝き大地を照らす／心の誓い　心の思い　聖なる輝き大地を照らす
バラは枝が細く　バラは棘が鋭い／今朝雨風に虐げられ　枝やつぼみが損なわれる
バラは心はしっかりと　棘は鋭く／いつか雨風が虐（しいた）げて　双子の花や枝を引き裂く

このように、少なくとも表面的には男女の愛情を感じさせるような内容ではなく、バラの花の美しさを称える歌詞となっている。旋律は、基本的にはいわゆる「ヨナ抜き音階」を使用しながらも「心的誓約 心的情意」の部分で七度の音が顔を見せる。すなわち、おおむね東洋的な音階を使用しながら、西洋人に馴染みやすい音階とメロディーが使用されているのである。

この曲を歌った歌手の姚莉（一九二二〜）は、周璇が「金嗓子」（金の喉）と呼ばれていたのに対し、「銀嗓子」（銀の喉）という異名を持つ。一九五〇年以降、香港に移住し、作曲家の兄・姚敏とともに香港の国語流行歌を支えた存在である。

さて、この「玫瑰玫瑰我愛你」の好評を承けてだろうか、一九四〇年代の上海では二番煎じ的な楽曲も作られている。一つは龔秋霞の歌った「薔薇処処開」（もともと 勝利 Victor レーベル 42211 として発売され、戦後百代 35850A として再発売された）である。作詞作曲は林枚とクレジットされているが、これも陳歌辛の筆名である。「玫瑰玫瑰我愛你」とはバラの花というモチーフも共通し、メロディーも酷似している。なお、この「薔薇処処開」は日本では渡辺はま子が「チャンウェイ・チャンウェイ」としてカヴァーしている（一九五一）が、レコードでは任光作曲と誤記されていた。もう一曲は姚莉が歌う「白蘭香」（百代 35640A、一九四六）であり、作詞作曲としてクレジットされている金剛は黎錦光の筆名であり、こちらはバラではないものの蘭の花がモチーフとなっている。このように上海でも二番煎じ的楽曲を産んだ「玫瑰玫瑰我愛你」であるが、この曲はさらに海外へと広がっていくことになる。そのような広がりはいったいどのようにして起こったのだろうか。

二 欧米での受容

一九四九年の中華人民共和国成立に伴い、イギリスＥＭＩと百代レーベルはいったん中国での事業を終結する。だが、そのカタログのうち、姚莉の「秋的懐念」と「玫瑰玫瑰我愛你」をカップリングしたレコードはイギリスとアメリカで一九五一年に発売された。(2) そして、これが欧米における多くのカヴァー・ヴァージョンを誘発することになるのである。

まずイギリスでは、一九五一年にペトゥラ・クラーク（Petula Clark 一九三二～）が"May Kway"の題名で英語版をリリースしている。イギリスのヒットチャートで第一六位まで上昇したこの曲、導入部ではやや東洋風味を強調するような銅鑼の音が聞こえるが、全体としてはバラの花を称える歌詞（ジェフリー・パーソンズとのコンビで多くの外国語曲の英語訳詞を手掛けたジョン・ターナーが担当）にしても、サウンドにしても、オリジナル・ヴァージョンとはそれほど離れていない。

一方、アメリカでも同じ一九五一年にフランキー・レイン（Frankie Laine 一九一三～二〇〇七）が"Rose, Rose, I Love You"として英語でカヴァーする。ビルボードの第三位まで上昇したこのヴァージョンは、歌詞、サウンドともにオリジナルとはかなり異なっている。イギリスのラジオ司会者ウィルフレッド・トーマスによって書かれた歌詞は以下のようなものである。

Rose, Rose I love you with an aching heart/ What is your future? Now we have to part
Standing on the jetty as the steamer moves away/ Flower of Malaya, I cannot stay

Make way, oh, make way for my Eastern Rose/ Men crowd in dozens everywhere she goes
In her rickshaw on the street or in a cabaret/ "Please make way for Rose" you can hear them say

All my life I shall remember/ Oriental music and you in my arms
Perfumed flowers in your tresses/ Lotus-scented breezes and swaying palms

Rose, Rose I love you with your almond eyes/ Fragrant and slender 'neath tropical skies
I must cross the seas again and never see you more/ 'way back to my home on a distant shore
(All my life I shall remember) / (Oriental music and you in my arms)
(Perfumed flowers in your tresses) / (Lotus-scented breezes and swaying palms)
Rose, Rose I leave you, my ship is in the bay/ Kiss me farewell now, there's nothin' to say
East is East and West is West, our worlds are far apart/ I must leave you now but I leave my heart

Rose, Rose I love you with an aching heart/ What is your future? Now we have to part
Standing on the jetty as the steamer moves away/ Flower of Malaya, I cannot stay
(Rose, Rose I love you, I cannot stay)

歌詞は、（西洋人の）男性目線により、「マラヤの花」「東洋のバラ」たる女性に向けて歌われる。そして男性はこの女性を残して船で去っていくようである。歌詞にも東洋らしさが描かれ、サウンドもエキゾティシズムが強調される。典型的なオリエンタリズムの視線と言えるだろう。なお、歌詞中の"East is East and West is West"という部分は、西洋と東洋の隔絶・無理解（と和解）を描いたラドヤード・キップリング「東と西のバラッド」に基づいており、この"East is East"というフレーズは、同じ一九五一年に撮影され、翌年に公開された山口淑子（李香蘭、シャーリー山口）主演のアメリカ映画 *Japanese New Bride*（邦題は『東は東』）の別題としても知られている。

このヴァージョンが大ヒットしたことにより、この曲は欧米における東洋イメージの代表となっていく。カヴァー・ヴァージョンについて言えば、まず一九五九年のタイ人女性歌手ソンディ・ソットサイによるＬＰアルバム *Sondi*（Liberty LRP3110）でカヴァーされる。「支那の夜」「慕情（Love Is A Many-Spledored Thing）」などの東洋イメージを代表する楽曲の中に混じって、この曲が取り上げられているのだが、歌詞には、

Rose Rose I love you/ Say to me once more/ Tell me you return to the eastern shore
You will always find me waiting here/ Alone and blue/ 'Til you come back and say/ Rose I love you

というように、東洋の女性目線からの返答が付け加えられている。

アルバム *Sondi* のサウンドや歌唱スタイルはエキゾティシズムが強調され、実際には存在しない架空のエキゾチックな楽園音楽が体現されている。このような特徴を持つ音楽はエキゾチカと呼ばれ、日本においても一部の音楽家やファンに愛好されているが、このＬＰもその代表と言える一枚で、日本では一九九四年と二〇一六年にそれぞれＣＤが発売されているほどである。

さて、この曲を歌ったソンディ・ソットサイは本名をソットサイ・パントゥムコーモンという。彼女はチュラロンコーン大学教授の娘として一九三四年にタイに生まれ、同大学を卒業後アメリカに留学、演劇を学ぶ中でテレビ

出演やレコーディングのチャンスを得た。その後帰国して母校のチュラロンコーン大学で講師・准教授を務め、さらには一九七五年に同大学に演劇学科を設立している。[3] アメリカのショウビズ界が、このような才女に対してもオリエンタリズムの意匠をまとわせたことは興味深い。

ついで、この曲をカヴァーしたアジア人歌手が、本稿の冒頭で言及した坂本九である。坂本の「上を向いて歩こう」が「スキヤキ」として一九六三年から全米ヒットしたあと、英米で「支那の夜」のカヴァーをリリースしたが、これは日本語歌詞に加え、一部を英語で歌ったものであった。さらに一九六四年にイギリスのみでリリースされたのがこの"Rose, Rose, I Love You"のカヴァー(HMV POP1342)なのである。

このように、(「支那の夜」などとともに)英米における東洋イメージの代表となった"Rose, Rose, I Love You"であるが、一九八〇年代から一九九〇年代にかけて、英米の二本の映画の中でも、東洋イメージを補強する形で使われていることは興味深い。まず、一つ目はイギリス人のジェリー・トロイナ(Gerry Troyna)が監督した一九八四年のイギリス映画『リコシェ(*Ricochet*)』である。この映画はイギリスのロック音楽家デヴィッド・ボウイが一九八三年に行った「シリアス・ムーンライト・ツアー」の際に撮影されたものだが、ライブ映像はごくわずかにとどまり、香港、シンガポール、バンコクでボウイが眼にした異国の風景や異文化がその内容の中心となっている。そのうち、香港の場面にこの曲が登場する。香港・啓徳空港に到着するやいなや、自動車内でボウイはこの曲を口ずさむ。[4] そして、途中で姚莉が歌うオリジナル版の「玫瑰玫瑰我愛你」がBGMとして流れる。さらに、ボウイは船上で香港人女性たちと語り合う。そして、彼女たちに「この曲を知っているか」と尋ねる。それから全員で合唱する。誰が歌ったんだ、と尋ねるボウイに対し、香港人女性は「リー・シアンラン」すなわち李香蘭、と誤った情報を伝え(さらに、「彼女には日本語の名前もあるのよ、山口淑子」と付け加えるのもかすかに聞き取れる)、やがて香港の場面はそのまま終わってしまう。この楽曲は香港におけるシークエンスに通底して流れる主題歌のように使われていると言えよう。東洋に興味を持っていたボウイにとっても、この曲は西洋人の東洋イメージを代表する楽曲だったのだろう。

もう一つの映画は、一九九六年に撮られた『ピーター・グリーナウェイの枕草子』である。ピーター・グリーナウェイが監督・脚本を手がけているこの映画の原題は『枕草子』の英訳題と同一の *The Pillow Book* であるが、『枕草子』にインスピレーションを得ながらも、プロットは独自の展開を見せる。簡単にまとめれば、体に文字を書かれることに性的な快感を覚えるヒロインが日本から香港へと渡り様々な体験をしていく、ということになろうか。ヒロインの日本人役を実際には上海生まれの中国人である鄔君梅（ビビアン・ウー）が演じ、そしてその母親役を台湾生まれ、日本育ちのジュディ・オングが演じる、といった、この映画における意図的な日本と中国の混淆も興味深いが、そのヒロインの両親、すなわち緒形拳演じる父親とジュディ・オング演じる母親が戦時中の上海に住んでいた際にこの「玫瑰玫瑰我愛你」をよく聞いていた、という設定であり、ここでも姚莉が歌うオリジナル版が映画の中で数度使われている。意図的にオリエンタリズムを強調し、そして東洋の女性の性的魅力を西洋人観客向けに提示するこの映画において、西洋における東洋イメージの代表であるこの曲が使われたのは、必然的であった。

だが、この曲の伝播は、西洋だけにとどまらなかった。東洋イメージの代表となった楽曲は、そのようなイメージをまとったまま再び東洋へと戻っていくのである。次章では、その東洋への回帰の具体的な様相を確認してみたい。

三　東洋への回帰

さて、姚莉以降に東洋でこの曲を最初に録音したことが確認できるのが、潘迪華（レベッカ・パン、一九三一〜）である。一九三一年上海生まれの彼女は香港へと移住し、ナイトクラブの歌手として一九五〇年代から活動を開始する。外国人客も多い植民地香港のナイトクラブで活動したことが関連しているのだろう、彼女の吹き込んだレコードの多くは中国語と英語の二言語で歌われている。一九六一年に香港で発売したＬＰ『潘迪華与世界名曲（Pan Wan Ching Sings Four Seasons）』（Diamond LP1004）の中で彼女が歌った「Rose, Rose, I Love You／玫瑰玫瑰我愛你」も主に英語で歌われるが、一部が中国語で歌われる。その中国語の歌詞は、姚莉版にはない独自のものであった。すなわち、「謝他來臨　謝他殷勤　送一束玫瑰相思寄／謝他傾心　謝他多情　珍貴的禮物難忘記／玫瑰玫瑰真艷麗　多姿多彩又甜蜜／臨風搖曳吐芬芳　玫瑰玫瑰我愛你」であり、東洋にやってきた西洋人男性の来訪や贈り物に感謝する歌詞は、やはり西洋人のオリエンタリズムをなぞるものになっていることに留意したい。

この曲は、台湾の小説にも描きこまれた(5)。王禎和は主に一九六〇年代から一九八〇年代まで活躍した台湾文学を代表する作家であり、多様な作風の小説を残した。その彼が一九八四年に上梓したのが、まさに『玫瑰玫瑰我愛你』という題名の長篇諷刺小説であり、翌年には映画化されている。この小説は、ヴェトナム戦争期の台湾東部の都市・花蓮が舞台である。ヴェトナムから休暇を過ごすためにこの地にやってくる米軍兵をもてなすため、花蓮市の役人により売春婦がかき集められ、立ち居振る舞いや英語を特訓されるのだが、この小説はその間に起こる騒動をコミカルに描いた小説である。ここでは、「玫瑰玫瑰我愛你」という楽曲自体はなかなか登場せず、小説の末尾で売春婦たちが歌の練習をする場面でようやく歌われる。それ以外には「西貢玫瑰（サイゴンのバラ）」という梅毒の名前が登場する程度である。だが、バラを表す「玫瑰（meigui）」とアメリカを表す「美国（meiguo）」は発音が類似しており、この小説の題名は、台湾とアメリカとの関係、ひいてはこの曲の英語版の歌詞からも浮かび上がるような西洋と東洋の関係を諷刺したものと考えることもできる。

一九九〇年には日本企画で新たなカヴァー・ヴァージョンが作られた。マーティン・デニー『エキゾチカ'90』（東芝EMI TOCP-6160、一九九〇）に収められたヴァージョンがそれである。マーティン・デニー（Martin Denny 一九一一〜二〇〇五）は架空のエキゾチックな楽園音楽を作り上げたアメリカの音楽家で、先にソンディ・ソットサイに触れた際に言及したエキゾチカという音楽ジャンル名は、彼の一九五七年のデビュー盤 *Exotica* に由来する。一九五八年の *Exotica Vol.2* では服部良一が作曲した「蘇州夜曲」をカヴァーしているが、日本人による中国風味の楽曲が、アメリカ人による東洋風味のエキゾチックな音楽へと生まれ変わったことも興味深い。マーティン・デニーらのエキゾチカは日本でも細野晴臣らの音楽家に愛好され応用される。このようにエキゾティシズムが西洋と東洋の間で循環する様相は興味深いが、このマーティン・デニーがさらに日本に招かれ、日本の音楽家と共同で制作したのが『エキゾチカ'90』なのである。

このアルバムに収められた'Rose, Rose, I Love You'は、作曲者は不詳（unknown）とクレジットされているが、歌詞はソンディ・ソットサイ版を踏襲しており、東洋人女性から西洋人男性に向けての返答の歌詞が含まれている。ソンディのLPが日本でも注目されていたためであろうか。『エキゾチカ'90』のヴァージョンでこの歌詞を歌ったのは、日本と西洋の血を引く、日本生まれハワイ育ちの歌手のサンディーである。西洋人によるエキゾティシズムが東洋で受容され、セルフ・オリエンタリズムと結びついた混沌がここにはある。

一九九〇年代アジアにおけるカヴァー・ヴァージョンとしては、シンガポールの音楽家ディック・リーのものも挙げることができる。ディック・リーは中国語名を李炳文（あるいは芸名として李迪文）といい、一九五六年シンガポール生まれの華人である。彼は、一九八九年にリリースされた『マッド・チャイナマン』以降日本でも人気を博し、一時は活動の拠点を日本に置いていた。シンガポール人の複合的アイデンティティーをやはり複合的で洗練された音楽によって描いた彼は、一九八六年のアルバム *The Songs from Long Ago* で早くもこの曲をカヴァーしていたが、一九九六年のアルバム *Singapop*（日本盤CDはフォーライフFLCF-3643）でも再録音している。その *Singapop* にディック自身が記したライナー・ノーツが興味深い。日本語訳して引用する。

もともとはよく知られた一九四〇年代の中国の流行歌で、マレーシアとシンガポールで最も有名なストリッパーであったローズ・チャン（Rose Chan）に捧げる歌として一九五一年に英語で録音された。英語版はイギリスのヒットチャートを駆け上り、アジアでもヒットした。私は一九八六年に自分のアルバム *The Songs From Long Ago* で、オリジナルよりもかなり陽気さを抑えた自作の歌詞とテンポでこの曲を初めて録音した。今回は、このロマンチックなヴァージョンにふさわしい一九五一年のオリジナルの歌詞を踏襲した。

ここで興味深いのは、ディック・リーがフランキー・レイン版〝Rose, Rose, I Love You〟をストリッパーのローズ・チャンに捧げる歌と解釈していることである。このローズ・チャンとはいったい何者なのだろうか。シンガポールの国家図書館管理局（ＮＬＢ）のサイト内に設けられたインターネット百科事典シンガポール・インフォペディアのローズ・チャンの項によると彼女の経歴は以下のようなものである。

一九二五年中国・蘇州生まれ。六歳にして養女となりクアラルンプールに移住。一六歳で妾となるも離別し、シンガポールの歓楽街ゲイランのキャバレー・ダンサーとなる。一九四九年のダンス・コンテスト、一九五〇年のビューティー・コンテストで次点となり、一九五一年に自身のショウを開始し、マレー半島をツアーする。一九五二年にイポーでのショウで下着が外れたところ喝采を浴び、それがきっかけでストリッパーとして生きることとなった。一九八七年没。[6]

フランキー・レイン版の歌詞には、確かに「マラヤの花」などの歌詞があり、ディック・リーがマレー半島各地で活躍した彼女のことを連想するのは無理もない。だが、この説明に従う限り、一九五一年の時点では彼女はまだストリッパーにはなっておらず、レイン版がこのローズ・チャンのことを歌ったと考えるのは難しいのではないだろうか。

だが、ローズ・チャンと'Rose, Rose, I Love You'は二〇〇七年のマレーシアのミュージカルで再び重ね合わされる。劉藝苑（Low Ngai Yuen）という女性が演出したローズ・チャンの生涯をテーマにしたこのミュージカルは、*Rose, Rose, I Love You*と名づけられたのである。[7]

楽曲「玫瑰玫瑰我愛你」は近年のシンガポール映画でも用いられている。日本でもアジアフォーカス・福岡国際映画祭やSintokシンガポール映画祭などで公開されたケルビン・トン（唐永健）監督による二〇一〇年の映画『素晴らしき大世界』（原題『大世界』）は、シンガポールに実在した遊園地「大世界」にまつわる一九五八年、一九六五年、一九七五年、一九四一年の架空の出来事をオムニバス形式で描いているが、そのうち一九七五年の部分に「玫瑰玫瑰我愛你」が使われる。「大世界」に併設されたナイトクラブ「フラミンゴ」の専属歌手・玫瑰は、かつては人気歌手だったものの現在は陰りが見え、酒に溺れる日々。そこにかつての恋人が現れるが、恋人はすでに結婚しており、彼女はもう一度新たな人生を歩もうと決意する、というストーリーである。

その玫瑰の持ち歌が「玫瑰玫瑰我愛你」だ。映画中でこの曲がフィーチャーされるのは、酔ったままステージに立ち醜態を晒すシーンと、恋人が帰ってきたと思って全身全霊で歌おうとするシーンの二回である。[8] このようにマレーシアやシンガポールでは、華人にとって馴染み深い懐かしのメロディーとして生き続けているのである。

むすびに

多国籍都市・上海で生まれた流行歌はそもそもハイブリッドな特徴を有していたが、「玫瑰玫瑰我愛你」が西洋に紹介されると、西洋のオリエント・イメージの代表となる。そして、それはタイや日本の歌手にあてがわれ、そのようなイメージを強化していくことになる。

一方、台湾の作家・王禎和は、ヴェトナム戦争時の公娼組織をめぐる喜劇を通じ、西洋と東洋の関係を諷刺してみせた。また、シンガポールやマレーシアでは、この曲がストリッパーのローズ・チャンに重ね合わされる。そこでは、単なる西洋の東洋への視線、男性の女性への視線ではなく、マレー半島に生きる華人自身の文化として表象されているのである。

【注】

(1) 裏面(35500A)に収められた曲は、やはり姚莉の歌う「秋的懐念」であった(作詞者・作曲者も「玫瑰玫瑰我愛你」と共通)。

(2) それぞれ"An Autumn Melody"と"Rose Rose I Love You"とクレジットされており、イギリスではColumbia DB 2837と

して、アメリカではColumbia DB30193として発売された。上海の流行歌の大量の録音のうち、このレコードだけが突如として英米で発売された理由は謎である。もしかすると、上海で残された大量の流行歌の録音をそのまま眠らせておくには忍びなく、試しにリリースしてみたのかもしれない。

（3）彼女の経歴については、Nuttaporn Srisirirungsimakul "Sodsai Pantoomkomol", http://bk.asia-city.com/movies/article/first-person-sodsai-pantoomkomol（二〇一七年二月二二日アクセス）を参照。

（4）この部分は日本で発売されたＶＨＳ（日本コロムビアHC-294 一九八九年）には収録されているが、インターネット上に流通している版では確認できない。

（5）この楽曲は、台湾でも鳳飛飛（一九五三～二〇一二）をはじめ、何人かの歌手によりカヴァーされているが、ここでは割愛する。

（6）http://eresources.nlb.gov.sg/infopedia/articles/SIP_1436_2009-02-10.html（二〇一七年二月二六日アクセス）。

（7）なお、二〇〇八年にはシンガポールの劇団・実践劇場（The Theatre Practice）が『舞国女皇（I am Queen）』と題する演劇を上演した。またシンガポールを代表する映画監督、エリック・クーも彼女の人生を描いた映画を撮ることを計画していたが実現せず、それは二〇一五年の映画『部屋のなかで』（第一一回大阪アジアン映画祭で上映、『無限春光27 In The Room』）の一部と形を変えて結実した。前注のウェブサイト参照。

（8）恋人を忘れ新たな気持ちで彼女が歌うのが、服部良一が香港映画『野玫瑰之恋』のために提供した「説不出的快活」であることも興味深い。

III 文学の系譜をたどって

台湾文学における魯迅――「孔乙己」と郭松棻「雪盲」

張　文薫

但終於沒有進學，又不會營生；於是越過越窮，弄到將要討飯了。
けっきょく初級試験にも受からず、生計も立てられず、こうしていよいよ貧しくなり、ついにあわや物乞いになるところまで落ちぶれたのだった。

（魯迅「孔乙己（コンイーチー）」）

有一天你會忘了家鄉腐植土的泥腥。也會忘掉蝸牛爬過的舔液的氣味。你悄悄的走入一片鼠色的陰影，然後把身子藏在乾燥的黑暗裡，眺望著落日和沙的地平線慢慢完成T形的結合。魯迅，在陰影下曾經被樹上掉下來的毛蟲冷冷地爬過頸背。那是一九一八？
君はやがて、故郷に漂う腐植土の土臭さを忘れるだろう。そしてカタツムリが這った跡に残した粘液の臭いも。辺りに広がる鼠色の陰にこっそり入り込んだ君は、体を乾いた暗闇の中に隠す、夕日と砂の地平線がゆっくりと組み合わさってT型的になるのを遠くに眺めながら。魯迅、陰に佇んでいると、木から落ちた毛虫が首筋を這うのをひやりと感じた。あれは一九一八かしら。

（郭松棻「雪盲」）

はじめに

一九二〇年代中期から芽生えた台湾新文学が、中国文学革命と五・四運動に刺激されて誕生したことは、台湾文学史において定説となっている。しかし、教育や文化などの領域に広く及んだこの中国近代の大事件が、いかなるかたちで、具体的な台湾文学作品の成立に影響をもたらしたのかをさらに追及すると、問題は複雑となってくる。五・四運動の代表者魯迅の影響についても、戦前においては個人的な交流レベルや読書経験をもって論じられることが多かった。中国経験を持つ台湾人、例えば張我軍が、魯迅を訪ねて台湾と中国との関係を議論したり、あるいは頼和のように文章を通じて白話文革命に対する貢献を理解するなどである。また、日本経由で魯迅を認識した例も少なくない。

例えば、のちに魯迅が死去した際、「大文豪魯迅逝く――その生涯と作品を顧みて」を書いた評論家の黄得時が初めて魯迅を知ったのは、一九二九年東京神保町にて『吶喊』を購入したときだったという。また、一九三四年に台湾で、増田渉の「魯迅伝」の中国語訳が刊行され、それを目にした郭沫若と増田との間に論争が起きた。その際、戦場となった『台湾文芸』誌上には魯迅に関して、「中国に於ける偉大なる作家で彼の伝記は中国文学史の重要な部分となつてゐる(1)」、「増田氏の『言い分』に対して、郭沫若先生の水落石出的な原稿を寄与せられんことを読者から希望して居ります(2)」という表面的な紹介文しか掲載されておらず、魯迅と創造社、郭沫若との関係悪化の背景などを理解できるような文章は皆無であった。

魯迅の作品は張我軍などの中国に赴いた留学生による紹介により、一九二〇年代すでに台湾の雑誌に掲載されていたにもかかわらず、三〇年代における魯迅文学に関する台湾社会の理解は未熟であり関心が高いとは言えない。

これは、植民地支配下に置かれ、日本語を国語として近代教育と文明観が築きあげられつつある台湾社会において、中国に対しては特殊な感情を抱くものの、近代中国が形成した文学のメカニズム、たとえば文字言語の表現方法、文学の政治的意味、社会における文学者の役割と位置などを理解する視野は確立し得ていないことを意味するのではなかろうか。戦前の台湾文学における魯迅受容の好例としてよく挙げられた龍瑛宗の小説「パパイヤのある街」[3]において、肺病に罹り死を目前にした青年が「魯迅の『阿Q正伝』、やゴーリキの作品、それにモルガンの『古代社会の研究』などを読みたい」と述べた点が象徴的である。魯迅と「阿Q正伝」はようやく小説のプロットに登場し、つまり物語の構造のなかに使用されるようになった。魯迅が、ゴーリキとモルガンなどの著者と同列視されているということは、魯迅が世界文学の有名人の一人として、文化教養というかたちで戦前期の台湾文学に受容されたに過ぎないことを意味するのではなかろうか。

一九四九年以後の台湾は国民党支配下に置かれ、中国共産党に神格化された魯迅作品は、長期にわたり禁書として扱われたが、禁忌性はかえって読者の好奇心を煽ったようで「魯迅コンプレックス」と称される精神現象を醸し出した[4]。これは、一九八七年の戒厳令解除まで続く。「魯迅」と「阿Q」の名は轟くものの、実際の作品を読む行為は反逆的と見なされる危険性がある故に、独裁的な政治に対する反抗心を抱く知識人にとって自己顕示のしるしと解釈されたのだった。だが実際には、もともと魯迅とその作品を認識する土台は脆弱であり、「魯迅」を読む禁忌性がいっそうその文学をブランド化したに過ぎず、戦前と同様に知識人の教養として受容された側面が強い。

ところが、今回取り上げる郭松棻の文学は、戒厳令解除以前の一九八〇年代中期に発表された作品であるにもかかわらず、魯迅に対する認識は小説の内容にまで様々なかたちで浸透し、「教養としての魯迅」レベルをはるかに超えるものである。魯迅文学の中核ともいえる儒教批判、国民性批判、知識人の役割などの主題、そして人民と革命に対する情熱と懐疑が混在するコンプレックスによる文学的な表現を、郭松棻は作中人物と背景のイメージ、物語の構成を通して具現化したのである。本論文は、郭松棻の作品分析を通して、魯迅文学と冷戦体制下の在米台湾留学生のアイデンティティーとの結びつき、さらに対外的な国家危機、かつ全体性に対する懐疑への直面こそが、台湾文学における魯迅受容の歴史的条件であることを小説の文法レベルで論じる。

一．校長先生と君

一九六六年にアメリカへと移住した郭松棻（一九三八〜二〇〇五）は、台北大稲埕の生まれでニューヨークでその生涯を終えた。彼の文学活動が始まったのは、台湾大学外文系在学中に、『現代文学』において実存主義を紹介したのがきっかけである。やがて同世代の台湾エリート青年と同様に、卒業後アメリカ留学へ赴いた。しかし郭松棻は予定通りに学位を取得せず、カリフォルニア大学バークレー校を中退し、尖閣諸島主権をめぐる問題、いわゆる「保釣運動」のリーダーとして活躍したあと、中華民国政府によって入国拒否のブラックリストに掲載される。やがて国連に就職したためニューヨークへと移住した郭松棻だが、大学以来の創作を再開したのは、一九八〇年代中期のこととなった。そのなかの代表作「雪盲」が一九八五年一一月、アメリカで発行された中国語雑誌『知識份子』に掲載された[5]。

「斜陽」「人間」「故国」の三段構成となった「雪盲」では、主要叙述者である第二人称主人公の「君」が、少年時代の思い出と現在の生活を行き来きして語り進められる。高校受験の直前、「君」は母親に連れられ、台北から東海岸の漁港・南方澳へ気晴らし旅行のため、かつて大稲埕で隣人だった小学校校長夫妻を訪ねた。校長夫人と母親とがおしゃべりしている間、漁師をして引退後の生計を立てている校長先生は「家では中国語の本はこれしかないから、読んでみれば」といい、「君」に自らの亡き兄のサイン入りの『台湾総督府監印 魯迅文集』を渡した（以下は『魯迅文集』と略す）。いまでは仕事も家事もできず、奥さんの陰に隠れ、無能な一面ばかりを見せる校長先生だが、戦前は師範学校の卒業生で「台北市政府督学」をつとめ、戦後初期に国民学校の校長に任ぜられた、典型的な台湾エリートであった。『魯迅文集』を手にした「君」は「孔乙己」を読み始めると、海辺で気晴しをする旅行の目的を忘れ、校長先生の家に何日間もこもり続けた。

「雪盲」の後半では、「君」はすでに中国語教師となりアメリカに暮らしている。「君」は留学生時代に台湾人女性「詠月」と恋したが、「君の面倒は私が見るのよ」といって献身的に尽くしてくれた彼女を振って、結局ラスベガスに近い砂漠のなかのカレッジに行き着き、研究室を共用する日本人教師と飲んだくれの日々を過ごしていた。日本人の同僚が死んでからも、台湾へ帰省するようにとの母親の願いも返り見ず、魯迅のことなど全く知らないアメリカ人学生を相手に、「孔乙己」を中国語のテキストにして教える日々を送る。

「雪盲」は「君」の幼年時代の大稲埕や南方澳への旅の記憶と、アメリカでの現在を軸に物語が進んでいく。一方、高校受験結果や青年時代については触れていないため、比較的多く登場する校長先生の姿がそのまま「君」の青年時代のイメージと重なっていく。しかも、それはおおむね独白として心境が描写されているため、鷹揚で輝いた青年イメージではなく、職場での失敗、売春婦米娘（かつての教え子）との不倫、警官に平手打ちされたことなど、負の記憶ばかりが描かれている。また、主語が省略され、筋との具体的な関係性が薄い詩的な文章が多く散りばめられているせいか、第二人称の「君」を主人公とする「雪盲」は、中年から老年に至る校長先生の姿が「君」の人生を暗示するうえ、さらに読者へと語りかけているように聞こえ、共感を抱かせる効果をもたらしている。文中において、「行き詰め止まった地平線」「行き止まった路地」などの「T型的な」空間イメージを喚起させる語の多用は、「雪盲」に閉塞感、喪失感に満ちたイメージを付与している。

〔前略〕もともとは科挙受験を志していたが、けっきょく初級試験にも受からず、生計も立てられず、こうしていよいよ貧しくなり、ついにあわや物乞いになるところまで落ちぶれたのだった。幸い書道が得意だったので、人に頼まれて写本をしては、食いつないでいた。しかし残念なことに彼には酒を飲んでは仕事をさぼる、という悪い癖がある。写本を始めて数日すると、本人が書籍や書道用紙、筆(ふで)や硯(すずり)とともに消えてしまうのだ。こんなことが何度か続くと、彼に写本を頼む人もいなくなる。(6)

「君」と校長先生を直接結びつけたのは、『魯迅文集』である。「君」がこの本を渡された瞬間、魯迅の文章が直接引用され、「孔乙己」のイメージが「雪盲」の隠れた作中人物として加わるような勢いで登場した。エリートになるために身につけた学問と教養が、時代の変化のなかで価値を失い、ついに自らの存在さえも疑問視される知識人は、現実への対応が不得手なため、堕落の一途を辿っていく。もともと儒教に生きるため書道などの教養を身につけた知識人が、いまはそれを写本に応用し生計を立てる落ちぶれた姿には、かつてはエリート校の優等生だったが、いまはアメリカ中部の砂漠に生きる中国語教師である「君」と重なる。それは少年時代の「君」の目に映った南方澳にこもった校長先生の姿でもある。

「孔乙己」について、竹内好は「没落した読書人（官僚候補者）を主人公にして農村社会の断面をとらえた小品であるが、この材料は彼が好んで取りあげるものである。『私』という眼を設定することで構成が緊密になり、抒情的なまとまりのある好短篇」と解説し、「孔乙己」という人物造形が魯迅文学の中心的な主題である「読書人」を叙情的に表現した特徴について指摘した。(7) 孔乙己の失敗は、科挙試験に落ち、世間から認められなくなった儒教に執拗にこだわり続けたことに起因する。だが、校長先生と「君」のエリート人生を転落させた理由について、「雪盲」は明示していない。植民地のトップクラスの学歴を持ち、「君」の亡き父に「稀に見る教育者」と称えられた校長先生は、国民党政府にも登用されたため、政権転換により挫折したわけではない。ただ「亡き兄のことを一生かけて偲ぶため」という理由から、校長先生はついに颯爽としたエリートイメージを封印したままだった。そして国民学校の校長に任じられた戦後は、教え子で孤児の米娘と色恋沙汰を起こし、夫人をはじめ世間からの信用を失った。孔乙己のように時代に取り残されるといった社会的悲劇ではなく、校長先生の堕落は、身持ちが悪いように描かれ、個人の問題として片付けられてしまった。だが、小説の叙述は、社会的に破滅していく校長先生を見る「君」の叙情にこそ力点が置かれていると言うべきであろう。校長先生が米娘に手を出した現場を目撃したのは、木登りをして同級生の米娘を覗き見した「君」である。実は米娘にも密かに恋心を寄せていた「君」は、それから校長先生をあまり尊敬しておらず、むしろライバル心を抱いていたのである。

「すべてが浪のようで。自身までも呑み込まれてしまいそう。さあ、かかって来い、この世のすべての海水。溺れ死にそうだが。気をつけて。いっそ午後の路地裏の無言の空気の中で溺れ死ねれば。ああ、暑い」。以上の叙情的文字は、告白でありながら主語が欠けている。そのため、校長先生が禁忌を破り米娘と恋したときの心境としてのみならず、老いた校長先生と再会した「君」の動揺した気持ちとしても読解可能だ。「君」の米娘に対する思いはアメリカに行ってからも消え失せることなく、「米娘のような美しい女性と所帯を持つ」ことを夢見続けたが、好意を寄せてきたのは「呉媽のような無辜な瞳」を持つ詠月だった。詠月は、「君」と同じく、夏休みを利用しホテルで清掃のアルバイトをしていた台湾人留学生だが、魯迅も呉媽も知らない。「心優しい」ところは、「君」に、「阿Qは刑場へ向かう車上で彼女に歌を捧げようとひらめいた」ことを思い出させ、呉媽と詠月を連想させた。呉媽の阿Qとの関係をロマンチックに解釈し過ぎたかもしれないが、[8]「君」が自らを阿Qと重ねて定義していることが見て取れよう。知識人としての価値喪失を孔乙己に、男性としての資格喪失を阿Qに、「雪盲」は校長先生を基準にした「君」の生き方を、魯迅文学の典型的人物像になぞらえて描き出したのだ。

二　国家と君

（一）中華民国と「保釣運動」

一九六六年に出国した詠月が、国民党独裁体制下の中華民国で大学時代まで過ごした世代という推測が可能なら、禁書とされている魯迅の名を知らないのは普通のことである。しかし、「君」を造形し、まさに一九六六年にアメリカへと赴いた作者の郭松棻は中学時代から魯迅を知っていたという。「中学二年のとき、家のなかになぜか魯迅の選集があった。誰かがくれたのだろう。それで読み始めた。いま、階下には魯迅全集が二セットあり、雑文は非常にすばらしかった」[9]。「光復初期の数年間、台湾では面白い本が簡単に手に入った。大陸を失ったとはいえ、知識人は大量の良書を抱えて台湾に来たのだ。私の最初の魯迅選集は中学二年のときにはすでにあった、そのとき魯迅はもう禁書となっていたけど」と郭松棻は述べており、魯迅を戦後台湾に輸入したルートは、大陸からやってきた知識人たちの蔵書だと指摘した。作品のなかに溢れる憂鬱かつロマンチックな語りのスタイルによって、よく郭松棻と比較される陳映真も、やはり中学時代に父親の隠した『吶喊』を偶然に見つけ、読み始めたという[10]。またやはり「保釣運動」に青春時代を送り、郭松棻より少し遅れて一九六九年に台湾大学へ入学した鄭鴻生も、手書きで写した「阿Q正伝」を高校の教師から手渡された経験を持つ[11]。つまり、禁書にされていたものの、警察の目の届かないところでは、古本やあるいは個人ルートで魯迅文学が一九五〇年代から読まれていた。以上の三人の回想によると、魯迅文学と出会うきっかけが、いずれも「雪盲」の「君」と同様に、目上の人から不意に渡された点は興味深い。自ら探し出したのではなく、前触れもなく、こっそりと手渡された魯迅。それは禁忌的な成長儀式として語られる一方、送られた方にとってはそれまで魯迅には無知であり受動的な出会いであったことも意味する。彼らの少年時代においての魯迅読書は、入手経緯しか語られていない。つまり、魯迅という贈り物を受け取れる枠組みは、あくまで個人的で偶発的なものであり、一九六〇年代の台湾における若きエリートたちが「魯迅コンプレックス」を克服しようと主体的に魯迅を求めるような風潮が社会的構造としてはまだできていなかったことを意味するのではなかろうか。

「少年期から大学まで、何もかも虚しく、無意味と感じていた。そのため西洋の実存主義、虚無主義とは気が合った」[12]と回想した郭松棻が、本格的に魯迅と向き合うには、留学中に起きた「保釣運動」を待たなければならない。もともと郭松棻は出国する前、雑誌にサルトルの思想を中心に実存主義の紹介文を執筆し、「英詩選読」レクチャーを代講した経歴を持つため、そのまま台湾大学の大学院への進学と教職が期待されたが、彼は慰留を固辞してまでアメリカへ赴いた。それは、先輩の白先勇、王文興、そして同級生であり恋人の李渝のあとに続き、台湾のエリート層の多くがそう決めたように、個人の思考も行動も不自由に制限され「何もかも虚しく無意味と感じた」島内から脱出する唯一の進路だったためであろう。

共産党に敗れた背景を隠蔽し、「中華民国在台湾」の統治権は国民党にあるという独裁政治に正当性を持たせるため、国民党は台湾に儒教を基礎とした中華文化イデオロギーを施す。清末から中華民国の成立にかけて、国内の混乱を日本や西洋列強の侵略および共産党の裏切りによるものだという歴史観を台湾に植え付けていった。ところが、ベトナム戦争反対運動の聖地であるバークレーで、郭松棻は国家へ抗議する大学生の姿に開眼した。ちょうどそのころ、日本と中華民国台湾、中国との間に尖閣諸島＝「釣魚台」列島の主権をめぐる問題が起こった。台湾の国民党政府の軟弱かつ消極的な対応に耐えられない郭松棻は留学生仲間と団体を組織し、アメリカ各地の大学を拠点に台湾領土の主権を守ろうとするデモを計画、それを宣伝する新聞雑誌を発行し始めた。こうして、台湾社会ににおいて、自らの所属が中国から台湾へと大きく転回していく国民アイデンティティーに目覚めるきっかけを作った重要な歴史事件となる「保釣運動」は一九七〇年に海外で幕を開けた。

戦前は日本帝国の植民地、戦後はすぐ国共内戦に敗れ逃げてきた国民党の支配下に入り、日本とともに冷戦体制のアメリカ陣営に配され、「自由体制」を謳いながら二〇年間を経た台湾は、「釣魚台」の主権をめぐる争議を皮切りとして、一九七一年の国連での議席喪失事件、日台、米台国交断絶と続き、国家の威信を揺るがす事件が立て続けに起きていく。これら一連の外交問題によって、「中華民国在台湾」という国家としての地位の曖昧さが顕わとなり、さらに中華人民共和国こそが「中国」であるとの国際的認識に直面せざるを得ず、台湾社会は急速に自己認識の危機に晒される。

そんななか、冷戦体制下の「自由陣営」の庇護下にあるがゆえに、「釣魚台」の主権をアメリカと日本に強く物申せず中華民国政府は消極的な態度を保つしかなかった。こうした軟弱外交に失望し、海外留学生を先頭に「保釣運動」が決行された。アメリカのベトナム反戦運動に刺激された彼らは、自らの政治的イベントに論理を必要とし、領土と国民の主権を守れぬ政府に対する抗議運動として五・四運動と結びつけ、「保釣運動」を一九一八年当時のような青年の愛国運動だと定義したのだった。一九七〇年に成立した「保衛釣魚台行動委員会」の会合において、「私たち留学生は組織を作る権利と義務を持っている。それにより五・四運動の『外抗強権、内除国賊』の光栄なる伝統を継承し、国家主権を喪失し侮辱された事件の再来を防止しようじゃないか。日本の軍国主義集団と最後まで戦おう！」[13]と明言した。保釣デモに際し発表した宣言のテーマは「『五四』運動の意味」であった。また「保釣運動」の最中に、郭松棻がさらに「阿Q与革命」「中国近代史的再認識」といったタイトルの文章を発表していることも興味深い。「保釣運動」のなかで最も重要なデモとされる一九七一年一月二九日の抗議宣言にも「留学生が団結して行動し、五・四運動の愛国精神を発揮しよう」と記している。[14]スローガンと宣伝文は留学生たちが合議し、郭松棻に執筆させたという。このデモのあと、郭松棻と仲間は国民党に「共匪特務」と烙印を押された。反論のなかで郭松棻は「一九二五年、五・四革命運動勃発後六年目、魯迅は『「フェアプレイ」は急ぐべからず（論「費厄潑頼」応該緩行）』という文章で、こう鋭く指摘している。『現在の官僚、海外帰国の紳士や、在来の紳士も、自分の意に合わない人に対してすぐアカだ共産党だと決めつけた（後略）』。今回我々に無実の罪を着せたことも、まさに半世紀前の魯迅の名言を証明した[15]」と魯迅を担ぎ出した。

自由な思考力を獲得した郭松棻は、行動に乗り出すときには五・四運動の論理を盾にし、挫折したときには魯迅の経験と言葉を借りて、自らの決定と行為にこそ正当性があるとした。五・四運動と魯迅は、国民党政府が台湾島内にその反体制的な意味を認識させたくない中国近代史の重大事項だったのである。「一九七〇年になったいま、我々は依然として本当の自分を知らない。なぜなら、歴史が歪めた事実しか教わっていないためだ。我々は二〇、三〇、四〇年代の中国史を、独裁政権の隠蔽から掘り出し、真の姿を取り戻すのだ。これこそ文化アイデンティティーを作る道なのである。ここアメリカの自由な環境を存分に利用すればいい」という歴史の再認識への欲求と動機を郭松棻は語っている[16]。つまり、自由なアメリカにいることを前提に起きた「保釣運動」を通して、郭松棻をはじめとした留学生は、国民アイデンティティーを五・四運動の言葉を通して中国近現代史、近代文学を研究することにより再建しようとする。こうした経緯を通して、一九七〇年代に至り、魯迅はようやく、国民党政府から隠蔽された歴史として、また圧迫された自由精神の象徴としてのレベルで、台湾文学に浸透し始めたといえる。

（二）「時代」と「保釣運動」

実は、デモの前の一九七〇年四月に、郭松棻が組織した「大風社」は保釣問題に従事するにはまず「中国近代史の再認識」が優先要務だと主張し、特に魯迅、陳独秀、瞿秋白などの人物研究から着手すべきだとしたという[17]。

「保釣運動」は挫折に終わったが、結果として国民党による教育に隠蔽、抹消された戦前期歴史の発掘と在来文化の継承など、新世代に台湾の社会現実を直視すべきとの意識を強く喚起させた。自らの存在を歴史とつなげ、中国、日本、アメリカの間に挟まれながらも、社会、世界の一員としてのリアリティを取り戻さんとし、台湾島内では七〇年代に郷土文学論戦が起き、農村問題と都市化問題の両極を重視した台湾文学が生まれた。しかし、奇妙なことに、郭松棻作品の発表は、一九七〇年代台湾郷土文学論争の時期においてではなく、一〇年ほど隔ての八〇年代後半まで待たねばならなかった。この時間差は何を意味したのであろうか。

一九七一年をピークとして、「保釣運動」は一年間足らずで失敗に終わった。郭松棻たちは日本大使館へ猛抗議などをしたが、国民党政府が日台、米台の断交問題および国連議席喪失に手を焼き、留学生たちの訴えまで目を配る余裕がなかったためでもあるが、留学生陣営内における理念の違いによる内部抗争も原因の一つである。国民党に対して失望した郭松棻は、次第に中華人民共和国へと心が傾いた一方、「保釣運動」の失敗に対する反省を以下のよう述べている。「中国人は一つの民族にして、ずっとなされるがままでいる。すなわち魯迅のいうように『拿来主義』の精神状態はいまだに我々を支配する。〔中略〕革命の最初の理念がいかに崇高であったとしても、国民の素養がこの程度だと、国家の一大事に直面しても、百姓の知恵ぐらいしか発揮できない。魯迅の言葉だが、『だいたい国民がこの程度だから、いい政府が成り立つわけがない。いい政府に恵まれたとしても、すぐ潰れてしまうだろう』〔「華蓋集」〕〔中略〕また魯迅はこうも指摘する。『革命の初期段階は満州族を駆除せよとして、比較的容易に達成した。次の段階すなわち内的な国民性改革、これは困難の極みである』〔「両地書」〕」。郭松棻が「保釣運動」の未遂を、内部の国民性問題にまで深化させ見つめていたことは明らかであろう。一つの共同体＝「民族」としての自覚なさ、また「困難の極み」である内部的な自己改革の重要性をおそらく深く自覚していたが、解決の糸口が見つからないまま、「保釣運動」後にすぐ起きた台湾郷土文学論争に郭松棻は容易に参加しなかった。郭松棻は、八〇年代以降になって、魯迅の言葉を出所まで明記し、それに依拠して自らの反省と観察を生み表していったのである。その後、郭松棻は「保釣運動」の失敗に基づき、文学という形で自らの思想を実践していくが、台湾島内の郷土文学に見えるようなローカル性を謳う軽妙さはなく、沈鬱かつ絶望的なイメージが溢れた小説を続々と世に送り出したのであった。

こうして生み出された作品の一つが「雪盲」である。「雪盲」において、日本植民期には高学歴のエリートで、「自転車を漕ぎ出して出勤」する姿がまぶしかった校長先生だが、いまでは学校の仕事を辞め、大稻埕でタバコ屋を営んだのち、しばらくして南方澳に移住し漁師を始めた。「ゴムの緩んだタンクトップの隙から脇毛がふさふさ見え」、「ただれ目から赤い粘膜が見える」姿が「君」の目に映っている。しかも漁港で生計を営むため、その周りにはつねにハエが飛び、カツオの生ぐささが漂っている。『魯迅文集』を「君」に渡すと、任務を終えたように放心し、校長先生は夫人と「君」の母とのおしゃべりに加わった。ちょうど「君」が足の折れた「孔乙己」が酒店を訪ねたところを読むのと同時であった。

〔前略〕中秋が過ぎると、秋風は日増しに冷たくなり、見る見る冬が近づいており、僕は一日中、火のそばにいたが、それでも綿入れを着込んでいた。〔中略〕すると突然「熱燗でひと碗」という声が聞こえた。とても低いが、聞き慣れた声だ。目を開けても誰もいない。立ち上がって外を見渡すと、あの孔乙己がカウンターの下で敷居を前にして座っていた。[18]〔後略〕

声は聞こえるが、姿が見えない。いつもその言動で酒店の気分を盛り上げた孔乙己は、幽霊に化けたように「僕」の前に現れた。足が折れてからもなお現金払いで上等な酒を頼み、かろうじて知識人の体面を保った孔乙己を、少年の「僕」は主人や他の客のように嘲笑できなくなった。かつて「僕」に「茴」の字の書き方を教えようとした孔乙己の手は、いまは足の代わりに泥だらけとなった。その悲哀に満ち落ちぶれた姿は、かつて「植民地の日本人官僚も顔負けするぐらい上品な日本語を操った」校長先生の口に、いまや労働者のエネルギー源である「檳榔」の匂いが立ち込めた変貌と重なる。

教えられた側の語り手が落ちぶれた教師側を語る対象とする構造を、「雪盲」は「孔乙己」から継承し、さらに人生の先輩であった教師の変貌に衝撃を受けた悲哀を、日本から中華民国へと渡された台湾という舞台において描き出した。魯迅の小説「孔乙己」を論じる際、「貧乏書生」(藤井省三)、「没落した読書人」(竹内好)の孔乙己イメージの典型化についてはすでに多く論じられてきたが、「魯迅とは一番親近感を感じる作家だ」と自任した郭松棻が注目したのは、別のことにある。「『故郷』と『孔乙己』は特に気に入った。小説中、子どもを相手にするのは孔乙己だけじゃないか。時代遅れとか、本泥棒とか、出来損ない人間だと思われがちだが、それは誤解だと思う。親切だし、酒店のつけもすぐ支払いに来る」と語った郭松棻は、子どもを相手にするという性格によって孔乙己を評価した。つまり孔乙己という時代に置き去られた知識人の物語ではなく、子どもたちや語り手の「僕」と孔乙己の関係より、次世代の目から見た旧式読書人の姿を映すよう造形された小説「孔乙己」の語りの構造に注目したといってもいい。小説の語り手、「孔乙己」の「僕」と「雪盲」の「君」は、少年時代の思い出を語ることにより、現在のいかなる自分を表出しているのだろうか。

藤井省三は、魯迅が芥川龍之介「毛利先生」の影響を受けて、中国の典型的な人物像を「孔乙己」として創造したと指摘する。両作の間では「一人称による回想という語り方法と、生意気な少年と落魄した中年男という人物の対比的設定、そして語り手における中年男への悔蔑から共感への変化という物語の構造」が共通していると論じ、さらに魯迅は毛利先生と孔乙己との大きな落差を見つめながらも、「孔乙己」を転換期における絶望の物語として仕上げたという。[19] 藤井省三が「毛利先生」と「孔乙己」の間に見出した「語り手が少年時代に中年男の善意の教えを拒否」したという類似点は、実は「雪盲」にも見られる。この共通項を手がかりに「雪盲」のナラティブの構造を論じたい。この作品における第二人称「君」は、歴史の狭間に生まれた台湾知識人の喪失感を共感に転換する装置として機能しているのではないだろうか。

「檳榔を嚙みながら」「脇毛がふさふさ」、「ゴムの緩んだタンクトップ」と「裾が巻き上がったズボン」というぶしつけな格好で表されたのが校長先生だったとすれば、「縁日の見世物に出る蜘蛛男」と例えられた毛利先生の「血色の悪い丸顔」と「家畜のような眼」、そして「うすよごれた折襟」に「紫のネクタイとあの山高帽」の格好にも見劣らないぐらい印象深いであろう。もっとも、孔乙己の「汚れ放題破れ放題」の長衫や「白髪まじりの髭」、「いつも傷跡」がある顔は、校長先生の姿と同様に、経済難かつ自己放棄の結果だから、西洋人の正装を着こなせない毛利先生の滑稽さとは次元が違う。こうして、この三つの作品を比べると、『毛利先生』と、『孔乙己』『雪盲』との違いが浮き立つと同時に、『孔乙己』と『雪盲』の類似性が際立つことがわかる。例えば、英語教師である毛利先生が笑いのタネにされた理由は、社会性・社交性の欠如によってであり、孔乙己や校長先生のように時代の遺物となったからではない。毛利先生が身につける山高帽と紫のネクタイは、社会性の欠如を象徴する舞台衣装であるが、校長先生と孔乙己の身なりは、時代転換期において遺物化した証である。それは、毛利先生が熱意さえあれば、街角のカフェでも生きる場所を見つけられる一方、孔乙己は貧困から行方知れずになり、校長先生は田舎の漁師となって堕落の中、怠惰に生きて死ぬという、希望のある運命と破滅的な運命という対比に明らかであろう。

毛利先生は、「Life is real, life is earnest」と、学生や同僚にあざ笑われながらも英語を教え続け、人生の意味を詩を通して教えようとする。『毛利先生』では生きる希望を生み出すかのような姿が悲哀と叙情を持って描き出される。それに対し、「雪盲」および「孔乙己」においては、一方的に押しつけがましく知識を伝授しようとする校長先生と孔乙己が描かれる。校長先生は「君」に『魯迅文集』を、孔乙己は「僕」に「茴」の字を。「毛利先生」を生み出した大正時代における英文学と、五・四運動期における儒学、そして「保釣運動」の終わった民主運動期の台湾における魯迅。意味はそれぞれ違うが、社会に拒まれた三人の「先生」に後悔しながら語り出した「自分」のうち、「雪盲」の「君」だけが少年時代の生意気さがない。『魯迅文集』を手にした当初から、アメリカの学生に「孔乙己」を読ませるまで、「君」は終始一貫して、「孔乙己のように、泥だらけの手を頼りに教室を這い出し、いっそこの足を折り、いざって地を進みたい」と願っている。魯迅「孔乙己」が芥川龍之介「毛利先生」を「創造的に模倣」しながら、語り手を「僕」に絞り構造を単純明快にし、「世界文学史に残る典型的な人物」[21]を作り出したとすれば、「雪盲」は第二人称を使いより複雑な構造で歴史を語る主体を作り出している。「君」は進学至上主義の時代に生まれたためか、校長先生の青年期に象徴されるような日本植民期、および魯迅に代表される五・四運動期の中華民国の歴史は、距離の計り知れない彼方にあるように見える。「歴史を知らない我々は、文化アイデンティティーが持てない」という「保釣運動」の宣言を思い出せば、校長先生を語りながら自分の現実と重ねていく「君」の造形は、歴史認識権を国民党に剝奪された郭松棻の同世代への沈痛なる訴えではなかろうか。

三　校長先生の遺書

日本文学に対して、夏目漱石、谷崎潤一郎、川端康成、横光利一、三島由紀夫、大江健三郎などの名前を挙げるなか、郭松棻はとりわけ芥川龍之介について多く言及する。「文体のレベルにおいて、川端康成、芥川龍之介からの影響は受けたと思うが、芥川の精密さには感心する、小説は殆ど短篇だが、密度の高さ、プロットの巧みさ、すべてが私の好みだ」と短編小説の名手である芥川を賛美する。ところが「高校のときから日本文学を愛読してきたが、いまだに尊敬するのは芥川龍之介。天才作家としかいえない。惜しいのは三〇代で自殺したこと」と「自殺」についてては言及しているものの、具体的に作品に踏み込んだ評価などは一切なく、郭本人の言葉には反するが、あるいはその理解がごく表面的なものであった可能性は否定できない。

郭松棻の遺族が台湾大学図書館に寄贈した蔵書のなかに、宇野浩二著『芥川龍之介』（筑摩書房、一九六七）と角川書店「日本近代文学大系 三八」の『芥川龍之介集』（吉田精一解説・注釈、一九七〇）がある。特に後者所収の「芋粥」「戯作三昧」「奉教人の死」「舞踏会」の四編には、漢字ごとにルビが振られ、英語と中国語で文章の翻訳と解釈が頻繁に書き込まれていた。おそらく日本語か日本文学の教材として使用されたのだろう。戦前生まれの郭松棻が、渡米後に学習し始めた日本語力では、おそらく原文は読めなかったであろうが、芥川の歴史物に特別興味を覚えた点は興味深い。

「雪盲」と同じ時期に創作し始め、書き直しを重ね遺作となった中編の『驚婚』には、植民時期台湾の中学で教える日本人教官が描かれており、教養人でありながら台湾人生徒には容赦なく厳しい性格を造形するに当たり、漢訳俳句が多用されている。「山麓花盛開，七天鶴常在」、「無人探春來，鏡裡梅自開」、「知了在叫，不知死期快到」[22]と俳句を詠みながら日本刀を振りかざし、台湾人生徒へ「葉隠」を叩き込む行為などは、アメリカ映画に出てくる侍のイメージそのものにも見える。また「雪盲」の「君」の唯一の親友は同僚の日本人教授であるが、その出身について「祖父は四谷の武士、父は江戸に初めて外国輸出用の紙傘店を経営した、立派な江戸っ子」を自称している。この日本人教授はアウシュヴィッツの生存者であったポーランド人女性と結婚し、「お国に帰っても、魯迅なんか教えられるはずがないぜ」と故郷思いの「君」に警告する。台湾人アイデンティティーに重要な歴史的要素「日本」を郭松棻は描き出したが、俳句とサムライと第二次世界大戦をめぐる記号を散りばめたそれは、どこかオリエンタリズム的であり、浮遊するイメージにしか見えず、不安定さだけが印象に残る。

この小説に不安定な要素をもたらしているのは、「日本」に関連する表面的記述のみではない。「君」を校長先生と結びつけ、この作品において最も重要なモチーフであり、プロット構成の拠り所でもある『魯迅文集』が実は、「自らの歴史を知り、文化アイデンティティーを成立させたい」と願った郭松棻文学の最大の弱点となっているのだ。なぜなら以下に検証するとおり、実際にはこのような書物は存在しなかったのだから。

校長先生に渡された中国語の『魯迅文集』には、最初の持ち主である校長先生の亡き兄「陳昆南」のサインが入っていたのみならず、「昭和四年　総督府監印」の文字も記されている。しかし、台湾総督府は公文書以外の書物を出版したことはないし、文学書しかも中国語のものを出版することはあり得ない。この『魯迅文集』の存在自体が許されるものでなく、虚しい幻の書物となる。この『魯迅文集』自体が幻ならば、物語はどのように導かれるだろう。それは理由も告げず突然自殺した兄からまず校長先生へ、そして「君」へと受け渡された、つまり二人から「君」への遺書であり、志半ばにして夭折した台湾知識人が次世代に託した「希望」だったはずだ。しかし作者郭松棻の不正確な歴史認識により、存在しえないものに寄託されたこの「希望」は幻と化してしまった。

やはり失意のままにアメリカで生涯を終えようとした「君」は、「願わくは、二度と立ち上がれないように。抱えたこの本とともに沈み込み……沈み込もう」と「立ち上がれない」姿で孔乙己と同化しようとし、さらに「やがて君は気づく。この生涯にただ一つ欠落したのは、亡き兄だったと。苦痛を分かち合えてくれる亡き兄さえいれば、それが生きるすべにはなり得たのに」と校長先生に自らの欠落した人生を結びつける。「保釣運動」を契機に歴史のなかの自己を認識しようとする切迫感が、中国近代史と魯迅文学へと郭松棻を向かわせた。郭松棻蔵書のなかの、魯迅に関する本には許寿裳『我所認識的魯迅（私が認識する魯迅）』、曹聚仁『魯迅評伝』、鄭学稼『魯迅正伝』などがあり、特に許寿裳、曹聚仁の著作には繰り返して読んだ痕跡が見える。許寿裳「憶亡友魯迅（亡き友魯迅を憶う）」

の一文「魯迅が私とよく話したのは、互いに関連する三つの問題だった。一つ目は理想的な人間性とは何か、二つ目は中国の国民性に最も欠如したのは何か、三つ目は病根はどこにあるか」には下線が引かれていた。また曹聚仁『魯迅評伝』には林語堂、孫伏園、施蟄存、蘇雪林など、魯迅と関わった人名には丸や線が引かれていたが、その箇所は多数に及ぶため基準は明らかではない。中華民国の外交危機に瀕し、魯迅と近代史を理解することによりアイデンティティーを確立しようとする過程は、必要とする予備知識が膨大で、全貌を把握するのは困難であった。

比較文学の手法を用いて、近代精神史と文化史の軌跡を辿り、国家・民族と個人との関係解明から「国民性」に着目する研究方法もあり得たが、郭松棻はカリフォルニア大学バークレー校の比較文学専攻をすでに退学していた。「雪盲」の最初と最後、二度にわたって引用された「孔乙己」の「もともと科挙試験を志していたが、けっきょく初級試験にも受からず、生計も立てられず、こうしていよいよ貧しくなり、ついにあわや物乞いになるところまで落ちぶれたのだった」については、歴史認識の蓄積に虚無感を、人生に喪失感を抱きながら、「保釣運動」に生きた自分に対する嘆きの言葉であり、敗者としての自画像と見てよいのではなかろうか。

しかし、革命と「国民性」に絶望を感じた知識人にだけ開かれた道がある。時代に取り残されても、「魯迅、陰に佇んでいると、木から落ちた毛虫が首筋を這うのをひやりと感じた。あれは一九一八かしら」と、「狂人日記」を発表した魯迅のような文学者になる道。アメリカ人学生が意味を理解できない「孔乙己」が発表された「ときは一九一九、作家の創作エネルギーは大河のように奔流する。三年後の一九二一になって、決定的なピークを迎える」と「君」が思いを馳せるのは、「故郷」「阿Q正伝」を世に送り出したかのような夢であろう。

むすびに

本論文は、受容研究の方法論を念頭に置きつつ、郭松棻「雪盲」における魯迅、そして魯迅をつたって芥川龍之介にまで、台湾、中国、日本の三者三地の文学を、近代東アジア文学の比較という観点を通してつなぐことを試みた。郭松棻文学に現れた魯迅受容の時間差に、台湾と中国が日本植民史により引き裂かれた近代化と国家観の問題が表されるのであれば、郭松棻の日本文学受容にも、国際関係に翻弄された自己形成の問題が潜んでいるはずである。実際には、物語性と構成力の強い芥川より、個人の主体性と社会の全体性との折衷に煩悩し続けた夏目漱石の方が、郭松棻文学のモチーフへのより強い影響が感じられる。江藤淳が漱石を評した「旺盛な生きる欲望をもった劣った生活人としての悲劇」の方が「雪盲」の校長先生の生き方と類似した面があるのではないか。現に、郭松棻蔵書のなか、作者の鄭清茂により贈呈された『中国文学在日本』（台北・純文学月刊社、一九六八）には、漱石の性格について上記の江藤淳による観点のほか、「身は地獄、精神は天国」のところにも囲いが施されている。欲望と理知、冷静と情熱の二項対立に引き裂かれることは地獄だと思われがちだが、苦難がかえって文学者を精神的に至高の悦楽まで到達させるというパラドックスに、郭松棻は、魯迅、そして漱石への共感を通して文学者としての生き方を見つけ出したのではないか。

すでにお気づきかもしれないが、本論文の中心となる三つの章題は、漱石『こころ』のそれを形式的になぞっている。校長先生に手渡された『魯迅文集』は、『こころ』の先生の遺書と同様に、予想外の贈り物でありながら主人公の人生への呪縛ともなる。故人のメッセージであり、文字通りの「遺書」である『魯迅文集』は、日本、中国、アメリカの間に「吶喊」し、戦前と戦後の歴史の断裂に彷徨いながら見つけた中国の若き革命者としての理想像を、時代精神に抗っても守り抜く、一人の台湾文学者を育てあげた予言書という役割を全うしたのだ。

【注】

(1)「編集後記」『台湾文芸』第二巻第一号、台中・台湾文芸聯盟、一九三四年一二月。

(2)「編集後記」『台湾文芸』第二巻第四号、台中・台湾文芸聯盟、一九三五年四月。

(3)龍瑛宗「パパイヤのある街」『改造』一九三七年四月号、第九回懸賞創作当選作。

(4)藤井省三『魯迅事典』三省堂、二〇〇二年、二七四頁。

(5)本文に引用された「雪盲」小説テキストについては、郭松棻『奔跑的母親』(台北・麦田出版、二〇〇二年)を出所とする。

(6)「孔乙己」藤井省三訳『故郷／阿Q正伝』光文社古典新訳文庫、二〇一五年第六刷。

(7)竹内好「解説」竹内好訳『魯迅作品集 二』(筑摩選書六四)筑摩書房、一九七四年一二月初版第一〇刷、三六八頁。

(8)張誦聖は、郭松棻は呉媽のイメージを「抒情化」した嫌いがあると論じた。張誦聖「郭松棻、〈月印〉与二十世紀中葉的文学史断裂」、台北・台湾大学台湾文学研究所『第一届文化流動与知識伝播国際学術研討会論文集』、二〇一七年、七〇頁。

(9)簡義明「【附録】郭松棻訪談」郭松棻『驚婚』、台北・印刻出版、二〇一二年、二四〇～二四一頁。

(10)陳映真「後街」陳映真／封徳屏編『人間風景——陳映真』台北・文訊雑誌社、二〇〇九年。

(11)鄭鴻生『青春之歌——追憶一九七〇年代台湾左翼青年的一段如火年華』台北・聯経出版、二〇〇一年、八〇頁。また、鄭鴻生は海外留学生が発行した保釣の雑誌によって、魯迅の文章が読まれたことにも言及した。

(12)舞鶴「不為何為誰而写——在紐約訪談郭松棻」(訪問月：二〇〇四年四月)、『印刻文学生活誌』第一巻第一一期、台北、二〇〇五年七月、四七頁。

(13)「保衛釣魚台列島運動宣言与刊物記事」一九七〇年五月。郭松棻『郭松棻文集 保釣巻』台北・印刻出版、二〇一五年、五三頁。

(14)「柏克萊(バークレー)保衛釣魚台宣言」一九七一年一月二四日。同上『郭松棻文集 保釣巻』、六五頁。

(15)郭松棻「駁斥」一九七一年、未発表文(引用は「駁斥」が初めて公表された前掲注(14)『郭松棻文集 保釣巻』一〇一頁に拠る)。「組織学生法庭 展開人権保障運動」(『戦報』第二期、美国柏克莱(アメリカバークレー)保衛釣魚台行動委員会、一九七一年六月)にも同様な訴えが見える。同文のなかではさらに「忘れ得るか? 中国現代史に最も偉大なる作家の魯迅は、国民党浙江省支部に『反動文人・魯迅』と名付けられ、一生追われたこと?」(引用は再録された『郭松棻文集 保釣巻』、一二〇頁に拠る)とも述べる。

(16)「保衛釣魚台列島運動宣言与刊物記事」一九七〇年五月。同上『郭松棻文集 保釣巻』、四七頁。

(17)簡義明「理想主義者的言説与実践——郭松棻釣運論述的意義」同上『郭松棻文集 保釣巻』、二七頁。

(18)前掲注(6)「孔乙己」、二六頁。

(19)藤井省三『魯迅と日本文学——漱石、鷗外から清張、春樹まで』東京大学出版会、二〇一五年、一一一頁、一一六頁。

(20)同上、一〇八頁。

(21)同上、一一六頁。

(22)ともに松尾芭蕉の句、「花咲きて 七日鶴見る 麓かな(三月廿日即興)」、「人も見ぬ 春や鏡の 裏の梅(元禄五年初春)」、「やがて死ぬ けしきは見えず 蟬の声(元禄三年夏)」。中国語訳の出所は林林訳『日本古典俳句選』(一九八三)、『日本近代五人俳句選』(一九九〇)と思われる。

日常を求める虚無僧
――高橋和巳と竹内好・武田泰淳、及び吉川幸次郎

王　俊文

はじめに

戦後デビューの高橋和巳（一九三一～七一）は、その短い生涯を全力疾走するかのように、研究、評論、創作を精力的に行った。中国関係だけ取り上げても、例えば魯迅作品の翻訳・解説や、司馬遷など古典中国文学の研究、そして竹内好（一九一〇～七七）と武田泰淳（一九一二～七六）との対談や、彼らについての評論執筆、文革中の中国への訪問及び評論などがある。その姿勢は、一、二世代上の中国文学者の「態度」を批判的に受け継ごうとする積極的なものであった。一九二〇年代から七〇年代までの、日本の中国文学者における「魯迅に影響を受けた文学者の系譜」に焦点をあてるなら、戦前から活躍する佐藤春夫（一八九二～一九六四）をはじめとし、戦中デビューの竹内好・武田泰淳と続き、戦後頭角を現した人物を「戦後文学の後継者」高橋和巳とするのが妥当だろう。六、七〇年代に一世を風靡した高橋和巳の文声は、彼の中国文学者としての存在を直接の原因とするものではない。だが、高橋は学統においては吉川幸次郎（一九〇四～八〇）の愛弟子である一方、精神的な面においては竹内好・武田泰淳と

も深いつながりが認められる。[1]

この小論は高橋和巳と竹内好・武田泰淳、及び恩師吉川幸次郎との精神往来に対して、初歩的な検討することにより、高橋和巳の文学世界へアプローチする試みである。

一・なぜ中国文学か

三〇年代に中国文学研究を始めた中国文学研究会の人と違い、高橋和巳は戦後五〇年代初期に中国文学に関する学問の道を選んだ。彼は一九六九年に竹内好と対談した際、中国文学を勉強すると決意した時の「苦衷」を尋ねた。竹内好は「それは結局弱い者への共感ということになる。〔中略〕〔当時の時勢の中で――筆者注〕なんとなくなじめない、ふっ切れないものを絶えず感じていたということですね。その状況はやはり何かの方法をもってしなければ復元できないな。〔中略〕日本政府なり日本の権力なり日本の支配的なジャーナリズムに対して局外者であるという被害者意識、そういう点は同じ被害を受けている人間としての共通感がある」と述べた。[2] 竹内好より世代が上の恩師吉川幸次郎の場合はといえば、中国文学研究者たらんとする自己認識から、戦争中でも服装・顔色・立ち居振舞い・思考法まで中国化しようとし、かつそれに成功したという。当時（一九三〇、四〇年代）の日本の平均的な国民感情を考えると、吉川の中国に対する態度は「強い自覚と反骨につらぬかれたものであった」、と高橋和巳は見ている。[3]

一方、「戦後制度のあらたまった新制第一回生[4]」の高橋の中国文学選択理由については、いろんな説がある。先輩の高木正一は、吉川研究室で中国文学専攻の新入生が中国文学を選んだ理由やその志すところについて尋ねられた時、「僕が中国文学を選んだのは、将来創作家になるためだ」と答えた高橋和巳に深い印象を受けている。[5] 吉川との面談でも、高橋は「中国文学の勉強を小説を書くのに役立てたい」という意味のことを言って先生を絶句させたようだ。[6]

高橋本人によると、当時左傾していった友人に「タイプとしてどうしても同化できない」、「やりきれないものからのがれたかった」〔傍線及び下線は筆者による。以下同様〕ため、ヒューマニズムをはじめとするヨーロッパ的な思弁とは違う、「もう一つの思惟方式」を身につけてみようと思って中国文学専攻ということになったと語っている。「やり続ける気になったのは別な理由」で、「やはり、中国の文学の魅力であり、指導を受けた先生の魅力だったわけ」だ。[7] 鶴見俊輔との対談「ありうる戦後」の中で、高橋は「政治なり文学を通じて社会を考えようと」する理想の挫折から、中国が代表する東洋が自分の救いになる予感がしたと述べ、「自分たちよりもう少し上の世代の人びとが中国にたいしてもっていたイメージを受けついでいたわけなんですね」と説明している。[8]

高橋本人の説明は後から整理した感が免れないし、学部時代の選択と大学院への進学もまた別の話のはずだ。だが、たとえ最初は本当に創作のためといった勘違いの動機によって中国文学を選んだにしても、中国、中国文学という存在は、確かに政治に起因するやりきれない状態を離脱しようとしていた高橋和巳にもう一つの可能性をもたらしたと言える。「軽薄な奴らがみな仏文へ行くから、自分は中文へ行った」とはっきり高橋和巳に聞いたたか子夫人の推測もこうである。「不確定な自分〔中略〕を増殖拡大するような、強烈な近代的自我の産物である〔中略〕文学の嵐の海よりも、悠然と大らかな思想の底流している中国文学のところに、錨をおろしていよう、と」。[9] そして、この道を辿って、竹内好や武田泰淳など「もう少し上の世代の人びと」に対する関心と理解も徐々に生まれてきたのではないだろうか。また、一時的に錨をおろすだけではなく、大学院に進学して研究者を目指す道を選んだのは恩師吉川幸次郎の影響が大きいということをも確認したい。[10] そもそも、高橋和巳はヨーロッパ的な思弁と違うもう一つの思惟方式、つまり茫洋たる東洋学の世界から「中国文学の選択にふみ切らせたのは、吉川幸次郎教授の講演を聞いたことに由来する。〔中略〕教授の講演に、大学では意外と稀にしか触れえぬ〈文学〉』を感じた」[11]。

二　高橋和巳の魯迅論

専攻が六朝文学ということもあって、高橋和巳の「研究対象が、専らあの「教養主義」すなわち芸術至上主義的文学者に偏していることはあきらかである」[12]。今まで、中国文学者としての高橋和巳を論じる場合、論者はあまり彼の魯迅に関する論説を重視していないようだ。確かに、高橋の魯迅論説はエッセイや解説のかたちで書かれたり、様々なテーマを扱う評論に散りばめられたりしているので、学術研究とは言い難い。だが、魯迅は高橋和巳にとって重要な意義をもっている。評論家の秋山駿から中国の文学に、高橋が愛用する概念、「想念」のようなものを満足させる要素があるかと聞かれ、高橋和巳は魯迅と司馬遷の名前を挙げている[13]。魯迅に学ぶ気持ちが彼の中でどれほど強いかは、以下のような表現から読み取れるだろう。「〔前略〕魯迅の文学の秘密に、私たちの文学の可能もまたかかっているという気がどうしてもする」[14]、「私はつねづね『狂人日記』を書いた魯迅の態度をみずからの態度としたいと思っている」[15]、「〔前略〕私は魯迅たりえないことを深く自覚することによって、逆にその精神のある部分をわがものにしたい」[16]。彼は竹内好における魯迅精神（「自立の精神」）を分析した末、意気込んでこのように決心する。「発憤してなされた著述に対して、部分的批判は所詮無意味である。いずれ、それら、私の内部にある魯迅像は、自己の未来への責任においてみずから構築し、そしてそれを竹内好の魯迅と対峙させればよいのであ」る[17]。

一九六七年六月に、高橋は自分が翻訳を担当した『魯迅』（世界の文学四七）のために、長い解説「魯迅の生涯とその作品」[18]を執筆したが、それは歴史背景と魯迅の生涯の紹介にかなりの紙幅を費やしながら、六年前「自立の精神」執筆当時の約束をはたすことには結局至らなかった。それにもかかわらず、日本の魯迅研究史から無視されつづけるこんな高橋和巳の魯迅論だが、平行する翻訳、竹内好の賞賛及び当時の思想界における高橋の影響力を鑑みるに、思想史的にやはり考察に値すると思う。

（一）吉川幸次郎の魯迅観

竹内好は「高橋の文学観なり学問観なりをさぐる上に、かれにかぶさっていた偉大なる師の影を見失っては不利[19]」と指摘する。吉川の前に主任教授を担当した小川環樹も似たような見解を指摘する。「彼の論文は、その師吉川幸次郎氏の影響が強い[20]」。そのため、先に吉川の魯迅観を見よう。

吉川は魯迅の「絶望之为虚妄，正与希望相同（絶望の虚妄なること、まさしく希望と相同じ）」という言葉に強烈に引かれ、魯迅はわが身のそとの青春を探しあてられなくとも、わが身のうちの夕暮れと周りのほんとうの闇夜と直面しなければならないと、魯迅の複雑な思索を解説する[21]。彼はこの言葉を「人間は人間の限定を知りつつ、しかもやはり希望に生きるのが賢明である」ととらえ、過去の中国文学の歴史と無縁でないと述べる[22]。

儒家の「知其不可而为之（これその不可なることを知りて、而もこれを為さんとする）」という枠組みによる論議であることは明らかだ。そのほか、吉川は魯迅における、美を発見する詩人としての素質を指摘し、晩年になって自らこの素質を抑え、暗黒の現実と戦う魯迅をとりまく寂寞にもまた心をひかれる[23]。

（二）高橋和巳の魯迅読書暦

高橋がはじめて魯迅の作品に接したのは「大学の初年」の頃だった。断続的ながら魯迅を読んでいた（「魯迅と私」[16]。京大在学中の五六年、小川環樹先生に同人誌『対話』のための原稿を依頼したら、もう一人の同人、豊田善次の魯迅テロリスト説を参考に聞かせて欲しいと小川先生に言われ、自分も「今から、魯迅の主要作品を〔中略〕読みかえしておく」と豊田宛に手紙を書いている。豊田はテロリスト説は酔余に語った荒唐無稽な話だと応じなかったが、高橋はそれでも諦めず、「きみの材料を寄越してくれ、ぼくが書く」と言ったという[24]。最初に読んだのは小説であり、段々「その評論を読んで峻烈な筆致と暗い悲哀に胸をうたれ、またその散文詩に身動きのならない真実を感じ」た。高橋が身をもってわかるようになった魯迅世界の魅力とは、「読み手の社会的な関心や体験が増し、歴史の困難や民族の運命といったものに開眼するにつれ、その感銘が深まるという性質」であった[25]。彼の魯迅理解は青春の成長とともに深まるプロセスと言えよう。

（三）高橋の魯迅論

「非暴力の幻影と栄光——東洋思想における不服従の伝統」（一九六一年七月[26]）

魯迅はインドのガンジーと一緒に不服従運動の象徴的人物として論じられる。この文章で、高橋は魯迅における三つの精神を強調する。すなわち闘争のうちの自己浄化、外なる悪はまた内にもあるという苦しい責任自覚、そして人間を信じんがための呵責ならば、甘んじてそれをみずからひきうける態度である。その二つ目の「外なる悪はまた内にもあるという苦しい責任自覚」、つまり高橋が「狂人日記」の名句「わたし自身が人に食われても、やはりわたしは人食いの弟なのだ」から得た「文学的態度」である。彼は「戦後民主主義の立脚点[15]」においてもまた「この狂人の感じ方が、文学にとっては不可欠のものだと思う」と強調する。

「詩人」から「民族の悲哀」

高橋和巳は一九六四年の「詩人魯迅[14]」というエッセイで、「啓蒙家魯迅」より「詩人魯迅」の姿を望むと述べる。ここの「詩人」の意味は吉川が言う「美の発見者」ではなく、いかにも高橋らしい以下のような解釈である。「動かし難い運命のもつ、やりきれなさと感動というものが、文学の基礎である。そういうやりきれなさの自覚の上に立つ魯迅論というものがでてくれることを期待する[27]」。

『魯迅』（世界の文学四七）のために書いた解説[18]で、高橋の魯迅理解は個人的なやりきれなさから、「民族の悲哀」という改題が示すように、「民族の運命」への関心に焦点を変えた。高橋の言い方を借りれば、魯迅は「民族の原罪をみずから担った」。魯迅文学の使命は「容易には改変されない民族の内面を、自らの内面をも傷つけながらあばいてゆく」ことであり、魯迅の作品に「当時の中国民族の怨念がのりうつっている」、「その主体である作家の精神の自己開示であることを越えて、神話や伝説など匿名の文学がもっていたような民族的骨肉性をもった[28]」。この論点は竹内好の「民族の罪の内在化[29]」から多大な示唆を得たと思われる。

また、魯迅における「絶望」と「希望」に対する吉川の積極的な考え方と異なり、解説の最後、高橋は魯迅の生涯を「絶望と希望の薄明のうちに生き」たという表現をもってまとめる。

（四）高橋和巳の竹内好論

高橋の竹内論（「自立の精神――竹内好における魯迅精神[17]」）は魯迅に対面する竹内好の態度を追究することから始まる。「自己を最大限にひきさくために魯迅と格闘しつづけた竹内好」の「孤独な格闘」を、彼は個の対話という意義で高く評価する。彼は竹内魯迅の核をよく了解する。変わらぬ魯迅（「回心」）と、自己と戦う魯迅。だが、不満がないではない。竹内好自身の要約によれば、高橋は竹内の以下二点を集中的に批判した。虚構の実在性を認めたがらない、個と全体との関連認識で断絶を認めたがらない、と[30]。この二つの「認めたがらない」がもたらす結果が、一つは「文学そのものの近代化」「観念の自律性への執着」への無理解、その裏返しとしての「古風な、むしろ私小説的な文学観」の偏見、もう一つは実際の運動・「治国」（安保闘争）になると、民族・大衆への思想伝達に支障が必ず生じること。高橋はマスメディアが発達している今日、表現は、その存在者のあり方から解放され表現だけ独立して飛翔する、また「虚構性」とそれを支える仮説と構想力は個と全体の論理的断層を埋める最も有効な手段だ、と主張する。彼の理想は一切の言説の虚偽たりえない空間の実現、つまり追験証の可能性によって自律する科学と並ぶ人類の真実の世界の建設であるが、この将来志向の理想は明らかに、「一度も新時代に対して方法を示さなかった」魯迅・竹内好の「退きもせず追従もせぬ永久非難者の立場」と本質的に異なる。

したがって、後に付けられたタイトルだが、「自立の精神」とはとどのつまり、より有効と思われる観念の自律性によって、個体・小集団の自立性を置き換えようと説くわけである。高橋和巳の辞書では、自立は即ち自律なのである。

高橋の評価は竹内にも認められ、一九六三年三月に出版された竹内好の著作『現代中国論』に抜粋再録された。だが、九年近くも経って書かれた『高橋和巳作品集7 エッセイ集1思想篇』の解説（「正体不明の新しさ」）において、古いと言われる竹内好はやはり高橋文学の文体が呈する及び腰・中途半端な破壊力に対して、高橋の掲げた新しさに疑問を申し立てずにいられなかった。

（五）高橋和巳の魯迅翻訳

『魯迅』（世界の文学四七）には、『吶喊』『彷徨』『野草』の全訳に、『朝花夕拾』『故事新編』やわずかな評論の抄訳及び魯迅が日本語で書いた文章が収められている。

高橋はその「解説」末尾に付く「後記」で、「翻訳に関しては、竹内好氏の訳および、北京外文出版の「SELECTED

WORKS OF LU HSUN」（一九五六～六〇――筆者注）から示唆を受けた点が多い」と述べる。彼の仕事に対して、戦後、魯迅翻訳の第一人者である竹内好は高い評価を与える。「魯迅の翻訳でも優に私に比肩する巨大な存在である」[31]。しかし、『高橋和巳全集』の編者川西政明は第一七巻に高橋の魯迅作品の訳業を収録するにあたり、吉田富夫氏に魯迅の原本との照合を依頼したところ、その結果、改訳意見（誤訳だけではない）は一五〇箇所以上にも上った。また、「阿Q正伝」については、中公版に書き込みした高橋の改訳原稿が見つかった（『全集』第一七巻の解題・補記、五七九頁）が、間違いがそのまま残る箇所も見受けられる。二つの実例を見よう。竹内の訳は一九七六年の改訳ではなく、高橋和巳が目を通したと思われる一九五五年の訳より引用する。

原文	那知道第二天	
高橋	それがわかった翌日（中公版）	誤
	そのことが知れた翌日（書き込みの改訳）	誤（『全集』第一七巻、七六頁）
竹内	ところが翌日になると	正
英訳	But the next day	正

原文	生平第一件的屈辱	
高橋	このごろ第一の屈辱（中公版）	誤
	ちかごろ第一の屈辱（書き込みの改訳）	誤（『全集』第一七巻、八四頁）
竹内	最近第一の屈辱	誤
英訳	the first humiliation of his life	正

以上の例（「那知道」「生平」）を見ると、高橋和巳訳には言葉単位の理解で間違える傾向がある。だが、文章の流れや全体的な理解の面では、作家でもある高橋和巳の訳文は日本語的には一家をなしていると評価すべきであろう[32]。彼の魯迅観はそのまま実際の翻訳に投影する。前文にも触れたように、高橋は「詩人魯迅[14]」という文章で「動かし難い運命のもつ、やりきれなさと感動というものが、文学の基礎である。そういうやりきれなさの自覚の上に立つ魯迅論というものがでてくれることを期待する」と、「やりきれなさ」への注目を繰り返す。それと見合い、冒頭の「吶喊自序」の第一段落で、早速「やりきれない」が登場する。

原文　而我偏苦于不能全忘却。
高橋　私にはすっかり忘れてしまえないのがやりきれぬ。（『全集』第一七巻、五頁）
竹内　私としてむしろ、それが完全に忘れられないのが苦しいのである。
英訳　However, my trouble is that I cannot forget completely.

竹内好の訳と違って、敢えて「やりきれない」を用いたのは意訳の志向として別に否定されるべきではないが、中国語の語感を決める「偏」が訳し落とされたのは残念な落ち度である。
また、高橋は偏愛する「野草・乞食」においても「やりきれない」を活用する。

原文　我厌恶他的声调，态度。
高橋　私には、その声音、その態度がやりきれない。（『全集』第一七巻、一六二頁）
竹内　彼の泣き声と態度が、私はいやだった。

英訳　I dislike his voice, his manner.

高橋の作品や対談に頻出している「やりきれない」の用例を集めて分析することによって、「苦悩教の始祖」（埴谷雄高の命名）高橋和巳の「憂鬱な世界」に近づける一つの鍵を得られるだろうと思う。

（六）虚無僧・「乞食」・「曼陀羅の構図」

高橋は「詩人魯迅[14]」の中で「乞食」を引用する。「私は思う、自分はどんな方法でもの乞いをするようになるだろうかと。声を出すには、どんな声音で？　唖を装うては、どんな身振りを？〔中略〕私は無為と沈黙とでもの乞いをするだろう。私は少なくとも虚無にだけはありつけるだろう」。乞食というイメージについて、高橋は「それは〈反映〉や〈比喩〉ではなくて、自己の意識を〈運命づける〉ことを意味する。〔中略〕文学表現とは〔中略〕自己の運命を選びとるものなのである」と熱く語る。自分を「求乞者」と運命づけるという説は高橋自身がなりたかったと言われている「虚無僧」を思い出させる。

高橋夫人、後に作家となった高橋たか子は回想文で二人が結婚する前（一九五三・五四年の頃）、高橋は虚無僧になりたいと言っていたことがある、高橋の文学は本質的に虚無僧の文学であると決め付ける。[33]虚無僧の姿、「深い編笠ですっぽり顔をおおって、ただ一人で、一軒一軒の門前に立ち、そこに住む人には通じようもない思想を、悲哀の音色にのせて尺八で訴えて歩く」。それは高橋たか子の目で、「高橋和巳文学の姿でもある」、「暗く、罪の気配がある」。

同じような沈黙の乞い、それに「誰にも通じようのない想念を訴えている」「虚無」という魯迅が作ったイメージは高橋に深い共鳴を促すだろう。この「沈黙」と「虚無」とは、つまり彼が説く「他者のそれには還元できない絶対的なもの」としての「各人の煩悩[34]」だろう。彼はそのイメージに自分の運命を見出すのだ。

だが、前述のように、高橋の魯迅論は一九六七年の『魯迅』（世界の文学四七）の解説にあたって、個人を超える民族の次元に上がる。その動因としては増大しつつある「社会的な関心や体験[35]」、同年の中国視察旅行によって感じ取った「新しき長城」である「人民」への信仰を見過ごせないが[36]、彼が武田泰淳に見る、「耐え通し」て「異質なるものの同時共存を積極的に容認する『マンダラの思想』」の「全体の崇高美」ともつながると思う[37]。

三　高橋和巳と武田泰淳――日常・日常性への執着

（一）高橋和巳の武田泰淳論

高橋は同じく中国と深い縁があって、中国へ（から）の「視野脱落をおそれた[38]」作家と評価された既に長老になった武田泰淳に、日中文化交流の一線に立つ若い世代の代表として期待された[39]。その期待は高橋の武田泰淳に対する尊敬とも比例している。

『司馬遷』が武田泰淳の名著というのは周知のことである。高橋も早くから司馬遷に注目する。彼の中では、司馬遷は魯迅と並び、中国文学に数少ない「想念」の文学の代表者である[40]。司馬遷の「発憤著書説」を借りて、「一切の秀れた言語表現は、作者の現実的行為の場での挫折からくる、果されざる意志の代償的発露であ」ると、自分の態度表明でもあるように主張する[41]。では、彼は武田泰淳の文学世界をどう見ていたのだろうか。

前に述べたように、高橋は「虚構」への拒否という反近代主義的な文学観を竹内好がもっていると批判した。それに対して、武田泰淳も虚構性に対する認知はないが、敗戦の「滅亡」体験を重ねて小説家の道へと転じた人間として、「自然的世界を構成する要素の一部を極限化することによって、あらわれては消える真実をデフォルメ」する方法を用い、そして「事態を極限化し、極限化して人間をおいつめたとき」顕現する「忍耐の思想」を語ると、高橋は主に「ひかりごけ」を引用しながら武田を分析する。続いて、この「自己自身に耐える、という暗い、しかし貴重な姿勢」こそが「社会の底辺に遍在しながらも眠っているエネルギーをひきだす人間の絆である」と高橋は論述を展開する。彼はこの「忍耐の思想」は極限化の志向の作品をうみつつ、一方「その仏教思想の空間的解釈と結合して、異質なものの同時共存を積極的に容認する〈マンダラの思想〉となった」と述べる。そして、武田泰淳の「マンダラ思想」は日本の「伝統的な平和共存のかたちの理念的極限化」であり、また武田泰淳の事実執着の傾向も手伝って、丸山真男が代表するヨーロッパの近代主義の対極に位置する、と結論づけている。[42]

このように極限化に対極する日常性の平和共存を容認する武田泰淳の一面を鋭敏に感じ取った高橋和巳本人も、実際は日常の大事さを常に語っている。

（二）日常・平常心の大事さ

一瞬の極限化の裏返しは持続と変化を続けて流動する歴史の日常と言えよう。高橋は前者を偶然と見、例えば政治的な時代区分のような偶然に個人が身を委ねようとしてはならないと戒める。彼は田村隆一との対談でこう語る。「大きな事件の際にも、無数の小さな事象が、あるいは関係し、あるいは無関係に行なわれているものだということを、知っているべきだと自分に言い聞かせたかったんです。ちょっと進めて言えば、自分の行動の意義づけを、一つの事件に対する距離で測るんではなくて、自己の平常心との関係において測るというかな」[43]。ここで高橋和巳は日本の敗戦と国内の安保闘争を意識しながら自分の態度を表明する。

似たような発想は他国の歴史事件を観照する時にも見られる。彼は北京市革命委員会成立の日に居合わせた。高橋にとっては、「騒然たる街の雰囲気の中にも、道路で悠然と凧をあげている人がいたり、お尻の割れた特有の子供服から尻をほうり出して走る子供を追う母親の変らぬ日常が、かえって印象的だった[44]」。この「変らぬ日常」こそ、「人間の真実」だというのが、高橋和巳が魯迅の「阿Q正伝」を通じてもう一度体得した「的確な現実認識と人間認識」であった。

「革命や戦争という非日常的な、歴史的時間を一時切断する大事件も、実は、その時代に生きている人間にとっては、矮小な日常事のわずかの変化と、何事もなかったように流れてゆく厖大な時間の一齣であって、人はつまらぬ日常茶飯事に喜怒哀楽し、くだらぬ人間関係のもつれや、ふとした偶然によって死んだりするのであるという認識が、意図的な諷刺や戯画化を超えて、この作品にふくまれているのである。それこそがまた悲しい人間の真実でもある[45]」。

高橋和巳は自分を極限まで追いつめる憂鬱な一面があまりにも強すぎるので、彼の「日常」に対するこだわりは見逃されがちだ。このこだわりから、文学観においても彼は清代詩人王士禛の解説で、「静謐や平和の文学をも愛し、たたえる心の余裕をもっていると明言した[46]」。

「彼〔王士禛――筆者注〕の文学は、激しい燃焼の文学であるよりも、静謐と平和の文学であり、主張の文学であるよりも、吟味と観賞の態度の産物であるといえる。その措辞と結構には、常に一種の〈心のやさしさ〉がただよい、〔中略〕やすらぎの文学であって、戦いの文学ではない。〔中略〕人はときに、こうした安らぎのうちに、平和・幸福・友誼・慈しみ等等、ともすれば苛酷な現実に忘れがちな感情を、主張によってではなく、吟味によって体得することもまたよいことなのである[47]」。

この文学観は武田泰淳のような仏教思想より、むしろ高橋が解説で上の引用文に続いて記した「温にして麗」なる正雅、すなわち儒家の正統文学観に根付いていると思われる。それは彼の恩師吉川幸次郎の儒家思想とも関係があるのではないだろうか。

高橋は現実の虚無化と自己否定的想念を伴った学生時代を振り返った時、「ほんとうに日常性というのはさっぱりない生活」という言い方を用いた[48]。これは「虚無僧」のような個人の極限化状況だろう。一方、社会・歴史的な関心という意味あいで、高橋和巳は晩年になるほど、日常を大事にすると同時に戦争などのような極限状況を忘れてはいけないと呼びかけ続ける。「極限と日常」という文章で、彼は「日常平和の中で極限を忘れない態度」を提唱する（『展望』一九六八月八月号、『全集』第一二巻）。つまり危機や極限状況に直面した認識を安定した社会の倫理として生かした体系を、彼は重視する。言い換えれば、高橋和巳の極限へのこだわりと歴史の忘却に対する反抗は、日常を大事にする心から発する執念ではないだろうか。一番重要視されているのはいつも日常である。日常に平和共存している人々が顕現する全体の崇高美は武田泰淳の曼陀羅構図でもあり、「人間として[49]」、知識人としての高橋和巳にとっては、夢や理想の世界でもある。

むすびに

高橋から見ると、「世界のすべては変化するものですと語る武田泰淳、変らない魯迅の姿を知りたいという竹内好は、表面上は対極的なまでに異なる二つの典型を追究するように見えながら、最も確かな世界と人間の核を摑もうとする動機においては、殆どあい等しかったのだ」（「自立の精神——竹内好における魯迅精神[17]」『全集』第一三巻、六一頁）。極限、日常を問わず、その動機には人間の平和共存への望みが常にある。高橋和巳はこの二人の先輩の文学世界に誠実に向きあうことを通じて、彼らと同じ「動機」を共有できる境地に辿りついたのではないだろうか。彼の魯迅論に見られる個人から民族への傾斜、武田泰淳論に現れる現実志向に基づいた人間全体が呈する崇高感への共鳴はともにこの「動機」が導くことだと思われる。中国文学者として生涯最も心血を注いだ研究対象李商隠の詩集の「解説」において、高橋は李の詩の特質についてこう述べる。「凝集された感傷と濃厚な駢文(べんぶん)的発想、一種もの悲しい空想性と杜甫的な内面化されたリアルさの融合と統一[50]」。この判断はそのまま高橋自身の創作の説明にもなりうる。現実に耐えつつある高橋にとって「内面化されたリアルさ」は人間の平和共存という理想・「動機」に落ち着き、魯迅への理解、中国文学者の竹内好・武田泰淳への敬慕、及び肉体化された儒学である恩師吉川幸次郎への敬愛につながる。構成力と想像力によって築かれた彼の小説世界とは一見あまり似ていないようだが、その内面は「融合」と「統一」していたのであろう。

この文章は二〇〇八年一月一一日の藤井省三先生のゼミにおける研究発表をもとにしたものです。あれ以来「なぜ中国文学か」、ないし「なぜ文学か」という問いかけを忘れがちな自分がいます。八年近くの歳月があっという間に過ぎてしまった今、当時発表のレジュメを眺めながら、「なぜ中国文学か」という問いを「鋭い」と先生が仰ったことを思い出します。世俗日常の虚無にまどわされやすい自分に対するお叱りのように思えました。先生、ありがとうございました。

【注】

（1）藤井省三は「暗喩としての満洲国——高橋和巳『堕落』の構造」（『文藝』第三〇巻第三号、一九九一年）の最後で、小説『堕落』（一九六五年六月）の主人公青木が裁判官に投げつけるべく反芻する言葉を引用している。司法者たちをも含む、戦争中、自分と同じ犯罪を犯した共犯者である日本人にこそ裁かれたかった、国家の名において裁かれたかった、と。これは武田泰淳の名作「ひかりごけ」（一九五四年三月）における人の肉を食べた船長が検事にむけるセリフを思い出させる。船長は自分は人の肉を食べた者なので、「他人に食べられてしまった者に、裁かれたい」と主張する。青木は「共犯者」、船長は「被害者」と裁かれたい対象こそ相違を呈するが、「裁き」にこだわる思想の底流に、両者の文学おける親和性が感じられる。

（2）竹内好・高橋和巳対談「文学 反抗 革命」『群像』一九六九年三月号。『高橋和巳全集』第一九巻、一〇一頁。なお、高橋和巳作品の引用は『高橋和巳全集』（河出書房新社、一九七七～八〇年）に拠り、以後『高橋和巳全集』は『全集』と略記し、巻号、頁を付した。

（3）高橋和巳「詩の絆――吉川幸次郎『随想集』のために」一九六九年七月。『全集』第一三巻、二五四頁。

（4）同上、二五三頁。

（5）高木正一「別れ下手」『全集』第一五巻、月報、四頁。

（6）豊田善次『高橋和巳の回想』構想社、一九八〇年、六五頁。

（7）高橋和巳・秋山駿対談「私の文学を語る」『三田文学』一九六八年一〇月号。『全集』第一九巻、三五～三六頁。

（8）高橋和巳・鶴見俊輔対談『思想の科学』一九六九年八月号。『全集』第一九巻、一二五頁。

（9）高橋たか子『高橋和巳という人 二十五年の後に』河出書房新社、一九九七年、二三頁。

（10）高橋和巳は一九六七年四月に吉川幸次郎の要請により、学問と創作の両立を目指すためもう一人の恩師埴谷雄高がいる東京を離れ、吉川幸次郎の後継者として京都大学文学部助教授になる。その少し前、彼は「論語――私の古典」（一九六七年二月。『全集』第一二巻）という文章で自分と中国文学の因縁を語り交えながら、「内部から」自分を「励ます」中国の古典『論語』に対する愛情を述懐する。高橋和巳が文章中、唯一取り上げた孔子の言説は、孔子が癩病を患っている徳行がある弟子冉耕の家にわざわざ立ち寄る話だ。高橋は壁越しの師弟対面に文学的想像を働かせ、孔子の言葉「運命というものか。これほどの人に、こうした病気があるとは。」に「美的感動」を覚える。吉川幸次郎は『論語』研究の大家としても名高い。高橋和巳は『論語』という文章を執筆する際、「肉体化された儒学」（前掲注（3）「詩の絆」）と呼ぶ恩師吉川幸次郎の自分に接する姿を頭に浮かべるだろう。高橋たか子夫人及び東京文壇の反対にもかかわらず、京都大学に戻るという選択には平穏な出世道を選ぶより、吉川幸次郎（＝孔子）への思いが大きいと思われる。今まで高橋和巳の文学の師を言及する際、「東の師」埴谷雄高ばかりが強調されてきたが、「西の師」吉川幸次郎のほうにも目を配る必要があるだろう。

また、高橋和巳の自分は「中島敦の小説を通じて『論語』を学んだ」という告白も注目に値する。「中島敦の『李陵』という作品が私を中国文学に接近させ、『弟子』という作品が『論語』に開眼させた」という（前掲「論語」）。高橋和巳の文学の本質を「知の哀しみ」を漂わせる中島敦に見るべきという論評もあるように（あきとしじゅん「高橋和巳における狼疾」『関西文学』一九八三年一一月号）、『論語』を仲介に吉川幸次郎・中島敦と高橋和巳の影響関係を見ることは、高橋和巳の文学の本質に新しい光をあてるに違いないと思われる。これは今後の課題にしたい。

(11) 高橋和巳「私の語学」（未発表のまま一九七〇年二月『高橋和巳作品集7』に収録）。『全集』第一四巻、二八一頁。
(12) 中島みどり「中国文学者としての高橋和巳」『高橋和巳をどうとらえるか』（共著）芳賀書店、一九七二年、一三九頁。
(13) 前掲注(7)「私の文学を語る」、三七頁。
(14) 高橋和巳「詩人魯迅」『魯迅選集』第一〇巻、月報、岩波書店、一九六四年。『全集』第一三巻、三一六頁。
(15) 高橋和巳「戦後民主主義の立脚点」『展望』一九六五年八月号。『全集』第一二巻、七六頁。
(16) 高橋和巳「魯迅と私」『神戸新聞』一九六六年一〇月一八日。『全集』第一三巻、三三〇頁。
(17) 高橋和巳「自立の精神――竹内好における魯迅精神」『思想の科学』一九六一年五・六月号。『全集』第一三巻、七八頁。
(18) 『魯迅』（世界の文学四七）解説「魯迅の生涯とその作品」、中央公論社。一九六七年七月。『新しき長城』（河出書房新社、一九六七年一〇月）に「民族の悲哀――魯迅」として収録。『高橋和巳作品集7』（河出書房新社、一九七〇年）、『吶喊』（中公文庫、一九七三年）に再録。『全集』第一三巻。
(19) 竹内好「高橋和巳の学問」『人間として』一九七一年六月号。『日本と中国のあいだ』文藝春秋、一九七三年、四二六頁。
(20) 小川環樹「私の悔恨」『全集』第一五巻、月報、二頁。
(21) 吉川幸次郎「絶望の虚妄なる」『婦人公論』一九六〇年一月。『吉川幸次郎全集』第一六巻、三一六～三一七頁。
(22) 吉川幸次郎「中国文学における希望と絶望」一九六一年六月三日、泊園記念講座にて口述、『吉川幸次郎全集』第一巻、一〇三頁。

(23) 吉川幸次郎「魯迅の寂寞」一九五一年一一月二三日、京都大学魯迅祭パンフレット。『吉川幸次郎全集』第一六巻、三一八～三二〇頁。
(24) 村井英雄『書誌的・高橋和巳』阿部出版、一九九一年、一六七～一七〇頁。
(25) 前掲注(16)「魯迅と私」、三一八～三一九頁。
(26)『思想の科学』一九六一年七月号。『全集』第一一巻。
(27) 前掲注(14)「詩人魯迅」、三一五頁。
(28) 前掲注(18)「民族の悲哀」。『全集』一三巻、二九七頁、三〇四頁、二九九頁。
(29) 前掲注(17)「自立の精神」。
(30) 竹内好「正体不明の新しさ」『高橋和巳作品集7』(巻末論文、一九七〇年)。前掲注(19)『日本と中国のあいだ』、所収。
(31) 同上「正体不明の新しさ」、四五七頁。
(32) 竹内好も高橋和巳の「不用意な思いちがいや、誤訳、誤記などがかなり目につく」と指摘しながらも、なお「深くとがめるべきではない」と理解を示す。「瑕瑾は誰にもあることだ。奔放な着想と、わざとらしくない博引旁証とは、十分にそれをつぐなっている」から、と(前掲注(19)「高橋和巳の学問」、四二七頁)。
(33) 高橋たか子「高橋和巳の思い出」『文芸読本　高橋和巳』河出書房新社、一九八〇年五月、一六四～一六五頁。
(34) 高橋和巳「忍耐の思想――武田泰淳」(一九六三年五月発表の「曼陀羅の構図――武田泰淳論」と一九六五年八月『武田泰淳集』のために書いた解説「愛の視座」を統一したもの)。『全集』第一三巻、九三頁。
(35) 前掲注(16)「魯迅と私」、三一九頁。
(36) 高橋和巳『新しき長城』『朝日ジャーナル』一九六七年五月二一日～六月一一日。『全集』第一二巻。
(37) 前掲注(34)「忍耐の思想」、九三頁。
(38) 高橋和巳「日中文化の交点」『日本読書新聞』一九六三年七月一五日、『全集』第一三巻。高橋和巳「文学者にみる視野脱落」『朝日新聞』一九六三年八月一六日、『全集』第一四巻。武田泰淳「視野脱落をおそれた人」『文芸　高橋和巳追悼特集号』(臨時増刊)、一九七一年七月、三三頁。
(39) 堀田善衛「くりごと」同上『文藝　高橋和巳追悼特集号』(臨時増刊)、三七頁。

(40)前掲注(7)「私の文学を語る」。
(41)高橋和巳「表現者の態度I――司馬遷の発憤著書の説について」『視界』第一号、一九六〇年六月。『全集』第一五巻、一〇頁。
(42)前掲注(34)「忍耐の思想」。
(43)高橋和巳・田村隆一対談「流動する時代と人間」『現代詩手帖』一九六六年五月号。『全集』第一八集、二七三頁。
(44)前掲注(36)『新しき長城』、三四〇頁。
(45)前掲注(18)「民族の悲哀」、三〇五頁。
(46)前掲注(20)「私の悔恨」。
(47)高橋和巳注『王士禛』(中国詩人選集二集　一三)「解説」、岩波書店、一九六二年。『全集』第一六巻、二〇四～二〇五頁。
(48)前掲注(7)「私の文学を語る」、三一頁。
(49)『人間として』は高橋が小田実、開高健、柴田翔、真継伸彦と作った同人雑誌の題名。名付けたのは高橋。
(50)高橋和巳注『李商隠』(中国詩人選集　一五)「解説」、岩波書店、一九五八年。『全集』第一六巻、八頁。

一九七〇年代末台湾における皇民文学の再認識
――陳火泉「道」の訳載を事例に

明田川　聡士

はじめに

台湾社会で使われる日本語表現の一つに「皇民」という言葉があり、これは日中戦争開戦後に本格的に推進された皇民化運動に由来する。アジア太平洋戦争期には朝鮮半島や沖縄、中国、東南アジアの占領地でも皇民化政策が実施され、民族固有の言語や文化は統治者により厳しく禁圧された。台湾でもその陰影は現在まで尾を引き、皇民という言葉は半世紀に及ぶ被殖民の歴史を直接想起させるものであると同時に、極めて否定的でネガティブな意味合いを内包する。[1]ところで、皇民化期に皇民奉公会の下位組織として台湾文学奉公会が設立され、戦意昂揚の文学作品の創作に台湾在住の全作家が動員されて以降、皇民化の歴史的展開と深く相関する文学作品は「皇民文学」と呼ばれた。なかでも陳火泉（一九〇八~九九）「道」（一九四三）はその代表作である。[2]ただし、同作は現在でこそ当時の台湾社会の様子と人々の生き様を反映する作品として認知されているが、戦後直後から暫くの間は典型的な「親日文学」としてその存在さえも無視されてきた。後ににわかに耳目を引き始めるのは、一九七〇年代末に日本語で書かれた原作の中国語訳が発表されてからのことである。台湾の日刊紙『民衆日報』で陳自身の中国語によって訳載され、その「訳文は原作の一文字も漏らさず[3]」、それまでは親日的と言われ続けた物語であったにもかかわらず、忠実に訳出されていた。従来の台湾文学研究において、皇民文学に関しては創作当時の文学事象の整理、あるいは作中の人物像や物語展開の表象について考察することが多く、戦後の作家自身による翻訳の問題を考察の対象とする論考は多くなかった。皇民文学に対して多様な角度から議論されていくのが、台湾文学研究の興隆する一九九〇年代以降であった点を考慮すると、それよりも遥か以前の一九七〇年代末に、作者本人が初出の原作に即した訳載に固執していた姿勢は見過ごせない。本稿では陳火泉「道」の訳載を中心に、一九七〇年代末に台湾社会で皇民文学が何ゆえに再び注目されたのかを検討し、殖民地下を生き抜いた台湾人作家が自らの作品を前に当時何を想見していたのか考察したい。

一．皇民化運動と陳火泉「道」

皇民化運動の展開により台湾では人々が戦争協力を強いられていったが、皇民化開始から間もない一九四〇年前後の段階では、台湾における文学作品の創作活動は必ずしも逃げ場のない切迫した状況でなかったことも事実である。当時は『文芸台湾』や『台湾文学』といった一九四〇年代台湾文学を代表する二大文学誌が創刊されたほか、『風月報』や『南方』『台湾芸術』『民俗台湾』などからも多くの力作が誕生し、一九三〇年代半ば以来となる台湾新文学運動の勃興を呈してもいた。一方、このころ内地ではすでに作家らの戦争動員が着々と開始されていた。早くも日中戦争開戦の翌年には内閣情報部の要請で二二名の作家らが中国戦線に派遣され、その後も「ペン部隊」による戦地での見聞を下敷きにした文学作品が多数出現した。一九四〇年発足の大政翼賛会では劇作家の岸田國士が文化部長を務め、また翌々年には情報局の監督を受け三千人以上の文学者を会員とした日本文学報国会が結成されている。国民徴用令による文学関係者の徴用は加速し、太平洋戦争の開戦以降は数多くの文学者が中国や東南アジアへ送られたのであった(4)。

このように内地では日中戦争勃発後から多くの作家が日本の対外膨張へ組み込まれていったのに対し、台湾ではその開始時期に若干の時間差があった。台湾で作家らに対する戦争動員が一段と強化されたのは、一九四三年に皇民奉公会の下に台湾文学奉公会が設立される前後である。東京と大阪で催された第一回大東亜文学者大会（一九四二）には、台湾から張文環、龍瑛宗、西川満、濱田隼雄が参加し、東京での第二回大会（一九四三）では、周金波と楊雲萍、斎藤勇、長崎浩が出席した。この時期、台湾では台湾文芸家協会主催の大東亜文芸講演会（一九四二）も開催され、まもなく同協会は台湾文学奉公会へと吸収されていった。台湾文学奉公会が組織されたことにより文学関係者はそこへの編入を強いられ、挙国一致の決戦体制へと動員されていったのである。一九四三年には台湾新聞社文化部長の田中保男の論評によって「皇民文学」という言葉が初めて登場し(5)、その後は西川満や陳火泉など台湾在住の作家の言説中でもそれはしばしば出現するようになった。また同年には台湾文学奉公会主催、総督府情報課及び皇民奉公会中央本部などの後援により、台北市公会堂で台湾決戦文学会議が開催されたが、そこでは「皇道精神の神髄に立ち〔中略〕如何なる障害をも破摧して台湾文学の建設に全力を結集せむ」と日台作家六十余名が決議を交わした(6)。同会議の名簿には、陳火泉の名前も記載されていた(7)。そして総督府情報課より委嘱を受けた日台作家一三名が台湾各地の生産隊に派遣され、現場の様子を題材に小説を創作し、総督府情報課編『決戦台湾小説集』（一九四四、一九四五）が出版されたのである。戦争末期には戦意高揚や皇民化といった総督府が進める政策に合致する創作内容が求められ、それにそぐわない場合は作品自体の発表が不可能であったことは言をまたない。決戦下における文学環境では、皇民文学の創作こそが台湾で創作を続けるあらゆる作家が直面した宿命的課題でもあったのだ。

以上のように、皇民化期の台湾文学は台湾文学奉公会の設立を転機として大きく変容していった。陳火泉「道」はまさに皇民化の最盛期から決戦下にかけて創作、発表された一作である。同作に関してはすでに多くの先行研究があり、その内容は広く知られているが、本稿での論旨にも直接関係するため以下では物語の梗概を簡潔に紹介したい(8)。

主人公「彼」は総督府専売局に勤務する台湾人であり、松尾芭蕉をこよなく愛し青楠という俳号で俳句を詠むことを趣味としている。職場では樟脳を製造する改良竈を開発し、その仕事ぶりは高く評価されるが、負けず嫌いで内地人以上に日本人らしく振る舞う性格のため、逆に内地出身の同僚からはひどく嫌悪されている。彼の信念は「単に日本人の血を享けたから日本人であるのではなく、日本精神の伝統を小さいときから叩きこまれて、いつでも日本精神を顕現できるやうになつてゐるから日本人である」ことであり、自分は疑いなく専売局技手として任官すると信じて止まなかった。だが、念願の技手任官を期待しながらも、彼は内地人の係長から「あけすけに言つて、本島人は〇〇でないからなあ」と言われてしまう。任官したのは内地人同僚の武田であり、夢を断たれた彼は「島人われは、つひに、皇民にあらざるか？　あゝ、つひに人間にあらざるか」と悩み悶え、公布されたばかりの「台湾陸軍特別志願兵」に志願することを決断する。彼は台湾人女性職員の稚月女に対して「一番真先に　天皇陛下万歳を叫んで死ねるものは自分だ」と確信し志願書を提出した心境を告げる。物語の結末で、真珠湾攻撃や苛烈を極める日本軍の東南アジア侵攻が伏線として描かれる中、彼は「本島人内地人と共に汗を流し、共に血を流さなくつては、皇民たり得ない」と信じ、「今度の志願兵制度でその機会を与へられたのだ」と自身の血を流すことで皇民としての自尊心を保ち続けるのであった。

「道」は台湾で陸軍特別志願兵制度が本格的に実施された一九四二年の翌年七月に、西川満が編集する『文芸台湾』で発表された。作品発表の半年後には短編小説「張先生」と共に、台北の台湾出版文化株式会社が発行する〈皇民叢書〉の第一巻として書籍化されてもいる。台湾中部の鹿港で生まれた陳火泉は、台北州立台北工業学校応用化学科を卒業後に総督府専売局の雇員となり、実際に一九四一年には樟脳蒸留竈の改良開発でもって「全日本産業技術戦士顕彰大会」で表彰を受けていた。また、戦後には自身が任官できなかった当時の心境を振り返り、「私はまるで身が粉々になるような打撃を受け、完膚なきまでに蹂躙されたかのようだった[9]」と回想してもいる。同作は作者自身の実体験に基づく自伝的色彩の濃い小説であることが窺えよう。ただし、それはあくまでも主人公「彼」のモデルを陳自身の体験に求めたものであり、事実をそのまま写実的に物語化したわけではなかった。垂水千恵の研究によれば、実在する一九四一年度版『台湾専売局職員録』の記載からはこの年に技手へ昇進した人物を探し当てることはできず、彼の任官を阻んだ武田のモデルは翌年度版以降の職員録からでないと推定できないという[10]。つまり、作者の陳火泉は実体験したであろう任官に伴う失意の出来事を意識的に一九四一年の時間軸に設定し、同年に起きた陸軍特別志願兵制度の発表と太平洋戦争の勃発という二つの歴史的事件を主人公と密接に結び合わせ、激動の時代の中で帝国日本に収斂されていく台湾人の姿を強く読者に想起させる折り込みを作中に張りめぐらせていた、と垂水は指摘するのである。さらに同作では、血統という理不尽な差別を受けながらも自身の一命を犠牲にすることで、皇民としての自尊心を保とうとする痛ましいほどの熱意が痛切に響いている。それは結末で彼が口にする「皇民への道といふは、死ぬことと見附けたり。〔中略〕われわれは、いま、歴史の関頭に立つてゐる。血の歴史を創造するんだ」という言葉からも十分に窺える。尾崎秀樹によれば、皇民化とは「良き」日本人になることではあったが、統治者が望む皇民化の実態とは台湾人が日本人として「生きる」ことではなく、日本人として「死ぬ」ことであり、当時の台湾人は良き日本人を目指すために死ぬべく道へと挺身していたという[11]。陳火泉はこうして台湾人が皇民化の下で、自らの死でもって良き日本人として認められることを選択せざるを得ない、という生き様を如実に物語化していたのである。陳火泉が同作で描き出したのは、当時の台湾人全般に見られた「血の涙にまみれて、抑圧され傷つけられた日常の事実[12]」であり、それは自身が煩悶の中で直面した個人的問題に留まるものではなかったのだ。

皇民化における台湾人の感情をめぐる迫真の描写に対しては、発表当初より数多くの反響が寄せられた。特にそれは殖民地支配者側からの反応が多かったようだ。例えば、当時皇民奉公会中央本部の宣伝部長を務めていた大澤貞吉は、書籍化された『道』の序文「感涙の一作」において、「皇民奉公運動発足以前の台湾だつたら、恐らくこんな小説が印刷されて世に出るなどといふことは、思ひも寄らぬ」と感嘆し、次のように記していた。

　一読して私が心から嬉しく思つたのは、作者自身と思はれる「道」の主人公が、皇国日本の臣たる道を求めて倦まず撓まず修練を続けると共に、どんな障碍をも乗り越えて真の日本人に成り切らうとして、念々刻苦、血のにじむ悪戦苦闘を重ねてゐるその姿であつた。それは本当に感涙に咽ぶほどの感動と歓喜とを与へずにはおかない[13]。

大澤は物語から「皇国日本の臣たる道を求めて」精神鍛錬を繰り返す台湾人青年の姿を読み取り「心から嬉しく思つた」のであり、「感涙に咽ぶほどの感動と歓喜」を呼び起こすとさえ記した。しかしその理由は、同文の中で「台湾の若人が、如何にして荊棘の道を切り開いて皇臣道を探し求め」るかという問題に対し、「この主人公は最も鮮やかな示唆を与へてゐる」と解釈したように、彼の内心の葛藤を皇民化の成果として認めるにすぎなかった。一方、逆に台湾人は同作に対して如何なる感想を抱いていたのであろうか。当時、楊逵は未発表稿ではあるが次のような読後感を記していた。

これは全く全く正直な話であらう。

この「道」を読んでの僕の感じもこれである。

〔中略〕

そして、出て来る人物の主人公青楠を始め、宮崎、武田、係長、稚月女など、何れもよく生かされてゐる。このうちどの人物をひつぱり出して来ても、吾々にとつては日常常に接してゐるやうなもので奇も珍もないものでありながら、読むものに新鮮さを与へるのは、やはり凡手のよくなし得るところではない。(14)

楊逵は主人公が抱える感情に対して「全く全く正直な話」「僕の感じもこれである」と首肯するものの、それ以上の多くを語らない。決戦下へと向かう世相が激しく変化する中で、皇民化のために身を捧げてその時代を生き抜く台湾人の姿に共鳴したものの、その描写をもって大澤のように感動と歓喜を呼ぶ皇民文学の出現と喜ぶことはなかった。「道」は皇民化の中で台湾人が歩むべき方向性を明示した物語として殖民地支配者側からは好意的に解釈されたのに対して、台湾人読者は自己を切り裂きながら生き抜く内心の葛藤の描写に共感するに留まったのである。

このように解釈の度合いに差がありながらも、発表直後から好評を博した「道」であったが、戦後の国民党政権下では長らく顧みられることはなかった。周知のとおり、台湾では終戦直後より台湾省行政長官公署を中心に殖民地統治の遺毒を一掃する施策が進められていったが、当然ながらそこでは皇民化の残滓を根絶することも求められた。例えば、一九四五年一二月には「台湾省人民回復原有姓名辦法」が公布され、殖民地下で日本名を取得した台湾人の人名回復が実施されたが、同法の第二条第一項では皇民化での改姓名者の中国名への回復が強く要求されている。また、翌年二月には台湾省行政長官公署訓令により、日本統治期に出版された書籍や雑誌に対する取り締まりも厳しく強化されるようになった。同訓令では「『皇軍』の戦績を称讃するもの」や「『皇民化』奉公隊での運動を宣揚するもの」など八項目の図書、新聞、雑誌、画報に関する売買禁止規定が定められ、公署宣伝委員会の検閲と摘発により、開始から三ヶ月間で書籍だけでも台湾全省で一四五一点、四万七五一一冊が焼却されたという[15]。

もっとも、台湾ではこうした日本による殖民地統治の思想的・文化的遺毒を一掃する施策が、一九五〇年代以降も厳格に継続されたわけではなかった。一九五二年には日華平和条約が締結され、中華民国と日本は相互に無視できない貿易相手国、東アジアでの「西側」陣営の一角として関係改善に向かっていくが、その過程においては日本語の書籍や雑誌、映画などに関しても審査・許可制という条件付きで流通の解禁が実施されるようになった。ただし、そこで解禁されたのは、普遍的な文化事象としての「日本」のものであり、言うまでもなく、かつて台湾人に戦争への動員を迫り続けた皇民化を想起させるものではない。皇民化の本質や戦時中台湾での社会状況を如実に示す皇民文学に再び関心が集まるのは、次章で述べるように、終戦から四半世紀以上が経過した一九七〇年代末以降のことであった。

二　台湾新文学の再評価と皇民文学への言及

「道」は戦後の台湾社会で長い間忘却されていたが、一九七〇年代末に中国語訳で翻訳されるようになり、再び注目を集めた。同作は一九七九年七月七日から翌月一六日にかけて、当時高雄に本社を置いていた『民衆日報』「民衆副刊」で訳載された。訳者は陳火泉本人である。なお、連載が始まった七日には、同じ紙面にて鍾肇政「問題小説〈道〉及其作者陳火泉」が掲載されているが、そこで鍾肇政は「筆者はすでに原文と訳文を一語一句対照したが、訳文は慎重で誠意を尽くしており、完全に信頼できる[16]」と述べている。

ところで、同紙で「道」の中国語訳が掲載された際、折しも同月には日本統治期台湾文学の代表作を収録した鍾肇政・葉石濤主編『光復前台湾文学全集』が出版されていた。全八巻の同全集には頼和や張我軍、楊雲萍、張深切、楊華、朱点人、王詩琅などによる中国語作品のほかにも、巫永福や王白淵、呂赫若、翁鬧、龍瑛宗、張文環、楊千鶴など日本語作品も中国語訳で掲載しており、戦後台湾で初めて大々的に企画された台湾新文学の代表作を収録するアンソロジーでもある。なお、ここには西川満など日本人作家の諸作品は収録されていない。全集各巻の冒頭には張恒豪、林梵（林瑞明）、羊子喬の三名の編集委員による「出版宗旨及編輯体例」が付せられているが、そこでは全集の編集方針として「およそ皇民化の趣きが甚だ濃厚な御用作品は、選出収録しないことで我々の無言で寛容な批判をそれとなしに示した[17]」と明記された。また、同様に全集各巻の冒頭には葉石濤「光復前『台湾文学全集』総序」が掲げられているが、台湾文学史の概略を解説する同文において皇民文学の代表的作家とされる陳火泉や周金波の作品が「『文芸台湾』に発表された重要な日本語小説[18]」として言及されながらも、その中国語訳が全集自体に収録されていないのは、恐らく作中での「皇民化の趣き」が問題視されたためであろうことは明らかである。この時期に台湾で皇民文学を再評価するということは、依然として社会的に許容されることではなかったようだ。そうであるならば、「道」は如何なる状況下で日刊紙に訳載されるに至ったのだろうか。

「道」が一九七〇年代末の『民衆日報』に登場した背景には、当時台湾社会で高揚していた台湾新文学に対する関心と深い関係がある。呂正恵によれば、一九七〇年代末に台湾社会で台湾新文学が注目されるようになった発端の一つは、主力文学誌の一誌である『中外文学』に顔元叔「台湾小説裡的日本経験」（一九七三）が発表されたことであったという[19]。顔元叔の論考で主に考察された対象は台湾新文学の諸作品ではなかったが、注目したいのはその冒頭において、次のように指摘している点である。そこで顔元叔は、殖民地統治開始以来の台湾人と日本人の間での人的交渉こそが、近代以来「中国」の人々が持つ歴史的経験の中で無視できない体験の一つであったと指摘した上で、「日本占領下にあった台湾六〇年の社会の写実的描写あるいは反映として、あのような既存の作品〔台湾新文学――筆者注〕は我々が重視するだけの価値があり、そして今後の歳月ではあの当時のことをさらに発掘する必要があるだろう[20]」と論じ、台湾新文学を再検討する必要性にも言及しているのである。台湾大学英文科主任教授という高名な英文学者であり、一九六〇年代台湾文壇の重鎮でもあった顔元叔による同論考は、当時大いに反響を呼んだ。『中外文学』でも一九七三年一一月から翌年四月にかけての半年間で、「鍾理和遺書」を含む鍾理和に関する論考が四編掲載され、その間の一九七四年一月には楊逵「鵞鳥の嫁入り」の中国語訳が掲載されるなど、同誌では台湾新文学関連の内容も少なくなかった。また一九七三年一一月には『文季』でも鍾理和特集が組まれ、鍾理和作品に関する三編の論考が掲載されている。ほかにも、楊逵「模範村」が『文季』(一九七三年一一月)に、「新聞配達夫」が『幼獅文学』(一九七四年九月)に中国語訳で掲載された以外に、同時期には、台北の東方文化書局が『台湾青年』『台湾』『台湾民報』『台湾新民報』など台湾新文学と関連の深い刊行物のリプリント版を出版するなど、当時の台湾文化界では日本統治期台湾新文学が再評価され始めていく気運が大いに高まっていた[21]。特に楊逵の諸作品については、その編訳出版が相次いだ。前述の三作品以外にも、作品集『鵝媽媽出嫁』(一九七五)、『羊頭集』(一九七六)が刊行され、楊逵に関する初めての評伝となる林梵『楊逵画像』(一九七八)も出版された。『楊逵画像』の序文でも述べられているように、そのとき台湾の読者は楊逵の作品で描出される日本帝国主義による民族差別に妥協しない抵抗精神に共感し、物語中から「民族的平等、政治的平等、社会的平等を要求していく不屈の闘志[22]」を読み込んだのである。

このように楊逵の作品が好評を博していた事実からも察することができるように、一九七〇年代に特徴的であったのは、台湾新文学が民族や愛国、抗日、反帝国主義の意識から再評価された点である。そうした時代的風潮については、台湾郷土文学の主要な発表舞台であった『台湾文芸』にて、陳映真が当時以下のように述べていたことが参考になる。

とりわけ台湾では、日本帝国主義から受けた害毒が最も深い。百年来の台湾の歴史の中で最も突出し最も中心的な問題は、まとめてみれば、帝国主義による侵略の問題である。〔中略〕〔台湾新文学の作家による――筆者注〕この種の帝国主義に反撥し、国家の独立や民族の自由を追求する主題は、台湾の日本統治期における抵抗文学を、全ての中華民族による抗日救国の文学の主流に合流させて一つにし、中国的なる性格を帯びている。〔中略〕〔我々の目指すべきことは――筆者注〕これら前を行く世代の台湾作家の作品を全面的に整理し、新しい評価を与え、あるべき地位に戻すことである。〔これにより――筆者注〕我々の若々しい文壇に、前を行く世代の勇敢に戦う現実主義と愛国主義の精神を学ばせ、深く反省させ、中国の全ての歴史から出発し、中国や台湾での文学の伝統を継承させ、より一層輝かせてくれる。(23)

陳映真が艾郚の筆名を使って発表した同文では、台湾を含む中国の近現代史が帝国主義による殖民の問題に常に直面し、日本統治期の台湾人作家らが国家や民族の独立と自由を主題に掲げながら新文学運動に身を投じてきた事実に注目している。一九七〇年代半ばに台湾の作家がこうして台湾新文学への関心を世間に喚起していた点からも、当時の台湾新文学が台湾社会で如何なる反応を受けていたのかを窺うことができよう。(24)

このような背景には、一九七〇年代に台湾社会が直面した外政的・内政的な不安定化があったことも無関係ではなかった。国連での中国代表権の交代（一九七一年一〇月）、電撃的なニクソン訪中と上海コミュニケ（一九七二年二月）、日華断交と日中国交正常化（一九七二年九月）などに始まり、それ以降は外交的敗北の連続によって国民党が作り上げてきた中国という虚構は脆くも崩れ去っていく。その過程では、国民党の強権的な事実上の一党独裁を率いてきた蔣介石が死去したほか（一九七五年四月）、いみじくも米華断交と同じ日には、全国人民代表大会常務委員会が「台湾同胞に告げる書」を発表し（一九七九年一月）、共産党の台湾統一政策が平和統一へと一変した。こうした社会的変化のただなかで、国民党は中国人としての民族主義を基点とする集団的記憶を形成するように台湾社会を主導せざるを得なかったのである。蕭阿勤によれば、そのころの台湾社会における集団的記憶の基調とは、当時国民党が主導した民族主義を基点とする歴史的叙事モデルであったという[25]。まさに台湾人が抱える「抗日」の経験こそが、そうした集団的記憶の基調を支える要素となりえたのであり、当時の台湾新文学再評価という潮流を強く支えたのであった。

このように台湾では一九七〇年代に至り、日本統治期の台湾新文学に対する社会的関心が高まっていた。そして一九七七年五月には、台湾で初めて台湾新文学運動の文学史について論じた専門書として、陳少廷『台湾新文学運動簡史』が出版されたが、着目すべきは同書では新文学運動の一環として皇民文学にも紙幅を割いて言及していることであった。例えば同書の第六章「戦争時期的台湾新文学」の「『皇民文学』的登場」という一節では、台湾文学奉公会の結成や大東亜文学者大会への台湾作家の関与、『台湾決戦小説集』の刊行など、台湾で文学活動に従事した文学者らが戦争への参加を強いられていった事実を述べていく。また、同節の直後には「台湾作家的苦悶」という一節を割き、その中で陳火泉「道」を紹介していく。陳少廷は「彼は鋭く諧謔のある筆致で当時の台湾人の皇民化での苦悶や矛盾、衝突を描写していく[26]」が、それは「決して人々を励まし元気づけるものではなく、逆に、重苦しく沈み込んだ気持ちにさせる[27]」と皇民化における台湾人の苦悩や葛藤を描き出す小説として同作に注目した。そして、「作家が時代を写し出し、実情を記録している以上は、我々はこの血みどろの作品を受け容れるしかないのである」[28]と、皇民化の中で創作活動に従事してきた台湾人作家による文学的営為を直視すべきと論じたのである。陳少廷の視線は前述の『光復前台湾文学全集』の編集委員が抗議の意味を込めて皇民文学の存在を黙殺しようとしたのに対して、それとは正反対の視点から皇民文学の作家による文学活動の再検討を試みる姿勢でもあった。こうした状況の中、同書刊行の二年後には、陳火泉自身が皇民文学の代表作である「道」を翻訳し、『民衆日報』にて訳載したのである。

三 一九七〇年代末台湾社会と皇民文学の再認識

それでは陳火泉は何ゆえに一九七〇年代末という時代において、かつて創作した皇民文学を自身で翻訳し再度発表したのだろうか。前章で論じたとおり、当時の台湾に瀰漫する社会的気運は民族や愛国、抗日、反帝国主義といった政治イデオロギーによる先導に従っていた。ただし、そうした「中国意識」の影では、台湾人自身が意識し始めた「台湾意識」が垣間見えたことも軽視できなかった。「道」が訳載された一九七九年には、台湾ではすでにこうした社会的変化が顕著であり、陳火泉が自作を訳出した誘因にも少なからず影響を及ぼしていた可能性が高い。台湾では一九七〇年代を通して、国民党が自らの政治的正統性を台湾内部に求めるようになり、社会では中国に対する指向と同時に台湾という郷土に対する関心も増し始めた。行政院長に就任した蔣経国が推進する「中華民国台湾化」の政策として、一九七四年以降は「十大建設」完成のために台湾各地でインフラ整備が急速に進められた。経済面でも、アジアＮＩＥＳの一員として工業化を目指した台湾経済は一九七〇年代に輸出指向工業化の産業構造を構築し、一人当たり国民所得が一〇〇〇ドルを突破した前後の一九七五年から八〇年までの五年間ではＧＮＰも倍増し、こうした台湾社会での政治的・経済的変化は、台湾の人々が自らが暮らす「台湾」という郷土に対する関心を高める要因にもなっていた。一九七〇年代半ばには、文学作品の中でも台湾の郷土を舞台に描く郷土文学が隆盛し、一九七七年四月から翌年にかけては郷土文学論戦が繰り広げられたが、台湾社会の現状を写実的に描き出す作品描写や文学論争が生じた背景には、こうした時代的変化が見え隠れもしていたのである。

さらに一九七〇年代半ば以降には、市民の間で「台湾人」というアイデンティティをめぐる主張が表面化したことも無視できなかった。一九七七年八月には、台湾最大の宗教団体でもある台湾キリスト長老教会が米中国交正常化交渉開始の報道を受けて、台湾を一つの国家として認知し自らが台湾人として生きる尊厳を求めた「台湾基督長老教会人権宣言」を発表した。また、同年一一月には二二八事件以来の大規模な民衆暴動となった統一地方戦での不正投票をめぐる中壢事件が発生し、台湾の市民が団結して国民党独裁に抵抗する姿勢も発露していた。こうした過程では政治の民主化を目指す党外人士による政治運動が湧き起こり、それらは一九八〇年代以降に活発化する民主化運動のさきがけとなった。若林正丈は、当時の党外運動や市民が主体となった民主化運動の理念には、現今の政治に対する異議申し立てというメイン・コンテキストに付随する「台湾人」としての承認と尊重を求めるサブ・コンテキストが存在したと指摘する。[29]

戦前の日本統治と戦後の国民党統治という過去における二重の殖民性からの脱却を図ろうとする当時の台湾社会では、台湾人としての自覚が繰り返されていた。そしてこの時期に、日本統治期生まれの台湾人作家が自らの出自と道程——とりわけ日本統治期末における「わたし」の歩み——を振り返るようになっていたことは注目に値する。例えば、前述『光復前台湾文学全集』で主編の一人を務めた鍾肇政は、一九七九年に日本統治期の朝鮮半島での抗日文学を紹介した宋敏鎬『朝鮮的抗日文学』を翻訳出版している。[30]同書は原作の日本語訳である宋敏鎬著、金学鉉編訳『朝鮮の抵抗文学——冬の時代の証言』（柘植書房、一九七七）からの重訳であり、その内容は韓国併合前後からの朝鮮半島における文学運動の実態を記録し、朝鮮半島に生まれた作家が日本の殖民地統治に如何にして抵抗したのかを描き出すものであったが、その「訳序」において鍾肇政は次のように翻訳に至った動機を明記している。

偶然の機会に、筆者は『朝鮮の抗日文学』〔原文は『朝鮮的抗日文学』、重訳の底本である日本語訳書は『朝鮮の抵抗文学』であるが、鍾は「抗日」という語彙を使用している――筆者注〕という一冊の本を知り、あの手この手でどうにか一冊購入して読んでみたいと思った。そして読んだ後に、ぐずぐずしてはいられないとそれを翻訳しようと思った。〔中略〕現今、私たちの台湾では、日本の殖民地統治はすでに歴史的名詞となり、次第に忘れられ、若い世代の同胞たちには、甚だしきに至っては観念の中にこの歴史的名詞が残っているだけである。しかし、強権による圧制の下で、真実に反応し、真実を描写することに長けた文学は、生き延びて、次から次へと生じてやまなかった。それは何と困難なことであっただろうか、恐らく自らその場に身を置いた人でなければ想像できないだろう[31]。

訳者の鍾肇政は一九二五年に台湾の桃園で生まれ、原作者の宋敏鎬と同世代に当たる。鍾肇政は皇民化教育が盛んに実施された私立淡水中学に学び日本人として教育を受けたが、学内外では日ごろから内地出身者に差別され、恥辱に耐えていたことは回想録「彷徨少年時――記五十年前的中学生活」で詳しく述べられている[32]。その後一九四五年三月に彰化青年師範学校を卒業した後は、台湾で施行されたばかりの徴兵制により召集されたが、召集先でマラリアを発症し聴力を失い、戦後に進学した台湾大学中文科でも難聴のために退学せざるを得なかった。皇民化期に多感な青年時代を送った鍾肇政は、当時から四半世紀余りが経過した一九七〇年代末に、同様に日本の殖民地統治を受けてきた朝鮮半島の学者による著作を読むことで、かつて自らが経験した苦難の記憶に思いを馳せたようである。そうした自身の過去への追憶は、当時の台湾における皇民文学の訳出に関しても直接的に関係していた。鍾肇政は一九七九年六月に『聯合報』で次のような見解を明らかにしている。

筆者は数名の友人が「皇民文学」を翻訳することに反対しているのを知ったとき、最初の反応は胸の中で訳もなく立ち上がって来るズキズキした痛みであり、続いて「皇民文学は訳すのか訳さないのか」というこの問題を改めて考えてみた。

それをもって文学を語るのであれば、このようなものは当然どんな価値にもならないし、翻訳紹介されたとしても余計なものだと思う。しかしながら、あの時代に、それらは確かに存在していたし、たとえそれらが「人に見せられない」としても、それらの存在を否定できる人はいない。このようである以上、それらのために細々とした痕跡を残すことは、後生の人間としての責任ではなかろうか？[33]

『聯合報』に掲載された同文は、翌月には『台湾文芸』にも転載された。いみじくもこれらの論考が発表された時期は、『民衆日報』で陳火泉「道」の訳載が始まり、また皇民文学の存在を黙殺しかけた『光復前台湾文学全集』が刊行された時期に重なっていた。このように一九七〇年代末に至り、かつて皇民化期を経験した自らの足跡について回想し始める台湾人作家は、鍾肇政だけではなかった。龍瑛宗（一九一一～九九）は一九七八年一〇月に自身の代表作である「パパイヤのある街」が初めて中国語訳（『前衛』第二期）されたことをきっかけに、一九七九年六月には「黒い少女」[34]と「白い鬼」[35]を自ら中国語訳し『民衆日報』で発表した。両作は龍瑛宗が戦後に至って初めて自身で自作を翻訳したものであり、いずれも初出は皇民化期に創作、発表された作品である。龍瑛宗は「身辺襍記片片」（『民衆日報』一九七九年三月二三日）でも自身の小説を訳載した理由について言及している。それによると、当時日本統治期の現代詩について取材を続けていた舒蘭（一九三一〜）の訪問に応じた際に自らの創作を回想し、「昔日の心象風景がありありと目の前に浮かんだ[36]」という。戦争詩を発表しかつて大東亜文学者大会に台湾代表作家として参加した龍瑛宗は、戦後その当時の文学状況に対する自身の関与について長らく公の場で語ることはなかった。ただし、龍瑛宗は舒蘭の取材訪問を受けて「私の詩、つまり戦争期に作り出した作品には、やはり名残惜しい懐かしさを寄せている[37]」と感じたのであり、さらには皇民化期に文学者が置かれていた状況を次のようにも認識していた。

しかしながら日本の殖民地期末期には、陣太鼓が天まで響き渡り、権力者は勝利を勝ちとるために、手段を選ばず、とうとう文学にまで干渉し、文学を戦力の一つの手段にしようとし、さらには若者たちが大砲の灰になることを奨励したので、そのため当時の文学や新詩などは政治の干渉を多く受け、私の新詩も政治の陰影を蒙っていた。このようではあったが、私はいつの日か日本語の詩を一字も変えずに翻訳して出し、世間の人々に問い、文を弄んだ者の責任を甘んじて受け容れたいと思うのである[38]。

皇民化期に強いられた戦争協力に対する責任については忸怩たる思いを抱えながら、しかしながらそれでもなお「私はいつの日か日本語の詩を一字も変えずに翻訳して出し、世間の人々に問い」返したいと述べている点には強い印象を覚える。一九七〇年代末という時代において龍瑛宗が想起したことは、日本統治期末の皇民化期への追憶と同時に、当時自らが創作した「日本語の詩を一字も変えずに翻訳」することであった。このような龍瑛宗の心境が、先述したように陳火泉が自身で「道」を訳載した際の感情と大部分で共振し合うことは大変興味深い。実は陳火泉も同じころに、「道」を翻訳するにあたり鍾肇政へ自身の心境を綴った書簡を送っていた。

陳火泉が、最近筆者への私信の中でしばしば自身が日本殖民地期末期に書いた中編小説「道」（「台湾文学賞」を受賞したことがある〔実際には受賞していない――筆者注〕）を必ずや世間に訳出したい、しかも他人の手を借りるのではなく、絶対に自分で翻訳したいし、すでに着手していると書いているので、近いうちにあるいは当時一世を風靡したこの作品が再度世に現れるかもしれない。[39]

かつての自作を自ら翻訳し直し、それを再度世間に問おうとする意気込みは、龍瑛宗と陳火泉の両者に共通するものである。彼らは日本統治期の終焉、そして祖国への復帰から四半世紀が経過した一九七〇年代末に、台湾社会の郷土への関心の高まりや日本統治期台湾新文学の見直しといった新たな社会的変化を触媒として、皇民化を直接経験した自らの記憶を蘇らせていったのだが、そこで見え隠れするのは皇民化期を生きた台湾人としての自意識でもあったのだ。

こうして陳火泉や龍瑛宗の原作を訳載した『民衆日報』であったが、当時同紙副刊の主編を務めていたのが鍾肇政であったという事実は、やはり無視できないだろう。鍾肇政は「道」が紙面で訳載されるにあたり、かつての皇民文学が一九七〇年代台湾社会で紹介される社会的意義を次のような言葉で書き残した。

戦争時期に至って、日本の占領による台湾人の統治はより一層酷くなり、いわゆる「戦時体制」及び「皇民化運動」の推進があり、文学芸術の方面でも若干のいわゆる「皇民文学」が出現する結果をもたらしたが、この一点は否定しようがない事実でもある。「皇民文学」は実に時代の産物――簡単に言えば、日本の占領による高圧的な統治の下で生まれるべくして生まれたものである。このために、私たちはたとえ「皇民文学」であったとしても、虐げられて迫害された台湾同胞が胸を叩き血の涙を流した作品であるとも見なすのである。〔中略〕民衆副刊がこのような作品を掲載するのは、「皇民文学」を弁護する意味は毛頭なく、もっぱらはそれが確かに殖民地において屈辱に耐えて生きながらえた人々の心理的過程を反映するからであり、私たちが冷静なまなざしでもって見つめるに値するからである。それゆえに、私たちは極めて厳粛で非常に用心深い心境でもって、この問題小説を紙面に載せたのである。〔中略〕もちろん、私たちは「道」が皇民小説なのかどうかを断定する気はまだない。そうなのかそうでないのかは、いまだに熱心な読者たち及び鑑賞眼のある皆さんの細やかな玩味に委ねられているのである。[40]

鍾肇政は戦時下で皇民化が展開された状況の苛酷さを語り、皇民文学がそうした時代の中で産出された文学作品である点を認めている。だが、鍾肇政の視点は「殖民地において屈辱に耐えて生きながらえた人々の心理的過程」を捉えることにあり、言うまでもなく、皇民化の事実を自らの再解釈によって作品自体を評価し直すのが目的ではなかった。鍾肇政は皇民文学を「虐げられて迫害された台湾同胞が胸を叩き血の涙を流した作品」と見なしたが、この点は陳火泉自身が「私は、賢明な読者が全編を読み終われば、必ずや当時『虐待され傷つけられた』台湾同胞に、両手一杯の同情の涙を流すことを惜しまないだろうと信じている！[41]」と記していた点にも重なり合う。本稿で引用した一九七〇年代末における鍾肇政や龍瑛宗による追憶の記述は、陳火泉が如何なる理由でかつて皇民文学として称讃された自身の作品を訳載したのかを探る傍証の一つとなろう。陳火泉が自身の作品を自ら中国語に訳出することは、皇民文学の意義を再検討し、台湾人としての自覚と「わたし」の過去の再認識が行われていく一九七〇年代末の台湾社会において、歴史に埋もれた皇民化期における自身の足跡を後世に残そうとする作業とも言えたのである。

むすびに

本稿では陳火泉「道」の訳載を事例に挙げ、一九七〇年代末台湾で従来親日的内容として否定されてきた皇民文学が何ゆえに再び注目されるようになったのかを、当時の台湾社会の変遷を参照軸として考察した。同作が中国語に翻訳される過程には、その前段階として一九七〇年代に隆興した台湾新文学の再評価があった。台湾新文学が再評価されていく中で、皇民文学とは皇民化期に台湾人が直面した状況を如実に表現する作品として解釈され、作者の文学的営為を直視すべきであるという指摘が出ていた点は無視できなかった。また、一九七〇年代末の台湾では、日本統治期と国民党統治期という二重の殖民性からの脱却を指向し、台湾人としての自覚と「わたし」の過去の再認識が行われていたのであり、それは日本統治期生まれの台湾人作家にとっても例外ではなかった。本稿でも引用したように、そうした心境は陳火泉をはじめ、龍瑛宗や鍾肇政の文章からもはっきりと窺い知ることができる。皇民文学として認められていた自身の作品を自ら中国語に翻訳し発表することは、当時の台湾社会で、歴史に埋もれた皇民化期における自身の足跡を残そうとする作業でもあったと言える。

ただし、注意したいのは、陳火泉と並び皇民文学の代表的作家である周金波の作品は、一九九〇年代に入るまで中国語に翻訳されることがなかったということである。[42] これは恐らく推測ではあるが、その理由としては陳火泉と周金波両氏の作風の違い以上に、それぞれ大きく異なった戦後の生き方も影響していたのではないだろうか。陳火泉が戦後に逸早く中国語を習得し、陳火泉の名前で散文を中心に多数の創作を発表したのに対して、周金波は二二八事件に関連して三度も入獄し、実弟は二二八で犠牲となった。自身も一時期は楊姓を名乗るなど長らく口を固く閉ざしたまま創作活動から遠ざかっていた。こうした個々人の半生の違いは、一九七〇年代末における皇民文学再認識の問題とも深く関係すると思われる。

【注】

（1）一例を挙げれば、二〇一四年台北市長選では当選した柯文哲が国民党の郝柏村元行政院長から「皇民後裔」と公然と痛罵され、二〇一六年総統選では民進党が擁立した蔡英文に対して国民党退役軍人らが「皇民女児」と罵声を浴びせたことは、皇民という言葉が現在でも悪態として使用されていることを示している。「郝柏村批柯P『皇民後裔』――称眷村鉄票没生銹」『自由時報』（電子版）二〇一四年一一月一八日（http://news.ltn.com.tw/news/politics/breakingnews/1160698）、「不甩撕裂族群批評――郝柏村重提皇民説」『自由時報』（電子版）二〇一四年一二月九日（http://news.ltn.com.tw/news/politics/paper/837496）、「国民党老兵轟蔡英文――是皇民女児」『文匯報』（電子版）二〇一六年一月一〇日（http://news.wenweipo.com/2016/01/10/IN1601100010.htm）、以上全て二〇一七年七月三一日アクセス。

（2）陳火泉「道」『文芸台湾』第六巻第三号、一九四三年。

（3）陳火泉「関於『道』這篇小説」『民衆日報』一九七九年七月七日。なお、本稿での中国語原文の日本語訳は全て拙訳によるものである。

（4）櫻本富雄『日本文学報国会――大東亜戦争下の文学者たち』（青木書店、一九九五）、及び吉野孝雄『文学報国会の時代』（河出書房、二〇〇八）を参照した。

（5）田中保男「私は斯う思ふ――台湾の文学のために」『台湾公論』第八巻第五号、一九四三年。

（6）尾崎秀樹「決戦下の台湾文学」『近代文学の傷痕』岩波書店、一九九一年、一三五～一三六、一八七頁。

（7）同上、一八七～一八九頁。

（8）本稿での陳火泉「道」の引用は『文芸台湾』に掲載された初出による。

（9）陳火泉「被圧迫霊魂的昇華」蘇雪林ほか『抗戦時期文学回憶録』台北・文訊月刊雑誌社、一九八七年、一〇〇頁。

（10）垂水千恵『台湾の日本語文学』五柳書院、一九九五年、九五～九六頁。

（11）前掲注（6）「決戦下の台湾文学」、一二九頁。

（12）前掲注（9）「被圧迫霊魂的昇華」、一〇九頁。
（13）大澤貞吉「感涙の一作」、陳火泉『道』台北・台湾出版文化、一九四三年。
（14）楊逵「この『道』あり——文芸時評」、楊逵『楊逵全集一三（未定稿巻）』台南・国立文化資産保存研究中心籌備処、二〇〇一年、六四八〜六四九頁。
（15）黄英哲『台湾文化再構築一九四五〜一九四七の光と影』創土社、一九九九年、四七頁。
（16）鍾肇政「問題小説〈道〉及其作者陳火泉」『民衆日報』一九七九年七月七日。
（17）「出版宗旨及編輯体例」鍾肇政・葉石濤編『一桿秤仔』台北・遠景出版社、一九七九年、四頁。
（18）なお、戦後台湾での台湾新文学に対する言及は、このときが初めてであったわけではない。例えば、一九五四年には台北市文献委員会が主催する「北部新文学、新劇運動座談会」が開かれ、日本統治期の新文学運動に対する討論がなされていた。座談会の様子は同年夏以降に『台北文物』での「新文学、新劇運動専号——北部新文化運動特輯」で報告されている。そこでは黄得時「台湾新文学運動概観」や廖漢臣「新旧文学之争」、王錦江（王詩琅）「『台湾新文学』雑誌始末」などの論評が掲載され、台湾新文学の諸作品について解説が行われていた（第三巻第二期、一九五四年、及び第三巻第三期、一九五五年）。また、一九六四年には創刊されて間もない『台湾文芸』でも、王錦江「日拠時期的台湾新文学」（第三期、一九六四年）が掲載され、同様に台湾新文学の諸作品が紹介されている。ただし、こうした一九五〇、六〇年代の論評が一九七〇年代における台湾新文学再評価の潮流に直結したのではなく、当時の台湾文壇や文化界に対する影響力も格別に大きかったわけではない。本省人作家が多く集った『台湾文芸』でさえも、一九六〇年代には台湾新文学に関する特集を一度も企画しなかったことは、そうした実情を端的に示す一例とも言えるだろう。
（19）呂正恵『殖民地的傷痕』台北・人間出版社、二〇〇二年、二〇一頁。
（20）顔元叔「台湾小説裡的日本経験」『中外文学』第二巻第二期、一九七三年、一〇六頁。
（21）このほかには、一九七〇年代末の郷土文学論戦における中心的論客であり、『文季』の同人でもあった尉天驄や陳映真、王拓などが集った左派系総合誌『夏潮』においても、頼和や張深切、楊逵、呉新栄、楊華、張文環、呂赫若、鍾理和などの諸作品に関する論考がたびたび発表され、その中国語訳も掲載されていた。以降一九七〇年代末にかけて、張良沢編『鍾理和全集』全八冊（一九七六）、張良沢編『呉濁流作品集』全六冊（一九七七）、李南衡編『日拠下台湾新文学』全五冊（一九七九）、『光復前台湾文学全集』全八冊（一九七九）が刊行されるなど、当時は日本統治期台湾新文学が再び注目され始めたのである。

（22）林問耕「歴史的篝火——『楊逵画像』序」林梵『楊逵画像』台北・筆架山、一九七八年、三頁。なお、一九七六年には戦後に楊逵が緑島の獄中で創作した短編小説「春光関不住」（『新生月刊』一九五七年）が中国語に翻訳され、「圧不扁的玫瑰花」と改題して中学国語教科書に収録された。同作は日本統治期の台湾人作家による小説として、台湾で初めて中学国語教科書の教材に採用された台湾文学作品でもあった。

（23）艾鄧「孤児的歴史和歴史的孤児——読呉濁流：『亜細亜的孤児』」『台湾文芸』第一三巻第五三期、一九七六年、一二頁。

（24）当時の台湾社会では台湾新文学だけではなく、日本統治期の音楽や歌謡、芸術などの文化全般も再度注目された。例えば、日本統治期の台湾語流行歌である「望春風」や「雨夜花」「農村曲」などは、李双沢や黄春明など戦後の台湾人作家の言説によって注目されたが、そこでも民族精神と愛国意識の発揚、日本の殖民地統治に対する抵抗という位置付けから再評価されていた。

（25）蕭阿勤『回帰現実』台北・中央研究院社会学研究所、二〇〇八年、一四六頁。

（26）陳少廷『台湾新文学運動簡史』台北・聯経出版、一九七七年、一五一～一五二頁。

（27）同上、一五一～一五二頁。

（28）同上、一五二頁。

（29）若林正丈『台湾の政治——中華民国台湾化の戦後史』東京大学出版会、二〇〇八年、一四九頁。

（30）宋敏鎬／鍾肇政訳『朝鮮的抗日文学』台北・文華出版社、一九七九年。なお、本訳書の扉に記された「関於本書原著者与翻訳者」によれば、著者の宋敏鎬は一九二二年生まれ、高麗大学校の前身である普成専門学校法科、及び高麗大学校国文科を卒業後、高麗大学校国文科教授などを歴任した。

（31）鍾肇政「訳序」、同上、一～二頁。

（32）鍾肇政『鍾肇政回憶録（二）』台北・前衛出版社、一九九八年、七～七六頁。

（33）鍾肇政「日拠時代台湾文学的盲点——対『皇民文学』的一個考察」『聯合報』一九七九年六月一日。

（34）龍瑛宗「黒い少女」『海を越えて』第二巻第二期、一九三九年。

（35）龍瑛宗「白い鬼」『台湾日日新報』一九三九年七月一三、二二日。
（36）龍瑛宗「身辺襍記片片」龍瑛宗『龍瑛宗全集・中文巻六』台南・国家台湾文学館籌備処、二〇〇六年、三一八頁。
（37）同上、三一八頁。
（38）同上、三二八頁。
（39）前掲注（33）「日拠時代台湾文学的盲点」。
（40）前掲注（16）「問題小説〈道〉及其作者陳火泉」。
（41）前掲注（3）「関於『道』這篇小説」。
（42）周金波作品の中国語訳には、周金波／中島利郎・周振英編、詹秀娟ほか訳『周金波集』台北・前衛出版社（二〇〇二）がある。同訳書が刊行される以前の周金波作品の翻訳状況について、編者の中島利郎は次のように述べている。「一九四九年以来、一篇の中国語訳さえも出ていない」「つまり、その作品の検討などは一切経ずに周金波は『皇民作家』との烙印を押されたのである」（中島利郎『日本統治期台湾文学研究序説』緑蔭書房、二〇〇四年、一〇七頁）。

鄭清文と児童文学——郷土におけるアイデンティティの創造と想像

松崎寛子

はじめに

二〇世紀初頭より、東アジアにおいて、児童文学は国家建設のためのアイデンティティを形成する道具としての役割を担ってきた。魯迅の短編小説「狂人日記」（一九一八）は「子供を救え！」という今日でも有名な叫びによって幕を閉じる。革命家たちは、中国の未来は中国の子供たちの肩に掛かっていると主張した。よって、子供たち、そして児童文学は、中国の近現代史において、重要な要素であり続けたのである。

日本では、一九六八年明治維新以降、小学校規則が定められ、小学校教育は義務教育となった。柄谷行人が述べるように、近代国家は、それ自体「人間」を作り出す一つの教育装置である。日本の初めての児童雑誌は、明治二〇年代に学校教育の補助として、あるいは「学童」のために登場している。[1]学制は新たな「人間」あるいは「児童」を作り出した。学制は近代日本に「児童」を発見たらしめたのである。

一九四五年の日本の敗戦と台湾の「光復」の後、中華民国の国民党政府は、日本語の排除と中華民国の「国語」

としての中国語の推進に着手した。一九四八年一〇月二五日、まさに日本の五〇年にわたる台湾植民統治の終焉を祝う「光復節」の日、児童向け新聞として『国語日報』が台湾で発行された。新聞の記事は全て注音符号という発音記号が振られ、漢字の読み方がわかるようにデザインされた。『国語日報』に掲載された児童文学作品は、台湾の児童を「公明正大な中国人（堂堂正正的中国人）」として育成するための重要な役割を担ってきた。

このように、児童文学は国家アイデンティティ、想像の共同体のアイデンティティの形成という文化戦略を担ってきたのである。

ところで、昔話だけでなく、児童文学にも多く登場するのが動物である。それは、動物が人間の生活にとても近い存在であり、子供も、動物の登場する物語の中に入り込みやすいからであろう。一方で、動物との関係は、人間の生活及び想像の共同体の形成にも影響を与えてきた。例えば、中国が外交上の手段として他国にパンダを贈るパンダ外交が挙げられる。二〇〇八年、中国政府は台湾へ二頭のパンダを贈呈した。贈呈された二頭のパンダの名前「団団」と「円円」が表すように、この贈呈は台湾に対する「一つの中国」を掲げた統一政策とされた。また、特定の動物が特定の地域の人々や民族を代表するために選ばれることもある。台湾ツキノワグマ（台湾黒熊）は台湾を代表する野生動物として、二〇〇一年、半年にわたって台湾全土で行われた投票によって選定された。台湾観光協会（中華民国交通部観光局）は、台湾ツキノワグマをモチーフにした「Oh! Bear／喔熊」を公式マスコットキャラクターとしている。そして、台湾蘭嶼島の原住民、タオ族は、トビウオを伝統的に神格化し崇めている。

本稿では、鄭清文の児童文学を、その作品における動物描写、及び動物と人間の関連性の描かれ方に注目しながら分析する。鄭清文は一九三八年、日本植民統治下の台湾に生まれた。鄭清文は河洛語（福建語／台湾語）が母語であるが、六年間の小学校教育は日本語で受けた。日本が敗戦した一三歳になって初めて、「国語」としての中国語（北京語／普通話）を学ぶ。鄭清文が中国語で執筆し、台湾の文芸界にデビューしたのは一九六九年のことであった。

日本による植民支配、旧国民党政権による一党独裁、白色テロを経験した鄭は、一九八〇年代台湾における民主化運動の流れの中で、「台湾の子供たちのための台湾の児童文学」への創作意欲を掻き立てた。自らの台湾アイデンティティを模索していくことで、「台湾の子供」という概念を作り出すに到ったのではないかと考えられる。本稿では、「燕心果」（一九八二）、「白沙灘上的琴声」（一九八四）、「鹿角神木」（一九八〇）、そして『天燈・母親』（一九九七）、四編の鄭清文の児童文学作品を取り上げる。特に、これらの作品において動物が果たしている役割に注目する。これらの作品を分析することで、如何に動物が擬人化され、想像の共同体や国家の建設においてその象徴として対象化されるのか、そして、如何に児童文学がその環境における生態系の語りを経て子供たちのアイデンティティを形成しようとしていくのかを検討する。鄭清文の児童文学に関する先行研究として、岡崎郁子「鄭清文の創作童話――孤児意識と生態系保護の視点から」（『吉備国際大学政策マネジメント学部研究紀要』第三号、五九～六八頁）があり、鄭の実母への愛慕から生まれた孤児意識と、台湾の自然への愛が彼の児童文学作品に表れていることを述べている。本論文では、さらに考察を深め、鄭の児童文学において、鄭はどのように自身の体験に基づく孤児意識を台湾の孤児意識と関連づけさせ、それを昇華させていったか、そして台湾の環境問題を次世代の台湾を担う子供たちに向けて児童文学作品において語る意味を、台湾の社会背景や、鄭のアイデンティティの形成と変化とも関連づけて分析していく。

一．海洋文化圏の中の台湾

児童文学を創作する中で、鄭清文は、台湾島がどのように形成されたのか、という概念を呈示することを試みている。まず、鄭が最初に創作した児童文学作品「燕心果」を検討してみよう。一九七〇年代後半、台湾出身の著名な舞踏家であり台湾のクラウド・ゲイト舞踏団（雲門舞集）の創始者である林懐民は、他の在米台湾留学生たちと協力して、台湾の児童文学に貢献しようと、児童文学の雑誌を発行した。鄭はこの活動に賛同し、彼の一作目の童話「燕心果」を創作し、その原稿を林懐民に贈った。林懐民は感動し、鄭に再度校正したものを送ってくれるように頼んだ。しかし、メンバーの多忙を理由に、この雑誌刊行活動は、ほどなくして停止される。[2] 鄭は童話「燕心果」を書き直し、それは一九八二年『台湾時報』副刊に掲載された。その後、「燕心果」は一九八五年に出版された鄭の初めての童話集のタイトルにもなった。

「燕心果」のあらすじは次の通りである。昔、南方の海に小さな島があった。その島は緑が茂っていて、真っ赤な小さい花がいつも咲いていた。その実は赤紫で、小鳥の心臓の形をしており、もしそれを食べると翼が生えてくるのだった。島にはたくさんのツバメが住んでいた。ある年、一羽のツバメが遠く北へ渡る途中、南の島を訪れてみたいと言うオットセイに出会う。ツバメはオットセイに故郷の南の島にある小鳥の心臓の形をした実を、来年持って来てオットセイにも翼が生えるようにしてやると約束する。次の年、ツバメは子ツバメたちを連れて北へと旅立つ。途中、大きな魚の大群に襲われているボラに出会い、ツバメはボラから助けを乞われる。ツバメはオットセイに渡すはずだった実をボラに渡す。すると、ボラは体から翼が生え、トビウオとなる。ツバメは北への旅路の途中で息絶え、自分の心臓を取り出してオットセイに渡すようにと子ツバメたちに託す。オットセイがツバメの心臓を呑み込むと、前足はたちまち伸びて大きくなっていったが、小ツバメからそれは本物の実ではないと聞くと、伸びていた前足は急に止まってしまう。小ツバメたちは南の島へ飛んで帰るが、ちょうど島が見えてきたとき、島の山が噴火し、島ごと海の底へと沈んでしまうのだった。

誠実で約束を守るツバメは、まるでアイルランドの作家、オスカー・ワイルドの『幸福の王子』[3]を思い起こさせるが、ここでは物語のラストシーンに注目したい。

「ドドドー、ドカーン……」

突然、大地を揺り動かす大きな音が響き渡りました。まっ赤に光る炎が、ガスと溶岩をともなって、空に向かって噴き上げ、ゆっくり流れ落ちていきました。そして、あっという間に、島全体が溶岩の底へと埋まってしまいました。(4)

台湾の地理学者、王鑫によれば、台湾島は古生代（約五億四二〇〇万～二億五一〇〇万年前）に地殻変動と断層の隆起活動により一度海面から現れた後、浸食と地殻変動によって再び海底に沈んだのだと言う。現在の台湾島が海面上に再び隆起したのは、五〇〇万～四〇〇万年前のことで、フィリピン海プレートとユーラシアプレートの境界上に複雑な断層を成して現れた。(5) 鄭の童話「燕心果」に登場する南の島が、海に埋もれたかつての台湾島を暗示しているのかどうかはわからない。しかし、台湾島の地殻が、地質時代にいくつもの小さな島が衝突し合体したものであることを考慮すれば、童話に登場する南の島は、おそらく現在の台湾島の一部であることも考えられるのである。このように、想像力に富む本童話作品は、読者に台湾が海洋文化圏の一部であることを再認識させるのだ。

さらに、鄭はこの童話の中で、ボラとトビウオとの相関性の描写について、ユニークな想像力を働かせている。ボラは熱帯・温帯に分布する大型魚で、冬、北風に乗って台湾海峡を南下する。台湾におけるボラ漁の歴史は約四〇〇年前、オランダ占領時代にまで遡る。台湾の漢人たちはボラの卵巣を乾燥させたカラスミ（烏魚子）を好んで食し、特に旧正月の祝いの食事には欠かせない重要な珍味となっている。一方、前述したように、台湾蘭嶼島の原住民タオ族の人々は、トビウオを神の魚として崇めている。「燕心果」では、漢人を代表する魚を台湾の原住民を代表する魚に進化させることで、従来の漢人中心主義的な考えを覆しているのだ。

鄭は童話の中で、台湾は「海洋アジア」の一部であるということを示していると言えよう。台湾の歴史学者、周婉窈によれば、「台湾は海に囲まれている」という考えは、一九八〇年代以降盛んになった郷土化運動以前は、台湾において一般的ではなかったという。なぜなら台湾の殆どの海岸は軍事目的により一九八七年戒厳令が解除されるまで閉鎖されていたからだ。周は、台湾は、中国大陸、日本、琉球、東南アジア等海と強い関係を持つ「海洋アジア（海洋亜洲）」の一部であり、台湾の歴史もその海洋史の観点から語られるべきであると主張している。[6]

鄭が一九八四年、『幼獅少年』に発表した児童文学作品、「白沙灘上的琴声」においても、台湾は海洋文化圏の一部というコミュニティの新しいアイデンティティを示している。さらに、鄭は台湾の将来を担う子供たちに、エコ・コスモポリタニズムの考えをも示しているのである。一九五〇年代から始まった急速な工業発展により、台湾の環境は破壊されていった。一九七〇年代の台湾では、すでに環境汚染問題が深刻となっていたが、環境保護という概念が形成され、環境保護運動が登場するには一九八〇年代まで待たなくてはならなかった。一九八七年に旧国民党政権が戒厳令を解除するまで、環境保護運動は政府への挑戦とも捉えられ、政府はこれらの運動を厳しく取り締まった。一方で、一九八〇年代になると民主化運動が盛んになり、一九八六年には民進党（民主進歩党）が結成される。多くの環境保護活動家は、民主化運動の支持者であった。このように、台湾の環境保護主義は台湾の民主化への転換期において重要な役割を果たした。[7] 一九八〇年代の民主化運動によって、台湾の作家たちは「台湾の子供たちのための台湾の児童文学」を創作したいという情熱を持つようになる。日本統治下の台湾で生まれ、日本語と中国語双方で教育を受けた鄭清文もその一人であった。

「白沙灘上的琴声」のあらすじは以下の通りである。[8] 白鯨たちは、以前、南で見つけた小さな島の美しい白い砂浜のことが忘れられない。そこで白鯨たちは、白い砂浜が琴の音を奏でるのを聞いたのである。白鯨たちは北から南へと泳いで、島にたどり着いて魅力的な琴の音をもう一度聞こうとした。しかし、その白い砂浜が奏でる琴の音はかつてのように美しくなく、音色もとても弱々しくなっていた。なぜなら猿たちが砂浜を汚していたからである。そこで白鯨たちは、自分たちの体を使って砂浜をきれいにし、美しい音色を取り戻そうとする。白鯨たちはあまりにも熱心に砂浜をきれいにすることに集中していたため、海が引き潮になったことに気づかず、海辺の浅瀬に乗り上げてしまう。するとと猿たちがやってきて白鯨たちを取り囲み、キーキーと騒ぎ立てて白砂の琴の音をかき消してしまう。物語は以下の文で閉じられている。

その曲が、だんだんかすかになり、砂浜の白鯨たちが、まさに目を閉じようとしたとき、あのサルたちが、白鯨たちのそばまで近づいてきて、キーキーと泣き叫び、前足を使って木の枝や竹の棒を振り回し、後ろ足で白砂をめちゃくちゃに踏みつけて、踊り出す姿が見えました。(9)

白鯨たちが北から南へと泳ぐ途中に寄った小さな島は台湾のことであろう。この童話において、鄭は台湾が海洋文化圏の一部であるということをエコ・コスモポリタニズムの観点から示しているのである。童話に登場する、砂浜を汚し、白鯨たちに嫌がらせをする猿たちは人間のことを隠喩しているのであろう。北から南、南から北へと海を旅する白鯨たちは、我々に海は広く繋がっていることを思い起こさせる。鯨の集団自殺については、人類が及ぼす環境汚染がその頻度と深刻度を高めていると、一部の環境保護活動家たちが主張している。(10)自分の命を犠牲にしてまで海岸を綺麗にしようとする鯨を描くことで、鄭は鯨の集団自殺の原因を人類に問いかけているのである。

二　台湾の孤児意識からの脱却

言うまでもなく、鄭清文の児童文学は海だけでなく、森や山も描いている。鄭は「森のあるところには童話がある。台湾の三分の二は山で、これらの山々には美しい森も含まれている。過去長い間、台湾の人々は山へ近づくことはできなかった。台湾の周りは海に囲まれているが、台湾の人々は海へ近づくことはできなかった。そうして台湾の人々は山を忘れ、海を忘れてしまったのだ[11]」と述べていることからも、台湾の人々が忘れてしまった台湾の自然を児童文学に描き、次世代に伝えたいと考えていることがうかがえよう。

鄭清文は「鹿角神木」を一九八〇年『新少年』に発表している。この童話は台湾を代表する山の一つ、阿里山を舞台にしている。この物語の中で、母鹿は子鹿に「ここで待っているのよ、どこにも行ってはだめよ」と言いつけ、川の向こうへ餌を取りに行くが、猟師に打たれ、子鹿の元へ二度と戻ることはなかった。残された子鹿は母の言いつけ通り、ずっと同じ場所で母鹿を待ち続ける。季節が移り変わり、角が生え始めても、子鹿はずっと母鹿を待ち続ける。ついに、彼が年老いたとき、子鹿は涙を流し、その涙は地面に落ちて二つの泉となる。子鹿の体は地面に埋まり、土となったが、二本の角は何千年たっても伸び続け、大木となった。物語は次のように幕を閉じる。

春になって、草木が芽をふき、花が咲き、夜空いっぱいに星がきらきら輝くころ、彼の二つの目から湧き出た泉の水は、ゆっくり大河にそそぎ、小さい声で「かあさん、かあさん」と呼んでいます。大木のようになってしまったあの鹿の角も、風に揺られて「かあさん、かあさん」と、母鹿をしのんで呼んでいます[12]。

阿里山は標高二六六三メートルで、日本統治期の一九三四年に国立公園に指定され、現在は国家風景区に指定されている。一九〇六年、日本の技師、小笠原富士郎が樹齢三〇〇〇年のタイワンヒノキを発見し、そのタイワンヒノキは神木として長らく崇められていたが、腐敗が進んだため、一九九八年に切り倒された。子鹿の涙によって作られたという二つの泉は、阿里山森林地区にある姉妹池（姐妹潭）のことであろうか。

台湾にはかつてたくさんの鹿が山にいたが、オランダ統治期の台湾において、大規模な鹿猟が行われたという。特に、鹿の皮は日本へ輸出され、武士の鎧兜を作るのに重宝された。鹿猟と鹿の皮の市場拡大に伴い、オランダ人、漢人、原住民の衝突はこの時期に激化したという。清朝期になると、台湾では、漢人は耕作を始めるようになり、オランダ人、鹿猟は再び原住民の生活の糧へと戻った。しかし、大規模な土地の開拓によって鹿の生態系は崩れ、鹿の生存率は大幅に低下した。(13)「鹿角神木」の母鹿も、このような鹿の乱獲の犠牲となったのである。

本論文では、この童話における「孤児意識」にも注目したい。著名な台湾作家、呉濁流が一九五六年に「アジアの孤児」を発表して以来、孤児意識は、特に文学における台湾意識を語る上で大事なキーワードとなった。一方、鄭清文自身も、幼年期の経験に基づく孤児意識が文学作品に多大な影響を与えているが、その自身の孤児意識が、台湾の孤児意識とも関連づけられることは注目に値する。

鄭清文が自身のインタビューで述べているように、「二つの故郷、二つの幼年時代」という経験は、鄭の文学作品において最も重要なテーマとなっている。鄭は台湾桃園県の農村、下埔仔に生まれ、一歳のときに母方の叔父に養子に入り、姓を「李」から「鄭」に変える。養子に入ってからは台北県新荘市に移るが、その街は、彼の文学作品の中で「旧鎮」としてたびたび登場する。養子に取られてからも、鄭は生家にたびたび帰って生みの家族と一緒に過ごしたという。鄭は、自分には三人の母親がいたと述べている。鄭は次のように回想する。

私の生母は私を一番可愛がってくれた。私は毎年冬と夏の休みは田舎に帰ってしばらく過ごした。閹鶏〔去勢した鶏――筆者注。以下同様〕は自分で育てるものだが、正月を迎えるときにしか殺さなかった。生母は鶏のもも肉を塩カメに漬けておいて、私が帰ると取り出して野菜スープに入れて、私に食べさせてくれた。[14]

しかし、鄭の生母は鄭が小学五年生のときに亡くなってしまう。鄭は、彼の一番目の継母も彼に良くしてくれたと回想している。

これらの人たち〔家族〕の中で、私の教育について関心を持って理解してくれたのは、おそらく養母一人だけなのではないか。私がまだ幼いとき、彼女は私を幼稚園に通わせたのだ。〔中略〕遺憾ながら、わたしの養母はわたしが小学校に入学する前に亡くなってしまった。〔中略〕おそらく私が小学一年或は二年のときだろう、父〔養父〕が再婚した。継母はアモイから戻ってきた人で、向こうで誰かのお妾さんをしていたようだ。彼女は、人は悪くないのだが、ただ非常に目先がきかなかった。アメリカの飛行機が初めて台北に空襲に来たとき、彼女はまだ大きくなっていない鶏とあひるを殺して食べてしまった。彼女は、もし爆撃されて死んだら食べられなくなることを恐れたのだ。時期にかなった楽しみをする、という林語堂が提唱した思想、これは文人の気質なのだろうか？　それとも多くの中国人の哲学なのだろうか。[15]

鄭の次女、鄭谷苑は父の伝記で次のように語っている。

鄭清文が養子に引き取られたとき、実は実の姉と一緒に叔父の養子養女になった。生家には多くの子供がいたし、娘は比較的重視されなかったのと、一方でこの姉が一緒に来て弟の面倒を見るように、という意味合いもあった。しかし、様々な理由から、彼らの姉弟関係はあまり密接ではなかった。これは鄭清文の生活と価値観に、少なからず影響を与えた。彼が結婚して家庭を持つまで、家には父、養継母、そしてこの姉がいた。言うなれば、この時期の鄭清文は比較的孤独で寂しかった。鄭清文は「金はまた儲ければ持てる、しかし家庭の関係は壊れてしまうと、補修することはできない」と言ったことがある。〔中略〕継母は鄭清文に対して、本当の情愛は持たなかった。この時期、家では、父親は伝統的で寡黙な人だったし、継母も鄭清文を心から可愛がったり世話をしたりしなかった。[16]

鄭の児童文学の一つ、『天燈・母親』は鄭の準自伝小説とも呼べるものであり、鄭の寂しい幼少時代を空想的に映し出しているものである。鄭清文は『天燈・母親』の「後記」で「この童話も、農村、私がよく知っている埔子と埔尾に描写の重点を置いている。ジャンルの関係で、その中に多くの空想の部分を交えているが、田舎の景色、農家の行事、多くは私自身が経験したことのあるものだ[17]」と、この童話の背景が出生地でもあり、自分の育った故郷の一つでもある、桃園県の農村、下埔仔であることを述べている。そして、『天燈・母親』の母親のイメージ形成は、鄭が小学五年生のときに亡くなった生母の葬式に参加したこと、生母の遺体が埔尾の小川の横にある墓地に埋葬されたことからヒントを得たとも語っている。『天燈・母親』は一九九七年『台湾時報』に連載され、二〇〇〇年玉山社から単行本として出版された。この小説は「春・朝・鳩の声（春天・早晨・斑甲）」、「初夏・夜・蛍（初夏・夜・火金姑）」、「夏・午後・赤とんぼ（夏天・午後・紅蜻蜓）」、「初秋・洪水・アメンボ（初秋・大水・水豆油）」、「初冬・老牛・見送りの行列（初冬・老牛・送行的隊伍）」、「寒冬・ランタン・母親（寒冬・天燈・母親）」の六章からなる。台湾の農村での式の移り変わりを背景に、鳩、蛍、トンボ、牛等かつて台湾の農村でよく見られた動物たちを描いている。

主人公の少年阿旺は小学生であれば一年生であるはずだが、彼の左手の親指の横にもう一本指があり、「十一指」と呼ばれいじめられたため、小学校には通わず、家の水牛の世話をしている。阿秀は阿旺より二歳年上の色黒な女の子で阿旺と仲が良い。阿旺の母親は、阿旺が生まれる日、農作業の帰りに転んだことが原因で、阿旺を生んですぐ亡くなってしまう。阿旺の父親は日本統治時代に国民学校に通い、乃木大将と東郷元帥の話をする。母親の死後、阿旺の父親は後妻を娶る。父も継母も、阿旺のことはあまり気にかけないようだった。

阿旺の母親は死んでも阿旺が心残りで成仏できず、埔尾の墓場で幽霊として彷徨っている。阿旺は、昼間は水牛の世話をし、夜は母親の墓へ母親の霊に会いに行く。埔尾の墓場を取り締まるのは土地公である。

土地公は警察でもあり、良い人を保護し、悪い人を監視する。もともと、彼は母親が阿旺に会うのを許さなかった。母親がしきりに懇願し、阿旺も彼女を怖がらなかったので、彼らが会うことを許したのである。しかし、彼女が阿旺に触れることは許さなかった。[18]

阿旺は天真爛漫な子供として描かれ、彼は村の動物、鳥、虫、そしてカカシと会話することができる。阿旺は、彼らに皆友達で仲良くするべきだと言い、彼らが争えば、その間に立って仲直りを取り持ち、双方を和解させる。例えば、阿章おじさんの田んぼのカカシとその隣の阿泉おじさんの田んぼのカカシは仲が悪く、喧嘩ばかりしているが、阿旺は「君たちはお互いに見つめ合ってごらん、そしたら友達になれるんだから」[19]と二人を仲直りさせる。阿旺の家の老牛が隣の村の後竹囲に売りに出されることになると、阿旺と阿秀は、村中の動物、鳥、虫、カカシを集めて、行列を作って後竹囲まで老牛を見送りに行く。猫が行列に加わるとき、ネズミが怖がると、阿旺は「怖がらないで、今日は皆友達だ[20]」となだめるのだ。

陳玉玲は「農村的烏托邦——鄭清文的童話空間」において、童話『天燈・母親』は鄭清文の農村における子供時代を反映しており、阿旺を「聖嬰（the Divine Child）＝孤児と天真爛漫の結合」として描くことで、ユートピアとしての台湾農村社会を表現しようとしている、と論じている。[21] 物語の最初において、阿旺は、指が一一本あることをからかわれたのを理由に、小学校に行くのをあきらめている。しかし、物語の最後で、村民たちが村に電気を引き、埔尾に大通りを建設し、それに伴って埔尾の墓地も移転させることを決定したとき、阿旺は余分な指を切除する手術を受けることを決め、同時に学校に戻ることも決意するのである。そしてちょうどその頃、阿旺は元宵節で使われたランタンを拾うのだ。

阿旺はランタンを一つ拾った。母親の墓は移転してしまう。とても遠い場所へ移転してしまう。〔中略〕彼はただ母親にランタンを放って見せてあげたかった。そして母親に、父親はもう彼女に新しい墓を作ってあげる準備をしていることを教えてあげたかった。同時に、先生が彼を街に手術に連れて行ってくれて、余分な指を切り取ること、そして彼を学校に連れて帰ること母親に伝えたかった。[22]

そして、土地公の力を借りて、阿旺は母親をランタンに乗せ、天に昇らせてあげるのである。

土地公は母親の手を引いてランタンまで導いた。〔中略〕「放て」土地公は叫んだ。阿旺と阿秀は一緒に手を離した。ランタンはゆっくりと昇って行った。〔中略〕阿旺はわかっていた、母親は飛んで行ってしまえば、今後もう彼女には会えないのだと。阿旺は泣きたかった、しかし阿旺は泣けなかった。
阿旺はわかっていた、母親もきっと同じ気持ちに違いないと。母親はあんなにも長く、そしてあんなにも多くの苦しみを受けてきたのだから、今ようやく解放されて、きっと嬉しいはずだ。[23]

阿旺はこうして母親への思慕を絶つのである。物語の最後、母親を乗せたランタンが遠くへ飛んで行き、墓場にまた暗さが戻ると、土地公がやってきて、阿旺と阿秀に次のように伝える。

土地公は彼らに、彼はとても嬉しいと告げた。彼はもう阿旺が余分な指を切除し、学校に戻って勉強しようとしているのを知っているのだ。[24]

母親との関係を断絶し、余分な指を切断し、学校へ戻る阿旺は、農村の近代化——電気と道路の開通と同時に、もはや天真爛漫な「the Divine Child」ではなくなり、現実の現代社会の一分子となるのである。物語の最後の土地公と阿旺との会話は、ユートピアとしての台湾農村社会への告別を象徴しているのではないか。

徐錦成は、『鄭清文童話現象研究——台湾文学史的思考』において、この童話が描いているのは一九六〇年代の台湾の農村であると記している。[25] なにを根拠に徐は六〇年代であると特定するのか、これについて同書は明記していない。しかし、阿旺の父親が「日本統治時代に国民小学校を卒業している」と童話に書かれていることから、阿旺の父親は、六〇年代の鄭清文と同年齢（二八〜三八歳）であることが考えられ、この童話は一九六〇年代が背景になっていることは十分考えられよう。つまり、生母を亡くし、父親との関係にも距離がある阿旺は、鄭の子供時代の姿と重ね合わせることもできるが、同時に阿旺の父親も鄭清文と同年代の人物として描かれているのである。

鄭は『天燈・母親』の「後記」で自分の故郷の変化について次のように述べている。

私が生まれた場所は、貧しい農村で、一九六〇年代の前半になっても、まだ電灯はなく、皆灯油を使っていた。しかし、一九七〇年代の後半に、政府は畑の真ん中に三〇メートルもの大道路を開通させた。それからは、地価は飛ぶように値上がりし、高層の建物を建てる人も出てきて、農村はあっという間に都市に様変わりした。今、埔尾はなくなって、畑はもはやビルの隙間の断片的な土地になってしまった。[26]

台湾における農業の付加価値額の対GDP比率を見てみると、一九五〇年代では約三〇パーセント、一九六〇年代では約二五パーセントで、米・畜産を中心とする農業が一九五〇、一九六〇年代の台湾経済で果たす役割は依然として大きなものがあった。[27] しかし、一九六〇年代後半から台湾社会は工業化の比率を高めていき、一九七四年には当時の行政院院長であった蔣経国が大規模インフラ整備計画「十大建設」を打ち立てる。そして一九七〇年代にはアジア四小龍と呼ばれるようになり、アジアにおける経済先進地域としての地位を固めていくのである。[28]
鄭清文は『天燈・母親』の「後記」を次のような文でまとめている。

私が書く農村は、私個人の記憶だけではない、それは多くの台湾人の共通の記憶でもあるのだ。私が童話という方法を用いてそれを書くのは、より多くの台湾人が、年齢の低い時期に台湾の事や物に触れてほしいと願っているからである。[29]

この童話が書かれた一九九〇年代は、台湾はすでに工業先進地域としての地位を確立しており、同時に社会的には民主国家としての道を歩もうとしていたときであった。そして、一九九〇年代になると、鄭清文自身、すでに多くの作品を出版し、一九八七年には「第一〇回呉三連文芸奬」を、一九九九年には「Kiriyama Pacific Rim Prize（後の Kiriyama Prize）」[30]を受賞する等、すでに高い知名度を得ており、台湾の文芸界における地位も確立していた。同時に、三人の子供も成人し、孫も生まれ、『天燈・母親』発表の翌年一九九八年には長年勤めていた華南銀行を退職する。鄭清文は失われた台湾の農村風景をノスタルジックに描いているが、天真爛漫な阿旺が母親から自立し、スティグマである余分な指を切除するという行為は、台湾民衆及び鄭自身のアイデンティティ確立のメタファーであると同時に、鄭にとってのユートピアとしての台湾農村への惜別を表していると言えよう。

むすびに

本論文では、まず、鄭清文の児童文学を生態系の語りから分析した。台湾の民主化運動は鄭に「台湾の子供たちのための台湾の児童文学」の創作意欲を高めた。鄭が最初に創作した童話「燕心果」では、海洋文化圏の中の台湾という当時はまだ新しかった概念を打ち出した。鄭の児童文学は台湾の民主化運動に伴って活発になった環境保護運動をも反映している。台湾の美しい海岸に寄せる思いは「白沙灘上的琴声」に表れている。

一方で、鄭の児童文学には彼自身の幼少期の経験に基づく孤児意識を反映しているものもある。「鹿角神木」において、母鹿を待ち続ける子鹿の姿は、三人の母を持ち、彼女たちへ複雑な思いを抱いていた鄭の幼少期の寂しさとも重なるのである。しかし、鄭は童話における子鹿のように、体が腐敗して土に埋もれるまで待ち続けることはしなかった。鄭は彼の生まれ故郷である農村を『天燈・母親』に描くことで、三人の母親へのコンプレックスを併せ持つ思いを昇華させている。童話『天燈・母親』は、台湾の農村を、鄭自身の幼年時代と重ね合わせて描き、一見、まるで台湾の農村をユートピアとして再現しようとしているように考えられる。しかし、スティグマである余分な指を切断し、学校へ戻る決意をした阿旺の姿は、自身が生まれ変わろうとする姿でもあり、そうしたユートピアはすでに存在しないことを示す。鄭は『天燈・母親』において、自身の孤児意識を台湾の孤児意識と結びつけている。物語の最後において、孤児のメタファーとしての阿旺が自身のスティグマを捨て、学校教育を受けることを、土地公が喜ばしいこととして認めていることは、一九九〇年代、新しい国家として生まれ変わろうとする台湾への鄭の期待を表していると言えよう。

【注】

（1）柄谷行人『日本近代文学の起源』岩波書店、一九八〇年、一九五～一九九頁。柄谷は、「児童の発見」の章を書いた時点で、フィリップ・アリエス『〈子供〉の誕生』（杉山光信他訳、みすず書房、一九八〇年）のことを知らなかったと述べている（前掲『日本近代文学の起源』、三四一～三四二頁）。フィリップ・アリエスは次のように述べている。「中世の自由な学校から一五世紀の規則ずくめの学寮（disciplined collage——筆者注）への移行は、感情の領域で生じているこれと並行した動向を示すものである。それは子供と青年とにたいする新しい態度を表明するものである」（前掲『〈子供〉の誕生』、一五一頁）。

（2）鄭清文「我対台湾児童文学的看法」『小国家大文学』台北・玉山社、二〇〇〇年、一三四～一三五頁。

（3）著者は、二〇一七年一月三一日、鄭清文氏にオスカー・ワイルドの『幸福の王子』を読んだことがあるか、電子メールで確認した。その回答は、鄭氏は『幸福の王子』は読んだことがないが、芥川龍之介が中国の故事を書き換えた短編小説「尾生之信（尾生の信）」を日本語の原著で読んだことがあり、「燕心果」は「尾生之信」の影響を受けているとのことであった。

（4）鄭清文／岡崎郁子訳『阿里山の神木』研文出版、一九九三年、一三頁。原文：「轟、轟、轟……」忽然響起幾聲撼動大地的巨影響。火山爆發了。一股鮮紅光亮的火焰，帶著瓦斯和岩漿，沖倒天空，慢慢撒落，不到片刻之間，整個小島就埋在岩漿底下了（鄭清文『燕心果』台北・玉山社、二〇〇〇年、五三頁）。

（5）台湾の地形形成については、王鑫『台湾的地形景観』台北・関渡出版社、一九八〇年を参考にした。

（6）周婉窈『海洋殖民台湾論集』台北・聯経出版、二〇一二年。

（7）台湾の環境保護運動については以下等を参照。Ming-sho Ho, "*Environmental Movement in Democratizing Taiwan*（*1980-2004*）*: Political Opportunity Structure Perspective*," in East Asian Social Movements, eds. by Jeffrey Broadbent and Vickie Brockman, New York: Springer, 2011, pp. 283-314. Hsing-Huang Michael Hsiao, Lester W. Milbrath & Robert P. Weiler, "*Atecedents of an environmental movement in Taiwan*", Capitalism Nature Socialism, Volume 6, Issue 3, New York: Capitalism Nature Socialism, pp. 99-104.

（8）著者は、二〇一七年一月三一日、鄭清文氏にハーマン・メルヴィル『白鯨』を読んだことがあるか電子メールで確認した。その回答によると、鄭氏は中国語訳（葉晋庸訳、今日世界出版、一九六九年）で『白鯨記』（中訳題）を読んだことがあるが、自身の童話「白沙灘上的琴声」への影響はないと思う、とのことであった。鄭氏によれば、本作品を執筆するきっかけとなったのは、日本で「鳴き砂博士」で知られる故・三輪茂雄同志社大学教授による「鳴き砂」に関する記事を日本の新聞で読み、興味を持ったことだと言う。興味深いことに、台湾の蘭嶼島出身の原住民、タオ族で作家であるシャマン・ラポガンは、「大航海時代以降、西洋文学を牽引するようになった「海洋文学」は、海を「征服」する人間たちの文学であって、海を生活圏とする人間と魚類の「融合」に基礎を置こうとする自分の試みとは、相容れない。『白鯨』や『老人と海』に顕著なのは、「環境に対する破壊的暴力」と「現代人のニヒリズム」だ」と述べている。「我的文学作品与海洋」二〇一六年七月八日植民地文化学会での講演より。

（9）前掲注（4）『阿里山の神木』、一二三頁。原文：當那樂曲越來越微弱，沙灘上的白鯨政要閉起眼睛的時候，牠們看到那群猴子，已靠近牠們身邊，吱吱喳喳地叫著。牠們前肢不停地揮運著樹枝和竹棒，後肢用力踩著白沙，跳舞起來了（前掲注（4）『燕心果』、一四八～一四九頁）。

（10）Brendan Borrell, "*Why do whales beach themselves?*", *Scientific America*, June 1, 2009. http://www.scientificamerican.com/article/why-do-whales-beach-themselves/（二〇一七年一月三一日最終アクセス）。

（11）原文：有森林就有童話。台灣的土地有三分之二是山，這些山覆蓋著美麗的森林。過去很久的一段時間，台灣人無法接近山。台灣的四周也環繞著還，但是台灣人卻無法接近海。台灣人已忘記了山，也忘記了海（鄭清文「台湾童話写作的一個新動向」

『滿天星』台北、一九九八年五月三一日)。

(12) 前揭注(4)『阿里山の神木』、五二頁。原文:在春天,在草木開始發芽和開花的季節,在滿天出現晶亮的星星的時候,從那對眼睛湧出的水泉,緩緩的流入河流,會輕輕地、「哞哞哞」地訴說著。那時候,那些草木的葉子,也會隨著水泉的聲音,清清地叫了起來!那對巨木般的鹿角,也會迎著風搖動起來,「哞哞哞」地訴說著對母親的思念(前揭注(4)『燕心果』、七一頁)。

(13) 台湾の鹿猟の歴史については、曹永和『近世台湾鹿皮貿易考——青年曹永和的学術啓航』(台北・遠流出版、二〇一一年)を参照。

(14) 原文:生母最疼我。我每年寒暑假都會回鄉下住一些日子。閹雞是自己養的,不過遇有年節才宰殺。生母會把雞腿埋在鹽甕裏,等我回去才挖出來滾菜湯,再給我吃(鄭清文「偶然与必然」『鄭清文短篇小説全集 別巻 鄭清文和他的文学』台北・麦田出版、一九九八年、二頁)。

(15) 原文:在這些人當中,懂得關心我的教育的,恐怕只有養母一個人,在我很小的時候,她就把我送去幼稚園。不幸,我的養母在我小學入學前就已過世了。大概是在我小學一年或二年級的時候,父親再娶。後母是從廈門回來的,可能在那裡做過人家的姨太太。她人並不壞,只是非常短視,當美國飛機第一次來台北空襲時,她居然把沒有完全長大的雞鴨殺來吃了。她怕,萬一被炸死,就吃不到。林語堂倡導及時行樂,這是文人的氣質?還是多數中國人的哲學?(同上、四頁)。

(16) 原文:再者,鄭清文被收養的時候,其實是和一個親姊姊一起給舅舅做兒女的。一方面,因為生家兒女不少,女兒也比較不受重視,另一方面,也是要這位姊姊一起過來幫忙照顧弟弟的意思。但是由於種種原因,他們姊弟關係並不密切。這對鄭清文的生活和價值觀,都有不少的影響。在他成家之前,家裡就是父親,養繼母,和這位姊姊。說起來,這個時期的鄭清文是比較孤單和寂寞的。鄭清文說過,「錢再賺就有,但是家人的關係弄壞了,是無法修補的」(鄭谷苑『走出峽地』台北・麦田出版、三三〜三四頁)。

(17) 鄭清文『天燈・母親』「後記」台北・玉山社、二〇〇〇年、二〇九頁。

(18) 原文:土地公也是警察,保護好人,監輕視壞人。本來,他是不准母親見阿旺的。因為母親苦苦央求,而阿旺又不怕她,才答應他們見面。但是不准她碰阿旺(同上『天燈・母親』、六一〜六二頁)。

(19) 原文:你們要看著對方,就可以成為好朋友了(同上、一二二頁)。

(20) 原文:不用怕,今天,大家都是朋友(同上、一四四〜一四五頁)。

(21) 陳玉玲「農村的烏托邦――鄭清文的童話空間」『文学台湾』第三一巻、一九九九年、二〇七～二一八頁。
(22) 原文：他撿到一個天燈。母親的墓就要遷走了，遷到很遠的地方去。他不知道以後是不是還可以常常見到母親。他只想放天燈給母親看，也想告訴母親，父親已準備給她做新墓，同時也要告訴母親，老師要帶他到鎮上開刀，把多餘的手指切掉，也要帶他回去上（前掲注（17）『天燈・母親』、一七七頁）。
(23) 原文：土地公拉了母親的手，扶住天燈。「放。」土地公喊了一聲。阿旺和阿秀一起放了手。天燈慢慢的浮上去。阿旺知道，母親就要飛上去了，以後就不能再看到她了。阿旺想哭，但是他不能哭。阿旺知道，母親也一定是一樣的心情。母親受了那麼久，又那麼多的苦，現在能夠脱離，是應該高興的（同上、一八〇～一八三頁）。
(24) 原文：土地公告訴他們，他非常高興。他已知道阿旺要去切除多餘的指頭，也要回到學校裡去讀書了（同上、一八五頁）。
(25) 徐錦成『鄭清文童話研究――台湾文学史的思考』台北・秀威資訊科技、五一頁。
(26) 原文：我出生的地方，是一個貧窮農村，到一九六〇年代的前半，還沒有電燈，都是用臭油燈。但是，在一九七〇年代的後半，政府在田中央開了一條三十米的大陸。以後，地價飛漲，有人開始蓋樓房，農村很快的變成了都市。現在，埔尾沒有了，田地已變成大樓空隙間的畸零地了（前掲注（17）『天燈・母親』「後記」、二〇九頁）。
(27) 尾高煌之助他監修『アジア長期経済統計 一台湾』東洋経済新報社、二〇〇八年、七五頁。
(28) 小林伸夫『台湾経済入門』（日本評論社、一九九五年）を参照。
(29) 原文：我寫農村，並不止是我個人的記憶，它也是許多台灣人的共同記憶。我用童話的方式寫它，是希望更多的台灣人，能在較早的年齡接觸一些台灣的事和物（前掲注（17）『天燈・母親』「後記」、二一〇頁）。
(30) 一九九六年にアメリカ・サンフランシスコで設立され、アジア太平洋の地域や人々への理解を深める文学に対して賞が贈られ、二〇〇八年まで続いた。日本人作家では、二〇〇七年に村上春樹の「めくらやなぎと眠い女」が受賞対象となったが、本人は個人的な理由で受賞を断っている。http://www.kiriyamaprize.org（二〇一七年一月三一日最終アクセス）参照。

直木賞受賞までの邱永漢——「濁水渓」と「香港」を中心に

張　季　琳

はじめに

邱永漢（本名邱炳南、一九二四〜二〇一二）は台湾人を父として日本人を母として生まれ、作家としてまた実業家として多方面にわたって活躍を続け、長寿を全うして「金儲けの神様」と言われながら、二〇一二年に他界した。

筆者はかつて「『文芸台湾』時代の邱永漢」[1]という小論の中で、邱永漢の台北高校在籍時から東京帝国大学経済学部進学時までの文芸活動について多少の調査と考察を試みた。

戦後の国民党政権下の台湾で邱永漢は政治活動に携ったため、二・二八事件後の一九四八年に香港への亡命を余儀なくされ、そこからさらに一九五四年日本に移住した。[2] 邱永漢は多数の著書を世に送り出し、その分野はまことに多岐にわたっている。日本人が台湾文学史あるいは二・二八事件などをめぐる戦後台湾史について論じる際に、邱永漢をとりあげることは珍しくない。

邱永漢が直木賞を受賞したのは一九五六年のことであった（一九五六年一月二三日決定発表、同年『オール讀物』四月号選評掲載）。彼の一九五四年から直木賞受賞までの作品を表示すれば、以下のごとくである。

	題名	掲載誌（単行本）
1	密入国者の手記	『大衆文藝』第14巻第1号（東京・新鷹会、1954年1月）22〜37頁
2	龍福物語[3]	雑誌掲載なし
3	濁水渓	『大衆文藝』第14巻第7号（東京・新鷹会、1954年8月）54〜88頁
4	濁水渓（第2部）	『大衆文藝』第14巻第8号（東京・新鷹会、1954年9月）43〜71頁
5	濁水渓（第3部）	『大衆文藝』第14巻第9号（東京・新鷹会、1954年10月）50〜82頁
6	故園	『文學界』第9巻第3号（東京・文藝春秋、1955年3月）50〜66頁
7	客死	『大衆文藝』第15巻第6号（東京・新鷹会、1955年6月）35〜63頁
8	検察官	『文學界』第9巻第8号（東京・文藝春秋、1955年8月）6〜31頁
9	敗戦妻	『小説公園』第6巻第8号（東京・六興出版社、1955年8月）173〜186頁
10	香港	『大衆文藝』第15巻第8号（東京・新鷹会、1955年8月）24〜41頁
12	香港（第2部）	『大衆文藝』第15巻第9号（東京・新鷹会、1955年9月）50〜66頁
13	香港（第3部）	『大衆文藝』第15巻第10号（東京・新鷹会、1955年10月）36〜54頁
14	香港（第4部）	『大衆文藝』第15巻第11号（東京・新鷹会、1955年11月）72〜89頁
15	石	『大衆文藝』第16巻第2号（東京・新鷹会、1956年2月）36〜50頁
16	刺竹	『新潮』第53巻第3号（東京・新潮社、1956年3月）186〜199頁
17	雪中送炭—直木賞（昭和30年度）	『新潮』第53巻第3号（東京・新潮社、1956年3月）200頁
18	遼東之豚—わが受賞の辯	『大衆文藝』第16巻第3号（東京・新小説社、1956年3月）4〜7頁

19	日本天国論	『文藝春秋』第34巻第4号（東京・文藝春秋、1956年4月）122～127頁
20	見えない国境線	『小説公園』第7巻第5号（東京・六興出版社、1956年5月）238～249頁
21	華僑	『香港』（東京・近代生活社、1956年6月）233～299頁 『小説春秋』第2巻第5号（東京・桃園書房、1956年6月）96～121頁
22	香港の女	『別冊文藝春秋』第55号（東京・文藝春秋、1956年12月）161～169頁

本稿では紙幅の関係で、作者の自伝的小説と言われる作品「濁水渓」と「香港」をとりあげ、当時の日本文壇の評価をも辿りながら、若干の考察を試みることにしたい。

一．「濁水渓」と邱永漢

濁水渓とは、林という姓を名乗るこの小説の語り手「私」の故郷を流れる大渓流の名であり、西部台湾を南北に分断している。邱永漢の回想と比べて読めば、この作品が自伝的小説であることは一目瞭然であり、また、この作品は戦前戦中の日本と台湾の状況、戦後の二・二八事件前後の国民党政権下の台湾の混乱を作者の目を通して描くという一種の実録小説と見なすこともできる。地方名士であった父親の意向で「私」は内地人の通う小学校に入れられる。「私」は級長に選挙されたこともあるが、台湾人であるため副級長に格下げされてしまう。これは作者自身の経験に基づくものであろう。『読売新聞』に連載された「時代の証言者　金儲けの神様・邱永漢」の中で、邱永漢が次のように語っているからである。

植民地台湾の初等教育制度では、小学校は主に内地人（日本人）を対象としており、本島人（台湾人）の子供の大半は公学校へ入りました。〔後略〕

約五五人のクラスの中に、地元の本島人有力者の子供が五人ほどいました。台南で知らぬ者のいない金持ちや事業家の子供たちです。内地人の児童はみんな役人や警察官、教師の子弟で、もちろん日本語しかできない。小学校の授業はすべて日本語でした。

〔前略〕どういうわけか、四年生になってから、がぜん勉強ができるようになり、一番になってしまった。級長選挙のとき、私が首席ということで級長に選ばれました。副級長には内地人の同級生がなりました。ところが、内地人の先生は「本島人が内地人に号令をかけるのは具合が悪い」と考えたらしく、私を副級長に格下げし、内地人の副級長を級長に格上げしてしまいました。本島人であるがゆえの差別待遇というものを、初めて身をもって体験したわけです。

そのころから、私は差別を意識せざるをえない環境に置かれました。いわば、自分は十字架を背負って生きているのだという感覚です。自分のマイナス部分を補うには、人の何倍も努力しなければならない。人生を振り返れば、そういう覚悟が、結果として自分にプラスに作用したといえるでしょうね。(4)

中学進学後も「私」は、ほかの台湾人生徒ともども内地人生徒に虐待され、教師までも台湾人生徒を差別待遇したが、中でも教練の教官であった老大尉は最悪であった。これもまた邱永漢自身の経験に由来するものである。邱永漢の回想では、当時のことは次のように語られている。

台北高等学校尋常科は小学校や公学校の一番、二番という優等生が　四〇〇人受験して四〇人しか合格できない難関でした。もっとも、合格者が一〇人に一人というのは表向き。内地人（日本人）は二〇〇人受けて三五人合格でしたが、本島人（台湾人）は二〇〇人受けて五人しか採らないのです。

そんなハンデがあったものの、私は一九三六年（昭和一一年）、台北高校尋常科に無事合格し、台南の新聞の漢文欄で「秀才」と紹介されました。〔後略〕

ともあれ、本島人は内地人以上の狭き門をくぐり抜けて入学したわけなので、一番、二番の優等生は本島人でした。ところが、本島人は、軍事訓練がどんなにうまくできても五九点の赤点しかもらえない。本島人には兵役の義務がないという理由からです。

〔前略〕私は校内で名前を知らない者はいないくらいの秀才でしたが、私たち本島人は差別への反感をバネに努力したわけです。

一級下には半世紀後に台湾総統になった李登輝さんがいました。彼は淡江中学からの高等科入学です。台北高校は人道的な考え方の先生が多く、わりと自由な雰囲気でしたね。[5]

このように台湾人でありながら、日本人と同様の初等・中等教育を受けた「私」は、台湾人と日本人のとの間の境界線にいたわけであり、彼の幼年期少年期のアイデンティティは複雑で不安定なものであった。そして「私」は成人期を迎える頃には、叛逆者の道を歩み、主体的に中国人アイデンティティを選びとろうとするのである。「私」は大内兵衛や河合栄次郎の去った後の東京帝国大学経済学部に入学するが、そこで同学部の先輩である劉徳明という台湾人学生と知り合う。徳明も「私」も日本を中国から追い払うべしという信念を抱く叛逆者である。「私」は徳明と共に彼の指導教官となる徳村教授[6]を訪問する。彼は皇国必勝を確信しているが、すこぶる親中的な経済学者である。「私」はこの教授の前で「大衆はどうか知らないが、少くとも台灣のインテリは日本が敗けた方がいいと考へてゐますよ[7]」というような本音を吐露してしまう。「私」は戦後まもなくこの徳村教授に再会するが、彼は好人物として描かれている。

「私」はあるとき、留置場に投げこまれてしまう。釈放後もさまざまの苦闘を強いられる「私」が密出国計画まで考えるうちに戦争は日本の敗北をもって終わる。それは「私」にとり喜ぶべきことであったはずだが、そのときの「私」の心境は複雑であった。

　私としては出來る限りの抵抗を試みた積りだつた。心から日本の敗北を願つた。そして、何もかもその通りになつた。しかし、日本の敗戰が現實になつてみると、私の心には名状しがたいもやもやがしこりのやうにのこつてしまつた[8]。

この「名状しがたいもやもや」とは、「私」の中国人アイデンティティの獲得が不完全であり、「私」の心の奥深くには幼少期の日本人アイデンティティがなおも残っているために生じたものであろう。しかし日本敗戦後の台湾の状況は、「私」に中国人アイデンティティ受容を完結させるどころか、これに対する激しい反発を生じさせるのであった。それは「私」と劉徳明にとってまったく予想外のことであった。初めに基隆に上陸した中国軍は台湾民衆に歓迎されたが、国民党官僚の腐敗と軍隊の横暴に対する民衆の不満は募り、それは一九四七年二月二八日の蜂起事件として爆発する。この蜂起は新来の国民党軍によって鎮圧され、無数の台湾人が虐殺される。

二・二八事件は今でこそ知らぬ者はいないが、昭和三〇年代初めの日本の読書界にとり、この事件前後の台湾の混迷と苦悩の叙述や描写はかなり驚異的なものであったに違いない。「濁水渓」では蜂起直後の台湾人側の事件処理委員会と行政長官陳儀との交渉、劉徳明の関与、その後の国民党軍の全島制圧などかなり具体的に細かく述べられており、このあたりでは実録的小説としての特色がよく発揮されている。

「私」と劉徳明、ことに後者は、日本敗北後の新台湾建設に大いに関与貢献するつもりでいたが、日本留学経験のある台湾知識人はまったく排除されてしまう。このときの「私」の感慨は次のように述べられている。

日本の敗北によつてたやすく實現すると思つた夢は今や永遠の彼方に押しやられてしまつた。[9]

私をも含めて中國を自分達の祖國と考へた我々は、結局、台灣人であつたのである。[10]

劉徳明は新台湾の建設のための新しい教育施設を作ろうとするが、この企画は失敗する。「私」と劉徳明は真摯な友情の絆で結ばれた同志であったはずが、小説の後半部になるとこの友情はいつしか冷却してしまう。これには張翠玉という台湾人の乙女が関わっており、「私」が劉徳明の婚約者であった彼女を奪ってしまったような形になる。ただし「私」が翠玉と結ばれるというわけではない。このあたりに作者邱永漢の恋愛経験のごときものが影を落としていると考えられなくもないが、永漢の回想から翠玉にあたる女性を探し当てることは難しい。また「私」と徳明の訣別にとっても、この女性問題は決して本質的なものではない。

劉徳明とはいったい何者なのであろうか。彼と「私」との間に出自、生育環境、資質、思想について大きな隔りがあるとは思えない。もっとも注目すべきは、この徳明は作者邱永漢と同じく日本人を母親とする台湾人だということである。「内地人を憎悪し内地人の娘と結婚することを嫌つてゐる徳明。帝國主義に反抗し、鋭い社會主義のメスで社會悪をえぐる男」[11]である徳明の母が日本人だと知った「私」は驚くが、徳明の方は「僕は生まれながらに台灣人として育つた。台灣人としての民族的な苦痛を嘗めてきたし、これからも嘗めて行くだらう。台灣人としての意識しか僕にはない。それで充分ぢやないか」[12]と断言する。これは作者自身の、少なくともある時期の彼の真情吐露なのではあるまいか。つまり劉徳明とは邱永漢の分身にほかならぬのではないか。というよりむしろ徳明だけではなく、「私」もやはり作者の分身であり、この作品では作者の異なる両面が「私」と徳明として描き分けられていると思われるのである。すでに述べたように、両人の訣別においては、恋愛問題は副次的な役割しか果たしていない。張翠玉の存在はこの作品に小説的色どりを添えているにすぎない。もっとも翠玉は「濁水渓」第三部にも登場し、主人公と偶然香港で出会うことになる。

「濁水渓」が『大衆文藝』に発表されたときは三部に分かれていたが、その後単行本『濁水渓』（現代社、一九五四年一二月）として刊行されたとき、第三部は削除された。この第三部と受賞作「香港」とのつながりは後にあらためて吟味するが、ここではまず主に第一部と第二部について論じたい。劉徳明の消息は第三部の登場人物の口から語られ、「私」は徳明のことを心配してはいるのだが、二人が会って語り合い、真情を吐露し合うのは第二部までのことである。

第二部までの劉徳明は、――そして実は第三部においても――台湾から離れることがない。それに対し「私」は、日本の敗戦を境として台湾という枠から外に出ようとするが、すっかり台湾を見限っているわけでもなく、ある種の未練を抱いているようでもある。しかし、台湾とか日本とか中国という国境を越えて広い世界に向かおうというのが「私」の基本姿勢となってゆく。

生きるんだ。生きるんだ。民族も國家もない世界に生きるんだ。さあ、行かう。一緒に行かう。違つた夢の世界へ行つて暮さう。(13)

と言う「私」に対して、劉徳明は、「『いや、俺はのこる。俺はここにのこるんだ。』とひとりごとのやうに彼は嘯いた[14]」。「私」はまた劉徳明のことを次のように批判している。

民族を捨て國境をなくすことこそ本當の叛逆でなければならぬのに、台灣人として虐待されて育つた彼は逆に民族に固執することになつてしまつたのだ[15]。

この劉徳明の父は国民党軍に虐殺され、彼自身も台湾人として苦難の道を歩むことになるはずだが、彼のその後の人生について、小説の中では語られていない。

劉徳明は台湾人という民族的立場、台湾という土壌から離れることはできず、台湾に殉じようという人間である。一方、「私」の方は、故郷台湾を忘れ去ることは決してなく、徳明と出自と教育の上で似かよい、思想と情感の面でも共通するところ多いのであるが、徳明とは異なり、作中のところどころで台湾という枠を越えて、広い外界に出ようという志向を示している。例えば、「私」は張翠玉との会話の中で彼女に行先を問われて、「さしあたりは香港だ。しかし、それから先はわからない。世界のどこの涯まで流れて行くか見當がつかない」と答えている[16]。

劉徳明の性格はひたむきで真面目である。「私」が不真面目であるわけでは決してないが、強い実利追求志向も具えており、作中で、

出來れば、金銭の鬼になりたい。政治を動かせるやうな金力をつかみたい[17]。

と真情を吐露している。ここには後日「金儲けの神様」となる邱永漢の一面が投影されているかのようである。「私」はまた俗世間に充分順応できる人間であり、密輸をしたり、博奕に耽るゴロツキ連中とも親しくなってゆく。

私自身はかうした生き方が墮落などとは少しも思はなかつたが、徳明の眼にさう映じてゐるらしいことはきくまでもなかつた。日がたつにつれて、私達はお互いに顔を合せることさへ珍しくなつた。[18]

このようにして「私」と劉徳明はそれぞれ異なる道を歩むことになるが、すでに述べたように、「私」と徳明は作者邱永漢自身のある時期の二つの異なる内面的方向性を代表するものである。このことは作中でもはっきりと表現されている。最後に徳明と会ったとき、「私」は彼に次のように言う。

僕達は同じ一人の人間だ。一人の人間が二人の姿になつて現はれたにすぎないのだ。〔中略〕なぜ僕達は別々の生き方をしなければならないんだ。なぜ一緒には生きて行けないんだ。[19]

あくまで台湾人として生きようとして、つねに台湾に回帰する劉徳明と国境を越えて外界でなんらかの新人生を切り開いてゆこうとする「私」が作者邱永漢の中で同居していたのであろう。徳明と「私」との対立あるいは反撥は作者の内面の相克であり、葛藤でもあったのであろう。戦争中から戦後「香港」執筆頃までの若き邱永漢の内面苦闘の告白、それこそが「濁水渓」にほかならない。もっともあくまで小説なのであるから、虚構的設定もなされているには違いない。作者内面の苦悶においてついに勝者となった者は、徳明ではなく、「私」のほうであった。邱永漢は回想記の中で自分は「台湾生まれのアジア人」であるという意味のことを述べているが、この「台湾生まれのアジア人」こそが「濁水渓」の主人公の「私」の成長した姿である。

私の前半生は、台湾に生まれ、日本で大学教育を受け、戦後は香港に亡命し、再来日して作家になるという流浪の日々でした。後半生は日本を拠点に中国投資などに乗り出し、世界中を飛び回っています。
私の今の国籍は日本で、法律上は日本人です。もっとも、アイデンティティーは何かと問われれば、答えは台湾人でも日本人でもない。あえて言えば「台湾生まれのアジア人」ですね。[20]

和泉司も「確かに「私」と劉徳明の経歴・経験には、邱永漢自身のそれが反映されている[21]」と述べているが、両人が作者の二つの異なる側面にほかならないと言うまでには至っていない。「私」と徳明が作者の分身であることは垂水千恵も簡単に指摘し、「引き裂かれた自己に対する透徹した邱のまなざし」に言及している。しかし、垂水のように「「濁水渓」執筆の時点で作者が文学と訣別した」ととるべきではないであろう。[22]「私」と訣別した徳明は別に作家、文学者ではないからである。

「濁水渓」を論ずる先行研究では、作者もしくは登場人物のアイデンティティ追求を重視し、このアイデンティティ追求こそが、この作品の一主題であるとする論調が目立っている。

山中英樹は論文「台湾に生まれた者の苦悩――邱永漢「濁水渓」の場合」の中で「濁水渓」におけるアイデンティティ問題を大きく取り上げ、「「濁水渓」という作品は、台湾の戦前から戦後にかけての激動期を生きた作者邱永漢の、アイデンティティをめぐる苦悩を描いたものなのである[23]」と言う。そして、山中は、「私」は長らく中国にアイデンティティを求めていたものの、「国民党軍による同胞虐殺を目の当たりにし」、結局、「国家や民族にアイデンティティを求めるという考えはなくなっている」と指摘している。[24]

また李昀瑾は論文「自我認同的糾葛与分裂――以邱永漢「濁水渓」為考察対象」の中で「自我認同」、つまりアイデンティティ問題の分析を試みて、「濁水渓」の主題を「亦中亦日亦台（中国でも日本でも台湾でもある）」的認同と「不中不日不台（中国でも日本でも台湾でもない）」的認同との間の彷徨と捉えている。[25]

丸川哲史は著書『台湾、ポストコロニアルの身体』第五章で、「濁水渓」における台湾人アイデンティティの屈折と葛藤を辿ろうとしている。丸川は劉徳明を混血であるからこそ台湾人アイデンティティに固執し、台湾人との結婚を決意することに注目する[26]。

一方、垂水千恵は著書『台湾の日本語文学』の中で、「濁水渓」の作者がアイデンティティの基盤を「血」に置くことを否定するばかりか、「血」の虚構性も指摘している、と捉えている[27]。

これらの論考のアイデンティティ論は首肯しうるところもいろいろあり、アイデンティティ問題が作品のモチーフの一つになっているのは確かであるが、果たしてこれが作品全体の主題をなしているかと言えば、筆者には、やや疑わしく思われるのである。

「私」の分身である劉徳明もそして作者邱永漢自身も日本人を母としているが、いずれもみずからを日本人と位置づけることはしなかった。いっぽう「私」のほうは日本人との血縁はまったくなく、戦争中は日本の敗北をひたすら願っている。つまり中国台湾対日本というアイデンティティ分裂問題は、「濁水渓」の主人公たちにおいては、意識されてはいないのである。もちろん、「私」も徳明も作者も日本的教育を受けることにより、潜在的に日本アイデンティティを持っているわけだが、二人の主人公は日本敗戦直後までは、主体的に中国台湾アイデンティティを選択しようとしていたのである。二人にとってのアイデンティティ問題とは、戦後に鮮明化する台湾アイデンティティか中国アイデンティティかという二者択一なのである。二人とも日本敗戦後の中国への回帰に多大な期待を寄せるが、この期待はすぐ幻滅に変わる。徳明はあくまで台湾に帰属し、「私」は「第三部」では多少の台湾回帰的志向を示すが、結局はユダヤ人的根無し草的国際人になろうと決意する。「濁水渓」という小説においては、アイデンティティ問題は一つのモチーフにはなっているが、この問題は全作品の最重要の主題とはなっていないように思われる。

以上、主に「第一部」と「第二部」の内容によって小説「濁水渓」の若干の分析を試みた。しかし、すでに述べたように「濁水渓」には第三部があり、これも『大衆文藝』に発表されたのであるが、一九五四年一二月この小説が現代社から単行本として刊行されたときには、この「第三部」は削除されてしまった。直木賞候補となり、後年著作集などに収録されたのはこの「第三部」は欠くものであった。この「第三部」の削除は隠されていたわけではなく、研究者が言及することもないわけではなかったが、丹念な考察の対象になることはまれであった。和泉司はこの削除の問題を重視し、この「第三部」と「香港」の関係についての考察を「邱永漢「濁水渓」から「香港」へ——直木賞が開いたものと閉ざしたもの」という論考にまとめている。

「第三部」削除は理由のないことではない。「濁水渓 第二部」と「香港」を並べてみると「第三部」の微妙な中途半端さが目にとまる。つまり「第二部」においてすでに主人公が見切りをつけた事柄、訣別をした人々のことが「第三部」でまた述べられており、過去に対する主人公の未練のようなものが、ところどころで感じられるのである。上に述べたように「第二部」末尾で訣別した劉徳明は「第三部」には登場しないが、「私」はここであいかわらず彼の動向を気にかけている。

二・二八事件後に東京で再会した徳村教授(28)から「私」は経済的行為に携わることを勧められ、

密輸だらうが何だらうが、やれる間にやるんだ。〔中略〕學者の卵を百人も抱へてゐるより、一人のレット・バトラーを弟子にもちたいな。ハハハ……(29)。

とまで言われ、「私」は結局、密輸業者の一人になり、もって生まれた適応性を存分に発揮し、密輸業者生活にもよく順応してゆく。邱永漢自身がかつて密輸業にも手を染めたのかどうかわからないが、この順応能力はまさに作者自身のものであろう。密輸に携わるうちに「私」は台湾系中国人、海童と綽名される王兆立とか香港に亡命した実業家荘慕良などと親しくなる。荘は台湾の完全独立を目指す亡命者である。海童の方は交通事故で死んでしまうが、これは一種の暗殺であった。ともあれ主人公と海童や荘との語り合いを通して、「第三部」における「私」の政治姿勢や人生観のごときものが窺われる。「私」は香港で偶然再会した張翠玉から「ずいぶん国際人になったわ」などとひやかされるが、「私」は実のところまだ「第二部」末尾で漠然と夢見た国際人になりきれていない。「第二部」では、主人公が香港への船出の計画を立てているとき、

もう私には國家もない。民族もない。私は永遠に地球をさまようユダヤ人になるのだ。(31)

と言い切っている。しかし「第三部」では「私」の国際性志向はむしろやや後退している。香港滞在中に「私」は、

めぐりめぐつていつも戻つて行くのが台灣である。知られざる台灣。世界の歴史から閑却された台灣。その台灣の中で、空しいと知りながら努力をつづけつてゐる人々の姿が私の脳裏を去来した。(32)

というように一種の台湾回帰的な心情を語っているのである。「第三部」の末尾、つまり「濁水渓」全篇の末尾は、台湾海峡を北上する船の中にいる主人公の以下の感慨で締め括られている。

私は私の孤獨に耐へて行かうと思つた。そして今日は見る影もない台南の廢墟にしよんぼりと立つてゐるもう一人の私のことを思ひ出してゐた。(33)

台南とは劉徳明の故郷である。台南の廃墟に立つもう一人の「私」とは徳明にほかならない。この末尾でも「私」はまだ分身たる徳明の世界から逃れきることができないようである。

「第二部」に顕著な主人公の多分に根無草的なる国際人志向は、「第三部」においては明らかに後退し、むしろ台湾回帰の志向が浮上している。このような「第三部」にはこれから進むべき道を決めかねている作者自身の混迷と逡巡が反映している。その意味でこの「第三部」も邱永漢の内面的彷徨の軌跡を辿る貴重な記録と言ってもよいであろう。しかし、「濁水渓」をあくまで小説作品として見るとき、「第三部」はどうしても中途半端なものとなり、蛇足のように思われてくる。「第三部」の中途半端さは『大衆文藝』掲載時に、つまり単行本になる以前に、批評家から指摘されていた。例えば、『大衆文藝』一九五四年一一月号の「大衆文藝月評」では次のように批判されている。

このように第一部から第二部へと正當に、堂々と發展してきた主題が、第三部に於てはいちじるしい停頓ぶりを見せている。〔中略〕祖國と民族とも關係のないところで「私」は行動している。この理念と行動の分離が、第三部に於て印象の統一を缺いた根本原因であるだろうと思う[34]。

また、和泉司の言葉を借りて言えば、「第二部までに見る限り、日本と台湾、そして中国の間に揺られ、まるで経済活動に逃避したかのように描かれていた「私」は、第三部に台湾独立というベクトルを持った人物に軌道修正されているのである[35]」。和泉によれば、単行本として刊行されるとき「第三部」が削除された、その裏には政治的配慮もあったようである[36]。とは言え、このような政治的配慮は「第三部」削除の副次的原因にすぎない。

強く働いたのはむしろ檀一雄（一九一二～七六）の見解であろう。『私の金儲け自伝』の中で邱永漢自身も「第三部」削除は、主に檀一雄の意向によるものであったことを語っている。[37]

邱永漢と檀一雄の交友は親密なものであったが、この交友が始まるのは、まさに「濁水渓」が現代社から刊行されたときであるようだ。檀一雄は来訪した邱永漢に「日本の文壇で、君はプロの小説家としてやっていけることは間違いない。しかし、十万円作家にはなれても、百万円作家にはなれないだろう」と告げた。[38] 百万円作家になるためには、日本的義理人情に通じていないとだめだ、というのが、この言葉の意味であったようである。[39] ともあれ、邱永漢は檀一雄から大いに励まされたようだ。檀が後に家出問題を起したときにも邱永漢はこの旧友の面倒をよく見て、いろいろ助言したようである。[40]

檀一雄がどのような思案の下に「第三部」削除に踏み切らせたのか、詳しいことはわからないが、「濁水渓」第一、二両部の主題や構成を不統一で曖昧なものに変えてしまうこの「第三部」の中途半端さを認識したためとすれば、「第三部」削除は檀一雄の一種の慧眼の所産であったとも言えるであろう。

二、「香港」と邱永漢

全四章からなる小説「香港」の主人公は頼春木という名の台湾人である。後述するように、作者邱永漢の体験がどれだけこの「香港」に反映しているのか疑わしいところがあるが、主人公頼春木は一応「濁水渓」の「私」の後日談と見なすことができる。「私」は「濁水渓」「第三部」ですでに香港への渡航を経験しているが、「香港」の舞台は終始香港である。「濁水渓」[41]「第三部」と「香港」は不整合的に重複しているところがある。

頼春木は嘉義の農林学校を卒業後、戦争中はフィリピンで働き、捕虜生活を送った後、台湾に戻り、反政府運動に加わり、今では亡命者となっている。一九四九年国民党軍が台湾に移動し始めた頃、春木は逃亡者として命からがらほとんど無一文で香港に辿り着いたところで小説は始まっている。彼が香港で世話になるのは老李と綽名される李明徴という怪しげな台湾人である。この老李のほか、洪添財や周大鵬などがこの小説の主要登場人物であるが、彼らはいずれも香港でのいかがわしい生活を余儀なくされている台湾人である。上海から来たリリという売春婦を別とすれば非台湾系中国人も日本人もイギリス人もほとんど登場しない。春木は異郷の地にいてともかくも暮らしてゆかねばならない。いろいろな非合法な仕事にも手を染め、結局は老李の手下のようになってカサブランカに茶を輸出する業務に携わることになる。これは一種の詐欺である。しまいには、春木は老李に体よく捨てられ、リリにも裏切られ、何とか自力で生きてゆくほかは、もはやなすすべもない。全作品は次のように締め括られている。

今日は老李が去り、明日はやがてリリが去るだろう。そのリリを責めることも今の自分には出来ない。いや、もともと人間は誰をも責めることはできないのだ。それにしても、自由への道とは何と残酷な道であらうか。(42)

ここで春木の言う自由とはどのようなものであろうか。それは彼自身にもわからぬ茫漠たるものである。無国籍的国際人になることであろうか。「濁水渓」と同じく、「香港」でもユダヤ人に言及されるが、ここではこの言葉を用いるのは春木ではなく老李である。この老李は、春木とはまったく異なる次元に生きる男、詐欺師ではあるが、春木にとってもどこか学ぶべきところのある魅力的人間であり、また別次元の人間でもある。

他人の金をだます仲間に入つて生きることが、この二年間の成長を意味するだらうか。老李は血も涙もない男のやうに見えるが、全然さうだとも云ひきれない。他人を踏台にすることをすすめるかと思ふと、自分の苦境を助けてくれたりする。何のために自分を助けるのか、自分にどんな利用価値があるのか、その理由もわからない。とすると、老李は自分と何か桁違ひに出来た男だらうか。(43)

亡命者として台湾に帰ることはできず、日本とは縁が切れ、さりとて大陸で共産主義者の味方になるわけにもゆかない。香港という異郷で最低の暮らしをしながらでもなんとか生きてゆかねばならない春木の心境からすれば、ほとんど金がすべてということになっても不思議ではない。

人生とは刹那を生きる以外の何ものかであり得ようか。刹那と刹那を　辛じてつなぎ合はせる金といふ絲がつゞく限り人生は続くものだ。そしてこの絲がぷつりと切れた所で人生そのものが終わつてしまへばいゝのだ。(44)

上に述べたように「濁水渓」においては、中国・台湾アイデンティティの分裂が重要なテーマになっていたが、この「香港」では主人公はなんとか日々生き延びてゆくことで精一杯であり、アイデンティティ問題などはもはやほとんど考えに入らぬのである。日本人というものに言及されるのは、この小説ではわずか一箇所にすぎない。

西洋人の真似ばかりしてゐる日本人のその又真似をして生きてゐる自分が無性にいぢらしくなつて、思はず涙が出たほどだつた。(45)

台湾には帰るに帰れない春木であるが、主要登場人物は老李にせよ周大鵬にせよほとんどみな純然たる台湾人である。したがって春木は台湾人アイデンティティを喪ったわけではなく、むしろ香港社会の底辺にいる台湾人とのつながりを保ちつつ辛うじて命をつないでいるということはできよう。しかしながらこの小説ではアイデンティティなどはもはやさし追った問題とはなりえないのである。

小説の結末で、主人公はほとんど天涯孤独の身となり、茫然自失して、ただ自由への漠然たる希望のみを抱きながら、これからいかに生きてゆくべきか自分の進むべき道を見出しかねている。主人公がこの後どのようになるのか、作者邱永漢のような成功者になるのか、故国台湾になんらかの形で回帰するのか、小説では何も語られてはいない。

さて、邱永漢が六年にわたる香港亡命生活を余儀なくされるのは、荘要伝の依頼で廖文毅の協力の下に国連事務総長宛に台湾の人民投票実施のための請願を下書きしたことによる。これは国民党政府から台湾独立運動と見なされ、亡命でもしなければ処刑されるはずだったのである。香港で彼は廖文毅の世話になるが、彼の所持金はなくなる一方で、広東語はわからず、すっかり途方に暮れて、肉体労働でもやるしかないところに追い詰められてしまう。「香港」の登場人物たる老李は、廖文毅とはまったく異なっているが、ここまでの邱永漢は小説の主人公頼春木とよく似ていると言ってよいだろう。邱永漢が「金儲けの神様」となる土台は香港亡命中に築かれ、彼はここで成功者となるのであるが、小説主人公の頼春木が果たして同じように成功するかどうか作中では暗示すらされていない。つまり、頼春木と邱永漢は似ていないのである。ここで「香港」を果たして邱永漢の自伝的小説と見なしてよいのかどうかという問題が浮上する。

ともあれ、邱永漢自身は経済人、文化人としての華麗な経歴の端緒を香港滞在中に見出すことができた。頼春木と異なり邱永漢は香港で成功者となるのである。すなわちある台湾人の入れ知恵で物質欠乏の日本にストレプトマイシンやペニシリンを二倍三倍の価格で郵便小包を使いながら輸出するという仕事を始め、これがうまくいったため、高級住宅に転居し、運転手付自家用車を乗り回す身分となる。一九五一年五月には、後に料理研究家となる広東人の潘苑蘭と結婚する[46]。潘家は香港の広東人社会の中では名門であるといってよいであろう。もっとも邱永漢は香港がすっかり好きになったわけでなく、手掛けた事業のすべてが順調にいったわけでもない。「時代の証言者」の中の、彼の次のような回想は「濁水渓」や「香港」との関わりでかなり重要である。

国家の制約に惑わされない生き方がある。「台湾生まれのアジア人」である私はずっとそう思ってきました。その意味では、英植民地の香港は私が政治的制約から逃れて自由に生きる出発点になったところです。でも、私は香港が好きではありません[47]。

上に述べたように、小説「香港」では食うや食わずの亡命者生活を送る頼春木にとってアイデンティティは当面の問題とはなりえず、作中ではこの問題にはっきり言及されることはない。逆に作者邱永漢にとっては香港の体験は自己のアイデンティティ確立を助けたもののごとくである。すでに国境にこだわらない自由人生活を志向した彼は香港の無国籍的雰囲気の中でアジア的規模の国際人という自己規定をなしえたに違いない。彼のこのアイデンティティは一九八〇年の日本国籍取得後もほとんど変わることはなかったと思われる。

香港で大成功しても台湾に戻るわけにはゆかない邱永漢は娘の病気治療をもかねて香港と日本の間を往復する。船中で再会した王育徳のための陳情書は「密入国者の手記」という小説として『大衆文藝』に掲載されたが、これが彼の戦後の作家活動の端緒となる。彼は西川満の応援もあり、長谷川伸主宰の新鷹会にも加わり、また壇一雄をはじめとする多く日本の作家と交際することになる。わずか二年後には「香港」により直木賞受賞に至る邱永漢のきわめて多彩な文筆活動は、すでに本稿冒頭に表示したとおりである。「香港」において頼春木と作者邱永漢の辿った経路は大きく異なるが、この小説の中で作者自身の香港での体験、見聞、観察が充分に活かされていることは疑いない。老李や周大鵬には実在のモデルがいたのであろう。彼の観察は香港社会のあらゆる側面の回想に及んでいたに違いない。例えば、『別冊文藝春秋』に掲載された「香港の女」という小文だけからでも、彼の観察眼の鋭さが知られるであろう。

以上、邱永漢の直木賞受賞までの作家活動を「濁水渓」と「香港」に焦点を当てて概観した。「濁水渓」から「香港」への過程は彼の自伝的小説作家からの脱却の過程として捉えることができる。「濁水渓」の「私」と劉徳明はそれぞれ作者の分身であり、この分身たちの内面的葛藤が「濁水渓」「第二部」までの主題である。国際人になろうとする「私」に対し、徳明はあくまで台湾に忠実である。主人公の一時的な台湾回帰の心情も述べられる「第三部」には一種の中途半端さは見られるが、「香港」では作者は、頼春木に「濁水渓」の中の自己の劉徳明的なものを切り捨てさせて国際人を志向させることになった。これは作者自身におけるアイデンティティ問題の克服と見ることもでき、仮に肯定的に言うならば作者の人間的成長と捉えることもできる。丸川哲史によれば、「香港」は「濁水渓」の続きであるが[48]、和泉司は両作の接続をさほど重視しないが、それでいて、「香港」は「濁水渓」第三部の裏返しであると見なしている[49]。しかし、両作品の間に、裏返しというほどの反照的対応性は認められないと筆者には思われる。「香港」では作者自身の体験と見聞、観察が充分に活かされてはいるが、これは「濁水渓」とは異なり、もはや自伝的小説とは言えない虚構性に富む作品である。多分に大衆小説的で娯楽性もあり、しかも当時の日本人にとって異国情緒も漂う傑作「香港」の執筆により、邱永漢は作家としても新境地を開き、職業作家への転身を遂げたと言えるのではなかろうか。これはいわば、自伝的・政治的小説作家から写実的物語作家への転身である。直木賞受賞は世俗的栄耀にすぎないかもしれないが、この受賞で邱永漢が作家としての地歩を確立したことは疑いない。「濁水渓」から「香港」へ、これは邱永漢の長い文筆家経歴の画期となるものである。

「濁水渓」と「香港」について両作発表当時には、多くの作家が批評家として選考委員として講評を試みている。

これらを丹念に吟味することはまことに興味深いのであるが、本稿では紙幅の関係で割愛せざるをえない。ただあらましのみを言うならば、中野重治のように「濁水渓」の欠点を指摘する批評家もおり、また小説というより手記だルポルタージュだという感想もあるが、「濁水渓」はおおむね好評であり、作者の一層の成長を期待する者が少なくない。阿部知二や高橋義孝のように、邱永漢をどこか日本人離れした作家と激賞する文学者もいる。「香港」は全体として「濁水渓」よりもさらに好評をもって迎えられている。細部についての批判がないわけではないが、作者は「濁水渓」におけるよりも「香港」において腕をあげているという見方が一般的だったようであり、これが同作品受賞の一因となったのであろう。

一九五六年邱永漢は「香港」により第三四回直木賞を受賞する。「時代の証言者」の中で邱永漢自身は「私自身は当初、作品の性格からいって芥川賞候補だろうと思っていたんです。それが直木賞だから、多少の違和感があったですね[50]」と言っているが、和泉司によれば、これは邱永漢の記憶違いであり、彼が芥川賞を意識していたのは、むしろ「故園」や「検察官」を執筆していたときのこととなる。しかし、長谷川伸門下となり、彼らの雑誌『大衆文藝』に掲載された作品が芥川賞ではなく、直木賞を受賞するというのは、自然の成り行きであろう。むしろここで考えるべきことは、邱永漢が意識して直木賞受賞戦略を立てたかどうかということである。和泉は、香港の持つ記号性を最大限に活かし、「食欲、性欲、所有欲」を前面に出した描き方が、彼の「直木賞受賞戦略」であり、これが成功したと考えている[51]。筆者もやはり邱永漢はかなり意識して受賞戦略を立てていたと考える。

むすびに

本稿で筆者が新たに指摘しえたと思われることは以下の諸点である。

一．「濁水渓」は邱永漢の自伝的小説であり、主要人物の「私」と劉徳明は共に作者の分身である。この作品は戦後香港亡命に至るまでの作者の内面的葛藤を克明に描くものである。

二．「濁水渓」の二人の主人公のうち劉徳明はあくまで台湾人たらんとし、「私」は国際人となることを望む。「第二部」における「私」と劉徳明の訣別は、自己の中の劉徳明的部分を切り捨て、アジア的国際人を目指した作者自身の人生を反映するものである。

三．ただし、「濁水渓」第三部では、「私」の台湾人アイデンティティ回帰志向のごときものも認められ、それがこの「第三部」を一種中途半端なものにしている。作品刊行における「第三部」削除は妥当であった。このような「私」の台湾人アイデンティティ回帰志向が作者邱永漢のいかなる人生体験を反映したものであるかについては、別稿で論じたい。

四．小説「香港」には作者の見聞や体験がよく反映されているが、もはや自伝的小説ではなく、「濁水渓」とは作風を異にする一種物語的な冒険小説と考えられよう。

五．邱永漢は「香港」執筆と直木賞受賞によって、自伝的小説作家あるいは「私小説」作家から大衆文学作家への大きな方向転換を果たした。

本稿を草するにあたり、邱永漢関係の貴重な諸資料を送りくだされた藤井省三教授、高芝麻子博士に深く感謝いたします。

【注】

（1）張季琳「『文芸台湾』時代の邱永漢」張季琳編集『日本文学における台湾』台北・中央研究院人文社会科学研究中心、二〇一四年、八七～一一〇頁。

（2）藤野彰「時代の証言者 金儲けの神様・邱永漢」『読売新聞』二〇一一年六月二〇日～七月二七日。

（3）邱永漢の回想によると、一九五四年に「龍福物語」という小説を香港から文芸春秋の『オール新人杯』（現在の「オール讀物新人賞」）に応募し、九百何十編の応募作の中で最終候補五編に残ったが、受賞には至らなかった。邱永漢はこれによって「自分にはひょっとしたら文学の才能があるかもしれない。妙な自信ができて、私はプロの作家になる決心を」した（同上「金儲けの神様・邱永漢（一四）プロ決心 檀一雄と親交」）。「龍福物語」はのち檀一雄の助言で「華僑」と改題した（『邱永漢短編小説傑作選――見えない国境線』新潮社、一九九四年、九頁）。また、邱永漢『香港 刺竹』（徳間書店、一九七一年、四〇一頁）によると、「龍福物語」が雑誌に発表されたのは直木賞を受賞した後になってからである。なお、石川巧「雑誌『小説春秋』はなぜ歴史に埋没したのか――付・総目次」（『文学批評 叙説Ⅲ 一〇特集戦後文化運動とサークル誌』花書院、二〇一三年九月、一九五頁）の「総目次」によると、『小説春秋』第二巻第五号「芥川賞・直木賞作家特集」の「目次」には「邱永漢作／阪口茂雄画／華僑――マレーの竜」（九六～一二一頁）という題名がある。残念ながら筆者は『小説春秋』に掲載された「華僑――マレーの竜」を披見することができなかった。

（4）前掲注（2）「金儲けの神様・邱永漢（五）級長選び 初の差別体験」。

（5）前掲注（2）「金儲けの神様・邱永漢（六）出征たたえる歌に反感」。

（6）徳村教授のモデルは邱永漢が東京大学経済学部に在学中の恩師北山富久二郎（一九〇一～八四）教授であるらしい。北山富久二郎は戦前台北帝国大学で教鞭をとったことがあり、親中派だったとも言われている。北山富久二郎「絶学無憂」「略歴・著作の主なものについて」『学習院大学経済論集』第七巻第二号（一九七一年三月）、三～九頁。

（7）「濁水渓（第一部）」『大衆文藝』第一四巻第七号（一九五四年八月）、六七頁。

（8）同上、八五頁。
（9）「濁水渓（第二部）」『大衆文藝』第一四巻第八号（一九五四年九月）、四八頁。
（10）同上、四九頁。
（11）「濁水渓（第一部）」六四頁。
（12）同上、六五頁。
（13）「濁水渓（第二部）」六九頁。なお、「違つた夢の世界へ行つて暮さう」ということばは、単行本『濁水渓』（現代社、一九五四年一二月初版、二一〇頁）においては「人間らしく生きることのできる世界へ行って暮そう」と書き換えられている。
（14）同上、六九頁。
（15）同上、五六頁。
（16）同上、七〇頁。なお、『大衆文藝』に掲載された「濁水渓」の「世界のどこの涯まで流れて行くか見當がつかない」ということばは、単行本『濁水渓』（東京・現代社、一九五四年一二月初版、二一四頁）においては「世界のどこの涯まで流れて行くか見當もつかない」と書き換えられている。
（17）同上、五〇頁。
（18）同上、五〇頁。
（19）同上、七〇頁。
（20）前掲注（2）「金儲けの神様・邱永漢（二）台湾生まれのアジア人」。
（21）和泉司「邱永漢「濁水渓」から「香港」へ――直木賞が開いたものと閉ざしたもの」『日本近代文学』第九〇集、日本近代文学会、二〇一四年五月、八一頁。
（22）垂水千恵「早すぎた日本文学者――再び邱永漢」『台湾の日本語文学――日本統治時代の作家たち』五柳書院、一九九五年、一八三頁。
（23）山中秀樹「台湾に生まれた者の苦悩――邱永漢「濁水渓」の場合」『私小説研究』第九号、法政大学大学院私小説研究会、二〇〇八年四月、四三頁。
（24）同上、四二頁。

(25) 李昀瑾「自我認同的糾葛与分裂——以邱永漢「濁水渓」為考察対象」『台湾文学評論』第八巻第一期、台南・真理大学台湾文学資料館、二〇〇八年一月、一七頁。
(26) 丸川哲史「植民地からの逃亡『濁水渓』を読む（戦後初期邱永漢研究二）」『台湾、ポストコロニアルの身体』（青土社、二〇〇〇年、一三八頁。
(27) 前掲注(22)「早すぎた日本文学者」、一八一頁。
(28) 邱永漢は「生産力均衡の理論」と題した博士論文を恩師である北山富久二郎先生に提出すると、「君のような〝風と共に去りぬ〟のレッド・バトラー役をやるような男に博士なんか似合わないよ。君は肩書なんて要らない人間なんだ」と北山教授に言われた（邱永漢『私の青春台湾・私の青春香港』（中央公論社、一九九四年、一〇六頁）。周知のようにマーガレット・マナーリン・ミッチェルの小説『風と共に去りぬ』におけるレット・バトラーとは南北戦争のとき、密輸や投機で蓄財し、莫大な富を積み、戦後は公金を横領した海賊的紳士である。
(29) 「濁水渓（第三部）」『大衆文藝』第一四巻第九号、一九五四年一〇月、五八頁。
(30) 同上、六七頁。
(31) 「濁水渓（第二部）」六九頁。
(32) 「濁水渓（第三部）」五三頁。
(33) 同上、八二頁。
(34) 「大衆文藝月評」『大衆文藝』第一四巻第一〇号、一九五四年一一月、四八頁。
(35) 前掲注(21)「邱永漢「濁水渓」から「香港」へ」、八二頁。
(36) 同上、八五頁。
(37) 邱永漢によれば、彼は檀一雄の世話で佐藤春夫とも会った。「濁水渓」は佐藤春夫や林秀雄から賞讃された。『私の金儲け自伝』（邱永漢自選集第八巻）徳間書店、一九七一年一〇月、五九頁。
(38) 同上『私の金儲け自伝』、五七頁。
(39) 大村彦次郎『文壇挽歌物語』筑摩書房、二〇一一年四月、二五八頁。
(40) 邱永漢「檀一雄さんへの意見」『新潮』第五五巻第一号、一九五八年一月、九七〜九九頁。

（41）日本統治時代台湾総督府が一九一九年に設立した台湾公立嘉義農林学校は、現在の国立嘉義大学にほかならない。台湾映画『ＫＡＮＯ　一九三一年海の向こうの甲子園』（二〇一四）の内容は嘉義農林学校（嘉農・ＫＡＮＯ）における台湾人、客家人、原住民と日本人生徒によって組まれた野球部の甲子園決勝戦進出を描いたものである。邱永漢は戦前台湾エリート学校ＫＡＮＯ野球部の栄光を意識しながら、小説「香港」の主人公の頼春木の出身校を嘉義の農林学校にしたのかもしれない。

（42）「香港（第四部）」『大衆文藝』第一五巻第一一号、一九五五年一一月、八九頁。

（43）同上、七八頁。

（44）「香港（第三部）」『大衆文藝』第一五巻第一〇号、一九五五年一〇月、四八頁。

（45）同上、五四号。

（46）『毎日新聞』一九九一年八月一六日夕刊七頁に「わたしが女房潘苑蘭さん（六四）＝作家、経済評論家・邱永漢氏夫人」というタイトルで潘苑蘭のことが紹介されている。

（47）前掲注（2）「金儲けの神様・邱永漢（一三）作家志望　一家で東京へ」。

（48）前掲注（26）「植民地からの逃亡『濁水渓』を読む（戦後初期邱永漢研究二）」、一六九頁。

（49）前掲注（21）「邱永漢「濁水渓」から「香港」へ」、八八頁。

（50）前掲注（2）「金儲けの神様・邱永漢（一五）来日二年　運よく直木賞」。

（51）前掲注（21）「邱永漢「濁水渓」から「香港」へ」、八八頁。

『漢』文『和』読法――香港淪陥、太平洋戦争、何紫児童文化事業中の日本の記憶（六〇～九〇年代）[1]

関詩珮
（樫尾季美 訳）

はじめに

何紫（一九三八～九一）は香港の著名な作家である。生涯を通じて三〇部以上の児童少年少女文学を著し、「香港児童文学の父」[2]「香港児童文学の巨匠」[3]「香港のアンデルセン」[4]と尊称される。その著作は香港第二世代（ポスト七〇年代に成長した世代）の子供や若者に広く愛された。[5]同時に彼はまた七〇、八〇年代の香港意識（ホンコンアイデンティティ）が出現した時期に文壇の力を結集し、自己出資した出版社「山辺社」を文化的プラットフォームに位置づけ、新進作家と提携し、文壇の実力派作家を涵養して、香港在住の新旧創作力を結集した。当時二〇歳代から四〇歳代（即ち第二世代香港人）だった作家の多くは、活字や出版を機縁に彼との交流を始めた。このように、彼の文学は異なる世代の子供や青少年に深く広い影響を及ぼし、香港文壇に多大な貢献を果たした。これまで何紫の小説を研究した著作は少なくないが、[6]その大部分は児童文学としての評価であり、何紫の小説がどのように児童文学の道徳的使命と教育的功能を守り伝えてきたかを詳細に述べるものだった。これらの研究では香港文壇での何紫の地位は反映されてきたが、戦後香港作家として香港文化史上にもたらした意義を十分明らかにしてはいない。

何紫の小説は既に日本語に翻訳されて日本で出版されている。[7] しかし、日本の学会はまだその存在すらよく認知しておらず、いまだに彼についての一篇の研究論文もない。他方、香港児童少年少女文学の経典作家、巨匠、教父であるとはいえ、今なお香港の研究者は彼の作品中の児童文学としての側面にばかり議論を集中し、より広い東アジアの文化的脈絡や歴史的コンテクストの中で討論したことがなく、彼が作家としての道を切り開くうえで歴史的、文化的、そして文学的要素として日本がどのように影響したかということを見落としている。戦後に生き残った彼は、現代日本の物質的繁栄の影響を「超越と克服（超克）[8]」とし、日本本来の文化の意義探求を通じて、侵略者だった日本の立場と態度を理解しようとした。

二〇一六年は何紫没後二五周年であり、香港では多くの何紫を記念する文芸活動が行われたが、[9] 本稿は彼と日本との関係を検討し、そこから香港児童文学研究の枠組を突破することを試みる。

一．何紫と「香港児童（港童）」の発見

何紫の幼少期の生活は、彼が児童文化事業に足を踏み入れることになったことと深い関係がある。ここで彼の生い立ちについて簡単に述べておきたい。何紫は一九三八年にマカオで生まれた。三歳を過ぎた頃戦火を避けて香港に移住したが、自分は香港に密入国してきたと明言している。長じて湾仔敦梅小学校に入学、その後羅富国師範附属小学校へ転校するが、生活は苦しく、母親が生計を立てるため働いていたので、彼は一日中家で本を読んで過ごしていた。中学は培僑中学に進み、卒業後に母校の培僑中学で教職につくと、一九七〇年代より香港の二大左派新

聞』『大公報』と『文匯報』に寄稿し始め、香港の華文副刊でも重要な『華僑日報』『快報』『新晩報 星海』『星島晩報 大会堂』『天天日報』の各紙上で児童向けの特別欄に執筆するようになった。これらの文章はのちにその多くが自選集『四十児童小説集』[10]『児童小説新集』[11]『児童小説又集』[12]などの書物にまとめられ、一九八〇年代から香港児童の成長に寄り添った。

八〇年代にはいり、何紫の初期読者たちが成長して青年になった頃、彼は青少年向け読物の執筆と出版へと手を広げた。全二八冊のシリーズ『山辺少年叢書』では、あらゆるテーマを扱い、八一年に彼はさらに「山辺社」を立ち上げて多くの文学シリーズ図書を出版し、青少年向けに総合雑誌『陽光之家』を創刊した。[13]

何紫の青少年読物は知識と文化を提供しただけでなく、香港の「子供」の出現までの空隙（ギャップ）を補った。[14]社会学及び文化史研究が示す通り、子供は社会において「発見」されるもので、「構築」され「生成」された「子供」の存在は社会的物質条件（即ち非生物的条件）、経済、文化、教育そして政治的要素に至るまでが整って初めて成立するものである。[15]戦後五〇年代から六〇年代の香港では甚だしく物資が欠乏し、社会は貧しく、多くの難民と移民の流入で人口が激増したため、社会に固有の問題はさらに深刻化した。

社会において「子供」は大人の主体意識をまとわされる。簡単に言えば、大人は子供を小さな大人と見做し、主体意識を持った子供としての存在を認識しなかった。女の子の多くは子役スター馮宝宝に表象される。彼女たちは幼年の無邪気さとは無縁で、遊びに興じる楽しみもない。多くは「帯娣（弟のお守をしながら妹の世話をすることを暗示する呼び方）」、「潘妹（誰かの妹）」、「十三妹（数え切れないほどいる子供の中の一人）」などと呼ばれるように、あまたいる弟妹の小さな子守、両親にとっての一番の助っ人として、ただ大人の世界にある仕事と責任を引き受けるために彼女たちは存在し、それは成長して大人になるまで続く。男の子はブルース・リー（李小龍）の映画『細路祥』に象徴される、貧民街の児童工として自立の道を目指すのだ。子供は社会の希望ではない、子供に与えられる原資が社会にないという条件下では、子供は社会にとっての悪夢であった。多くの子供が児童工の職を得るために生まれ年を早く偽り、今日の視点から見れば、彼らはただ社会から持てる限りを搾取され圧迫をうける労働力だったのである。

七〇年代中期に香港では社会と人口に構造的な変化が現れ、経済の変化、香港意識の勃興、家族構成も一家族一〇人から広東語のスローガンが表すように「両個夠曬数（二人はちょうどいい数つまり、子供は二人で十分）」の核家族へと変化した。一九八〇年に義務教育九年が無償化になると、児童読物市場が次第に形成され、課外教育の重要な一環となった。この時期学校では基本的教育課程は提供したが、香港経済の急激な発展によって新興町村には放課後に保護者不在家庭が溢れる状況が生み出された。学校と教育界は湧出する新たな青少年問題に立ち向かおうとするが力が及ばない状況下で、何紫の少年少女読物は青少年教化に有効だっただけでなく、父母向けの『做個好爸媽（良い父母になろう）』[16]の出版は、良好な社会への変化を促した。

二 日本の戦争責任と歴史記憶

何紫は自伝である『童年的我、少年的我』に収録された「戦争、我正童年」「可怕的回憶（怖かった思い出）」「困乏与折磨（貧乏と苦しみ）」「満目鬼魅（妖怪だらけ）」などの一連の文章で戦争が彼の心身に与えた衝撃、恐ろしい体験やその影響をありのままに表している。爆撃の警報、爆弾の破裂する轟音、暗い防空壕、遺体から漂う死臭、怪我人のうめき声、戦争で崩れた家屋、多数の怪我人や病人、捉えられ性的奴隷にされる女性、人間性のかけらもない無残な状況を彼は目の当たりにしてきた。多くが消失し、戦後の復興途上にあった頃、物資は欠乏し、「米票」「軍票」は紙切れ同然になって、彼と母親の困窮は倍増した。子供だった何紫が戦争中の軍事、政治、生活、社会の言葉や意義、論理を完全に理解することはもとより不可能だった。彼の自伝の内容には、大人になってから読書を通じて自分の記憶を整理し再構成した箇所が少なくない。読書が子供の知識を増やす点で重要なだけでなく、個人と社会的記憶を構築する文化的意義をも担っていることを、そのような作業を通じて彼自身が深く感じていたはずだ。彼は自伝やその後のインタビュー、その他の散文中で（次章の記述参照）、幾度も太平洋戦争中の香港のイメージを書いている。

香港児童文学の中で、敢えて戦争責任について取り上げ、純然たるな収集資料、或いは想像だけではなく、被害者の記憶に基づいて書かれた作品は七〇、八〇年代にはそもそもほとんど見当たらない。七〇年代における児童文学市場は未成熟で、文学創作上まだ多くのタブーがあったことは言をまたないが、空白だった市場に対し、児童文学の一貫した題材——知識（knowledge）、道徳（moral）、正義（justice）を歴史的見地から考え、記憶喪失、忘却に対し、歴史を振り返ることで対抗し、次世代の読者が何も知らないままで無知に陥ることをくいとめようとした、このことは彼の勇気とモラルの現れである。[17] ヨーロッパの多くの作家たちは内戦や動乱の後、児童文学の領域や題材にこだわるべきではないと考え、深刻な歴史的テーゼを峻別し、被害者、歴史、民族の傷痕に寄り添うために適切な方法を選択して、各階層の読者に提示した。[18]

何紫が小説中に戦争の回想を描く時、そこには「世代間対話（generational dialogue）」を通じて、世代ごとに異なる経験を交差させ組み上げていくという特色がある。初期の作品では、彼は老世代の登場人物にお説教をさせ、対話の中で昔の香港の記憶に寄せて、戦争中にアジア各地域が日本の侵略で受けた苦難を語りなおし、若い世代に伝えているが、七〇年代においては既に中年の人物がこの役割を務める。小説中の彼らは時に感情を抑えきれず、日本の中国侵略の様子を回想する時には、こらえきれず中国語で日本人をののしる時の常套句「日本鬼子」、或いは広東語で日本人を蔑称する時の「日本仔」などの言葉で相手を貶める。しかし、何紫は多くの場合このような場面を長く続けずさらりと終わらせる。なぜなら読者対象としているのは終始子供だからだ。

『聖誕卡上的蓮花（クリスマスカードの蓮の花）』に収録された「爸爸的紀念冊（父さんのノート）[19]」では、幼い主人公恵慈の親友が貧困のため通学を断念する。友が学校を去る時、別れを惜しみつつ二人は互いに励ましの言葉を書き綴った記念のノートを交換する。恵慈は家でこのノートを手にしながら、ふと父親が一九四一年の太平洋戦争が始まる時期に、香港に来てすぐの小学校六年生で進学を断念したことを思い出す。

父が子供の頃、「日本鬼子が中国の半分を占領してしまい」、同級生は離散を前に急いでやはりノートを書いた。当時は国難に直面し戦争は一触即発の状況だった。父親は言った。「お祖父さんとお祖母さんはずっと前から内地に帰って救国の仕事に参加して、鬼子（日本）の侵略に対抗したいと思っていたが、幼い私が二人の足手まといになっていた。その後日本鬼子が華南にまでせまると、お前のお祖父さんもお祖母さんも決心して、私を重慶でおばさんに預け、前線の救護隊に参加したのだ。私のこのノートは香港を離れる前に、同級生たちが次々言葉を書き記してくれた大切なノートなのだ」。その後一九四一年のクリスマスに香港も陥落し、同級生たちもまた中国に戻るが、その途上で抗日少年宣伝隊を組織し、街頭で「活報劇（時事的なニュースをテーマとした寸劇）」を演じて抗日宣伝を行った。ここで物語は突然終わり、話の道徳的教訓は恵慈のノートへの書き込みを通じて読者に明らかにされる。恵慈は言う、自分の父親は小学校しか出ていないけれど、彼女にとっては、学問も見識もあり、頭がよく熱意ある人として周囲から尊敬される父親だ、社会という大学もまた優秀な人材を育てることができる。

これは六〇、七〇年代の父親世代には典型的な物語であり、当時大学教育を受けた父母は希少というほどではないにしろ、社会のマジョリティではなかった。父母たちは社会において各自の職能を活かし、長所を発揮して努力し、本分を尽くした。そのような「父親世代」には昔の三年と八カ月の苦難の記憶をなお持ち続けている人もいて、何紫はこのストーリーを通じて、歴史を語りなおし、口述（対話）と筆録（ノート）という証左を前にして、若い世代の眼と耳とに老世代の追憶を届けようとした。かつての苦難を偲び、現在の幸せを思うこのような香港の物語は、何紫の小説中に散見され、二代三代にわたる世代の人々の間で縦横に交錯するが、物語の発端はほとんどすべて「日本仔が小さな島から出ていって間もなく」（「補鞋佬的家［靴修理おじさんの家］」[20]）であり、語られるのは、戦後生まれ、或いは戦後香港に戻って定住した世代の話である。

何紫の小説に見られる日本イメージは、七〇年代香港意識の萌芽と新たな香港・日本の文化協働に伴い変化している。七〇年代末から八〇年代初頭にかけて、香港経済は発展し始め、古い世代は香港の経済的条件がようやく豊かさを取り戻し始めたことで戦争の暗い影から離れ、故郷から逃れた難民の心の負担を下ろして、一時的な仮住まいではなく、次第に香港を故郷として生活するようになった。香港の若い世代は日本を文化潮流の発信地と見做し、映画の中の日本[21]、香港のテレビ局が買い付けた日本のドラマ、香港で大量に改編された流行歌などの日本発の流行文化（J-POP）を通じて日本を知った。岩淵功一によれば、日本の流行文化は、八〇年代から東アジアにおいて国境を越えた力となり[22]、日本は過去の軍事侵略を「経済侵略」に転換し、日本のポップカルチャーは東アジア各国に軟着陸して、各地に残る日本との交戦の記憶を慰撫することとなった[23]。日系デパートには何でも揃い、香港人は家庭用品から衣食住、住居から車まですべて日本ブランドを求めた。日本は良質で、先進的、精巧な品質の保証であった。七〇年代から日本では高度経済成長が続き、円高が期待される中、新しい文化イメージをまとった大量の日本製品が輸出され、のちに国際関係学者が言うところの「外交ソフトパワー」[24]「クールジャパン」[25]イメージが形成された。こうした日本への「ソフト」イメージの若い世代への影響を過小評価すべきではないだろう。

他方、七〇年代の香港には中国とも台湾とも異なる「中国」文化が存在し、大量の日本人旅行客が香港へ観光や買物、ビジネス目的で訪れたため、香港と日本の間では生活レベルでの多様な文化や経済活動が共有されていた。台湾では香港が「哈日（ハーリー）（日本大好き）トレンド」の発信地であるとまで認識されている。[26] 七〇年代生まれの香港の新世代は、戦争の混乱と日本の中国侵略を経験しなかったために、旧世代が経験した日本との戦争の記憶を引継げと言われても、現下に生きる空間には日本発の流行文化が輸入されていて、その中で旧世代が持つ国家の苦痛の記憶を共有することはほとんど不可能であった。

何紫の小説中の日本イメージも決して硬直したものではない。新時代において、彼もまた民族主義の押し売りはしなかった。事実彼は各世代の、そして世代間での対話の形式を通じて、ずっとこの異なる時代の「日本体験」を橋渡ししてきた。広い視野を持つ作家として――彼自身もまた社会の変化に従って新たな経験、日本に対する新たな思惟を獲得してきたのである。

そんな中で若い世代の価値観の変化を最もよく表現している小説として、「蘇美美と寿美子[27]」がある。物語では二世代だが、三つの年齢層の持つ日本イメージが語られている。この小説の幼い主人公である蘇美美は、「私」という語り手でもある。「私」の姉は極度に日本文化に心酔する「哈日」世代の象徴として描かれている。彼女は流暢な日本語を習得し、ある旅行会社で通訳兼訪港日本人旅行客応対の担当者として働いているが、これは八〇年代初頭の憧れの職業である。しかし、当時の核家族の中でこのことは衝突を引き起こさざるを得なかった。「日本人を憎悪する父は、当然ながら面白くなくて、その非をとがめて言った。『ふん、どうして日本の奴らの世話をしにいかなければならないんだ？　お前は三年八カ月の日々を耐えたことがない、タロイモ粉の味なんて知りもしないだろうが、それでも教科書で日本の奴らが中国人を殺したことは知ってるはずだぞ！』」。主人公の私は「香港が占領された時に過ごした苦しい日々のお父さんの話を聞いたことがあった」けれど、それは既に「はるか遠い昔の歴史」のように思われた。

確かに七〇年代生まれの世代にとって日本の中国侵攻はただ「教科書で知った」内容、「聞いた」情報で、「耐えた」り「味わった」深刻な体験をした上の世代とは明らかに認識が異なる。こうした世代間格差によって生まれる異なる日本観は何紫の小説中に大変はっきりと示されている。児童文学では子供の視点が設けられることが多いが、その目的は一つではない。童心のあどけなさを表現するためや、大人の世界の汚濁や虚偽を風刺するため、また時に子供の視点は読者を速やかに小説中の私の「見方」「感じ方」に入り込ませるために設定されたりもする。しかし「蘇美美と寿美子」における「私」は一人の傍観者に過ぎず、家庭内の最年少者で、日本や中日関係の矛盾を全く認識していないので、姉と父の間で決まった立場がない。つまり「私」は「愛国」でもなければ、「哈日」でもないのである。こうした絶妙の距離感は、多くの戦争文学中の子供の視点の機能と同様に、（いかなる歴史にも政治的要素はあるにせよ、）読者である子供たちに、どこからも距離を置いた「私」の視点から思考させるために設定されており、子供たちはこの自由な空間において自身で答えを探求できるのである。[28]

「蘇美美と寿美子」は同時に何紫の新時代における新たな創作の立場をも反映している。物語の中の姉は、父が不満であるとは知りながらも、自分の好きな仕事を続けることに少しも支障を感じていない。父親世代の影響力が段々と及ばなくなり、その権威も若い世代の生活には影響を与えられなくなっていること、仕事が家庭より上位にあることが見てとれる。姉は香港で病気になった温厚な年配の日本人客を世話しただけでなく、家に招いて彼らをもてなそうとした。「家で彼らをもてなす」ことはおそらく家庭の爆発、父娘の衝突発生を示唆している。ところが物語では父親が突然「出張でマカオに行く」ように手配され、母親は夫の立場を失墜させたくはないが、娘に恥をかかせるのも切なく思う。「父親欠席」は古い世代の歴史観の退場を巧みに示している、中日は正式な「家」での衝突を免れた——ここでの「家」はまさに香港である。この手配には深淵な寓意を感じざるを得ない。

しかしこれは何紫が日本の繁栄と豊かさという物質主義のもとに忘却を選んだことを示しているのではない、彼は小説の中で人間的な心のつながり――理解、許し、寛容によって、わだかまりを取り除くよう設定している。小説で香港に旅行に来る年配の日本人、川崎大治夫妻は、直接戦争に参与しなかった日本の一般市民である。「中日戦争の時、私も天津にいました、戦争がもうすぐ終わるという時に私はようやく帰国することができましたが、自分の同胞があなたたち中国人を殺害したことを見聞し、ずっと申し訳ないと思っていました、思い出すと慙愧にたえず、知り合ったばかりの人に、私がかつて中国に住んでいたと話すのは気が進みませんでした。特に中国人の友人には。私は彼らに誤解されることを恐れていたのです」。彼らは天津で一軒の書店を開いていた、五四期に魯迅の日本人の友人、内山完造が上海に開いた書店をモデルにしたものだった。彼ら夫妻は二人とも中国と日本は多くの共通の文化――漢字、漢方医学、漢詩文などを分かち合ってきたと認識していた。日本の普通の市民である彼らは、かつての日本軍国主義を認めないだけでなく、自らもまた深い戦争の苦しみを負っていた――「太平洋戦争が始まって、私の子供は部隊と共に戦場に赴きましたが、半年もたたずに戦死の報が届きました。過去の侵略戦争において、私たちは隣国に災難をもたらしただけでなく、私たち自身にも長く続く災いを残したのです」。小説の主人公蘇美美の名前は彼ら二人の老人に言わせれば、日本人によく使われる女の子の名前、寿美子と響きがよく似ており、彼ら二人の目には蘇美美も日本女性のように肌が白く、その姿も日本人の女の子と変わらずに映った。最後に物語の大きなテーマが川崎大治の語りを通じて現れる。「古い世代の災難は永遠に終わらせねばならない」。

何紫は一度ならず言明しているが、彼を児童文学執筆へと動かす精神的な力の一つには、魯迅の「子供を救え」という呼びかけがあった。彼は「我是魯迅迷」の中で「魯迅先生は私が永遠に尊敬する文人」と言い、魯迅の力強い作風、私心なく若者を援助したことを慕うだけでなく、さらに「待人真誠――彼と内山完造との友情だけでも最も素晴らしい友情の曲を完成できる」[29]とも述べている。魯迅はあまたの筆戦により文壇で無数の人を敵に回したが、同時に友もまた天地を覆うほどの数に上りとても一篇の文章の中で網羅できるものではない。魯迅と彼の洋の東西、北京上海の文壇の友人へのオマージュを捧げるにあたり、何紫が特に魯迅と内山完造の友情を取り上げたのは、自分が深く感動し、彼らと同じ心でありたいと願ったからだろう。また五四世代の作家への思慕のみではなく、当時既に日本の侵略下にあった中国から（一八九五年の甲午清日戦争に始まって一九一五年に日本が中国に対して提示した二一カ条要求は新文化運動とその後の五四運動を誘発した）、敢えて成功した日本に学び、日本留学を果たした彼らの強靱な精神力にあやかり、理解しようとしたのだ。彼はまた山辺社から五四作家、魯迅、郁達夫、巴金、茅盾、冰心、夏丏尊、葉紹鈞などの文集を大量に出版した。[30]これら一群の現代中国作家の中にはかつて留学、視察、或いは避難などのために渡日した人が少なくない。

晩清の中国知識人梁啓超（一八七三～一九二九）が「救国図存」の主導思想の下に、一八九九年に「和文漢読法」を主張したことはよく知られている。その目的は新しい思想を早く大量に取り込むためだった。梁啓超は当時種々の現実的な制限により、正式に日本語学習をすることができなかった。彼は日本語の語順をひっくり返すことで、たちどころに日文の中の漢文の意味が理解できると主張した。

「私は「和文漢読法」という書を編集した。〔日本語――訳者注〕学習者はこれを読めば労苦を費やさず、多くを得られるだろう。これは偽りではなく、私の周囲にもこのような経験を持つ人は多い。ただ、これは漢文に通じた人にのみ言えるので、漢文未修で和文を学ぼうとする人には、漢文和文の順序が逆転錯綜して両方ともうまくいかないだろう（原文：餘輯有和文漢讀法一書。學者讀之。直不費俄頃之腦力。而所得已無量矣。此非欺人之言。吾同人多有經驗之者。然此為已通漢文之人言之耳。若未通漢文而學和文。其勢必至顛倒錯雜而兩無所成）」。

「日本語の文中に漢字は七割から八割を占めている。仮名のみで、漢字を使用しないのはただ接続詞と助詞などのみである。文法は名詞（代名詞）を文頭に置いて、その他前置詞、助詞などは文末に置く。これをよく

理解し、文の順序を逆にして読む、（原文：日本文漢字居十之七八，其専用假名、不用漢字者，惟脈絡詞及語助詞等耳。其文法常以實字在句首，虚字在句末。通其例而顛倒讀之[31]，（後略））」。

簡単に言えば、この方法の要点はただ「逆にして読む」の一語に尽きる。何紫の「蘇美美と寿美子」という表題の由来は、他でもなく、このような「和文漢読法」を利用した効果にある。

小説の主人公の名前は蘇美美というが、日本人が日本語音で読み、発音の似た漢字に書き換えると寿美子となる。「日本人の女の子で寿美子という名前の子は、SUMICHANだから日本語だと寿美子だね」。小説の中で日本から訪れた川崎夫婦と香港の蘇美美は異なる世代に属するが、小説は視点の転換、語順や発音の転倒など「和文漢読法」を思わせる手法により両国の歴史、文字などの共有と双方の文化や生活への共感を促した。何紫は小説の中で梁啓超とはちょうど正反対の「読法」を提示した――即ち梁啓超の「和文漢読法」を転倒させた方法なので、この音読法を本稿では「『漢』文『和』読法[32]」と概括しておきたい。

三　何紫の日本語蔵書と「日系」出版

何紫の蔵書の中には多くの日本語書籍が含まれている。彼が一九九一年にこの世を去ってから、何家は全蔵書を香港中文大学の香港文学研究中心に寄贈した。収蔵品中の、日本語書籍の大部分は児童と少年少女文学ジャンル、他にかなりの数の中国語著作や日本の文化歴史社会に関連する翻訳書籍もある。

何紫自身は日本に行ったことも、日本語学習の経験もない。彼は「幼い頃日本の漫画を見たことがあり、意味はわからなかったが、豊かな想像とあどけない愛らしさを感じて、大人になったら日本語をマスターしてじっくりと読んでみたいなあと憧れた」。児童書籍の多くは絵が中心で、日本語ができなくても内容を理解するのに大きな障害はなかっただろう。彼は病気で亡くなる前まで日本語の著作の中の漢字しか読めなかったが、それで大体の内容を理解していた。「友人が日本から私に一冊の分厚い本を送ってくれた、ハードカバーで、書名は『肝臓病を治す漢方』、見ると既に第三版で、中は漢字が多く、日本字は少なかったので、意外にも読むことができた」[33]。こうしてみると、日本語の読物は彼の幼年期から亡くなる前まで重要な意味を持っていたと言えるだろう。彼が大量に収蔵していた日本語書籍は友人に頼んで購入したもの、他人が収集して贈ってくれたものである。日本語が理解できないのに日本語書籍を大量に収蔵していた目的は少なくとも二つ考えられる。第一に、太平洋戦争のゆえに日本と生涯を共にした、黄遵憲が『日本国志』においてやはり深い縁を結んだように、彼は終始この民族と国家を理解したいと望んでいた。第二には、出版人として、読者に日本文化を紹介したいと望んだためである。

彼の自伝にも編集した書籍にも、戦争を始めた日本を理解したいという願いが全面に展開されている。月刊『陽光之家』では、誌面いっぱいに読者に薩空了の『香港淪陥記』を紹介した[34]。薩空了は記者、文化工作者として、自ら香港陥落の市内の状況や日本軍、英国軍と香港植民地政府の重要情報を多数記録した。このような行動が可能だったのは、彼が「著名な新聞工作者、文学者、社会活動家」であるのみならず、中国人民救国会のメンバーでありながらも「非共産党員」だったためである。彼は香港人になり替わって日本の中国侵略によって受けた社会と国防の具体的な状況を執筆、出版した[35]。薩空了の『香港淪陥記』が対象としたのは、精神と知性の成熟した読者だったが、何紫は若い読者の好みに配慮し、その厳粛な内容を躍動的な方法で新時代の思考に合わせて若い世代に紹介した。つまり彼は日本の漫画の挿絵スタイルを借りて、躍動的な漫画を利用して物語を作り、大きく見開きページで、日本の明治維新から軍国主義の暴走までの深刻な歴史を平易に表現した。彼はまた日本の歴史を紹介しようとした目的についても述べている。

日本の漫画ウルトラマンシリーズ、ドラえもん、オバケのQ太郎を知らない人がいるだろうか？ 日本のスター歌手中森明菜、玉置浩二を知らない香港の青年は？ 日本文化は日本の商品にくっついて香港全土を占領している。こう言っても既に誇張とは言えないだろう。けれど私たちは日本についてどれほど深く知っているだろう？ この第二次世界大戦の敗戦国は、四〇年の間に経済の巨人として出現し、世界を驚かせた。図書館や書店で日本問題や日本を紹介する本はたくさんたくさんあるし、皆さんもページをめくったことがあるだろう。〔中略〕日本、日本、ここでは漫画や漫話でそれを縦横に描き、論じてみよう、興味はあるかな？[36]

八〇年代において香港人は、資本主義的現代性、および物質的官能がもたらすフェティシズムの他に[37]、日本からまだ何を学べるだろうか？ 彼は終始子供たち、将来の社会の希望を胸に抱きながら考え問うた。日本の現代化の成果は衆目の一致するところであり、中国が晩清に初めて現代化に着手し、一九八〇年代になって再度改めて現代化を迎えた時、日本は中国、香港や東アジアが憧れ学ぶ社会だった。ならば日本の優れたところを学びつつ、他山の石の精神で、その長所を地元に紹介導入し、優れた読物を香港に取り入れ、両地の児童、青少年文学交流を促進しよう。こうして、彼は原稿を依頼すると同時に、教科書や教室から課外活動の内容まで、日本の子供たちについて重点的に学び始め、『陽光之家』に日本人の中由美子に依頼した「神戸的初中学生有多少呢――他們怎樣大自然做課室（神戸の中学生数はどれくらいか――大自然を教室に学ぶ法）[38]」という文章を掲載し、日本の体験学習を研究した。

日本の父母はどのように子供世代を教育するのかなど、彼は多くの日本の著作を参考に、日本の父母が極めて児童教育を重視していることを見てとった、日本の児童、青少年文学は発達していて、彼はこれらの教えを伝え、彼の各階層の読者に提示した。例えば「栄耀」と題した一文で、彼は書き綴る。「名誉ある母親になるために、備えなければならない条件とは何か？　日本のある教育者は言った。第一、修養[39]」「日本人の道徳教育の第一条が『命を大切にしよう、命を尊重しよう』だと知った、とても新鮮で、興味深い[40]」「先週末は香港の日本人学校の開放日だった。彼らの作文の授業の進め方を見て、私は本当に魅せられてしまった[41]」「小学校一年生から小さな子供に詩歌を書くよう勧める、これは日本の小学校国語教育の特色の一つだ。（中略）日本の『朝日新聞』副刊には専欄がある。名前は「小さな目」、小学生の創作詩歌がよく掲載されている[42]」。このような例は彼の散文中に極めて多い、日本の思想的、文化的な各種の優位点を学びとろうとする姿勢には、彼の読書の興味が広いジャンルにわたっていること、鋭敏な観察と自己省察を反映しているのみならず、世の中のトレンドを巧みに捉える国際的な視野を持っていたことをも示している。

仕事の重責ゆえに日本へ観光旅行に出かける暇すらなかったが、自身の創作以外に、出版人としての立場を活かして、訪問研究員として日本を訪れた学者や留学生の生身の見聞や卓見、他国に学ぶことで得た経験などをまとめた出版を推進した。これら「日系」出版物には、小思（盧瑋鑾）の『日影行[43]』、丘虹の『在日本唸書的日子（日本で学んだ日々）[44]』、潘明珠の『日本構図[45]』などがある。小思の『日影行』は一三版まで版を重ねたが、これは香港全体と文化教育界に「知性面」「人文面」で「本質的に」日本を理解したいという強い欲求があり、日本を単なる消費、享楽、遊びの手段と考え、「哈日」「フェティシズム」を無限に拡大させることをよしとしてはいなかったことの表れだろう。

何紫と八〇年代の大多数の香港人は日本文化を敬慕し、何紫は「日本にしばらく住んで、日本語を勉強して児童書を読みたい」と言っていた[46]。彼は力不足を自覚していたし、簡便な「和文漢読法」では満足できず、より本質的な方法で日本を理解したいと望み、児童書出版での日本の成功に学ぶことの他に、香港社会全体が他人の長所に学び自分の短所を補う必要があると感じていた。そこで、彼は自分の得意分野——文学と教育において、若い世代の日本遊学への道を応援した。出版社を設立して以後、山辺社で「東京日本語学院」の香港での学生募集代理業を行い、若者が机上の空論や促成学習によらず、自身で日本に行って学ぶことを願った。

八〇年代の何紫は太平洋戦争によって生じた心理的な重圧や悪夢を既に克服していた。「東京―香港[47]」という香港と日本の二つの都市の物語では、もはや戦争の記憶はどこにも見当たらず、引き続き日本文化についての紹介が綴られている——お花見や日本式漢字のこと。ただ内容の重点は東京と香港に住む子供たちの通信を通じて、父母の離婚という社会における新たな現実を描くところにある。同じ時期に、彼はまた『日本笑話集[48]』を出版して、笑いで愁いを忘れ、笑いで忘却に対抗し、笑いで死者を悼んだ。楽観的と言ってもいい性格ではあったが、日本の中国侵略が彼にもたらした苦難、貧困、死といった精神的閉塞状況は、軽いものではなかったし、彼はその半生のほとんどを文学の治癒能力に頼って戦争を切り抜けてきた。書くことは、多くの人にとって、表現の才と創意を発揮できる場であるが、文学、芸術と創作に治癒の効能があることは、学問領域を超えて心理、芸術と脳科学研究の中で既に証明されている。個人レベルでの治癒については、創作は不安な気持ちを転化、或いは排出し、陰鬱から脱出させる効果を持っていて、人が物語を創造したり、叙述したりする過程において、それは命の物語へとつながっていく[49]。

何紫の自伝を見れば、彼には何の理論もなく、一生涯ただ彼の信念を実践していたとわかる。彼は自伝の中で、文学が彼に多くの喜びをもたらしてくれたこと、心の傷を克服させ、歌声が爆撃機や戦争の騒音を覆ってくれたことを何度も訴えている。例えば「写作之路（創作の道）」では、「戦火が続き、罹災者が野に満ちている時」、子供の詩を吟唱し、怖い気持ちを我慢したと書き記している。戦後の瓦礫の中で、偶然半分破れた雑誌『新児童』を見つけると、彼は憂いを忘れ、「こんな児童文学が幼い私のそばにあって、狭苦しい四方の壁に囲まれた視界を無限の彼方に広げてくれた」[50]。「戦争の洗礼を受けた子供は、多くの苦難を経験し、ちょっとした喜びでさえ、「蕩(とろ)ける」甘さに感じた」[51]。

彼はずっと生命をこよなく愛したが、自分自身の炎で他人を照らし、輝かせてきた。ある意味では、彼は既に一度死を経験したために、再び死が訪れる前に自分の理想を実現しようとしたのだとも言えるだろう。マリー・フォルジェによれば、戦争、死亡、孤独、困窮、重病を経験した多くの芸術家の自伝を分析した結果、後世では偉大な創造力と生命力を有した生存者と考えられている人々、例えばバッハ（Johann Sebastian Bach 一六八五〜一七五〇）や、フリーダ・カーロ（Frida Kahlo de Rivera 一九〇七〜五四）などは、自らの命や時代に起こった災難により、「人生は短い」という意識が生じ、そのことが同時に彼らの巨大な創作力の爆発を導き、逆境が推進力となって創造力が生命力に融合し、両者が相互に補いあい、心的外傷後成長へとフィードバックしたのだという[52]。

四．自己出資独立出版——中国、香港、日本を巡る知の交流

出版史研究者がつとに指摘するように、独立出版社と出版人は文学思潮や社会革命の推進に重要な役割を有する。何紫は幼い時に『児童報』を愛読していたために、その後の投稿や創作の過程で、新聞社における印刷や組版、デザインなどの仕事を自ら習得し、自分の創作成果が読者の手に届けられるまでを、他人の手を借りずに独力で完結しようとした。一九八一年から、彼は自分の著述への情熱と自分の出版経験を合わせて、香港大学の近くに山辺社を創設し、社長と編集長を兼務して文学創作を推進し、児童文学を巡るヒト（読者・作者）、コト（著述・出版）、モノ（原稿・書籍）の巨大な知の連環（communication circuit）[53]を形成した。時を経て、それはやがて知識の大きな流れ

になっていった。彼は言う。

> 一九八一年〔中略〕その頃私は既に四三歳で、自分がよく知っている仕事で、事業を起こさなければならないと思って、その年の一一月、山辺社創設を発表し、学校教育機関向けとする出版方針の下、幼稚園児から大学生までに広く読まれる図書の出版を決断した。[54]〔傍点は筆者による。以下同様〕

彼の独立への希求は八〇年代に既に芽生えていた。彼は自分で一家の主となることを望んでいたが、それは自分の信念を表現するとか、香港の印刷業の運営や書店業の市況を熟知していたからとかいうこと以外に、より重要なのは大きな経済集団の意向に左右されたくなかったためである。

一九八一年香港にはほとんど独立出版社はなかった。一部の出版企業は集団経営か中国資本だった。[55]

八〇年代は香港出版界の百花斉放の時代だった。英国香港政庁がかつて認めた出版法令は時間の経過とともに規律が緩み、左派、右派や香港本土意識が百家争鳴となる中、市民の消費能力と識字率は上昇し、ネット通販はまだ出現していなかったが、市民は出版業の小売の盛況と出版物の新しいジャンルと新たな視野に期待していた。政府の方は、香港小童群益会（The Boys' and Girls' Club Association of Hong Kong）が多くの課外活動を提供し、市政局公共図書館が大量の読物と活動場所とを貸し出し、情報提供も行ってはいたが、青少年向け読物を出版する将来ビジョンはなく、相変わらず放任政策をとり続けていた。政府の大型資金援助はなく、当時はまだ芸術発展局もなく、出版は政府が資金提供や主導する分野ではなかった。

児童文学は意識形態において、国民を養成する重要な陣地であり、国家戦略上の要諦である[56]。然るに香港では、政府は児童文学の重要性を無視し続けてきた、これは翻って見れば、八〇年代の香港英国政府が「国民教育」「植民教育」などの意識形態の戦いを制することにそれほどの興味を持っていなかったことの表れである。ミッケンバーグの指摘では、冷戦時期に多くの作家が国家や政府の文芸政策の管制や内容審査を避けて、自費出版を決定したり、自己資本で製版を行ったりしたが、その目的は次の世代とのアイデンティティ共有を推進するためであったという[57]。情熱的に出版業に身を投じた何紫が目の当たりにしたのは、香港社会の空白であり、そこで彼は作家と社会がこの文学ジャンルを軽視していることに嘆息するのみだった、何紫はこのように書いている。

児童文学の読者層は比較的狭い範囲を占めるに過ぎないため、社会には広くこれを軽視する風潮が存在し、それは子供のものだと考えているので、児童文学者は社会において重視されない[58]。

この空白が八〇年代香港の自由空間によって形成されたものなのか、それとも香港社会の構造的な原因によるものなのかにかかわらず、何紫が形成した知的ネットワークは、子供から青年まで、小学校から大学まで、書店から公共図書館、ひいては読書市場まで、児童文学作家から大学教授まで、読書、著述から生産までを包括し、大きな影響力を持つに至った。作家や教育者の山辺社についての集団的記憶の一部を覗いてみればその一端を見ることができる。

小思は指摘する。「彼は私に山辺社の出版計画を話しました。その頃、小中学生の課外読書の本は哀れなほど少なかったのです、ローカリズムが現れ始めて、〔後略〕」

梁錫華は言う。「八〇年代初め、香港の出版物は非常に少なく、特に地元の創作を集めて一冊の本にするのは容易なことではありませんでした。〔中略〕地元香港の創作を中心にするという方針が決まって、私は驚きました。彼の山辺社は「擷芳書列」という棚を設けていて、本が出るのが本当に早かったのです。製作サイドは時々かなり忙しいようでしたが、本の出版は早かった、それに当時香港で地元作家作品を最もたくさん出版していた出版社の一つでした、これは疑いなく、香港作家へのある意味で積極的な支持でしたし、寂莫たる香港文壇に少なからぬ生気を吹き込んでくれました[59]」。

何紫自身も思いがけないことに、彼が文壇と児童文学創作を推進した成果は、図らずも別の読書領域にまで波及し、他のもう一つの空白を埋めることになった、それは八〇年以後中国大陸に緩やかに起こった香港文学と香港児童文学への需要である。彼の作品には極めて濃厚な香港社会の情愛や風物、世相が見られる。いくつかの物語は今日香港の小中学校の中国語文科のテキストにも収録されている[60]。

八〇年代初め、始まりは成都の四川少年児童出版社が彼にアプローチし、中国国内で彼の児童向け物語を出版した。その後、彼の小説のテイストは広く子供の読者を惹きつけ、一度弾みがつくととどまるところを知らず、一九八四年には広東人民出版社が『何紫作品選[61]』、一九八五年には北京の友誼出版社が『聖誕卡上的蓮花[62]』、そして一九八八年に浙江少年児童出版社が自伝『童年的我[63]』等々を出版したが、これらの大多数は何紫自身が中国の読者のために主体的に選んだもので、中国の少年少女読者に喜ばれた。この他に彼の作品には中国語と植民地社会の重要な意義が表現されており、その多くが中国で重刷され、例えば『何紫作品選』の中の散文「別了，語文課（さよなら、国語クラス）」は全中国「全国紅領巾推薦読物」一〇種の一篇に選ばれた。『聖誕卡上的蓮花』『童年的我』は中国で広東省第一回児童文学作品コンクール一等などの栄誉に輝いた。

何紫の「香港風味」たっぷりな小説は大陸において一字も変更されず、文章内の広東語「補鞋佬（靴修理職人）」「架生（工具）」「搗蛋（いたずら）」もすべて本家本元の風味そのままに何紫の香港意識を表現していた。彼の小説には豊かな香港風味だけでなく、濃厚な中国精神も織り込まれている。ここでの「中国」は彼が良く知る中国である——青年啓蒙と、指導の重要性を中国現代作家から継承した彼は、自分の書店は葉紹鈞らが創業した「開明書店」を受け継ぎ、優れた読物を出版して、青年の精神に供したいと述べた。けれどまたこの「中国」は彼にはまるで見知らぬ場所のようにも思えた。彼が成長したのは香港であり、中国は心のふるさと、書物の中で想う祖国だった。彼は「軽喚祖国少年」という文章の中で、自分の作品が中国の読者から好評を博したことに素直な驚きを表し、「根なし草の旅人、一人の漂泊者」のような自分が、中国での作品出版により、「全く忘れていた祖国へ突然召還されたようだ[64]」と述べている。

もう一つ予想外だったのは、彼の作品が中国で出版されてから、この知のネットワークが別の知の領域——日本とつながって、香港・中国・日本の児童文学の相互交流が生まれたことだ。一九八九年三月二五日に創設された日中児童文学美術交流センターは、日本において中日両国の優れた児童読物を日本の読者に積極的に推奨した。彼らの機関誌『虹の図書室』は中国児童読物の翻訳によって中国の児童作品のありのままの姿を日本の幼い読者に見せようとした。『虹の図書室』創刊号では、日本で児童文学翻訳者として著名な専門家の山田須美子に依頼し、何紫の短編小説「培培和小鴿子」を日本語に翻訳、日本の読者に紹介した[65]。『虹の図書室』は年二回刊の雑誌で今日まで途切れることなく発行され、早くから中国児童文学紹介を開始し、段々と中国語圏の児童文学にまで領域を広げてきた。雑誌は著名なベテラン作家の紹介から新進若手作家の紹介までを積極的に行っている。

むすびに

何紫は香港文学の重要な作家である。彼は困難な香港戦後社会で成長し、ごく幼い時期に児童文学のおかげで精神的、物質的荒廃と窮乏から救われたのち、生涯にわたって創作、出版と教育活動による成果物を社会へ還元することに務めた。そうした彼の生き方は周囲の人に影響を与え、児童文学の重要性を証明することにつながった。彼の貢献は決して「小児科」にとどまるものではない。彼が忘我の境地で仕事を続け、働き盛りに早逝したことは、香港文化界にとっての損失であろう。過去の香港文学研究では、何紫の児童文学への貢献にのみ重きが置かれてきたが、本稿ではこれまでの状況に新たな道を開き、彼と日本とのつながりを検討した。戦後に成長し香港文化事業に身を投じた世代の人々、その代表である何紫は「政治を超越した」人文精神を実践して生きていた。「(日本の過去の行為への)記憶喪失」に陥っていた若い世代に対しても寛容、教導、激励を示し続けたその姿と生き方を通じて、彼らは自分たちのゆるぎない人文精神を表明し続けてきた。そのことを明らかにしておきたい。

【注】

(1) 本稿執筆中には何紫の娘・何紫微女史の惜しみないご助力を頂いた。この場を借りて感謝申し上げる。

(2) 匿名「文学経典――香港児童文学巨擘何紫」『明報副刊』二〇一六年一一月四日。

(3) 潘明珠「秋祭・思故人」『明報副刊』二〇一六年一一月六日。

(4) 『童心永在――何紫与香港児童文学』香港・潘金英、一九九七年、五六頁。

(5) 呂大楽は、『四代香港人』の中で社会階級理論を用いて香港の戦後社会現象を分析した。続く文章は「世代概念」によって何紫小説の重要性を解説している。呂大楽『四代香港人』香港・進一歩多媒体、二〇〇七年)。

（6）何紫は香港の代表的作家で、彼の作品研究は枚挙にいとまがないが、ここでその一部を挙げておきたい。鄭振偉「何紫的児童小説」『香港文学』第一〇八期（一九九三年一二月、四〇～四九頁）。霍玉英「創作、編選与教学——何紫児童小説系列中「香港風情」的転化応用」（霍玉英主編、孫愛玲副編『語文改革与児童文学研究——児童文学与語文教育研討会論文集』香港・香港教育学院、二〇〇四年）。周蜜蜜「児童文学作家何紫」（周蜜蜜主編『香江児夢話百年——香港児童文学探源』香港・明報出版社、一九九六年）。何紫の没後文壇では多くの追悼文が発表された。紙幅の都合で、ここでは以下の一文のみ紹介する。「何紫転輯」『香港文壇』第二一期、二〇〇三年九月。近年では学部の卒業論文に何紫を研究対象とするものも見られる。このことは彼が若い世代からもまた重視されていることを証明している。戴瓊宝「何紫児童文学的創作理論」香港・香港中文大学中国語言及文学系本科生卒業論文、一九九八年）、前掲注（4）『童心永在』、刁天愛「何紫児童小説中的香港（香港・嶺南大学中文系本科生卒業論文、二〇〇九年）などを参照されたい。

（7）何紫／山田須美子訳「ペイペイと鳩」『虹の図書室』第一号、日中児童文学美術交流センター、一九九五年一月、一九～二六頁。

（8）河上徹太郎・竹内好『近代の超克』冨山房、一九七九年。

（9）二〇一六年七月二五日に香港ブックフェアにおいて講座「何紫のいたあの頃、作品を分かち合う会」が挙行され、彼の一生を回顧し、香港児童文学発展に尽くした努力を偲んだ。二〇一六年一一月二六日香港テレビ局文教班も放送番組「開巻楽」の中で「何紫情懐」を制作した。この他に、一一月、一二月に香港とマカオにおいて何紫の手稿展示会が行われた。この手稿展示は二〇一七年九月に香港教育大学でも行われた。

（10）何紫『四十児童小説集』香港・海外出版社、一九七五年。

（11）何紫『児童小説新集』香港・山辺公司出版部、一九八〇年。

（12）何紫『児童小説又集』香港・山辺公司出版部、一九八〇年。

（13）『陽光之家』は一九八六年二月創刊、一九九一年七月停刊、全部で六五期発行された。六〇～七〇年代に広範な影響力のあった青少年向け総合雑誌、『大拇指』『新一代』『中国学生周報』などが既に停刊しており、何紫は「青少年は流れを遡行するための健康的な食糧が必要だ。印刷費さえ賄えるならこれらの雑誌を普及し続けたい」と述べている（「児童文学作家何紫」第一章。周蜜蜜主編『香江児夢話百年——香港児童文学探源』香港・明報出版社、一九九六年、二〇～二五頁）。

(14) 彼はもとより当時香港で唯一の児童文学作家だったわけではない、しかし彼の「ワン・ストップ方式」サービス——創作、デザイン、印刷、発行、小売、学校や公共図書館、遍く行き届いた販売網、このように「遠くまで行き届いて」「全方位式」に児童読者群と市場を開拓したことで、彼の作品は急速な反応を社会にもたらし、知的ネットワークを形成した。それは彼独自の貢献であった。詳細は次章参照。

(15) Philippe Aries, *Centuries of Childhood* (Harmondsworth:Penguin Books, 1973) 柄谷行人「児童の発見」(『日本近代文学の起源』講談社、一九八〇年、所収)。

(16) 何紫『做個好爸媽』香港・山辺社、一九九三年。

(17) Julia L. Mickenberg, *Learning from the Left : Children's Literature, the Cold War, and Radical Politics in the United States* (Oxford: U.K Oxford University Press, 2006), p.4.

(18) Agustín Fernández Paz, "A Tribute to the Memory of the Broken Dreams" in Eulalia Agrelo Costas, Blanca Ana Roig Rechou, Veljka Ruzicka Kenfel (eds.) *The Representations of the Spanish Civil War in European Children's Literature (1975-2008)* (Peter Lang, 2014), pp. 36-38.

(19) 何紫「爸爸的紀念冊」『聖誕卡上的蓮花』北京・中国友誼出版、一九八五年、一二五〜一二七頁。

(20) 何紫「補鞋佬的家」『児童小説又集』香港・山辺出版社、二〇〇三年第二版、一四八〜一五五頁。

(21) 邱淑婷『港日電影関係——尋找亜洲電影網絡之源』香港・天地図書、二〇〇六年。

(22) Koichi Iwabuchi (ed.), *FeelingAsianModernities : Transnational Consumption of Japanese TV dramas*, Hong Kong University Press, 2004.).

(23) David L. McConnell, Japan's Image Problem and the Soft Power Solution: The JET Program as Cultural Diplomacy"; "Anne Allison "The Attractions of the J-Wave for American Youth," in Yasushi Watanabe, David L McConnell (ed), *Soft Power Superpowers* (Armonk, N.Y. : M.E. Sharpe, 2008), pp.13-18; 103-104.

(24) Joseph Nye, *Soft Power : The Means to Success in World Politics* (New York : Public Affairs, 2004.).

(25) Douglas McGray, "Japan's Gross National Cool" (*Foreign Policy*. May 2002), pp.44-54.

(26) 林泉忠「哈日、親日、恋日?-」『思想』第一四期、二〇一〇年、一三九〜一五九頁。

(27) 何紫「蘇美美和寿美子」『水上人家』増訂版、香港・山辺出版社、一九九八年、八六～九五頁。

(28) María Jesús Barsanti Vigo and María José Corvo Sánchez, "German Children's Literature on the Spanish Civil War", Eulalia Agrelo Costas, Blanca Ana Roig Rechou, Veljka Ruzicka Kenfel (eds.) *The Representations of the Spanish Civil War in European Children's Literature (1975-2008)* (Peter Lang, 2014), pp.152.

(29) 何紫「我是魯迅迷」『何紫情懐』香港・山辺社、一九九三年、六一～六二頁。

(30) 何紫編『魯迅散文選』香港・山辺社、一九八四年。何紫編『巴金散文選』香港・山辺社、一九八四年。何紫編『夏丏尊作品選』香港・山辺社、一九八四年。何紫編『茅盾作品選』香港・山辺社、一九八五年。冰心『美的形象』香港・山辺社、一九八一年。何紫編『郁達夫作品選』香港・山辺社、一九八五年。

(31) 梁啓超『論学日本文之益』（『清議報』第一〇冊）、一八九九年。引用は『飲冰室合集』文集第四巻、北京・中華書局、一九八九年、八〇頁。

(32) 実際に梁啓超の時代には既にこのような方法が可能であることを言う学者がいた。黄遵憲は『日本国志』において、日本の漢籍閲覧法について以下のように言う。「概ね訓読の助けとして名詞・動詞については日本語で語釈を示し、副詞や助詞は日本語を補っている。漢文の助詞・前置詞などで発音したり、意味を転じる時は、そのフレーズを逆転させたり、もとに戻って読ませたりする。現在刊行されている書籍の行間の仮名が多いものはみな言葉の説明で、少ないものは助詞・前置詞などである。傍注の一二三および上中下、甲乙丙などの字は、音楽のリズム、歌曲の譜のようなもので、ひっくり返したり、逆に読んだりする後先の順序を示すものである（原文：概副以和訓，於實字則注和名，於虚字則填和語；而漢文助詞之在發聲、在轉語者，則強使就我，顛倒其句讀，以迴圏誦之。今刊行書籍，其行間假字多者，皆訓詁語，少者皆助語。其旁注一二三及上中下、甲乙丙諸字者，如樂之有節，曲之有譜，則倒讀逆讀先後之次序也）」。黄遵憲『日本国志』巻三三『学術志二』（上海・上海古籍出版社、二〇〇一年）。

(33) 何紫「漢医漢薬」『我這様面対癌病』香港・山辺社、一九九一年、二四頁。

(34) 『陽光之家』第五七期、一九九〇年一一月、三頁。

(35) 小思「重読薩空了『香港淪陥日記』」（薩空了『香港淪陥日記』香港・生活・読書・新知三聯書店、二〇一五年、x～xv頁、所収）。

(36)『陽光之家』第二八期、一九八八年六月五日、一頁。

(37) Tomiko Yoda, Harry Harootunian (ed), *Japan after Japan : Social and cultural life from the recessionary 1990s to the present* (Durham: Duke University Press, 2006), pp. 21, 203, 337.

(38)『陽光之家』第三五・三六期合刊、一九八九年一月一五日。

(39) 何紫『心版集』香港・山辺社、一九九三年一〇月、七六頁。

(40) 何紫『可以清心』香港・山辺社、一九八二年五月、五三頁。

(41) 同上、一〇二頁。

(42) 同上、九四頁。

(43) 小思（盧瑋鑾）『日影行』香港・山辺社、一九八二年。

(44) 丘虹『在日本唸書的日子』香港・山辺社、一九八五年。

(45) 潘明珠『日本構図』香港・山辺社、一九八八年。

(46) 潘明珠「一生憾事」前掲注（4）『童心永在』、五〇頁。

(47) 何紫「東京─香港」前掲注（12）『児童小説又集』、二九九～三一〇頁。

(48) 韋偉『日本笑話集』香港・山辺社、一九八七年。

(49) Meg Jensen, “Surviving the Wreck: Post-traumatic Writers, Bodies in Transition and the Point of Autobiographical Fiction,” *Life Writing*, pp. 431-448.

(50) 何紫「寫作之路」『如沐春風』香港・山辺社、一九八七年、六八～六九頁。

(51) 何紫「莫逆之交」『童年的我、少年的我』香港・山辺出版社、二〇〇六年、一三三頁。

(52) Marie Forgeard, “Perceiving Benefits after Adversity: The Relationship between Self-Reported Posttraumatic Growth and Creativity” in *Psychology of Aesthetics, Creativity, and the Arts*, Vol 7 (3), Aug 2013, pp. 245-264.

(53) Robert Darnton, “What is the History of the Book,” *Daedalus* 111 (1982), pp. 65-83.

(54) 潘金英・阮海棠編『童心永在・何紫紀念特輯』香港・香港児童文芸協会、一九九一年、五〇頁。何紫『陽光之家』第六五期、一九九一年七月、この最終号でも彼は心の内を明かしている。

（55）同上『童心永在・何紫紀念特輯』。

（56）イギリスの少年運動については以下の論考が参考になる。John Springhall,*Youth,Empire and Society : British Youth Movements,1883-1940* (London:Croom Helm,1977) .pp.14-17. ドイツの少年運動については、以下の書を参照した。Walter Laqueur,*Young Germany : A History of the German Youth Movement* (New Brunswick,N.J.: Transaction Books, 1984) .

（57）Julia L. Mickenberg,*Learning from the Left : Children's Literature, the Cold War, and Radical Politics in the United States*, Oxford, U.K. : Oxford University Press 2006.

（58）浸会大学学生会の何紫インタビュー「訪問六〇年代——孕育出本土児童文学作品」周蜜蜜『香江児夢話百年——香港児童文学探源（六十至九十年代）』香港・明報出版社、一九九六年、一三三頁。

（59）東瑞「何紫与何達」『作家』第一四期、二〇〇二年二月、一五四～一五九頁。

（60）何紫「郷村的路」は香港本地課程範文に採録された。教育局課程発展処中国語文教育組・香港中文大学香港文学研究中心『走進香港文学風景——賞覧資料匯編』香港・教育局課程発展処、二〇一一年。

（61）何紫『何紫作品選』広州・広東人民出版社、一九八四年。

（62）前掲注（19）『聖誕卡上的蓮花』。

（63）何紫『童年的我』杭州・浙江少年児童出版、一九八八年。

（64）前掲注（50）『如沐春風』、六四頁。

（65）前掲注（7）「ペイペイと鳩」。

白先勇「一把青」の女性表象再考

八木　はるな

はじめに

本稿は、白先勇（一九三七〜）の短編小説「一把青」（一九六六）について、その女性表象のあり方と、それが有する社会的意義とを、従来の見解を批判的に検討しながら再考するものである。

よく知られているように、白先勇の小説には、その語り手あるいは主人公が女性ジェンダーに設定されているものが多い。とりわけ短編小説集『台北人』（晨鐘出版、一九七一。収録作品の初出は一九六五〜一九七一）に関して言えば、収録された一四篇の作品のうち、語り手や主人公が女性と考えられるものは八篇にも及ぶ。白の女性表象に関してはすでに膨大な先行研究があるが、しかしそれらの論考は往々にして、『台北人』であれば、一作目の「永遠的尹雪艶」（一九六五）、同じく酒場で生きる女性たちを描く「金大班的最後一夜」（一九六八）や「孤恋花」（一九七〇）、あるいは崑曲の役者を描く「遊園驚夢」（一九六六）といった一部の作品だけに、考察を集中させてしまうきらいがなかっただろうか。[1]とりわけ「永遠的尹雪艶」と「遊園驚夢」との間に執筆された「一把青」に関しては、主人公が酒場の女性たちや崑曲の役者ではなく空軍夫人という、白先勇作品全体から見ても唯一無二の身分設定であるにもかかわらず、同作を単独で論じた研究はほとんど見られない[2]。本稿では、小説「一把青」にあらためて光を当て、その女性表象を検討し直すことで、白先勇の女性表象が有する意義をより深く探究していきたい。

短編小説「一把青」は一九六六年八月、『台北人』シリーズの二作目として、雑誌『現代文学』第二九期に掲載された。物語の語り手は、空軍第一一大隊大隊長の妻である「私」。「私」は、「朱青」という女性の過去と現在を「上」「下」に分けて対比的に語り[3]、約一〇年間における彼女の著しい変貌ぶりを次のように伝えていく。「上」の舞台は、抗日戦争勝利後一九四五年の首都・南京。朱青は、「師娘（先生夫人）」と呼ばれる「私」のもとに、夫の後輩・郭軫が連れてきた婚約者だった。「私」を驚かせたのは、彼女がまだ「金陵女中（金陵女子高等学校）」に通う学生で、器量は悪くないものの、挨拶すらきちんとできず、精神的にも身体的にもひどく未熟であったことだ。まもなくして国共内戦が始まり、夫たちが村を空けるようになると、「私」は朱青に、空軍兵士の妻として持つべき心得を丁寧に説く。だが結局、郭軫は不幸にも徐州で墜死し、朱青は精神錯乱状態に陥り、最後には重慶の両親のもとへ連れ戻されてしまう。続く「下」の舞台は、一九五〇年代の台北。夫は無残にも避難船の中で病死してしまったため、「私」はいま台北の軍人村に一人で暮らしている。ある日「空軍新生倶楽部」の舞踏会で偶然あの朱青と再会した。彼女は現在、空軍の軍楽隊で歌手として働いており、美しく豊満で潑剌とし、全く加齢を感じさせない。そんな朱青の周りには常に若い空軍兵士たちが集まっていたが、ある日、彼女の長年の恋人・小顧が訓練中に死亡したという知らせが入る。だが朱青はもうかつてのように理性を失うこともなく、至極冷静にそれを受け止めていた。「私」はそんな彼女のたくましさを前に、「自分の方が遥かに年上なのに、彼女を諭す言葉が何も見つからない」と、深く敬服するのだった。

こうしてみるとわかるとおり、本作もまた他の多くの白先勇作品と同様、一人称の語り手「私」の極めて冷静な叙述でもって展開する物語である。[4]そしてその虎視眈々として、やや冷淡ですらある「私」のまなざしを仔細に観察してみると、本作にある二つの重要なテーマが浮かび上がってくる。

一・「女国民」でも「良妻賢母」でもない女たち──「私」を超克する朱青の「成長」

はじめに注目したいのは、一九四五年の南京で朱青が郭軫と結婚したとき、彼女はまだ「金陵女中」に通う「一八、九歳」の女子高生にすぎなかったということだ。この小説が発表された一九六〇年代当時、中国大陸出身の台湾の読者が「金陵女中」と聞けば、大きく二つの印象を抱いたと考えられる。一つ目は、実際に南京にあったキリスト系大学・金陵女子大学の附属中学（作中では附属高等学校）である。[5]

近代中国における女子教育は、キリスト教宣教師たちによって始められた。一九一五年に開校された金陵女子大学は中国初の女子大学で、いわば近代女子教育の模範として、これまでの良妻賢母主義を脱するべく、文系科目と理系科目を選択して受講できる制度を採用した。さらに一九二八年、米国留学帰りの呉貽芳（一八九三〜一九八五）が校長に就任すると、今度は女子学生の「徳・智・体・美の全面的な発展」が唱えられ、とりわけ体育、音楽、英語教育が重点的に強化された。[6]また現在、同校の後継である金陵女子学院では、「厚生」という同校の校訓は、呉貽芳校長によって次のように説かれていたと解釈されている。「人生の目的は、己のためだけに生きることではなく、自身の智慧と能力をもって他人と社会を助けることにある。〔中略〕各自の持ち場において、自身の智慧と能力によって、生涯、業を敬い業に勤しみ、強靱かつ執拗に、私利なく奉献し、他人のため、社会のため、国家のために服務して生きるのである」[7]。この解釈を参照すれば、当時の金陵女子大が掲げていた理念とは、国民国家を形成するための立派な「国民」たりうる女性、いわゆる近代の「女国民」[8]を育成することであったことが見えてくる。もとよりこれには、一九二八年より国民政府が始めた教育権回収運動のもとで、同校も私学でありながら一九三〇年以降は名称を「金陵女子文理大学院」と改め、中国教育の管轄下に入れられたという事情が深く関係していた。当時、国民政府とキリスト教系大学は互いに利益を享受しあう極めて円満な関係にあって、政府は多額の補助金をキリスト教系大学に与え、キリスト教系大学はその潤沢な資金でもって高い教育水準を保つとともに、布教という当初の目的を脱し、政府の要求に応えて「中国化」「世俗化」していったという。[9]こうした背景のもとで、金陵女子大が掲げる「厚生」という理念も、本来の「私利を捨てる」という聖書の教えから、「国家のために」奉献することへと拡大解釈されていったのである。

このように「女国民」の育成を目指す大学の理念は、当然、附属高等学校である「金陵女中」にも貫かれていたものと考えられる。つまり本作の中で「金陵女中」に通う朱青は、まさしく「自身の智慧と能力をもって」「他人のため、社会のため、国家のために」私利なく尽くすことが期待された、「女国民」の正当な予備軍という立場にあったのだ。

あるいは「金陵女中」と言えば、一九六〇年代の台湾にいた読者の多くは、台北県三重市（現、新北市三重地区）にあった「金陵女中」のことを思い浮かべたかもしれない。同校は一九五六年、渡台した金陵女子大の卒業生たちが故郷を懐かしんで建てた私立女子高等学校で、現在では、歌手の鄭麗君（テレサ・テン、一九五三〜九五）や女優の林青霞（ブリジット・リン、一九五四〜）など、著名な外省系台湾人の母校として広く認知されている。[10]つまり戦後の私学である同校には、いわば経済的余裕のある良家の外省人家庭の子女たちが多く通ったと推測されるが、興味深いのはその教育方針で、同校では英語教育に力を入れる他、「家庭実習を設けることで、学生が家庭の倫理を重視する道を培う」ことが一つの重要な理念として掲げられている。[11]これは、女子学生たちが将来「家庭」や「家族」を持つことを前提としている点で一種の良妻賢母教育と言ってよく、抗日戦争期に「女国民」を育成しようとした先の南京の親大学の理念とは異なり、まさしく一九五〇年代に反共キャンペーンの一貫として、「幸福家庭」運動を推進し、模範的な「良妻賢母」像を宣伝した国民党政府のイデオロギー[12]を体現したものであった。ともあれ、本作中の「金陵女中」とは、金銭的余裕のある良家の子女たちが「家庭の倫理」を会得するために通う私立女子高等学校――こうしたイメージを読者に喚起させうるものでもあったのだ。

そう考えると確かに「上」の朱青には、良家の子女というイメージがはっきりと現れている。朱青はそもそも両親の反対を押し切り、半ば駆け落ちするように郭軫と結婚していたのだが、夫が死んで自暴自棄に陥っても、「ほら見てごらん。空軍兵士になんか嫁に行くんじゃないって言ったのに聞かないから、こんな目に遭って[13]」と叱りつけながらも結局はきちんと連れて帰ってくれる両親が揃っていて、帰るべき「家」があったのである。

本作の「上」は、このように近代国家を支える「女国民」として、あるいは将来は「良妻賢母」たることを期待された良家の子女であったはずの朱青が、結局は「女国民」にも、「家庭の倫理」に通じた「良妻賢母」にもなりえなかったという、彼女の「挫折」を描くことで締めくくられている。「上」の最後で、語り手の「私」は、夫を亡くし精神錯乱状態に陥った朱青の面倒をみることに疲れ果てて、「〔前略〕あの人はまだいい〔中略〕私なんか死んでいるけど、まだ意識があるのよ」。そう話す朱青の顔は泣いているのか笑っているのか、歪んで正視に耐えなかった[14]」と、朱青の悲惨な状態を淡々と伝えており、そのようにして「私」は、朱青がいわば妄信的な恋愛と時期尚早の婚姻とによって、由緒正しき「金陵女中」で目指すべき女性像から脱落していくさまを、冷静に抉り出していくのである。

ところで、この語り手「私」は、際立って「達観」した人生哲学を持つことでも知られている。[15]「私」の資質を最もよく表すのは、次のような語り手の独白である。

海南島に撤退した時、偉成が病気で死んだ。皮肉なことに、彼は生涯空を飛び回って何事もなかったのに、船の上でむざむざ病死する羽目になった。彼は赤痢に罹り、船の上には患者が多かったので薬が足らず、彼の顔が下痢で黒ずんでいくのを私は見ているしかなかった。息を引き取った時、船上の水夫が遺体を麻袋でくるんで他の病死者と一緒に海上へ投じた。ザボンという音が聞こえて終わりだった。偉成に嫁いだ時から私は将来彼の遺骨をどうやって収容しようか考えていた。偉成のような人は私より長生きできるはずがない。だが最後に遺骨さえも収容できないとは思わなかった。台北に来てから毎日忙しく過ごして、大陸での記憶など次第に薄らいでいった。(16)

「私」はこのように、婚姻や家庭、ひいては夫に対しても一定の距離を保ち続けているのだが、それが物語の最後になると、恋人の死に際した朱青が、「私」をして「自分の方が遥かに年上なのに、彼女を諭す言葉が何も見つからない」と驚嘆させてしまうほど、(17)極めて「達観」した態度を見せるようになる。そう考えると、「上」から「下」へと著しく変貌していく朱青は、なにも「聖」から「俗」へ「淪落」したわけではなく、(18)むしろ「成長」を遂げたものと解釈するべきではなかろうか。白先勇自身、二〇一五年に公開されたドキュメンタリー映画『他們在島嶼写作二　紫嫣紅開遍――白先勇』(台北・目宿媒体制作、鄧勇星監督)の中で、次のように明言している。「朱青は成長し、成熟した。彼女は人生とはこういうものだったのだと気付いたのだ(原文：朱青成長了，成熟了，她發覺人生原來就是這樣子)」。最終的に、語り手「私」は、朱青が自分を超克してしまうほど強靱な精神力を持った女性へと「成長」していく様に祝福を与えているのであり、言い換えれば「女国民」にも「良妻賢母」にもなり損ねた朱青の生き様を、強く肯定しているのである。

それでは作者は、当時いかなる思いを込めてこうした女性形象を作り出したのか。白先勇が「一把青」を発表したのは一九六六年のことだが、その三年余り前、彼の創作人生を大きく変える出来事が起きている。それは、最愛の母親の死である。

母の死によって、私の心霊はこのうえない震撼を受けた。かつてあのように光や熱を発散していた母のあのような生命が、一瞬にして雲散霧消し、寂滅してしまうなんて。〔中略〕母を埋葬したあの瞬間、私は母の遺体だけではなく、自分の生命の一部分までも埋葬したように思った。[19]

筆者は、この「このうえない震撼」こそが『台北人』執筆の重要な動機であると考えている。[20]というのも『台北人』所収の初期作品は、一作目の「永遠的尹雪艶」（一九六五年四月）に始まり、「一把青」（一九六六年八月）、「遊園驚夢」（一九六六年一二月）と、すべて外省人女性の生き様に焦点を当てたものばかりであるからだ。加えて、『紐約客（ニューヨーカー）』所収の中編小説「謫仙記」も、同時期の一九六五年七月に発表されていたことから、この時期の白先勇がいかに集中的に女性の表象に取り組んでいたかがわかろう。わずか二年足らずの間に四作も続けて女性を主人公に置いたのは、彼の創作人生の中では後にも先にもこのときだけだったのである。

そして、その中でも特に「一把青」の語り手、空軍兵士の妻である「私」の姿には、作者の母親の影が色濃く重ねられていたように思われる。白先勇の母・馬佩璋は、一九〇三年、桂林の由緒正しい宦官の家の長女として生まれた。幼少期は、纏足を拒んで祖母を足蹴にしてしまうほど跳ね返りで、少しの間だけ私塾に通った後に、桂林女子師範学校へ入学した。短髪にして師範学校で学ぶ聡明な彼女は、まさしく当時の「新女性」スタイルそのものだったが、一二歳のときに一〇歳年上の白崇禧と結婚してからは、家庭内に留まり夫の支えとなって、一〇人もの子供を育て上げた。そして一九六二年一二月、持病の高血圧を悪化させて五九歳の若さで他界したのだった。白先勇は、そんな母親を回顧して次のように語る。

母は新旧交代の時代を生きて、新思想を受け入れたが、古い道徳に従った。母は決して保守的ではなかったが、我々に教えたのは、やはり中国人の基本的な身の処し方だった。〔中略〕母は決断力に富み、器も大きかったので、一般の婦人のようでなく、対外的には、父と苦難をともにし、対内的には、一〇人の子供を育て、さらに多くの親戚の面倒もみて、大家族を一手で支えていた。〔中略〕母は大礼を知り、大義に明るく、専業主婦たることに甘んじて、一〇人の子供が彼女の生きる目的だった。父の公務に対しては、謹んで本分を守り決して関わろうとはしなかった。〔中略〕母は一〇人の子供を育て、生涯苦労し、また多くの放浪と動乱を経て、晩年は健康を損ない、高血圧症を患った。〔中略〕軍人の妻・将軍の令夫人として、母は人並みならぬ勇気と、気迫と、智慧と、そして見識を持たねばならず、そうしてようやく様々な試練に対処でき、父を助け、後顧の憂いをなくすことができた——この点において母はとてもよく職務を果たし、すべて成し遂げた。[21]

ここからわかるように、白先勇は自身の母親のことを、まさしく女子師範学校という高等教育を受けながら、家庭内の秩序を保つ「専業主婦」すなわち「良妻賢母」へと回収されてしまっていた女性として認識していた。しかしその一方でまた、師範学校を出ながらも、私利を捨てて「国家のために」貢献をするような立派な「女国民」には決してなろうとしなかった母親の姿に、深い敬愛のまなざしを送ってもいたのである。

「一把青」の語り手「私」は、まさに彼の母親と同世代を生きた女性であり、朱青はまさしくその次世代の女性の表象だったのではなかろうか。前述したように本作は、恵まれた家庭に育ち、誇り高き高等教育を受けながら

「女国民」にも「良妻賢母」にもなり損ねた朱青が、それでも最後には強靱な精神力を持つようになり、朱青のそうした「成長」に対して語り手「私」が祝福を送る物語として読むことができた。そしてそれは、作者がまるで母親世代の女性たちにオマージュを捧げるようにして、その次世代を生きる女性たちに、「良妻賢母」ではないが「女国民」にも回収されない新しい生き方を模索させる物語であったようにも思われる。本作における朱青の描写は、作者が母親世代の女性たちの希望を代弁するようにして提示された、新たな女性表象だったと考えられるのだ。

二 フェミニズム小説としての「一把青」

それでは「女国民」でもなく「良妻賢母」でもなくなった朱青は、具体的にどのような女性として描写されていたのか。朱青の描写を振り返ってみると、特異に思われるのは、朱青の台北における生活の実態を伝える描写が極めて少ないということだ。本作で明らかにされたのは、わずかに、朱青が「信義路四段」にある「空軍家族宿舎」に住んでいること、来台後すぐは「空軍娯楽隊」に属して歌唱を覚えたということ、そして現在は軍楽隊の人気歌手となり、近所では「白光を超えた歌手（原文：賽白光）」とまで呼ばれていることなどのみであり、たとえば重慶の両親とはいつ離別したのか、現在まで夫の遺族年金を受給しながら空軍家族宿舎に住んでいるのか、そうであれば今なぜ歌手として生業を立てているように見えるのかなど、「上」から「下」にかけて彼女が著しく変貌した理由を説明するような具体的な情報は、すべて伏せられている。しかしその限定的叙述ゆえに、物語の末尾で、語り手「私」が現在の朱青の強い生命力に脱帽し、あるいは「雑貨店一品香のおかみさん」が、朱青の生活ぶりを愛しんでいるように見えることが[22]、より重要な意味を持ってくるようにも思われる。すなわち本作では、朱青の悲痛な経験が一切具体化されていないのに対して、軍楽隊の歌手という朱青の職業や、彼女の豊満な肉体や美貌および精神の安定性というものが、言い換えれば、自らの肉体を主体的に価値化し、その結果強い生命力を得ていくような女性の生き様が、決して否定的には描かれていないばかりか、むしろはっきりと好意的に描写されているのだ。

ではこうした朱青の形象は、当時の台湾社会でどのような意味を持ったのか。小説「一把青」が発表されたのは一九六六年の台湾である。一九六〇年代の台湾社会と言えば、農業経済から工業経済へと移行していく飛躍的な経済発展期にあって、労働市場が拡大し、女性の社会進出も一気に加速した時期にあたる。たとえば一九六五年から一九七三年にかけて、女性の労働市場参与率は、三三・一パーセントから四一・五パーセントまで上昇しており、また大学統一入試における女性の合格率も上昇し続け、一九七二年には、全体の約四割を占めるようにもなった[23]。しかし当然ながら、女性が社会に進出するようになると、女性たちは社会における様々な固定的な性役割に直面することにもなり、根深い女性差別構造が可視化されていった。そうして台湾も欧米の第二派フェミニズムの余波を受け、呂秀蓮の「新女性主義」を口火として[24]、女性差別撤廃を訴える新たなフェミニズム言説が盛んに生まれていく。白先勇の小説「一把青」は、このように、いわば第二波フェミニズムの火が熾り始めた台湾社会において、発表されたものだったのだ。

しかし、朱青の形象が持つ社会的意味は、小説発表から一五年以上経ち、第二波フェミニズムが成熟し始めた一九八〇年代に至って、むしろはっきりと浮かび上がってくるように思われる。一九八一年、著名な女性作家の季季（一九四五〜）[25]が、台湾若手女性作家のオムニバス小説集『十一個女人』に寄せた序文の一節を見てみよう。

中国近代作家の中では、一般的に白先勇の女性描写が最も成功したものとして公認されている。白先勇は女性に対して一種特殊な崇拝を持っていて、彼が描く女性は、両性関係においては大部分が「ハードカレンシー」である。彼女たちは美貌と手腕によって周囲の男たちを指図して使い、損を被ることは少ない。「十一個女人」はまさにこれと正反対なのだ。彼女たちは「ソフトカレンシー」で、他人と転げまわり、その結果得たものは何もなかっただけでなく、命まで支払ったものもいた！[26]

季季はこのようにして、同書が白先勇の女性表象に対する一つのアンチテーゼであることを明白に宣言し、その点にこそ同書の価値を見出している。季季の言葉を借りるならば、「一把青」の朱青が「上」から「下」にかけて著しく変貌していく様は、まさしく「ソフトカレンシー」という状態から、「美貌と手腕によって周囲の男たちを指図して使い、損を被ることは少ない」「ハードカレンシー」の状態へと成り変わっていく様子に他ならないだろう。そしてそういった「下」の朱青のような女性像こそ、一九八〇年代に台湾フェミニズム文学を担っていく若手女性作家たちが破壊していくべきイメージだったのであり、早急に転覆し超克されなければならない、いわば〝非現実的で不正確〟な負の女性表象として捉えられていたことが見えてくる。だがそうした状況に鑑みれば、むしろこうした「一把青」の朱青のような女性表象こそ、台湾のフェミニズム文学の発展を逆説的に後押しした、重要なトリガーとして存在していたと見なせるのではなかろうか。

また、この小説の語り手「私」は、二人の若い男女の恋愛結婚のあり方を実に注意深く観察してもいた。本作には、郭軫がとった行動によって、将来有望視された朱青の運命が大きく変えられてしまったというエピソードがある。当時優秀な空軍兵士としてもてはやされていた郭軫は、朱青に惚れるや否や連日「金陵女中」の上を飛び回って授業を妨害し、そのために朱青は退学を言い渡されるのだ。それを見て「私」は深く嘆息して言う、「聡明な人間が恋に落ちると、ここまで愚かになるとは思わなかった」と。[27]それなのに不思議なのは、朱青自身が「上」を通してあまりに寡黙過ぎることである。「〔朱青は〕一生僕についてきてくれると言っています」と代弁し[28]、朱青への熱烈な愛を語るのはただ郭軫のみであり、朱青が結局のところ彼をどう思っているのかは一度も語られない。彼女は、恋人への愛やひいては結婚そのものに対しても、一種の沈黙を保ったままなのである。したがって実際のところ朱青が「南京時代に狂おしいほどの恋愛、結婚を経験した[29]」かどうかは真にはわからず、むしろ本作では、朱青の沈黙をもって、一見すると彼女が自ら選んだように見える妄信的な恋愛結婚が、そもそも主体的選択によるものではなかった可能性を暗示しているように思われる。要するに、この語り手「私」は、挫折した朱青を冷淡に見つめる一方で、実は、彼女をまるで人形のように所有するような郭軫の独りよがりの男性中心主義に対して、より辛辣な視線を送っていたのではなかろうか。このようにしてみると本作は、男性たちが恋愛結婚という大義名分のもとに、女性たちの経済的自立の道を閉ざし、彼女たちを家庭の奥へと閉じ込めてしまうこと、男性中心主義と家父長制度、ひいては男性による女性蔑視の根深さを、語り手「私」の辛辣なまなざしによってあぶり出していると考えられるのである。このような観点から言えば、「一把青」はまさに一つのフェミニズム小説として位置付けられるのではなかろうか。

むすびに

本稿では、白先勇の小説「一把青」について、ヒロイン朱青の描かれ方と彼女の表象が持つ社会的意義を次のように考察した。

「一把青」が描くのは、第一に、「金陵女中」を退学し「女国民」にも「良妻賢母」にもなり損ねていた朱青という女性が、その後軍楽隊の人気歌手として、身体的にも精神的にもたくましく「成長」を遂げていく姿だった。作者はこうした女性描写を通して、自身の母親世代の女性たちにオマージュを送りつつ、彼女らの希望を代弁するかたちで「女国民」からも「良妻賢母」からも解放された次世代女性のイメージを提起しているのである。また、一九六六年に台湾で発表された「一把青」は一種のフェミニズム小説として読めることも浮かび上がってきた。なぜならば台湾における第二派フェミニズムの成熟期、すなわち一九八〇年代のある女性作家の批評から見れば、本作の中で軍楽隊の歌手として働き、自身の身体を主体的に価値化していくような朱青の生き様は、超克すべき〝非現実的で不正確〟な女性表象の代表格であったわけだが、しかし裏を返せば、台湾のフェミニズム文学の発展は、そうした「一把青」の朱青のような女性表象によって逆説的に促されたものとも考えられるからだ。それに加えて本作には、男性による女性蔑視の根深さを抉り出す鋭い視点も描き込まれていたのである。

だが、そうはいっても強調せねばならないのは、この小説がいわゆる二項対立的な善悪イデオロギーを表すものでは決してないということだ。本作の中で、長年の飛行士人生も虚しく船の上で無残に病死した語り手「私」の夫・偉成、米国留学を終えたエリート兵士でありながら帰国して即座に墜死した郭軫、極めて若いときに単身で渡台し、身寄りもなく孤独に事故死し共同墓地に埋葬された小顧というように、いずれもあっけなく死んでいった男性たちは、明らかに、語り手「私」や朱青ら女性たちに対峙する絶対的脅威としては描かれていない。

そうした男性たちの悲哀をも丁寧に掘り下げたのが、近年の台湾のテレビドラマ『一把青』（二〇一五年、制作・台湾・公共電視、監督・曹瑞原、脚本・黄世鳴）だったと言えるだろう。同作は、第一に、これまで男性の視点からしか語られなかった国民党軍の歴史に、女性の視点からの叙述を加えることを企図としながら、同時にまた、空軍兵士たちの個々の人生、個々の悲哀の様相を詳細に映し出そうと試みたものでもある。一九四五年の南京から一九七五年の台湾・桃園までを舞台とするこのドラマ版は、原作よりも複雑な人間関係と長い時間尺の中で、たとえば師娘こと秦千儀と偉成、朱青と郭軫、朱青と小顧、師娘の親友である小周とその夫の小邵というように、複数の男女関係が相対的・並列的に描かれる点が特徴的で、そこにはもはや朱青の「成長」だけには止まらない複雑な女性表象も現れている。二〇一五年の台湾テレビドラマの中で蘇った朱青や師娘（語り手「私」）は、原作の発表から四九年後の台湾で、どのような女性へと改編されたのか。また、そうした新しい女性表象をもって、二一世紀版の「一把青」は、国民党軍の歴史をどのように書き直すことができたのか。これらの点については、また稿をあらためて考察していきたい。

【注】

（1）最初に白先勇作品中の女性描写を高く評価したのは、於梨華「白先勇筆下的女人」（『現代文学』第三七期、一九六九年三月、一四六～一五二頁）。その他の関連論考については本稿中の他所で言及する。

（2）管見の限り、王艷平「『一把青』的悲劇意識解読」（『語言文学研究』二〇一一年二月上旬刊、一六～一七頁）がある。

（3）「一把青」の中の強い対比効果を指摘したのは、欧陽子「「一把青」裏対比技巧的運用」（欧陽子『王謝堂前的燕子』台北・爾雅出版社、一九七六年、四五～五六頁）。本稿では同書二〇〇九年版を参考にした。

（4）他に一人称の語り手の叙述でもって、別の登場人物の生き様を描く作品としては、小説集『紐約客（ニューヨーカー）』所収の「謫仙記」（一九六六）、同じく『台北人』（国書刊行会、二〇〇八）所収の「那片血一般紅的杜鵑花（邦題「血のように赤いつつじの花」）」（一九六九）などがある。

（5）あるいは一九二四年に同大学に併設された女子師範養成のための職業教育機関「実験中学」という可能性もあるが、作中にそれを示す記載は特にないので、ここは一般の「附属中学」として考えてよいだろう。もっとも金陵女子大学は一九三八年より成都へ移転されており、南京に戻ったのは一九四六年といわれるから、小説の設定は一年早いことになる。また建国以後になると、同大学は一九五二年より南京師範大学の中に組み込まれ、さらに一九八七年以降は南京師範大学の敷地内に金陵女子学院が設立されている。

（6）「南京師範大学金陵女子学院」公式ホームページより「校史 従金陵女大到金女院」http://ginling.njnu.edu.cn/xygk/2010-1/163043_744715.html を参照（二〇一七年二月三日アクセス）。引用の原文は「培养德、智、体、美、群全面发展的女大学生」の傍線部。

（7）同上。引用の原文は「人生的目的，不光是为自己活着，而是要用自己的智慧和能力来帮助他人和社会〔中略〕在各自的岗位上，用自己的智慧和力量，敬业勤业，坚韧执着，无私奉献，为他人、为社会、为国家服务终身」。また、校訓である「厚生」とは、聖書「ヨハネの福音」の一〇章一〇節「わたしが来たのは、羊が命を得、またそれを豊かに保つためです」という一文をもとに作られた言葉。

（8）ここでは、呂美頤が引く「先に社会を愛させ、私利を犠牲にして公益を維持するよう勉めさせる」という「女国民」の言説を参考にしている。呂美頤／大澤肇訳「近代中国における「女国民」概念についての歴史的考察」早川紀代ほか編『東アジアの国民国家形成とジェンダー』青木書店、二〇〇七年、二一三～二三三頁。

（9）主に、佐藤尚子『米中教育交流史研究序説――中国ミッションスクールの研究』（龍渓書舎、一九九〇年、一〇五～一四〇頁「第四章 国民政府治下におけるキリスト教学校」）を参照。

（10）鄧麗君（テレサ・テン）の父親は国民党軍の元軍官で、来台後は雲林県の軍人村に住んだ。林青霞（ブリジット・リン）は嘉義市の生まれ、両親は山東省より来台した外省籍台湾人。二人がともに「金陵女中」の卒業生であることは下記のウェブサイトなど、複数の記事から確認できる。「林青霞憶鄧麗君――我知道她還在人間」『大紀元』二〇一三年一月一八日 http://www.epochtimes.com/b5/13/1/18/n3779521.htm（二〇一七年二月三日アクセス）。

（11）「新北市金陵女子高級中学」公式ホームページより「校史」http://www.glghs.ntpc.edu.tw/school/topeditor.php?lang=zh&pk=33&mpk=33 を参照（二〇一七年二月三日アクセス）。引用の原文は「設立實習家庭，培養學生重親家庭倫理之道」。なお「重親」は「重視」の誤植と考えて試訳した。

（12）一九五七年より中国共産党は大躍進運動を始め、農村で人民公社化を促進し、共同食堂や託児所を設けることで女性を家庭から引き離し、労働生産に投入していた。それに対し国民政府は共産党が家庭の倫理を破壊していると攻撃し、宋美齢が指導する中央婦女工作会を中心に「幸福家庭」運動を推進し、模範的な「良妻賢母」像を宣伝した（竹内理樺「〈解題〉政治の民主化とともに――台湾女性運動の歩み」野村鮎子・成田静香『台湾女性研究の挑戦』人文書院、二〇一〇年、一六一頁）。

（13）白先勇／山口守訳「一束の緑」前掲注（4）『台北人』、三七頁。

（14）同上、同頁。

（15）語り手「私」の資質を「達観」という言葉で表したのは、袁良駿である（袁良駿『白先勇論』台北・爾雅出版社、一九九一年）。

（16）前掲注（4）『台北人』、四一頁。

（17）同上、四七頁。

（18）袁駿良は、「下」の朱青について「内心はすでに淪落したが身分はまだ淪落していない下層女性で、霊性が完全に肉欲に嘲り笑われ、取って代わられている（原文：她是一個内心已經淪落而身分並未淪落的下層女子，她的靈性完全被肉慾調笑取代了）」と評している（前掲注（15）『白先勇論』、一七三頁）。また欧陽子も「過去」の朱青を「自然で、純潔で、素朴で、謹直である（原文：自然、純潔、樸素、拘謹）」とし、「現在」の朱青を「わざとらしく、世俗的で、華麗で、放蕩している（原文：矯作、世俗、華麗、浪蕩）」と表現した（前掲注（3）『王謝堂前的燕子』、四六頁）。

（19）白先勇「驀然回首」一九七六年発表、白先勇『驀然回首』台北・爾雅出版社、一九七八年、六五～七八頁。引用の原文は「母親的死亡使我心靈受到巨大無比的震撼。像母親那樣一個曾經散發過如許光與熱的生命，轉瞬間，竟也煙消雲散，至於寂滅。〔中略〕出殯那天，入土一刻，我覺得埋葬的不僅是母親的遺體，也是我自己生命的一部份」（七五～七六頁）。

（20）蘇偉貞は精神分析的観点からこの点を証明している。蘇によれば、米国である日上映された西太后に纏わるフィルムが、白に「アブジェクション（abjection）」（クリステバ、一九四一～）を引き起こさせ、それによって「文化の母親」と「情感の母親」の記憶の整理、探求が始まった。「尹雪艶」の形象はそうしてできたものである。蘇偉貞「為何憎恨女人？——『台北人』之尹雪艶案例」陳芳明・范銘如編『跨世紀的流離——白先勇的文学与芸術国際学術研討会論文集』台北・印刻文学生活雑誌出版、二〇一〇年、一六五～一九七頁。

（21）白先勇『父親与民国——白崇禧将軍身影集（下）台湾歳月』台北・時報文化出版、二〇一二年。引用の原文は「母親處於一個新舊交替的時代，她接受新思想，但遵從舊道德。母親絕不守舊，但她教導我們的，還是中國人那一套基本做人的法則。〔中略〕由於母親性情果敢、氣度大方，並非一般女流，對外，跟隨父親患難與共，對內，養育十個兒女，還要照顧七親八戚，寵大家族一手撐起。〔中略〕母親識大禮，明大義，她甘於做個家庭主婦，十個兒女就是她的人生目的。對於父親公務，她謹守本份從來不去碰觸。〔中略〕母親養育十個兒女，一生操勞，又經過許多顛簸離亂，晩年健康受損，患了高壓血症。〔中略〕做為軍人之妻、將軍夫人，母親需要過人的勇氣、毅力、智慧、見識，才能應付各種挑戰，協助父親，使他無後顧之憂——這一點母親很稱職，都做到了」（二二四～二四〇頁）。

(22) 「横町の入口にある雑貨店一品香のおかみさん」は、朱青の良き麻雀仲間。朱青のことを「白光を超えた歌手」と呼び、彼女が若い空軍兵士ばかりと交際するのを「『若い燕』好き（愛吃『童子雞』）」とからかいながらも、恋人の小顧が死んだことを知って、朱青に深い同情を寄せている（前掲注（4）『台北人』、四六頁）。

(23) データは、台湾女性誌入門編纂委員会『台湾女性史入門』（人文書院、二〇〇八年、七〇頁）に整理されたものより引用。

(24) 呂秀蓮『新女性主義』は一九七四年に出版。同書では、女性は自分の才能を発揮すべきであること、女性の本分と転職を肯定し、男女の平等は追求するが保護は求めないことなどが唱えられ、西洋フェミニズムと一線を画す、台湾独自のフェミニズムの必要が訴えられた。

(25) 季季は一九四四年、台湾雲林県二崙郷永定村に生まれた。本名は李瑞月。一九六〇年、一六歳の若さで一作目の小説「小双辮」を『虎女青年』に発表、作家デビュー。一九六四年六月より作家の高陽・聶華苓・於梨華・朱西甯・司馬中原・段彩華・馮馮・瓊瑤・琦君らと、第一期「皇冠基本作家」を結成。以後多くの作品を『皇冠』や『聯合報』で発表した。

(26) 季季「兩性關係的時代抽樣」張小鳳・陳佩琁ほか『十一個女人』台北・爾雅出版社、一九八一年、一一～二二頁。本稿では一九九三年版を参考にした。引用の原文は「在中國近代作家中，一般公認白先勇寫女性寫得最成功。白先勇對女性有一種特殊的崇拜，他筆下的女性，在兩性關係中大多是「強勢貨幣」；她們憑美貌和手腕支使周遭的男人，很少吃大虧。「十一個女人」則正好相反：她們是「弱勢貨幣」，跟著人家團團轉，到頭來不但一無所獲，有些連性命也賠了進去」（二一頁）。

(27) 前掲注（4）『台北人』、三〇頁。

(28) 同上、二九頁。

(29) 山口守「解説」同上、二五七～二七七頁。引用は二七〇頁。

龍應台作品における離散とポストメモリー

張　欣

はじめに

龍應台（りゅうおうだい、一九五二〜）は中国語圏において最も知名度の高い知識人の一人である。初期の『龍應台評小説』や『野火集』から近著『目送』『大江大海一九四九』までベストセラーを次から次へと世に送り出してきた人気作家であると同時に、文化スターであり、台湾政府の元閣僚でもある龍應台は、中国語圏の「伝奇」を演出し続けている。

最初に本論の主題となる「離散」と「ポストメモリー」について簡単に整理をしておく。「離散」はしばしば「ディアスポラ」（Diaspora、本来「離散」を意味するギリシア語、パレスチナ以外の地に離散して暮らすユダヤ人とその社会を指し、転じて、原住地を離れた移住者とその社会をいう。またはそのように離散すること自体を指す）という言葉で表現されるが、本論では「離散」という言い方を用いたい。

また「ポストメモリー」（postmemory）とは、歴史学者マリアンヌ・ハーシュ（Marianne Hirsch）がホロコースト生存者の後裔の記憶を描くさいに提出した概念である。ポストメモリーは個人の記憶と集団の歴史の間に存在する「力強い、特殊な記憶形態であり、その対象となる出来事とは思い出すことを通じてつながられるのではなく、想像と創造を通して結び付けられるのである」[1]。このポストメモリーという概念は、「他の文化または集団のトラウマ事件と経験についての二世の記憶を有効に描く」[2]こともでき、龍應台作品を考える一つのヒントにもなりえよう。

本論は作家としての龍應台を取り上げ、『在海徳堡墜入情網（ハイデルベルクで恋に落ちて）』と『大江大海一九四九』を中心に、龍應台作品における離散とポストメモリー、およびそれらと関連する逃避、追放、救い、感傷などのテーマを考える試みである。

一．「いくら流離っても、存在からは逃げられない[3]」

（一）難民の娘

龍應台が二〇〇九年に出版した『大江大海一九四九』の見返しには次のプロフィールが書かれている。「龍應台、高雄県大寮郷生まれ、通った小学校は新竹東門国小、高雄塩埕国小、苗栗苑裏国小。幼年時代は台湾中南部農村で過ごし、少女時代は高雄茄萣の浜辺の漁村で過ごした。『龍應台』はペンネームではなく本名である。父親の苗字は龍、母親の苗字は應、彼女は離散中の台湾で生まれた一人目の子だ。米国での留学は九年、欧州での滞在は一三年、台北で四年間公務員をし、香港を創作の基地として六年以上。しかし、いったいどこに大輪の黄色い花を咲かせる糸瓜を植えるのか、彼女は今日も考え中だ」。

龍家の離散は国共内戦後両親が難民として台湾にやって来た時から始まった。「自分がほかの人と少し違うことは知っていた。同級生六〇人のうち、私は唯一の『よそ者っこ――外省人』だった。ほかの五九人は『台湾人』」[4]だと龍應台が述べたように、その疎外感は幼少期から根付いていた。五〇代の龍應台が成年になった息子に、「難民の娘」として自分のことを次のように紹介している。「郷土を捨て、家族は分裂し、財産も失い、頼れる身分や地位を離れ、言葉や文化の自信と自尊を奪い取られ、『難』と『難』の間を逃げ続ける。君の母親は、二〇世紀の、歴史により離散の流れに放り投げられた娘だった。典型的な」[5]。

帰れない難民は離散の民となる。不安、頼りなさ、絶望を身に沁みて感じた難民の家庭にとっては教育が命綱であった。「すべて失ってしまったから、難民家庭の父母は、次の世代に希望を託し、その教育にすべてを賭けた。彼らには教育が、真っ暗な井戸の底へ垂れてきた一本の縄に見えたのだろう。この縄さえしっかり握っていれば、この苦境からきっと這い上がれると、彼らはそう信じていた」[6]。教育の「縄」を握って留学で台湾を去った龍應台のそれからの生活の場はアメリカ、台湾、スイス、ドイツ、台湾、香港へと転々と移り、孤独な魂の漂泊の旅は続く。「もしあなたが先祖代々伝わる薄暗い屋敷に生まれた人なら、最初から留学などしないだろう。たとえ国を出て留学していても長らく滞在しないだろう。たとえ長く滞在していても国際結婚などしないだろう。たとえ国際結婚していても永遠の異邦人になることはないだろう」[7]。龍應台の作品にはこのような嘆きが少なくない。

（二）「海外から帰って来た女英雄」

一九九九年インタビューを受けたさい龍應台は次のように留学時代を語っている。「私はカンザス州立大学英文学科でエリオットらの現代詩を博論のテーマにした。〔中略〕英文学科で博士号を取るのは惨めな経験で、研究全体の辛いプロセスに私は強く反応し、もう詩に触れない、つまり詩の研究に触れないと決心をした」[8]。龍應台はアメリカに居残る多くの留学生と違い、学位を取得した後台湾に戻り、書評集『龍應台評小説』で台湾文壇にデビューすることになる。

「私は黙々と、真面目に、あなたのためにある仕事をしているが、あなたは知らない」[9]、（当時の台湾の書評のわかりにくさを指摘した後）「あなた、わかりましたか？　わからないだろう。当然わからない！　あなたにはわからない権利がある！」[10]という風に、龍應台は読者を強く意識し、活発な、やや説教気味な、時々扇動的、挑発的な口調で語り、読者をひきつける。「その『強い読者意識』は過去の文学または社会批評分野においては稀で、その扇動力もまた格別であり防御できない」[11]と評されるほどである。そもそもこのような大衆的批評は非常に珍しかったので、龍應台は独断的に「台湾には文学批評がない」[12]と言い切ってみせた。そしてその文学批評のスタイルは受けがよく、同類書籍が売れない台湾で『龍應台評小説』はベストセラーになり、一九八五年出版業「十大ニュース」の一つに飾られることになったのである。

王徳威は「コルディラ姫伝奇――『龍應台評小説』を評す」という論文で、『龍應台評小説』を、「海外から帰って来た女英雄が、愛する文学作品がごまかされ、乱用されるのを座視するに忍びなく、陳腐迂闊な古い批評陣に孤軍奮闘を惜しまない」という粗筋の「一つの『文学』創作」と見なした[13]。そして「（龍應台は）『自分』の批評を歴史的流れの外に置き、（中略）似たような方法で現代小説を批評する人は少なくても夏済安、夏志清、劉紹銘、顔元叔、姚一葦、欧陽子などがいた」と述べ、「新批評（New Criticism）」だけを理論的基礎とする『龍應台評小説』は「文学および文学批評に対する歴史的な考察が足りない」と指摘したのである[14]。龍應台はこの本が再版の時、王徳威の論文を「付録」に入れ、それによって自分自身の文学評論に句点を付けたようにも見える。『龍應台評小説』の出版後、龍應台は社会評論の「戦場」に力を入れ、社会評論集『野火集』で一世を風靡することになった。

（三）「荒野の中の一匹の狼」

台湾という舞台を離れた「女英雄」はヨーロッパで暮らした一三年間について、東洋と西洋、男性と女性の間の緊張関係に苦しみ続ける「一三年間の追放」だったと振り返る。インタビューを受けたさい龍應台は「ドイツという保守的社会は男女同権においてはやはり男性中心であり、私は圧迫をいやというほど受けた[15]」と話している。また小説の中でも、「二〇世紀末の文化解釈権は一九世紀と同じく、やはり西洋人の手に握られている。彼らの言葉、彼らの思考様式で、どうやって彼らと論弁できるの？[16]」というセリフを設け、作中人物の口を借りて欧州である意味での「失語」を語っている。欧州と中国語圏とを比べ、龍應台は次のように語る。「私ははっきりと知っている。ここで私は周縁だ。ベルリンの壁が倒れ、ソ連帝国が崩れても、私は徹底的な傍観者だ。しかし、はるか遠いところで私は中心だ――事件が私を刺激し、私は群衆を刺激する。群衆は私に影響を及ぼし、私は群衆に影響を与える[17]」。龍應台にとって書くことは離散の救いとなり、彼女は書くことによって中国語圏とのつながりを持っていたのである。

龍應台の息子は母親について次のように語っている。「ドイツは母が馴染まない『異国文化』だった。この『異国文化』――僕の本土文化において、僕は母より上だ。一〇歳の時僕は気づいた。抽象思惟、大きい視野、大問題においては母の方がたくさん知っているようだが、ドイツ生活の細かいところは僕の方がよりわかっている[18]」と。息子の目には龍應台の異国生活における疎外感が映っているが、その一方で、子どもとのつながりは龍應台にとって離散の救いでもあった。「私の胸元に張りつくように眠る子の、真ん丸の体に手を回せば、世界がどれほど広大だろうと、幸せとはほんの、腕のなかにある小さなあたたかさのことなのだと実感できた[19]」と龍應台は書いている。母親としての役割を享受する龍應台は子どもへの深い愛情を惜しまず表現し、『孩子你慢慢来（わが子よ、ゆっくり歩け)』、『親愛的安徳烈（親愛なるアンドレ）』などのベストセラーを生み出していった。

龍應台は自分のことを狼と喩える。「私は？　私は荒野の中の一匹の狼だ。単独で夜にさまようのが好きだ。とくに月の光に覆われる夜に、口笛の声が聞こえる時[20]」。狼には狼の道がある。「われわれが最終的に責任を負う対象は、アンドレ、幾山河を超え渡った後、やはり『自分』の二文字だ[21]」と認識する「荒野の中の狼」は、使命感に燃えていたのか、あるいは「自分の野望に塩漬けにされていた[22]」のか、台湾の政界で大いに活躍した[23]。しかし、「青」と「緑」に分かれた台湾社会からは、龍應台に対して様々な意見があった。たとえば「流浪者の救いはあちこちで宣教し、先覚者を演じることではない、（中略）。彼は偏屈で傲慢な自尊心を持って流離い続け、自分の血液の中の流浪の本質を受け入れ、（中略）野生狼の本質を持ってしぶとく生存する。それこそ龍應台の選択かもしれない[24]」という意見や、「（龍應台は）永遠にわれわれ台湾生活の深いところに入れない[25]」という意見があった。後に暮らした香港でも「龍應台の論述は香港の個性を無視している[26]」というように指摘されている。「大輪の黄色い花を咲かせる糸瓜」をどこに植えるかを、龍應台は考え続けたのかもしれない。

二：「中国語は私のパスポートだ」

（一）「貧血の向日葵」

龍應台は文章の中でよく「貧血」「追放」「離散」などの言葉を使う。

「ラジオが鳴り、アナログレコードが回っていた時代、美君は周璇の『月円花好（いつまでも円満に）』や『夜上海

（夜の上海）』を聴いていた。槐生と言えば「四郎探母」だけを繰り返し聴いていた[27]」。両親が聞いた曲は龍應台の啓蒙の曲になったが、両親の湖南と浙江の訛りは伝わらなかった。自分が話しているきれいな国語は「尊そうな木に見えるが、本当は真っすぐな電柱だ。線路が複雑な電流に接続しているが、土地に属せず、根もない。（中略）極めて貧血の状態だ[28]」と龍應台は言う。

「乾杯、トーマス・マン」というエッセーで龍應台は次のように「追放」を語る。「異郷に移動することは追放とは限らない。追放は身体の移動ではなく、一種の心理的状態だ。（中略）追放というのは、やむを得ず中心を遠く離れることと自分自身の存在する意味を周縁化することでなければならない」。そして、自分自身も含めた追放中の人を「貧血の向日葵」と喩え、「貧血の顔を仰ぎ、太陽の方向に――はるか遠いところにある客観的に存在するまたはすでに存在していないその中心に向けている。その中心にはたくさんの名前がある――民族記憶、古代天子、血縁文化、母語故郷[29]」と描く。「向日葵」であるトーマス・マンは「自分の小説の英語版をちっとも気にしないが、ドイツ語版を出す時、一文字一文字にこだわる[30]」と龍應台は言うが、それがまるで自分自身に引き比べているようにも聞こえるだろう。

一九九五年上海『文匯報』が学芸欄「筆会」に「龍應台コラム」を設け、龍應台に新しい世界を開いた。「私は磁石の山に出会ったようで、注意力はすべて吸い寄せられた。特別な自己感覚を持ち始め、つまり私はもうただ単に台湾の作家ではなく、中国語の作家だ[31]」と龍應台は振り返っている。

（二）「文化中国」にあこがれて

同じくヨーロッパでさまよっていた台湾出身の女性作家に三毛（一九四三～九一）がいた。三毛が書いた、異国を背景にしたロマンチックな愛情物語は台湾をはじめ、広い中国語圏で読まれ続けた。その作品の主人公の一人である三毛のスペイン人の亡夫の墓には、いつもアジアからの愛読者が捧げた花がある[32]。流浪者三毛の救いは愛情であり、愛する力が尽きる時、四七歳の三毛は台北で自殺を遂げたのだった。三毛が一九七六年に出版した、夫とのサハラ砂漠での日常を描いたエッセー集『サハラの物語』は、四〇年後の二〇一六年一〇月にスペイン語訳が出版され、中国とスペインの「ハネムーン」を飾っている[33]。

三毛は愛に救いを求めたが、龍應台は「文化中国」に救いを求めたのである[34]。「私は中国政治の統一を気にしないが、統一した文化中国にあこがれている[35]」と、龍應台は文化的理想を語っている。龍應台が求めている「文化中国」は、トーテミズムに近い詩と詞、老子と荘子に代表される優雅な古典中国である。現実世界では、「党は、国に等しくない。国は、文化に等しくない。中共は、中国に等しくない。中国は、中華人民共和国に等しくない」と主張し、その文化的理想をある程度代表できる社会として台湾を挙げ、「本当の中国文化は台湾にある。中国伝統文化再生の唯一の可能性は台湾にある。漢語文化の現代『ルネサンス』を起こす潜在力が最も強いのは台湾である」と言う。さらに「より純粋な、より繊細な、より自由活発な、より文明の、より人間性のある中国文化」は台湾にあり、「台湾は今日中国文化の暗黒の夜の灯台だ[36]」と主張している。ゆえに龍應台は蔣介石には寛容的であるが、李登輝と胡錦濤に対しては批判的だった[37]。

文化的ハイブリッドの台湾社会からは、龍應台の論述に疑問や反対の声も聞こえた。たとえば、「台湾民間の角度から台湾における中国文化の運命を観察するなら、このような判断は楽観過ぎだ[38]」。「やはり『天真爛漫』、素直に怒るレベルを超えていない[39]」。「天真」の、「カンフーのわからない」「女俠客」だ[40]。「超現実的論述だ[41]」。「ただヨーロッパから来た旅客だ[42]」。「彼女には、自分に否応なく完膚なきまで批判された台湾国族論者たちを理解するような気持ちもなければ、興味もない、能力はなおさらない[43]」。歴史的に中国文化が台湾で覇権を得た過去をみない「虚無的『文化主義』だ[44]」などが挙げられる。左派知識人は特に批判的で、趙剛は（龍應台が）「中国人民が近現代プロセスにおけるいろんな努力、想像、理想および実践に対して少しも同情せず、したがってそれらの理想と実践の失敗に対してもまったく共感できない。〔中略〕二〇年前の戒厳体制に反対する『野火』はすでに中華民国号『ボイラーの火』になった[45]」と述べている。

台湾海峡両側の歴史の発展過程には時差があり、異なる社会が異なる理由で龍應台を受容していった。批判されてもなお龍應台の存在感は大きく、「大陸、台湾、香港において、龍應台は代えられない存在になり、この三ケ所のメディア従事者と学者の思想感情の極めて重要な紐帯になった[46]」とまで認識されるにいたる。前世紀九〇年代に入って以来、龍應台の文章はしばしば大陸、台湾、香港、マレーシア、シンガポールおよび米国の華人コミュニティでほぼ同時に発表され、龍應台は中国語圏で知名度が最も高い作家になった[47]。「私はすでに国本位の考えを脱出し、自分がただ単に台湾人とは思わず、わりと強く華文世界の人間だと感じている。中国語は私のパスポートだ[48]」と龍應台は述べている。そして龍應台は次のように「文化中国」の未来を想像するのである。「華人の駐在作家は北京からシンガポール、成都から台北におり、中国語世界全体は作家、作曲家、画家、思想家の国土になり、中国語は彼らの唯一のパスポートだ[49]」。

三 ハイデルベルクには愛がない

（一）荒涼なる情愛の場

龍應台は自分の創作の動機を振り返って次のように語っている。「心の最も奥深く、最も隠れているところに、ある種の不均衡がある。あるいは苦悶ともいうが、私はそれを不安だという。その不安は行き先がなければならない。ある人は酒を飲む。ある人は二四時間仕事をする。ある人は自殺する。私みたいな人は書く。なぜ書くかと聞かれたら、正直に言うと、生存のためだ、自分の存在の問題を解決するためだ。〔中略〕最も本質的なところは自分のために書くのだ。〔中略〕基本的に、私には強い幻滅感があり、仏教のいわゆる無常観も極めて深い。〔中略〕自分の不安が書くことにより満足を得られるなら、最も重要な書く目的はすでに達成されているだろう[50]」。

文学評論集『龍應台評小説』でデビューし、社会評論集『野火集』で一世を風靡した龍應台が「最も気にかけている」という一冊は、中・短編小説集の『在海徳堡墜入情網（ハイデルベルクで恋に落ちて）』である[51]。

三毛のロマンチックな愛情物語とは反対に、龍應台が書いたハイデルベルクは荒涼とした情愛の世界だ。中編小説の「在海徳堡墜入情網」は恋愛小説のように思わせるが、愛の欠如、愛の不可能性、愛の罠を語り、逃避、中絶、浮気、不倫、謀殺、虐殺、躁鬱病、神経症などが描かれる暗黒の殺伐とした風景だ。西洋と東洋の狭間で、男性と女性の駆け引きの暗闇の中で、小説の人物がもがいている。

王徳威は「在海徳堡墜入情網」を「情欲」を書いた小説だと見なし、「この小説はセクシーでもなければ、エロスもまったくない[52]」と述べている。呉燕君はフェミニズムの視点から、ハイデルベルクを背景にした「三編の小説の女性主人公はいずれも『他者』の位置に置かれ、みんな男性支配下の自我のない存在である。〔中略〕彼女たちは飛ぶ能力を失った[53]」と述べ、三編の小説は女性が男性の支配より逃避する物語だと締めくくる。また張雪媃は、三編の小説にともに存在する余佩宣という人物を龍應台の化身だと考え、余佩宣こそ「龍應台が自ら脚本を書き、監督をする舞台の唯一の主人公だ。他のすべての人、東洋人にせよ西洋人にせよみな脇役だ[54]」と指摘する。「唯一の主人公」とは言いすぎだが、三編を合わせて一つの小説として読む発想は啓発的である。

ハイデルベルクを背景にした「在海徳堡墜入情網」「找不到左腿的男人（左足が見つからない男）」と「堕」の三編

の小説は確かに情欲を語った小説で、男性支配下の社会から逃げる物語でもあるが、荒涼たる生存の場、不条理な存在、離散の宿命から逃避するテキストでもある。

余佩宣という「唯一の主人公」以外、小説には「天使」のような人物が二人いる。一人は余佩宣の小学生時代のクラスメート、牧師の娘の素貞である。余佩宣ら社会の底辺に編入させられた離散者の子どもたちの目には、同級生たちにも先生にも好かれる純潔で淑やかで礼儀正しい素貞は天使のように見えたが、余佩宣は彼女の「天使の性格」を嫉妬し、軽蔑する。「天使を見下すことができるから、自分は天使などではないという事実を大きな遺憾と思わなくてすむ」（一五頁）[55]。そんな風に、余佩宣は阿Qの「精神勝利法」で自分を正当化するのが精一杯だった。しかしこの「天使」は後に伝統的かつ保守的な家庭に嫁いでから孤独に追い込まれ、ついに「躁鬱病」と診断され、「旅行」を処方されることになる。ハイデルベルクにやってきた素貞は心を病んでいるピアニストに惚れ、「何がborn freeかやっとわかった。生まれながら自由だ！　自由に生き、自由に死に、自由に暮らす、自由だ！」（三六頁）と叫ぶ。しかし「自由」の代価はあまりにも大きく、禁断の果実を舐めた素貞は虐殺される。小説の冒頭に書かれているように、速度制限のない国に来て、無理にスピードアップしたら、車も人もダメになる。「いかなる人の一部になるのも拒み、いかなる人をも有したくない」という「絶縁体」（三一頁）のような余佩宣は、「虚無以外、この世に何か他のものがあるかもしれない」（四三頁）と思い、「自由」に身を投げた素貞にひそかに救いを求めていたが、当の素貞は自分自身をも救えなかったのである。

もう一人の天使は余佩宣の夫だったドイツ人のミーシャである。清潔で純潔、誠実で信頼に足る、優しさに満ちた目をした彼には「世の中に疑いに値するものはみじんも存在しないようだった」（一八頁）。天使のような彼を目の前にして、助教を勤めていた二二歳の余佩宣は戸惑い、「あなたの信任に値するか？　ミーシャ？　私は自分自身さえ信じられないの」（一八頁）と語る。余佩宣は天使に救いを求めたが、素直になれない自分に焦り、何を恐れているかもはっきりわからない。そのもやもやの感覚を「寝台の下のネズミ」と喩え、見えず聞こえずなお不気味に感じられる存在のように描く。ネズミに関する描写は、一人称独白の地の文をさえぎる形で挿入されており、やや唐突だが、それをヒントに余佩宣の内面、余佩宣の潜在意識にある不安と虚無を考えることができよう。主人公の運命はその性格に左右されるが、離散のトラウマもまた世代を超えて、「身体、心理、感情へと影響し、トラウマを思い出したり、再現したりすることによって他のトラウマを引き起こし[56]」、離散二世のポストメモリーとなる。「精神勝利法」を用い、自分以外信じる者がいない余佩宣は離散の宿命と心の中の虚無を怖がり、ミーシャとの関係を安定した幸せな形へと導く自信がないのであろう。二人はハイデルベルクで数年間過ごした後、ミーシャが死者も同然のように行方不明となる。二人の物語のため龍應台はそれ以上小説のプロットを組み立てられなくなったのだろうか、ハイデルベルク物語の唯一の明るい部分は無理に終わらせたのだった。

天使は死ななければならない。余佩宣は天使に救いを求めたが、結局変わらないものを信じる能力も愛を信じる能力も育てられず、「傷つけられたハリネズミ」（四九頁）のように人を避け、心の中の「ネズミ」に苦しむことになる。「情欲」説でも「フェミニズム」理論でも離散の群れの終わりなき逃避、存在の不条理は解説しきれないのである。

背景をハイデルベルクよりナミビアの砂漠に変えよう。小説集の『在海徳堡墜入情網』に、「銀色仙人掌」という、ある中年女性（余佩宣？）によるナミビアの砂漠への逃避行を描いた短編小説が入っている。ナミビアの砂漠は三毛が書いたエキゾチックでロマンチックなサハラ砂漠とは違い、絶望的な砂漠に描かれている。結婚生活に行き詰まった主人公は人生を振り返りながら回り道をして車を走らせ、絶体絶命の窮地に陥る。「ぐるぐる回っている。もし天のような大きな目があり、私を見下ろすなら、私はきっと意味のない蟻のように見える[57]」と主人公がつぶやく。荒涼たる情愛の場で、余佩宣たちの試練と葛藤は続く。

（二）「子宮思考」

張雪媃は、余佩宣がハイデルベルクシリーズの唯一の主人公で、他の人はみな脇役だと述べているが、考えを変えれば、「找不到左腿的男人」の中の江力廉は結婚している余佩宣であり、「堕」の中の李英は若き余佩宣だと言え、三編の小説は一つの「流離う余佩宣物語」と読むことができるだろう。

一九八八年一〇月龍應台は台湾初の女性新聞記者としてソ連に一〇日間訪問している。一九九〇年二月には解体前のソ連に再度入り、冷戦終結の現場に足を運んで歴史的場面を記録した。「社会に対する時、私は丸きり一つの大脳になる」[58]と自己解説したように、龍應台はルポルタージュにおいて、社会主義ソ連における婚姻制度の危機、喫茶店文化の欠如、官僚主義などを報道したが[59]、人間の内面の観察は小説において結実させた。

「堕」の主人公の李英は台湾からハイデルベルクに来た留学生である。「来たよ、ハイデルベルク、私が来た。〔中略〕あなたは開かれた門だ。門を跨ぐということは、中に入ることではなく、私の後ろのびっしりと囲まれた空間を出ることだ。跨いだら、私は外に出るの、果てしない外に」（九一頁）。この李英のセリフで注目したいのは、「入る」ではなく、「出る」ということだ。李英の「出る」は余佩宣の逃避と似ており、その意味で四〇代の余佩宣から李英の未来の姿が想像できもしよう。

李英はモスクワの政治関係研究所を出たイバンというソ連からの留学生に出会い、二人は恋人同士になる。『信じる』という言葉を言える人に、モスクワで会ったことはない」（八〇頁）と言うイバンは、共産主義イデオロギーが作り出したシニカルで無責任な人であった。身ごもった李英は行き詰まり、「なぜ私は人より孤独でなければならないの？　子宮があるだけだから？　私は子宮を申し込んでいないし、体に植えてもいない」（六八頁）と呻き、「愛がいったい何かもわからなくなり、今子宮でしか考えられない」（七一頁）と思うようになり、自ら堕胎を決めた。いわばこの「子宮思考」の小説全体が「堕」（堕胎）の完成から始まり、後ろから前へと倒叙し、二十数枚のスケッチのように、「堕」の過程を描いている。

龍應台の小説は時々「知性過剰、感性不足」[60]のところがあり、男女がむつみあう場面でもレニングラード包囲戦とか南京大虐殺とかを語る。李英とイバンの物語は、余佩宣の通り過ぎた人生の陥穽、生命の罠を表現し、上述のルポルタージュと併せて読むと興味深い。

文学創作はある程度作者の生命体験にもつながっている。後に成功した女性の辿った道を語る時、龍應台は「彼女たちがいまや十分『成功』しているのだとしても、みんな暗黒時代を辿って来た」[61]と語る。『在海徳堡墜入情網』は龍應台の事実上唯一の小説集[62]として、心の暗黒時代の記念のように思われる。愛に救いを求めた三毛は四七歳で世に別れを告げたが、「文化中国」に救いを求めた龍應台は書くことによって暗闇を乗り越え、四七歳にして欧州に別れを告げ、台湾の政界に身を投じた。

四.「ポストメモリー」の「大江大海」

（一）「敗北者」の子どもとして生まれて

『在海徳堡墜入情網』が、龍應台が「最も気にかけている」一冊だというなら、『大江大海一九四九』は龍應台が最も力を入れた一冊だと言えよう。

『大江大海一九四九』の扉のページには「時代に踏みつけにされ、汚され、傷つけられたすべての人に敬意をこめて」という文章が書かれ、次のページは「『敗北者』の子供として生まれて、私は誇りに思う」で締めくくられる。「あれほど悲痛な別れ、あれほどの理不尽と不正義、あれほど深い傷、あれほど長い忘却、そしてあれほど静かな苦しみ」[63]がこれまであったかという大離散の過去を追究する意欲を見せているのだ。「失敗者の子孫」は失敗者（離散者）にアイデンティファイし、離散のトラウマも継承する。マリアンヌ・ハーシュによるポストメモリーについての論述は『大江大海一九四九』を語る一つの視点を提供する。『大江大海一九四九』はまさに子の世代が自分の努力で親の世代の経験を再構築し、ポストメモリーを形作ることを体現した一冊だと言える。

　ポストメモリーは「世代間の距離を超えているので記憶とは違うし、個人に深くつながっているので歴史とも違い」[64]、その本質は間接性、非連続性、そして想像性にある。『大江大海一九四九』は一人の母親（龍應台）が、兵役によりまもなく入営しなければならない一九歳の息子に向かって語った家族と時代の話である。そこで母親はポストメモリーの、記憶や歴史との錯綜した関係について次のように語っていた。「どんな物事であろうと、その全貌を伝えることなど私にはできない。フィリップ、わかってくれるだろうか？　誰も全貌など知ることはできない。ましてや、あれほど大きな国土とあれほど入り組んだ歴史を持ち、好き勝手な解釈と錯綜した真相が溢れ、そしてあまりのスピードに再現もおぼつかない記憶に頼って、何をして『全貌』といえるのか、私にはひどく疑わしい。（中略）だから私が伝えられるのは、『ある主観でざっくり摑んだ』歴史の印象だけだ」[65]。そしてさらに、龍應台自身が、「歴史に対して私は非常に愚かな、非常に遅れた学生だ。四〇歳過ぎてからやっと自分の足りなさに気づいた」[66]と述べている。『大江大海一九四九』について龍應台は「『弱き者』が自分の能力を超えた課題に取り組んでいる」[67]と認めつつ、書く過程にあった戸惑いについて次のように語る。「こんな膨大な史料を目の前に、『木々深くして、処を知らず』さながら、私は歴史を学ぶ小学生であった。それでも大興安嶺（だいこうあんれい）の山の中へ花摘みに出かけた赤頭巾ちゃんのように、深い小径に差しかかるたびに思わずその奥をのぞき込んでしまう。分かれ道に差しかかれば思いあぐねてしまう。どちらの道も私は歩きたい。どちらの道も私は知りたい[68]」と。ここからは、歴史と記憶と文学的な表現との間で悪戦苦闘し続けた龍應台の姿がかいま見えるだろう。

ポストメモリーをテーマにしたと言える『大江大海一九四九』には、「おびただしい痛みと矛盾があり、痛みと痛みはもつれ合い、矛盾と矛盾はぶつかり合う[69]」。トラウマの影響の連続性をたち切り、ポストメモリーの重荷より解放されるため、龍應台は親の離散前の大陸に戻り、「朝から晩まであちこち飛び回って取材し[70]」、個人の家族史をはるかに超えた集団記憶を再構築する努力を惜しまなかった。

『龍應台評小説』の中で龍應台が「台湾には文学批評がなかった」と主張し、『大江大海一九四九』についても、インタビューを受けた時「私がこの探索をはじめたのは、あの時代が本当はいったいどのような時代だったかを知りたかったからだ。努力しなければ、ブラックボックスは開けられない[71]」と話している。発表する時期が相前後しているが、外省人二世による離散を振り返る内容を含んだ作品が華人社会では注目されている。朱天心の長編小説『漫遊者』と駱以軍の長編小説『西夏旅館』はその代表作であり、王徳威により「後遺民写作（post-loyalism）[72]」と呼ばれる。ノンフィクション類では「最も含蓄のある方式でセンチメンタルの素材を扱う[73]」斉邦媛の『巨流河』が挙げられる。

（二）修辞と感傷

林沛理は、「アメリカの評論家スーザン・ソンタグ（Susan Sontag）と同じように、龍應台は間違えた時でさえ、多くの華人作家や学者が正しい時より面白いし、示唆に富んでいる」と評し、さらに（龍應台を）「両岸三地において最もすごい修辞家だと言っても言い過ぎではない」とも述べている[74]。確かに、龍應台が注目される理由の一つはその文才であり、龍應台を研究する数多くの論文もその文章のスタイル、言葉遣いについて書かれている。

「原住民が大地や森を失った傷、深くないか。我々は償ったか。〔中略〕外省人難民が流離い、家を失った傷、哀れではないか。我々は慰めたか」[75]。ここにある漲った気力、反復による修辞は龍應台の典型的スタイルの一つだ。龍應台は女の老いを「今、彼女の目に映る世界は、かつて彼女が属していた世界から、がらりと変質してしまった。漂泊を強いられ、抵抗もできぬまま放逐され、行き着いたその身の上は、秘密裏に仕組まれ、社会的に醸成された孤独なのではないか?」[76]と書いているが、その独特のスタイルは誰にも真似できないものである。

湖南省の衡山駅にいる龍應台は、まるでタイムマシンに乗って六〇年前の時空に戻ったように描く。「二〇〇九年の衡山駅は意外にも、美君が私に話して聞かせた一九四九年当時とほとんど変わりがない姿であった。〔中略〕駅舎に入る。人のいない改札口をすり抜け、乗客になったつもりでプラットフォームまで歩く。端っこに立って、レールがまっすぐ伸びていき、曲がって見えなくなるまでを目で追った。ここが母と應揚が別れた場所なのだ。〔中略〕線路に跳び下り、寝そべって、レールに耳を張りつければ、六十年前のあの汽車がタイムトンネルをくぐってやってくる」[77]と。現実と非現実、歴史と想像が混在したこの文章も非常に卓抜したものである。

しかし龍應台が二〇年間考えをねり、四〇〇日かかってようやく書かれた、最も力が入ったといっていい『大江大海一九四九』は、「修辞における誇張は本のいたるところに見え[78]」、発酵しすぎた感傷主義の作品になった。本の「あとがき 私の洞窟、私のろうそく――麗しき香港の缶詰生活」に書かれた、泣き崩れる場面が象徴しているように、この本はまるで涙に浸かったように感じられる。「あとがき」の最後の二頁より探して見れば、「すべての団体」「すべての人」「たくさん、たくさんの人」「毎回の口述記録」「一字一句」「動作と視線のすべて」「話をしてくれたすべての人はみな私の師」「どれだけ多くの人」「最も柔らかく、最も脆いところ」といった感傷ゆえの龍應台式誇張が目立っている。「離散の『民国三八年[79]』」の感傷的な作者と世界中に離散する感傷の読者による感傷の大合唱を、修辞のテクニックもさすがにカバーしきれないだろう。

(三)『大江大海一九四九』をめぐる議論

『大江大海一九四九』をめぐる多くの議論は歴史に関連したものである。林沛理は、「龍應台の『大江大海』は「講釈師(story teller)と歴史の叙述者(narrative historian)との調和の取れにくい役割の衝突(role conflict)を際立たせ、『過度書き(over-written)』の作品になった」[80]と述べ、さらに「『大江大海』最大の失敗は感傷主義の筆致で悲しみを盛り上げるところにある」[81]と語っている。また張大春は、『大江大海一九四九』について「『文学』の二文字で包装された」「インスタント史学」と解釈し、龍應台の史観を「中身のない虚無的歴史観」として批判する。龍應台が敬意を表したいわゆる「敗北者」についても、「『敗北者』は明らかに汚職、腐敗、無能の亡命政権であるにもかかわらず、大時代に踏みつけにされた庶民のように文学的に加工されている」と指摘した[82]。

李敖は『大江大海騙了你(大江大海はあなたを騙した)――李敖秘密談話録』という、一五万字の『大江大海一九四九』の紙数をはるかに超えた二四万字の本を出して龍應台を批判した。「龍應台が最も得意なのは『現象』を書くことだが、龍應台が最も下手なところは『現象』だけ書けるところだ。(中略)彼女は『原因』を書けない、なぜなら『原因』を知らないからだ」と指摘し、龍應台の本に対して、「見掛け倒し」、「銀紙で包装された臭い皮蛋(ピータン)」、「文章はいい」が「史学訓練がない」[83]と、歯に衣着せぬ痛烈な批判を浴びせた。さらにいわゆる「大江大海」は蔣介石式思考様式であり、実際に残ったのは「残山剰水」しかないと指摘した[84]。

李敖の本を読んだ武之璋は『原来李敖騙了你(やはり李敖があなたを騙した)』を書き、李敖を「国民党が台湾に来て以来最大の知識人[85]」と認め、龍應台の史学訓練が足りないことにも同感を示しながらも、「龍應台は台湾社会と近代中国史に関心を寄せる文芸作家であり、龍應台の目的は忠実に、客観的に、複眼的に抗日戦争、国共内戦が引き起こした諸々の『現象』を描くことにある。龍應台は原因を求めるつもりはなく、原因を求めるのは歴史学者、思想家である[86]」と述べ、李敖の批評は龍應台には不公平だと指摘している。さらに李敖について、一九七一年「内乱罪」による入獄前には国民党や孫文を客観的に捉えていたが、一九七六年出獄後は否定的に捉えるようになったことに触れ、「李敖の観点は学術的ではなく、一種の病態だ、一種の『復讐シンドローム』だ[87]」とも指摘した。

また張雪媃は「本省人」の立場から、龍應台は「大江大海で台湾島の悲しい小川を覆っている[88]」と述べ、彭明敏も「『本省人』と『外省人』のナショナル・アイデンティティが相容れず」、『大江大海一九四九』は「二大エスニックグループの和解（heal）のためのヒーリングにはなれない[89]」と指摘する。

以上のように、『大江大海一九四九』に対して、歴史学者は資料の不足を指摘し、作家は「インスタント」だと難じ、文学評論家はそのセンチメンタリズムを批判し、大中華主義者はその国民党史観を責め立て、台湾独立派はそのアイデンティティを疑ったのだが、このようにそれぞれコンテクストが違う批評者に対して、『大江大海一九四九』はこう述べるのである。「狩人たちが各方向からあひるを狙う時、むしろ彼らのそれぞれの立場がばれることになる[90]」。

『大江大海一九四九』は、歴史的事実に関する部分はもっと厳格に書く必要があるが、単なる歴史ではない。他方、著者はそれも文学だと主張しており、確かに広い意味での文学には含まれるが、単なるフィクションでもない。まさしく『大江大海一九四九』とは、離散者二世が書いたスケールの大きいポストメモリーのテキストなのである。

【注】

（1）Mariane Hirsch, *Family Frames: Photography, Narrative, and Postmemory*, Harvard University Press, 1997, p.22.
（2）同上。
（3）龍應台「自序 還在霊魂的旅次中」『銀色仙人掌』台北・聯合文学出版社、二〇〇二年、六頁。
（4）龍應台「七二 モクマオウの木の下で——デラシネの子供たち」『台湾海峡一九四九（原題：大江大海一九四九）』（天野健太

郎訳）、白水社、二〇一五年、三七七頁。原書は二〇〇九年に台北・天下雑誌、および香港・天地図書より刊行。
（5）龍應台「第一七封信 你是哪国人？」『親愛的安徳烈』北京・人民文学出版社、二〇〇八年、一二五頁。
（6）龍應台「教育」『父を見送る——家族、人生、台湾』（天野健太郎訳）白水社、二〇一五年、七三頁。
（7）龍應台「軟枝黄蟬」『啊，上海男人』上海・学林出版社、一九九八年、二九六頁。
（8）楊照・王妙如「不安的野火——専訪龍應台」『中国時報・人間副刊』一九九九年九月二八〜三〇日。
（9）龍應台「我在為你做一件事」『龍應台評小説』台北・爾雅出版社、一九八五年、一七三頁。
（10）同上、一七七頁。
（11）楊照「率直与『憨膽』——閲読龍應台」『中国時報・人間副刊』一九九九年九月二七日。
（12）龍應台「冥紙愈多愈好」前掲注（9）『龍應台評小説』、二頁。
（13）王徳威「考蒂莉亜公主伝奇——評『龍應台評小説』」『中外文学』一九八五年一二月。同上『龍應台評小説』付録、二一七頁。
（14）同上、二二二〜二二三頁。
（15）前掲注（8）「不安的野火——専訪龍應台」。
（16）龍應台「在海徳堡墜入情網」『在海徳堡墜入情網』上海・上海文芸出版社、一九九六年、一〇六〜一〇七頁。
（17）龍應台「乾杯吧，托馬斯・曼！」前掲注（7）『啊，上海男人』、一五五頁。
（18）華安「放手」龍應台『孩子你慢慢来』台北・印刻文学生活雑誌出版、二〇一五年、一八五頁。
（19）龍應台「同窓会」前掲注（6）『父を見送る』、二四一頁。
（20）龍應台「胡美麗這個女人」『女子与小人』上海・上海文芸出版社、一九九六年、二七七頁。
（21）龍應台「第二七封信 給河馬刷牙」前掲注（5）『親愛的安徳烈』、二〇九頁。
（22）龍應台「第五封信 対玫瑰花的反抗」同上『親愛的安徳烈』、四一頁。
（23）一九九九年〜二〇〇三年は台北市文化局初代局長、二〇一二年〜二〇一四年は行政院初代文化部長。
（24）張雪媃「凝視龍應台——野火到大江大海」『当代華文女作家論』台北・秀威資訊科技、二〇一三年、一二九、一三六〜一三七頁。
（25）黄梁主編『龍應台与台湾的文化迷思』台北・唐山出版社、二〇〇四年、八五頁。

(26) 林沛理「龍應台 攻心為上」『中文玩家——私享華文大師的写作絶学』北京・中国人民大学出版社、二〇一五年、一〇頁。
(27) 龍應台「一三 老いた父が愛した芝居『四郎探母』——生き別れの母を思って」前掲注(4)『台湾海峡一九四九』、七三頁。
(28) 龍應台「媽媽講的話」『看世紀末向你走来』上海・上海文芸出版社、一九九六年、三一七～三一八頁。
(29) 「乾杯吧，托馬斯・曼！」前掲注(7)『啊，上海男人』、二四八～二四九頁。
(30) 同上、二五一頁。
(31) 前掲注(8)「不安的野火」。
(32) 「三毛作品在西翻訳出版『国家報』頭版講述女作家伝奇人生」『西班牙聯合時報』二〇一六年一〇月二六日。
(33) 凌峰「中国和西班牙的『蜜月』才剛剛開始」『欧華報』二〇一六年一〇月二九日。
(34) 文化中国(Cultural China)は儒学者の杜維明が提出した概念である。杜維明『文化中国的認知与関懐』(台北・稲香出版社、一九九九年)などを参照。
(35) 龍應台「開往夢境的火車」前掲注(9)『龍應台評小説』、三四九頁。
(36) 龍應台「五十年来家国——我看台湾的『文化精神分裂症』」『面対大海的時候』台北・時報文化出版、二〇〇三年、二八～三一頁。
(37) 龍應台「你是否看見歴史裡的人？——対李登輝史観的質疑」(『百年思索』台北・時報文化出版、一九九九年)および「請用文明来説服我——給胡錦濤先生的公開信」(『請用文明来説服我』香港・天地図書、二〇〇六年)などを参照。
(38) 董橋「快快開拓国際視野」『蘋果日報』二〇〇三年七月二五日。
(39) 郭力昕「一覚回到解厳前——我看龍應台的『五十年来家国』」『中国時報・人間副刊』二〇〇三年七月二三日。
(40) 楊沢「天真女俠龍應台——走過野火時代」龍應台『野火集——二十周年記念版』台北・時報文化出版、二〇〇五年、二六頁。
(41) 石計生「霹靂火 vs. 野火」『中国時報・人間副刊』二〇〇三年七月二六日。
(42) 顧爾徳「龍應台只是欧州来的過客」『新新聞週報』二〇〇三年七月二四日。
(43) 伊格言「你可以再靠近一点」『中国時報・人間副刊』二〇〇三年七月二五日。
(44) 姚人多「龍應台的中薬」『中国時報・観念平台』二〇〇三年七月三〇日。
(45) 趙剛「和解的壁塁」『読書』二〇〇五年第七期、五九～六〇頁。

(46) 銭鋼「跋 蒲公英的歓楽和悲傷」前掲注（37）『請用文明来説服我』、三四八～三四九頁。
(47) たとえば、「誰，不是『天安門母親』？——献給丁子霖 為天安門屠殺十五周年而作」は二〇〇四年六月四日に同時に台北『中国時報』、香港『明報』、クアラルンプール『南洋商報』およびアメリカ『世界日報』に、六月七日にシンガポール『聯合早報』に掲載された。
(48) 江迅「沼沢裏飛起的鴨子」『亜洲週刊』二〇〇五年七月二四日。
(49) 龍應台二〇一二年八月三一日バンクーバーのブリティッシュコロンビア大学における講演「華文、華流、華文化——対華人世界的美好想像」『傾聴』台北・印刻文学生活雑誌出版、二〇一六年、五三頁。
(50) 前掲注（8）「不安的野火」。
(51) 龍應台「面具」前掲注（16）『在海徳堡墜入情網』、二一四頁。
(52) 王徳威「海徳堡之死——評龍應台『在海徳堡墜入情網』」『聯合文学』一九九四年九月、四三頁。
(53) 呉燕君「蝴蝶蝶飛不過蒼海——読龍應台的『海徳堡』系列小説」『当代小説』二〇〇九年九月、一二頁。
(54) 前掲注（24）「凝視龍應台」、一〇七頁。
(55) 前掲注（16）『在海徳堡墜入情網』、一五頁。本文の中に付けた頁数はすべて『在海徳堡墜入情網』の頁数である。
(56) Marianne Hirsch, *The Generation of Postmemory: Writing and Visual Culture After the Holocaust*, Columbia University Press, 2012, p2.
(57) 龍應台「銀色仙人掌」前掲注（16）『在海徳堡墜入情網』、二〇六頁。
(58) 前掲注（8）「不安的野火」。
(59) 龍應台「敞開的俄羅斯大門」「効率就是等待」前掲注（28）『看世紀末向你走来』。
(60) 舒非「知性有余感性不足——龍應台最在乎的一本書『在海徳堡墜入情網』」『明報月刊』一九九五年八月を参照。
(61) 龍應台「第三〇封信 両只老虎跑得慢、跑得慢」前掲注（5）『親愛的安徳烈』、二三九頁。
(62) 『在海徳堡墜入情網』は一九九五年に聯合文学出版社より、一九九六年に上海文芸出版より出版。二〇〇三年新たに「自序 還在霊魂的旅次中」を入れ、書名を『銀色仙人掌』に変えて聯合文学出版社より出版されたが、中身は前とほぼ同じである。
(63) 龍應台「あとがき 私の洞窟、私のろうそく——麗しき香港の缶詰生活」前掲注（4）『台湾海峡一九四九』、三九三頁。

(64) Marianne Hirsch, *Family Frames: Photography, Narrative, and Postmemory*, Harvard University Press, 1997, p.22.
(65) 龍應台「二八　六歳でも兵隊になれる――兵隊を増やす方法、減らさない方法」前掲注（4）『台湾海峡一九四九』、一六一頁。
(66) 龍應台「在迷宮中仰望星斗――政治人的人文素養」前掲注（37）『百年思索』、一五頁。
(67) 前掲注(63)「あとがき 私の洞窟、私のろうそく」、三九四頁。
(68) 同上、三八九～三九〇頁。
(69) 龍應台「プロローグ　私たちを守ってきた街路樹――十九歳の息子に語る家族の歴史とその時代」前掲注（4）『台湾海峡一九四九』、一八頁。
(70) 前掲注(63)「あとがき 私の洞窟、私のろうそく」、三九〇頁。
(71) 柴子文・張潔平「専訪――作家龍應台 她和千万亡魂一起写這本書」『亜洲週刊』二〇〇九年九月二七日。
(72)「後遺民」は王徳威が提出した概念である。王朝交代期に新たな王朝に仕官しない前王朝の臣民を意味する「遺民」に対し、「後遺民」は「置き間違えた時空をさらに置き間違えるようにして、最初から正統ではないかもしれない正統を偲ぶ」人たちだという。王徳威「序　時間与記憶的政治学」『後遺民写作――時間与記憶的政治学』台北・麦田出版、二〇〇七年、六頁。
(73) 王徳威「『如此悲傷，如此愉悦，如此独特』――斉邦媛与『巨流河』」『当代作家評論』二〇一二年第一期、一五九頁。
(74) 前掲注(26)「龍應台 攻心為上」、七～八頁。両岸三地とは、中国大陸、台湾、香港のこと。
(75) 前掲注(36)「五十年来家国」、一二六頁。
(76) 龍應台「いつまでも女」前掲注（6）『父を見送る』、一三六頁。
(77) 龍應台「八　汽車を追いかける少年――母が去ったレールの向こう」前掲注（4）『台湾海峡一九四九』、四九～五〇頁。
(78) 林沛理「龍應台的感傷主義」『亜洲週刊』二〇〇九年一一月二二日。
(79) 龍應台「民国百年増訂序文　湧動」『大江大海一九四九』、引用は台北・天下雑誌（二〇一一年、Ⅱ頁）に拠る。
(80) 林沛理「認真審視龍應台」『亜洲週刊』二〇〇九年一一月一五日。
(81) 前掲注(26)「龍應台 攻心為上」、二〇頁。
(82) 張大春「速食史学的文明矛盾」『蘋果日報』二〇一一年一月一一日。
(83) 李敖『大江大海騙了你――李敖秘密談話録』台北・李敖出版社、二〇一一年、三〇～三四頁。

(84) 同上、七頁。
(85) 武之璋『原来李敖騙了你』中国文革歴史出版、二〇一一年、九六頁。
(86) 同上、二二六頁。
(87) 同上、一四九頁。
(88) 前掲注(24)「凝視龍應台——野火到大江大海」、一〇二頁。
(89) 彭明敏「従龍應台著『大江大海一九四九』説起——台湾観点」『自由時報』二〇〇九年一一月八日。
(90) 前掲注(48)「沼沢裏飛起的鴨子」。

Ⅳ 加速する文学と映像の交渉

中国映画における女子大生の宿舎文化——八〇年代以降を中心に

蓋　暁　星

はじめに

周知のように、学寮という集団生活の起源はイギリスにある。ステファン・ディルセーの著書『大学史』[1]によると、大学の学寮の萌芽は貧困学生の援助を目的とする生活の手段であった。また、一三世紀のイングランドでは「大学生活そのものの中心は常に学寮であった。学寮以外には、大学は存在しない。〔中略〕まさしく学寮が結集し融合して大学を形づくったのである。学寮が大学を吸収したといえよう[2]」。その後、貴族やエリートを育成するためのケンブリッジ大学やオックスフォード大学の学寮は教育の一環として存在し、「学監」という監視を行う教員が配置されている。

一方中国では「University」という概念の大学教育に伴う学寮、即ち宿舎は単に「宿泊」を提供するためのものである。教育の一環という概念に囚われない中国の宿舎は、学生が学校や社会の軛から解き放たれて、自由に新たな人間関係を構築する場となる。

近年、中国では修士論文を含め「大学宿舎の人間関係」に関する論文が多数発表されている。経済発展、地域、教育、収入の格差など様々な問題を内包する中、ある程度の自立意識を持ちながら高等教育を受ける大学生が集まる大学の宿舎は、一つの「社会」として様々な分野で研究対象になっているのである。

本論文では、中国で初めて大学宿舎をテーマにした映像作品『女子大生寮（原題：女大学生宿舍）』（一九八三、史蜀君監督）から着手し、宿舎の描写を多く取り上げている話題作、『天安門、恋人たち（原題：頤和園）』（二〇〇六、婁燁監督。以下『天安門』と略す）、『So Young 過ぎ去りし青春に捧ぐ（原題：致我們終将逝去的青春）』（二〇一三、趙薇監督。以下『青春に捧ぐ』と略す）という女子大生の生き様を描く中国映画三作を取り上げ、特に「女子寮」という場所に注目して論じたい。キャンパス内を中心に生活している大学生にとって、宿舎は唯一のプライベートな空間であり、かつ、常にほかの寮生、つまり他者からの視線に晒される場でもある。互いに覗き、覗かれる空間の人間生活を描くことで、どのような物語要素が生まれるのか。上記の映画が観客を引きつける物語を構成するにあたり、「宿舎」という舞台設定がどのような役割を果たしているのかを考察し、時代の変化に伴う女子大生像の変化も探っていきたい。

一．大学生にとっての宿舎生活の意味

中国の大学は全寮制で、学生は入学すると同時に、大学に手配された宿舎に入居する。二段ベッドの一段分が、唯一の自らの占有空間となる。宿舎の一室は、専門分野などで分けられた数十人の「クラス」に次ぐ集団単位となり、学生は宿舎全体を「宿舎楼」、宿舎の一室のことを「宿舎」と呼ぶ。同じ部屋に配属された学生はルームメー

トとなり、数年間を共に過ごすことになる。「宿舎」は一つの小さな「共同体」である。生活空間を共有するルームメートとは濃厚な関係が築かれる。一生にわたってその人脈が継続することもあり、「宿舎」は卒業後の人生にも大きな影響を及ぼしていく。

宿舎を舞台にした文学作品や音楽作品は少なくない。「校園小説」（青春小説）というジャンルに属する『北大女生』[3]『草様年華』[4]などには、宿舎の生活及び宿舎の人間関係の描写が見られる。また一九九四年には、高暁松作詞・作曲、老狼演唱の「校園民謡」『睡在我上舗的兄弟（僕と二段ベッドで寝ていた友）』という歌曲が流行した。その歌詞の一部を見てみよう。

君は僕に言う、いつか一緒に帰ろう
わが寮と我らの過去を見てみよう
君が壁に刻んだ文字は今もはっきり残っている
あの時から誰も消せない
僕と二段ベッドで寝ていた友よ
僕の寂しい思い出の中で寝ている友よ
君がたずねたあの問いは
今は誰も話題にしない[5]

そして、二〇一五年に同名のネットドラマが公開され、翌年には映画化[6]もされている。その人気と影響力は二〇年以上経過しても衰えていないことがわかる。

中国で最高峰の名門大学である北京大学では、建学九〇周年及び一〇〇周年の節目に、『精神的魅力』[7]とその続編に当たる『青春的北大』[8]という記念文集が出版され、前者には六五篇、後者には一二〇篇のエッセーが寄稿されている。寄稿者の入学年代は一九五〇年代から九〇年代までにわたり、宿舎生活を巡るエピソードも多数見られる。大学の宿舎生活に関する資料が乏しい中、この二冊の文集は最も具体的で、網羅性の高い資料となっている。

以下、宿舎に関する回想を年代順に見てみよう。

Ⅰ．全クラス数十人の男子学生は「五舎」（現在の「電教ビル」に当たる場所）という大きい部屋に住み、毎日一緒に過ごしていた。一緒に授業を受け、一緒に遊び、運動する。時々ある話題を巡って討論する。顔が赤くなるまで議論をしても、すぐ何事もなく平穏に戻る。そして、やがてまたみんなの気持ちが高揚する。まさに「少年憂いを知らず」といった様子であった。[9]（向熹、一九四九年入学）

Ⅱ．大きな部屋に我がクラス二十数人の夢見る若者が集められていた。とても賑やかだった。夜遅くまで眠れぬ時には、歌声、歯ぎしり、おなら、寝言など、いろいろ楽しめたのだ。[10]（孫玉石、一九五五年入学）

Ⅲ．三二棟の三二二号室が私を受け入れてくれた。しかも五年間も。なんと純潔で誠実で団結力があり、友好的かつ天真爛漫で活発なグループだったことか！　皆兄弟のように親密であり、我が「家」のようだった。[11]（閻純徳、一九五八年入学）

Ⅳ．北京大学に入学の初日、初めて三二棟の学生宿舎に入った。宿舎はかなり乱雑だった。〔中略〕しかし、私は神聖な殿堂で五体投地をするような、敬虔な気持ちを抱いていた。北京大学よ、あなたは私を受け入れてくれた。[12]（郭建模、一九六二年入学）

Ⅴ．女の子たちはぴいちくぱあちく鳴いている小鳥のようだった。狭い部屋に三、四人もいると、誰も本なんか読めなくなる。だから、授業がない時は皆図書館に行ってしまう。宿舎にいたら、遊んだり、ふざけたり、お喋りしたり、向日葵の種を食べたり、映画雑誌を見たりするだけだ。[13]（黄蓓佳、一九七七年入学）

Ⅵ．宿舎の面積は一人当たりわずか二平米……しかし、廊下で雑談する人の声はいつも高音用スピーカーのようで、共用の洗面所はいつも音楽ホールのよう、素人歌手の大きな歌声が響き渡り、その声の大きさは建物を振動させるほどだった。布団はいつもぐちゃぐちゃ、いつも汚い部屋、トイレ文学（トイレの中の書き込み）、本を盗む、破るなどなど[14]……。（張虹海、一九七七年入学）

Ⅶ．学部生時代、私は二八号棟に住んでおり、隣は政治学部の宿舎だった。みんな（お互いの宿舎を）行ったり来たりして、時には新しい視点を巡って議論し、時には新しいイベントを企画した。[15]（項颷、一九九〇年入学）

中華人民共和国が成立した一九四九年から、五〇年代、六〇年代、七〇年代、九〇年代に至るまでの、北京大学における宿舎生活を巡る回想である。国内最高の名門大学の回想記であり、これだけで中国の大学の全貌を概観することは難しいが、生活感が溢れる大学の宿舎のイメージを思い浮かべることはできるだろう。

では、上記の引用になかった八〇年代の大学宿舎はどのような様子であっただろうか。現在文芸評論家としても活躍している研究者毛尖はエッセー集『永遠と三秒半』[16]で、華東師範大学に在学していたころの実体験を記している。

あのころ、宿舎の管理は現在ほど厳しくなかった。一つの部屋にベッド八台で、長期にわたり九人が泊まっているのも普通で、いまだに不思議に思うのだが、あの乱雑さで放縦にならない関係はどのように作られ、またどうして消えたのか。大学二年の一年間、私は一四人部屋という大きな部屋に住んでおり、夕食後、恋人がいない者は部屋から出て勉強しに行き、恋人がいる者は部屋で勉強し、外出した我々が夜戻ると、蚊帳の揺れが目に映り、睦言が聞こえてくる。創作を教える先生で現代派詩人宋琳の名言を思い出す。「飲めば飲むほど喉が渇く」。我々はそんな連中に対して同情の気持ちが湧いてくる。ある日、ルームメートの同郷人がやってきて言うには、最近、大学の管理担当者が一つの部屋に立ち入り検査を行ったところ、定員は八人なのに、一三人泊まっていた。しかも男女混合で[17]!

毛尖は八〇年代という特殊な時代を生きた普通の大学生の、生々しい宿舎生活の様相を伝えている。

以上、第一章では回想記による宿舎の描写を取り上げたが、次章以降はスクリーンに描かれた女子大生の宿舎生活、及びその「宿舎」という舞台設定について考察していく。

二 『女子大生寮』に描かれた宿舎生活――ポスト文革世代

周知のように、八〇年代の中国は改革開放政策が推進され、文革による抑圧、経済停滞の窮状から新しい局面に脱却しようとする時代である。映画業界も文革一〇年の空白期間を経て、旺盛な創作活動が展開され、「電影体制」の改革も行われた。国内のみならず国外市場への進出を図る作品も多数制作され、建国後、中国映画は第二の黄金期を迎えたと言われている[18]。

『女子大生寮』はまさにその風潮の中で生まれた作品である。当時、香港や台湾では女子学生をテーマにする映画がかなり公開されていたが、中国大陸ではほとんど制作されていなかった。七〇年代末期、香港の映画監督李翰祥が大陸の映画界に進出を果たし、以降大陸の映画市場は次第に香港、台湾映画の影響を受けるようになった。様々な観客層を開拓するために、多様なジャンルの映画が求められるようになり、体制改革を進めていた上海電影製作所（以下「上影」と表記する箇所もある）は若手女性監督史蜀君（一九三九〜二〇一六）を起用し、中国の「青春映画の空白を埋めた作品をデビュー」させた。[19] 映画の中に、大学生たちが掲示板に貼ってある映画のポスターを見ながら「『上影』の作品だ」「私は『上影』の映画が大好き」と言っているシーンが設けられ、作品の中でも宣伝を行っていることがわかる。

この映画は一九八三年度全国優秀短編小説賞の受賞作「女子大生寮」[20] に基づいて作られている。作者の喩杉は執筆当時二二歳の現役女子大生であった。恐らく彼女は自身の経験に基づき、身近にいる女子大生の生き様を小説化したと考えられる。教室や図書館など公共の場にいる時は皆同じ「大学生」であるが、宿舎というプライベートな空間に入ると、それぞれの個性が浮き上がってくる。さらに、同室に住むからこそ、お互いの性格や詳しい家庭事情が把握できる。つまり、大学生一人ひとりの個性にスポットを当てるため、「寮」即ち宿舎という舞台を選んだのだと考えられる。史蜀君監督は新しい時代における大学生の「価値観、理想及び面目を一新した精神風貌」を表現するというコンセプトで制作に取り組んだと言う。原作者も脚本担当の一人となっている。映画は小説より七〇パーセントも内容を膨らませたものになった。男子学生も重要な脇役として登場させ、スポーツや演劇などのシーンも織り込んで、当時の大学生の人気を博し、複数の映画賞を受賞した。[21]

映画の冒頭、三階建ての地味な宿舎の全景が映し出される。窓の外に洗濯物が干されている。いかにも「宿舎」というイメージ。タイトルバックの後、物語が始まったことを示すように、二人の新入生が話しながら、楽しげに自らの宿舎に入って行くシーンに移る。宿舎のショットはこの二人の目線にしたがって、古びた二段ベッドのクローズアップから表面が剥がれた天井までゆっくりと移動する。そして自分の宿舎と初めて対面した時の彼女の表情を映し出す。

この部分は小説の中でも以下のように描写されている。

ところが、長年修理していない寮に入り、これから四年間住もうという部屋に足を踏み入れたとき、私は思わずあっと息をのんだ。石灰を塗った古い壁は汚れきっており、天井には大きな穴が真っ黒な口を開けている。ばかでかい木製の二段ベッドが四つと、これまた不格好な勉強机四つが部屋の八五%、少なくとも六〇%の空間を占めている。これは、私が想像していた優雅で清潔な女子大生の部屋とはあまりにもかけはなれていたし、また、ついさきほど見た美しい池や山、典雅で荘重な建物、現代的な趣のある校庭などとなんと調和を欠いていることか！[22]

人一倍の努力ののちに、当時「登竜門」と言われた名門大学に合格した文学部の女子大生にとって、「優雅で清潔」な宿舎での生活も大学に対する憧れの一つであった。しかし、想像と現実には大きなギャップがあった。この冒頭のシーンは、当時の中国の大学生活の現状をリアルに表現している。さらに「学長は何してるの？　わたしたちをこんな古ぼけた宿舎に泊まらせるなんて。トイレも汚なすぎるし、学食もまずい」というセリフが登場し、大学の管理体制にも疑問を呈することになる。このように住環境が劣悪であることが、彼女たちの自立、向上心及び友愛、相互扶助の姿勢をさらに際立たせることになる。以下その主なストーリーを追いながら、同作における八〇年代初期の女子大生宿舎の描かれ方を見てみよう。

主要な登場人物は、名門「東南大学[23]」の文学部に入学した五人の女子大生である。この五人は寮の二〇五号室で生活を共にし、家庭背景や性格が異なることからトラブルや誤解が生じることもあるが、寮生活が育んだ「集団意識」で結ばれ、大学生活を満喫しながら成長していく。中心となるストーリーは設定されていないが、テーマの一つとなっているのが文革で破壊された家庭の「その後」である。ヒロイン匡亜蘭は、文革中に母の裏切りで父が「右派」とされ、労働改造の途中で事故死に遭っている。残された彼女は親戚の家に身を寄せ、力仕事で生計を立てながら、学校に通い、大学合格を果たした。同じ宿舎には辛甘という官僚家庭出身の令嬢がいた。入学当初、彼女が運転手付きの公用車で母親に付き添ってもらって登校して来た時、辛甘の母親は匡亜蘭の姿に虚を衝かれたような表情を見せた。のちにわかったことだが、彼女はかつて匡亜蘭を見捨てた、亜蘭の実の母親であった。懺悔のために亜蘭に会いに来た母を、亜蘭は決して許さなかった。彼女は亜蘭に会う前に、手紙を送り、送金もしたが、亜蘭は金を受け取らずに返送した。しかし、高額な送金があったことが周囲に知られて、全額返済不要の生活補助金を申請する資格はないと非難された。やむをえず、亜蘭は沈黙を破った。

十数年前私の母親であった人は、自身の罪を償うため、失った娘を取り戻すためにお金を送ってきた。しかし、あの耐え難い記憶をお金で消し去ることはできるのか？　失った過去のすべては、お金で埋められるのか？[24]

この生活補助金の申請は宿舎単位で行われているため、最初に亜蘭の受給資格を疑ったのは同じ部屋の宋歌だった。大学には個人の郵便ポストがないため、手紙や送金通知などの受取りは学部ごとに学生の管理を担当している事務室で行われる。しかも、それらの情報は掲示板に掲示され、他の学生にも筒抜けになっている。映画の中では、一人の女子学生が校庭で亜蘭とすれ違った時、送金通知のことを大声で亜蘭に知らせ、それから噂になったのである。

宋歌は世話焼きの性分で、他の四人にとっては姉のような存在であるが、仲間の間にトラブルが生じるとすぐ「指導員」（社会主義の思想教育を行い、日常生活の問題解決に当たる）に告げ口をするルームメートとして描かれている。彼女は亜蘭が頻繁に、行き先を告げずに深夜まで宿舎を留守にすることも指導員に告発したため、亜蘭の補助金申請は取り下げられた。その後、亜蘭が深夜まで外出している理由は、生活費を入手するためのアルバイトであったことが判明し、ルームメートの辛甘が亜蘭への補助金給付を学長に直訴した。このように中国の宿舎生活においては、プライバシーを守ることは難しく、お互いのプライバシーに介入しながら生活することになる。そのため他のルームメートとの調和が求められ、単なる学友以上の結びつきが生まれることになる。

それは文化大革命によって家族の分断を経験した若者が、大学で新たに獲得した親密な人間関係だといえる。この作品において宿舎は、そうした人間関係を生み出す舞台装置となっている。

二〇五号室の五人はそれぞれ「城里人」（都市に住む人）、「郷下人」（田舎者）、貧困家庭出身、官僚家庭出身、都市中産階級家庭出身と異なっているが、互いに差別することもなく、いつも行動を共にしている。上述したような、世話焼きの姉のような存在もいれば、わがままで甘えん坊の妹のような存在もいる。

さらに、血縁上の実の姉妹でありながら、共にそのことに気づいていない亜蘭と辛甘は、二段ベッドの上下で寝ている。上述したように真相を知った母親は手紙や送金などの手段で亜蘭との復縁を求めたが、亜蘭に断られた。やむをえず大学まで面会にやって来て、涙を流しながら懺悔の気持ちを述べても、亜蘭の態度は変わらなかった。別れ際に、亜蘭は辛甘にはこのことを伝えないよう母親に求めた。母親の罪を許す気持ちはなかったのだが、罪のない妹に辛い思いをさせたくないという気持ちが窺える。その夜、亜蘭は上段ベッドで熟睡している辛甘の枕に頭を寄せて、複雑な表情を見せた。

このように『女子大生寮』では、宿舎という舞台において、文革で壊された家族関係の修復、新しい人間関係の構築が描かれている。血のつながった姉妹として生きていくことはできないが、同じ宿舎での共同生活を通して、疑似姉妹のような関係を生み出すことはできるのである。

以上述べたように、五人の女子大生の入学後一年間の軌跡を綴る『女子大生寮』は、「文革」時代に破壊された人間関係を修復し、新たな人間関係を構築していく「六〇後」世代の姿を描いた。その姿は「文革」のダメージからの回復を図る当時の中国の諸相にも重なる。

次章では、それから約一〇年後の時代を舞台に設定する『天安門』を取り上げ、映画内における女子大生宿舎という舞台装置の意義を検討する。

三 『天安門』に描かれた宿舎生活――「六四」世代

『天安門』は中国国内でタブーとされている第二次天安門事件（通称「六四」）を取り上げている作品として国際的に知名度が高い。二〇〇六年カンヌ国際映画祭に出品されたが、中国国内では上映が禁止されており、さらに婁燁監督に五年間の映画製作禁止の処分が下された。

映画は小説からの脚色ではなく、監督自らがシナリオを創作した。北京大学と清華大学をモデルにした「北清大学」に通う学生をヒロインにしており、「宿舎」のシーンが多く取り上げられているため、本論文の考察対象とした。唯一真正面から「六四事件」を取り上げた中国映画として、政治的なイメージで捉えられることが多いが、婁燁監督はインタビューで「ただラブストーリーを撮りたかった。時代的に六四と重なっただけで、避けられなかった」[25]と述べている。また、登場人物については次のように語っている。

最初からこの物語の軸は余虹でした。彼女の物語を伝える上で彼女の日記をベースにしました。そして少しずつ、彼女が出会い、その周囲にいることになる他の登場人物を発展させていきました。〔中略〕しかし、余虹から見ると彼らは周縁的な存在で、彼女の人生に触れたからこそ、彼らは存在しているのです。[26]

つまり、この映画のテーマは北京の名門大学に入学した余虹という一人の女子大生の境遇とその変化である。日本公開時の劇場パンフレットが紹介するように、『天安門』は政治的側面と共に「女優・俳優たちが裸を大胆に露出した、中国映画としてはかつてない過激なセックスシーン」で注目された。「セックスシーン」はすべて宿舎の中での描写である。大学にもよるが、当時宿舎の管理はそれほど厳重なものではなく、男女互いに出入り自由だった。

余虹の宿舎は四人部屋[27]で、藤井省三の「中国の『ノルウェイの森』――または天安門事件後の［余計者］の恋人たち」から引用すると、「ルームメートはマザコンの冬冬はじめ、入学早々に彼氏を作り自分のベッドで戯れる朱緯、これに立腹するまじめ学生かと思いきや、図書館蔵書の窃盗常習犯の宋萍と多士済々である[28]」。強い個性を持ち、束縛を嫌い、一人で行動するタイプである余虹は雑駁な宿舎の雰囲気に馴染めず、深夜まで廊下で煙草を吸い続けている。そんな彼女に李緹という先輩が興味を示し、余虹を自分の宿舎に連れて行く。彼女は院生であるため、二人部屋の宿舎に住んでいる。しかも彼女のルームメートは北京市内に実家があるため、ほとんど宿舎に泊まらない。その後、余虹は李緹を通して周偉という学生と恋愛関係になり、宿舎で性愛に耽溺する。当時の中国にはラブホテルがなく、大学生はビジネスホテルに宿泊する経済力も持っていないため、宿舎で肉体関係を結ぶことが一般的であった。

第一章で引用した毛尖の記述に、宿舎に男女が寝泊まりすることについて「堕落」だと悲鳴をあげる学生もいた、とある。しかし、毛尖本人はあの時代において、「堕落」はプラスの意義も含まれているのではないかという考えを示し、「女子はまだ身体の方法論を把握していない、男子も肉体にも値段が付くことを知らず、だから、体から始まる恋愛はしばしば体で終わる。涙を流す人もいれば、血を流す人もいる。朝六時の宿舎で、朝トレから戻って来た学生が突然ニュースを伝えた。五号棟に住む日本語学科の女子大生が首吊り自殺したのだ[29]」と実体験を語っている。また、「六四」の際、学生リーダーの一人であった沈彤は自伝『革命寸前――天安門事件・北京大生の手記[30]』において、大学一年生の時の性体験について次のように述べている。

とても自由で安らかな気持ちになっていた。〔中略〕性的な自由は個人の解放の一部であるということを教えてくれた。自由に乏しい社会に生きていたので、性行為は一種の反政府的な行為になることを自然と感じていたのだ。

さらに、監督が言うように、当時は「ロマンチックな時代」だった。「改革の始まりの時代であり、学生たちは上の世代よりも自分たちの方がより自由だと感じていたし、何でも出来ると思っていました。現在、我々はそれが幻想だったことを知っています[31]」。故に、余虹の身に起こる様々な出来事は時代背景と全く無関係とはいえないが、多くは彼女の性格が引き起こしたものだった。映画評論家の崔衛平は「一般的に言うと、私たちは魂と肉体という二つの側面から成り立ち、この余虹という女子は、魂を肉体に入れたというタイプで、〔中略〕彼女は肉体で魂の活動を行っている。性の営みも彼女が他人との関係を作るための行為であり、彼女が世界に直面する方法論である[32]」と解釈している。この性向は彼女が周偉と恋愛し始めたころの日記からも窺うことができる。

理想の下に自分の生活を眺めるなら、平凡な日常など私には耐えられない。〔中略〕私は刺激的な日常を求める。〔中略〕欲望は軽視され、行動は規制を受ける。恋愛を通してそのことが身にしみた。そこに出口はない。幻想があるだけ、幻想……それこそが致命的だ。

前章で取り上げた『女子大生寮』と比較すると、『天安門』においては、当初から宿舎の四人はルームメートとしての連帯感に乏しく、それぞれ自分勝手な行動を取る傾向が見られる。余虹は冬冬に慕われ、キャンパスの中では連れ立って歩いているが、「マザコン」の冬冬とは親友になれなかった。だが、李緹の出現は彼女を変えた。年上でセンスのいい李緹とは相性が合い、無二の親友になった。二人は二人きりの宿舎で一緒にタバコを吸い、プライベートを語る。李緹には国費でドイツに留学している彼氏若古がいる。余虹の恋人になった周偉は若古の友人であった。初めて周偉に会った際、余虹は日記に「私の人生に現れた最も優雅な友達。私はあなたをひと目見てわかった。同じ世界に住む人だ」と記している。同性の親友李緹もまた然りであった。彼女と李緹は互いに「同じ世界に住む人」と認めあって親友となる。そして李緹を通して、「同じ世界」の恋人を獲得する。

その後、余虹と周偉は熱烈な恋愛関係を結ぶが、息苦しさから別れ話が持ち上がることもあった。やがて天安門事件が起こり、狂乱に巻き込まれた大学で、李緹と周偉は平時にはない精神の昂ぶりを覚え、自分の宿舎、つまり余虹と周偉が結ばれた同じ場所で肉体を交える。ところが彼らは巡回中の大学警備員に捕らえられ、そしてその噂は余虹の耳にも入る。

余虹は決して貞節を旨とする女性ではない。彼女は故郷を離れる前、別れを惜しむ当時の恋人と屋外で肌を合わせた。また、これまでも嫉妬による反発などから、周偉と異なる男性と肉体関係を結んだこともあった。彼女は常に自分の体を用いて、平凡な日常と対抗しているように見える。しかし、恋人と親友から同時に裏切られ、余虹は精神的な混乱に見舞われた。さらに天安門事件によって大学の授業が中止になるなどの異常事態となり、彼女は重い喪失感をかかえながら退学し、いったん故郷に戻った。

名門大学に合格し、超エリートの卵となった余虹のターニングポイントは、天安門事件と恋人と親友の裏切りであった。その後の人生で、余虹は消息を絶った周、李二人にどのような思いをかかえていたのだろうか。映画の後半では、余虹の日記をベースにして、ナレーションの形で彼女の心境が吐露されている。その中には周偉の名前が頻繁に登場する。それは彼女の日記が周偉に語るスタイルで綴られているためである。一度は裏切られても、彼への思慕の念はまだ消えていなかった。一方、李緹に対する親愛の情もまだ絶えていなかった。そのことは、彼女から「ペアで着よう」とプレゼントされた手作りのブラウスを、彼女の形見としてずっと手元に持っていたことから窺える。しかし、余虹は武漢から重慶に転居することを決め、武漢で共に仕事をしていた同僚の女性に別れを告げる際、そのブラウスを彼女に記念として贈ってしまった。仕事も恋愛も上手くいかない自分の人生を半分諦めた時、そのブラウスも手放したのである。ちょうどそのころ、李緹がドイツでビルから飛び降りて自殺する。程青松が「李緹の自殺が八〇年代の終結を意味している[33]」と指摘しているが、筆者も「六四」事件を生身で経験した世代の大きな喪失感が自殺の一因になっているのではと考える。そして余虹も、大学、ことに宿舎という空間で作り上げた人間関係を失った後、自らの居場所を得られない苦しみをかかえ、周や李への思いを断ち切れないでいたと考えられる。

余虹は孤独を好む人間として描かれている。自らの世界に沈潜し、自らが認めた人間としか付き合おうとしない。ただし、いったん誰かを「自らの同類」と認めてしまえば、その人間とは極めて濃密な関係を結ぶ。いわば、孤独に沈潜する「自己」を救い上げようとするのである。それは宿舎という閉ざされた自由世界だからこそ可能なことであるし、またそのような空間だからこそ、他者を取り込んだ上での内向性が育まれていったと考えられるのではないだろうか。余虹は宿舎という特殊な空間で「自我」を拡大し、自らにとっての夾雑物を排した思い通りの学生生活を満喫する。天安門事件のデモにも参加するが、デモ用のトラックに乗る余虹は常に笑顔である。そこにあるのは政治への怒りの爆発ではなく、一種フェスティバル的な高揚感であり、三人で共に行動することが生み出す享楽である。

映画評論家の北川れい子は、大学寮とは「彼らのいる空間や日常は世間の目にあまりわずらわされない特別な場所[34]」だと指摘している。そのような体制の管理が行き届かない場所で余虹たちは「ただ若い情熱の赴くままに行動」する。多くのエリートにとって、宿舎は稀有な自由空間であり、特殊な人間関係が育まれる場なのである。しかし、宿舎という自由な閉鎖空間で育んだ理想の人間関係が、外部要因で突如解体されてしまった場合、その経験は大きな喪失感を生み、その後の人生にも影響を与え続けることになった。

以上述べたように、『天安門』において、宿舎は重い喪失感を作り出すための空間となっているといえる。もし中国で八〇年代に大学生活を送った世代を、喪失感をかかえた世代だと見なすのであれば、余虹は映画表現的に強調されたその典型例であり、この映画は宿舎という場面を設定することで世代の特徴を抽出する映画になりえたといえよう。

次章では、「六四」という歴史の認識を持たずに成長してきた「一人っ子」世代をヒロインにした『青春に捧ぐ』において、高度経済成長期の大学宿舎がどのようにしてノスタルジックな舞台に仕上げられたかを論じる。

四.『青春に捧ぐ』における女子大生の宿舎生活——バブル世代

『青春に捧ぐ』は中国の人気女優趙薇（ヴィッキー・チャオ）[35]（一九七六〜）の監督デビュー作である。二〇一三年の上映と共に中国で大ヒットになり、最優秀新人監督賞など数々の賞を受賞し、第二六回東京国際映画祭ワールド・フォーカス部門に出品された。また同年度に中国国内で七・一八億元の売り上げを獲得、中華人民共和国建国以降の映画の売上ベスト五にランクインし、中国の女性監督の作品の中で最高の興行成績を残した[36]。

同映画は「青春文学の女王」と呼ばれ、中国の若者の人気を博している若手女性作家辛夷塢（一九八一〜）の小説を脚色したものである。監督は観客層が限定されてしまうのを防ぐために、時代設定を映画の中で明示していないが、映像を見れば九〇年代だと推測できる。

吉川龍生は映画パンフレットに寄稿した「遠く過ぎ去りし九〇年代」の中で「この映画には、中国の九〇年代が詰まっている」と映像や道具などから検証している。物語はヒロインの一人鄭微が中国南方の都市にある理科大学に入学する場面から始まる。いわゆる「一人っ子政策」によって一人っ子として生まれ育った鄭微は、いわば一人っ子世代を代表する存在である。

彼女が入居する四人部屋の宿舎には、少数民族出身で性格が温和な美女阮莞、貧困家庭出身で自尊心が強く、常に男装をしている朱小北、噂話を好み、計算高い性格の黎維娟がいる。原作小説はルームメート六人の設定で、天真爛漫、容姿端麗だが自己中心的な鄭微を中心に話が展開しているのに対し、映画は監督の意図で四人に絞られ、彼女たちの青春群像を描いている。

親の職場の共同住宅で生活していた鄭微は、大学に入学してからも容易に周りの人間関係に溶け込んでいく。のちに彼女は、入学当日に自分の荷物を運ぶ手伝いをしてくれた先輩の男子学生が主催するサークルに勧誘され、彼らと友人関係になる。鄭微は自己主張が強く明朗闊達な性格の持ち主で、男子学生の間で「妹」のような存在になっている。彼女は男子宿舎にも頻繁に出入りし、のちに恋人となる陳孝正に出会う。彼女は自分から陳に告白し、断られても諦めずにアプローチし続ける。その恋の苦悩や葛藤を描く場面は宿舎を舞台に描かれることが多い。原作小説では大学のルールで「男子学生は女子宿舎に立ち入り禁止、女子学生は男子宿舎に夜一一時まで出入り自由」となっており、映画でも明言はされていないが恐らく同様のルールが設定されている。鄭微が男子宿舎にいるシーンは散見されるが、男子が女子の宿舎に出入りするシーンはない。また、鄭微が男子宿舎で男子学生に囲まれてトランプゲームに興ずるなどの場面を設けることにより、鄭微と陳孝正の性格上の対照性はいっそう際立ち、彼女の天真爛漫で積極的なキャラクターがより鮮明化されていると考えられる。

続いて、女子宿舎を描くシーンを見てみよう。

鄭微は同じ宿舎に同居する四人の中で最後に入寮した。入寮の場面は次のようにめまぐるしく展開する。二人の先輩の男子学生が鄭微の荷物を運んでいる。しかし、鄭微と阮莞がすれ違った瞬間、男子学生は阮莞の美しさに引きつけられる。その直後、映像は宿舎の壁に飾られた、阮莞とその交際相手のツーショットのアップに切り替わる。鄭微はその写真に近づいて瞳を凝らし、「敵はよく出会うもの」と独り言を呟く。すると後ろからだしぬけに黎維娟が噂話を始める。驚いた鄭微は反感を隠さずに「あなたは警察大学に行くべきだ」と揶揄する。続いてすぐ朱小北が手にしたバスケットボールを扉にぶつけて入ってくる。互いに自己紹介をした後、黎が「寝室を共にするとは、かなり深いご縁なのね。因みに私は潔癖症だから、私のベッドには座らないように」と宣言する。

さらに、映画の序盤には、黎維娟の目線にしたがって、狭い廊下の風景がロングショットで映し出される場面がある。洗濯物を干す人、小走りする人、扉を叩く人、喧嘩をする人、物を投げる人、電話で話しながら泣く人など、傍若無人な人々が次々に登場する。通行人や投げられた物にぶつかり、黎維娟は嫌悪感を露わにした表情で自分の宿舎に入る。彼女はすぐ扉を閉めて「廊下を通るのは野獣が出没する森を歩くのと同じことだ」と言う。鄭微は「でも毎回生きて帰ってくるじゃん」と応えるが、黎維娟は宿舎の廊下で目にした光景から深い失望感を訴え、大学生活は生命を浪費し、青春を無駄にすると憤慨する。

最初は宿舎の中でそれぞれのこだわりと個性が衝突し、トラブルと喧嘩は避けられなかった。黎維娟が鄭微に「育ちの悪い一人っ子」と暴言を吐くこともあったが、初めての集団生活を送る彼女たちはやがて互いを友人だと認識するようになる。このように、宿舎という独立した猥雑な空間で、同年代の人間関係が醸成されてゆく展開には不自然な要素が乏しく、いわば多様な観客層に受け入れられる普遍的な物語に仕上がっているといえる。同作が中国で大ヒットした理由について、監督自身はインタビューで次のように語っている。

中国の庶民はこの二〇年間、豊かになること、よりよい仕事に就くこと、いい家を所有することを求めてきました。その一方で、なおざりにされてきたのは愛情や青春です。〔中略〕中国の観客はこの映画を見て、自分の青春、初恋、愛情などを思い出して心がもろくなったのではないかと思います。(37)

『青春に捧ぐ』は、上記の「青春、初恋、愛情」という物語要素の中の「青春」に属する「同性との友人関係」が、宿舎を舞台にして育まれていく。ただし、『天安門』がリアリティーを求めた作品であるのとは対照的に、本作品はいわばファンタジックに彼女たちの友情を描くことで、却って多くの観客から共感を得ることに成功しているといえる。そのために、一部の観客からは受け入れられないと推測される要素を排除した形跡がある。たとえば、原作小説には勉強熱心な阮莞を除いた他の三人が、授業を休んで宿舎で日本のポルノビデオを見る描写がある。映画はそのシーンを直接取り上げておらず、鄭微がパソコンでポルノビデオを流している男子宿舎にＶＣＤを取りに行くことで示唆するのみにとどまっている。また原作には、鄭微が大学の休み期間中、恋人の宿舎（ルームメートは留守中）に泊まり、初体験をする場面がある。しかし、映画では、二人が校庭の芝生の上で接吻し、胸を触るところまでしか映さなかった。

このようなシーンを慎重に取り除いた上で、女子学生たちが宿舎の中で徐々に人間関係を深めていく過程を描くことで、鑑賞者は自らの青春体験を思い起こし、ノスタルジーを掻き立てられる。仮にそのような青春体験がなかったとしても、宿舎の中で人間関係が醸成されるという物語は感情移入が容易である。故に、この映画において宿舎は、普遍的な物語要素を提供するための舞台装置になっていると考えられる。さらに一人っ子世代を代表する人物を主人公の一人に据えることで、「一人っ子として生まれ育った若者が大学において新たな人間関係を獲得する」という現代中国特有の物語を紡ぎ出すことにも成功しているといえよう。

以上、三作の映画における「宿舎」という舞台装置、及びその場を中心に描き出される女子大生の人間模様について論述した。次章では、三作の映画に取り上げられた女子大生像の変化を時代背景と共にたどってみたい。

五.『女子大生寮』『天安門』『青春に捧ぐ』における女子大生像の変化

まず、『女子大生寮』に登場する八〇年代初期の女子大生像から見てみよう。

文革で中断された中国の大学入試制度は一九七八年に再開される。八〇年代初期はまだ再開して間もない時期であったため、当時の進学率はかなり低かった。映画の中の台詞を借りていえば、大学生は「同年齢層の中でも極めて優れた者」であり、その数は「全体のわずか一パーセント」に限られていたのである。前述したように、同じ宿舎に同居する五人の女子大生は、孤児である匡亜蘭をはじめ、官僚家庭出身の令嬢もいれば、地方都市公務員家庭(いわゆる中産階級)の学生、田舎から進学した学生と多種多様であるが、彼女たちは出身家庭の差には全く触れず(我儘な性格の持ち主である辛甘はルームメートに「下里巴人［田舎者］」と言ったこともあるが、悪意を感じさせない演出であった)、同じ大学に合格した人間として新たな共同体を作り出し、自分たちにふさわしい水準の世界観、価値観を共有していく。たとえば、映画のあるシーンで、彼女たちはバーベキューをしながら以下のように理想を語りあう。話題は「キュリー夫人と専業主婦のどちらを選択するか」という三年生のアンケート調査が発端である。

A 専業主婦を選ぶ人もいるらしい。
B それは意外だわ。なんのために大学に進学するの。
C 今はこんな論調もある。事実上卒業後は男女のうちの片方しか仕事を続けられないんだって。
B だったら、私は一生結婚しなくていい。

五人がそれぞれの理想を語った後、一人が全体の結論を出すかのように「女性として認めてもらいたかったら、まずは仕事をこなせる強い自信を持たなければならない」と力強く述べる。映画の中で彼女たちの卒業後の人生までは描かれないが、一年目の大学生活を終えた制服姿の五人が腕を組み、自信満々の笑顔でカメラに向かってくる最後のシーンからは、彼女たちの輝く未来を十分想像できるであろう。このような自立する女子大生像を創出するのに「宿舎」という舞台は大きな役割を果たしている。

第二章で述べたように、五人が入居したのは、想像を裏切る古ぼけた宿舎であった。入居後、彼女たちは勤勉に掃除や整理整頓をし、清潔を保っていたにもかかわらず、ある晩、天井のコンクリートの一部が剥がれて落ちてしまう。その後、彼女たちは大学の修繕工事を待ちきれず、自ら材料を運び、天井の補修を見事にこなした。ここでも「仕事をこなせる強い自信」を養い、彼女たちに自立を促すための装置として、宿舎は機能しているのである。

続いて、『天安門』に目を移そう。第二章で述べたように『天安門』のストーリーは余虹というヒロインを主軸にして展開している。前述した崔衛平が指摘するように「余虹のようなヒロインは中国映画の中では数少ない存在である」。つまり、彼女は普遍的な存在ではなく、一人の個性的な人間として描かれているということだ。故に監督による彼女の描き方から当時の一般的な女子大生像を読み取ることは不可能である。だが、『青年電影手冊』の主編を務める程青松は、友人から「〇八年以後のすべての青春映画は婁燁の『天安門』へのオマージュだ。宿舎の扉が開くと余虹が出てくるのではと思ってしまう」という感想を聞いて、涙が湧き上がってきたという。「余虹の顔から一九八九年の表情が読み取れる」と程は主張する[38]。

また、脚本担当の一人である梅峰は次のように語っている。

婁燁は八五年に、私は八六年に大学に入学した。我々は共通の時代背景にある大学で成長してきた。この物語をあの時代に置くというのは主観的な回想として採用した方法である。つまり、客観的な歴史を描くのではなく、一人の個人を通してある特定の時代への感覚を喚起させるのである[39]。

つまり『天安門』は余虹という女子大生像を作り上げたのではなく、余虹という一人の女子大生を通して八九年という時代の記憶をスクリーンで表現した映画といえる。その中で「宿舎」は一つの重要な舞台装置として当時の雰囲気を創出する一助となっている。外の世界には関心を向けず、余虹は宿舎の中でひたすら愛を営む。これこそ、婁燁が言うところの「この世界に疑問を投げることも、問いかけることも体で行う」に他ならない。

余虹は、日記に「ある夏の夜、風のように突然襲いかかってきて、どうにも防ぎようがなく心を乱され、影のようにつきまとって離れない。それが何かはわからないが、あえて呼ぶなら愛情だろう」と綴っているように、繊細で傷つきやすい文学少女のイメージを持つ一方、自分の体を自由に操る奔放な女性でもある。彼女が自由な個性を存分に発揮できたのは、やはりその時代の空気及び大学の宿舎という閉ざされた空間ゆえと思われる。『天安門』の映画手法はリアリティーを追及するものだが、「時代の記憶」によって創出された映像は、その時代を経験した観衆にとって一種のノスタルジーを感じさせる可能性も排除できない。

最後に『青春に捧ぐ』が呈示する青春群像に注目してみよう。『女子大生寮』には身分や出身の違いに起因する差別は描かれていなかったが、それは『天安門』でも同様である。余虹以外の登場人物の家庭環境には一切触れられていない。しかし、『青春に捧ぐ』になると、「容姿」や「家庭収入」などに基づく差別が顕著に表れてくる。このことは注目に値しよう。この映画の舞台は高度経済成長期に当たり、ちょうど収入の格差が顕在化した時期である。映画の本編は、男子学生数人が新入生の荷物運びの手伝いをしようと待ち構えているところから始まる。後で判明するのだが、この数人の中に富裕な家庭出身の学生許開陽がいる（あだ名は許公子）。彼の振る舞いは尊大で威圧的だ。やってきた新入女子学生の容姿が平凡だったり太っていたりすると、荷物の多少を問わず、彼は仲間を出動させる。彼は綺麗な女子学生にしか目を配らないのだ。一方、容姿端麗なヒロイン鄭微は「お腹を壊した」ことを遅刻の理由にして、厳しい教授に見逃してもらい、その直後に同じ理由で見逃してもらおうとした男子学生が許可されなかったことについて、自分は「生まれながらの美人」だからと自慢をする。このような演出は娯楽映画に必要な要素ではあるが、容姿差別も端的に読み取れる。

その後、許開陽は高価なプレゼントを渡しながら鄭微に告白するが、鄭微は貧困家庭出身の陳孝正に恋をしてしまう。鄭微に振られた許公子は激怒しながら次のような台詞を吐く。

陳孝正が何だってんだ、あいつが大学で稼いでる金は、全部俺が稼がせてやってるんだぞ！

陳孝正は父親を早くに亡くし、母親一人の手で育てられた学生であり、真面目な性格で成績も極めて優秀であった。彼は許開陽の父親のコネで得た建築模型作りのアルバイトに頼り、生活費を捻出している。鄭微は純粋な気持ちで彼に恋をし、素直に告白したが、ルームメートの黎維娟は「貧乏人はだめだ、経済力は必須」という持論を語る。ここからも九〇年代における女子大生の価値観の多様化が窺える。

また、鄭微らが宿舎でビールを飲んでいるシーンでは、「あなたの夢は何」と質問された阮莞が「大きい夢なんか特にない。安逸がいい、唯一の願いは青春が永遠に朽ちないことだ」と答える。それに対して鄭微も「私もおばさんになりたくない」と同感する。この二人のような気楽なキャラクターと対象的に、映画はルームメートの朱小北の運命を原作小説とは異なる方向に向かわせた。朱小北の家庭環境について、原作では出身地に言及するのみであり、大学卒業後の進路については、新疆にある大学の大学院に進学し、博士課程まで進んだという設定である。それに対し、映画では朱小北も貧困家庭の出身であり、姉が大学の近くで肉まんを売って彼女の学費を助けている、という設定に変更されている。彼女は大学の売店で万引きの疑いをかけられ、屈辱に耐えきれず、暴力を振るって大学を中退する。その後、名を変えて英才教育の仕事に従事し、かつての同級生から「朱小北ではないか」と聞かれても否認する後日談も挿入されている。

一方、鄭微の恋人になった陳孝正は、貧困から脱出するため学業に専念し、国費留学の夢を手に入れる。そして、アメリカ留学か恋人かという決断に迫られる。「九〇年代の文脈からいえばはじめから答えは出ていたようなものだ」と前述の吉川は指摘する。「僕の人生は建て直しの不可能なビルだ。ミスは許されない、一センチの誤差も」という陳の台詞からは、多岐にわたる選択肢を持たぬが故の危機感を抱きつつ、必死に出世のチャンスを摑もうとする貧困階層の学生像が窺える。

以上述べてきたように、『青春に捧ぐ』はファンタジックな撮り方で観客のノスタルジーを掻き立てるように工夫しつつ、格差社会で顕在化した様々な差別を意識的に取り入れることで、そのような環境に生きる九〇年代の大学生像を作り上げたのだといえる。

むすびに

本論文は中国映画『女子大生寮』『天安門』『青春に捧ぐ』三作における女子大生の宿舎文化に注目し、「宿舎」という舞台装置が物語の構成にどのような役割を果たしたかを分析した。さらに、「文革」世代から「六四」世代、そして「バブル」世代という三作それぞれの時代背景における女子大生像を取り上げて論述した。

『女子大生寮』では、宿舎という舞台において、文革で破壊された家族関係や人間関係に対し、新たな関係が構築された。『天安門』では、宿舎という自由な閉鎖空間で育まれた理想の人間関係が、天安門事件の影響で突如解体されたことにより、主人公は大きな喪失感を抱くようになった。『青春に捧ぐ』では、宿舎という独立した猥雑な空間で、一人っ子世代を代表する人物が、同年代との人間関係を育んでいく展開が、普遍的な物語要素を生み出していた。つまり、「宿舎」を舞台装置に設定したこの三作の映画は、「宿舎」という空間ならではの物語要素を新たに生み出したといえよう。

上記の三作は、宿舎という特殊な舞台設定と特定の時代設定を組み合わせた段階で、ある程度、物語要素が決定されたのではないだろうかとも考える。今後も、舞台設定と時代設定が、中国映画の物語要素に与える影響力をテーマにした研究を続けていきたい。

【注】

（1）池端次郎訳、東洋館出版社、一九八五年。
（2）同上、二二八〜二三二頁。
（3）鄭亭、北京・工人出版社、二〇〇四年。
（4）孫睿、二〇〇一年インターネットで発表され、人気が広がった。二〇〇四年遠方出版社より出版された。
（5）筆者訳、原文：你问我几时能一起回去／看看我们的宿舍我们的过去／你刻在墙上的字依然清晰／从那时候起就没有人能擦去／睡在我上铺的兄弟／睡在我寂寞的回忆／你曾经问我的那些问题／如今再没人问起。
（6）張琦監督、楽視影業出品、二〇一六年。
（7）北京大学校刊編集部編『精神的魅力』北京・北京大学出版社、一九八八年。
（8）趙為民主編『青春的北大』北京・北京大学出版社、一九九八年。
（9）同上、二二三頁。
（10）同上、四一三〜四一四頁。
（11）前掲注（7）『精神的魅力』、二〇一頁。
（12）同上、二一二頁。
（13）同上、二九五頁。
（14）前掲注（8）『青春的北大』、五七一頁。
（15）同上、六二八頁。
（16）上海・華東師範大学出版社、二〇一二年。
（17）同上、文章題「没有人看見草成長」、一三〜一四頁。なお、二〇一六年に出版された同著者の著書『乱来』もこの「男女混合」事件について言及しており、その大学は「復旦」大学だと明記している。
（18）倪震主編『改革与中国電影』北京・中国電影出版社、一九九四年、四四頁。
（19）上海電影家協会編『上海電影四十年』上海・学林出版社、一九九一年、二五九頁〜二六〇頁。
（20）現代中国文学翻訳研究会により邦訳され、南條純子監修『ラブレター 八〇年代中国女流文学選三』（NGS、一九八七年）

に収録。

(21) 一九八三年「文化部優秀劇映画二等賞」、一九八四年「政府最優秀映画賞」、第二四回カルロヴィ・ヴァリ国際映画祭の新人監督賞を受賞。程青松主編『青年電影手冊』第六輯、北京・中信出版社、二〇一四年、二〇〇頁。

(22) 前掲注(20)『ラブレター』、一三四頁。

(23) 武漢大学をロケ地にしている。

(24) 筆者訳、原文：那是一个好多年以前做过我母亲的人，她为了解决内心的负疚，也为了追回她那失去的女儿，给我寄来了钱，但是，那些痛苦的记忆难道是钱能够抹去的吗？那过去的一切难道是钱能够弥补的吗？

(25) 「関於『頤和園』——崔衛平訪談婁燁、梅峰」二〇〇六年八月、文学雑誌『今天』ネット版（http://www.jintian.net/fang-tan/cuiweiping5.html）。

(26) 監督インタビュー（聞き手：エマニュエル・レヴィ）、パンフレット『天安門、恋人たち』ダゲレオ出版、二〇〇六年。

(27) 当時の実際の学生寮は六人か八人部屋が標準で、修士大学院で四人部屋、博士大学院で二人部屋だった。

(28) 前掲注(26)『天安門、恋人たち』所収。

(29) 同上。

(30) 沈彤／石戸谷滋訳、草思社、一九九二年、一二九頁。

(31) 前掲注(26)『天安門、恋人たち』所収。

(32) 同上。

(33) 『光影的長河——影史百大経典華語電影』台北金馬影展執行委員会企画、田園城市文化事業有限公司発行、四一〇頁。

(34) 「ジャージを着た自由」、前掲注(26)『天安門、恋人たち』所収。

(35) 連続テレビドラマ『還珠姫——プリンセスのつくりかた（原題：還珠格格）』（一九九八）の「小燕子」役で爆発的な人気を呼び、一気に名をあげた。『少林サッカー』（二〇〇一）、『ヘブン・アンド・アース 天地英雄』（二〇〇三、中井貴一と共演）、『夜の上海』（二〇〇七、本木雅弘と共演）、『レッドクリフ』（二〇〇八）などの映画により、日本でもよく知られている中国人女優の一人である。

(36) 『青年電影手冊』第六輯、北京・中信出版社、二〇一四年、三〇頁。劇場パンフレット「So Young 過ぎ去りし青春に捧ぐ」

アルシネテラン、二〇一四年。
(37) 同上。
(38) 『青年電影手冊』二〇一六年一一月号。
(39) 前掲注(25)「関於『頤和園』」。

「そっくりさん」映画の時代
——中国語圏における岩井俊二『Love Letter』

張　瑶

はじめに

岩井俊二（一九六三〜）は映画監督であるのみならず、小説や脚本、漫画、音楽や映画などのプロデュース業も行う総合的なアーティストである。『Love Letter』（以下『Love』と略す）は岩井俊二の最初の長編劇映画であり、一九九五年日本全国で公開され、その約一年半後には香港で長期間上映され、続けて、韓国や台湾や中国大陸で「情書熱（『Love』ブーム）」を引き起こした。

『Love』の先行研究である戴錦華の論文「精神分析的視野与現代人的自我寓言——「情書」」[1]はフランスの哲学者で精神分析学者のジャック・ラカン（一九〇一〜一九八一）の「鏡像階段論」と映画理論家のクリスチャン・メッツ（一九三一〜九三）の「想像的シニフィアン」を援用しながら、『Love』を現代人のナルシシズムの物語として分析した。『Love』の創作にあたって、岩井俊二は『幸福の王子』や『チャーリング・クロス街84番地』の影響[2]を認めているが、『Love』に影響を与えた作品に関する議論は文芸界や学術界にも散見される。香港の学者の湯禎兆は映画『Love』は鈴木清順の『らぶれたぁ』(一九五九)から影響を受けたという。[3] 日本の映像分析家の栩木玲子は『Love』と大林宣彦監督の『時をかける少女』(一九八三)との類似点を指摘している。また、『Love』にはクシシュトフ・キェシロフスキの『ふたりのベロニカ』(一九九一)などの影響が見られるともしばしば議論されている。こうした議論のうち、村上春樹作品との類似に触れているものとしては、二〇〇一年に平野芳信が「『ラヴレター』が『タッチ』や『めぞん一刻』や『ノルウェイの森』と同じ『最初の夫の死ぬ物語』でもあった」[4] と間接的に言及しているのみであったが、拙論「時代と記憶の間――村上春樹『ノルウェイの森』、岩井俊二『Love Letter』、安妮宝貝『蓮花』を中心に」[5] では『Love』における『ノルウェイの森』の受容について初めて掘り下げて考察を行った。ただし、『Love』が中国語圏、特に中国大陸で如何なる観られ方をしているか、という問題については掘り下げた研究は寡聞にして知らない。そこで本稿では、中国語圏における『Love』の流行・受容の問題を切り口とし、特に同作の「そっくりさん」という表象に着眼して中国で「第六世代」と呼ばれる監督たちの作品と比較しながら、中国映画界におけるいわゆる「情書経済(『Love』経済)」をも視野に入れて、『Love』の影響力を検証したい。

一．香港・台湾・大陸における「情書熱」

(一) 映画『Love』と小説『ラヴレター』

映画『Love』は一九九四年一〇月一五日にクランクインし、一九九四年一二月四日にクランクアップした[6]作品で、その内容は藤井樹という死んだ男性をめぐる、二人のまったく同じ顔をした女性の物語である。博子は山で遭難した婚約者の藤井樹（以下、樹男と表記）の三回忌に参加し、そこで偶然、樹男の中学校の卒業アルバムを見て、彼が中学時代に住んでいた小樽の住所を発見し、届くはずもないと思いながら手紙を送ってみたところ、意外にも死んだはずの「藤井樹」から返事が届いた。この返事を書いたのは、外見が博子に酷似し、さらに藤井樹と同姓同名の、彼の中学時代の同級生の女性（以下、樹女と表記する）だった。この二人の女性の往復書簡によって樹男をめぐる記憶が次々と蘇る。博子は小樽の道端で自分と同じ顔をした女性を見かけ、かつて樹男が樹女を愛していたこと、自分は身替わりにすぎなかったことをやがて悟っていく。その後博子は、樹男が遭難した山を訪れ、彼の屈折した愛情を許して新しい恋愛を始めるのであった。

一九九五年三月一日、『Love』の完成披露試写会が開かれ、一九日、日本全国に先駆けて一日だけ小樽市民会館で公開され、二五日にはシネスイッチ銀座、新宿武蔵野館シネマカリテをはじめ、日本全国で上映が開始された。当時の興行成績を見ると、上映三週目、四週目の動員数は二〇三四人、一九五三人となっており、それぞれの収入は三〇四万五〇〇円、二九三万一〇〇〇円である。[7] 同時期の大ヒット作『フォレスト・ガンプ／一期一会』と比べれば、日本では大きな注目を集めた人気作品だったとは言えないが、第六九回「キネマ旬報 ベストテン日本映画」の第三位に選ばれ、第二四回「キネマ旬報 読者選出ベストテン日本映画」の第一位にもなったほか、第二一回おおさか映画祭でも日本映画ベストテンの第一位になるなど、映画ファンからは高い評価を得ている。

これと前後して、一九九四年一一月から一九九五年二月にかけて、小説の『ラヴレター』（以下『ラヴ』と略）の前半約六章分が『月刊カドカワ』で連載され、一九九五年三月一〇日に角川書店によって単行本として上梓され、一九九八年三月二五日には『Love』の上演三周年記念として文庫本が刊行された。[8] また単行本『ラヴ』が刊行される前の一九九五年二月二八日、美術専攻の出身である岩井が自筆した絵コンテが扶桑社文庫より出版されており、一九九五年の年末には、映人社の『95年鑑代表シナリオ集』で『Love』の脚本が公開された。

（二）香港・台湾における『Love』ブーム

香港における『Love』流行の経緯は、香港の権威ある映画雑誌『電影双週刊』[9]からその一端を窺うことができる。一九九六年二月、『電影双週刊』に初めて『Love』のポスターが掲載され、「十大日本映画」の第三位として紹介された[10]。一九九六年八月に初めて『Love』の上映情報が公開された後[11]、一九九七年三月に至るまで連続して一三回にもわたり映画の情報やスチール写真やポスターなどが掲載されたが、これはきわめて珍しいことと言えよう。その後、岩井俊二の第二作『スワロウテイル』の上映による相乗効果とも相俟って、『電影双週刊』では一九九七年一〇月まで、岩井俊二の特集や作品展、映画評論が次々と掲載された。

はじめ『Love』は香港の映画監督で映画評論家でもある舒淇が発起人となった「創造社[12]」によって低価で購入され、一九九六年八月二二日に、外国の文芸映画や独立映画を中心に上映する影芸劇院[13]で初公開された。当時の香港紙の広告[14]の分析を通して、『Love』宣伝の戦略を知ることができる。正式上映の二日前の広告のキャッチコピーは「不是張學友的「情書」，但是比它更動人，更醉人！（ジャッキー・チュンの「情書」ではないが、それよりもっと心を動かされ、陶酔させる！）」であり、当時の人気流行曲と結びつけながら、『Love』が日本国内外の映画祭で受賞したことをも強調し、観客の注意を引こうとする宣伝戦略が用いられたのである。上映当日のものは「年輕的戀人們，對不起，好戲來晚了！（若い恋人たち、ごめんなさい、良い芝居が遅く来た！）」となっており、若者層を狙おうとする意図が窺える。その後、上映期間中の第二週目～三週目には「遇見１００％的好戲！從今天開始，他將一生一世烙印在你的心坎裡（一〇〇パーセントの良い芝居に出会う！今日から、彼はこの一生あなたの心の奥に焼きつけられる）」と村上春樹短編の「遇見１００％的女孩（四月のある晴れた朝に一〇〇パーセントの女の子と出会うことについて）[15]」をもじった宣伝方法も試みられたが、第四週目～五週目には「去吧，給愛人寫一封情書吧！（さあ、恋人にラブレターを書こう！）」と観衆の共鳴を喚起する戦略に変わっている。このように、影芸劇院でひっそりと上映され始めた『Love』は、意外にも大好評となり、第八週目以降の広告は「爆満（満席）」の状況を強調し、視覚的にも「情書ブーム」を作り上げていると言える。具体的には、上映開始後第一三週目までに興行収入が三〇〇万香港ドルに達したことを受けて、第一七週目の広告は「銘謝觀衆厚愛，特訂全新拷貝，火速空運抵港，即日隆重推出，票房突破ＨＫ４百萬（観衆たちの深い愛情に感謝するため、まったく新しいコピーを注文し、迅速に香港に空輸し、興行収入は四〇〇万香港ドルを突破）」と、放映の供給が観衆の需要に応じ切れない状況になったことを強調している。また第二六週目までに興行収入は五五〇万香港ドルにのぼり、影芸上映最後の日（一九九七年三月一二日）には「全頼有你，票房突破ＨＫ６百萬（おかげさまで、興行収入は六〇〇万香港ドルを突破）」と明記されるに至った。その結果として、影芸での上映期間が終わった後も、普慶戯院や屯門戯院などで連鎖的に上映されたようである。もともと純文芸映画ではなかった『Love』であるが、「創造社」と「影芸劇院」の作用の下で、香港では恋愛文芸映画というイメージが定着したのである。その浸透ぶりを示す一例として、香港作家の也斯（一九四九〜二〇一三）の小説集『後殖民食物与愛情』中の一篇「幸福的蕎麦麵」に登場する主人公たちが日本の風景を語るときに『Love』と小樽を連想するシーンを挙げられよう。

『Love』以外の九〇年代香港における日本映画の流行作としては、『搶銭家族（木村家の人びと）』（一九八八）や『五個相撲的少年（シコふんじゃった）』（一九九二）が挙げられる。[16] この三作はいずれも影芸劇院で長期間上映されたものであるが、中でも『Love』の流行は香港返還前の時期にあたっており、興味深い。その時期の香港映画業界では、香港映画の黄金期は既に過ぎていたのである。実際、香港現地の映画の衰退は一九九二年から始まっており、映画館（劇院）は生計を維持するため、一九九四年に映画鑑賞料金の全面的な値上げに踏み切った。これに加えてケーブルテレビ局が「自選影院（映画セルフサービス）」[17] を提供するようになったため、映画館に行く観客数はさらに激減した。そのうえハリウッド映画が多くの香港の観客を奪い取った。このような背景がある中で、映画館で上映された『Love』が観衆に好評を博したという現象は、奇跡のようなものである。

『Love』が台湾で初めて上映されたのは香港に先立つ一九九六年八月一〇日のことだったが、ブームになったのは香港よりも後である。映画の好評に影響され、一九九八年五月一日、台湾東販股份有限公司より『ラヴ』の繁体字版中国語訳『典蔵情書』（莫海君訳）が初めて刊行され、香港と台湾の双方で流通していた。香港での映画観衆の間でのブームに比べて、台湾では社会の全面に影響が広がったと言えよう。その例として、『Love』の影響を受けて、主人公「藤井樹」の名前を自分のペンネームにしてデビューした台湾の人気作家藤井樹（一九七六〜）がいる。彼の小説『六弄咖啡館』（二〇〇七年に出版され、台湾で映画化されて二〇一六年七月一四日上映）や『真情書』（二〇一二）からは『Love』の顕著な影響が読み取れる。また、二〇〇四年に台北市長官邸で行われた「岩井俊二与作家藤井樹的対談[18]」には台湾の『Love』ファンが多数集まった。さらに、二〇〇四年一一月八日、台北で開催された「青春恋愛世代――岩井俊二電影回顧展」のプレスリリースでは、台湾の人気グループ「五月天」のボーカルで作曲家の阿信が岩井俊二への多大なる敬意を表明し、『Love』『燕尾蝶』をはじめとする岩井作品が自分の創作に影響を与えたと語った[19]。

小樽を舞台にした日本ドラマには、主にミステリーやサスペンスが多い。一方、台湾ドラマにも小樽市内で撮影された作品が存在するが、こちらは純愛に関わるテーマを扱っている。その例として、二〇一二年の『白色之恋』や二〇一三年の『我愛你你愛我』（邦題『恋してる・愛している』）が挙げられる。このように小樽が恋愛や純愛の物語の舞台に選ばれていることは、『Love』の台湾での流行とまったく関係がないとは言えないだろう。「你好嗎？我很好（お元気ですか？私は元気です）」は『Love』末尾の有名な台詞として広告やミュージックビデオに頻繁に引用されている。その有名な例として、二〇〇五年一月、「ラブソングの王子」として有名な台湾歌手光良（一九七〇〜）

は中国語圏で一二〇万枚を超えたミュージックビデオの大ヒット作『童話』の二分一八秒から三八秒にかけて、『Love』のこの「お元気ですか？ 私は元気です！」を借用している。

（三）中国大陸における「情書熱（『Love』ブーム）」

一九九五年九月二八日から一〇月八日にかけて、第一二回「日中映画文学研究会」[20]が開催され、中国の映画監督謝鉄驪（一九二五〜二〇一五）を中心として中国の映画・文学の関係者九人が訪日した。[21]このとき日本側が代表的な映画として選出した四つの作品の中には『Love』があった。これが、中国大陸の映画人による最初の『Love』の鑑賞と言えよう。香港と台湾での大流行に遅れて、『Love』が初めて正式に中国大陸に紹介されたのは一九九八年三月から五月にかけての期間である。[22]『電影芸術』『電影新作』『当代電影』などの誌上で、岩井俊二の映画と『Love』が続々と紹介され、その中には「九〇年代日本電影[23]」を中心とするものや日本映画史に関するものもあった。内容は岩井作品を含めた複数の映画のあらすじ紹介と『キネマ旬報』の「岩井俊二インタビュー」の中国語訳[24]であった。一九九九年一月に岩井俊二はようやく「新鋭導演（新鋭映画監督[25]）」という肩書きで単独で紹介された。一九九九年三月、中国電影集団会社から権限を与えられた上海映画訳製場[26]は、俏佳人文化伝媒会社[27]と共同で、『Love』（VCD版）を製作・発売した。[28]時を同じくして、『Love』は香港経由で各種の海賊版（VCD版、DVD版）の形でも大陸に入り、爆発的に流行し、多くの若者の好評を博して「情書熱」を引き起こした。

ここで中国の映像消費の歴史を簡単に紹介するなら以下のようになる。八〇年代にはどの街でもビデオ機器による集団的な違法視聴が主流であり、九〇年代半ばから、VCD機器の登場によりプライベート空間での視聴が可能となった。その後、VCD（Video Compact Disc）とDVD（Digital Video Disc）技術の絶え間ない発展によって、豊富な題材と新鮮な内容を有した廉価で高品質な海賊版が次第に普及していった。まさにこうした海賊版の普及によって、一九九七年の香港と台湾における「情書」ブームは徐々に中国大陸にも広がっていったのである。

一方、小説『ラヴ』の中国語翻訳は、二〇〇四年七月に、中国大陸で簡体字版小説『情書』が天津人民出版社より刊行され、二〇〇九年二月に南海出版社より再版され、二〇一二年一月まで一二回増刷された。二〇一三年末には、天津人民版と南海版の『情書』の売り上げは合わせて三〇万冊を超えたという。[29] なお二〇一二年五月、『情書』の版権を持つ新経典文化有限公司は同社の台湾部門に代理権を授与し、中国語繁体字版小説『情書』を出版したが、これは大陸訳者の穆暁芳と台湾訳者の王筱玲による共訳であった。

中国のネット作家群および「七〇後[30]」（七〇年以後生まれ）作家群のいずれにおいても代表とされる作家である安妮宝貝（アニーベイビー）（一九七四〜）は、二〇〇四年七月、天津人民版による翻訳版『情書』の序文を書いており、後にこの序文は彼女のエッセイ集『清醒紀』に収録されている。[31] 彼女は代表作『蓮花』（二〇〇六年三月初版）を出した後の二〇〇六年一二月に、藤井省三が北京で行ったインタビュー[32]において、「短篇小説『象の消滅』を読んで面白いと思ったが、『ノルウェイの森』などのほかの村上文学は読んでいない」と答えている。すなわち、村上作品と直接的な接点を持っているということを否定したのである。これとは対照的に、前述した序文で安妮宝貝は『Love』と『ラヴ』について、約一二〇〇字の感想を述べている。岩井映画に詳しい安妮は「『Love』は岩井俊二を中国で一躍有名にした代表作である、その後さらに深みのある『スワロウテイル』および『リリイ・シュシュのすべて』などが登場したにしても。しかし『Love』の単純な純粋さのほうが、かえって一つの小さな記号のようで、考える余地もないほど鮮明だ[33]」と述べ、『Love』から受けた深い印象を「（今でも）いくつかのシーンを覚えている。〔中略〕映像に清潔感がある。細部と光線にこだわりがある。作家監督としての特質がとてもはっきりしている[34]」と語ったのである。ここからは、中国のこの女性作家の『Love』に対する愛が読み取れる。

また、『情書』は読みやすいうえに中学生の恋愛を扱った純愛の物語であるため、中高生の課外国語教材でテキストとして用いられ、中国の教室で特別な風景を展開している。たとえば、一般高校生向けの隔月刊雑誌『課外語文（高中）』の二〇〇三年第二期には、「作為作家的另一個岩井俊二（作家としてのもう一人の岩井俊二）」「岩井俊二――我懐疑所有常識（岩井俊二――すべての常識を懐疑する）」「来自岩井俊二的三次電影秀（岩井俊二の三回の映画ショー）」という題の記事が掲載され、岩井俊二について紹介されている。また、二〇一〇年には「高分網」という中高生向けのオンライン塾が、『ラヴ』の拙訳中国語版を学習参考資料として公開した。さらに、二〇〇六年から二〇一五年にかけて、『読写月報（初中）』『課堂内外（初中）』『作文与考試（初中）』『新作文（初中）』などの中学生向けの国語雑誌に『情書』を対象として書かれた勉強ノートや感想文が散見され、中国各地の中学生の間に影響が広がっていったことが窺える。

振り返ってみれば、『Love』が誕生した年である一九九五年は特別な年であった。この年は、第二次世界大戦終結五〇周年、映画誕生一〇〇周年で、中国映画誕生九〇周年でもある。折しも中国の映画市場は上海をはじめとして、空前の繁栄時期を迎えていた[35]。しかし、一九九五年の日本を見れば、阪神淡路大震災、一連のオウム真理教事件が発生したため、様々な価値観の転換開始期でもあるが、被災した日本・日本人像は中国人の対日観に影響を与えたと思われる。ある論文によれば、一九九五年の中国市民の対日意識についての調査では、日本国の印象について五二パーセントの人が「好きだ」と答え、「好きではない」と答えたのは三五パーセントだった。ところが一九九九年一月の日中相互意識調査では、日本を「好きだ」という人が四六パーセントなのに対し、「嫌いだ」という人が増えて五三パーセントとなり、好き嫌いの逆転が起きている。さらに二〇〇〇年一一月の調査では、日本が「好きだ」という人が一八・八パーセントにすぎないのに対し、「嫌いだ」という比率が四三・二パーセントとなっており、その差がいっそう拡大している[36]。このような背景の中で『Love』が大流行したのは、映画の内容が日本という枠にとらわれないものであるためでもあろう[37]。

二　中国第六世代映画の中の「そっくりさん」——『Love』との比較

中国映画の父といわれる鄭正秋（一八八九～一九三五）が一九三三年に作った有声映画『姐妹花』では、名優胡蝶（一九〇八～八九）が一人二役で「大宝」と「二宝」を演じた。その後も、中国の文学や映画には双子の姉妹が次々と登場し、こうした設定はさほど珍しいものではなくなっていった。さらに九〇年代に至って、「そっくりさん」という題材を用いて展開される映画が世界的に目立つようになってきた。以下、中国のいわゆる第六世代映画監督作品の中の「そっくりさん」たちと『Love』を比較し検討してみたい。

『情書』が流行し始めた九〇年代末は、ちょうど中国の第六世代映画監督[38]たちが独り立ちしようと模索している時期だった。中国第六世代映画監督とは一九六〇年代に生まれ、映画専門学校で教育を受け、一般人より早く外国映画に触れ、その構成と技法を深く吸収し、先駆的かつ前衛的な創作を試みた監督たちである。以下、第六世代映画監督を代表する三人の監督および彼らの代表作を順に取り上げて紹介し、考察を加える。

まず、王全安（一九六五～）は一九九一年に北京電影学院を卒業し、一九九九年にその第一作となる恋愛映画『月蝕』（以下『月』と略）を制作した。その内容は次の通りである。音楽演出家の雅南は彼女の婚約者の李国豪と出かけた先の郊外で、写真撮影愛好家の胡小賓と出会い、彼の知り合いに女優志望の佳娘という女性がいて、見た目が自分にそっくりであることを知らされる。その後、雅南は佳娘が母から精神病を受け継ぎ、不幸にもヤクザにレイプされたことを知って、ショックを受ける。傷つけられて死に、悲惨な一生を送った佳娘は、雅南にとってはあたかも自分の「分身」のように思われ、その事実をどのように受け入れるべきか迷うのであった。

次に二〇〇〇年、同じく第六世代の婁燁（一九六五～）は「探索というテーマに貫かれている[39]」作品『蘇州河』

(以下『河』と略)を発表した。バイク配達員の馬達は牡丹という少女と付き合っていたが、友人たちにそそのかされて牡丹を誘拐し、牡丹の父から身代金を得る。牡丹は悲しみのあまり蘇州河に飛び込んで行方不明になってしまう。馬達は牡丹を探すも見つからず、代わりに牡丹と同じ顔をした美美に出会う。馬達は美美に牡丹のことを教えるが、美美は信じない。その後、馬達は生きている牡丹をとうとう見つけるが、二人はともに牡丹の父が販売する密輸ウオッカを飲みすぎたために蘇州河で溺れ死んでしまう。美美は雨の中で自分とそっくりの牡丹の遺体を目撃して衝撃を受け、それまで生きていた世界から姿を消す。

最後に、張元(一九六三〜)は北京電影学院を卒業した人物で、二〇〇二年の作品『緑茶』(以下『茶』と略)は大好評を博した。『茶』は陳明亮という男性を取り巻く呉芳、朗朗という二人のそっくりな女性の物語である。内気な性格の呉芳は、お見合い相手として陳明亮と出会う。彼女は彼に、自分には緑茶占いができる友達がおり、彼女の母親は精神病を患っていた父親を殺してしまったという話をする。同じ頃、陳明亮は呉芳と同じ顔をした陽気な女性朗朗と出会い、最初は同一人物だと思ったものの性格があまりに違うことに気づいた。しかし朗朗は陳明亮の前で緑茶占いを行い、しかも思わず呉芳とまったく同じせりふを言う。それをきっかけに呉芳は姿を見せなくなり、朗朗は陳明亮と恋人同士になる。

北京電影学院教授の陳暁雲は、その論文『双生の花――二重の体/二重の身分/二重の命』[40]で『ふたりのベロニカ』(一九九一)を取り上げ、視覚テーマと叙述パターンの視点から、『ふたりのベロニカ』の影響の下で、『月』『河』『茶』と『赤い薔薇、白い薔薇』(一九九六)における都市女性の身体喪失とアイデンティティー探求というテーマについて論じた。しかし、『月』『河』『茶』の異同点とその社会的な意味については、さらに詳細な分析を行って問題を掘り下げる余地があると考えられる。以下、『Love』と比較をしながら、四作の相違点とその意義を再検討する。

叙述技法の面から分析するなら、四作の物語の中の叙述者にも着目するべきだろう。『Love』では藤井樹（女）によって少年藤井樹（男）の話が引き出されるのに対し、『月』では胡小賓↓佳娘、『河』では馬達↓牡丹、『茶』では呉芳↓「友達（朗朗）」と物語が発展していく一方で、叙述者も登場人物として同時に叙述され、叙述者の冗談めいた口調によって、物語が果たして虚構であるのか、それとも真実であるのかという不確実性がいっそう深まっている。また、「都市性」の表現は一致している。三作にはともにシーンごとに心臓の鼓動、カメラの操作音、カウントダウンタイマーなどの効果音を用いて、登場人物の心象を断片化するという特徴が見受けられる。さらに、三作の重要な場面の舞台になる場所および飲み物、すなわち超高級喫茶店で飲むジュースやビール（『月』）、バー「世紀開心館」で飲むカクテル「ハリウッド」やビール（『河』）、喫茶店やレストラン、バーで飲む緑茶とコーヒー（『茶』）に注目すれば、二〇〇〇年前後の北京・上海における若者の社交の形態が読み取れる。それと同時に、飲み物は登場人物の立場や関係を象徴しており、飲み物に代表される価値観にも推考を広げることができる。

四作に共通するのは、いずれも一人の男をめぐる二人の同じ容貌（一人二役）をした女性の物語であるということである。『ふたりのベロニカ』の影響がないわけではなかろうが、四作が他にも様々な面で互いに類似していることは注目に値する。まず、それぞれの監督・女優の経歴上の偶然の類似に着眼したい。監督たちが作品を制作した時期はそれぞれの創作草創期の段階にあたっていた。そっくりさんを演じるのは中山美穂（一九七〇〜）、余男（一九七六〜）、周迅（一九七四〜）、趙薇（一九七六〜）という映画界を代表する有名女優たちで、同じくそれぞれの初期の代表的な映画（国内・海外映画祭受賞作品）に出演していた時期にあたっている。次に、四作が中国映画市場に出現した時期は、上に示したように近接している。そして、テーマとしてはいずれも恋愛の「嘘」と「自分ともう一人の自分探し」をめぐって、二人の同じ顔をした女性たちを描いているのである。この構成上の類似を整理すれば、次頁のように図示できる。

『Love』 藤井樹（男）↓ 渡辺博子（女B）↑ 藤井樹（女A）↑（父は肺炎による病死）
『月』 胡小賓（男）↓ 雅南（女B）↑ 佳娘（女A）↑（母は精神病）
『河』 馬達（男）↓ 美美（女B）↑ 牡丹（女A）↑（父はアルコール依存）
『茶』 陳明亮（男）↓ 朗朗（女B）↑ 呉芳（女A）↑（父は精神病）

すなわち、男性主人公が女性Aを好きになり、彼女を追憶する（探す）途中で、同じ顔の女性Bが現れる。Aは親から病気を受け継ぎ、あるいは遺伝子に強く影響されて死に接近したり、死に至ったりする。BはAの「死」あるいは「消失」を目撃し、自分の存在を再認識する。こうした共通の設定が、この時期に現れた作品に集中して用いられていることは注目に値する。

二〇世紀から二一世紀への変わり目に激変する中国の現代社会にあって、文芸性と商業性のジレンマに陥る第六世代映画監督は内（独特な表現・技法を創出する）と外（中国での上映禁止）の二重の焦燥感にさらされてきた。また、国策を反映した主旋律映画と新興娯楽映画市場に適応できず、資金難のため海外の支持を求めなければならないという内外の苦境に追い詰められてきた。すなわち、内外の多重的危機に襲われた第六世代監督は現実の現前（present）を、映像の現前（represent）に投影し、同じ時期に自己分裂を象徴する「そっくりさん」表象を扱ったのではないだろうか。

また、二〇〇〇年前後の中国に出現した「そっくりさん」映画の創作背景として、中国社会の独特な「単位」制度の崩壊に着目したい。藤井省三によると、「〝単位〟内部の者は、失業の恐れがないかわりに自由な流動は不可能で、誕生から死までの一切の面倒を〝単位〟に仰ぐ」[41]。すなわち、揺りかごから墓場まで、中国人は「単位」の中で日常を送っていた。しかし、八〇年代後半以後、単位社会の諸問題が徐々に露呈し、九〇年代には国有企業体制が全面的に改革され、市場経済のもとで「単位」社会が急速に空洞化していった。その結果として、若者の社交形態は急変し、移動範囲も拡大し、若者の流動性および都市における出会いの偶然性が増した。そのような現代中国社会の転換期を表現するのに、「そっくりさん」の表象は恰好なものであったと言えよう。三作では、地元の劇場での仕事を辞めて専業主婦となる雅南、比較文学専門の大学院生の呉芳、学生の制服を身にまとった牡丹がそれぞれミニ「単位」とも称せるような家庭、学校の枠内にいると設定されているのに対し、都市を浮遊するフリーターである佳娘、朗朗、美美が対照的に描かれている。前者が「単位人」であるのに対し、後者は「単位」を離脱した「非単位人」であることが示唆される。

さらに、三作には、親の遺伝子の暗い影を引きずっている方を死に至らせる設定がある。二人のそっくりさんのうち親の負の遺産に強く影響されたAの方を切り捨てる一方で、もう一人のBにAの死や消滅を目撃させる。言い換えれば、二〇〇〇年前後に海外資本に抱き込まれ、初期映画の作風を一転させて商業主義に迎合してしまった第五世代の姿勢に抵抗する意志と、自分のあり方を再確認する姿勢が反映されているのではないだろうか。以上のように、現代中国の激変および「単位」の崩壊の下に、第六世代監督たちからは「そっくりさん」とその喪失を通じて、個人の分裂を描いていることが読み取れるのである。

三「情書経済（『Love』経済）」と『Love』の模作

一九八〇年代から、北海道を舞台とした『君よ憤怒の河を渉れ』や『キタキツネ物語』などのミステリーや動物を主な題材とする映画が中国で脚光を浴び始め、これにより中国人の北海道に対する認知度は高まったと言えよう。

二〇〇八年末に馮小剛監督（一九五八～）の『非誠勿擾』（邦題『狙った恋の落とし方。』）が正月ラブコメディ映画（賀歳電影）として公開されたが、この映画の主要な舞台は北海道東部に設定されている。映画の大ヒットにより、中国人の北海道観光ブームが二〇〇九年初頭から巻き起こった。[42] この映画の北海道先行ロードショーのポスターには「北海道ブームを巻き起こした中国映画史最大級のホット作」と明記されている。しかし、中国人のイメージの中で北海道が最初に「恋愛・結婚」と結びついたのは、果たして『非誠勿擾』によるものだろうか。

小樽は北海道西部の石狩湾（小樽湾）に臨む港湾都市であり、隣接する札幌市の外港としての役割を持つ、人口一四万二一六一人（二〇〇五）の商業都市である。[43] 二〇一五年、小樽市は八年ぶりに観光客数が四〇〇万人を超えたが、これは中国や台湾からの外国人観光客が増えたのが大きな要因だという。[44] 中国大陸で正式に「出境遊」の団体旅行（海外旅行）が認められたのは一九九七年のことで、二〇一〇年には個人用観光ビザの発給が解禁され、このため中国大陸からの観光客数が急増した。実際、北海道経済部観光局の統計では、二〇〇〇年度に北海道を訪れた大陸観光客はわずか二四〇〇人（台湾一〇万九七〇〇人、香港二万九四〇〇人）であるのに対し、二〇一〇年度には一三万五五〇〇人（台湾一八万三七〇〇人、香港八万七〇〇〇人）となっている。[45] 二〇一三年、周菲菲は小樽観光についての論文で、[46] 観光客が小樽に来るきっかけに注目して、「大陸と台湾の観光客はロケ地に行きたい人が多い（中略）小樽駅や運河沿いで合計六〇人の中国人観光客に小樽観光のきっかけについてインタビューしたが、約五分の一の一〇人が『Love』を挙げている。（中略）『Love』は韓国や台湾でも大ブームになったので、それに興味を持って北海道にくる二〇代から三〇代の観光客が多い」と述べている。すなわち、若い世代の『Love』愛好家にとっては、小樽への旅行は映画を吟味するための巡礼となっているのではないのか。

一九四八年から二〇一六年までの期間に、小樽をロケ地にした日本映画は四一作制作されているという。[47] 小樽で撮影された中国大陸の映画はそれほど多くないが、ほとんど『Love』と関連するものである。二〇一五年八月の

「一人の人を愛し、一つの街に恋する」をテーマとする、オムニバス映画『恋愛中的城市』[48]はプラハ・上海・パリ・北海道・フィレンツェを舞台にした五つの恋愛物語からなる。その第四話として、新人監督である董潤年（一九八一～）は、大陸・台湾で知名度が高い若手俳優を招集し、江一燕（一九八三～）演じる小江と張孝全（一九八三～）演じる阿全のカップルが新婚旅行で北海道を訪れる物語を担当し制作した。映画の冒頭で、小江は北海道に来た理由をこう語る。「私の一番好きな恋愛映画でね、何回も見て、セリフまで暗記してしまった。そのとき思ったの、いつか結婚したら、きっとどこか雪がたくさんたくさんある場所に行ってハネムーンを過ごそうと（我最喜欢的爱情电影了，看了好多遍，台词我都会背了。那时我就在想，有一天我结婚了，一定要去一个雪很多很多的地方度蜜月）」。本作品は、上記のような強い願望を持った新婦が、北海道で愛の試練を受ける話である。

二〇一六年のバレンタインに上映された映画『奔愛』は、同様に五つの恋愛物語によって構成され、それぞれの舞台となるのは小樽・イスタンブール・アメリカ・ノルウェイ・サイパン島である。[49]その第一話の監督は張一白（一九七三～。代表作『夜。上海』〔邦題『夜の上海』〕）で、主役を演じるのは有名女優の章子怡（一九七九～）と台湾の人気俳優の彭于晏（一九八二～）である。ある日、蘇楽琪は失恋旅行先の小樽で「すし徳」という寿司屋を訪れて、店で見習いとして働く健と出会う。翌日、健は彼女に付き合って一日の小樽観光をしながら、蘇から蘇の元恋人である馮裕健の手紙を読み聞かされる。旅行の最後に、蘇は「私は絶対に自分で映画の冒頭の場所へ登りたい！（我一定要自己爬到电影开始的地方）」と言い、二人は天狗山を登って行く。その場面には元彼の手紙の文言がナレーションでこう重ねられる。「親愛なる楽琪、小樽はやっぱりあのようにロマンチックだ、だから僕は藤井樹みたいにあなたに手紙を書き続けることにした（亲爱的乐琪，小樽果然是那样的浪漫，所以我决定像藤井树那样坚持给你写信）」。その後、蘇は山頂で「お元気ですか？　私は元気です。私は元気です。〔後略〕」と叫び続ける。そこで再び手紙のナレーションが登場する。「約束するよ、君が来たら、山頂まで付き合ってあげる、君の一番好きな映画の中の古典的なプロットを再現させる（我答应你，等你来了，一定陪你一起爬到山顶，重现你最爱的电影里的经典情节）」。蘇の「お元気ですか？　私は元気です。私は元気です。〔中略〕」（健・元気です…）という台詞は山中にこだまする。実は健は蘇の元恋人（馮裕健）で、こうして蘇との約束を最後まで遂げたところで、物語に終止符が打たれるのである。さらに、楽琪が健にプレゼントする風鈴がガラス細工であること、その「舌」に書かれた言葉「お元気ですか」は『Love』へのオマージュとなっている。すなわち、三〇年前の『Love』は中国語圏の各分野で影響力を発揮し、「お元気ですか」が観光産業の助けとして現在に至るまで続いている。

二作は七夕やバレンタインを過ごす恋人たちを狙って作ったものであり、明らかに『Love』の影響を受けている作品でもある。こうした作品からは「小樽＝恋愛＝旅」というパターンがすでに中国において定着していることが読み取れ、このように中国の映画人の間で小樽が恋愛の街というイメージを持つに至る背景には『Love』の影響を受けたことが推測されるのである。『恋愛中的城市』と『奔愛』は、いずれも雪が降る冬の小樽を舞台に、大陸と台湾出身の俳優を女性主人公と男性主人公に扮させ、新婚夫婦または恋人の間の衝突を主要なプロットとし、問題解決にあたっての助言者が日本人の老夫婦であるところまで共通している。ただし小樽に行く動機には相違点があって興味深い。すなわち愛情のあり方から見れば、一方は新婚生活のハネムーン（恋愛）、もう一方は恋愛崩壊（失恋）の後の癒しの旅である。『Love』では、博子は未だに思いを断ち切れない自らの恋愛の真相を確かめるため小樽に行った末、自分は身替わりだったと知り、一種の失恋に陥る。それに対し、『恋愛中的城市』では既に新婚夫婦という段階に進んだ愛情が小樽で試練を受ける。『奔愛』では元恋人同士が小樽で過去の恋愛を回想しながら決別する。

近年、中国電影市場における現象の一つとして、作家や俳優、カメラマン、脚本家が映画監督に転向するという現象がある。二〇一四年、映画監督の何平（一九五七～）は「現在の中国映画はあまりに商業化されすぎて、監督たちは何を表現したいのかまったくわからない。〔中略〕昨年の中国映画の九〇パーセントは若手監督によって作られたものだが、優れた作品に乏しい（现在拍的电影过度商业化，导演压根不知道想表达什么〔中略〕去年中国电影九〇%为年轻导演作品，但缺少优秀作品）」[50]と述べた。上記の二作はこうした背景の下で作られたものだが、『Love』の恋愛未満の純愛物語を引用・模倣・手本にしながら、それぞれに独自に変容させて創造に至るとしている。

むすびに

九〇年代後半から、岩井俊二の作品は中国語圏の観衆を魅了し続けている。恋愛映画『Love』はある世代に共通して記憶される古典的な作品となり、公開から二〇年後の今に至るまで中国語圏の文芸創作に影響を与えている。本稿は『Love』の影響および「そっくりさん」映画についての研究であり、第一章では、『Love』が如何にして香港・台湾・大陸で流行するに至ったかという経緯を整理したうえで、各地の社会背景を視野に入れながら、文化界の各分野における『Love』の受容を検討した。第二章では、中国第六世代映画監督を代表する三人の三作を紹介し、二〇〇〇年前後の大陸におけるそっくりさんをめぐる表現に注目し、『Love』との類似・相違点を解明することを通じて、中国映画業界における『Love』受容の意義について考察を試みた。第三章では、現代中国人の小樽イメージの変容が『Love』とどのように関係しているかを分析し、また『Love』の模倣を通じて小樽と恋愛が結びついて一つのパターンとして現代中国映画に定着したことを明らかにした。

時代の変化とともに、一人二役という映画中の表現には各種の様相が呈される。その中で、双子の姉妹・兄弟という表現が多く用いられている。面白いことに、『Love』上映記念二〇周年より約半年前の二〇一四年一〇月に、

『Love』の助監督の行定勳は上海を舞台に如玫・若藍という双子の女性と日本人と中国人の二人の男性の間の四角関係を描いた恋愛物語である『深夜前的五分鐘』（邦題『真夜中の五分前』）を公開した。同作は全体的に岩井俊二の作品を彷彿させると中国紙の記事[51]では指摘されているように、日本人映画監督が現代中国を舞台とする作品を制作する際に、『Love』と系譜的関係を有するか否かという点で興味深いものがある。

【注】

（1）「精神分析的視野与現代人的自我寓言――「情書」」戴錦華『電影評論』北京・北京大学出版社、一五三～一八〇頁、二〇〇四年。

（2）岩井俊二『NOW and THEN 岩井俊二』角川書店、一九九八年、六八～七一頁。

（3）湯禎兆『日本映画驚奇――従大師名匠到法外之徒』南寧・広西師範大学出版社、五八～六四頁。

（4）平野芳信「岩井俊二、小説から読むか?映画から観るか?――『ラヴレター』／『Love letter』」山口大学人文学部国語文学会編『山口国文』第二四巻、二〇〇一年三月、六三頁。

（5）『東京大学中国語中国文学研究室紀要』第一九号、二〇一六年一一月。

（6）Love Letter 公式サイト（http://www.small-happiness.com/）。

（7）『キネマ旬報』一九九五年五月下旬号、一五三頁。

（8）映画、アニメ、テレビドラマ、CM、ミュージックビデオなどの映像作品の撮影前に用意されるイラストによる映像の設計図と言えるものである。

（9）『電影双週刊』一九七九年発刊、二〇〇七年一月二四日廃刊された。香港映画業界全般を全面的に反映する映画雑誌である。

（10）『電影双週刊』一九九六年二月、一二二頁。

（11）『電影双週刊』一九九六年八月、二七頁。

（12）一九八七年に設立され、主に外国（中国大陸・日本・ヨーロッパ）の芸術映画・独立映画を香港に紹介する配給会社。その後香港芸術センターと協力して毎月映画上映会を開催する。

(13)一九八八年七月九日に、湾仔港湾道新鴻基センターによって設立され、二〇〇六年一一月三〇日に廃業した。民間最初の海外文芸映画・独立映画を中心に放映するミニ映画館であり、シアター1(一二八座席)とシアター2(一四八座席)に分かれていた。

(14)香港中央図書館の電子資料庫、慧科電子剪報。

(15)『遇見100%的女孩』台北・時報文化出版、一九九二年。

(16)「影芸走進歴史」『蘋果日報』二〇〇六年一〇月一九日。『搶銭家族(木村家の人びと)』は一九九〇年一二月二〇日から一九九二年五月まで五二四日上映され、興行収入は一二〇〇万三八二一香港ドルで、『五個相撲的少年(シコふんじゃった)』は一九九四年二月五日から一二月一四日まで三一三日上映され、興行収入は六九一万九五〇〇香港ドルである。

(17)観衆は電話で有線テレビ局に連絡し、決まった時間と映画タイトルを指定する。毎週一六種類の映画から選べるし、一種類ごとに二〇香港ドル、月ごとに利用料金を合算する。「自選影院」のサービスとして、毎日無料で香港・外国映画を一〇作ぐらい楽しめる(打電話給有線電視台,指定時間,制定看什麼影片。每星期有16套影片可以選擇,每套收費20元,按月結賬。有了"自選影院",每天可以免費欣賞10部左右的中外影片)。中国電影年鑑編輯委員会編纂『中国電影年鑑 一九九五年』北京・中国電影出版社、一九九六年、三七七頁。

(18)「投稿有機会見岩井俊二」『中国時報』二〇〇四年一一月七日。

(19)「情書導演来台、阿信献花致意」『聯合報』二〇〇四年一一月九日。

(20)一九八四年、日本映画劇作家の八柱利雄、井手雅人および中国映画劇作家の林杉を中心に発足した日本と中国の映画や文学を研究する年一回の研究会である。

(21)任殷「電影繁栄、劇本領先」中国電影年鑑編輯委員会編纂『中国電影年鑑 一九九六年』、三七三頁。

(22)「走出低谷,再現昔日的輝煌 九〇年代日本電影」(一九九八年三月)、「電影新世紀中的日本電影」(一九九八年四月)、「九〇年代的日本電影 四導演訪談」(一九九八年五月)。

(23)晏妮「走出低谷,再現昔日的輝煌 九〇年代日本電影」『電影芸術』一九九八年三月、二八~二九頁。

(24)銭有鈺編訳「九〇年代日本電影 四導演訪談」『外国電影研究』一九九八年五月、九七~一〇〇頁。原載『キネマ旬報』、「特別対談、岩井俊二の映画的記憶を辿って」(一九九五年九月)、「特別対談、映画的技術を追い求めて」(一九九五年一〇月)。

(25)「日本新鋭電影導演岩井俊二及其新作」『家庭影院技術』一九九九年一月。
(26)上海映画訳製場は一九五七年四月一日に設立された中国で唯一の外国語映画を翻訳する国有企業である。
(27)一九九三年、カラオケシリーズを出品して中国メディア業界に第一回カラオケブームを引き起こした会社であり、二〇〇一年まで一〇〇〇万枚のＶＣＤを発行し、二〇〇四年に中国版権協会に加入した。『中国文化報』二〇〇二年一月二一日。
(28)張穎「35mm 外国影片発行拷貝数」『中国電影年鑑 一九九九年』、一〇七頁。中国全土でフィルム・コピー数は七三にのぼった。
(29)新経典文化編集者のメールインタビュー（二〇一四年四月二日）によるものである。
(30)上海文芸出版社から出版された『小説界』（一九九六年第三期）に特集「七〇年代以後」というコラムが企画された。こうして文芸界から発信された「七〇後」という概念は徐々に大衆に受け入れられていった。邵燕君『〝美女文学〟現象研究 従七〇後到八〇後』南寧・広西師範大学出版社、二〇〇五年。
(31)安妮宝貝「情書」『清醒紀』天津・天津人民出版社、二〇〇四年、一七二～一七四頁。
(32)藤井省三「人気作家・安妮の素顔」『北海道新聞』二〇〇七年二月二七日夕刊。
(33)岩井俊二『情書』海口・南海出版、一頁。原文：电影《情书》是岩井俊二在中国一举成名的代表作，即使后来他有更具备深度的《燕尾蝶》及《关于莉莉周的一切》等作品出场。但《情书》的简单纯粹，却更像一个小小记号，鲜明得不假思索。
(34)前掲注(31)「情書」、二頁。原文：有些镜头是一直记得的。〔中略〕镜头感是很干净的。有对细节和光线的讲究。作家导演的特质非常明显。
(35)王洪猶「１９９５年上海電影市場面面観」前掲注(17)『中国電影年鑑 一九九五』、二一二頁。
(36)范士明「中国の対日イメージの現状についての一考察」『法政理論』第三九巻第三号、二〇〇七年三月、三三〇頁。
(37)映画では、さくらという一般的に日本の代表的なイメージを否定的に描いていることは興味深い。「今日帰りの坂道で桜の蕾が膨らんでいるのを見つけました。こちらはそろそろ春の気配です」という渡辺博子の手紙に対して、藤井樹とその同僚である〝主〟がユーモラスな否定的反応を示す場面がある。樹「梶井基次郎にあるでしょ」、主「桜の下には屍体が埋っているという」、樹「あとほら坂口安吾の〔後略〕」、主「『桜の森の満開の下に』」、樹「そうそう。やっぱりあれよね。桜っていうのはそういうもんよね」（『95年鑑代表シナリオ集』映人社、一九九六年五月、四六頁）。また、樹の引っ越し先の新しいマンションの名前は「RESENT SAKURA（桜に憤慨する）」である。

（38）田永剛「第六代導演的生存与前路」『延安大学学報（社会科学版）』第二六巻第四期、二〇〇四年八月（https://wenku.baidu.com/view/9253926 1998fcc22bcd10df9.html）。

（39）『電影世界雑誌』二〇一五年一一月、婁燁と郝傑のインタビュー。原文：影片貫穿在尋找之中。

（40）陳暁雲、『文化芸術研究』第二巻第二期、二〇〇九年三月。原題：双生花——双重身体／双重身分／双重生命。

（41）藤井省三『現代中国文化探検——四つの都市の物語』岩波書店、一九九九年、二九頁。

（42）「映画『非誠勿擾』が呼んだ観光ブーム　われはゆく北海道へ」『人民中国』（http://www.peoplechina.com.cn/zhongrijiaoliu/2010-04/08/content_261374.htm）。

（43）日本大百科全書ニッポニカ（http://japanknowledge.com/contents/nipponica）。

（44）「函館、外国人宿泊最多。小樽、八年ぶり四百万人超」『毎日新聞（地方版）』二〇一五年一二月三日。

（45）北海道経済部観光局ホームページ（http://www.pref.hokkaido.lg.jp/kz/kkd/）。

（46）周菲菲「小樽を消費する——中国人観光における小樽の地域イメージの消費と現実を中心に」『北方人文研究』第六号、二〇一三年三月、三七～三八頁。

（47）小樽フィルムコミッション（http://www.otaru-fc.jp/location/movie/）。

（48）「岩井俊二プロデュース作「恋愛中的城市」カップル版ポスターが公開」『人民網』（日本語版）、二〇一五年七月一日（http://j.people.com.cn/n/2015/0701/c206603-8913927.html?urlpage=3）。

（49）『恋愛中的城市』『奔愛』の二作がともに外国都市をめぐるオムニバス映画であるのは、中国人の外国旅行ブームを反映したものであろう。

（50）劉宇『重慶晩報』二〇一四年六月一六日。

（51）荘穎『東方早報』「文化電影版」二〇一四年六月一九日。

中国村上チルドレン作家の成長——李修文の村上春樹受容を中心に

徐　子　怡

一．中国における村上春樹の翻訳および「村上ブーム」の発生

村上春樹が最初に中国に紹介されたのは一九八六年二月の中国誌『日本文学』によってであった。この頃はちょうど改革開放政策の実施に伴った社会主義市場経済体制の導入によって、文化出版業および中国の読書市場に大きな変化が起きていた時期である。

孫軍悦のまとめによれば、社会主義市場経済体制が導入される前の社会主義中国において、出版社は国から提供された材料と経費によって書籍を出版するだけの単純な「生産者」であり、発行や販売などの経営業務は新華書店に任せられていた。しかし、一九八四年になると、改革の実施と共に、かつては補助金に依存し、納税義務のなかった出版社は、補助金が減額されるいっぽうで、納税義務も要求される「生産・経営者」へと転じた。運営の負担が増えると同時に、一九八五年前後のインフレの影響によって生産コストが高騰し、出版社の経営は苦しい状況に陥った。このような市場化による出版業の不振のなかで、かつては民衆に歓迎された文化大革命を告発する「傷

痕文学」や、政治運動を反省する「反思文学」、そして八〇年代半ばから現れた「先鋒小説」「尋根文学」は、社会の発展と共に読者の日常生活からかけ離れ、だんだん周縁化されていく。これと対照的に人気を集めたのは、八〇年代の初めに台湾、香港、欧米、日本から流入した推理、恋愛をテーマとした大衆に親しみやすい「通俗文学」であった。当時の「通俗文学」は「商品として消費される文学の卑俗さ、低級さを代表する猥褻な、暴力的な」色彩が濃く、政府から厳しく規制されるが、窮地に追い込まれた地方の出版社にとって、却って活路を見出すための大切な転換先であった[1]。

このような背景のもとに、主に現代日本文学の中国語訳および中国人研究者による評論を掲載する『日本文学』は、第一六期（一九八六年二月）に宮沢賢治特集と共に、村上文学の翻訳者として知られる台湾の頼明珠（らいめいじゅ、一九四七～）によって台湾誌『新書月刊』一九八五年八月号で組まれた「村上春樹的世界、頼明珠選訳」小特集を半年遅れで転載した。その小特集の内容とは、頼明珠訳による川本三郎の一九八〇年代初期の評論『都市的感受性（原題：都市の感受性）』および村上春樹の『街的幻影（原題：街のまぼろし）』『一九八〇年超級市場式的生活（原題：1980年におけるスーパー・マーケット的生活）』『鏡子里的晩霞（原題：鏡の中の夕焼け）』の短編三作である。記事の末尾に付された約八〇〇字の「編者附記」は、村上春樹の経歴を紹介したうえで、彼の文学的特色や、アメリカ文学からの影響などについても簡単に言及している。

その三年後の一九八九年に桂林・漓江出版社から刊行された林少華（りんしょうか、一九五二～）訳の単行本『挪威的森林（原題：ノルウェイの森）』は、最初の本格的村上作品として中国読者の視野に入ってきた。この時期は折しも北京で起こった「天安門事件」と重なる時期であり、民主化運動に挫折を覚えた中国の若者たちは『挪威的森林』に癒しを求めたため、中国では小規模の第一次村上ブームが起きた。その後、一九九二年以降絶好調だった中国経済の成長率がやや鈍くなった一九九八年に第二次村上ブームを迎え、そして中国語版『挪威的森林』出版二〇周年を迎える二年前の二〇〇七年に第三次村上ブームが発生した。このような中国の村上春樹受容史における三回起きた村上ブームの経緯については、藤井省三がすでに『村上春樹のなかの中国』[2]、または関連論文[3]で論じている。

一九八九年以来、漓江出版社刊行の『挪威的森林』は一〇年近くの間に累計販売部数が最低でも約一二万部に達したとはいえ、正式な簡体字版版権を取得したのは一九九八年のこと、その二年後の二〇〇〇年一一月に同社の版権契約が切れる際に、上海訳文出版社（以下は「訳文社」と略す）が新たに版権を取得した。訳文社はその翌年（二〇〇一）の二月に『挪威的森林』の全訳本を刊行したのを皮切りに[4]、二〇〇五年九月までの四年足らずのうちに三一点[5]の林少華訳村上作品『村上春樹文集』『村上春樹系列随筆』など、またほかにも単行本として続々と刊行した。同文集および随筆シリーズは当時中国で刊行されていた村上作品の長編、短編集およびエッセイ集などの二八点を網羅し、前述の『挪威的森林』全訳本および『海辺的卡夫卡（原題：海辺のカフカ）』（二〇〇三）、『天黒以後（原題：アフターダーク）』（二〇〇五）の単行本と並んで、中国の村上読者に未曾有な村上読書体験を提供した。二〇〇六年七月、訳文社は短編集『東京奇譚集（原題：東京奇譚集）』の刊行をきっかけに、『村上春樹全集』を企画した。全集は『東京奇譚集』をはじめ今までに刊行された村上作品を続々と改版すると同時に、旧文集に入れられなかった『挪威的森林』『海辺的卡夫卡』および『天黒以後』も収録し、二〇一一年六月と二〇一二年六月にそれぞれ新たに翻訳・刊行された村上春樹によるノンフィクション作品である『地下（原題：アンダーグラウンド）』『在約定的場所 地下2（原題：約束された場所で――underground 2）』も加えた合計二二点が収められている。

ところで、二〇〇九年に発行され、日本では一か月の販売部数が二巻合わせて二〇〇万部を超えた人気大作『1Q84』の中国における翻訳・刊行は、中国の出版大手一〇社による簡体字版版権争奪戦の結果、出版販売企画会社の新経典文化有限会社（以下は「新経典社」と略す）が一〇〇万米ドルで版権を取得し、南海出版社によってBOOK1、BOOK2がそれぞれ二〇一〇年の五月と六月に、そしてBOOK3が二〇一一年一月に刊行された。マスコミ各社の報道によると、今回中国出版史上最高額と言われる版権料を支払った新経典社は『1Q84』の初版を一二〇万部発行したという。再度の版元交代と共に、訳者も林少華から上海杉達学院大学日本文学科教授の施小烊（ししょうい、一九五七〜）に変わった。施は二〇〇九年に同社が刊行した『当我談跑歩時，我談些什麼（原題：走ることについて語るときに僕の語ること）』で中国における村上文学の翻訳者としてデビューし、BOOK3の刊行までに、南海出版社の『新経典文庫』に収められた計四点の村上作品を翻訳した。そして、二〇一二年の二月に施小烊により新しく翻訳された『天黒以後』が同文庫シリーズの新たな一点として刊行された。これは既存の林訳村上作品に対する最初の施訳版の誕生である。今後も新経典社が村上春樹の旧作を新訳・出版した場合は、新経典社版施訳の村上春樹全集へと展開していく可能性が十分考えられるだろう。二〇一五年一〇月にまで「新経典文庫——村上作品」シリーズの村上作品数はすでに一六点に上り、なかには施小烊訳の村上最新長編小説『没有色彩的多崎作和他的巡礼之年（原題：色彩を持たない多崎つくると、彼の巡礼の年）』も含まれている。

『1Q84』が発売された当時は中国の人気書き込みサイト「豆瓣網（ドウバンワン）」が発売記念サロンを開いたのをはじめ、中国の大手ネット書店「当当網（ダンダンワン）」は予約販売開始と同時に先着順で『1Q84搶読本』[6]一〇〇万冊をプレゼントし、ファッション誌では芸能人を使って『1Q84』のシーンを真似する写真を撮るなど、マスコミ宣伝が盛んに行われた。また中国で三回の村上ブームを起こした『挪威的森林』と比べて桁違いの初版刊行部数からも、『1Q84』の登場は中国に第四次村上ブームを起こしたと筆者は指摘したい。

いっぽう、訳文社側もこれに負けず、二〇一一年に前述の『地下』『地下2』、そして紀行記の『遠方的鼓声（原題：遠い太鼓）』『辺境 近境（原題：辺境・近境）』、二〇一二年にエッセイ集の『村上広播（原題：村上ラヂオ）』『没有意義就没有揺擺（原題：意味がなければスイングはない）』『日出国的工廠（原題：日出る国の工場）』を林少華による翻訳で、以前刊行したエッセイシリーズの六冊と共に新しい「村上春樹随筆系列」（全一一冊）に組み入れて刊行した。

こうして、一九八九年から二〇一五年までの二〇年あまりの間に、中国においては四回の村上ブームを経験し、五六点、およそ一〇〇種類以上の村上作品が刊行された。このように多彩な村上読書世界に浸っている中国の読者たちの間には、特に村上春樹を愛読し、さらに村上春樹を目指して小説を創作しようとする人々――すなわち「村上チルドレン」が二〇世紀末の中国文壇から登場してきたのである。

二 中国の「村上チルドレン」

「村上チルドレン」という言葉は二〇〇二年一一月にアメリカ週刊誌『タイム（*Time*）』に初めて出現した単語である。原文は Murakami's Children で、「村上春樹の模倣者たち」という意味である。[7] 初めてこの言葉を文学研究に用いたのは藤井省三であり、村上春樹の影響を受けた作家、または映画監督たちの村上受容を分析した際に使用した。筆者は読者から作家が生まれることを考慮したうえで、「村上チルドレン」の指定範囲をさらに拡大し、作家並びに書き込みサイトの村上読者をも視野に入れつつ、現代中国において四半世紀の歴史を有する村上春樹受容の様相を、三つのグループに分類して考察した。

第1グループ（以下は「1組」と略す）は「模倣的創造の村上チルドレン流行作家」、すなわち『上海ベイビー（原題：上海宝貝）』[8]の衛慧（えいけい、一九七三〜）、『さよなら、ビビアン（原題：告別薇安）』[9]の慶山（けいざん、旧名：安妮宝貝（アニーベイビー）、一九七四〜）、また『悲しみは逆流して河になる（原題：悲傷逆流成河）』[10]の郭敬明（かくけいめい、一九八三〜）のような中国では「七〇後・八〇後」[11]の代表作家として名を知られ、日本でも著名な既成作家たちである。第2グループ（以下は「2組」と略す）は「1組」よりも約一〇年遅れて中国文壇に登場してきた、まだ作品数が少ない無名の「成長中の村上チルドレン作家」、すなわち忘却魚鱗（ぼうきゃくぎょりん、一九八三〜）、孔亜雷（こうあれい、一九七五〜）、李修文（りしゅうぶん、一九七五〜）の三人である。第3グループ（以下は「3組」と略す）は「豆瓣網ユーザーとしての村上チルドレン愛読者」、すなわち中国の人気書き込みサイト「豆瓣網」で活動している、特に村上文学に注目し、かつ批評の意欲のある読者ユーザーを代表とする、「1組」「2組」の外側に広がる中核的村上読者である。

また、各グループの村上受容の特徴によって、中国における村上チルドレン間の関係を次頁の「中国における村上チルドレン・村上ファッション相関図」のように整理した。

最も外側にある円は、「村上ファッション」の範囲を示しており、このグループには「村上読者」や「村上チルドレン」作家のほか、村上作品を読んだことはないが、雑誌や新聞から間接的に作家としての村上春樹あるいは彼の作品に関する情報を得て、村上イメージを操作する存在となった、文化の再生産者たちも含まれている。例えば、南京市にある〝挪威的森林〟と名づけられた高層住宅団地や、深圳市にある〝村上春樹〟のパン屋、そして歌手の朴樹の歌「且听風吟（風の歌を聴け）」、范逸臣（Van Fan）の「国境之南（国境の南）」、ロックバンド五月天の「神的孩子都在跳舞（神の子どもたちはみな踊る）」などが挙げられる。次に大きな、薄く網掛けされた円は、広範囲に存在する「村上読者」であり、その中でも特に村上文学に注目している読者たち、すなわち「村上チルドレン」を、濃い網掛けの円で示した。さらに、前述した「1組」「2組」「3組」を示す円を、それぞれ「村上チルドレン」グループと一部重複させながら配置した。一見互いに独立している「1組」〜「3組」は、実際には図に示したとおり重なり合う部分を持っている。すなわち、たとえば「1組」はAゾーンとBゾーンに分かれており、村上チルドレンと村上ファッションのどちらかいっぽう、またはその両方に属すると想定されるということである。つまり、この「1組」では、異なる村上受容の特徴に応じて、衛慧のようにほぼ村上チルドレンの枠と重なるAゾーンにのみ

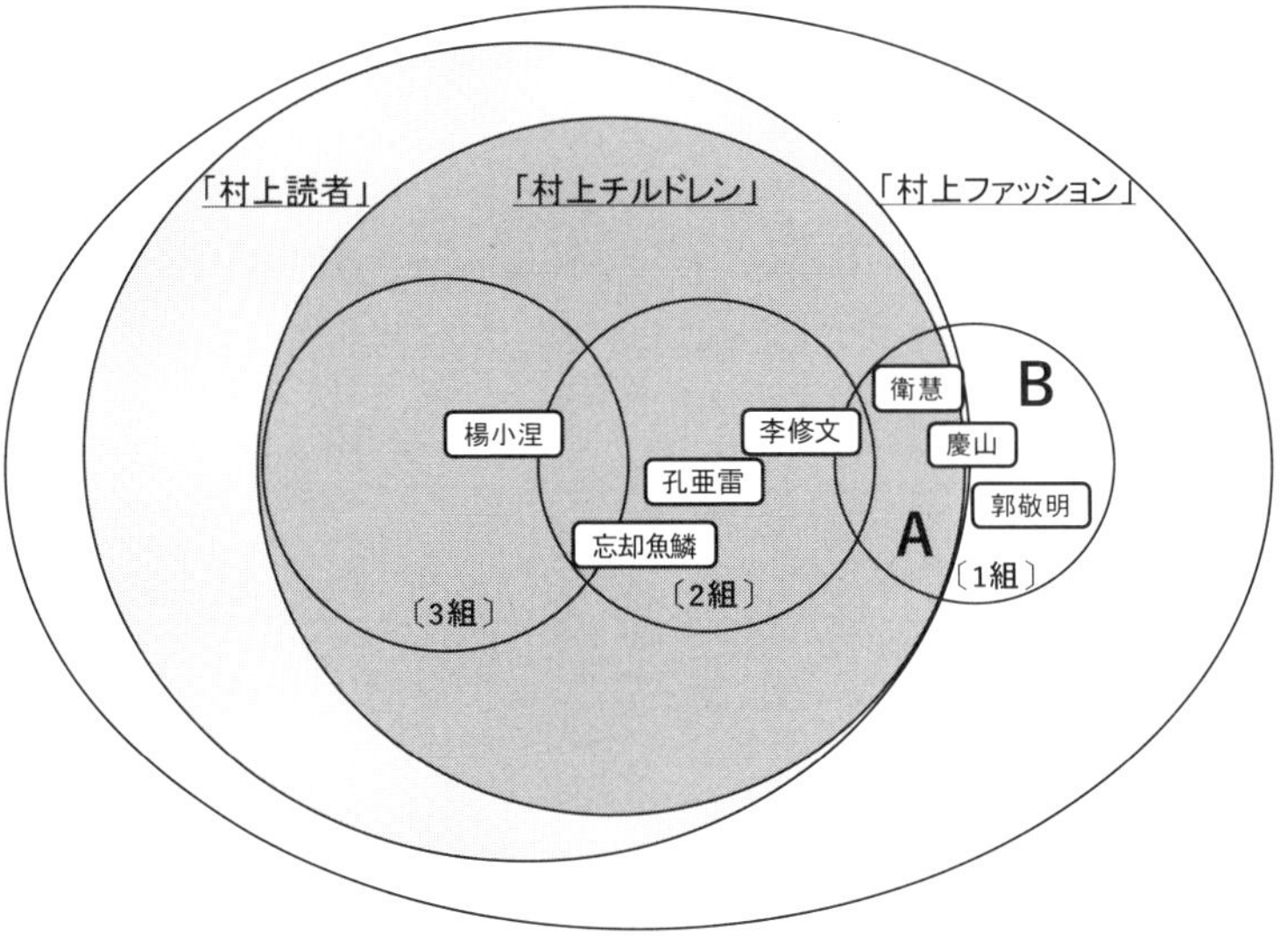

中国における村上チルドレン・村上ファッション相関図[13]

属する者、あるいは慶山のように村上チルドレンのAゾーンと村上ファッションのBゾーンの双方に属する者、そして郭敬明のように完全に村上チルドレンから離脱して、村上ファッションのBゾーンにのみ属する者というように、同じグループの中でもさまざまに分化した展開が見られるのである。[12]このほか、「3組」に属する楊小涅が村上文学の一愛読者から自作『ノルウェイの森』の続編『挪威的森林 二』の創作を通して現在豆瓣網の専属ネットライターとして成長してきたことから、将来「3組」の村上読者が「2組」の「成長中の村上チルドレン作家」へと移行する可能性も十分考えられる。

いっぽう、「1組」よりも約一〇年遅れて中国文壇に登場してきた「2組」の村上チルドレン作家たちは、「1組」とは異なり、発表した作品数が少なく、また孔亜雷のデビュー長編小説の帯に「中国的村上春樹（中国の村上春樹）」という宣伝文句が小説の題名より大きく書かれたり、李修文が「大陸版村上」と称されたりしたような何らかの形で村上春樹に頼りながら活動している傾向が見られる。このような「2組」作家の村上受容については、拙論「中国における村上チルドレンと村上ファッション――人気書き込みサイト「豆瓣網」をめぐる冒険」[14]をご参照いただくとして、本稿では「2組」に属している七〇後作家の李修文の村上受容および彼の村上チルドレン作家としての成長について述べたい。

三 李修文について

李修文（一九七五～）は中国の湖北省荊門市で生まれ育ち、中学時代から文学に強い関心を示し、中学三年生の一九九〇年に「華夏杯全国中学生作文大賽（華夏杯全国中学生作文コンテスト）」の一等賞を受賞し、同年一五歳の若さで文芸誌『当代作家』に初短編小説『順河辺的子葦（順河沿いの葦）』を発表したことによって、頭角を表した。『順河辺的子葦』は三千字ほどの短い小説である。阿彪という少年が二歳のときに母をなくし、小さいときから父に同じ村に住んでいる周家に対する憎しみを仕込まれ、復讐計画を繰り返しているうちに、村の悪人となる。ある日順河が破堤し、洪水が村を襲う。阿彪が周家の母が自分の命を惜しまず息子の鉄鎖を助けるようとする場面を見たときに、本能で鉄鎖に助けの手を伸ばした結果、自分が順河に流されてしまう。小説のなかで、村の冷酷な悪人だった阿彪が最後にかたきの家族の息子を助けるために命を落としてしまうまでの心理的変化を細かく描き、発表後に高い評価を得た。

二〇〇〇年に李修文は初短編集『心都碎了（心さえ折れて）』を刊行した。その二年後の二〇〇二年に、初長編小説『滴涙痣（泣きぼくろ）』（中国青年出版社）が刊行され、二〇〇三年の〝愛情三部作〟の第二部とされる『捆綁上天堂（縛られて天国へ）』（人民文学出版社）、短編集の『裸奔指南（ストリーキング指南）』（中国青年出版社）、『不恰当的関係(不適切な関係)』(人民文学出版社)、そして二〇一二年刊行の傑作集『浮草伝』(新星出版社)などを入れて、二〇一六年までにその作品数はおよそ七点に上った。二〇一五年に李修文は武漢市作家協会の主席に選ばれ、史上最年少の市級作家協会の主席となった。

李修文の文学創作は、主に四つの期間に分けることができるであろう。すなわち、一九九八〜二〇〇〇年の「名作改編期」、二〇〇〇年〜二〇〇二年の「短編創作期」、二〇〇二〜〇五年の「長編創作期」、そして二〇〇五年から現在に至るまでの「エッセイ・脚本創作期」である。[15] 初期の「名作改編期」に、多くの新経典社版に対する大胆な改編によって、文学創作における自分の個性を出すいっぽう、名作の物語に対する極端な改編設定などに対しては多くの批判も浴びていた。この時期の代表作には短編の『王貴与李香香(王貴と李香香)』『向大哥下手(兄貴に手を下す)』『西門王朝』などがある。初期の名作改編期の試行錯誤を経て、短編創作期に入ると、李修文の作品には八〇年代の〝先鋒派〟からの影響が色濃く反映されるようになった。この時期の李修文作品は主に兄弟や親子の間に起きているさまざまな葛藤が中心に描かれ、なかにはファンタジーや暴力、漂泊、不安定などのキーワードが織り込まれている。代表作には『肉乎乎(でぶっちょ)』『夜半槍声(夜の銃声)』『洗了睡吧(お風呂に入って寝よう)』『裸奔指南(ストリーキング指南)』などがある。

ちなみに、現在李修文作品のなかで、唯一日本語に訳されたのは短編「ストリーキング指南」である。[16] 試合中に突然観客席から走り出しながら裸になる謎の老人劉易斯が、ある日ケガのため試合に出られないサッカー選手の「私」の前に現れ、「私」を再びグランドに戻れるように厳しいリハビリ訓練をさせる。回復した「私」がようやく試合に出られ、さらに得点した後に老人を探すが、老人はすでに静かに亡くなっていることに気づく。このような兆候なき突然に現れた謎の人物が自暴自棄の「私」を励ました後に静かに消えるという物語の設定にはすでに村上春樹的な雰囲気が現れている。

李修文が全面的に村上春樹を意識し始めた作品は初長編小説の『滴涙痣（泣きぼくろ）』である。これは彼の「長編創作期」のスタートラインでもある。

『滴涙痣』の舞台は東京で、十数年前に日本で消息を絶った母を探すために、サーカス団と共に東京にやってきたヒロインの「藍扣子（ランコウズ）」は、やっとのことで母の住所を見つけるが、そのときには母はすでに再婚してほかの国に行ってしまっていたことがわかる。日本での在留期限がすでに切れてしまった彼女は東京で不法滞在者となり、生活のために売春婦をやったり、中国人マフィアに多額の借金をしたりして、日本の中国人留学生のなかではさまざまな謎に包まれる噂の人物となる。このような「藍扣子」と知り合った日本語学校で勉強している中国人留学生の「僕」が彼女に強く引きつけられ、やがて同棲を始め、「藍扣子」が妊娠する。しかし、互いに愛し合う幸せな生活はほんのわずかで終わってしまい、「藍扣子」の事故による流産から悲劇が始まる。身分証明書がないため、事故後は医療設備が整っていないもぐりの病院で治療を受けるが、不純物が混じった薬が注射されてしまったことから「藍扣子」は聴覚を失う。二人で幸せに生活できる自信を失った「藍扣子」は「僕」の足手まといにならないために二人で激しいセックスをした後に姿を消す。約半年後、「僕」は警察署から連絡を受け、新宿南口で起きた交通事故で亡くなった「藍扣子」の遺骨を取りに行って、物語が終わる。

作者自身が大学二年生のとき日本に半年間の留学経験があり、『滴涙痣』の創作動機について、「それは空がとても青く、日差しがとても暖かい昼のことだった。僕は突然思った、もし今一人の一八歳の少年が日差しの下に立っていたとしたら、何を考えるだろう？　僕は僕の青春、僕の日本への旅を思い、何かを書きたくなった、それはこの経験に対する記念にもなるだろう[17]」と語った。このような李修文による『滴涙痣』の創作動機は村上春樹自身がエッセイ「自作を語る」で記した「その二十九歳の春の昼さがりに、神宮球場の土手式の外野席に寝ころんでいて、ふとこう思ったのだ。才能や能力があるにせよないにせよ、とにかく自分のために何かを書いてみたいと[18]」を強く連想させる。

さらに村上作品の中国語訳者の林少華による同書の序文では、「たとえば扣子にはかすかに『ノルウェイの森』の直子の投影が見えるように（中略）僕が翻訳した『ノルウェイの森』とどことなく生き写しのところがなくもない[19]」と評価された。二〇〇九年に同書は〝東京生死恋〟という題名のドラマに改編され、人気タレントの黄聖依と郭家銘が主人公扣子と「僕」を好演した。

四.『滴泪痣』と『ノルウェイの森』

二〇一一年筆者による中国人読者に対する村上作品の読書調査のなかで、最も読まれている村上作品は二〇〇一年に訳文社刊行の『挪威的森林』（全訳本）であることがわかった。この林少華訳の『挪威的森林』が多くの村上読者を獲得し、二〇〇〇〜〇二年の間に一気に村上ブームを広げた[20]。林少華訳の『挪威的森林』では、男性主人公のワタナベはドイツのハンブルク空港に着陸した飛行機のなかで最初に登場した「罢了罢了，又是德国，我想（原文：やれやれ、またドイツか、と僕は思った）[21]」のセリフが、その後のワタナベ式の登場人物のシンボルとなるほど多くの読者に深い印象を与えた。

この名句が『滴泪痣』のなかで、「僕」の口癖のように頻繁に登場している。

最初に登場したシーンは「僕」が所属している日本語学校から期末試験に不参加のため修了できない通知書が届いたときである。

〝罢了罢了。〟我边看边笑着对自己说[22]。
（〝やれやれ。〟僕は笑いながら自分に対して言う。）

次に登場したシーンは東京入国管理局の捜査から逃げるために表参道にあるアルバイト先を離れる際に、お世話になった日本人オーナーの望月さんに手紙を残そうとするが、結局何も書けずに店を後にしたときである。

我原本想给望月先生留一封信，为给他带来的麻烦而向他道歉，掏出笔来，对着一张白纸，怔愣了半天，终于一个字也没有写出。
罢了罢了[23]。
（僕はもともと望月さんに手紙を残そうとしている。彼に迷惑をかけたことに対してお詫びをするつもりだったが、ペンを取り出し、一枚の白紙を前にして、しばらくぼうとした結果、一文字も書けなかった。
やれやれ。）

口癖だけではなく、『滴涙痣』の「僕」がふるさとから遠く離れる異国の日本で明確な目標がなく気まぐれのままに日々を生きているところも『ノルウェイの森』のワタナベに酷似している。いっぽう女性主人公たちの設定において、『ノルウェイの森』の直子、緑、レイコさんに対して、『滴涙痣』のなかには、「僕」の恋人の藍扣子、教え子の日本人の女の子の安崎杏奈、そして北海道在住の崑曲女優の中国人女性の篠常月の三人がいる。

身分がなく警察と借金取りに追われ、さらに医療事故で聴覚を失った藍扣子はこれ以上「僕」の足手まといにならないために自ら「僕」から離れる。「僕」は恋人を取り戻すために一所懸命に努力したにもかかわらず、悲劇の結末を変えられず最愛の人を失ってしまう。これはまさに『ノルウェイの森』のワタナベが自分の側を離れて自ら阿美寮に飛び込んだ恋人の直子を取り戻すために東京から京都へ繰り返し面会しに行ったが、結局直子の死を止めることができず、永遠に恋人を失う設定と共通している。しかも、両作品とも、男性主人公にとって女性主人公A（『ノルウェイの森』の直子と『滴涙痣』の藍扣子）のほかに、物語の全篇にわたって女性主人公Aと会うことのない女性主人公Bが存在している。『ノルウェイの森』では、このような女性主人公Bに相当する登場人物は緑であり、『滴涙痣』の場合は「僕」が日本にやってきた最初の頃に家庭教師のアルバイトを通して知り合った教え子の日本人の女の子の安崎杏奈である。ただし、『ノルウェイの森』のワタナベと緑の関係とは異なり、『滴涙痣』の「僕」と杏奈の間には恋愛関係が存在せず、信頼し合う親友関係に近い。

杏奈はインド留学中にたまたま街頭の乱闘で助けたテロリスト組織から脱出したインド人の青年、穆沙（ムシャ）・辛（シン）格と恋に落ちるが、のちに目の前で恋人が組織の殺し屋に銃殺されるのを目撃したことによって精神的に大きな打撃を受ける。日本に帰国した杏奈は精神病院に通い始めるが、病状が好転せず、両親と再びインドへ治療を受けに行くこととなり、「僕」との連絡を断つ。

杏奈の淑やかな表の裏に頑固で激しい心が隠されているところは『ノルウェイの森』の直子に近い。いっぽう、中国の伝統文化や歴史に興味を持つ彼女は中国語に関するほかにいつも「僕」にいろいろな質問を投げかけてくる。「僕」はそれらの質問に答えるためにたびたび図書館へ足を運び資料を調べる。インドから帰国した杏奈は「僕」に連絡し、二人は昔のように杏奈の実家のリビングでクラシック音楽を堪能しながら、杏奈の話を聞く。これは村上春樹が一九九二年に刊行した長編小説『国境の南 太陽の西』（講談社）のなかで、転校生で足の悪い島本さんの面倒をみるために、一〇代の男性主人公の始（ハジメ）が定期的に島本さんの家を訪れ、二人で島本さんの実家の居間で新型のステレオ装置でライト・クラシック音楽を楽しむ設定に類似している。また、杏奈が自分の恋の苦しみを「僕」に打ち明け、心の癒しを求めるところは『ノルウェイの森』のハツミを連想させる。

『滴涙痣』のなかで、もう一人の登場人物の崑曲女優の篠常月は、北海道の富良野に一人で裕福な生活を寂しく送っている謎の中国人女性である。昔自分が所有するラベンダー農場でアルバイトをしていた杏奈を通して、物書きが好きな「僕」を知り、オペラの『蝶々夫人』を崑曲の脚本に改編することを「僕」に頼む。依頼を受けた「僕」は脚本改編の打ち合わせのために、一回恋人の藍扣子を連れて北海道を訪れる。篠常月との親交を深めていくうちに、謎に包まれた彼女の人に言えない過去にかすかに気づく。やがて脚本が完成し、崑曲『蝶々夫人』は順調に北海道で上演されるが、蝶々役の篠常月が最後の自刃シーンで本物のナイフを使って自殺する。その後「僕」は彼女からの手紙を受け取り、これから自分が昔愛していた中国人と日本人の二人の夫に会いに行き、自分の罪を償うのだと告げられる。

「僕」より年上の篠常月が常に「僕」と藍扣子の恋愛に助言し、助けるところは直子とワタナベにとってのレイコさんの存在に近いが、全篇にわたって謎に包まれているところは『国境の南 太陽の西』の大人になってからの島本さんを連想させる。

女性主人公のほかに、天津で生まれ育ったウイグル族出身の阿不都西提（アブドウシテイ）がいる。彼は「僕」の下宿のルームメイトであり、まだ女の子とセックスした経験がないため、いつも「僕」に対して不思議な質問をする。のちに彼は沖縄に住んでいる人妻と知り合うが、二人はまだセックスをしないうちに、彼の肺がんが発覚する。死ぬまでに馬が欲しいと突然言い出した彼は、アパートで白馬を飼い始める。自分の残り時間はもう少ないと思い、「僕」に白馬の面倒を頼んだ後、姿を消す。このようにいつも自分の世界に閉じ込もって変人に見えるが、最後に寂しく姿を消してゆく心優しいルームメイトという設定は『ノルウェイの森』の突撃隊を強く連想させる。

高屋亜希論文「李修文『泣きぼくろ』に見る村上春樹受容の一端——SMをめぐる綺想」[24]は、作品のなかの「僕」

と藍扣子の悲恋におけるSM的な要素に対して詳しく分析したが、村上春樹からの影響に関しては、「女に捧げる男の無償の愛情が挫折に終わる物語として[25]」の類似以外はほとんど否定している。

「僕」と藍扣子の主線だけに注目すると確かに類似点が少ないように見えるが、副線にあるほかの登場人物、例えば上述の杏奈、篠常月、阿不都西提を含め全体を俯瞰すると、『滴涙痣』は『ノルウェイの森』と『国境の南 太陽の西』に登場する代表的な人物を上手に再現している「村上チルドレン」的な作品と言えよう。

さらに、『滴涙痣』の登場人物は、『ノルウェイの森』と同じように男性主人公一人と女性主人公三人を設定しているが、三角関係を避け、「僕」と藍扣子の一途な純愛物語を描いているところは本作の最も大きな特徴として指摘できる。ほかには、二人とも左目の下に泣きぼくろがついているような輪廻転生の運命論や、仏教経典の頻繁な引用、そして「画眉」「石竹」など中国の古典要素の取り入れなども『滴涙痣』の特色として指摘しておくべきだろう。

むすびに

半年間の日本留学を終え、中国に戻った李修文は大学卒業後すぐ吉林省作家協会主催の文芸誌『作家』の編集者となる。本稿の冒頭で言及したように文芸誌の不況と通俗文学の流行という時代状況のなかで、純文学を目指していた李修文はその変化を身近で体験している。ちなみに、『作家』に勤めている間に彼は編集者として直接「七〇後〝美女作家[26]〟」計画に参加していた。一年後に李修文は編集者をやめ、地元の武漢に戻り、専業作家を目指し作家協会に入る。『滴涙痣』は李修文による「愛」と「死」をテーマとする〝愛情三部作〟の一作目の長編小説であると同時に、短編創作期の実験的〝先鋒派〟から「雅」と「俗」の両方を持ち合わせる流行文学作家へと転身する重要な作品である。

しかし、残念なことに、〝愛情三部作〟計画は第二部の『捆綁上天堂（縛られて天国へ）』で挫折してしまった。その理由について、作家本人がインタビューのなかで次のように答えている。


过去我很笃信爱情，我把爱情看成是人应当有的那种指引自己往美好，往纯洁去的能力，但是我现在怀疑这种所谓的美与纯洁到底是否就是我们正确的人生目标。我觉得不见得是。

（かつて私は愛情を篤く信じていた。私は愛情を人間が持つべき自分自身の美しさ、または純潔を目指す原動力として見ていた。ただし今の私はこのようないわゆる美と純潔が果たして我々の正しい人生の目標となるかどうかを疑っている。私から見ればそうでもないと思う。）


時代の流れに伴い心境の変化が起きた李修文は心の整理をするためにいったん小説の執筆をやめ、エッセイと文学評論に没頭し始める。二〇一七年の一月に最新の書き下ろしエッセイ集『山河袈裟』が出版され、それから一ヶ月経たないうちに、中国の人気書き込みサイト「豆瓣網」で一〇点満点の八・三点を獲得した。エッセイ創作のほかに、二〇一四年の中国紅軍長征八〇周年記念のために制作した四八回の連続テレビドラマ『十送紅軍』の脚本執筆にも挑戦していた。

中国「七〇後」「八〇後」作家の村上受容を考察した際に筆者がまとめた「中国における村上チルドレン・村上ファッション相関図」（五七三頁）の「2組」に入れていた李修文に対して「1組」へ移動すべきという意見もあったが、現在の「1組」作家の人気度、そして作風の安定性と比べて、筆者はやはり彼をしばらく「2組」に保留したい。九〇年代末期のインターネット普及と共に、特に現在中国文壇で活躍している「七〇後」「八〇後」の作家たちにとって、作家の誕生は本来の文芸誌デビューが唯一の道ではなくなる。「純文学から育てられた最後の七〇後作家」と評される李修文の今後のさらなる成長に注目し続けたい。

【注】

（1）孫軍悦「世界は、あなたたちのものわたしたちのもの——『ノルウェイの森』から見た中国大陸の文学生産体制の転換」（『日本学研究叢書二』台北・国立台湾大学出版中心、二〇一三年四月、六六～七〇頁）を参考にした。

（2）藤井省三『村上春樹のなかの中国』朝日新聞社、二〇〇七年。

（3）第三次村上ブームについて、藤井省三／張明敏訳「中国的『挪威的森林』」（『聯合文学』第三一四期、二〇一〇年一二月、五四～五九頁）で詳しく論じられている。

（4）『ノルウェイの森』の翻訳者である林少華のエッセイ「『挪威的森林』“生日”紀事」（『高墻与鶏蛋』北京・紅旗出版社、二〇一一年一月、八七～八八頁）によると、一九八九年漓江版『挪威的森林』の刊行当時に性描写に関する一六〇〇字ほどの内容が削除された。その内容は二〇〇〇年上海訳文出版社刊行の『挪威的森林』（全訳本）でようやく復活した。

（5）筆者の統計によると、『村上春樹文集』一六点、『同系列随筆』一二点、単行本の『海辺的卡夫卡』『天黒以後』、および『挪威的森林』全訳本三点を合わせて三一点になる。

（6）予告編風の宣伝冊子。

（7）“Pop Master”, Velisarios Kattoulas/Tokyo.Time.November, 25, 2002, pp. 70-71.

（8）衛慧『上海宝貝』瀋陽・春風文芸出版社、一九九九年。邦訳『上海ベイビー』桑島道夫訳、文春文庫、二〇〇一年。

（9）慶山（安妮宝貝）『告別薇安』北京・中国社会科学出版社、二〇〇〇年。邦訳『さよなら、ビビアン』泉京鹿訳、小学館、二〇〇七年。

（10）郭敬明『悲傷逆流成河』武昌・長江文芸出版社、二〇〇七年。邦訳『悲しみは逆流して河になる』泉京鹿訳、講談社、二〇一一年。

(11)二〇世紀末の中国に登場した言葉で、もとはその年代に生まれた人たちを指したが、現在の多くは七〇年代生まれ、あるいは八〇年代生まれの若手作家を指す文学用語として使われている。

(12)「1組」の村上受容に関する分析は拙論「村上チルドレンとしての中国「七〇後」・「八〇後」の作家たち――衛慧、慶山(旧名：安妮宝貝)、そして郭敬明による村上春樹受容を中心に」(『東京大学中国語中国文学研究室紀要』第一八号、二〇一五年一二月、一八四～二〇八頁)で詳しく論じている。

(13)本図の初出は「中国における村上チルドレンと村上ファッション――人気書き込みサイト「豆瓣網」をめぐる冒険」『ユリイカ』二〇一二年七月号、四五頁。

(14)同上、三〇～四七頁。

(15)李修文文学の四つの創作期間の分類については、陽燕『我読李修文』(武漢・武漢大学出版社、二〇〇七年)を参考にした。

(16)立松昇一訳「ストリーキング指南(原題：裸奔指南)」桑島道夫編『現代中国文学短編選』鼎書房、二〇〇六年。

(17)原文：那是一个天很蓝、阳光很温暖的上午，我突然想到，如果此时一个一八岁的少年站在阳光下，会想什么？我想到了我的青春，我的日本之行，我想写点什么，也算是对这段经历的纪念吧。http://baike.baidu.com/view/679402.htm(二〇一七年一月二七日最終アクセス)。

(18)村上春樹「自作を語る――台所のテーブルから生まれた小説」『村上春樹全作品一九七九～一九八九 ①』講談社、一九九〇年五月、ii頁。

(19)原文：如扣子身上可以隐约窥见《挪威的森林》里直子的投影〔中略〕同我翻译的《挪威的森林》不无恍惚神似之处(李修文『滴淚痣』序文、北京・中国青年出版社、二〇〇二年四月、三頁)。

(20)前掲注(13)「中国における村上チルドレンと村上ファッション」、三〇～四七頁。

(21)村上春樹／林少華訳『挪威的森林』上海訳文出版社、二〇〇一年、一頁。

(22)前掲注(19)『滴淚痣』、二〇九頁。

(23)同上、二六四頁。

(24)『中国文学研究』第三一期、早稲田大学中国文学会、二〇〇五年一二月。

(25)同上、一七頁。

（26）吉林省作家協会主催の半月刊文芸誌『作家』の一九九八年七月号における特集「七〇年代出生的女作家小説専号」で、衛慧、棉棉、周潔茹など七名の女性作家の作品それぞれに有名批評家による書評および作家自身の創作談が付せられて掲載されたが、その際各作家の写真二、三枚が雑誌の扉にずらりと並べられ、読者に視覚的興味を引き起こして話題となった。それ以来、文芸誌『小説界』がそれまで維持してきた「七〇後」作家群の男女のバランスは一気に崩れ、美女作家が群をなして登場したのである。彼女たちは自分の容貌をマスメディアで強調すると同時に、自身の奔放な性体験やドラッグ体験など、普通はタブーとされるような話題を、憚ることなくさらけ出しながら小説化し、その方法は「身体で書く（原文：身体写作）」とも呼ばれている。

（27）「李修文訪談「我的創作平行于生活」」陽燕『我読李修文』、二〇三頁。

『色彩を持たない多崎つくると、彼の巡礼の年』論
――巡礼の意味をめぐって

謝　恵　貞

はじめに

村上春樹は、二〇一三年五月六日、京都大学での公開インタビューにおいて、なぜ『色彩を持たない多崎つくると、彼の巡礼の年』（以下『巡礼の年』と略す）で五人グループを描いたのかという質問を受け、「生身の人間に対する興味がすごく出て」きたと答えた。[1] 東日本大震災後に出版されたこの小説のキーワードは「巡礼」である。巡礼という言葉はもともと聖地を訪ね巡り礼拝することを意味するが、『巡礼の年』では、主人公多崎つくるが自発的に旧友を訪ね、絶交された真相を追求することになる。それは、小説の中で引用されたリストの曲『巡礼の年』（Années de pèlerinage）とも呼応している。

拙論の目的は、多崎つくるの性格の特徴がいかに彼自身に巡礼の必要性をもたらしたかを分析し、村上春樹の定義した「物語」に当たる箇所を指摘し、小説において「物語」がどのように相反する二面的な機能を発揮したかを検証することにある。さらに、音楽と自然が巡礼を起動させるメカニズムとしていかに働いたかに着目したい。音

楽と自然が、どのように社会化の重圧におかれた人々の潜在意識を解き放ち、内なる超越を通して本来の自己に立ち戻らせたのかを研究する。

一・中空構造と解離

東日本大震災後に出版された『巡礼の年』で主人公の多崎つくるは、自らのトラウマを点検する際、「巨大な地震か、すさまじい洪水に襲われた遠い地域の、悲惨な有様を伝えたテレビのニュース画像から目を離せなくなってしまった人々のように」（四五頁）と心理状態を表し[2]、被災者に心境を重ねながら複眼的に自らの気持ちを表現している。多崎の自己評価は非常に低下しており、「人に誇れるような、あるいはこれと示せるような特質はとくに具わっていない。〔中略〕すべてにおいて中庸なのだ。あるいは色彩が希薄なのだ」（一三頁）と自らを貶め、「空っぽの容器」（三二三頁）という言葉をキーワードになるほど繰り返して、自己暗示している。

村上は、上記の公開インタビューで、自分の小説を最も理解してくれたのは河合隼雄だと告白した[3]。ユング派の心理学者である河合隼雄はかつて『中空構造日本の深層』という名著を世に送り出し、日本人の心象における中空構造を解説している。

彼はユングの主張を引用し、西洋人は、意識を無意識と明白に区別できる存在として捉え、意識の中核にすでに確立された自我を持っていると考え[4]、それに対して、日本人の意識を以下のように分析している。

日本人はむしろ、心の全体としての自己の存在に西洋人よりはよく気づいており、その意識は無意識内の一点、自己への収斂される形態を持っているのではなかろうか。つまり、意識と無意識の境界も不鮮明なままで、漠然とした全体性を志向しているのである。(5)〔傍線は筆者による。以下同様〕

こうした観点から多崎つくるの性格を分析すると、多崎つくるは確かに河合の言う日本人の特徴と合致している。彼は自分を団体に溶け込ませ、目立たせない。

多崎つくるは、高校生のときに自分の所属した五人組のメンバーが全体のバランスを維持するため、「だからあなたたちは、性的関心をどこかに押し込めなくてはならなかった。五人の調和を乱れなく保つために。その完璧なサークルを崩さないために」（二一八頁）努めていたと回想している。それにより、誰ひとりを中心としない、それぞれが独立したグループを形成していたのだ。河合が以下で指摘しているように。

> 日本の中空均衡型モデルでは、相対立するものや矛盾するものを敢えて排除せず、共存し得る可能性をもつのである。つまり、矛盾し対立するもののいずれかが、中心部を占めるときは、確かにその片方は場所を失い抹殺されることになろう。しかし、あくまで中心に空を保つとき、両者は適当な位置においてバランスを得て共存することになるのである。(6)

このため、多崎はシロとクロとの性夢に苦しめられ、抑えられた重苦しい個人の欲望にもがいていた。この欲望こそが、心身衰弱のシロに「乱暴された」と証言させ、多崎がグループに絶交された潜在的原因に繋がるのである。彼は次のように告白している。

おれは自分でも気づかないまま、どこか別の場所で、別の時間性の中で、本当にシロをレイプし、彼女の心を深く切り裂いてしまったのかもしれない。〔中略〕そしてそんな暗い裏側はやがていつか表側を凌駕し、すっぽりと呑み込んでしまうのかもしれない。（二二八頁）

多崎つくるの苦難はこれだけではない。このような中空構造というイデオロギーは、もう一つの「空」を招いていた。絶交の痛みに対する多崎つくるの長期間の忍耐は、ガールフレンドを相手にしていても心理的な疎外感を産出していた。ガールフレンドは不平をこぼす、「あなたに抱かれているとき、あなたはどこかよそにいるみたいに私には感じられた」（二〇五頁）、「あなたはいつも意識的にせよ無意識的にせよ、相手とのあいだに適当な距離を置くようにしていた」（二〇九頁）。このような心理状態については、精神科医の齋藤環による『ねじまき鳥クロニクル』の研究を参照して考えたい。

「解離 dissociation」とは、防衛機制の一つである。トラウマやストレスなどから心を保護するためのメカニズムとして、「解離」はいまや「抑圧」以上に重要なポジションにおかれる。それは簡単に言えば、人間の心における時間的・空間的な連続性が失われることだ。抑圧がストレスを無意識の方に垂直に押し込む身振りなら、解離はストレスを感じている心の部分を、そっくり切り取ってわきに押しやる身振りということにあるだろう。(7)

多崎は悲しみに直面せざるをえず、自殺の崖っぷちを彷徨う極度な抑圧から、苦しみを忘却しようと解離状態に陥る。彼の言うように、「あの当時我々はいったい何を話していたのだろう？　つくるはしばらくそれについて考えてみた。でもその内容はまるで思い出せなかった」（二三二頁）。中「空」と解離が誘発した「空っぽ」はすべて、巡礼が行わなければならない理由となるのだ。

二．ウワサと癒し――「物語」の二面性

では、多崎つくるに巡礼を決行させた「ウワサ」について考えたい。この根拠のない作り物の「物語」は、なぜこれほどの衝撃力を発揮しえたのか。社会心理学の角度から見れば、ウワサとは、団体において問題解決のために、一つの説明になる解釈を構築する心理的需要を満足させるものである[8]。これはグループ内の極端な不安感を解消するために生まれた防衛機制である。

男女五人は、お互いに異性による吸引力を退け、いわゆる「乱れなく調和する共同体」（二〇頁）を構成した。しかし、水面下では、実際は緊迫していた関係は精神衰弱のシロの、つくるに乱暴されたという不実な証言（告発）を誘発した。なぜこのウワサは検証される前から真実だと信じられたのか。その理由は、不安感が誘発した防衛機制が五人の間に共鳴していたためであろう。

多崎つくるは事件を回想し、新たな理解を得る。シロの心は「その闇はどこかで、地下のずっと深いところで、つくる自身の闇と通じあっていたのかもしれない」（三一八頁）。多崎つくるは友情という拠り所に完全に心身を寄せていたため、友人たちが創り上げた色をめぐるあだ名やウワサなどの「物語」の中にその身を落としこんでしまった。ましてや、この二つの「物語」のいずれにおいても、多崎つくるは排除される役に回されているのだ。

物語の定義について、河合隼雄は「物語／物語る」を、二つの言葉で解釈した。一つが realization（「理解する、何

かがわかる」と「何かを実現する」という二つの意味を持つ）、もう一つはstory（物語ることと物語の両方を意味する）である[9]。これは村上本人の考えに通じるところがある。村上は、「物語を作るというのは、自分の部屋を作る[10]」かのように、読者に「物語」の面白みを楽しませ、「聞き手の精神を、たとえ一時的にせよ、どこか別の場所に転移させなくてはならないからだ。おおげさに言うなら、『こちらの世界』と『あちらの世界』を隔てる壁を、聞き手に越えさせなくてはならない。それが物語に課せられた大きな役目のひとつだ[11]」。

日本の人類社会学者の山折哲雄は、「旅と巡礼の原点を求めて」において以下のように鋭く指摘している。

旅とか巡礼は、ぼくのターミノロジーでいうと、内在性と超越性とがダイレクトに関係している水準なんです。内在性と超越性というのは、一般的に言えばいちばん宗教的体験です。〔中略〕身体が漂泊するということは、いわば極限的に内在的な体験だとおもうんですね。〔中略〕それは、なぜかあるメカニズムを媒介にして、超越性の水準にダイレクトにつながっていく。単純な旅から巡礼への転換が、ちょうど内在性と超越性の水準に、ある程度対応しているのではないでしょうか[12]。

この考え方によれば『巡礼の年』における「巡礼」とは、あるメカニズムを通して、「物語」の間を移動する一種の心理の超越的な儀礼と言えるだろう。

さらに村上は、個人の超越以外に、他者との繋がりとして「物語」が機能すると考えている。「物語というのは人の一番深い場所になりますから、それを共有することは、一人ひとりを深いところで結びつけることができる[13]」。そして、「人はそれぞれの物語を持っている。〔中略〕ただし、〔中略〕それを本当の物語とするには相対化が必要であり、小説家の仕事はそのモデルを提供することだと思います。読者に共感してもらえるということは感応してもらえることであり、それが広がることでネットワークが生まれる。〔中略〕それが物語の力だと思います」[14]というのだ。

物語を通して、人々は互いに繋がる。闇の物語もあれば、色の名のあだ名も、人を傷付けるウワサもある。しかし水は船を浮かばせ、転覆させることもできる。「物語」も癒しの効果をもたらしてくれるし、他人の「物語」とリンクすることによって救いを得ることができる[15]。換言すれば、こうした癒し系の「物語」たちは、まさに「トラウマ（心的外傷）」によって繋がっているのである。

人の心と人の心は調和だけで結びついているのではない。それはむしろ傷と傷によって深く結びついているのだ。痛みと痛みによって、脆さと脆さによって繋がっているのだ。悲痛な叫びを含まない静けさはなく、血を地面に流さない赦しはなく、痛切な喪失を通り抜けない受容はない。それが真の調和の根底にあるものなのだ。（三〇七頁）

このような結びつきを通して、われわれは村上が言うように、「僕は小説を書くのはビデオのロールプレイング・ゲームに似ていると思うのです。〔中略〕自分でプログラムを作りながら、なおかつ同時に自分がそのプレイヤーでもある。そして自分がゲームをプレイしているときには、自分がゲームをプログラムした記憶は完全に失われている。〔中略〕それが僕にとっての究極のゲームであり、自己治癒だという気がします」[16]。ある意味で、河合隼雄などの心理学者が使う箱庭治療に通じることがあり、自分で創造した物語を、自らによって異なる解釈を与えることによって、自分を癒すのである。

三、巡礼と回帰

かねてから村上文学は音楽と密接な関係にあり、「音楽を演奏するような要領で、僕は文章を作って[17]」いったというぐらいだ。しかし直接曲名をタイトルに引用したのは、この小説が最初である。村上春樹がフランツ・リスト（Franz Liszt）『巡礼の年』を引用したからには、リスト本人の音楽の本質性に対する評論は、小説『巡礼の年』の理解に参考になると考えられる。一八六五年五月二〇日付けのリストの書簡によると、

> 音楽は本質的に宗教であり、〔中略〕言葉と音楽は結びついているのですから、音楽が神への賛美を歌い、有限と無限というふたつの世界の交わりに仕える以上に、音楽にふさわしい役割があるでしょうか。そうした特権は音楽のものです。なぜならば、音楽は双方の性質をあわせもっているからです[18]。

上記のリストの音楽の定義は、村上の「物語」機能に対する期待と共鳴していると言える。台湾の音楽評論家の焦元溥は『巡礼の年』の楽譜の上でリストに引用されたバイロンの詩集『チャイルド・ハロルドの巡礼』、およびセナンクールの小説『オーベルマン』によって、音楽と文学の間テクスト性を分析した結果、村上の小説『巡礼の年』はリストの同名の曲のテーマに呼応していると指摘した。それはつまり「自分を放浪し、そして自分探しをすること」と「自然と人工、社会化と初心[19]」。別の音楽評論家の連士尭は、村上が『巡礼の年』の「第一年スイス」と「第二年イタリア」のみ強調したことに注目し、これらはリストの二八歳から四〇歳までの作品で、多崎つくるはまだ成熟せずに、今なお自分探しの段階にいると音楽的背景からの解釈をした[20]。言い換えれば、多崎つくるが旧

友を訪ねる一連の「巡礼」はすなわち自分探しの旅でもあるのだ。

他方、焦元溥の考えでは、人間は社会化のプロセスにおいて、ついつい自然を感じ取る能力を失ってしまいがちである。五人グループの中で、一番感受性の強いシロは真っ先に、社会化という悪霊につきまとわれ、ついに死まで追い込まれてしまった。ただ唯一「郷愁（Le mal du pays）」という曲を覚えたクロが、芸術とフィンランドの大自然の中で初心を呼び戻すことができた[21]。

焦元溥の分析を受けて言えるのは、小説の中で村上は自然と音楽芸術を手段として、改めて多崎つくるの心の「地下室（潜在意識）」にアクセスしようとしていることである。そして、その心の「地下室（潜在意識）」の扉を開こうとする行為こそ、「巡礼」と称せるのであろう。

> 長いあいだ閉じていたドアが開かれ、これまで目を背けていた多くの事実が、一度に中に吹き寄せられてきたのだ。（中略）つくるはため息をついた。「僕は開けるべきじゃない蓋を開けてしまったんじゃないのかな」「あるいは一時的にはそういうことになるかもしれない」と彼女は言った。「いっときの揺れ戻しはあるかもしれない。でもあなたは少なくとも解決に向かって、前に一歩を踏み出している。それが何より大事なことよ。そのまま進んでいけば、きっと空白を埋める正しいピースを見つけることができると思う」（二一六〜二一七頁）

言い換えれば、小説における巡礼は、河合隼雄が述べたように、現代文明が進展しても依然として山奥には河童などの妖怪が存在すると信じ、「これによって自然と断絶した存在とはなら[22]」ないことで、言わば、大自然という全体性への人間の回帰とも見なせる。

表向きには、多崎つくるが抑圧ひいては解離した記憶が、巡礼を通して浮かびあがってくる。まさに、灰田が解説したように、『巡礼の年 第一年スイス』八曲目の「郷愁」が、フランス語での意味「田園の景色が人の心に呼び起こす、理由のない哀しみ」（六二頁）を呼び起こすかのように。自然風景、または音楽の営みが創造する自然を思わせる雰囲気は、十分に人類の潜在意識の感動と述懐を呼び覚まし、呼び出すことができる。

村上に言わせれば、「人間存在にとっての潜在的な共有イメージのようなものが、そこには確実に存在する[23]」のである。村上は、フレイザー（James Frazer）の『金枝篇』を読んだ後に、神話や伝説などの原型を意識し、大量のシンボルとメタファーを物語に織り込み、現実のものにするのが楽しみだと述懐している[24]。『巡礼の年 第一年スイス』第六曲の「オーベルマンの谷」の序では、バイロン（George Gordon Byron）『チャイルド・ハロルドの巡礼』とセナンクール（Etienne Pivert de Senancour）『オーベルマン』が引用され、まさに小説の巡礼というテーマと呼応している。

尤も深くわが中に潜めるものを今洩し、
形にあらはし得べくんば――
思を言語に洩し得て、魂と心と情と思と
（強かれ或は弱くもあれ）、わが求むべかりしもの、
今はたわれの求むる處、忍びて知りて感ずる處、
こを一語に託し得ば、
而して其語電光ならばわれは曰はむ、
さもあれ事はかくあれば、われ曰はずして生き且死なん、
尤も聲なき思抱き、劍を鞘にさす如く。（『チャイルド・ハロルドの巡礼[25]』）

自分は何を欲するのか？　自分は何者か？　自然には何を求むべきか？（『オーベルマン』[26]）

リストはまた、「郷愁」の冒頭に、上記のセナンクールの『オーベルマン』を引用し、「自然界はロマンティックな情趣に満ちてゐるが、古い土地は長く人手にかかつてゐるためにそれが破壊される。〔中略〕併しこのロマンティックな諧調は、我々の心に青春の色彩と生命の新鮮さを保存して呉れる唯一のものなのだ。社交場裡の人は、日常の習慣から餘りかけ離れたこれらの情趣をもう感じなくなり、仕舞ひには『そんなものが己に何になる』といふ。かういふ人間は何か緩慢な常習の毒物の燃焼で心のうるほひを失つた[27]」と楽曲の楽想を示唆した。

もしも「巡礼は一つの形式として、枠組みから解放する手段[28]」だとしたら、多崎つくるにとっての枠組みとは、社会化と集団化のために、受け入れざるをえない上記の二つの「物語」そのものだと言えよう。ところが、彼の解離の症状は、彼に自分の存在の意味を自らに問いかけさせるのだ。多崎つくるは「ロマンティックな諧調」を回復しようとし、巡礼を通して自らを解放しようとしている。

しかし、巡礼の過程において、彼は「物語」と「空」の二面性に気づく。多崎つくるはウワサにおいて、被害者であると同時におそらく加害者でもある。彼は、当時シロを性夢の相手にしたことを思い出し、罪の意識を覚える[29]。まさに山折哲雄のいう通りに、「現代の心の病のほとんどが、そういう救われがたい罪の意識からおこってくる。巡礼はそれを救う方法の一つとして、つくり出されてきたものでもある[30]」。ここで言えるのは、「空っぽの容器」（三二三頁）でも「カラフルな多崎つくる」（三二八頁）として、いろんな色を載せ[31]、駅を作り、永遠に人々の心に残ることができる、ということだ。

フィンランドの土地で、「クロ」黒埜恵理もまた彼にこう言った。「君は色彩を欠いてなんかいない。そんなのはただの名前に過ぎないんだよ。〔中略〕君はどこまでも立派な、カラフルな多崎つくる君だよ」（三二八頁）。そして、

「たとえ君が空っぽの容器だったとしても」（三二三頁）、「君はとても素敵な、心を惹かれる容器だよ」（三二三頁）と多崎つくるを褒め称えた。フリードリヒ・ニーチェ（Friedrich Wilhelm Nietzsche）はかつて『永劫回帰』（die ewigeWiederkhr）という思想を提出した。苦難は絶えず「無」から出発し、「無」に立ち返る。それは、回避できない「回帰」でもある。しかしその後ニーチェは「超人思想」をもって、生命が苦難に満ちていても「芸術の魂は、恐れる物事を征服することができ、波乱な生命を開拓していくことができる[32]」と力説している。

むすびに

村上春樹が描いた巡礼のプロセスからは、多崎つくるに河合隼雄の定義した西洋式の個人主義を実践させようとする意図が伺える。自らの意識と無意識を区別させ、意識の中心にはっきりと自己を確立させ、自分を肯定し、バランスを取り戻させる描き方としても読み取れる。東日本大震災や夥しい災難に見舞われた後に、村上が人類に与えたい啓発としては、なによりも怖いのは、「その恐怖に背中を向け、目を閉じてしまうことです。そうすることによって、私たちは自分の中にあるいちばん重要なものを、何かに譲り渡してしまうこと」（『レキシントンの幽霊』、文春文庫、一九九四年、一七七頁）であろう。したがって、時空間を遡って行われた巡礼という行為は、過去を再解釈することも、必要不可欠な作業となる。そもそも多崎つくるの巡礼行動は、友人の虚構の「物語」によって傷付けられたことに誘発されたのだ。ところが、彼は「巡礼」という行動を通して「物語」の脱構築を試みた。

彼の巡礼において最も大きな突破口となったのは、多崎つくるは自分の人生のために「色」と関わらない新たな語り方を、また「加害と被害」、「空」などの意味の二面性を「つくった」のである。彼が「物語」の二面性を意識しはじめたときより、ウワサと癒しはいずれも、十分「物語」の機能となりえた。解離症状は彼を無色で「空っぽ」の容器にした一方で、巡礼によって得た心機一転の心境も、また彼に「カラフル」な人生の可能性をもたらしたのである。

【参考文献】（五十音順）

河合隼雄『中空構造日本の深層』中公文庫、一九九九年。

蔡雨杉（謝惠貞）「搶先迎接！村上春樹新作『不帯色彩的多崎作、与他的巡礼之年』」『聯合文学』二〇一三年六月号。

斎藤環「解離の技法と歴史的外傷――『ねじまき鳥クロニクル』をめぐって」『ユリイカ臨時増刊号 総特集 村上春樹を読む』二〇〇〇年三月。

杉岡津岐子「物語と神話」『文藝別冊 総特集 河合隼雄 こころの処方箋を求めて』河出書房新社、二〇〇一年四月。

福田弥『リスト』（作曲家・人と作品シリーズ）音楽之友社、二〇〇五年。

水野博介「「ウワサ」に関する理論的再考――くちコミとメディアにおける未確認情報の流布に関する考察」『日本アジア研究 埼玉大学大学院文化科学研究科博士後期課程紀要』創刊号、二〇〇四年三月。

村上春樹、河合隼雄『村上春樹、河合隼雄に会いにいく』新潮文庫、二〇〇六年。

村上春樹、松家仁之「村上春樹ロングインタビュー」『考える人』二〇一〇年夏号、新潮社、二〇一〇年七月。

村上春樹『夢を見るために毎朝僕は目覚めるのです――村上春樹インタビュー集　１９９７―２００９』文藝春秋、二〇一〇年。

村上春樹『村上春樹雑文集』新潮社、二〇一一年。

村上春樹『職業としての小説家』スイッチパブリッシング、二〇一五年。

山折哲雄『巡礼の構図――動く人びとのネットワーク』ＮＴＴ出版、一九九一年。

焦元溥「巡礼中的巡礼、互文中的互文――談『没有色彩的多崎作和他的巡礼之年』中的李斯特楽曲引用」『村上春樹一三部長篇小説巡礼専刊』台北・時報文化出版、二〇一三年。

陳鼓應『悲劇哲学家尼采』台北・台湾商務印書館、二〇一四年。

【注】

（1）時事ドットコムニュース、http://www.jiji.com/jc/v4?id=201305murakamiharuki_int0002（二〇一七年一月一一日アクセス）。

（2）小論での引用はすべて、単行本『色彩を持たない多崎つくると、彼の巡礼の年』（文藝春秋、二〇一三年）による。

（3）前掲注（1）。

（4）河合隼雄『中空構造日本の深層』中公文庫、一九九九年、九六～九七頁。

（5）同上、九七頁。

（6）同上、六一頁。

（7）斎藤環「解離の技法と歴史的外傷――『ねじまき鳥クロニクル』をめぐって」『ユリイカ臨時増刊号総特集　村上春樹を読む』、二〇〇〇年三月、六三頁。

（8）水野博介は「「うわさ」に関する理論的再考――くちコミとメディアにおける未確認情報の流布に関する考察」（『日本アジア研究　埼玉大学大学院文化科学研究科博士後期課程紀要』創刊号、二〇〇四年三月、一一九～一三〇頁）で、「うわさの核となる断片的な事実あるいは情報」が「共通の利害関心や心理の存在」を持つ集団にショックを与え、「想像力あるいは物語のパターン」が想像や推測によって生成され、さらに「信頼できる、あるいは権威ある出所への言及」と「状況証拠や付加的情報」によって強調される、とウワサ生成のメカニズムを分析した。

（9）杉岡津岐子「物語と神話」『文藝別冊総特集　河合隼雄　こころの処方箋を求めて』二〇〇一年四月、一〇六頁。

（10）村上春樹「遠くまで旅する部屋」『村上春樹雑文集』新潮社、二〇一一年、三八七頁。

（11）村上春樹「物語の善きサイクル」同上、三七六頁。

（12）山折哲雄「第一章　旅と巡礼の原点を求めて」『巡礼の構図――動く人びとのネットワーク』NTT出版、一九九一年、四九頁。

（13）http://www.nikkei.com/article/DGXNASFK06025_W3A500C1000000/（二〇一七年一月一〇日アクセス）。

（14）http://www.nikkei.com/article/DGXNASFK0602C_W3A500C1000000/（二〇一七年一月一〇日アクセス）。

（15）村上春樹「温かみを醸し出す小説を」前掲注（10）『村上春樹雑文集』、三九七頁。

（16）村上春樹、河合隼雄『村上春樹、河合隼雄に会いにいく』新潮文庫、二〇〇六年、八〇～八一頁。

(17) 村上春樹『職業としての小説家』スイッチパブリッシング、二〇一五年、一一三頁。
(18) 福田弥『リスト』(作曲家・人と作品シリーズ) 音楽之友社、二〇一五年、一三一頁。
(19) 原文は「自我放逐與追尋」「自然與人為、社會化與本心」となる。焦元溥「巡礼中的巡礼、互文中的互文――談『没有色彩的多崎作和他的巡礼之年』中的李斯特樂曲引用」(『村上春樹一三部長篇小説巡礼専刊』台北・時報文化出版、二〇一三年、一三～一九頁) による。
(20) 連士尭「音楽・村上学『無色的多崎作与他的巡礼之年』完全古典剖析」『MUZIK 古典楽刊』第七六期、二〇一三年六月、一二三頁。
(21) 焦元溥「巡礼中的巡礼、互文中的互文――談『没有色彩的多崎作和他的巡礼之年』中的李斯特楽曲引用」『村上春樹一三部長篇小説巡礼専刊』台北・時報文化出版、二〇一三年、一八頁。
(22) 前掲注(4)『中空構造日本の深層』、一一二～一一三頁。
(23) 村上春樹「ポスト・コミュニズムからの質問」前掲注(10)『村上春樹雑文集』、三六三頁。
(24) 村上春樹・松家仁之「村上春樹ロングインタビュー」『考える人』二〇一〇年夏号、二〇一〇年七月、四五頁。
(25) https://drive.google.com/open?id=0B9x7vVyFLFaybVVpUEI0V3ZMamM を参照 (二〇一七年一月一〇日アクセス)。楽譜の調査に当たり、台湾の作曲家の巨彦博氏にご教示頂いた。ここに記して感謝申し上げたい。日本語訳は、土井晩翠『チャイルド・ハロルドの巡禮』(英米名著叢書) 新月社、一九四九年。
(26) 同上ウェブ・アドレスを参照 (二〇一七年一月一〇日アクセス)。日本語訳は、セナンクール/市原豊太訳『オーベルマン 下』岩波文庫、一九五九年、一〇九頁。
(27) 同上ウェブ・アドレスを参照 (二〇一七年一月一〇日アクセス)。日本語訳は、セナンクール/市原豊太訳『オーベルマン 上』岩波文庫、一九四〇年、二二五頁。
(28) 山折哲雄「第二章 情報装置としての聖地」『巡礼の構図――動く人びとのネットワーク』NTT出版、一九九一年、七九～八〇頁。
(29) 村上春樹は『夢を見るために毎朝僕は目覚めるのです――村上春樹インタビュー集 1997―2009』(文藝春秋、二〇一〇年) というインタビュー集で、「夢の中から責任は始まる」をタイトルとした取材を受けたことがある。

（30）山折哲雄「第三章　中世ネットワークと巡礼」前掲注（28）『巡礼の構図』、二一二頁。

（31）この点について、筆者は蔡雨杉というペンネームで「搶先迎接！村上春樹新作『不帯色彩的多崎作、与他的巡礼之年』」（『聯合文学』二〇一三年六月号）という書評で、詳しく論じている。

（32）陳鼓応『悲劇哲学家尼采』（台北・台湾商務印書館、二〇一四年、九五頁）による。原文は「以藝術心靈征服可懼事物、拓展狂瀾的生命」。

中国語訳・韓国語訳からみる村上春樹文学の受容
――「ドライブ・マイ・カー」を中心に

権　慧

はじめに

「ドライブ・マイ・カー」は村上春樹短編小説集『女のいない男たち』シリーズの第一作として『文藝春秋』二〇一三年一二月号に掲載され、翌年の二〇一四年に、短編小説集『女のいない男たち』（以下『女』と略す）に収録された。物語は五〇代後半の舞台俳優の家福、二四歳の女性専属運転手渡利みさき、亡くなった妻の不倫相手高槻を中心に展開されていく。妻がなぜ浮気をしたのかという疑問を抱いて、家福は高槻に近づくものの、最後までその謎は解かれないのだが、渡利みさきとの対話を通じて「救済」されていく。「ドライブ・マイ・カー」はもともと一九六五年に発売されたビートルズのアルバム「Rubber Soul」に収録された曲で、村上春樹がビートルズの曲名を小説の題名とするのは『ノルウェイの森』以来二度目であろう。

本稿は、中国、台湾、韓国でどのように「ドライブ・マイ・カー」（以下「ドライブ」と略す）が翻訳され、受容されているかについて、三地の状況を比較しつつ、考察するものである。

一．中国、台湾、韓国での『女のいない男たち』出版事情

『女』が中国、台湾、韓国で出版される際の共通点として、原作の「まえがき」が翻訳されておらず、六点の短編小説に加えて、村上春樹編訳の『恋しくて』（二〇一三）に収録された村上作品「恋するザムザ」の翻訳を収録している点が挙げられる。

『女』の中国語訳は中国大陸の简体字版と台湾の繁体字版と二種類がある。繁体字版がまず二〇一四年一〇月頼明珠訳で台湾の時報文化出版より出版された。頼は「同作から男性の愛や女性、人生への態度と思いを窺うことができる。〔中略〕村上ファンであれば、きっとサプライズの連続であり、同作から以前の作品の影と手がかりを掘り出すことができるだろう。〔中略〕村上の文体はより成熟しており、その想像力はより驚異的となっている[1]〔後略〕」と言い、時報文化出版側は「村上の独特の文体と哲学思想は台湾の一つの世代全体の文学青年に影響を与え、新作出版のたびに、必ず新たな文学旋風を引き起こしている[2]」と評した。また出版にあたって、時報文化出版は「村上春樹最新短篇小説『女』――愛について、私が話したいのは…」を主題に作家や歌手、喫茶店経営者などにインタビューを行い、彼らの同作に関する紹介や感想、自身の経験から恋愛への見解を紹介した[3]。台湾の大手書店の誠品書店では期間限定で村上の作品をインターネットで購入すると村上サイン入りの『女』繁体字訳版を抽選でもらえるイベントを企画し、さらに、短編小説「シェエラザード」のヒロインが好きな男の子の部屋にこっそり入って鉛筆を盗んだことを意識したのか、同作を購入する読者に鉛筆セットをプレゼントした。

中国の『女』の出版事情については藤井省三による紹介がある。藤井は中国の二大出版社である上海訳文出版社と新経典文化による村上春樹文学をめぐる版権争奪戦[4]を紹介したあと、『女』はかつて村上作品を三〇点以上刊行

してきた上海訳文出版社が版権を取得し、ヘミングウェイ短編集『Men Without Woman』も同時に刊行していると述べた[5]。翻訳者はベテランの村上作品翻訳家の林少華の他に五人おり、このような共訳体制からはそれぞれの翻訳家としての個性によって担当作品を分け、多面性を持つ村上作品を読者に提供しようという出版社の試みがみえる。「ドライブ」は林により翻訳された。前述のように中国語繁体字版翻訳者の頼は同作について「村上の文体はより成熟した」と記しているが、林は「物語は違うが、村上の文体や言語上には大きな変化がない気がする。違和感という感じもなく、翻訳するときはわりに順調であった[6]」と述べた。このように同じ中国語訳ではあるが、翻訳者により「ドライブ」の解釈は異なっているのである。上海訳文社側は出版にあたって、表紙選定から宣伝・発売イベントなど多くの活動を行い、村上ファンの注目を引いた。さらに、若手シンガー・ソングライター塗議嘉（一九九七～）は二〇一五年四月にアルバム『十七』を発表し、その中に「春上村樹」を曲名とする歌が収録されている。塗は『女』の翻訳者たちと朗読会に参加して同曲を披露しており、この演奏もイベントの一環となった。同社によれば、発売からわずか二週間で初版の一〇万部が完売したという[7]。

韓国では「ドライブ」の『文藝春秋』一二月号掲載直後に、大手出版社の民音社が同作の版権を取得し、季刊誌『世界の文学』冬号[8]に梁億寛による韓国語訳を掲載した。このように村上春樹の短編小説をめぐって版権を取得した上で、原作発表の翌月に訳文を雑誌掲載することは管見の限り、中国、台湾、韓国において、韓国語訳の「ドライブ」一点の他に例がない。同誌は創刊第一五〇号特別記念版として村上春樹の二〇一三年新作短編小説「ドライブ」を掲載し、同誌編集者は同年に刊行された『色彩を持たない多崎つくると、彼の巡礼の年』（以下『色彩』と略す）により引き起こされた「春樹熱風」を紹介して、「ドライブ」は村上の「文学的帰還」を再確認し、喪失と傷、別離と帰還という春樹文学の固有の構造をいっそう深めたと論じ、さらに二〇一三年を「ファンにとってのハルキ年」と指摘した[9]。『世界の文学』は一九七六年三月に創刊され、韓国では三大文芸誌として位置付けられている。

同誌は韓国の文学賞受賞作や海外の作品、韓国人作家の長編小説を連載形式で掲載しており、一九八〇年代から九〇年代まで韓国の文学発展に貢献したとされるが、「現在では限定された読者しか読まなくなっており、最近の文学権力論争、さらにベストセラー目録に韓国文学が見えにくい状況を考えると、文芸出版社が変わらなければならないと思う」と版元の民音社代表の朴槿燮は述べ、創刊四〇年を迎えた二〇一五年冬号をもって廃刊となった[10]。

その後、日本で短編集『女』が出版されると、熾烈な版権争奪戦を経て、文学トンネ出版社が同作の版権を取得し、梁潤玉訳の韓国語版が日本発売の四ヶ月後に刊行された。同書は『女』の世界最初の訳本であり、出版からわずか一ヶ月で五回も増刷された。韓国出版委員会の調査によると、同訳本は五週連続教保文庫やYes24書店の売り上げ総合ランキング第一位を占めた。さらに興味深いことに、『女』が韓国で発売される前に、歌手兼作曲家である尹鐘信[11]が同作の先行版を入手し、「女のいない男たち」を曲名とする歌を作り、同曲に「暁の電話」という副題をつけた。尹は「小説を先に読んで、その感想を歌として作ってみた。小説とのコラボレーションを楽しみにしてください」と述べており、過去の自分の実際の体験をもとに作った歌でもあるという[12]。暁に別れた彼女から男性主人公に電話がかかってきたが、男性主人公は別れる理由でも告げられるのだろうと思い、すぐには電話に出られず、戸惑ったのち、ようやく電話に出たという切ない話を描いた歌詞である。同曲のミュージックビデオでは暗い部屋で鳴り続けている携帯電話の横に、読みかけている韓国語版『女』が置かれている。尹だけでなく、韓国の国民俳優である鄭宇盛[13]も出演しており、同曲は韓国語版『女』の発売日に公開され、韓国では大きな話題となった。筆者は拙論「中韓両国における村上春樹文学翻訳版本の比較研究[14]」において、『色彩』が韓国で出版される際に行われた多数のイベントの助けもあって同書がベストセラーになった経緯について簡単に触れた。このように、韓国では文芸書出版と文化活動が同時に行われ、村上文学が出版されるたびに大きなブームを引き起こしているのである。それはともかく、短編「ドライブ」の版権を民音社が取得したのち、短編集の版権を文学トンネが取得したため、「ドライブ」には現在韓国では二種類の版本が存在する。

二、「ドライブ・マイ・カー」翻訳の特徴について

前章で述べたように、「ドライブ」には中国語訳が二種類、韓国語訳も二種類あり、本章では登場人物の「渡利みさき」と「高槻」に関する部分を五箇所取り上げ、各翻訳版の特徴について考察したい。各版の詳細は下記の通りである。

原作
村上春樹「ドライブ・マイ・カー」『文藝春秋』二〇一三年一二月号
村上春樹『女のいない男たち』文藝春秋　二〇一四年四月二〇日　第一版第一刷[15]

中国語簡体字版
林少华等合译《没有女人的男人们》上海译文出版社　二〇一五年二月　第一版第一刷（以下「林中訳」と略す）

中国語繁体字版
賴明珠譯《沒有女人的男人們》時報文化出版　二〇一四年一〇月二四日　初版第一刷（以下「賴中訳」と略す）

韓国語版

梁億寛韓訳

양억관역「드라이브 마이 카」『세계의 문학』민음사 2013년12월（以下「寛韓訳」と略す）

梁潤玉韓訳

양윤옥역『여자 없는 남자들』문학동네 2014년 10월1일 1판5쇄（以下「玉韓訳」と略す）

（一）表紙とタイトルについて

『女』原作の表紙全体は白を基調にし、信濃八太郎の絵を使い、表には同書収録作の小説「木野」を連想させるバーと猫が描かれており、裏には「ドライブ」に登場する黄色のコンバーティブル車の絵が描かれている。中国語訳の表紙はすでに藤井が指摘しているように、台湾・時報文化出版版（以下「時報版」と略す）は日本語原作の表紙を踏襲したものの、上海訳文出版社版（以下「訳文版」と略す）は独自のデザインを採用した。訳文版は同じ白を基調にし、猫や蛇、鳥、と人のシルエットが散乱しており、些か孤独な印象を与えている。文学トンネ版は原作とは対照的に、深夜に氷の月が半分海の上に浮かび、半分沈んでいる絵を表紙とし、「イエスタデイ」の登場人物栗谷えりかの夢を連想させる。時報版が「原作により近い」異化効果を重んじたとすると、訳文版と文学トンネ版は「独自性」を重視したと言えよう。

前述のように「ドライブ・マイ・カー」はビートルズの曲名でもあり、頼中訳は英語名そのまま「Drive My Car」と表記し、韓国語版の両訳本は「드라이브 마이 카（筆者訳：ドライブ・マイ・カー）」と音訳している。ちなみに同じくビートルズの曲名で書かれた同短編集収録の短編小説「イエスタデイ」も頼中訳と玉韓訳はそれぞれ「ドライブ」と同じく英語で表記し、題名を自国語に訳していない。これらの異化翻訳法とは対照的に、林は「ド

ライブ・マイ・カー」を「驾驶我的车（筆者訳：私の車を運転する）」と翻訳している。上海訳文版の「イエスタデイ」は笠家栄が担当し、題名を「昨天（筆者訳：昨日）」と翻訳し、林と同じく帰化翻訳法[16]を採用したことがわかる。

（二）「渡利みさき」について

「渡利みさき」は「ドライブ」に登場する主人公の一人で家福の専属運転手である。二四歳の女性で家福と亡くなった妻をつなぐ重要な役を担っており、心臓の病気で生まれてすぐに亡くなった家福の娘と同じ年齢である。『文芸春秋』版では彼女の出身地は北海道中頓別町であったが、単行本では架空の北海道上十二滝町に変更された。偏屈で無口でむやみに煙草を吸い、感情を表に出さないと描かれている。

　ここでまず筆者が注目した点は「渡利みさき」の名前の訳し方である。村上が作品の登場人物名について苦労していることについては藤井省三による論考がある。藤井によると、村上作品では登場人物の名前をカタカナで表記することにより一種の異化作用が期待されており、カタカナ名表記されることにより特別に選ばれた人物になっているという[17]。それと同様、ひらがな名も同じ寓意を持っていると思われる。アメリカ文学研究者の都甲幸治は「岬とは、島と陸地のあいだの存在であり、陸地の尖端として海に接する場所である。しかもその両方の世界を彼女（渡利みさき――筆者注）は「渡る」ことができるらしい[18]」と論じた。例文一（付録）を見ればわかるように、中国の林はこの点に気づいたのであろうか「みさき」を「岬」と漢字表記している。一方、登場人物名がカタカナの場合は英文字に変換することが多い台湾の頼は「みさき」を「美沙紀」と漢字表記し、「美沙紀是平假名的みさき」（筆者による日本語へ再訳、以下「再日訳」と略す：美沙紀は平仮名のみさき。傍線は筆者による、以下同様）と「美沙紀」に日本語の「みさき」を注記した。韓国では平仮名・片仮名をそのまま韓国語に変換できるため両訳とも「와타리 미사키（再日訳：わたりみさき）」と訳した。また、原作の「みさきは平仮名です」という自己紹介の一文を梁億寛は

「미사키는 한자가 없이 씁니다」（再日訳：みさきは漢字なしで使います）と、梁潤玉は「미사키는 한자가 아니라 히라가나로 써요」（再日訳：みさきは漢字ではなくて平仮名で使います）と解釈的に書き換えている。

「ドライブ」では家福が解明しようとする妻の浮気理由に対して、最後にみさきよりその答えが出されている。彼女がこのように家福と妻をつなぐ大役を持ちながら、妻の代弁者の役割を演じている点を考えると、つなぐという意味を持つ林中訳の「岬」がよいかもしれないが、「岬」は日本でも中国でも名前として使われる場合が少なく、特に女性の名前であるとは考えにくい。おそらくこれを考慮して頼は「美沙紀」という日本人女性によくありそうな漢字に当てたのだろう。

原作の冒頭で紹介されたようにみさきは運転の腕は優秀であるが、「無口で偏屈でかわいげのない」女性である。初登場場面で家福による面接を受ける際に履歴書などの資料を準備しておらず「もし必要なら履歴書を用意しますが（付録　例文一）」と問い返している点は彼女の「普通でない」点を強調するものであろう。しかし林はみさきの言葉を「如果需要，履历书倒是准备了」（再日訳：もし必要なら、履歴書は準備しました）と誤訳した。これにより原作が強調しているみさきの偏屈な性格が薄まったかもしれない。少なくとも、原作の「彼女は挑戦的に聞こえなくもない口調」が理解しにくくなる。

次に注目したいのは、原作には渡利みさきの話し方から表情の細かい変化、動作などに関する描写が多く登場する点である。例えばみさきが専属運転手の仕事を引き受けるときは「ごくあっさり」の表現（付録　例文二の①）を使い、これにより無表情かつ待遇に関してはどうでもよいという彼女の態度を村上は表現している。原作を読めばわかるように、彼女が専属運転手となったのは家福の黄色の車コンバーティブルが気に入ったからである。しかし林中訳と寛韓訳からは些か異なる印象を受ける。林は「渡利一口应允（再日訳：渡利はきっぱりと承諾した）」と書き換え、原作の「無関心」の態度が薄まってしまい、寛は「「그거면 충분합니다。」미사키는 단박에 그 조건들을 받

아 들였다。（再日訳・「それで十分です。」みさきはすぐにその条件を受け入れた。）」と原作にはない解釈的一文を付加した。

原作は、渡利みさきは口数が少なく、質問されない限り、口を開こうとしないと描写し、物語の前半では周囲に対して比較的無関心な人物像に作り上げている。しかし、専属運転手になって二ヶ月経ったところで、突然に家福に質問を投げかけて、家福を驚かせる。そこには本稿「付録 例文二の②」として引用した一節があり、しばらく沈黙が続いたのちに、みさきが慎重に家福に質問する様子が描かれている。その途中に「みさきは少しあとで言った」の一句を追加し、聞くかどうか迷っているみさきの心情をいっそう強調し、結局好奇心に勝てず家福に尋ねる場面を描いているのだ。四種の訳文を見ると、林中訳は「みさきは少しあとで言った」を「渡利开口了（再日訳：渡利は口を開いた）」と原作にある「間（ま）」を省略している。寛韓訳ではその一句を完全に省略している。これでは、みさきの「迷い」はなくなり、単刀直入に家福の生活について質問することになる。一方頼中訳と玉韓訳ではそれぞれ「美沙紀稍微頓一下後說（再日訳：みさきは少し間をおいたあとで言った）」と「미사키가 조금 뒤에 말했다.（再日訳：みさきは少しあとで言った）」と直訳し、原作のリズムを再現した。さらに「気になる」の訳し方に関してもそれぞれ違う。林は「放不下（再日訳：放っておけない）」、頼は「擔心（再日訳：心配）」と翻訳した。確かに「気になる」には「心配」の意味があるが、原作では「気にかかる」「好奇」という点により重心を置いている。林と頼の書き換えによりみさきの他人への無関心な性格は「関与」しようとする性格へ変化する点がいっそう強まるが、原作の伝えたイメージとは差がある。一方、寛と玉は同じく「궁금하다（再日訳・気になる）」と直訳した。

（三）「高槻」について

高槻は四〇代前半の俳優であり、背が高く、よい顔立ちをしていて、年配の女性に人気がある。結婚して一〇年になり、七歳の息子がいるが、家福に会った頃は妻と別居中で、近々離婚する予定であるという。家福の死んだ妻の最後の不倫相手であり、彼女から別れを告げられて深く傷つけられ、また家福の妻のお見舞いに行けなかったことについても心残りになっていた様子である。お酒を飲みすぎる傾向があって、家福からみれば彼は「自分から何かを取り去るためにお酒を飲まなくてはならない人」[19]である。家福が自分の不倫について気づいたことは知らぬまま、家福に対し心を少しずつ開いていく。家福は妻が死んだ半年後に高槻に会い、妻が高槻のどこに惹かれたか、なぜ高槻と寝たかを知るために彼に近づき、最初は仕返しをしようと思ったが、やがてあきらめる。二人はよく一緒にお酒を飲みながら、死んだ妻の話をした。そこで家福が妻に関する話をすると、高槻はいつも真剣な顔でそれに耳を傾けている。

筆者がまず注目したのは高槻が二度にわたって家福の気持ちに共感を覚えるという場面である。例文三の①を見ると家福が妻を失うことを想像するだけで胸が痛むということに対して、高槻が「僕にもその気持ちはよくわかります」と返事した。この「よく」の一語は自らの気持ちを強調するものと言えよう。林中訳と寛韓訳ではその「よく」が抜けており、それぞれ「那种心情我也明白（再日訳：その気持ち僕にもわかります）」、「나도 그 기분은 압니다（再日訳：僕もその気持ちはわかります）」と訳されている。この省略によって高槻の共感度が薄くなるおそれがある。さらに例文三の②では高槻の「その気持ちはわかります」という言葉を、林は「心情不能明白（再日訳：気持ちはわからない）」と誤訳した。これは高槻の家福の感情に対する共感を消失させてしまう。頼は「我了解那心情（再日訳：僕はその気持ちがわかります）」と発話主体を追加したものの、原作を忠実に伝えている。寛韓訳は「그 기분, 잘 압니다（再日訳：その気持ち、よくわかります）」、玉韓訳は「그 기분, 뭔지 압니다（再日訳：その気持ち、何かわかります）」と原作にない「よく」、「なにか」を追加している。

さらに、原作には家福がバーで二回にわたって高槻の目をじっと見る場面が描かれている。最初高槻はその視線を避けたが、二回目はまっすぐ家福の視線を受けるという変化を見せている。例文三の③では雑誌『文藝春秋』掲載版は単行本収録時に修整されている（例文三の③波線部）ため、両者ともに取り上げる。まず寛韓訳は例文三の③傍線部の「二人は長い間相手の目をまっすぐ見つめていた」を訳していない。林中訳は「認めあった」を「发现了（再日訳：見つけた）」と書き換え、家福と高槻がお互いの気持ちを確認し合う部分を消失させてしまった。

（四）各翻訳に関するまとめ

筆者は「村上春樹文学の中国語訳・韓国語訳における「異化」と「帰化」」において、『ノルウェイの森』の翻訳版本を分析し、一九八九年から二〇一五年まで林中訳は直訳的な異化傾向を強めているが、全体的にはなおも帰化翻訳が大半を占めており、梁億寛韓訳の『ノルウェイの森』は異化翻訳が六〇パーセントを超えていると論じた[20]。本章で取り上げた例文を分析したところ、まず林中訳は意訳的な帰化翻訳が多く、訳し漏れ及び誤訳が目立っている。頼中訳は直訳的な異化翻訳が多い。韓国語訳は両訳とも解釈的に訳された部分が多いが、寛韓訳は訳し漏れが目立っているのに対して、玉韓訳は原作に比較的忠実であることがわかった。これらの翻訳差異は読者の読書体験にどのような影響を与えたかについては次章で考察したい。

三．中・台・韓読書サイトからみる「ドライブ・マイ・カー」の受容

まず中国で最も人気のある書き込みサイト「豆瓣網（ドウバンワン）」[21]に注目したい。同サイトの『女』に関しては上海訳文版、時報版、日本語原作、英訳版の四つのサブサイトがあるが、英訳版は未だに出版されていないため読者による評価

はない。英訳版以外の上記三種類の版本についての書き込みを合計すると短評二五〇六件、書評一二七件、一〇点満点で七・八の評価を得ている[22]。

上海訳文版の『女』の書評は合計一〇四件あり、従来の村上作品との比較、村上作品読書体験談を含む評価が目立つ。「がっかりした」「テーマや登場人物が固定化してきて、サプライズ性に欠けている」などの酷評が二三件あり、その中には翻訳問題の指摘が九件あった。ユーザー名「葉文」は「読んだ後とても悲しかった。かつて村上の作品が私に与えてくれたリズム感や激励はこの作品には全くなかった。翻訳は林少華か施小煒か一人に任せたほうがよい[23]」のような六人共訳体制に対する批判も多く見られる[24]。

一方、「豆瓣網」での時報版に関する書評は合計二一件あり、その中の頼中訳に対する評価はいずれも好評であった。ユーザー名「傚灝」は「今回は頼明珠の訳本を読んだ。新しい感じがして、林中訳に比べて明らかに口語化している。濃厚な村上小説の味がした」と高評した[25]。

管見の限り、台湾では「豆瓣網」に比肩するような書き込みサイトがなく、各読者が自身のブログに読書感想を書き込む場合が多い。筆者が台湾で訪問回数が一番とされるブログサイト「PIXNET[26]」のサブサイトで「没有女人的男人們」、「村上春樹」をキーワードに検索したところ、一〇万件を超える文章がヒットした。関係度順に同作の書評に当たるブログ文章三〇件の調査を行ったところ、四件が無効投稿で、その他は同作に関する読書ノートが多く、訳本に関する議論は見当たらなかったが、ユーザー「185電影」は同作を二〇一四年十大翻訳文学の一作と高く評価していた[27]。残り二五件の文章は『女』に対する読書感想や、村上作品読書体験談である。その中には同作を酷評するものが三件あった。ユーザー名「阿基米德的厨房」は「この本は女性を付属物として見すぎているのではないか[28]」とフェミニズムの角度から同作に疑問を呈した。ユーザー名「冰麒麟似不象」は自らの一八年にわたる村上読書体験について述べたのち、「『女』は（以前の作品に比べて）ちょっと軽薄である。でも村上がまだ書くのなら、私は喜んで読み続けていく、太陽の西まで」と同作にかつてほど深くは共感できないが、村上ファンであり続けると述べている。[29] 台湾における頼中訳の『女』の評価は、一部に酷評を含むものの、おおむね高いものと言えよう。これは中国「豆瓣網」での頼明珠訳への好評と呼応している。

韓国の読書サイト、ネイバー・ブック[30]で季刊誌『世界の文学』第一五〇号掲載の「ドライブ」について調査したところ、レビューが二件あったが、興味深いことに、二件のレビューはいずれも「ドライブ」に関するものであった。そのユーザーの中の一人ユーザー名「bestkkim」は「『ドライブ・マイ・カー』ハルキ特有の感性が相変わらず生きている短編小説[31]」と題して、同作の題名から登場人物に関して親しみを感じると高く評価した。

一方、文学トンネ刊行の『女』に関しては一一九六件のレビューが寄せられ、一〇点満点で七・五四の評価を得ている。筆者はランダムにその中の三〇〇件のレビューを抽出し、整理したところ、重複投稿や空白投稿などを除き、有効レビューが一九六件あった。この中で最も多かったのが「タイトルに惹かれてこの小説を手に取った」であり、合計三五件あった。さらに「豆瓣網」とは対照的に、翻訳に関する議論はほとんどなく、一九六件のレビューのうち三件しかなかった。ユーザー「hmy070662」は「これは初めて読む春樹の小説である。〔中略〕表紙とは違って、文体がとても無味乾燥である。〔中略〕日本語で読んでもそうなのだろうか[32]」と疑問を呈している。

一方、ユーザー「riveaham」は「二〇歳のとき『喪失の時代』を読んで、それから好きになった作家である。〔中略〕とても愉快な翻訳体である。〔中略〕日本語らしい翻訳体でありながら〔中略〕微妙に違う、とても魅力的な文体である[33]」と高評している。

さらに最も興味深かったことは、『ノルウェイの森〔韓国語訳・喪失の時代〕』に言及した読者レビューは二一件にものぼり、「喪失」の単語も四一件のレビューに現れていることである。例えばユーザー「binnadaa」は「〔前略〕『喪失の時代』以降、初めて読んだハルキ作品である。『喪失の時代』の香りが残っている[34]」と述べ、ユーザー

「plastic0428」は「『喪失』を読んだ人なら、ハルキの魅力に落ちてしまうだろう。〔ハルキの作品を――筆者注〕一度も読んだことがない人はいても、一度しか読んだことのない人はいないだろう」と村上の作品を高く評価し、「この短編集で最も好きな作品は「ドライブ」だった。〔中略〕ハルキの文学は魅力的である」[35]と述べる。『喪失の時代』は韓国では一九八九年に出版されて以来ベストセラー、ロングセラーとして読者に愛読されつづけており、『女』を読む村上ファンにとっても最も心に残っている傑作であると言えよう。さらに同作への共感度を調査したところ、共感したとはっきり言及した読者レビューが二〇件あり、共感できないと言明した読者レビューが五件あった。韓国における『女』の評価は、台湾よりもさらに高いと言えよう。

以上の中国、台湾、韓国三地の読者サイトに基づく『女』に関する調査をまとめると、中国では台湾や韓国より「翻訳」に対する議論が多く、同作に批判的な視点がレビュー全体の二〇パーセントを占めていることがわかる。台湾は調査基数が中国と韓国に比べ少ないが、二六件の文章中で批判的なものは三件に留まることからみれば、同作をほぼ肯定的に受け入れているとみてもよいだろう。韓国では梁億寛韓訳と梁潤玉韓訳の二種類の版本があるが、台湾と同様、同作に好感を持つ読者が圧倒的に多い。

東アジアにおける村上ブームに関しては藤井省三の先駆的な研究がある。藤井は台湾、香港、上海、北京四都市における村上文学の流行を論じたのち、村上チルドレンの登場や、経済発展、政治状況による村上文学の読者層の形成について考察し、東アジア各国における村上受容の四大法則、すなわち「時計まわりの法則」「経済成長踊り場の法則」「ポスト民主化運動の法則」「森高羊低の法則」を提起した[36]。これを受けて前述の拙稿は、一九八九年から二〇一五年までの村上文学翻訳史において、中国と韓国で帰化から異化へという翻訳方法の顕著な変化が生じており、一方で中国では一途に異化傾向を示しているのに対し、韓国では一進一退を繰り返しながら異化が進んでいることを論じ、第五法則として「異化翻訳化の法則」を加えることを提起した[37]。

本論では、村上春樹短編小説「ドライブ」の場合は、中国ではなおも帰化翻訳の傾向性を残す林少華中国語訳版が不人気であるいっぽう、台湾では異化翻訳の傾向性が強い頼明珠中国語訳版が人気を博しており、頼訳は繁体字版でありながら中国でも好意的に評価されている点を指摘した。このような読者の異化翻訳に対する好感度の増大が、第五法則を支える力の一つなのであろう。一方、韓国では複数の版本と翻訳者がいるにもかかわらず、読者による翻訳への指摘が少ない点を筆者はすでに指摘しているが、直訳的な異化傾向は続いており、韓国における第五法則の妥当性をいっそう確かにしたと言えよう。今後は翻訳研究を通して中国語圏と韓国との同短編集に関する読書傾向の異同について考察したい。

【付録】

例文一

彼女の名前は渡利(わたり)といった。渡利みさき。

「みさきは平仮名です。もし必要なら履歴書を用意しますが」、彼女は挑戦的に聞こえなくもない口調でそういった。（傍線は筆者による。以下同様）

◆林中訳

她姓渡利，渡利岬。（二一頁）

“岬写平假名。如果需要，履历书倒是准备了”她用不无挑战意味的语气说道。（七頁）

◆頼中訳

說她姓渡利。名叫渡利美沙紀。

「美沙紀是平假名的みさき。如果有需要我可以準備履歷表。」她以聽起來略帶挑戰以為的口氣這麼說。（一三頁）

◆寛韓訳

그녀 이름은 와타리라고 했다。 와타리 미사키。

「미사키는 한자가 없이 씁니다。 필요하다면 이력서를 준비할게요。」 그녀는 도전적인 어투로 말했다。（一二～一三頁）

◆玉韓訳

그녀 이름은 와타리라고 했다。 와타리 미사키。

「미사키는 한자가 아니라 히라가나로 써요。 필요하시면 이력서를 준비하겠습니다만。」 그녀는 어딘가 도전적으로 들리는 투로 그렇게 말했다。（一六頁）

例文二の①

「それで結構です」とみさきはごくあっさりと言った。（二六頁）

◆林中訳

〝可以的。〟渡利一口应允。（一一頁）

◆頼中訳

「這樣就很好了。」美沙紀很乾脆地說。（一八頁）

◆寛韓訳

「그거면 충분합니다。」미사키는 단박에 그 조건들을 받아 들였다。（一六頁）

◆玉韓訳

「그거면　됐어요。」미사키는 지극히 간단하게 말했다。（二一頁）

例文二の②

「余計なことかもしれませんが」とみさきは少しあとで言った。「気になるので、訊いていいですか?」(三六頁)

◆林中訳

〝也许多余,〟渡利开口了,〝可就是放不下,问也可以的么?〟(一八頁)

◆頼中訳

「或許我多管閒事,」美沙紀稍微頓一下後說:「不過因為擔心,所以我可以問嗎?」(二八頁)

◆寛韓訳

「괜한 말인지 모르지만, 궁금한 게 있는데 물어봐도 될까요?」(二四~二五頁)

◆玉韓訳

「괜한 소리인지도 모르지만.」미사키가 조금 뒤에 말했다.「궁금한 게 있는데 물어봐도 돼요?」(三二頁)

例文三の①

……「彼女をいつか失ってしまうかもしれない。そのことを想像すると、それだけで胸が痛んだ」

「僕にもその気持ちはよくわかります」と高槻は言った。

「どんな風に?」

「つまり……」と高槻は言って、正しい言葉を探した。「彼女のような素敵な人を失うことについてです」(五一頁)

◆林中訳

〝那种心情我也明白。〟

〝怎么明白?〟

〃就是说……〃高槻寻找准确的字眼，〃说的是她那样再好不过的人的失去。〃（二九頁）

◆頼中訳

「我也很了解那種心情。」高槻說。

「怎麼說？」

「也就是……」高槻說著，尋找正確的用語，「關於失去像她這樣美好的人這件事。」（四四頁）

◆寛韓訳

「나도 그 기분은 압니다。」

「어떻게？」

「그건 말이죠……」다카쓰키는 적절한 말을 찾았다。「그렇게 매력적인 분을 잃는다는 것에 대해서입니다。」（三七頁）

◆玉韓訳

「그 기분、저도 잘 압니다。」다카쓰키는 말했다。

「어떻게？」

「그러니까 말하자면……」다카쓰키는 운을 떼고 적절한 말을 찾았다。「그렇게 멋진 사람을 잃는다는 것에 대해서。」（四八頁）

例文三の②

「その気持ちはわかります」と高槻は言った。家福はじっと高槻の目を見た。高槻はしばらくその視線を受けていたが、やがて目を逸らせた。（五二～五三頁）

◆林中訳

〝心情不能明白〞高槻说。

家福定定看着高槻的眼睛。高槻对着那视线看了一会儿，而后转过眼睛。（三〇頁）

◆頼中訳

「我了解那心情。」高槻說。

家福凝視著高槻的眼睛。高槻暫時承受著那視線，但終於避開。（四一頁）

◆寛韓訳

「그 기분, 잘 압니다。」 다카쓰키가 말했다。

가후쿠는 지그시 다카쓰키의 눈을 바라보았다。 다카쓰키는 잠시동안 그 시선을 받다가 이윽고 눈길을 돌렸다。

（三八頁）

◆玉韓訳

「그 기분, 뭔지 압니다。」 다카쓰키는 말했다。

가후쿠는 다카쓰키의 눈을 빤히 보았다。 다카쓰키는 잠시 그 시선을 맞받다가 이윽고 눈을 피했다。（五〇頁）

例文三の③

『文藝春秋』版

家福は何も言わず、相手の目をのぞき込んだ。高槻も今度は目を逸らせなかった。二人は長いあいだ相手の目をまっすぐ見つめていた。そしてお互いの瞳の中に、何かしら特別な輝きを認めあった。（三五一頁）

単行本

家福は何も言わず、相手の目を覗き込んだ。高槻も今度は目を逸らさなかった。二人は長いあいだ相手の目をまっすぐ見つめていた。そしてお互いの瞳の中に、遠く離れた恒星のような輝きを認めあった。（五四頁）

◆林中訳

家福不声不响地盯视对方的眼睛。高槻的眼睛这回没有避开。两人久久地相互对视。并且在对方的眸子中发现了遥远的恒星般的光点。（三二頁）

◆頼中訳

「我了解那心情。」高槻説。

家福什麼也沒説，探視著對方的眼睛。高槻這次眼光沒避開。兩人長久之間筆直凝視著對方的眼睛。並彼此確認對方瞳孔中，那遙遠的恒星般的光輝。（四八頁）

◆寛韓訳

가후쿠는 아무 말 없이 상대방 눈을 들여다보았다。다카쓰키도 이번엔 눈길을 돌리지 않았다。그리고 서로의 눈동자 속에서 어떤 특별한 광채를 인정했다。（四〇頁）

◆玉韓訳

가후쿠는 말없이 상대의 눈을 들여다보았다。다카쓰키도 이번에는 눈을 피하지 않았다。두 사람은 오랫동안 상대의 눈을 똑바로 응시했다。그리고 서로의 눈동자에서、저멀리 떨어진 항성 같은 반짝임을 알아보았다。（五二頁）

【注】

（1）「村上が愛を書く——女のいない男たち（原題：村上写愛情『没有女人的男人們』）」台湾自由時報網、二〇一四年一〇月一四日。原文：可看到男人對愛情，對女人，對人生的態度與想法〔中略〕若是村上的書迷，一定會驚喜不斷，再其中挖掘出往

昔作品的影子與線索〔中略〕村上的文字功力更加成熟，創造力更讓人驚艷。以下特に説明がない限り、翻訳文は筆者によるものである。

（2）同上。原文：村上春樹在國內已出版近六〇部作品，總銷量達一五〇萬本，出版社指出，村上獨特的文字風格與哲思，確實影響台灣一整個世代的文藝青年，隨著新書出版勢必再掀起一股文學旋風。

（3）原題：「村上春樹最新短篇集『没有女人的男人們』——関於愛情，我想説的是…」。映像はyoutube（https://www.youtube.com/watch?v=fVC8ocZKOiw）。

（4）中国の版権争奪戦については「中国の村上春樹文学事情——版権争奪戦　訳文も変遷」（藤井省三『読売新聞』二〇一五年五月二〇日）、及び拙論「中韓両国における村上春樹文学翻訳版本の比較研究——『色彩を持たない多崎つくると、彼の巡礼の年』」（『東京大学中国語中国文学研究室紀要』第一八号、二〇一五年一一月、一六八頁）に詳しい。

（5）同上「中国の村上春樹文学事情」。

（6）「『女のいない男たち』——短篇に戻る　村上春樹　男の孤独を述べる（原題：『没有女人的男人們』——重回短篇　村上春樹講述男人的孤独）」『澎湃新聞』二〇一四年一一月二七日。原文：虽然故事不一样了，但是感觉村上的文体语言上没有多大的变化，我也感觉没有违和的感觉，翻译起来还是比较顺手的。

（7）「『女』村上新作二週間で一〇万部の売り上げ（原題：『没有女人的男人們』村上新作両周售十万冊）」『都市晨報』二〇一五年四月一四日。

（8）『世界の文学』第三八巻第四号、ソウル・民音社、二〇一三年一二月（原題：세계의 문학）。

（9）同上、六頁。

（10）「民音社季刊誌「世界の文学」四〇年で廃刊」聯合ニュース、二〇一五年一〇月七日（原題：민음사 계간지「세계의 문학」40년만에 폐간）。原文：〔前略〕지금은 한정된 독자만 읽는 것이다. 최근의「문학권력」논란도 그렇고 베스트셀러 목록에 한국문학을 찾기 어려운 것을 보면 문학 출판사가 바뀌어야 한다는 생각을 안 할 수 없다。〔後略〕

（11）尹鍾信（一九六九年〜）は韓国の作曲家兼歌手である。一九九〇年に歌手デビューし、多くの名曲を作った。二〇一〇年三月からに「尹鍾信・月刊」音楽プロジェクトを立ちあげ、毎月一曲から三曲のシングルソングを公開している。

（12）「尹鍾信と村上春樹はどういう関係…『女のいない男たち』」二〇一四年八月二一日、韓国中央日報データベースより（原

題・윤종신과 무라카미 하루키 무슨 상관「여자 없는 남자들」。原文・윤종신은 20일「월간 윤종신 8월호는『여자 없는 남자들』을 미리 읽은 느낌을 노래로 옮겨 봤다。소설과의 컬래버레이션을 기대해달라」고 전했다）。

（13）鄭雨盛（一九七三年～）、韓国の俳優、一九九四年に映画『千年愛・クミホ』でデビュー。その後数多くの映画やドラマに出演し、韓国では国民的俳優と呼ばれている。作品には『私の頭の中の消しゴム』（二〇〇四）や『デイジー』（二〇〇六）などがある。

（14）前掲注（4）「中韓両国における村上春樹文学翻訳版本の比較研究」、一六八頁。

（15）比較対象として短編集『女のいない男たち』を基準とするが、韓国語版の梁億寛韓訳は同書刊行前に発表されたため、雑誌『文藝春秋』を優先的に参照する。

（16）「異化翻訳法」、「帰化翻訳法」に関しては前掲注（4）の拙論で詳しく論じている。

（17）藤井省三『村上春樹のなかの中国』朝日新聞社、二〇〇七年、二〇三～二〇六頁。

（18）都甲幸治「妻の裏切り」『文學界』二〇一四年六月号、二四一頁。

（19）村上春樹『女のいない男たち』文藝春秋、第一版第一刷、二〇一四年四月、四七頁。

（20）権慧「村上春樹文学の中国語訳・韓国語訳における「異化」と「帰化」――『ノルウェイの森』を中心に」『東京大学中国語中国文学研究室紀要』第一九号、二〇一六年一一月、一一〇頁。

（21）豆瓣網に関する紹介は徐子怡「中国における村上チルドレンと村上ファッション――人気書き込みサイト「豆瓣網」をめぐる冒険」『ユリイカ』二〇一二年七月号に詳しい。

（22）本章のデータはすべて二〇一七年一月一日零時までのものである。

（23）「豆瓣網」書評、葉文「関於消失與尋找」二〇一五年四月七日。https://book.douban.com/review/7436616/（二〇一七年一月一〇日アクセス）。

（24）その他にも「複数の翻訳者により、原作は多様化されたが、読書過程で阻害感を感じる」「一冊の小説は一人の翻訳者に任せたほうがよい」などの酷評があるが、ここでは紙幅の関係で省略する。

（25）「豆瓣網」書評、傲灝「村上給我的愉悦与失望」二〇一五年五月一日。https://book.douban.com/review/7460193/（二〇一七年一月一〇日アクセス）。

（26）PIXNET（痞客邦）は二〇〇三年にサービスを開始した台湾のソーシャル・ネットワーキングサイトであり、ブログやネットアルバム、掲示板などの無料サービスを提供し、Alexa 社が行った調査によると PIXNET は台湾で訪問者数一位となっている。

（27）PIXNET 書評、185電影「自選年度十大翻訳文学――２０１４」二〇一四年一二月三一日。http://pm185.pixnet.net/blog/post/41878774（二〇一七年一月一〇日アクセス）。

（28）PIXNET 書評、阿基米德的厨房「関於村上春樹的妄想――没有女人的男人們」二〇一四年四月一五日。http://gichiu.pixnet.net/blog/post/5520008（二〇一七年一月一〇日アクセス）。

（29）PIXNET 書評、冰麒麟四不象「【読書】『没有女人的男人們』――与我的１８年」二〇一四年一一月二日。http://buyanelephant.pixnet.net/blog/post/231349396#comment-form（二〇一七年一月一〇日アクセス）。

（30）「ネイバー」は一九九七年一二月にサービスを始めた韓国最大のインターネット検索ポータルサイトであり、ネイバー検索、ネイバー辞書、ネイバーニュースなど様々な分野のサブサイトがある。本論では「ネイバーブック」を中心に調査を行う。

（31）「ネイバーブック」読者レビュー、bestkkim「하루키 특유의 감성이 여전히 살아있는 단편소설」二〇一四年九月一〇日。http://blog.naver.com/bestkkim/220116749124（二〇一七年一月一〇日アクセス）。

（32）「ネイバーブック」読者レビュー、hmy070662「여자 없는 남자들」二〇一六年八月一五日。http://blog.naver.com/hmy07062/220787964561（二〇一七年一月一〇日アクセス）。

（33）「ネイバーブック」読者レビュー、riveaham「여자 없는 남자들 무라카미 하루키 소설」二〇一六年七月八日。http://blog.naver.com/niveaham/220757411337（二〇一七年一月一〇日アクセス）。

（34）「ネイバーブック」読者レビュー、binnadaa「책일기 > 여자 없는 남자들 - 무라카미 하루키」二〇一六年七月四日。http://blog.naver.com/binadaa/220753627577（二〇一七年一月一〇日アクセス）。

（35）「ネイバーブック」読者レビュー、plastic0428「여자 없는 남자들 by 무라카미 하루키」二〇一五年一〇月四日。http://blog.naver.com/plastic0428/220499470255（二〇一七年一月一〇日アクセス）。

（36）前掲注（17）『村上春樹のなかの中国』。

（37）前掲注（20）「村上春樹文学の中国語訳・韓国語訳における「異化」と「帰化」」、九八頁。

「八〇後」作家の映画製作進出と現代中国文化市場
――郭敬明『小時代』と韓寒『後会無期』

楊　冠穹

はじめに

郭敬明（一九八三～）と韓寒（一九八二～）の二人はともに一九八〇年代に生まれて、改革開放とともに成長してきたいわゆる「八〇後」世代である。彼らは、一九九九年から始まった雑誌『萌芽』による新概念作文大会をきっかけに、学生でありながらいきなり単行本小説を出版し、今や文学創作活動のほか、映画製作にも活動の場を広げて爆発的な影響力を持ちつつある、同時代中国の流行文化を理解するための重要な文化シンボルであると言えよう。韓寒に関して、筆者はこれまでの論述[1]において、彼の作品における批判的精神、中国現代小説とアメリカ現代小説からの影響、および伝統と権威に対する転覆などについて分析してきた。また、「八〇後」登場以降の中国出版事情の変化について、筆者は、出版市場における「八〇後」の活躍は文学作品の出版に至る流れ自体を大きく変革しただけではなく、それまでの文化界の「権威」に対し大胆に挑戦したため、既成「文壇」から排除された[2]と指摘した。

韓寒の話題作『一九八八——我想和這個世界談談（僕はこの世界と話したい）』は、ハワード・ゴールドブラット（葛浩文）による英訳が二〇一五年一月に出版され、日本では同年に文芸誌の『すばる』七月号に藤井省三による抄訳が掲載され、そして二〇一六年にはベトナム語版まで出されている。韓寒の以前の作品もここ十数年、日本や韓国で翻訳版が続出しており、さらに日本ではNHKラジオ中国語講座（『レベルアップ中国語』二〇一四年三月）の教材として使われた。このように、中国「八〇後」世代の作家たちの外国における受容はすでに始まっており、特に韓寒や郭敬明のような「八〇後」は社会現象を起こしたほど強い影響力を持っている。作家であり中国人民大学教授である閻連科は、二〇一六年一一月五日に愛知大学で行われた中国現代文学研究者懇話会で、「若手作家に対する偏見は捨てよう、なぜなら郭敬明と韓寒は多くの読者を育ててくれたのだ」と指摘した。確かに、「八〇後」作家の登場とそれにつれて起きた若手作家の隆盛は、インターネット時代において徐々になくなるのではないかと懸念されていた紙メディアである「本」自体を、改めて重要な位置に押し戻したのである。[3] 彼らの作品は、膨大な人々の「読書」意欲を喚起できたのである。

数年来、郭敬明と韓寒は「八〇後」の先頭を切って、映画界に進出し始めている。二〇一三年、郭敬明は彼の人気小説『小時代』シリーズ[4]を自ら監督となって映画化し、その第一・第二部をほぼ同時公開しており、翌年には第三部を公開した。二〇一四年八月五日までのデータによれば、三部合計の興行収入が合計一三〇億円を超える好成績を収めた。文化通信社が発表した「年間映画興行ランキングトップ10」を見ると、二〇一三年度日本の映画興行収入一位を占めたのは『風立ちぬ』であり、合計一二〇億円と推定されている。日本経済新聞のオンライン記事によれば、『小時代3』は初日の観客動員数は三五〇万人と、中国映画として史上一位となり、中国市場で『トランスフォーマー／ロストエイジ』に代わって週別トップの映画となったという。『小時代』は上海を舞台にし、仲良し四人組の女子が学生生活を送った後、社会人となる過程で経験する恋愛、友情、仕事、家族に関するさまざまな問題を描写する青春小説である。その一方、映画版においては「中国版セックス・アンド・ザ・シティ」とも呼ばれるほどに高級ブランド品を全面にちりばめるなど極めてバブル的な雰囲気を演出しており、ゴージャスな青春映画となっている。第三部においてはイタリア旅行に出かけ、高級ブティックでショッピングを楽しみ、高級ホテルに泊まるなど、現代中国の若者が憧れるライフスタイルをふんだんに見せている。

『小時代』が公開されてまもなく、翌年の二〇一四年一月六日、「魯迅の再来」と呼ばれている韓寒が中国版ツイッターである微博（weibo）で映画監督デビュー作『後会無期（永遠にさよなら）』[5]の製作および同作の同年七月二四日上映予定を発表した。「後会無期」というタイトルは、直訳すると「もう会うことがない」という意味であり、中国語の「後会有期」（また会おう）という慣用句の中の文字「有」を「無」に変えたものである。

この韓寒の映画デビュー作もまた郭敬明の『小時代』シリーズに負けず、公開六日間で興行収入は三億六〇〇〇万元（約六四億円）[6]を上回り、二週間で『小時代3』を超えた。映画の主題歌は韓寒の作詞・作曲でG．E．M．鄧紫棋（タン・チーケイ、一九九一～）という今話題の中国女性歌手が歌っており、エンディングは中国の著名な民謡歌手である朴樹による一〇年ぶりの創作であり、いずれも好評、大きな話題を呼び起こした。ちなみに、音楽をプロデュースしたのは岩井俊二の映画音楽も手がけた日本の音楽家小林武史である。

『後会無期』は三人の若者を主人公とするロードムービーであり、彼らが旅を通じて挫折を味わい、成長していくという内容である。同作は、二〇一〇年に出版された韓寒のユーモラスな表現の間に深い政治的思索を練りこんだ問題小説『一九八八――僕はこの世界と話したい』との関係だけではなく、消費文化としての小説・映画を目指す郭敬明と対照的な立場にある韓寒の映画製作進出としても興味深いのだが、日本でも著名な「第六世代」監督の賈樟柯がゲスト出演しているという点でも非常に注目を集めた。

このように、郭敬明や韓寒ら「八〇後」作家のデビューおよびその後の成功が、中国出版業界の「鉄の三角」体制を打破して文学の新しい形を可能にし、[7] その結果、文学、特に小説に関心を持つ若い読者を増やし続けていること、それに創作者としての「八〇後」作家が年々増えていることは、大いに注目すべき現象である。「八〇後」作家たちの登場はネット時代において徐々に衰廃しつつあった「紙」の本を、もう一度青年層の視野の中心に呼び戻したのである。そして、「八〇後」作家の映画進出は中国映画業界にも大変革をもたらし、文化市場全体を構造的に改革しようとしているのである。

小論では、郭敬明と韓寒という二人の対照的な流行作家が、映画創作においてどのような要素を取り入れて物語構造を展開しているのか、彼らの映画の観客層はどのような人々なのか、また中国映画の現在とどのような影響関係があるのかを考察し、「八〇後」作家の映画進出がいかなる変革を中国文化市場にもたらしているかを明らかにする。

一・『小時代』対『後会無期』

両作の宣伝ポスターを比べると、『小時代1』は主に赤、黒などの鮮やかで濃い色を使っており、登場人物の衣装や化粧はすべて華麗なる印象を与えている。同時に、多くの登場人物を人気俳優が演じているため、その俳優群像がポスターの中心となり、画面の大部分を占めている。背景となるのは、『小時代1』の場合は雪が積もった階段であり、登場人物たちが階段に座っているように見える。『小時代2』の場合はストーリーの複雑さに対応しているのであろうか、暗いイメージを与えている。背景もコンクリートの壁に変えられ、抽象的な形で表現されており、冷たい印象を与えている。『小時代1』の登場人物たちが中央に寄り添っているのに対して、『小時代2』は各人が独立して立っている姿を見せている。

『小時代』のストーリーは、顧里と林蕭という二人の女子の間に起きる出来事を全シリーズの主要な内容としている。顧里は財閥出身で、国際金融学を専攻したしっかり者の努力家であり、その一方、彼女の幼馴染みかつ親友の林蕭は他の三人の女友達と違い何か突出した才能があるわけではなく、中産階級出身の普通の可愛い女の子と設定されている。原作の小説は林蕭の一人称で語られ、林蕭は顧里と並ぶヒロインと言ってもよい。ポスターにおいても林蕭の服の色だけが他の登場人物とは異なっており、『小時代1』では白色、『小時代2』では白色と黒色が混じった服を着ている。ちなみに、『小時代1』では顧里は赤いドレスを着ているが、羽織ったファーの色は隣の彼女の弟である顧源のジャケットとほぼ同じである。このことからも顧里は主人公たちの一人にすぎないことがわかるだろう。

『小時代１』（上）『小時代２』（下）ポスター
（郭敬明公式微博より）

さらに、このシリーズは『小時代1』から『小時代4』までほとんど林蕭と顧里との間に生じる葛藤で構成されており、個人の微かな感情を極めて拡大して描くという特徴がある。また、同作は上海という中国で最も繁栄している都市を舞台とし、豊かな雰囲気を全面的に描き出しており、一九九〇年代以降、経済面において急速に発展してきた光り輝く中国イメージの縮図となっているのである。しかし、『小時代1』も『小時代2』もそのポスターにおいては、具体的な上海の都市風景は現れず、シンプルな背景が使われている。それは、郭敬明が宣伝ポスターで人物像を強調したかったからではないか。その理由は主に二つ考えられる。一つは、郭敬明の作品は本来、若者の生活の有り様と繊細な感情を描くことが多く、ストーリー自体が登場人物間の葛藤によって展開している。つまり、登場人物たちの映画作品における個性を表したいのである。もう一つの理由は、『小時代』シリーズの大きな売りとしての俳優陣を強調するためである。このような豪華なキャスティングにより高い興行収入を目指すという製作方針は、それ以降の国産映画に強い影響を及ぼしている。

『後会無期』ポスター
（韓寒公式微博より）

一方、『後会無期』は地の色に青やグレーなどのクールで淡い色を使っており、『小時代』と同じく多くの人気若手俳優が登場するにもかかわらず、上端部に一〇分の一ほどのスペースを割いて六人の俳優の写真を並べているだけである。画面上にはかなりの空白が残されており、見るものに想像の空間を与えている。背景は映画の中で実際に登場する道路で、画面の右下に立っている二人は主人公であるにもかかわらず、背を向けて顔を見せてはいない。また、中央にあるタイトルの文字が強調されており、ポスターの中心となっている。実際、『後会無期』は『小時代』シリーズ同様に知名度の高い若手俳優を起用しているが、ポスターから見る限り、それらの俳優陣の紹介は簡素である。ポスター公開前の宣伝において、キャスティングが広く紹介されたことは『小時代』と同じだが、ポスターでは韓寒作品である点が強調されているのである。韓寒作品の特徴として、『後会無期』の場合も、主人公の活動につれてストーリーが展開しており、その他の登場人物はすべて主人公と密接な関係を有しており、『小時代』のような複雑な人間関係は存在していない。

また、『後会無期』は実在の土地を舞台にしているが、それは韓寒の出身地上海ではなく、「東極島」という上海の東にある小さな島である。筆者は二〇〇八年に一度この東極島を観光で訪ねたことがあるが、その時の東極島は、インターネットもつながっておらず民宿しかない未開発の島で、一日一回しか船便がないところだった。言うまでもないが、『後会無期』で描かれた廃墟のような小島、寂れたモーテル、無人のガソリンスタンド、砂漠などの地味でさびしい風景は『小時代』とは正反対の別世界だ。

映画は胡生という人物の独白で始まる。胡生は三年前に、友人の馬浩漢と江河と一緒に旅をした。江河は平凡な小学校の教師であり、馬浩漢は定職を持っていない社会からの外れ者だった。観客はこの胡生の語りを聞くうちに、胡生は馬浩漢と江河の同行者ではあったが、彼自身の旅の経験を述べているではなく、『旅行者』というタイトルの小説を読み上げていること、そして、胡生は旅の途中で、ある出来事により旅から脱落し、馬浩漢と江河の二人が旅を成し遂げた後に、江河が旅の経過を小説にしたこと、さらには、胡生は実は知的障害者であることを理解するに至る。江河が語る旅の経過（＝小説の内容）を、胡生が復唱しており、さらに、江河の書いた内容の一部は、胡生も共有している経験だが、胡生が知的障害者であり、旅の途中で脱落しているため、叙述の事実性が疑われる。ナラトロジーの視点から見ると、これは二重の叙述となっているのである。

『後会無期』における主人公たちの旅は、彼らが途中で出会った登場人物をめぐり計四つの独立した物語で構成されている。上映当時、ゲスト出演の賈樟柯と同レベルの有名な俳優がそれぞれの物語において重要な役割を果たしているが、全体的な繋がりが弱く、ストーリー性が希薄であると批判された。事実、韓寒のそれまでの作品においても、ストーリー性の欠如や前後の不一致などが存在しているため、彼の小説家としての資格を疑う声も少なくなかった。しかし、それは韓寒が特異な叙述方法を用いることにより叙述内容を故意に不確定にしている点を理解していないための、一種の誤読であると筆者は考えている。韓寒は、叙述内容が不確定である点を、そのままに動画または文章の形で観客・読者の目の前に見せている。また、ストーリーの不合理なところを切り口にして、本当の物語を発見していくように観客・読者を、順序を追って小説と同じ次元の世界に引っ張り込んでいるのだ。このような映画の作り方(小説の書き方)を実現するためには、プロットの崩壊が必要であり、この点はむしろ韓寒作品の特徴であり、高度な技法なのである。

次に、両作それぞれの観客層の評価を考察してみたい。DATATOPIC[8]が公開した微博上のデータに基づく筆者の考察によれば、『小時代』シリーズ上映後五日間における「小時代」をキーワードとしたツイートの登録者は九万あまり、その平均年齢層は二〇代であり、さらにその八割以上を女性が占めている。地域の構成から見れば、『小時代』に関する話題に積極的に参加した観客は、いわゆる「北上広(中国語で北京・上海・広州のことを指す言葉)」を除いた都市に集中している。これにより「北上広」のような特大都市よりも、中小都市の若い女性たちが『小時代』で描かれた大都会のライフスタイルに憧れているという強い傾向が推察される。その一方で、『後会無期』はより広い年齢層をカバーしており、『小時代』ほどの極端な地域的傾向性を帯びていなかった。

さらにここで、豆瓣(douban)[9]という中国で最も使われている文化商品の書き込みサイトにおける両作の評判を考察してみよう。『小時代』シリーズ四作は一〇点満点で『小時代1』に四・七点、『小時代2』に五・〇点、『小時代3』に四・三点、『小時代4』に四・六点という辛口の点数がつけられており、多くの映画評論家からも厳しい意見が寄せられている。それに比べ、『後会無期』は一〇点満点で七・二点とはるかに好評を博している。(10)

実際、観客層の相違を示す一つの例に、批評者層がある。『小時代』がネット上で話題を起こすに留まったのに対して、『後会無期』をめぐる論争は新聞紙上にまで及び、清華大学と国際関係学院の二人の教授が賛否の両論を闘わせたことは、文化界の関心の深さを示すものである。『中国青年報』二〇一四年八月一九日第九版において清華大学の教授肖鷹は、『後会無期』は完全な駄作（十足的爛片）であり、韓寒も卑怯者であるとひどく批判した。肖鷹は『後会無期』が「ストーリーからセリフまで他人の創作に対する模倣に溢れており、全く誠意のない積み重ね」だと主張し、その証拠として、三人の主人公が野外で一緒に立ち小便する場面は、一九六九年のアメリカロードムービー『イージー・ライダー』の剽窃だと述べている。

この批判に対して、翌日の同紙のオンラインサイトで国際関係学院の教授儲殷は、好きかどうかは人の好みだが、「下品」などの言葉を使って若い人にこのような悪口を言うことは、一人の大学教授としてするべきことではないと応じた。さらに、儲殷は『後会無期』の中には確かに模倣の痕跡は見えるが、そのような模倣は映画創作において一般的であり、例えば世界的に有名な「第五世代」監督張芸謀による二〇〇二年の映画『英雄』は黒澤明一九八五年の映画『乱』を模倣しており、二〇〇六年の中国語映画興行収入トップである同じく張芸謀の作品『満城尽帯黄金甲』(11)は曹禺の代表作『雷雨』（一九三四）の模倣であることなどが挙げられると反論し、韓寒の弁護に立った。(12)

確かに、儲殷の指摘の通り、『後会無期』において「模倣」は「立ち小便」の場面だけではない。そもそも『後会無期』の全体的な流れとして、アメリカロードムービー『テルマ&ルイーズ』に対する模倣はかなり明白である。『テルマ&ルイーズ』とは、一九九一年のアメリカ映画であり、自己防衛のため殺人を起こした二人の女性が、逃亡の途中、窃盗犯であるヒッチハイカーの男にお金を騙し取られ、最後に警官隊に取り囲まれて二人は車ごと谷底へとダイブするという物語だが、その二人の主人公がヒッチハイカーに騙されるのをきっかけに人生のターニングポイントを迎えるというストーリー展開は、『後会無期』にもほぼ同様に表現されている。もともと、韓寒小説、例えば『一九八八——僕はこの世界と話したい』の中でも、それらのアメリカ文化の要素が取り込まれている。彼がアメリカ文化に対する関心を映画を通じて表現しているのは、むしろリスペクトの表現と評すべきであろう。

二．「ＩＰ」映画の成立

さて、『小時代』と『後会無期』が中国の映画界にどのような影響を与えたのか、この問題を検討する前に、まず「ＩＰ」という概念を説明しておきたい。「ＩＰ」とは、英語「Intellectual Property」の略語であり、知的財産（著作権など）を意味している。この概念は本来、主に各種条約や法令において使われており、著作物や工業所有権などといった無体物について、その著作者などが、それに対する複製など多くの行為に関して（無体物であるにもかかわらず、あたかも有体物として財産としている、あるいは所有しているが如く）専有することができるという権利である。一九六七年七月一四日にストックホルムで署名された世界知的所有権機関を設立する条約の第二条によれば、「知的所有権」とは、「文芸・美術及び学術の著作物、実演家の実演、レコード及び放送、人間の活動のすべての分野における発明、科学的発見、意匠、商標サービス・マーク及び商号その他の商業上の表示、不正競争に対する保護に関する権利並びに産業、学術、文芸又は美術の分野における知的活動から生じる他のすべての権利をいう」[13]。したがって、一つのストーリー、概念、イメージ、センテンスでも「ＩＰ」として認定されることが可能である。

中国で「ＩＰ」という概念が文化産業において使われ始めたのは、およそ二〇一四年頃の「ＩＰ」映画ブームが起きた時だった。[14]それまで、「ＩＰ」といえば、多くの人々は「Internet Protocol」[15]というインターネットに基づいた概念だと思っていたことであろうが、二〇一四年に『小時代』シリーズに続いて『匆匆那年（君といた日々）[16]』、『同桌的你（デスクメイトの君）[17]』、『爸爸去哪児（お父さん、どこ行くの？）[18]』などの映画が大ヒットしたことがきっかけに、知的財産としての「ＩＰ」の概念が中国で広がり、嵐のような激変を起こしたのである。それらの映画は、いずれも何億人民元の興行収入を得た莫大な商業価値を持つ作品であると同時に、「大きなＩＰ」と呼ばれるもともと人気のある文化財産に基づいて開発された一種の商品でもある。特に、『同桌的你』の場合は歌を映画化したものであり、原作者の高暁松が脚本創作に参加したとはいえ、基本的にストーリーは新しいものになっている。しかし、歌としての知名度の高さが、映画の売りになったのである。

二〇一四年に上映された中国映画のうち、三分の一が「ＩＰ映画」であった。その比率は、二〇一五年にさらに上昇した。二〇一五年、中国製作の映画本数は合計六八六本であり、全国合計興行収入四四〇億人民元超のうち、国産映画は二七一億元あまりで全体の六割以上に達しており、その三分の一が「ＩＰ映画」だった。なお、興行収入が億単位の作品計八一作のうち、国産映画が四七作で全体の五八パーセント以上を占めている。[19]

もちろん、原作に基づいて映画を作るというのは、決して新しいことではない。そもそも中国映画は劇曲の改編から始まったのであり、多くの伝統劇目が草創期の中国映画の原作であった。そして「第五世代」の多くも文学作品を映画化することで成功を遂げたのである。例えば、張芸謀（一九五一～）の初監督作品『紅高粱（紅いコーリャン）[20]』（一九八七）の原作は莫言（一九五五～）の『紅高粱家族（赤い高粱・続 赤い高粱）[21]』（解放軍文芸出版社、一九八七）、同じく鞏俐主演の『大紅灯籠高高掛（紅夢）[22]』（一九九一）の原作は一九九〇年に書かれた蘇童（一九六三～）の小説『妻妾成群』[23]であり、陳凱歌（一九五二～）監督の『覇王別姫（さらば、わが愛）[24]』（一九九三）の原作は香港女性作家の李碧華（一九五九～）の同名小説である。しかし、それらの作品と「ＩＰ映画」の根本的な違いは、原作の知名度を興行収入の保証として映画化を行ったのではなく、監督が小説自体の芸術性に惹かれて映画を創作したことである。つまり、「IP映画」は最初から原作（＝「IP」）の商業的価値を重視した上で、映画を一種の商品として作り上げているのである。

「IP」が流行し始めた原因の一つは、中国における知的財産に対する保護意識の強まりである。二〇一五年四月一六日に中国国家知識産権局[25]が公開した『二〇一四年中国知識産権保護状況』白書によると、中国政府は二〇一四年から知的財産を重視し始め、知的財産権の保護を強化しようとする動きを見せた。この方針を機に、文化財産はそれまでなかったほどの消費価値を持つようになり、一つの産業としての可能性が鮮明になった。

そして、もう一つの原因は見本としてのハリウッド映画の成功である。最も典型的な「IP映画」と思われるのが、マーベル・シネマティック・ユニバースである。マーベル・シネマティック・ユニバースとは、マーベル・スタジオが製作するアメリカン・コミックヒーロー映画作品が共有する架空の世界および作品群である。ニューヨークに本社を置くアメリカの漫画出版社であるマーベル・コミックス[26]は一九三九年に発足し、一九六八年前後にアメリカ漫画の巨人であるDC社[27]と対抗できるようなった。そして早くも一九九〇年に映画・テレビ業界への参入を果たし、マーベル・スタジオ社を設立し、二〇〇八年以降は独自製作を開始し、大きな影響力を行使して今日に至っている。マーベル・シネマティック・ユニバースは事実上は、二〇〇八年以降に公開したマーベル映画・テレビドラマを指している。ハリウッドの多くの映画製作会社の中でも、マーベルは知的財産の運用に関しては最も実績を持っているのである。

このようにマーベル・シネマティック・ユニバースが中国において成功に至ったのは二〇一四年に中国で上映した『キャプテン・アメリカ2』がきっかけだった。CBO（中国票房[28]）によれば、二〇一一年九月に上映された『キャプテン・アメリカ』の累計興行収入八四七〇余万元（約一〇億円超[29]）に対して、二〇一四年四月の『キャプテン・アメリカ2』の累計興行収入は七億一八〇〇万元（約一二〇億円弱[30]）を超えており、「IP」映画として恰好のお手本となった。当然、アメリカだけではなく、日本にもアニメや漫画に代表される知的財産が多く、過去およそ三〇年間において「ソフトパワー」として文化輸出が行われてきた。しかし、マーベル映画として、『キャプテン・アメリカ2』が二〇一四年に初めて中国で成功した原因には、インターネットの普及、特に微博によるマーケティング戦略の運用が大きかった。この点から見れば、成熟したネット環境が中国における「IP」産業の発展にとって重要な前提条件だと言えよう。

さらに、中国の「IP」産業が日米と大きく異なる点は、日米の場合はともに漫画が源泉であり、アニメ、映画およびその関連グッズのすべてが漫画を出発点としていることである。一方、中国では漫画の代わりに、文学作品が源泉なのである。例を挙げると、ウォン・カーウァイ（王家衛、一九五八～）がプロデューサーを務め、トニー・レオン（梁朝偉、一九六二～）と金城武（一九七三～）が出演した映画『擺渡人（渡し人）』（二〇一六）の場合、その原作となるのは、張嘉佳（一九八〇～）のわずか三六〇〇余字の同名短編小説である。同作は郭敬明と韓寒の映画と同じく、監督は原作者が担当した。そして、ヒロインは現在中国で最も人気の高い女優であるアンジェラベイビー（一九八九～）が演じている。

インターネットによるソーシャルメディアの普及、政府が主導する知的財産権の重視、中国におけるハリウッド「IP映画」の成功、この三つのハード的要因を背景に、さらに郭敬明『小時代』の大ブレイクがソフト的要因となって、中国国産「IP映画」の将来性を見せてくれたと言えよう。

三　中国文化市場の新構図

このような背景の中で、「ＩＰ」という知的財産の消費価値を明確化した概念が二〇一四年頃に中国で成立したのである。現在、中国映画市場の主な「ＩＰ」は、①文学作品、②アニメ・漫画、③歌曲、④ゲームの四種類で構成されている。その中で、小説はストーリー性が強くて映画化しやすいというメリットがあるため、中国映画の最も大きな源泉となっている。特に、文学作品の場合は、原作者が映画監督を務めるケースが多い。郭敬明と韓寒のような作家は、自らの作品を映画化しようとして映画を作ったのではなく、映画そのものを作りたい、映画業界に参入したいと考えた上で『小時代』と『後会無期』の映画脚本からポスターまで手がけているのである。

郭敬明は当初出版社の編集長を務めたことをきっかけに自分の「出版帝国」を立ち上げたように映画業界にも参入するべく、二〇一六年一〇月一二日に北京で映画会社の千和影業との提携を明らかにし、千和影業の取締役に着任することを表明した。片や映画業界への参入において一歩先んじていた韓寒はスマートフォンアプリ文芸誌「ＯＮＥ」[31]の開発を進める一方、二〇一六年四月一三日、上海音楽庁でおよそ一時間の講演を行い、亭東影業という映画製作会社を設立すると発表した。そして、今後は映画『天空製造』など二作の製作と小説『三重門』の映画化を予定していると語った。「亭東」の由来は、韓寒の小説の中でも登場する小さな町、彼の出身地でもある上海市金山区亭東鎮にある。韓寒らにとって、このように他者に頼らず自己主導の形で新しい領域での生き方を模索する試みは、初めてではない。

ここで、およそ一〇年前の状況を振り返ってみよう。二〇〇六年一〇月、郭敬明は自ら編集長を務めて、青春文学雑誌『最小説』の創刊をもくろみ、翌年一月に若者向け文芸月刊として長江文芸出版社から発行した。その後、

「八〇後」女性作家で郭敬明の親友である落落（一九八二〜）も編集長に転身し、「生活万象・文芸新風」をスローガンとした隔月刊行の文芸誌『文芸風象』を創刊した。二〇一五年には、落落は脚本家兼監督として、舒淇（一九七六〜）主演で小説『剰者為王』の同名映画化作品を公開した。

二〇〇九年、韓寒も自身が編集長を務め、雑誌『独唱団』の出版を試みた。四月一九日、韓寒は初めてブログで雑誌を新発行する意図を打ち明け、構想・資金などの準備状況に関して報告し、雑誌名を募集した。四月一六日、『新京報』のインタビューで韓寒は「決して郭敬明のような雑誌は作らない（肯定不会办郭敬明那样的杂志）」と宣言し、読者について「夏休みのない人たち（没有暑假的那群人）」を想定していると明言し、五月一日に更新されたブログには新しい雑誌への原稿執筆を依頼する呼びかけを載せていた。彼は同誌を同年一〇月に発売する予定だったが、二〇一〇年五月に至っても発売されなかった。その原因について、版元が雑誌の鋭く過激な表現に対し恐れをなしている、との憶測がなされた。二〇一〇年一月にようやく完成した創刊号の見本は、表紙に「襠中央有槍」（「股の中央には鉄砲がある」を意味する。「襠（dāng）」は「党（dǎng）」と同音であるため、「党中央には鉄砲がある」とも読み替えられる）というキャプションのパフォーマンス写真を載せていたため、貴州省で二人の農民が警察の発砲により射殺された事件を想起させ、中国共産党を揶揄しているとの理由で検閲不合格となったのである。韓寒は「そんなに豊かな想像力を文芸検閲ではなく、文芸創作に使ったらすばらしいのに」と述べたが、やはり審査は通らなかった。六月、『独唱団』はようやく発行にこぎ着け、山西出版集団書海出版社によって、七月六日に正式に発売された。発売とほぼ同時に、各地の書店で売り切れが続出し、発売後二日目で売り上げは一〇〇万部を突破した[32]。『独唱団』の創刊号は盲人民謡歌手の周雲蓬（一九七〇〜）が執筆した点字エッセイ『緑皮火車（緑の列車）』で始まり、韓寒が執筆した『我想和這個世界談談（僕はこの世界と話したい）[33]』で終わる総勢二四名の大陸、香港、台湾、マカオ出身の作家による二四編の文章が収められており、ネット・オピニオンリーダーの羅永浩（一九七二〜）、日本文学翻訳者の林少華（一九五二～）、台湾の有名キャスターの蔡康永（一九六二～）、人気作家の石康らの作品が含まれている。このような編集ぶりからは、郭敬明や落落のムック系刊行物よりも、年齢・地域・風格を限定せず、幅広い中国文化人に呼びかけ、新たな文化圏を構築していこうという韓寒の意気込みが見てとれる。詩人芒克（一九五〇～）も『独唱団』の誕生について、彼が北島（一九四九～）とともに一九七八年に創刊した『今天（チンティエン）』と比べたら「時代の進歩を感じた」[34]とコメントした。しかし『独唱団』は雑誌としてではなく、単行本として審査を受けて発売に至ったのであり、多くの読者が第二号を待ち望んでいる最中、すでに印刷も完了していた第二号は当局の圧力で発行中止となり、韓寒は突然の休刊と編集部解散を一二月二八日のブログで宣言した。その原因について、イギリスの新聞『ガーディアン（The Guardian）』の記者ジョナサン・ワッツ（Jonathan Watts, 1970～）は「彼の政府に対する批判および自由な表現に対する擁護に協力してくれそうな人々は、共産党のメディアに対する厳しい規制を考えると神経質になった」[35]と推測している。詩人芒克の「時代の進歩を感じた」というコメントは『独唱団』停刊後には、皮肉に転じてしまったのである。

ただ、韓寒が解散の理由を説明したブログの末尾で「独唱団は試みとしては失敗に終わったが、業界に記録的な売り上げをもたらして成功した文芸誌となった」と語ったように、「八〇後」による個人的出版活動は市場的成功を収めたと見て間違いない。「八〇後」が小説創作と同時に、多様な領域にわたって活動し、文芸誌の刊行や新人作家の発掘などを担い、オピニオン・リーダーとして自分自身を明確に位置付けたこと、既成の体制に組み込まれず既成の組織に頼らずに、自らのメディアを作ったことは、自らの出版市場を開拓しようとする強い意志の表れであり、それは市民的輿論を喚起するにはとても有効な手段であったと言えよう。

以上の「八〇後」による文化市場の変革の流れを二段階に整理すると、次頁の図表となる。

二〇一四年以降の中国映画界は、オリジナルのストーリーを作るよりも、すでにある程度の読者を持つ人気小説などの著作権を買い上げ、映画化する傾向が強まっている。理由は、効率よく集客力の強い映画を作れるからである。完全に新しい内容を創作することは、非常に時間と金銭がかかる。また、市場に受け入れられるかどうかも事前に検証できない。もともと人気だった作品や、人気になりそうな（すでにある程度の読者数を持ち、その数が増えている）作品の改編権を買い取り、映画化するのは割と安全なやり方である。その上で、有名な俳優・歌手の出演や協力を得られれば、利益は保証される。これが「ＩＰ映画」の基本的な仕組みであり、中国文化市場の活発化に必要不可欠な原動力となったことは間違いない。

　改めて豆瓣の映画部門で点数ではなくコメント数を比較してみると、『後会無期』に三五万人以上、『小時代1』[36]に二三万人以上のユーザーがコメントを付けたのに対して、映画『ノルウェイの森』（二〇一〇）は計九万人近くのコメントでそれぞれの四分の一と三分の一となっている。[37]もちろん、この結果は、中国映画市場が二〇一〇年から二〇一四年にかけて大きく成長したことによるとも考えられる。そこで、前述した累計興行収入が『後会無期』と『小時代1』とほぼ同じ二〇一四年上映のハリウッド映画『キャプテン・アメリカ2』と比較してみると、二〇万人近くのユーザーがコメントしており、『後会無期』の半分強になっている。これらのデータからわかるように、豆瓣のよう

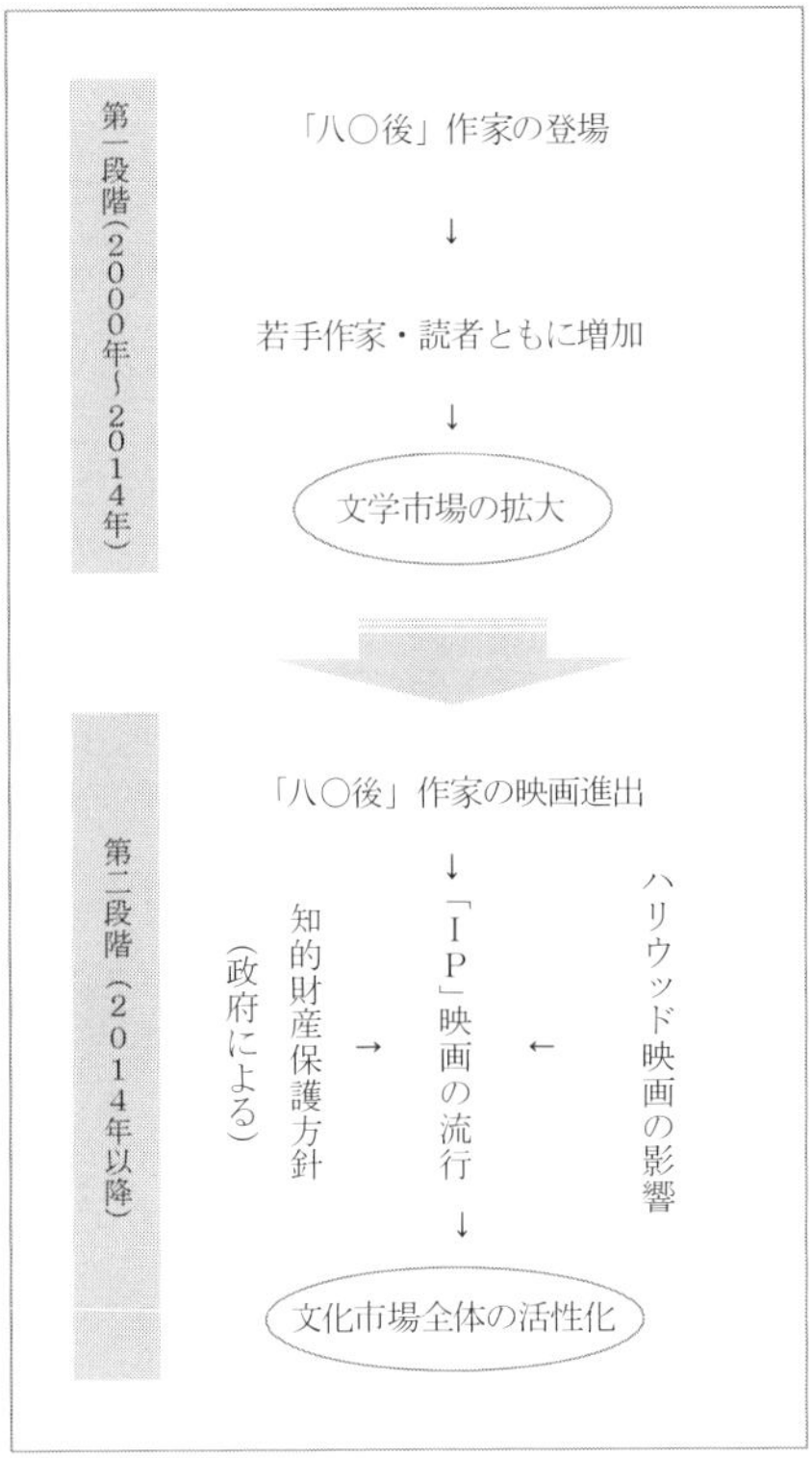

な専門性の高いオーディエンスが大勢集まっているレビューサイトにおいても、韓寒が代表する「八〇後」作家が製作した映画には、はるかに強い関心が寄せられているのである。

「八〇後」作家の登場は、多くの人々に既存の流れとは別の中国文学の可能性を提示した。彼たちはこれまで、文化権力を頼らずに創作・出版、さらに作家育成まで、「作家」の領域を超えたさまざまな試みをしてきた。そしてまた「ＩＰ映画」ブームの中でもまた重要な役割を果たしている。「八〇後」作家たちの映画製作参入によって、映画製作は作家および文字作品とより密接な関係を持つようになった。映画製作は文学創作を促す効果があるため、より多くの文学作品が生まれる。逆に、文学創作は映画製作を促す効果があるため、より多くの映画作品が作られる。このような循環は、中国文化市場全体の活性化につながっており、その結果、中国映画産業と関連資本が急激に拡大し、ハリウッド映画の製作にも大きな影響を与えている。[38] このように、文学が映画製作に寄与する一方で、映画もまた文学創作に寄与するという文学と映画との循環構図が、まさに中国文化市場の現在なのである。

中国は膨大な読者・観客数を有している。そのため、競争も激しくて文学・映画作品は文化商品的性質を強く帯びる傾向が見られる。一方、文化市場の発展に大いに貢献している「八〇後」作家たちは、小説を書くだけではなく、多様な領域で実績を積め重ねていく。それらの領域における成果の間では、相乗効果が生じている。例えば、『小時代』を読んだ読者が観客となり映画を見る、そして小説と異なった視聴体験によってストーリーが膨らんでいき、また小説に重なりつつ立体化された世界観が形成される。あるいは、『後会無期』の場合は何かの原作に基づいて撮られたわけではないが、ストーリー自体は『一九八八――僕はこの世界と話したい』の延長として読めるため、映画を見てから小説に興味を持つようになった読者も少なくないのであろう。こうした相乗効果は「八〇後」作品を分析する際に、無視できない要素なのである。小論が明らかにした中国文化市場の循環構図は、今後の「八〇後」作家研究のための一つの切り口となるであろう。

【注】

(1) 具体的に挙げれば、『東方学』一三〇輯掲載「中国「八〇後」作家の描く同時代青年像――韓寒『一九八八～この世界と話したい』における元記者と低層娼婦娜娜」(二〇一五年七月、八五～一〇〇頁)、『東京大学中国語中国文学研究室紀要』一八号掲載「中国「八〇後」文学の旗手、韓寒――『三重門』と銭鍾書『囲城』およびサリンジャー『ライ麦畑でつかまえて』との比較を中心に」(二〇一五年九月、八五～一〇六頁)、同一九号掲載「韓寒と香港小説・映画との影響関係――『長安乱』をめぐって」(二〇一六年一一月、一五九～一八一頁)がある。

(2) 「「八〇後」と現代中国出版市場の変容」『東京大学中国語中国文学研究室紀要』第一七号、二〇一四年一一月、六五～八九頁。

(3) 一九七〇年代生まれ、いわゆる「七〇後」作家、例えば安妮宝貝(アニー・ベイビー、一九七四～)はインターネットを利用して作品を公開したことを機に人気を博した。一方、「八〇後」の場合はインターネットで作品を発表せず、小説出版に向け直行した。さらに、韓寒の場合はあえてブログ文章を集めてエッセイ集にするなど、紙メディアへの愛着を見せながら、出版業の活性化に貢献している。

(4) 中国社会科学院が刊行した『中国文情報告(二〇一二～二〇一三)』によれば、莫言が同年ノーベル文学賞を受賞したにもかかわらず、二〇一二年度最大のベストセラーは郭敬明の『小時代3』であり、彼の小説は同年度において三作もトップ20に入った。

(5) 日本では二〇一五年三月に第一〇回大阪アジアン映画祭で上映された後、シネマート新宿・シネマート心斎橋にておよそ三週間公開された。邦題は『いつか、また』とされている。

(6) 本論文における興行収入に関しては、すべて上映当時の為替レートで換算した。

(7) 「鉄の三角」については、拙論「「八〇後」と現代中国出版市場の変容――韓寒を中心に」(『東京大学中国語中国文学研究室紀要』第一七号、二〇一四年一一月)で論じている。

(8) 「数托邦(北京)信息技術有限公司」、清華大学の学生が創立メンバーのデータ調査会社であり、微博などを主な対象としてデータ収集・分析を行っている。

(9) 二〇〇五年に設立された中国の若者たちの間で非常に人気のあるレビューサイトである。主に「豆瓣読書」「豆瓣映画」「豆瓣音楽」三つの部分が含まれている。二〇一二年八月、豆瓣のユニーク訪問者数（同じ人が集計期間中に何回訪問しても「一人」とカウントする）が一億を超え、一日の平均ＰＶ（Page Views ページが閲覧された回数）が一億六〇〇〇万に達した。さらに、二〇一三年ユニーク訪問者の数が二億にのぼり、前年度の二倍になった。

（10）二〇一六年一二月二二日までのデータである。

（11）日本では『王妃の紋章』をタイトルとしており、二〇〇八年四月に上映。周潤発（一九五五〜）、鞏俐（一九六五〜）主演、第七九回アカデミー賞の衣装デザイン賞にノミネートされた。

（12）原文：张艺谋的《英雄》模仿了黑泽明的《乱》，《满城尽带黄金甲》山寨了曹禺的《雷雨》，近几年来最成功的模仿其实是《疯狂的石头》对《两杆大烟枪》的山寨。

（13）羅青「浅談ＩＰ電影熱潮的原因及発展策」『視聴』二〇一六年第七期、五三頁。

（14）中国電影家協会、中国文聯電影芸術中心産業研究部『中国電影産業研究報告二〇一五』（世界図書出版公司北京、二〇一五年、六頁）において「ＩＰ」が初めて映画用語として言及された。

（15）インターネット・プロトコル・スイートを使ったインターネットワークにおいてデータグラム（またはパケット）を中継するのに使われる主要な通信プロトコルである。

（16）原作は女性作家である九夜茴（一九八二〜）による同タイトルの小説（東方出版社、二〇〇九）に基づく作品であり、脚本は作家自身が務めた。

（17）「八〇後」監督郭帆（一九八〇〜）による作品。原作は歌手である老狼（一九六八〜）の代表作、一九九四年に公開された同タイトルの流行歌である。作曲・作詞・編集はすべて高暁松（一九六九〜）であり、青春民謡として二〇年もの間長く愛されてきた。

（18）本来は韓国ＭＢＣ（文化放送）の看板番組『아빠！어디가？（パパ、どこいくの？）』で、有名人スターである父親が自分の子女を連れて田舎の村での生活を体験するバラエティーである。中国では、湖南衛視が二〇一三年に中国版の権利を購入し、二〇一六年まで計四期にわたって製作・放送された。同タイトルの映画は基本的にテレビ番組の延長版である。

（19）張鈴「数字化時代背景下――ＩＰ電影的前世今生」『芸術品鑑』二〇一六年第七期、一四九頁。

（20）鞏俐主演、一九八八年のベルリン国際映画祭で金熊賞を受賞したほか、百花奨・金鶏奨でも最優秀作品賞を受賞している。

日本上映は一九八九年であった。

（21）『赤い高粱』井口晃訳、松井博光・野間宏監修、初版は徳間書店により一九八九年出版。後に張競による解説を加えて、岩波書店により二〇〇三年に出版されている。『続 赤い高粱』は同じく岩波書店により一九九〇年に出版されている。

（22）第四四回ヴェネツィア国際映画祭で銀獅子賞を受賞。第六四回アカデミー賞外国語映画賞にノミネートされた。日本上映は一九九二年。

（23）文芸誌『収穫』に連載された中編小説、一九九一年に花城出版社により出版された同タイトルの単行本に収録されている。

（24）一九九三年第四六回カンヌ国際映画祭でパルム・ドール受賞。日本では、一九九四年に上映、二〇〇八年に蜷川幸雄監督により舞台化され、主役は東山紀之が演じた。

（25）「知識産権」は「知的財産」の中国語である。

（26）代表的なヒーローには、アイアンマン、キャプテン・アメリカ、X-MEN、ハルクが挙げられる。

（27）代表的なヒーローには、スーパーマンやバットマンが挙げられる。

（28）http://www.cbooo.cn/

（29）中国銀行二〇一一年九月の為替レートにより算出した。

（30）中国銀行二〇一四年四月の為替レートにより算出した。

（31）韓寒監修の電子雑誌である。リリースして二四時間、多くの人気アプリを抑えてアプリストア（中国）無料アプリ第一位となった。一日写真一枚、エッセイ一本、質問一個とその答えを内容として、読者に毎日三〇分の読書をさせることが目標とされている。

（32）「『独唱団』発行量過百万冊」『出版商務週報』二〇一〇年八月二日。

（33）内容は『一九八八我想和這個世界談談』の第一章、二〇一〇年に単行本が刊行された。

（34）芒克「従『今天』到『独唱団』社会在進歩「独家」」、鳳凰網特集『衆声喧嘩 韓寒領唱『独唱団』』、二〇一〇年七月。http://news.ifeng.com/opinion/indepth/duchangtuan/a02/detail_2010_07/05/1721371_0.shtml（二〇一六年一一月二二日に最終アクセス）。

（35）原文・Han Han, China's most popular blogger, shuts down new magazine: his criticism of the government and championing of free expression made potential partners nervous, given the Communist party's tight controls on the media. December 18, 2010. http://www.guardian.co.uk/world/2010/dec/28/han-han-china-blogger-magazine（二〇一六年一二月二二日に最終アクセス）。

（36）同シリーズのそれ以降の作品を見てコメントをしたユーザーのほとんどは、おそらく『小時代1』をまず見てコメントしたと考えられるため、ここでは最もコメント数の多い『小時代1』のデータを用いた。

（37）二〇一七年一月二七日までのデータで計算した。

（38）例えば、二〇一六年の『グランド・イリュージョン 見破られたトリック』や『インデペンデンス・デイ――リサージェンス』などが挙げられる。

あとがき——中国語圏文学三十三年の夢

藤井省三

本書のあとがきとしての拙稿は、私が東大文学部中文研究室で見続けてきた三十三年の夢物語でもあります。三十三年とは一九八八年から三〇年間の助教授、教授時代に、一九八二年から三年間の助手時代を加えたものです。助手時代は本書の執筆者たちとは直接関わりませんが、宮崎滔天の自伝『三十三年の夢』(一九〇二年)にあやかりたく、挿入したものです。滔天が孫文の革命同志であったことは周知の通りですが、彼をめぐっては日本留学生であった魯迅が滔天を表敬訪問したという伝説もございます。

私の三十三年の夢は中国二〇世紀初頭の魯迅・胡適から始まり、文革後の莫言・鄭義へと時代を下って参りました。その途中には張愛玲、李昂、也斯らに誘われて香港・台湾の文学の夢や、田壮壮・賈樟柯(ジャ・ジャンクー)、侯孝賢・エリック・クー(邱金海)らに魅せられて映画の夢も見るようになりました。この「あとがき」のタイトルに「中国語圏」の一句を挿入したのはこのためなのですが、正確にはシンガポール映画も含めて「中国語圏文学映画をめぐる三十三年の夢」とすべきでした。ただしこれではやや散漫なので、今の題目に落ち着いた次第です。

私の三〇年の助教授、教授時代は、個人研究室の所在地を基準としますと、前半の正門時代と後半の赤門時代とに二分されます。前者の時代には藤井研究室は正門から入って左側二つ目の法文一号館四階にありました。着任時に当時の主任教授であり、私の指導教授でもあられた丸山昇さんが部屋までご案内下さり、「どうです、藤井君、文学部最大の個人研究室ですよ」と嬉しそうにおっしゃっていました。これに対し私はうっかり、部屋番号四一三とは縁起が良いですね、と冗談を言ってしまったことが、懐かしく思い出されます。

法文一号館は関東大震災（一九二三）後に建てられた堅牢なレンガ作りの建物、四一三号室はその最上階にある元教室で、床面積は四〇畳近く、天上の高さも五メートルほどもありましたが、真西を向いて夏暑く冬寒い部屋でもありました。その後、中文研究室の先学で魯迅とも中国小説史研究で交流のあった塩谷温（しおのや・おん、号は節山、一八七八～一九六二）教授の清朝留学回想記を読む機会がありました。そこで塩谷さんが長沙に二年滞在し同治一八年の進士葉徳輝（イエ・トーホイ、よう・とくき、一八六四～一九二七）に師事して詞曲を学んだ時のことを記

莫言氏歓迎会、法文1号館藤井研究室にて1999年11月

した一節――夏日酷暑、流汗紙に滴るも顧みず、冬日厳寒、指頭凍りて管を操る能はざるも厭はず――を読むに至り、わが身の怠惰を反省した次第です。

この四一三号室で一五年、部屋番号に感化されたのか、骨を埋める覚悟で研究・教育に務めましたが、文学部の事情で、二〇〇三年九月に藤井研究室は赤門総合研究棟六階に移転しました。新研究室は天井の高さも床の広さも半減し、部屋番号も六二三と面白味に欠けておりました。それでも、北向きの大窓からは間近に赤門前の銀杏並木を、遠く三四郎池の森越しに時計台が見える、明るいモダンな部屋でした。

この新研究室で十余年を過ごした後の二〇一五年一月のある日、七階中文共同研究室の樫尾季美・教務補佐員が訪ねて来て、私の退休記念論文集を刊行したいと切り出したのです。樫尾さんは学部・大学院時代の私の指導学生

で、修論は趙樹理論で書いており、博士課程修了後は各大学で非常勤講師を務めていたところを、私が是非ともとお願いして、共同研究室補佐員を兼任していただい方です。聞けば私の元指導院生の皆さんに、博論執筆中の現・指導院生も加わって、中国語圏文学・映画をめぐる論文集をお出しになるとのことでした。私も懐かしい皆さんの研究を垣間見ることができるのはこれ幸いと思い、身に余る光栄です、と答えました。実はこの言葉は、四半世紀前の丸山さんご退休を前にして、還暦祝いの論文集刊行のお許しを得るため、私が法文二号館三階の丸山研究室に伺った時に、丸山さんからいただいた言葉なのです。なお東大では二〇〇〇年までは教授は申し合わせにより、六〇歳退官が慣例でしたが、その後一三年の経過措置期間を経て、二〇一三年度より六五歳定年となりました。

それから二年後、樫尾さんから本書の「あとがき」を書いて下さい、というご依頼をいただきました。自著にもあらず、共著にもあらず、「あとがき」を引き受ける立場にもないので、一瞬、魯迅「『吶喊』自序」の一節を引いてお断りしようかとも思いました――例の総合誌『新青年』への寄稿依頼を辞退する場面です。しかし樫尾さんは「旧友の金心異（チンシンイー）」でもなく、現在の日本の中国語圏文学研究の状況は、一九一七年文学革命当時の近代文学誕生以前の中国の文化状況でもないのですから、詰まらぬ冗談は止めにして、素直に執筆を引き受けた次第です。

しかし何を書くべきか？　私は本書の原稿は、数名の現指導院生のものを除いて、一篇たりとも読んでいないのです。そこで思いついたのは、各論文の執筆者紹介を兼ねて、指導院生時代の皆さんの思い出を書いてみよう、ということでした。

私が東大文学部で三〇年間開講してきた大学院ゼミは、テキストの輪読と院生による研究発表の二重構成でしたので、テキストにより次の三期に分けることもできるでしょう。

第一期、一九八八～二〇〇一年、『胡適留学日記』および『胡適書信集』

第二期、二〇〇二～二〇一三年、『劉吶鷗日記』
第三期、二〇一四～二〇一七年、『郁達夫日記』

日記三種の書き手については、『広辞苑』第六版の解説を引用いたしましょう。

こ-てき【胡適】（コセキとも）（Hu shi）中国の学者。字は適之。安徽省績渓出身。アメリカ留学後、北京大学教授。五・四文化運動の際に白話文学を提唱。一九三八年駐米大使。四九年アメリカに亡命。のち台湾の中央研究院院長。著「中国哲学史大綱」「白話文学史」「胡適文存」。（一八九一～一九六二）

りゅう-とつおう【劉吶鷗】（Liu Na'ou）台湾の作家・映画監督。上海で新感覚派の旗手として活躍。一九三六年映画界入り。汪兆銘政権下で「国民新聞」社長に就任後、暗殺。映画「初恋」。（一九〇五～一九四〇）

いく-たつふ【郁達夫】（Yu Dafu）中国の文学者。名は文。浙江の人。東大卒。郭沫若らと創造社を興す。北京・武昌師範・中山大学に歴任。終戦直後スマトラで日本憲兵に殺害される。作「沈淪」「薄奠」「春風沈酔的晩上」など。（一八九六～一九四五）

これに最小限の補足をすれば、胡適は魯迅と並ぶ中華民国期の大文化人であり、劉吶鷗は上海で新興芸術系の出版社を経営し、魯迅訳の左翼文芸理論書の出版を助けていましたが、映画界に進出し、ハリウッド映画に対抗し得る娯楽映画やアート系映画の製作を始め、左翼映画を擁護する魯迅と対立するに至ります。郁達夫は魯迅と同郷にして親友でもありました。

さてゼミでは毎回二時間をかけて、レポーターが三、四日分の日記を丁寧に訳読します。胡適が通った書店の所在を突き止め彼が読んだ欧米の小説を読む、劉吶鷗が見たハリウッド映画を調べ上海の新聞でその映評を確認する、郁達夫がデートしたレストランやホテルのメニューや料金を調べる――このような文学者の修業のようすを細かく読んで追体験することにより、文学者たちのその後あるいはその当時の作品をより深く広く理解し、彼らを育てた都市の文化地図を描く、というのが私たちのゼミの方法でした。

第一期胡適日記ゼミの最初期の院生が、**清水賢一郎**君でした。彼は修士論文を基礎とする第一論文「明治の『みずうみ』、民國の『茵夢湖』――日中両國におけるシュトルムの受容」を学会誌『日本中国学会報』一九九二年の号（第四四集）に発表して鮮やかな比較文学論を展開し、明治日本および中華民国におけるイプセン受容の比較研究で、一九九四年に東大中文で最初の課程博士号を取得しました。博論の中で魯迅と胡適が準主人公の役割を演じていることは言うまでもありません。胡適のアメリカ留学体験に関しては、私も一九九五年にニューヨークとイサカの両市で三カ月の調査を行い、「彼女はニューヨーク・ダダ――胡適の恋人E・クリフォード・ウィリアムズの生涯」（東方書店『東方』一九九六年三〜五月号連載）などの論文を書いております。

上海作家協会における講演「村上春樹のなかの中国」
2009年3月

邵迎建さんは中学時代に文化大革命（一九六六〜七六）に遭遇しました。文革後期四川大学で日本語を学び国有企業で日本語通訳を務めた後、田仲一成・東洋文化研究所教授ご指導下の外国人研究生として、東大に留学してきました。エリクソン心理学のアイデンティティ理論を援用しつつ張愛玲（チャン・アイリン、ちょう・あいれい、一九二〇〜九五）文学を分析するという画期的な博論を書いて、一九九五年に東大中文の留学生として最初の課程博士号を取得しました。博論は中国語版『伝奇文学与流言人生』として北京・三聯書店より刊行されたほか、日本語増補版『伝奇文学と流言人生——一九四〇年代上海・張愛玲の文学』（御茶の水書房、二〇〇二年）としても出版されています。私も張愛玲に関しては、清水君・由井志津子さんと張愛玲の短篇集『浪漫都市物語　上海・香港'40Ｓ』（ＪＩＣＣ出版局、一九九一年）を共訳した際に、巻末に長篇の解説を執筆しました。同書には櫻庭ゆみ子さんの訳による楊絳の短篇も収録しています。邵さんは徳島大学赴任後も、合計二〇年間東大文学部の中国語初級と中級のクラスの非常勤講師を勤めて下さいました。

鈴木将久君と**星野幸代**（旧姓大槻）さんは一九八九年に教養学部から中文研究室に進学し、その直後の六月に天安門事件が勃発しますが、二人はその衝撃を乗り越えて大学院に進学しました。鈴木君は一九九七年に茅盾（マオトン、ぼうじゅん、一八九六～一九八一）を中心とする「1930年代上海におけるメディアと文学」で博士号を取得し、その後も上海文化を中心に研究を進め、その成果を『上海モダニズム』（中国文庫、二〇一二年）にまとめています。

星野さんは二〇〇一年に博論「徐志摩と新月社——近代中国の文芸的公共圏」を執筆し、「魯迅『ビアズリー画選』小序」の成立」（『上海魯迅研究』二〇一〇年夏号、『比較文学』第五一巻、二〇〇九年）も発表、イギリスの世紀末画家ビアズリーの「サロメ」の挿絵がきっかけとなったのか、その後は中国語圏のダンス史や映画論へと研究を展開させています。大著『日中戦争下のモダンダンス』（汲古書院）は二〇一八年一月刊行予定なので、本書よりひと足先に書店に並んでいることでしょう。

張欣さんは北京大学東語系助手を務めていた一九九三年に、同大中文系主任の孫玉石教授のご紹介で、日本文部省の国費留学生として東大中文にお出でになりました。翌年、博士課程に入学し、かつて「南玲北梅」（上海の張愛玲、北京の梅娘）と称された梅娘（メイニアン、ばいじょう、一九二〇～二〇一三）論で一九九九年に博士号を取得しました。最近はプラハに一年半の在外研究にお出かけになり、チェコが生んだ世界的な中国文学研究者のプルーシェクについて、興味深いエッセーを中国の雑誌『書城』にお書きになっています。

張季琳さんは最初は八〇年代末に東大中文に留学し、竹田晃教授のご指導で古典文学を研究していましたが、台湾に帰って中央研究院中国文哲研究所の講師を勤めるうちに台湾文学研究に目覚め、一九九五年に再度留学してきました。二〇〇〇年に書き上げた博論はプロレタリア文学作家の楊逵（ヤン・クイ、よう・き、一九〇五～八五）を論じており、中でも楊逵の文学形成に大きな影響を与えた楊逵の公学校（台湾人向け小学校）時代の恩師沼川定雄（一八九八～一九九四）、プロレタリア文学運動や病気で挫折しかけた楊逵を救い、のちに「赤い警官」として自殺する日本人警察官入田春彦の伝記研究は特に注目に値します。その後は自伝的小説『次郎物語』『論語物語』で知られる下村湖人の台湾体験を論じた『植民地台湾における下村湖人――文教官僚から作家へ』（東方書店、二〇〇九年）を上梓しています。私の台湾文学への関心は李昂（リー・アン、り・こう、一九五二～）文学から始まり、その後、新竹市清華大学の陳万益教授のお誘いで日本統治期文学へと関心を広げていきました。張季琳さんは私の最初の台湾文学専攻の院生でして、彼女も含めて同専攻の院生さんたちは、東京台湾文学研究会（世話人は河原功・山口守・垂水千恵の三氏と私）の皆様のご指導も受けております。

李昂氏歓迎会、八王子市秋葉台の自宅にて1993年5月

西村正男君は抗日戦争期の重要な作家王西彦（ワン・シーイエン、おう・せいげん、一九一四～九九）を論じて、二〇〇一年に博士号を取得しました。徳島大学に赴任し、さらには関西学院大学へと転任するうちに、「中国におけるVictorレーベルの軌跡――謀得利、役挫・物克多から勝利へ」「中国現代作家と流行歌曲――魯迅、張天翼の事例から」等々と流行歌曲と文学との交錯状況を探る議論を展開し始めております。本書収録予定論文は、「混淆・越境・オリエンタリズム――

「玫瑰玫瑰我愛你（Rose, Rose, I Love You）」の原曲とカヴァー・ヴァージョンをめぐって」と聞いております。一九四〇年代上海を風靡した流行歌を種にどのような比較文化論が展開するのか楽しみにしています。

根岸宗一郎君が一九九四年に国文科を卒業して東大中文大学院に進学した時の卒業論文は大正文学と中国との関わりをめぐるものだったと記憶しています。大学院では魯迅の弟で、やはり胡適や兄と並ぶ大文化人の周作人（チョウ・ツオレン、しゅう・さくじん、一八八五～一九六七）に興味を抱き、二〇〇三年に博論「周作人とギリシア文学」を書き上げました。その後も周作人とギリシア古典文学との関係を研究しています。

張文薫さんは台湾大学中文系を卒業後、一九九八年に日台交流協会留学生として東大中文にお出でになりました。二〇〇五年に著名な日本語作家張文環（チャン・ウェンホワン、ちょう・ぶんかん、一九〇九～七八）を研究した論文「植民地プロレタリア青年の文芸再生――張文環を中心とした『フオルモサ』世代の台湾文学」で博士号を取得しました。現在は台湾大学台湾文学研究所の副教授として、日本統治期文学を幅広く研究しています。数年前に日本学生支援機構が新設した「帰国外国人留学生短期研究制度」により、二〇一四年に一一週間の在外研究で東大中文に〝里帰り〟しています。

鄧捷さんは北京大学東語系を卒業して企業で働いた後に来日し、一九九七年に東大中文大学院に入学しました。二〇〇六年に書き上げた博論は聞一多（ウェン・イートゥオ、ぶん・いった、一八九九～一九四六）を中心に論じた「一九二〇年代中国近代詩における文学と国家の二重奏――風と琴の葛藤」でした。二〇〇三年から東大中文研究室の助手（任期三年）を務めて下さいました。初めての元留学生の助手であり、産休をお取りになった初めての助手でした。魯迅の散文詩集『野草』を新しい視点で解釈しようと試みておられます。

藤澤太郎君は教養学部生時代から、私が駒場で毎年開講していた「全学自由研究ゼミナール」（通称・全学ゼミ）に参加した後、中文に進学してきました。文学部の学生さんは読書家・蔵書家が多いのですが、藤澤君もその意味で典型的な文学部生でした。しかも作家・作品を分類することにも熱意を燃やし、学部四年生の時には「現代日本文学人名生年順LIST』という、五ポイントほどの極細字でプリントアウトした一五頁の冊子を製作しております。その一項目を挙げて紹介しますと、「大杉栄 1885/1/17-1923/9/16｜香川—東京外国語学校／仏語 「自叙伝」「日本脱出記」＝伊藤野枝」の「香川」は出身県、その前の「｜」は他殺、「＝伊藤野枝」は配偶者をそれぞれ示すものです。このような藤澤君が二〇〇八年に提出した博論「一九三〇年代文壇史から見た中国左翼作家連盟」は、従来、中国共産党イデオロギー的価値基準のもとに研究が行われてきた左連（左翼作家連盟）を、対文壇的位置づけに留意しながら、その理念・組織・活動について学術的・総合的に詳細に分析し、文学史的に再定義した画期的研究でした。

以上が大学院や研究生の暮らしを『胡適留学日記』と共に始めた方たちです。

二〇〇一年一〇月に私が山形大学で集中講義を行った際に、最前列で聴講していた**陳朝輝**君は、中国の少数民族モンゴル族の出身で草原育ちの元気潑剌とした留学生でした。その後、二〇〇三年に東大の研究生となり、翌年中文大学院博士課程に入学しました。二〇〇八年に「魯迅と一九二〇～三〇年代日本文芸思潮——日中プロレタリア文学受容の比較研究」で博士号を取得した後、中国・天津の名門南開大学日文系の副教授となりました。二〇一三年に上述の「帰国外国人留学生短期研究制度」で〝里帰り〟した後、南開大学より孔子学院の副院長として愛知大学に派遣され、それがご縁となったのでしょうか、二〇一六年より名古屋大学に転じて准教授をお務めです。この年には博論の中国語増補版が『文学者的革命——論魯迅与日本無産階級文学』（北京・光明日報出版社）として刊行されています。

大野公賀さんは教養学部教養学科の学部生時代に、私の巴金ゼミに参加していました。その後、会社勤務や北京大学中文系留学を経て、二〇〇一年に東大中文大学院に入学しています。二〇〇六年に博士課程を満期退学した後、中文研究室の事務補佐員、その後は助教を務めるかたわら、博論「中華民国期の豊子愷――新たなる市民倫理としての「生活の芸術」論」を書き上げました。東大東洋文化研究所国際学術交流室特任准教授時代に『東方』誌上で二〇一一年一月号より一五回にわたり「豊子愷『教師日記』を読む――ある中国人漫画家の仏教ヒューマニズム」を連載するなど、豊子愷研究を中心に論著を書いています。本書企画の際には、樫尾さんは大野さんから多くの助力を得たとのことです。

王俊文君は北京大学中文系大学院修士課程修了後、夏暁虹教授のご紹介で二〇〇二年に文科省国費留学生として東大中文に留学して来ました。北大での修論では日本統治期台湾文学を論じましたが、東大では二〇一一年に博論「武田泰淳における中国――「阿Q」と「秋瑾」の系譜を中心として」を書き上げました。武田泰淳は東大中文のOBでして、その泰淳文学における彼の一兵卒としての日中戦争体験を、泰淳の魯迅受容との関わりにおいて論じた力作です。その後は早稲田大学などで非常勤講師を勤めながら、就職活動中です。私が日本中国学会研究推進国際交流委員会の委員長を務めていた時期には、幹事の役をお願いしております。

王姿雯さんは台湾の名門、輔仁大学日文科で日本統治期日本人作家の坂口䙥子論で修論を書き、二〇〇六年に日台交流協会留学生として東大中文研究生となり、翌年博士課程に入学しました。文学作品を読むのが大好きな方で、二〇一一年提出の博論「日本統治期日台文学交流史の研究――佐藤春夫・葉山嘉樹から張文環・翁鬧まで」では唯美主義からプロレタリア文学、新感覚派まで幅広く論じました。その後、帰台して台南大学の非常勤講師を務めており、二〇一四年には外国人研究員として三か月間〝里帰り〟なさっています。

白井澄世さんは東京女子大学日本文学科を卒業後、書店で数年勤務した後、東大教養学部の研究生となり、私が駒場で開講していた全学ゼミ「現代中国文学を読む」にも参加しました。この年のゼミ生六名のレポートは例年以上に高水準だったので、「駒場で読む現代中国文学」という題目のもと、『東京大学文学部中国語中国文学研究室紀要』第四号（二〇〇一年）に収録しており、そのうちの一篇は白井さんのものなのです。二〇〇〇年に修士課程に入学し、中国におけるドストエフスキー受容などに関する研究を行い、二〇一一年に博論「近代中国におけるロシア文学の受容――李大釗・魯迅・瞿秋白ら五四期知識人を中心に」を提出しました。その後、日本学術振興会特別研究員を経て二〇一六年より東大中文の助教（任期三年）となりました。

関詩珮（Uganda KWAN）さんは香港中文大学中文系で文学士を取得、香港科技大学人文社会科学部修士課程在学中に、当時同大学の陳国球（Leonard Chan）教授の招聘で私が講師を勤めた公開講座に出席されたのを契機に、香港文学および東アジア近代文学の起源と展開という二つの研究テーマを抱いて、二〇〇二年に文科省国費留学生として東大中文にお出でになりました。その後国費留学を辞退され、一年半、外国人研究生を務めた後、ロンドン大学アジア・アフリカ学院に留学、博士号取得前に順調にシンガポール・南洋理工大学中文系に就職され、二〇一三年から副教授として魯迅や香港文学について研究しています。私が二〇〇五年以来四年間ずつ主宰した東アジアと村上春樹、東アジアにおける魯迅「阿Q」像の系譜、現代東アジア文学史をめぐる国際共同研究の仲間でもあります。

藤井ゼミ合宿、東大山中寮にて 2009年 3月

謝恵貞さんとは台湾大学日文系在学中の二〇〇四年七月に台北の書店の金石堂大安店で開催された『台湾文学這一百年』（張季琳訳）の新書発表会で初めてお会いしました。翌年、日台交流協会留学生として東大中文の研究生になり、力作「日本統治期台湾文化人による新感覚派の受容――横光利一と楊逵・巫永福・翁鬧・劉吶鷗」で二〇一二年に博士号を取得しました。その後、日本の二、三の大

学で非常勤講師を数年務めた後、高雄の文藻外語大学の専任講師となりました。その間には村上春樹から東山彰良・温又柔に至るまで、主に台湾の文芸誌『聯合文学』を舞台として現代日本文学に関する評論活動も行っております。また二〇〇六年から二年間、藤井研究室の秘書も勤めて下さいました。週二日の午後の勤務でした。

松崎寛子さんは二〇〇四年に東京外国語大学中国語専攻を卒業して東大中文大学院に進学し、台湾作家の鄭清文（チョン・チンウェン、てい・せいぶん、一九三二～）の研究で二〇一三年に博論「鄭清文とその時代――〝本省人〟エリート作家と戦後台湾アイデンティティの形成」を提出しました。博士課程在学中には東大と台湾大学との交換留学生制度により一年半留学した松崎さんは、その間に台湾民間劇の歌仔戯に興味を抱いて、実技も習ったとのことです。二〇一一年以後は四年間にわたり、カリフォルニア大学サンタバーバラ校訪問研究員およびハーバード大学イェンチン研究所客員研究員として招聘され、アメリカの台湾文学研究の泰斗であるTu Kuo-Ch'ing（杜国清）教授とDavid Wang（王徳威）教授のご指導を受け、続けて日本学術振興会海外特別研究員に選抜されて現在もアメリカに滞在中ですが、一家で日本に帰国することも念頭に置いて就活中です。松崎さんには謝さんの後任秘書を二〇一一年六月まで三年間勤めていただきました。

高彩雯さんは台湾大学中文系修士課程を卒業後、日台交流協会留学生として二〇〇六年度に東大中文大学院博士課程に入学しました。研究テーマは台大以来、郁達夫でして、『東方学』第一一九輯（二〇一〇年一月）に採用された論文「郁達夫「十三夜」論――臺灣人畫家と西湖傳説の物語」は、中年期を迎えた郁が一九三〇年に発表した短編小説を中心に、郁達夫文学の方向転換の意義を論じ、さらに作中の主人公である台湾人青年画家が、郁自らの過去の自己を表現するために借用された不幸な身体に過ぎない点を分析しました。博士課程を満期退学して帰台後も博論執筆を続けております。ゼミ・パーティーや合宿ではカメラマンとして活躍していました。

蓋曉星さんは中国山東芸術学院卒業、山東省テレビ局に勤めて番組制作を担当した後、京都大学大学院で周作人研究で修士号を取得後、中国映画研究を志し、二〇〇六年一〇月より東大中文の外国人研究生となり、翌春修士課程に入学しました。人民共和国映画の日本における受容を研究テーマとして、一九五〇年代の『白毛女』や八〇年代以後の『赤いコーリャン』『青い凧』を経て二一世紀のジャ・ジャンクー（賈樟柯）監督『長江哀歌』に至るまでの論文を学術誌に発表した後、二〇一七年度に博論を提出しました。蓋さんの入学は、前年より中国語圏映画研究を専門とする三澤真美恵博士・日本大学教授を毎年非常勤講師としてお迎えするなど、東大中文が映画研究教育にも力を入れ始めた時期でした。蓋さんと同期生の侯蘇寒さんもテレビ・ドラマ研究を行っていましたが、博士課程進学後に惜しくも経済的事情で就職しました。蓋さん、侯さんに続いて表象文化を研究対象とする院生さんが増加しており、劉吶鷗時代のゼミでは彼の一九二七年の上海日記に頻出する欧米映画に関して、熱気溢れるレポートが増えました。

藤井ゼミパーティ、多摩市落合の自宅にて2010年5月

私は二〇〇四年以来、毎年一学期間、早稲田大学法学部で現代中国文学論を開講しています。二〇〇五年の受講者の中に、当時早稲田中文の学生だった**明田川聡士**君がおりました。明田川君は二〇〇八年に東大中文大学院に入学し（この年には慶應義塾大学卒業の加藤健太郎君も台湾文学研究を志して入学しています）、台湾の客家系のマイノリティー出身で国民作家ともいうべき李喬（リー・チアオ、り・きょう、一九三四～）とフォークナー、安部公房らとの影響関係をめぐる比較文学的考察で、二〇一六年に博士号を取得しました。その間に、台湾国立交通大学を修了して二〇一〇年に東大中文に留学してきた卓于綉さんと結婚しておりますが、彼女とは早稲田時代から交際していたとのことです。卓さんは日本統治期台湾における映画受容と台湾人アイデンティティ形成との関わりを研究して、博士課程

にも進学しましたが、結婚後、弁護士事務所に就職して秘書となりました。惜しいことです。

徐子怡さんは北京語言大学日文科を卒業し、日系企業に二年ほど勤務した後、村上春樹研究を志して二〇〇八年に私にメールを下さいました。東大中文ではそれまで外国人研究生は国費・公費による留学生のみお引き受けしておりましたが、翌年より私費留学生も若干名受け入れることになりました。徐さんは二〇〇九年一〇月東大外国人研究生として来日、翌春に修士課程に入学し、二〇一六年に博論「中国における村上春樹の受容と「村上チルドレン」の成長」を提出しました。徐さんは固定ハンドルネームを持つサイト投稿者を対象とするアンケートおよび個人史を踏まえた読書歴の統計的可視化という研究方法により、村上読者の地理的拡大と中国社会の激変との時空的相関関係を明らかにしており、この成果は文芸誌『ユリイカ』二〇一二年七月号でも発表しております。学部生時代に桜美林大学に一年間留学しており、お連れ合いの丹野健一郎博士も桜美林での学部・大学院修士課程で丸山昇さんに師事しており、お二人は私にとって丸山門下の後輩でもあります。徐さんには二〇一一年七月から退休まで藤井研究室の秘書をお務めいただいております。

楊冠穹さんは上海の華東師範大学中文系を卒業、日系企業に二年間勤務した後、現代東アジア比較文化研究を志して来日し、二〇一〇年に東大中文修士課程に入学しました。彼女は一九八〇年代以後に生まれた「八〇後（ポストエイティーズ）」の若手作家の中でも、風刺とユーモアたっぷりの社会批判により〝現代の魯迅〟として知られる上海作家の韓寒（ハンハン、かんかん、一九八二〜）、青少年のアイデンティティ危機や華麗な恋愛小説で著名な郭敬明（クオ・チンミン、かく・けいめい、一九八三〜）を中心に、中国の作家と村上春樹、デュラスら日本・欧米作家との影響関係、中国出版市場の構造的変化との影響関係などに関する比較研究を行い、「八〇後」作家の韓国における受容研究のため、二〇一二年にはソウル大学に半年間留学しました。二〇一七年に博論を提出しております。

八木はるなさんはお茶の水女子大学文教育学部を卒業後、二〇一〇年に東大中文修士課程に入学しました。彼女の研究テーマである白先勇（パイ・シエンヨン、はく・せんゆう、一九三七〜）について、『広辞苑』第六版は「台湾の作家。桂林生れ。白崇禧の子。台湾大学在学中に雑誌「現代文学」を創刊。カリフォルニア大学で中国文学を教える。作「台北人」「孽子」」と説明しており、八木さんは白先勇作品の映像化――しばしば白先勇自身の熱心な参与を伴う――による再創造とその背景としての東アジア世界の変貌を論じております。山口守さんや三澤真美恵さんはじめ、東京台湾文学研究会の会員の皆様にもご指導いただきまして、二〇一七年に博論を提出しております。河原功・洋子夫妻ご自宅でのパーティー「薔薇会」で、シェーカーによる見事なカクテル作りを披露してくれたことがあります。

張瑶さんは中国の理工系の名門、北方工業大学の日本語学科で卒業論文に、大陸・香港・台湾における村上春樹小説の受容を執筆後、東大中文に留学し二〇一一年に修士課程に入学しました。大学院では日本や韓国・アメリカの学会にも積極的に参加し研究報告を行ういっぽう、中国における岩井俊二の映画・小説の受容を考察し、岩井作品と安妮宝貝や郭敬明ら「八〇後」との影響関係を中心に論じて、二〇一七年に博論「中国における岩井俊二――その映画と小説の受容の比較研究」を提出しました。この年は彼女にとっては何かと幸福な年で、北京語言大学（東京校）の専任講師に採用されてもおります。

権慧さんは中国の大連民族学院の日本語学科と同校の提携校である日本の福岡国際大学を卒業、卒論に前者では「村上春樹『ノルウェイの森』論」を、後者では「村上春樹『風の歌を聴け』論」を書きました。また権さん自身が中国の朝鮮族であり、韓国現代文学にも興味を抱いていたため、村上の中国と韓国における受容の比較研究を志すに至り、二〇一〇年一〇月外国人研究生として東大大学院人文社会系研究科に入学、翌年修士課程に入学し、村上作品の中国・台湾における中国語訳と韓国語訳との比較研究を中心とする博論を二〇一七年に完成させる予定です。

東大中文では前述の徐子怡さん以来、権慧さんら東アジアと村上春樹をテーマとする院生さんを輩出し、二〇一一年六月には東大中文村上春樹研究会が設立されております。初代会長の徐さんが東京理科大学非常勤講師就任に伴い会長を辞任した二〇一五年には、副会長であった権慧さんが第二代会長に就任しております。東アジア各地および欧米の村上春樹研究者をお招きしての国際シンポや講演会、そして毎年一〇月の第一あるいは第二木曜のノーベル文学賞発表前に開催する例会は、東大中文内外の会員・学生のほか新聞・テレビの取材陣も加わる、中文研究室の風物詩ともなっておりました。中文研究室における日本人作家研究会の成立は、東大中文、さらには日本文化の国際化・東アジアとの一体化を物語るものかと思います。

法文1号館413号室藤井研究室にて

本書執筆陣のご紹介は、以上の通りです。そのほか、博士号を取得したものの、今回は寄稿できなかった方も董炳月君、任明信さんら数名おられます。また修士課程修了後、あるいは博士課程在学中に就職した方も一〇名前後おられますが、皆様、各方面で活躍のご様子です。そして二〇一四年に始まるゼミ第三期（『郁達夫日記』）の指導院生たちも、現在は鋭意、博論・修論を執筆中です。

思えばこのように多くの若い仲間――胡適ゼミ時代の皆さんはすでに壮年の指導教授とおなりですが――との研究活動は、私にとっては大いなる励みであり、この恩恵により中国語圏の文学と映画をめぐる三十三年の夢を見続けることができました。諸兄姉への深謝の言葉をもって、この〝あとがき〟の結びといたします。

二〇一八年一月一八日　赤門楼にて一覧後に記す

執筆者一覧（掲載順）

根岸 宗一郎（ねぎし そういちろう）
一九七〇年生。東京大学大学院 博士（文学）。
慶應義塾大学 経済学部 准教授。

鄧 捷（トンチエ、とう しょう）
一九六九年生。東京大学大学院 博士（文学）。
関東学院大学 大学院文学研究科 教授。

大野 公賀（おおの きみか）
一九六五年生。東京大学大学院 博士（文学）。
東洋大学 法学部 教授。

陳 朝輝（チエンチャオホイ、ちん ちょうき）
一九七四年生。東京大学大学院 博士（文学）。
名古屋大学 文学部・大学院人文学研究科 准教授。

藤澤 太郎（ふじさわ たろう）
一九七六年生。東京大学大学院 博士（文学）。
桜美林大学 人文学系 准教授。

臼井 澄世（しらい すみよ）
一九七四年生。東京大学大学院 博士（文学）。
東京大学 文学部・大学院人文社会系研究科中国語中国文学研究室 助教。

鈴木 将久（すずき まさひさ）
一九六七年生。東京大学大学院 博士（文学）。
一橋大学 大学院言語社会研究科 教授。

清水 賢一郎（しみず けんいちろう）
一九六七年生。東京大学大学院 博士（文学）。
北海道大学 大学院メディア・コミュニケーション研究院 教授。

高 彩雯（カオ ツアイウエン、こう さいぶん）
一九七七年生。東京大学大学院人文社会系研究科 博士課程単位取得満期退学。

王 姿雯（ワン ツーウェン、おう しぶん）
一九七九年生。東京大学大学院　博士（文学）。
台南大学　通識教育中心　助理教授（非常勤）。

邵 迎建（シャオ インチエン、しょう げいけん）
一九五二年生。東京大学大学院　博士（文学）。
徳島大学　総合科学部　教授。

星野 幸代（ほしの ゆきよ）
一九六八年生。東京大学大学院　博士（文学）。
名古屋大学　大学院人文学研究科　教授。

西村 正男（にしむら まさお）
一九六九年生。東京大学大学院　博士（文学）。
関西学院大学　社会学部　教授。

張 文薫（チャン ウエンシユン、ちょう ぶんくん）
一九七五年生。東京大学大学院　博士（文学）。
台湾大学　台湾文学研究所　副教授。

王 俊文（ワン チユンウエン、おう しゅんぶん）
一九七七年生。東京大学大学院　博士（文学）。
慶應義塾大学　非常勤講師。

明田川 聡士（あけたがわ さとし）
一九八一年生。東京大学大学院　博士（文学）。
横浜国立大学　非常勤講師。

松崎 寛子（まつざき ひろこ）
一九八〇年生。東京大学大学院　博士（文学）。
日本大学　人文科学研究所　特別研究員（日本学術振興会特別研究員）。

張 季琳（チャン チーリン、ちょう きりん）
一九六一年生。東京大学大学院　博士（文学）。
中央研究院（台湾）　中国文哲研究所　副研究員。

関 詩珮（Kwan Sze Pui Uganda　クワン シーペイ、かん しはい）
一九七五年生。PhD. School of Oriental and African Studies (SOAS), The University of London.
Associate Professor, Division of Chinese, Nanyang Technological University, Singapore.

八木 はるな（やぎ はるな）
一九八六年生。東京大学大学院人文社会系研究科　博士課程単位取得満期退学。
高崎経済大学　非常勤講師。

張欣（チャン シン、ちょう きん）
一九六六年生。東京大学大学院　博士（文学）。
法政大学　経済学部　教授。

蓋 暁星（カイ シアオシン、がい ぎょうせい）
一九七八年生。東京大学大学院　博士（文学）。
東京理科大学　非常勤講師。

張 瑶（チャン ヤオ、ちょう よう）
一九八八年生。東京大学大学院　博士（文学）。
北京語言大学　東京校　専任講師。

徐 子怡（シュイ ツーイー、じょ しい）
一九八五年生。東京大学大学院　博士（文学）。
東京理科大学　非常勤講師。

謝 惠貞（シエ ホイチエン、しゃ けいてい）
一九八二年生。東京大学大学院　博士（文学）。
文藻外語大学（台湾）　日本語文系　専案助理教授。

権 慧（チワン ホイ、けん え）
一九八六年生。東京大学大学院人文社会系研究科　博士課程。

楊 冠穹（ヤン クワンチョン、よう かんきゅう）
一九八四年生。東京大学大学院人文社会系研究科　博士課程単位取得満期退学。

正門時代の藤井研究室（法文１号館 413 号室）
版画：大野隆司

越境する中国文学――新たな冒険を求めて

二〇一八年二月二〇日　初版第一刷発行
二〇一八年七月三一日　初版第二刷発行

編　者●『越境する中国文学』編集委員会
発行者●山田真史
発行所●株式会社東方書店
東京都千代田区神田神保町一―三　〒一〇一―〇〇五一
電話〇三―三二九四―一〇〇一
営業電話〇三―三九三七―〇三〇〇

編集協力●朝浩之
装　幀●三木俊一（文京図案室）
印刷・製本●（株）ディグ

定価はカバーに表示してあります

ISBN978-4-497-21801-8　C3098